KB009446

살면서 마주한 고전

전문번역가 이종인이 추천하는 시대의 고전 360

살면서 마주한 고전

초판 1쇄 인쇄 2015년 02월 20일
초판 1쇄 인쇄 2015년 02월 28일

지은이   이종인
펴낸이   김영애
펴낸곳   책찌
출판등록 제 406-2010-000052호
주 소   경기도 파주시 문발로 115 세종출판벤처타운 404호
전 화   031-955-1581
팩 스   031-955-1580
전자우편 bookzee@naver.com
ISBN   979-11-85730-04-2   03800

이 도서의 국립중앙도서관 출판예정도서목록(CIP)은 서지정보유통
지원시스템 홈페이지(http://seoji.nl.go.kr)와 국가자료공동목록시스
템(http://www.nl.go.kr/kolisnet)에서 이용하실 수 있습니다.
(CIP제어번호: CIP2014036163)

살면서 마주한 고전

전문번역가 이종인이 추천하는 시대의 고전 360

글쓴이 이종인

인류는 한 권의 책, 인생은 하나의 페이지

책知

● 책머리에

　책을 즐겨 읽는 사람들에게 왜 읽느냐고 물으면, 어떤 목적이 있어서
라기보다 그저 즐거워서 읽는다고 대답하는 경우가 많다. 독서는 즐거
움이 무엇보다 우선이지만 그래도 독서의 효용을 무시할 수는 없다. 그
렇다면 책을 읽어서 어떤 실용적인 효과를 얻을 수 있을까? 나는 이 책
에서 그 질문에 대한 답변을 시도해보았다.

　나는 먼저 독서와 인생이 상호 깊은 관련이 있다는 전제를 내세운다.
사실 인생에 대해서는 예로부터 많은 정의가 있어왔다. 가령 인생은 나
그네 길이라든가, 인생은 꿈과 같다거나, 인생은 감의기(感意氣: 뜻과 기
상에 따라 사는 것)라고 말하는 것 등이 그러하다. 여기에 더하여 나는 인생
을 '한 가지 이야기'라고 정의한다.

　다 알다시피 훌륭한 이야기는 기승전결의 방식으로 전개된다. 나는
인생의 4계인 춘하추동이 곧 이 기승전결에 대응한다고 본다. 봄에서
이야기의 실마리가 정해지고 여름에서 이야기가 질풍노도와 같이 전개
되고 가을에 들어서면 이야기가 급격히 반전하여 마침내 겨울에 이르
러 어떤 결론에 도달하는 과정이 우리 인생과 너무나도 비슷한 것이다.

그렇다면 인생의 봄 여름 가을 겨울을 노래한 책으로는 어떤 것이 있으며 그 시기에는 어떤 책을 읽으면 좋을까 살펴볼 수도 있겠고, 또 그런 책에 대해서 내가 갖고 있는 기억, 생각, 논평을 곁들이면 실용적인 조언도 되겠다는 생각이 들었다. 그렇게 해서 인생의 4계와 관련된 책들을 찾아보게 되었고 그것들에 대하여 간단한 논평을 쓰게 되었다. 4계에 대하여 각각 90개 항을 부여하고 맨 마지막 5항에는 4계의 요약을 부여하면 1년 365일의 1일1독이 되지 않겠나 생각했다.

　나는 이 책이 여기 제시된 책들을 직접 읽는 것을 대신할 수 있다고 생각하지 않는다. 따라서 독자들이 여기에 언급된 책들을 이미 읽었거나 언젠가 읽을 것으로 예상하고, 그 책들의 줄거리나 저자 설명은 가급적 피하고 인생의 4계와 관련된 화제에만 집중하려고 애썼다. 가령 어떤 소설이 군대 생활과 관련이 된다면 그 작품 속의 어떤 부분이 그런 주제와 관련되는지 밝히려 했고, 자세한 줄거리는 간략하게 처리했다.

　독서는 나의 평생 취미이기는 하지만 이렇게 집필을 목적으로 해온 것은 아니었으므로 미리 적어놓은 독후감이나 평론은 전혀 없다. 하지만 같은 책들을 여러 번 되풀이하여 읽다 보니 내 머릿속에는 그 책들에 대한 강렬한 인상이 남아 있었다. 나는 그런 인상과 기억을 따라서 이 책을 써나갔다. 비코(Vico: 이탈리아의 철학자, 1668-1744)는 "기억이 곧 상상력"이라고 말한 바 있는데, 때로는 나의 기억이 상상력 수준으로 비상하여 제시된 책들에 대하여 객관성을 잃어버린 것이 아닌가 걱정되어, 관련 정보를 여러 차례 확인하기도 했다. 그러나 워낙 많은 책을 다루다 보니 혹시 착오가 있다면 독자 여러분의 애정 어린 질책을 기대하는 바다.

독서에 대하여 이렇게 긴 글을 쓰게 된 것은 순전히 책찌의 김영애 사장 덕분이다. 김 사장은 두 해 전 여름 나를 찾아와, 그동안 읽은 책들이 좀 있을 터이니 그에 대한 얘기를 1일1독이라는 프레임으로 소개해보면 어떻겠느냐고 말해왔다. 나의 독서 이력을 평가해주는 김 사장의 제안에 감격하여 나의 무지와 무능을 돌아보지 않고 그만 수락하고 말았다. 그런고로 이 책은 김 사장의 제안과 격려가 없었더라면 세상의 빛을 보지 못했을 것이다. 마지막으로, 독자 여러분이 이 책을 읽고 독서와 인생에 대한 자그마한 조언이라도 얻을 수 있다면 글쓴이로서 더한 보람이 없을 것이다.

2015년 초봄

이종인

제2부 _ 여름

제3부 _ 가을

제4부_ 겨울

"인류는 한 저자가 지어낸 한 권의 책이다. 한 사람이 죽으면 한 장이 그 책에서 찢겨 나가는 것이 아니라 더 좋은 언어로 번역된다. 그렇게 모든 장이 번역된다. 하느님은 번역자를 여러 명 두셨다. 어떤 장은 노령, 어떤 장은 질병, 어떤 장은 전쟁, 어떤 장은 정의에 의해 번역된다."

– 존 던의 〈명상시〉 17에서

제1부_봄

봄은 만물이 소생하는 계절이다. 식물은 움이 트고 잎사귀가 나고 꽃이 피는 시기다. 사람의 한평생을 여든으로 본다면 출생에서 20세에 이르는 시기라고 할 수 있다. 이 시기에는 어떤 일이 벌어지는가. 먼저 한 아이가 세상에 태어나 부모와 아이 사이에 최초의 2인 혹은 3인 드라마가 벌어진다. 그리고 뒤이어 동생이 태어나면 형제간의 갈등 혹은 애정이 펼쳐진다. 좀 더 나이가 들어서는 사회의 축소판이라는 학교에 들어가서 여러 친구들과 사귀며 이런저런 경험을 한다. 가령 친한 친구가 괴기한 이야기를 좋아한다면 그의 영향을 받아 초현실적이면서 황당한 것을 좋아하게도 된다. 또 동급생 친구 때문에 마음에 상처를 입기도 한다. 옆 동네 여학교에 다니는 여학생에게 눈길을 주기도 하고 처음으로 사랑에 눈을 뜨며 성에 대해서도 관심을 갖게 된다. 힘들게 공부해서 대학에 들어가면 좋은 시절도 얼마 되지 않아 또 다른 사회인 군대에 가게 된다.

그러니까 봄은 인간이 가정과 학교와 군대를 거치면서 사회에 적응하는 시기다. 그것은 보통 용어로는 성숙, 종교적 용어로는 입문의 과정이다. 이 시기에 사랑에 대해서 고민하게 된다. 요컨대 인생의 전반을 지배하는 여러 가지 주제들이 이 시기에 그 밑그림을 잡게 된다.

|1| 딸에게 아버지란

《내 생애 단 한 번》

●

장영희(1952-2009)의 첫 번째 수필집 《내 생애 단 한 번》은 두 다리가 불편한 소아마비 장애인으로 살아오면서 역경에 굴하지 않고 마침내 명문 대학의 영문학 교수가 된 저자의 삶을 기술한다. 어린 시절에 다리를 저는 그녀가 동네에 놀러 나가면 동네 아이들이 자주 놀려먹었는데, 참다못한 어머니가 밖에 나와 "이놈들아, 쟤가 너희들한테 무슨 잘못을 저질렀기에 이리도 괴롭히느냐"고 소리치셨던 얘기, 어느 햇볕 따뜻한 봄날 목발을 옆에 놓고 집 앞에 앉아 있는데 마침 길을 지나가던 엿장수가 그녀에게 엿을 하나 공짜로 건네주며 씩씩하게 살아가라고 위로해주었다는 얘기, 미국에 유학을 가서 도서관에서 열심히 공부하던 중 한적한 소로를 통해 기숙사로 돌아가다가 그만 목발이 부러져 길에서 마냥 기다리는데 마침내 어떤 남학생이 보고서 업어주어 기숙사에 돌아간 얘기 등이 나온다.

이런 얘기를 하는 장영희는 자신을 완전 제3자로 바라본다. 결코 자기 연민은 없으며 들판의 나무와 하늘의 구름을 바라보는 시선이다. 그녀가 그려내는 이런 풍경은 우리를 점점 깊은 페이소스 속으로 끌고 들어간다.

장영희가 여동생이랑 신촌의 거리를 거니다가 마침 옷가게 앞을 지나게 되었는데, 동생이 저 옷을 한번 입어보고 맞으면 재래시장에 가서 사야지 하면서 가게로 들어갔고 그녀는 가게 밖에서 기다렸다. 그녀가 목발을 세우고 밖에 서 있는데 옷가게 주인이 나와서 "오늘은 없어, 내일 와!" 하고 소리친다. 동생이 옷을 입다 말고 황급히 쫓아 나와, 우리

언니가 미국서 박사 학위 하고 한국에서 대학교수로 있는데 거지 취급이 웬 말이냐고 여주인에게 따진다. 그러나 장영희는 동생을 데리고 그곳을 떠나면서 자신의 언니라고 하면 그만이지 박사 학위와 대학교수얘기는 뭐 하러 해, 하고 생각한다. 사람들은 남을 평가할 때 내면이아니라 번드레한 겉만 본다는 날카로운 지적이다.

자신의 불리한 생활 조건에 대해서 이처럼 객관적이면서도 침착한시선을 유지한다는 것은 보통 내공으로는 불가능한 일이다. 그녀의 내공은 어디에서 왔을까? 그것은 아버지 장왕록 교수의 사랑에서 왔다. 사랑의 갑옷이 장영희의 온몸을 감싸고 있었다.

딸을 등교시키기 위해 택시비로 월급의 3분의 1을 썼다는 아버지. 부족해진 가용(家用)을 채우기 위해 끝없이 번역을 해야 했던 아버지. 자신이 미국 유학 시절에 공부한 교수님 밑에서 배우게 하려고 일부러딸을 뉴욕주립대학으로 유학 보낸 아버지. 이 아버지는 어린 장영희가일반 학교에서는 적응하지 못할 것을 우려하여 특수학교에 입학시키려했는데, 그녀가 너무 우니까 마음이 약해져서 다시 집으로 데리고 와일반 학교에 보냈다. 이런 아버지의 사랑 덕분에 딸은 온갖 인생의 역경을 이겨낼 수 있었다.

| 2 | 또다른 아버지의 이름

《고리오 영감》

발자크(1799-1850)의 《고리오 영감》은 두 딸에 대하여 지극한 사랑을베풀었지만 이제는 파산해버린 가난한 아버지의 이야기다. 이 소설은 러시아 문학평론가 바흐친이 말한 다성음악(polyphony)을 갖춘 작품이다. 보케 하숙집에 모인 사람들은 저마다 한 가닥 사연을 갖고 있다. 시골에서 막 올라와 출세를 노리는 청년 외젠 라스티냐크, 자신을 상인으로 소개했으나 알고 보니 악명 높은 범죄자 자크 콜랭과 동일 인물이었던 무슈 보트랭, 경찰이 내건 현상금이 탐나서 보트랭을 경찰에 밀고하는 마드무아젤 미쇼노, 미쇼노를 도와주는 전직 하급 관리 무슈 푸아레, 파리 사교계의 불나방 같은 여성들, 그리고 남루한 방에 자리 잡은 고리오 영감. 이런 사람들이 등장하여 복잡한 교향악을 만들어낸다.

전에 국수 제조업자였던 고리오 영감은 그 사업으로 큰 돈을 벌어 두 딸 아나스타지와 델핀을 귀족에게 시집보낸다. 영감은 전 재산을 두 딸의 지참금으로 써버렸지만 두 딸은 아버지를 거들떠보지도 않는다. 고리오 영감은 두 딸을 만나는 것도 여의치 못해서 거리에서 딸이 타고 가는 마차를 보는 것으로 만족해야 한다. 보케 하숙집의 라스티냐크가 친척의 도움으로 파리 사교계에 드나들게 되면서 이 청년의 도움으로 간신히 딸들과 연락을 취할 뿐이다. 딸들에게 아버지를 좀 찾아와 달라고 해도 그들은 오지 않고, 고리오 영감이 병상에서 죽어가던 때에도 두 딸은 무도회에 가느라고 오지 못한다. 그렇지만 고리오 영감은 딸들을 너무 사랑하여 자신에게 그들을 더 지원해줄 돈이 없는 것을 한탄하며 죽어간다.

젊은 시절에 이 소설을 읽으면 출세를 지향하는 라스티냐크와 그를 매혹하는 자크 콜랭이라는 사기꾼-악당이 먼저 눈에 들어오지만, 나이 들어가면서 이 소설을 다시 읽으니 딸을 지극하게 사랑하는 아버지의 모습이 크게 보인다.

|3| 아버지의 괴이한 기대치

《한중록》

●

이 세상에는 장왕록 교수나 고리오 영감 같은 아버지만 있을까? 아니다. 다음은 혜경궁 홍씨(1735-1815)의 《한중록》 일부다.

영조: 네가 한 일을 바로 말해보아라.

사도: 심화(心火)가 나면 견디지 못하여 사람을 죽이거나 닭 짐승을 죽이거나 하여야 마음이 낫습니다.

영조: 어찌하여 심화가 나느냐?

사도: 마음이 상하여 그렇습니다.

영조: 왜 마음이 상하느냐?

사도: 저를 사랑해주지 아니하시기에 서럽고, 꾸중하시기에 무서워 심화가 되어 그렇습니다.

영조: (......) 내 이제 그리하지 않겠노라.

영조는 무수리의 아들로 태어나 형(경종)에 대한 열등감이 있었다. 경종 때의 모반 사건(이인좌의 난)과 관련하여 언제 죽을지 모르는 겁먹은 상태로 청년 시절을 보냈다. 그 후 왕위에 올라 맏아들 효장 세자를 얻었다. 그러나 이 아들은 열 살에 요절했고 그 다음에 얻은 것이 사도 세자였다. 영조는 왜 그렇게 되었는지 원인은 살피지 않은 채, 우유부단하고 겁 많은 사도를 싫어했다. 자신의 젊은 시절을 보는 듯했기 때문이다. 거기다가 살아 있는 아들은 죽은 아들(효장)만 영 못했다. 실제로 사도는 자기가 아버지의 사랑을 두고서 죽은 형과 다투고 있다는 것을 잘 알았다. 그렇기 때문에 생전에 아내 혜경궁 홍씨에게 이렇게 말했다.

"자네(혜경궁 홍씨)는 예상하지 못할 거야. 나는 병이 심해져 점점 고치기 어려우니 나는 폐하고 세손(후일의 정조)은 효장 세자의 양자를 삼으면 어찌할까 본고."

실제로 영조는 재위 중에 세손을 효장의 양자로 삼았고, 정조는 큰아버지 효장 세자를 진종으로 추존하고 그의 대를 이은 것으로 하여 왕위에 올랐다.

영조는 자신이 싫어하는 어린 시절을 아들(사도)에게서 보았고, 그 아들에게서 그가 가지고 있지 않은 어떤 것(효장)을 바랐다. 영조는 심한 노이로제에 걸린 아들의 모습만 현재의 시점으로 보았을 뿐, 자신이 은연중 그렇게 만든 과정은 보지 못했다. 무서운 아버지의 괴이한 모습을 이처럼 생생하게 묘사한 책은 다시없을 것이다.

|4| 아버지의 마음을 산 벌레

〈변신〉

●

카프카(1883-1924)의 단편소설 〈변신〉은 주인공 그레고르 잠자가 어느 날 아침에 잠 깨어 일어나 보니 벌레가 되어 있더라는 얘기다. 작품 속에서 벌레가 된 잠자의 몸이 움직이는 모양이나 형태에 주목하여 어떤 평론가는 바퀴벌레라고 하고 어떤 사람은 풍뎅이라고 한다.

잠자는 왜 갑자기 벌레가 되었을까? 작품 속에서 잠자는 자신이 벌레라고 상상하는 것이 아니라, 벌레가 되었다고 단정한다. 그 이유는 아버지가 잠자를 너무나 미워했기 때문이다. 그러나 징그러운 벌레가 되어버린 몸이지만, 그레고르 잠자는 가족의 연민과 혐오 속에서도 아버지의 사랑을 조금이라도 받아보려고 애쓴다. 그 모습이 너무나 가련하다.

나는 이 소설을 읽을 때마다 그레고르 잠자에게서 사도 세자를, 잠자의 아버지에게서는 영조를 보게 된다. 영조와 사도 세자는 18세기 조선에 존재했던 역사적 사실이지만, 잠자와 그 아버지의 이야기는 시간과 공간 그리고 대상의 제약을 훌쩍 뛰어넘어 앞으로 300년 후의 사람들이 읽어도 여전히 자기의 얘기 혹은 현대인의 얘기처럼 읽힐 것이다. 바로 이것이 역사적 사실과 서사적 진실의 차이다. 잘 만들어진 얘기는 3000년 전에 나온 것이라도 바로 어제 만들어진 것처럼 새롭다. 그래서 서사적 진실은 힘이 세다고 하는 것이다.

|5| 철학보다 의미심장한 시

《시학》

•

아리스토텔레스(서기전 384–서기전 322)의 《시학》 제9장은 시인과 역사가의 차이를 논한다. 여기서 말하는 시인이란 곧 고대 그리스의 비극 작가, 가령 소포클레스나 아이스킬로스 등을 가리킨다.

이 책에 의하면, 시인은 실제로 벌어진 일을 다루지 않는다. 시인은 인간 생활을 지배하는 법칙에 따라서 벌어질 법한 일 혹은 언젠가 벌어질 가능성이 있는 일을 묘사한다. 다시 말해 헤로도토스 같은 역사가는 기왕에 벌어진 사건을 다루지만, 시인은 충분히 벌어질 법한 사건을 다룬다. 이렇게 하여 시는 역사보다 더 철학적이고 더 의미심장해진다. 역사는 특수한 사건을 다루지만 시는 일반적이면서 보편적인 사건을 다루기 때문이다. 위에서 말한 서사적 진실이 역사적 사실보다 힘이 센 이유다.

그래서 시인은 본질적인 것, 벌어질 법한 일에 관심이 많다. 시인이 시 속에 역사적 주제를 도입할 때는 그 주제에 일관된 통일성을 부여해야 한다. 이 통일성을 위해 사건을 다소 과장하거나 부정확하게 처리하는 것도 허용된다. 시인은 비극에 반드시 플롯(plot: 구성)을 도입해야 하는데, 이때 가장 나쁜 플롯은 사건들이 에피소드처럼 산만하게 나열되는 것이다. 즉, 사건들이 서로 연계되는 명확한 인과 관계를 갖추지 못한 경우다. 가장 효과적인 플롯은 예기치 못한 것과 필연적인 것을 촘촘하게 병치해 연민과 공포를 불러일으키는 것이다. 잘 짜인 플롯일수록 사건의 반전을 도입하여 인식과 발견의 충격을 조성한다. 사건의 반전은 예기치 못한 것과 필연적인 것을 병치하는 중요 수단이다.

《시학》제23장은 시인이 세부 사항을 묘사하는 데 부정확한 것은 괜찮지만 인물의 미메시스(mimesis: 재현)가 부정확하면 안 된다고 말한다. 이어 불가능하나 그럴 법한 것은 용납되지만, 가능하지만 그럴 법하지 않은 것은 용납하기 어렵다고 말한다. 카프카의 〈변신〉에 비추어서 말해본다면, 인간이 벌레로 변하는 것은 불가능한 얘기이지만, 작품 속의 분위기에서 그럴 법하면 얼마든지 용납된다는 것이다.

|6| 통탄의 노래

《시경(詩經)》〈요아(蓼莪)〉편

●

《시경(詩經)》소아(小雅) 장의 〈요아(蓼莪)〉편은 돌아가신 부모님을 그

리워하며 자식이 불효를 통탄하는 노래다. 부모님이 나를 낳으실 때에
는 아름다운 자질("길고 긴 아름다운 쑥")이 있어서 의탁하여 몸을 마칠 수 있
다고 생각하셨을 텐데, 봉양은커녕 미련한 자식 때문에 평생 고생만 하
다가 돌아가셨다고 한탄한다.

길고 긴 아름다운 쑥이라 여겼더니
아름다운 쑥이 아니라 저 나쁜 쑥이로다.
슬프고 슬프다, 우리 부모님
나를 낳아 기르시느라 고생만 하셨구나.

공자의 제자 자로는 돌아가신 부모님을 슬퍼하며 부미지한(負米之恨:
쌀을 메고 올 때를 생각하며 슬퍼함)을 말했다. 자로가 스승 공자에게 말하기를,
"제가 옛날 부모님을 모실 때, 가난해서 질경이와 콩깍지를 먹었습니
다. 그러다가 우연히 부모님을 위해 백 리 밖에서 쌀을 구해 어깨에 메
고 온 적이 있었습니다. 그땐 정말 기뻤습니다. 이제 부모님은 돌아가
시고 저는 초나라에서 벼슬하여 만 섬 곡식을 쌓아놓고 먹고 있습니다.
그렇지만 백 리 밖에서 쌀을 지고 올 때의 그 기쁨을 다시 맛볼 수가 없
어서 너무 슬픕니다."(중국 전한 말의 설화집《설원(說苑)》에 나오는 이야기)

중국 진(晉)나라의 학자 왕포는 아버지가 군사령관에게 직언하다가
비명에 죽은 것을 애통히 여겼다. 이에 전원에 은거하여 제자들을 가
르치는 일에 전념했고, 조정에서 세 번이나 부르고 군국(郡國: 군은 천자가
파견한 지방관이 다스리는 행정구역, 국은 제후를 봉하여 다스리게 한 행정구역)에서 일곱
번이나 불렀는데도 모두 나아가지 않았다. 묘 옆에 여막을 짓고, 아침
저녁으로 항상 묘에 이르러 절하여 무릎 꿇고 잣나무를 잡고 슬피 울어

눈물이 나무에 묻으니 나무가 그 때문에 말라 죽었다. 《시경》의 〈요아〉 편을 읽게 될 때는 세 번 반복하여 외우며 눈물을 흘리지 않은 적이 없었다. 이 때문에 그에게 학문을 배운 제자들은 스승을 배려하여 《시경》을 읽더라도 그 한 편은 읽지 않았다.

당 태종은 생일날 여러 신하들의 축하 인사를 받으며 성대한 잔치를 열자는 제안을 받았다. 그러자 당 태종은 말했다.

"내 생일이라 세속에서는 다 즐거워하지만, 나에게는 아픈 느낌만이 가득합니다. 이제 천하에 군림하고 부유함이 온 땅을 가질 정도가 되었어도, 부모의 슬하에서 즐거움을 얻는 일은 영원히 얻을 수 없게 되었습니다. 자로가 말한 부미지한이 바로 이런 것이로군요. 《시경》에서도 '슬프고 슬프다, 우리 부모님, 나를 낳아 기르시느라 고생만 하셨구나' 했으니, 어찌 부모님께서 나를 낳으시며 고생한 날에 잔치를 베풀며 즐길 수 있겠소?"

당 태종의 눈에서 구슬 같은 눈물이 떨어지자 신하들이 다들 슬퍼했다. 우리나라에서도 조선조 숙종의 제3비인 인원 왕후는 구중궁궐에서 《시경》의 이 시를 읽을 때마다 소매로 눈물을 훔쳤다고 한다.

|7| 젖을 물려 아버지를 살린 딸
《기억할 만한 말씀과 행동들》

●

고대 로마의 작가 발레리우스 막시무스(Valerius Maximus: 서기 30년 전후 인물)의 《기억할 만한 말씀과 행동들》 제5권에는 이런 기사가 나온다. 자유민 출신인 노인 키몬이 중죄를 저질러서 재판정에서 사형을 선고받자, 사법 행정관은 그를 투옥해 처형하도록 했다. 감옥의 우두머리는 그를 불쌍하게 여겨 즉각 교수형에 처하지는 않았다. 우두머리는 심지어 키몬의 딸 페로가 감옥으로 면회 오는 것도 허용했다. 하지만 그 딸이 그 어떤 음식물도 가져오지 않았다는 것을 확인한 후에야 비로소 감옥 안으로 들여보냈다. 감옥의 우두머리는 그렇게 하면 키몬이 저절로 굶어 죽으리라고 예상했다.

하지만 여러 날이 지났는데도 키몬이 죽지 않자 도대체 어떻게 된 것인지 우두머리는 궁금해지기 시작했다. 면회 오는 그 딸을 살펴본 결과, 딸이 자신의 젖으로 아버지의 허기를 달래주는 것을 알게 되었다. 감옥의 우두머리는 이 놀라운 사실을 재판정에 보고했고 재판정은 다시 사법 행정관에게 보고했다. 그 갸륵한 효심에 감동한 행정관은 키몬의 형을 한 등급 경감해주었다.

부모님에 대한 효심이 그 어딘들 뚫고 들어가지 못할 것이며, 그 어떤 수단인들 궁리하지 못할 것인가? 감옥에서 효심은 아버지를 구제할 새로운 방법을 발견했다. 딸이 자신의 젖으로 아버지의 허기를 달래다니 이 얼마나 비상한 전대미문의 일인가?

로마의 자비: 키몬과 페로
(Caritas Romana: Cimon and Pero)

부다페스트 미술관에 소장되어 있는 마티우스 메이보겔(Matthius Meyvogel)의 〈로마의 자비: 키몬과 페로(Caritas Romana: Cimon and Pero)〉라는 작품은 이 이야기를 묘사한 그림이다.

이 그림에서 키몬은 대머리에 상반신이 벗겨져 있고 손은 뒤로 돌려 묶여 있다. 검은 머리를 늘어뜨린 페로는 양쪽 가슴을 드러내고, 오른손으로는 아버지의 머리를 잡고 왼손으로 자신의 오른쪽 가슴을 아버지의 입에 가져다 대며 젖을 가볍게 짜는 동작을 취하고 있다. 그녀의 얼굴은 성스럽고 신비하면서도 감각적이다. 많은 남자들이 이 그림을 보고서 놀라는 동시에 매혹되었다.

|8| 네로야, 내 배를 쳐라

《연대기》

그러나 자식이 모두 페로 같다고 볼 수는 없다. 고대 로마의 역사가 타키투스(55–117)의 《연대기》 제14권에는 '벤트렘 페리(ventrem feri)'라는 말이 나온다. '내 배를 쳐라'는 뜻이다.

네로 황제(37–68)의 어머니 소(小) 아그리피나(15–59)는 로마 제정 시대의 유명한 장군 게르마니쿠스와 대(大) 아그리피나의 딸로서 칼리굴라 황제의 여동생이었다. 그녀는 서기 39년 오빠 칼리굴라에 대하여 반역 음모를 꾸몄다가 유배된 뒤 41년 로마로 돌아왔다. 그녀는 권력을 잡을 목적으로 칼리굴라의 측근 레피두스를 먼저 유혹했고 이어 팔라스의 욕정에 자신을 내맡기기도 했다. 그녀는 첫 번째 남편 그나이우스 도미티우스 아헤노바르부스와 사이에 아들 네로를 두었다. 두 번째 남편 파시에누스 크리스푸스는 49년에 그녀가 독살한 것으로 알려져 있다. 그녀는 아들 네로를 데리고 가문의 아저씨뻘이 되는 클라우디우스 황제에게 다시 시집을 갔다. 그녀는 황제를 설득하여 네로를 입양하게 했고, 그 후 세 번째 남편 클라우디우스를 독살하여 불과 16세인 어린 아들 네로를 황위에 올렸다.

어머니 덕분에 황제가 된 네로는 어머니 아그리피나에 대하여 기이한 애증 심리를 갖고 있었다. 어머니가 성적 매력과 권모술수로 권력의 사다리를 타고 올라가 마침내 정상에 올랐다는 사실과, 클라우디우스 황제는 물론이고 그 전 남편도 독살했다는 사실도 잘 알았다. 그러니 권력욕 강한 어머니가 언제 자신을 죽일지 몰라 내심 공포에 떨었다. 그러면서도 어머니와 비슷하게 생긴 여자를 보면 엄청나게 매혹되었고, 그래서 그의 애첩들 중에는 어머니를 닮은 여자가 많았다고 한다.

그러나 네로는 마침내 어머니 아그리피나를 살해할 결심을 하기에 이르렀다. 나폴리 만 근처의 뱃놀이에 아그리피나를 초대하고 파티 중에 배의 밑바닥을 뚫어 그녀를 익사시키려 했다. 그러나 물에 빠진 아그리피나는 해안까지 헤엄쳐 나와 목숨을 건졌다. 그 사건을 황제에게 공식적으로 항의하면 더 큰 보복을 받을까 봐 아그리피나는 아무 일도 없었던 것처럼 행동했다. 여기에 더 큰 공포심을 느낀 네로는 어머니의 시골 별장에 근위대 병사들을 자객으로 보냈다. 아그리피나가 그들의 칼에 맞기 전에 한 말이 "벤트렘 페리(ventrem feri: 내 배를 쳐라)"다. 이 말은 네로에 대한 극도의 증오심을 내보이는 것으로서, 네로 같은 자식을 낳은 배를 차라리 발기발기 찢어버리라는 말이다.

|9| 가족의 행복과 불행에 대한 정의

《안나 카레니나》

●

톨스토이(1828-1910)의 장편소설 《안나 카레니나》는 19세기 러시아 귀족 가정의 풍속을 잘 그려낸 소설이다. 나이 든 남편과 불화하는 안나는 브론스키라는 젊은 청년과 불륜 관계에 빠져드는 반면, 서로 사랑하는 레빈 부부는 러시아의 대자연 속에서 평화로운 가정생활을 꾸려나간다. 안나는 결국 철도에 스스로 몸을 던지고 만다. 이렇게 줄거리만 적어보면 아주 통속적으로 들린다. 러시아 자연에 대한 아름다운 묘사, 등장인물들의 정감 넘치는 대화, 19세기 러시아 지식인들의 깊은 고민 같은 것이 줄거리에서 파악되지 않기 때문이다. 아무튼 이 소설의 가장 유명한 부분은 서두 부분의 한 문장이다.

행복한 가정들은 모두 비슷하게 행복하지만, 모든 불행한 가정은 저마다 다른 방식으로 불행하다.

이 문장은 이런 에피소드를 연상시킨다. 가난하지만 행복한 어느 집안의 아버지가 어느 날 저녁 퇴근길에 자신의 바지를 사 가지고 집에 왔는데, 두 딸과 아내는 길이가 너무 길다며 손을 보아야겠다고 했다. 아버지는 피곤하여 일찍 잠이 들었고, 아내와 딸은 밤중에 자다 말고 깨어 아버지 바지를 생각하고는 각자 따로 바지를 줄여놓았다. 그리하여 다음날 아침에 보니 바지가 너무 짧아져 있었다. 반면에 불행한 집의 아내와 딸은 아버지의 바지에 전혀 손을 대지 않아 아침에 일어나보니 바지 길이가 여전히 그대로더라는 것이다.

여기서 우리는 행복은 사랑이고 다시 사랑은 행동이라는 것을 알 수 있다. 반면에 불행은 미움이고 다시 미움은 무관심이 된다. 톨스토이가 말한 행복한 가정의 비슷함은 사랑의 보편 공통성이고, 불행한 가정의 다양성은 미움과 무관심의 개별성이다.

|10| 안개처럼 감싸는 불행

《밤으로의 긴 여로》

●

불행한 가정의 다양성을 묘사한 드라마로 유진 오닐(1883-1953)의 《밤으로의 긴 여로》가 있다. 이 희곡의 원제는 Long Day's Journey into Night인데 이 구절은 《구약성서》 〈열왕기 상〉 19장 3~4절에서 따온 것이다.

엘리야는 두려워 떨며 목숨을 구하여 급히 도망쳤다. 그는 유다 브엘세바에 이르러 그곳에 시종을 남겨두고 자기는 하룻길을 더 여행하여 거친 들로 나갔다(a day's journey into the desert).(공동번역판 《성서》)

이 희곡은 오닐의 자전적 작품이다.

약물중독 치료를 받고 최근에 퇴원한 어머니 메리는 남편 제임스 타이론과 두 아들 제이미, 에드먼드('오닐')를 앞에 두고 좋았던 옛날을 몽상하며 현재에 대하여 푸념을 늘어놓는다. 메리의 횡설수설은 아직도 그녀가 치료되지 않았음을 보여준다. 아버지와 아들들은 괴로운 가정 사정을 피하기 위해 술을 마신다. 아내는 자신이 이런 환자가 된 것이

아들 에드먼드를 낳을 때 돌팔이 의사에게 모르핀을 너무 많이 맞게 한 남편 제임스 탓이라며 원망을 늘어놓는다. 남편 제임스는 가족을 희생 시켜가며 성공한 연극배우다. 폐병 환자인 에드먼드는 자기가 결국 폐 병으로 죽을지도 모르는데 싸구려 요양원에 보내려 한다며 아버지를 원망한다. 방탕한 아들 제이미는 동생 에드먼드에게 너 때문에 엄마가 저런 꼴이 되었다며 원망한다. 남편 제임스는 식구들이 서로 물어뜯는 이런 슬픈 광경을 저주한다. 이 식구들은 서로 물어뜯고 서로 상대방을 무너뜨릴 생각을 하면서 밤으로 긴 여행길을 가고 있다.

이 드라마의 주제는 배신, 무관심, 비난, 망상이다. 이 가족은 오랫 동안 자기기만으로 고생해왔으나 드라마가 끝날 때까지도 그 망상에서 벗어나지 못한다. 메리는 자신을 피해자라고 생각하며 남편을 원망한 다. 제이미는 에드먼드의 예술가적 기질을 냉소적으로 보지만 실은 질 투심의 소치다. 에드먼드의 냉담함은 실은 폐병 때문이지만 가족들은 그의 병을 일부러 무시하려 든다. 이 가족의 자기기만적 삶은 무대를 휩싸는 안개로 상징된다. 안개는 드라마가 진행되면서 점점 짙어지다 가 끝나갈 무렵에는 타이론 가정의 집 안까지 침투한다.

| 11 | 조건의 아버지, 무조건의 어머니

《소유냐 존재냐》

가정 내의 사랑이라는 것은 어떤 것일까? 정신분석학자 에리히 프롬 (1900-1980)의 《소유냐 존재냐》는 가정 내에서 아버지와 어머니의 사랑이 어떤 역할을 하는지 설명한다.

먼저 아버지는 자식에 대하여 조건부적인 사랑을 베푼다고 한다. 아버지가 보기에 능력이 있는 자식은 더 좋은 보상을 받는 반면 속을 썩이는 자식은 냉대를 받는다는 것이다. 이런 조건부적인 사랑 덕분에 그 자식은 나중에 커서 신상필벌의 원칙이 적용되는 사회에서 잘 적응한다는 얘기다. 반면에 어머니의 사랑은 자식의 능력이나 상태나 행동과는 무관한 무조건적 사랑이라는 것이다. 이 모성적 사랑 덕분에 나중에 커서 아무런 조건을 따지지 않는 남녀 간의 무제한적인 사랑이 가능하다는 얘기다.

프롬의 《소유냐 존재냐》는 1980년대 초반에 우리나라에서 베스트셀러에 올랐고 나도 그때 이 책을 읽었다. 사랑에 대한 프롬의 해설이 논리 정연하여 지금껏 기억하고 있다.

| 12 | 집으로 돌아올 자격?

《보스턴의 북쪽(North of Boston)》, 〈고용된 일꾼의 죽음(The Death of the Hired Man)〉

로버트 프로스트(1874–1963)의 시집 《보스턴의 북쪽(North of Boston)》에 들어 있는 〈고용된 일꾼의 죽음(The Death of the Hired Man)〉은 주로 대화로 구성된 시다.

대화하는 두 사람은 농장주인 워런과 그의 아내 메리인데, 부부는 전에 해고했던 일꾼 사일러스가 돌아온 것에 대하여 얘기를 나눈다. 사일러스는 그리 성실한 일꾼이 아니었다. 워런은 "내가 일손이 가장 필요할 때 그는 사라졌다"라고 감정 섞인 말을 한다. 사일러스는 건초 만드는 시기에 워런의 농장을 떠났는데 겨울이 되자 느닷없이 돌아온 것이다. 아내 메리는 이 일꾼이 너무 가련하여 용서하려는 마음이 강하다. 그래서 남편에게 가서 난로 옆에서 졸고 있는 사일러스를 한번 보라고 말한다. 그러나 남편은 얼른 가서 인사할 생각이 별로 없다. 왜 우리 집을 찾아왔느냐며 불만이다.

그러면서 부부는 이 일꾼에 대한 생각을 서로 말한다. 남편은 사일러스에게는 여기서 13마일 떨어진 곳에 은행의 이사로 근무하는 형의 집이 있는데 왜 그리로 가지 않느냐고 말한다. 아내는 사일러스가 형 얘기는 전에도 하지 않았고, 형제간에 무슨 말 못할 사연이 있을 거라고 한다. 워런은 과거 사일러스가 농촌 소년 해럴드 윌슨과 언쟁할 때에도 끼어들지 않았다.

그가 볼 때 그런 말다툼은 불필요한 행동이었다. 하지만 메리가 볼 때, 그런 언쟁은 농장 생활이라는 인간 드라마의 한 부분이다. 그녀는 사일러스의 단점에도 불구하고 혹은 그 단점 때문에 그를 측은하게 생각한다. 워런은 사일러스가 여기 올 게 아니라 형을 찾아가야 한다고 말한다. 이처럼 아내는 불쌍한 일꾼을 옹호하고 남편은 그 일꾼을 비난하다가 대화는 이렇게 전개된다.

아내: 여보, 그는 죽기 위해 집으로 왔어요. 그가 이번에도 느닷없이 당신을 떠나갈 것이라고 걱정할 필요 없어요.

남편: 집이라고?

아내: 집이 아니면 뭐겠어요? 그건 집을 어떻게 정의하느냐에 달려 있어요.

남편: 집이란 식구가 찾아가면 받아주는 곳이야(속뜻은, 사일러스는 우리 집에서 받아들여질 자격이 없으므로 우리 집은 그의 집이 될 수 없다는 뜻_글쓴이).

아내: 나는 집이란 들어가기 위해 어떤 자격을 획득해야 하는 곳이라고 생각하지 않아요.

이 대화를 읽어 보면 농장주 워런은 집에 들어오려면 그만한 자격을 갖추어야 한다는 조건부적 사랑을 말하고, 그의 부인 메리는 집이란 식구라면 자격과 무관하게 무조건 받아주어야 하는 곳이라고 말한다. 이런 대화를 나눈 후, 아내가 자꾸 사일러스에게 가보라고 재촉하자 남편은 난로가 있는 방에 들어갔다가 돌아와서는 아내에게 그가 죽었다고 말하면서 시는 끝난다.

|13| 구체에서 추상으로
《향연》
●

플라톤(서기전 428-347)의 《향연》은 사랑에 관한 담론이다. 여러 대화자들이 나와서 사랑에 대한 자신의 생각을 개진한다.

이 책의 등장인물 중 하나인 아리스토파네스는 유명한 남녀동일체설을 내놓는다. 인간은 원래 네 팔, 네 다리, 두 얼굴 등을 가진 구형이었는데 반란을 잘 일으키는 인간의 심성을 미워한 제우스가 이 몸을 둘로 갈라놓았다. 그래서 갈라진 반쪽이 나머지 반쪽을 늘 그리워하며 찾아다닌다는 것이다.

디오티마의 이야기도 유명하다. 이 책에서 소크라테스는 만티네이아의 무녀 디오티마에게 들었다는 사랑의 사닥다리를 말한다. 사랑은 처음에는 육체적인 것으로 시작하여 점점 더 정신적인 사랑으로 나아가 마침내 완전히 신성에 합일된다는 것이다.

이처럼 사람의 인식이 구체적인 사물에서 시작하여 추상적인 관념으로 이행하는 것은 사랑에만 국한되지 않는다. 가령 우리가 앞에서 만나본 '아버지'들도 우리 곁에 있는 아버지로 시작하여 천상에 계신 아버지(하느님)로 발전해나가는 것이다. 《향연》의 정말 중요한 메시지는 이런 것이다. 즉, 사람의 생각은 구체적 사물을 바탕으로 하여 점점 추상적인 개념으로 나아간다는 것이다. 인간에게는 구체적 사물뿐만 아니라 추상적 관념의 인과 관계도 알고 싶어하는 초월의 욕망이 있기 때문이다. 이것은 앞에서 말한 카프카의 사례에도 적용된다. 잠자(카프카)의 아버지는 후일 〈법 앞에서〉와 같은 단편소설, 그리고 《심판》이나 《성》 같은 장편소설에서 인간의 운명을 좌지우지하는 초월적 존재, 즉 신의 개념으로 인도하는 구체적 매개가 된다.

디오티마의 사닥다리는 《구약성서》 〈창세기〉 28장 10절 이하에 나오는 천상의 사닥다리와 병치되는 개념이다. 야곱은 브엘세바를 떠나 하란으로 가다가 밤이 되자 돌 하나를 가져다가 머리에 베고 누워 자다가 꿈을 꾸었다. 꿈속에서 땅에 사닥다리가 세워져 있고 그 꼭대기는 하늘에 닿아 있는데, 하느님의 천사들이 그 사닥다리로 오르내리고 있었다. 하느님께서 그 사닥다리 꼭대기에서 야곱에게, 네가 누워 있는 땅을 너와 네 후손에게 주겠다고 말했다. 야곱은 잠에서 깨어나, 하느님이 진정 이곳에 계시는데도 자신은 그것을 몰랐다고, 정말 두려운 일이라고 탄식했다. 그리고 자신이 돌베개를 베고 누워 잤던 곳을 '하늘의 문'이라고 일컫는다.

| **14** | 사랑에 대한 정의

《신학대전》

●

　토마스 아퀴나스(1224-1274)의 《신학대전》 제2부에는 사랑에 대한 정의가 나온다.

　사랑한다는 것은 '선을 원함(velle bonum벨레 보눔)'이다. 자기 자신에게 또는 남에게 선을 원하는 것이다. 따라서 사랑은 이기적 사랑과 우정의 사랑으로 나뉜다. 사랑의 고유한 원인은 선(善)이다. 사랑은 사람의 타고난 본성이며 또 본성에 어울리는 것이다. 악도 선'처럼' 나타나면 사랑을 하게 된다. 아름다움(pulchrum풀크룸)은 선과 같은 개념이다. 다른 점이 있다면 아름다움의 소유는 보는 것 또는 인식에 있는데, 선의 소유는 사랑 속에 있다. 사랑의 가까운 원인은 선에 대한 인식이다. 이 인식이 없으면 그것을 결코 욕심낼 수 없다.

　사랑의 결과는 상호 침투다. 왜냐하면 사랑은 그것을 주는 자가 그것을 받는 자 속에 있고, 또 반대로 사랑받는 자가 사랑하는 자 속에 있도록 만드는 것이기 때문이다. 엑스터시(황홀)는 사랑의 결과다. 왜냐하면 자신의 영혼이 자기 자신으로부터 나와서 사랑의 대상으로 옮아가기 때문이다. 격정과 질투는 사랑의 결과다. 강렬한 사랑은 그것을 반대하고 가로막는 온갖 장애물을 다 물리치기 때문이다. 사랑은 사랑하는 자가 행하는 모든 것의 원인이다. 바로 사랑하기 때문에 모든 것을 행하게 되는 것이다.

　이 이야기를 더 풀어 쓰면 이렇게 된다. 우주의 존재와 전반적인 움직임은 하느님의 사랑과 하느님에 대한 사랑으로부터 나온다. 모든 창조물은 신성한 '존재'의 펼침이며 반영이다. 하느님이 직접 창조하신 것들과 하느님이 여러 기관을 통해 간접적으로 만드신 것들(원소, 식물, 동물)도 모두 사랑의 힘이 작용하여 그 존재를 지탱한다. 이 세상 어디에나 하느님의 선하심이 인장처럼 찍혀 있으며, 그 선하심이 만들어내는 움직임이 곧 사랑이다.

죄악은 과도한 사랑이나 오도된 사랑에 그 원천을 두고 있으며, 그런 사랑은 그것이 영혼에 일으킨 사악한 경향에 따라 분류된다. 과도한 사랑은 '너무 많은'과 '너무 적은'으로 나뉜다. 너무 많은 사랑은 세속적인 좋은 것들에 대한 열정으로서 욕정, 대식, 탐욕 등이고, 너무 적은 사랑은 게으름이 대표적이다.

아퀴나스의 사상 체계에서 악은 순수하게 그 자체로 존재할 수 없다. 왜냐하면 하느님의 선하심이 흘러넘쳐 생겨난 피조물은 그 자체로는 악이 될 수 없기 때문이다. 오도된 사랑은 선한 것을 왜곡하려는 욕망, 그 선한 것의 선함으로부터 달아나려는 욕망이다. 바로 이것이 악을 만들어내는 원인이다.

|15| 다른 아버지의 이야기

《구약성서》, 《신약성서》

●

《구약성서》는 무서운 아버지를, 《신약성서》는 사랑의 아버지를 묘사한다. 우리는 행복보다 슬픔을 더 잘 기억하고, 그래서 행복한 이야기보다는 슬픈 스토리가 더 우리의 심성에 호소력이 강하다. 또 선량한 사람을 다룬 얘기보다는 악랄한 사람을 다룬 이야기가 더 재미있고 잘 읽힌다. 이것은 단테의 《신곡》을 읽어봐도 알 수 있다. 《신곡》의 3편 중

〈지옥〉 편은 아주 재미있는데 〈연옥〉과 〈천국〉 편은 지루하다고 말하는 사람이 많다. 《죽은 혼》이라는 장편소설을 쓴 러시아 소설가 고골은 자신이 인간의 악랄한 면만 잘 묘사하는 것에 염증을 느끼고서 인간의 선량한 면을 묘사한 장편소설을 쓰려고 했으나 끝내 실패했다.

이런 점을 감안하면 일반 독자가 《신약성서》보다 《구약성서》에 더 매력을 느끼는 것은 자연스러운 일이다. 구약에는 무서운 아버지의 엄청난 분노가 상세하게 그려져 있기 때문이다.

구약의 하느님은 정말 무섭다. 개구리 비를 내리는 하느님, 아브라함에게 이삭을 희생 제물로 바치라고 시험하는 하느님, 소돔과 고모라의 사람들을 모두 파멸케 한 하느님, 다윗에게 노하여 괴질로 이스라엘 사람 7만 명을 쓰러뜨린 뒤에야 분노를 거두신 하느님…… 이런 얘기가 구약에 아주 상세히 적혀 있다. 이에 비하면 신약에 나오는 사랑의 아버지는 너무나 무기력해 보인다. 자식들을 위해 그 자신이 대신 죽는다는 스토리는, 스토리의 유사성만 두고 본다면 아서 밀러의 희곡 《세일즈맨의 죽음》을 연상시킨다.

그러나 《신약성서》는 일관된 가르침을 갖고 있다. 사랑의 아버지가 가르치는 것은 세상의 지혜와는 다르며, 세상의 지혜가 오히려 어리석음이라는 것이다. 지혜로워지려면 먼저 어리석은 사람이 되어야 하고 강해지려면 먼저 약한(온유한) 사람이 되어야 한다는 것이다.

| 16 | 기독교 망국론

《로마제국 쇠망사》

●

에드워드 기번(1737-1794)의 《로마제국 쇠망사》에서는 로마제국이 쇠
망한 이유 중 하나로 기독교를 들었다. 즉 고대 로마의 강건한 상무 정
신 대신에 기독교의 어리석고 온유한 심성이 득세하는 바람에 나라가
허약해졌다는 것이다. 따라서 기번은 로마제국의 국력과 기독교의 발
전을 서로 상충하는 힘으로 파악한다.

그러나 기번 이전의 많은 역사가들은 기독교와 로마제국을 신의 섭
리라는 틀 안에서 조화롭게 연결시켰다. 가장 대중적인 설명은, 하느
님이 그리스도를 로마제국 이전에도 지상에 보낼 수 있었으나, 제국의
보편적 평화를 이용하여 이 종교의 전파를 더욱 쉽게 하려고 제국의 완
성을 기다렸다는 것이다. 또 다른 설명은 인간의 지적 수준이 로마제국
에 이르러서야 비로소 부활과 영생의 신비를 이해할 정도로 성숙했으
므로 이 시기에 맞추었다는 것이다.

세 번째이자 마지막 설명은 첫 번째 것과는 정반대된다. 기독교는 최
악의 상황에서 지상에 왔으며, 인간을 유혹하는 매력적인 요소보다는,
금욕과 도덕을 강조하는 등 혐오감을 느끼게 하는 요소가 더 많은 종교
다. 이런 종교가 엄청난 박해의 폭풍우 속에서도 죽지 않고 살아남은
것은 오로지 신의 섭리와 기적이라고 밖에는 달리 설명할 길이 없으며,
그 찬란한 발전은 제국의 쇠망과는 극명한 대조를 보인다는 것이다.

기번은 이러한 조화의 역사관을 거부하고 기독교의 발전이 로마제국
의 쇠망을 가져왔다는 주장을 편다. 《로마제국 쇠망사》 제15장에서 기
독교가 성장한 이유를 세속적인 혹은 사회적인 요소들로써 설명하면

서, 원시 크리스천들의 배타적인 열광, 저승에 대한 즉각적인 기대, 기적 사역에 대한 주장, 엄격한 미덕의 실천, 원시 교회의 행정 구조 등 다섯 가지 사유가 로마제국의 쇠망에 큰 작용을 했다는 것이다.

| 17 | 기독교 기여론
《고전의 전통: 서양문학에 나타난 그리스-로마의 영향(The Classical Tradition: Greek and Roman Influences on Western Literature)》

길버트 하이어트(Gilbert Highet, 1906-1978) 교수의 《고전의 전통: 서양문학에 나타난 그리스-로마의 영향(The Classical Tradition: Greek and Roman Influences on Western Literature)》(1949)에서는 기번의 기독교 망국론을 비판한다.

하이어트 교수는 기번이 기독교를 공격한 것은 종교적 불관용을 두려워하고 미워했기 때문이며, 그래서 기번의 책에서는 여러 가지 종교를 포용했던 로마의 정책을 옹호한다고 지적했다.

하이어트는 기독교가 로마의 국교로 인정되기 전에는 파괴적 요소로 작용했지만, 국교가 된 뒤에는 오히려 로마 세계를 지탱해주는 힘이 되었다고 본다. 그러면서 로마제국이 멸망한 것은 기독교 때문이 아니라 야만족의 침입 때문이라고 진단한다. 로마제국은 콘스탄티누스 대제 이후 기독교의 도움으로 존속할 수 있었으며, 그리스-로마 문명이 보존된 데도 기독교의 역할이 컸다. 야만족이 로마 세계를 침입해 올 때 기독교 신자들은 있는 힘을 다해 저항했으며, 야만족에게 정복당한 이후에는 그들을 가르쳐서 문명화하는 데 기독교가 결정적 역할을 했다는 것이다.

하이어트는 기독교가 때때로 종교적 불관용을 저지른 것은 사실이지만, 야만적인 세력들을 다스려서 그 힘을 적절히 배출시킨 공로를 잊어서는 안 된다고 말한다. 기독교는 기번이 생각한 것보다 훨씬 더 위대한 힘이었고 인간의 사회가 현재와 같이 구축되는 데 가장 큰 기여를 했다는 것이다.

|18| 형제간의 성장도 다루다
《정신분석 입문》

프로이트(1856-1939)의 《정신분석 입문》 제13장에서는 형제간 경쟁(sibling rivalry)을 설명한다. 먼저 태어난 아이가 뒤에 오는 동생을 무척 괴롭히면서 형제가 성장하다가, 어느 시점에 이르면 형이 대오 각성하여 싸움에서 탈피하고 의젓한 성년으로 나아간다는 얘기다. 그러나 형제간 경쟁을 잘 극복하지 못하면 엄청난 증오가 따른다고 지적한다.

사실 형제간 경쟁은 인류의 역사가 시작된 때부터 있어왔다. 《구약성서》를 보면 카인과 아벨, 그리고 약간 뒤의 야곱과 에사오, 그리고 그 뒤의 압살롬과 암논 등 많은 사례를 찾아볼 수 있다. 또 《구약성서》 〈사무엘 하〉 14장 5~6절에는 이런 구절도 보인다.

"저는 남편을 여읜 과부입니다. 그런데 저에게는 아들 둘이 있었습니다. 그것들이 어쩌다가 벌판에서 싸우게 되었는데 말릴 사람이 없어 한 아이가 그만 제 동기를 때려죽이고 말았습니다."

그 과부의 심정을 상상하며 시를 쓴 사람이 있다. 다음에 소개하는 시가 그것이다.

| 19 | 자식을 기다리며 차갑게 식은 저녁밥

〈헛간이여 낟가리여 나무여 잘 있거라(Farewell to barn and stack and tree)〉

영국 시인 A.E. 하우스먼(Housman, 1859-1936)의 시 〈헛간이여 낟가리여 나무여 잘 있거라(Farewell to barn and stack and tree)〉는 이러하다.

헛간이여 낟가리여 나무여 잘 있거라,
세번 강변이여, 잘 있거라.
테렌스, 자네와는 이게 마지막일세,
난 집으로 돌아가지 않을 테니까.

반쯤 추수된 들판에 해가 쨍쨍 빛나고
지금쯤 피는 말라붙었을 걸세.
그리고 모리스는 아직도 건초 사이에 누워 있고
내 칼이 그의 옆구리에 박혀 있다네.

우리 어머니는 우리가 좀 늦는다고 생각하실 걸세,
애들이 돌아올 시간이 되었는데 하시면서.
어머니는 오늘 아침에는 아들이 둘 있었지만
오늘 밤에는 혼자 지내시게 되었네.

친구여, 이 피 묻은 손을 내밀며
자네에게 작별의 악수를 청하네.
내 피 묻은 손과 나는 더 이상

낫과 갈퀴를 쥐지 않아도 되겠군.

자네에게 자부심을 지켜줄 남자다운 힘과
자네를 깨끗하게 지켜줄 사랑을 빌겠네.
그리고 이번 수확제 때, 자네가
들판을 달리는 경주에서 일등하기를 빌겠네.

건초 더미는 이제 오래 나를 기다려야 할 걸세,
가축우리도 오래 기다려야 되겠지,
빈 그릇도 오래 기다려야겠지,
그리고 저녁밥은 차갑게 식고 말겠지.

| 20 | 내 동생의 자식과 내 자식

《소학(小學)》 제6권 〈선행〉

주자(1130-1200)가 편집한 《소학(小學)》 제6권 〈선행〉에는 형제간의 우애를 보여주는 일화가 소개되어 있다.

진(晉)나라의 우복야(右僕射) 벼슬을 지낸 등유(鄧攸)가 영가(永嘉) 말년(서기 312년)에 석륵(石勒)에게 패배하여 급히 도주하면서 사수(泗水)를 지나게 되었다. 등유는 소와 말 등에 처자식을 업히고 도망하다가 도적을 만나 소와 말을 약탈당했다. 할 수 없이 걸어서 도망치면서 자신의 어린 아이와 동생의 아이를 업고 갔다. 그러나 도무지 걸음이 나아가지 않았다. 등유는 두 아이를 온전히 구제할 수 없다고 판단하여 깊이 생각한 끝에 자기 자식을 버리기로 결심한다. 그는 아내에게 이렇게 말한다.

"내 아우가 일찍 죽고 자식은 이 아이밖에 없다. 도리상 동생의 후사를 끊을 수 없다. 그러니 이 난국을 만나 우리 아이를 버리고 가야 한다. 다행히 우리가 생존하게 된다면 우리는 뒤에 또 자식을 두게 될 것이다."

아내가 울면서 동의하자 마침내 자신들의 자식을 버리고 동생의 아들만을 데리고서 도망쳤는데, 다행히 피난에 성공하여 목숨을 부지했다. 그러나 등유는 죽을 때까지 자신의 후사를 얻지 못했다.

동생을 생각하여 이런 선행을 했으니 반드시 덕불고 필유린(德不孤必有隣: 덕 있는 사람은 외롭지 않으며 반드시 따르는 사람이 있다)이 되어야 할 텐데 그렇지 못한 것이 안타까운 일이다. 그런데 이 스토리에 더 가슴 아픈 부분이 있다. 중국 25사 중의 하나인《진서(晉書)》중〈양리전(良吏傳)〉에서 등유 편을 찾아보면 이런 구절이 나온다.

등유의 어린 아들이 울면서 따라오자 등유는 그 아들을 나무에 묶어놓고 갔다.

《소학》을 편집한 주자도 이 부분을 삭제했으며, 조선시대의 우리 할아버지들도 형제의 의리가 중요하지만 이건 너무하지 않느냐는 의견들이 많았다.

우리는 어떤 얘기가 너무 아귀가 잘 들어맞으면 그게 거짓말이 아닐까 의심을 한다. 만약 등유가 그의 아들을 나무에 묶었다는 모진 얘기가 없었다면 이것은 너무나 아름다워서 오히려 지어낸 얘기처럼 들렸을 것이다. 현실은 그처럼 아름다움과 지저분함이 뒤섞여 있다. 이것은 왜 그런가. 사람의 마음은 선과 악이 뒤섞여 있기 때문이다. 그리하여 우리가 즐겨 듣는 이야기는 우리 내부의 최선의 자아와 최악의 자아가 서로 갈등하는 스토리다.

|21| 선악의 공존이 아닌 갈등
《지킬 박사와 하이드 씨》

●

로버트 루이스 스티븐슨(1850-1894)의 《지킬 박사와 하이드 씨》는 인간의 이중적 측면을 파헤친 소설이다.

대중 앞에 나서면 도덕적으로 올바르고 존경을 받는 지킬 박사는 개인적으로 몰래 이런저런 악행을 저지른다. 그러면서 자신이 이중인격자가 아닐까 의심한다. 그는 인간의 악한 성격과 선한 성격을 완전히 분리하는 약제를 실험하다가 성공하여, 그 약제를 마시면 존경받는 지킬 박사에서 혐오스러운 하이드 씨로, 혹은 그 반대로 완전 변모할 수가 있다. 그러나 지킬 박사는 자신(하이드로 변모한 자신)이 점점 더 악에 탐닉하는 것을 발견하고, 마침내 하이드는 살인까지 저지른다. 그렇게되자 지킬은 이제 자신의 의지와는 상관없이 하이드로 변모하는 자신을 발견한다. 게다가 약제는 원래의 선한 모습과 성격을 회복시키는 힘을 점점 잃어간다. 지킬 박사는 자신의 정체가 발각되어 체포되기에 이르자 자살한다.

이 소설은 인간의 내부에 악이 존재한다는 것을 부정할 때의 비극을 구체적으로 묘사한다. 악이 존재한다는 것을 인정하면 그 다음에는 어떻게 해야 할 것인가? 가능한 한 그것을 억제하면서 가면이나 베일로 그것을 가리는 수밖에 없다. 그 가면을 융은 페르소나라고 했고 프로이트는 자기방어라고 했다.

그러나 억압된 악은 자꾸 밖으로 튀어나오려고 한다. T.S. 엘리엇은 《대성당의 살인(Murder in the Cathedral)》이라는 시극(poetic drama)에서 "한 평생의 교양으로도 다스리지 못하는 야수적 충동"이라는 표현을 썼다. 그 야수적 충동이라는 것이 무엇이겠는가? 인간이라면 누구나 자기 마음속에 가지고 있는 악행에의 충동이다. 성 아우구스티누스는 《고백록》에서 인간은 누구나 아무런 이유도 없이 악행을 저지르려는 충동을 가지고 있다며 자신의 어린 시절 배 밭에서 배를 훔친 경험을 제시했고, 아일랜드의 추리 작가 르파뉴(Sheridan Le Fanu, 1814-1873)는 그것을 원숭이에 비유했으며, 미국 출신으로 영국에 귀화한 작가 헨리 제임스(Henry James, 1843-1916)는 그 충동을 정글의 짐승으로 상징했다.

| 22 | 나는 어떤 늑대에게 밥을 주는가

〈체로키족의 전설〉

●

아메리카 인디언의 전설은 선과 악에 대하여 귀중한 교훈을 제공한다. 어느 날 저녁 체로키족의 늙은 전사가 모닥불 옆에 앉아서 생각에 잠긴 채 활활 타오르는 모닥불을 들여다보았다. 그때 손자가 다가와 조언을 구했다. 어떤 친구가 자기에게 나쁜 짓을 했다는 것이다. 늙은 전사는 손자에게 말했다.

"손자야, 너에게 얘기를 하나 해주마. 나도 한때는 엄청난 분노와 증오를 느꼈단다. 우리의 땅에서 그처럼 많은 것을 가져가고 우리에게는 조금밖에 돌려주지 않는 자들에 대해서. 하지만 증오는 너를 피곤하게 만들 뿐이야. 그건 너의 적에게 아무런 영향도 미치지 못해.

나의 내부에서는, 아니 모든 사람의 내부에서는 싸움이 벌어지고 있어. 그건 우리 안에 살고 있는 두 마리 늑대의 싸움이야. 한 늑대는 악이야. 이놈은 화를 잘 내고 시샘, 질투, 적개심이 가득하지. 거만하고 탐욕스러운 데다 미워하는 마음이 가득해. 이놈은 누구하고나 싸워. 때로는 아무 이유도 없이 달려들지. 이놈은 합리적인 생각을 못해. 온통 증오에 사로잡혀 있기 때문이지. 다른 늑대는 선이야. 이놈은 즐거움, 평화, 사랑, 희망이 가득하지. 관대한 데다 자비를 잘 베풀고, 남에게 다가갈 때도 그들의 입장에 공감하며 겸손하게 접근하지. 이놈은 주위에 있는 자들과 조화를 이루며 살고, 아주 필요할 때가 아니면 싸우지를 않아. 손자야, 이 두 마리 늑대의 싸움은 때때로 여러 달 동안 계속된단다."

손자는 아무 말 없이 모닥불의 불씨가 활활 타오르는 것을 지켜보았다. 손자는 할아버지가 해준 말을 곰곰 생각하다가 마침내 물었다.

"할아버지, 어떤 늑대가 이겼어요?"

늙은 체로키 전사는 대답했다.

"누구겠니, 손자야? 네가 밥을 많이 준 늑대지."

| 23 | 미발지중 거경궁리

《서한집》

●

우리는 일상생활 중에 이렇게 선과 악을 명확하게 구분하지는 못한

다. 그런 치열한 갈등보다는 갑작스러운 감정 변화를 겪으며 선과 악이
라는 화제를 조우하게 된다.

키케로의 《서한집》 중 친구인 아티쿠스에게 보낸 편지에서 키케로는
자기 자신을 가리켜 이렇게 말했다.

"Piget me stultitia mea피게트 메 스툴티티아 메아(나의 우둔함은 나를 짜증
나게 해)."

그리고 한참 있다가는 이렇게 말한다.

"Ego mihi placui에고 미히 플라쿠이(그래도 나는 나 자신이 대견스러워)."

우리는 이런 상반되는 감정을 빈번하게 겪으면서 매일매일을 보낸
다. 성리학에서는 '미발지중(未發之中)'이라 하여, 마음속에서 선과 악이
아직 피어나지 않은 상태에서 악의 기미를 미리 살펴 그것을 억제할 것
을 말한다. 미발지중을 유지하려면 성실한 마음과 진지한 자세가 필요
하다. 이것을 성리학에서는 '거경궁리(居敬窮理: 경건한 마음을 유지하면서 이치
를 탐구한다)'라고 했다. 미발지중을 지키는 길은 오로지 경(敬)이 있을 뿐
이다.

|24| spot of time
《흐르는 강물처럼》

●

미국 소설가 노먼 매클린(Norman Fitzroy Maclean, 1902-1990)의 《흐르는 강
물처럼》은 형제간의 우애를 묘사한 자전적 장편소설이다.

노먼의 남동생 폴은 놀기 좋아하는 한량이고 노름을 좋아하며 툭하
면 싸움질을 하는 문제아다. 폴은 플라이 낚시를 아주 잘해서 그 기술

이 신기에 가깝다. 그들 가족은 몬태나 주 미줄라(Missoula) 시에 살았는데, 어느 여름날 아버지는 노먼과 폴을 데리고 근처에 있는 블랙풋 강으로 플라이 낚시를 하러 간다. 강에서 폴은 환상적인 낚시 솜씨를 보여주어 아버지와 형을 기쁘게 한다. 그러나 동생은 그 휴가 직후 어느 허름한 골목 도박판에서 노름을 하다가 싸움이 벌어져 살해당한다. 형이 현장을 찾아가 보니 범인들은 모두 달아났고, 폴은 아직도 싸우려는 듯 주먹을 꼭 쥔 채 죽어 있었다. 아버지는 막내아들의 죽음을 너무나 가슴 아파한다. 형은 그 후 40년 동안 폴을 회상할 때면 마지막까지 주먹을 꼭 쥐며 치열하게 저항하다 가버린 동생 폴, 강물에서 귀신같은 낚시 솜씨를 보여주던 착한 낚시꾼 폴의 모습을 떠올린다.

이 소설의 원제는 A river runs through it(강물은 그것을 통하여 흐른다)이다. 아무리 난봉꾼 동생이지만 형의 추억 속에는 아버지와 형을 즐겁게 하던 선량한 낚시꾼의 모습이 강물처럼 영원히 흐르고 있는 것이다.

형 노먼은 시카고대학의 영문과 교수로 있다가 정년퇴직한 후인 1976년에 이 소설을 써냈다. 동생의 추억을 이렇게 형상화하지 않고서는 자신의 기억 속에 계속 흐르는 그 강물을 어떻게 할 수가 없던 것이다. 작품 속에 spot of time이라는 말이 나오는데, 이는 영국 시인 워즈워드가 한 말로서 갑자기 깨달음을 얻는 삶의 한때를 뜻한다. 제임스 조이스의 용어 에피파니(epiphany: 현현顯現)와 비슷한 말이다. 동생 폴을 생각할 때마다 형은 이런 생의 한 순간을 얻고는 했다. 시인 김영랑은 《찬란한 슬픔》이라는 시집에서 "내 마음에 끝없는 강물이 흐르네"라고 노래했는데, 이 소설의 국내 번역 제목이 《흐르는 강물처럼》이 아니라, 영랑의 시구를 따서 "내 마음에 끝없는 강물이 흐르네"로 되었더라면 더 좋았을 것이다.

|25| 갈등과 화해의 반복, 반복

《요셉과 그 형제들(Joseph und Seine Bruder)》

●

형제간의 치열한 갈등과 그 후의 아름다운 화해를 구체적이면서도 웅장하게 묘사한 작품으로는 토마스 만(1875-1955)의 《요셉과 그 형제들 (Joseph und Seine Bruder)》이 있다. 《구약성서》〈창세기〉의 한 장을 가져와서 무려 4권에 이르는 장편으로 써낸 토마스 만의 필력이 놀랍기만 하다.

제1권에서는 요셉의 아버지 야곱의 전사(前史)가 다루어지고, 제2권에서는 주인공 요셉이 형들의 미움을 사서 노예로 팔려 가 이집트로 건너가서 성공하는 과정이 그려져 있다. 제3권에서는 이집트에서 요셉이 재상으로까지 올라가는 과정과 형제들을 다시 만나 화해하는 과정이 그려져 있다. 이 소설에서 가장 중요한 주제는 '반복'이다.

정신분석학자 라캉은 정신분석의 4대 용어로 '무의식, 전이, 충동, 반복'을 제시하면서 이중에서도 반복이 가장 중요한 용어라고 말했다. 그렇다. 우리의 인생도 반복되고, 역사도 반복되고, 이야기도 반복된다. 이 반복이라는 개념이 없다면 1일1독, 1년 365일이라는 개념도 성립하지 않을 것이고, 니체의 '영원회귀'라는 개념도 존재하지 못했을 것이다.

늘 꿈을 꾸는 몽상가였던 요셉은 그 꿈 때문에 형들에게 미움을 사서 이집트에 노예로 팔려 가지만, 다시 꿈 때문에 파라오의 고관에게 발탁되어 높이 출세한다. 또한 7년간의 풍년과 7년간의 흉년을 예고한 파라오의 꿈을 잘 해석하여 국정을 훌륭하게 보필함으로써 재상의 지위에 오른다. 이 과정에서 환관 보디발의 아내가 육탄 공세를 펼쳐오나 요셉이 그것을 물리치는 염사(艶事)도 소개된다.

온 천지에 가뭄이 들어 요셉의 형제들이 식량을 구하고자 이집트로 찾아오자, 고관이 된 요셉은 형제들에게 자신의 신분을 알리기 전에 그들을 시험한다. 형제들이 과거에 자신을 배반했듯이, 이번에는 손아래 동생인 베냐민을 배반할 수 있겠느냐고 묻는다. 그러자 형 유다는 그런 주문만은 거두어달라고 간청한다. 그러면서 자신들이 현재 이런 재앙을 겪는 것은 여러 해 전 형제 요셉을 잘못 대한 데 따른 벌이라고 말한다. 유다는 그 잘못을 자신이 대신 질 테니 막내 베냐민은 아버지 야곱에게 돌아갈 수 있게 해달라고 말한다.

마지막 장에서 아버지 야곱은 이집트에 간 아들들과 합류하여 이집트 동부 변경 지방인 고센 땅에 정착한다. 그는 고령이 되어 사망하면서 형제들을 축복하고, 유다를 아브라함과 이사악의 대를 이을 후계자로 선언한다.

| 26 | 모든 문학은 가족로망스에서 출발
《표준판 프로이트 전집》 제9권

●

위에서 시블링 라이벌리에 대해서 언급했는데 이와 짝을 이루는 개념이 '가족 로망스(family romance)'다. 프로이트는 《표준판 프로이트 전집》 제9권에 실려 있는 논문 〈가족 로망스〉에서 이 개념을 설명한다.

아이는 자라는 동안 부모를 최고의 권위, 이 세상에서 가장 힘센 사람으로 생각한다. 그러다가 주변에 자신의 아버지보다 더 힘센 사람이 있다는 것을 알게 되고, 또 동생이 생겨나서 자신에 대한 부모의 애정이 줄어드는 것을 보고서 그 난처한 상황을 스스로에게 설명하기 위해 공상을 하게 된다. 가족 로망스의 1단계는 아이가 자신을 다리 밑에서 주워 온 아이라고 생각하는 것이다. 그러면서 이왕 주워 온 아이, 자신은 모세처럼 특별한 사정에 의해 버려진 아이라고 상상하게 된다. 아이는 좀 더 자라면서 가족 로망스의 2단계에 돌입한다. 그동안 아이는 아버지는 언제나 불확실한 존재이지만 어머니는 언제나 확실한 존재라는 것을 깨닫는다. 말하자면 남성과 여성의 역할을 이해하는 것이다. 그리하여 가족 로망스 2단계에서는 어머니가 왕족과 은밀하게 바람을 피워 자신을 낳았다고 공상한다. 이렇게 하여 자신을 아버지와 나머지 형제로부터 구분하는 것이다.

그러나 이러한 공상은 아버지와 어머니가 최고의 권위였던 행복한 시절에 대한 동경에서 나온다. 아버지가 이 세상에서 가장 힘세고 고귀했던 사람, 그리고 어머니는 가장 어여쁘고 인자로운 사람이었던 시절을 그리워하는 것이다. 성인이 되어서도 이 공상의 흔적이 남아 있는데, 꿈에 왕과 왕비가 등장하는 것이 그런 경우다.

프로이트는 노이로제 기질을 가진 아이의 엉뚱한 공상을 '가족 로망스'라고 명명했지만, 동시에 그는 기발한 상상력을 가진 시인이나 소설가는 이 아이처럼 노이로제 성격이 강하다고 지적한다. 이 얘기는 다시 말해 모든 문학이 가족 로망스를 바탕에 두고 있다는 얘기가 된다. 특히 소설의 경우, 성장소설은 가족 로망스의 성격이 강하다. 이 때문에 모든 소설은 가족의 역사를 다루는 자전 소설이라는 말까지 나왔다.

| 27 | 실체를 가로막는 공상

〈나의 아버지(My Old Man)〉

●

헤밍웨이의 《제5열과 첫 49편의 단편(The Fifth Column and the First Forty-Nine Stories)》은 1938년 이전에 썼던 단편소설을 모두 모아놓은 책인데, 그는 이 책의 서문에서 〈프랜시스 매코머의 짧고 행복한 생애〉, 〈킬리만자로의 눈〉, 〈하얀 코끼리 같은 산〉, 〈깨끗하고 불빛 환한 곳〉, 〈세상의 빛〉 등을 가장 아끼는 단편으로 들었다.

이 소설집에 들어 있는 또 다른 단편 〈나의 아버지(My Old Man)〉는 아버지(작중 인물의 아버지)에 대한 기억을 적은 것이다. 주인공은 아버지가 위대한 사람인 줄 알았으나, 주변 사람들의 대화에서 그 아버지가 실은 경마장의 사기꾼에 불과했다는 것이 밝혀진다.

이 소설은 헤밍웨이가 자신의 아버지를 빗대어 쓴 것으로 보인다. 그의 아버지 클래런스 헤밍웨이는 1928년 12월 오크파크 자택의 2층에서 스미스웨슨 리볼버 권총으로 자신의 귀 뒷부분을 쏘아 자살했다. 헤밍웨이의 부친은 플로리다의 부동산에 거금을 투자했다가 부동산 가격이 폭락하면서 그 돈을 모두 날리고 말았다. 그 전해에 부친은 플로리다주 의사 시험에 합격하여, 그곳으로 내려가 개업하면서 은퇴 후 여생을 보낼 계획이었으나 그것이 물거품으로 돌아간 것이다. 게다가 그는 당뇨병과 협심증에 따른 수면 부족으로 고통을 받고 있었다. 비 내리는 추운 날씨가 계속된 것도 그의 우울증을 더욱 자극했다. 자살 당시 부친의 나이는 57세였다.

〈나의 아버지〉를 읽으면 가족 로망스가 작용하는 것을 볼 수 있다. 다시 말해 주인공은 자신의 아버지를 왕이나 신분 높은 귀족, 즉 훌륭한 인물로 알고 있는 것이다. 그러나 이 소설을 자세히 읽어보면 가족 로망스가 역방향으로 작용하는 것도 감지할 수 있다. 아버지에 대한 미움을 교묘하게 감추고 있는 것이다. 실제로 생전의 헤밍웨이는 자살한 아버지를 겁쟁이로 미워했다고 한다. 이러한 감정은 그의 다른 소설 《누구를 위하여 종은 울리나》의 제30장에 상세하게 기술되어 있다.

그러나 놀랍게도 그처럼 아버지의 자살을 미워했던 헤밍웨이도 1961년 아버지와 비슷한 나이에 자살로 생을 마감했다. 헤밍웨이의 또 다른 단편 〈인디언 마을〉은 어린 시절 의사 아버지를 따라 자살자를 수습하러 갔던 일을 서술한 작품이다. 부자의 대화에 이런 말이 나온다.

아들: 아빠, 그 사람은 왜 자살을 했나요?
아버지: 모르겠다, 닉. 아마도 삶을 견딜 수 없었던 게지.

| 28 | 자살을 노래한 시
〈리처드 코리(Richard Cory)〉

그 사람이 되어 보지 않는 한 그가 왜 자살했는지는 알 수가 없다. 미국 시인 에드윈 로빈슨(Edwin Arlington Robinson, 1869~1935)의 〈리처드 코리(Richard Cory)〉는 자살을 노래한 시다. 〈사운드 오브 사일런스(The Sound of Silence)〉라는 노래를 부른 듀엣 사이먼 앤 가펑클의 사이먼은 이 시를 좋아하여 자신의 노래를 가사 없이 배경 음악으로 삼고서 이 시를 낭송한 음반을 내기도 했다. 그래서 그런지 이 시를 읽을 때면 "헬로, 다크니스, 마이 올드 프렌드(Hello darkness, my old friend)" 하는 〈사운드 오브 사일런스)의 가사가 떠오른다.

리처드 코리가 번화가를 걸어갈 때면
연도에 있던 사람들은 그를 쳐다보았네.
그는 발끝에서 머리끝까지 신사였네
백학처럼 깨끗하고 황제처럼 날렵했네.

그는 늘 차분한 복장을 하고 다녔고
남들과 얘기할 때는 언제나 인간적이었네.
"안녕하십니까?"하고 말할 때는 맥박이
펄떡거렸고 걸어갈 때면 황금처럼 번쩍거렸네.

게다가 그는 부자였네, 왕보다 더 큰 부자였네.
모든 우아한 것에 정통해 있었네.
그는 이 세상 사람이 부러워하는 것의 전부.
우리 모두는 그처럼 되기를 소원했지.

그래서 우리는 일을 했고 광명이 비치기를 기다렸고
고기 없는 빵만으로 식사를 하며 투덜거렸네.
그리고 어느 조용한 여름 밤, 리처드 코리는
집으로 돌아가 머리에 총알을 박아 넣었네.

| 29 | 친구는 제2의 자아

《우정론》

●

가정에서 어느 정도 성장하면 이제는 학교에 가야 한다. 학교를 다니는 이유는 여러 가지가 있겠으나 가장 주된 것은 교육을 받고, 그 다음에 친구를 사귀기 위한 것이다.

키케로의 《우정론》은 일명 《라일리우스(Laelius)》라고 하는데 라일리우스와 소(小) 스키피오의 우정을, 후일 라일리우스가 두 사위에게 말해주는 형식으로 되어 있다. 키케로는 젊을 때 복점관(卜占官) 스카이볼라의 문하에서 공부했는데, 이때 라일리우스의 말을 간접적으로 들을 수 있었다고 한다. 스카이볼라가 바로 라일리우스의 두 사위 중 한 사람이었기 때문이다.

이 책은 친구와 우정에 대하여 유명한 말을 남긴다.

"사람은 누구나 자신을 사랑하지만 그것은 사랑의 대가를 받아내기 위한 것이 아니라 자신을 사랑하는 것이 자연의 이치이기 때문이다. 그리고 이와 똑같은 사랑의 감정을 우정에 적용하여 친구를 자기의 몸인 양 사랑하지 않는다면, 진정한 친구는 결코 얻을 수 없다. 왜냐하면 진정한 친구는 제2의 자아(alter ego)이기 때문이다."

친구가 소중한 존재라는 것은 학교에서 어울려 지낼 때는 잘 알지 못한다. 그러나 인생의 4계절이 진행되면서 봄, 여름을 지나 가을로 들어서고 특히 겨울이 되면, 이 친구가 없으면 삶을 견디어내기가 어렵다. 이렇게 말하면 다소 과장처럼 들릴지 모르나, 학교에 다니는 것은 공부를 하기 위해서라기보다 친구를 사귀기 위한 것이다.

나는 요즘 고등학교 동창생들을 자주 만난다. 그들을 보고 있노라면 인생의 봄과 겨울을 동시에 본다. 친구에게서 홍안 미소년을 보는가 하면 반백의 초로를 보는 것이다. 좋은 일이 있으면 함께 기뻐해주고 어려운 일이 있으면 옆에서 거들어주는 다정한 친구, 이들이 있기 때문에 자살의 유혹을 이겨내고 인생을 완주할 수 있다.

| 30 | 우정은 사랑의 전이

《니코마코스 윤리학》

●

아리스토텔레스의 《니코마코스 윤리학》에는 우정이 자세히 논의되어 있다.

아리스토텔레스는 인생에서 최고의 선은 행복이라고 규정하는 한편, 인간은 정치적 동물이기 때문에 정치학이 가장 중요한 학문이라고 본다. 그리고 행복은 사회 속에서 미덕의 생활을 영위할 때 얻어지기 때문에 행복과 정치는 불가분의 관계라고 진단한다. 그는 정치의 문제는 《정치학》에서 따로 다루고, 행복의 문제를 《니코마코스 윤리학》에서 집중적으로 다룬다. 즉, 행복해지기 위해서는 어떤 성격을 갖고 있어야 하는가를 탐구한다.

그는 쾌락, 재산, 명예를 추구하는 삶은 행복한 삶이 아니라고 말한다. 최고선인 행복은 그런 언제 변할지 모르는 외부적인 것보다는 인간의 내부에 언제나 있는 것, 즉 미덕에서 얻어야 한다고 강조한다.

이 책의 제8권과 9권은 그런 미덕을 함양하는 데 참된 우정이 큰 도움이 된다고 말한다. 친구를 사귀는 데에는 유익함, 즐거움, 이상적 교제라는 세 가지 목적이 있으나 앞의 두 가지를 추구하는 것은 불완전한 우정이다. 높은 미덕을 갖춘 사람들끼리 서로 진정으로 이해하고자 하며 순수하게 교제하는 것이 가장 좋은 우정이다. 이런 이상적 우정에서는 사랑받는 것보다는 사랑하는 것이 더 중요하다. 서로 비슷하게 혜택을 주고받는 것이 좋지만 설사 그런 혜택이 불균형할지라도, 자신의 친구를 위해서 해줄 수 있는 것은 가능한 한 다 해주는 우정, 그러니까 자신이 먼저 친구를 사랑해주는 우정이 좋다는 것이다.

그런데 우리는 남들에게 친구가 되어주기 위해서는 먼저 우리 자신을 사랑해야 한다. 선량한 사람은 먼저 자기 자신을 사랑하고 그 자신이 존재한다는 사실 자체를 즐거워한다. 그 사랑과 즐거움이 남에게 전이될 때 우정은 더욱 크게 꽃피어 난다. 우정이란 함께 더불어 살면서 체험을 공유하는 것으로서, 사회적 동물인 인간의 본성을 크게 만족시키는 것이다.

이 책에는 "플라톤은 내 친구이지만 진리는 그보다 더 훌륭한 친구다(amicus Plato, sed magis amica veritas)"라는 말도 나온다. 아리스토텔레스는 이 말을 플라톤의 《파이돈》에서 가져왔는데, 이 책에서 소크라테스는 이렇게 말한다.

"케베스여, 자네가 내 조언을 유의해서 듣는다면, 자네는 소크라테스는 별로 높이 생각하지 않고 진리를 그보다 훨씬 더 높이 생각해야 하네."

| 31 | 찰랑이는 머리카락, 이별의 손수건

〈집 떠나는 딸에게(To A Daughter Leaving Home)〉

미국의 여성 시인 린다 파스탄(Linda Pastan, 1932-)은 〈집 떠나는 딸에게

⟨To A Daughter Leaving Home⟩⟩라는 시에서 딸을 멀리 유학 보내는 어머니의
심정을 이렇게 읊었다.

네가 여덟 살 무렵,

자전거 타기를 가르쳐 주기 위해

나는 두발자전거에 오른

네 곁에서

위태위태한 자전거를 따라

함께 걸었단다.

네가 공원의 커브길 아래로

달려 내려갈 때,

나는 그만 놀라서 입을 벌렸지.

네 뒤를 정신없이 쫓아가던 나는

마음속에서 쿵하고

부딪히는 소리를 들었어.

하지만 너는 거리를 점점 넓히면서 더 작아지고,

더 씩씩해지면서 앞으로 나아갔지.

마치 네 인생을 즐기려는 듯

깔깔 웃음을 터트리며.

네 등 뒤에서 철썩이던 머리카락은

내게 작별을 고하는

손수건이었지.

| 32 | 진심은 말씀의 치료사

《황금 전설(Legenda aurea)》

●

친구를 사귈 때는 말이 중요하다. 말로 상처를 줄 수 있는가 하면 말로 그 상처를 치유할 수 있기 때문이다. 이탈리아 제노바의 주교를 지낸 야코부스 데 보라지네(Jacobus de Voragine, 1229경–1298)의 《황금 전설(Legenda aurea)》은 중세 기독교 성인들의 전기를 모아놓은 책이다. 이 책의 7권에 있는 〈바람(Barlaam)과 요사파트(Josaphat)〉는 말씀의 치료사가 등장하는 이야기다.

8세기 무렵 인도 아베니르 왕의 한 신하는 독실한 크리스천이었는데 그 사실을 숨기고 있었다. 어느 날 이 장관이 사냥을 나갔다가 맹수에게 물려 쓰러져 있던 남자를 만났다. 장관이 불쌍하게 여겨 집으로 데려와 치료해주고 머물게 했다. 그러자 그 남자가 말했다.

"장관님, 저는 말씀의 치료사입니다. 만약 어떤 사람이 말로써 상대에게 상처를 주었다면, 저는 그것을 말로 고칠 수 있습니다."

그 장관은 왕의 신임이 두텁다 보니 궁중에 적수들이 있었다. 적들은 왕에게 장관이 기독교도라고 폭로하면서 장관이 왕 앞에서는 알랑거리지만 속으로는 음흉한 음모를 꾸미면서 왕위를 빼앗으려 한다고 무고했다.

"만약 폐하께서 증거를 원하신다면 장관을 불러서 이렇게 물어보십시오. '인생은 짧다. 나는 이제 왕위를 버리고 내가 몰라서 박해해왔던 기독교 수도자의 옷을 입으려 한다.' 그리고 장관이 어떻게 나오는지 보십시오."

왕이 장관을 불러 그런 가짜 결심을 밝히자, 간신들의 참소를 모른

채 장관은 감동하여 눈물을 흘리며 칭송했다. 이어 장관은 인생의 헛됨을 상기시키면서 그 결심을 하루바삐 실천에 옮기라고 조언했다. 왕은 경악하면서 내심 분노했다. 알현이 끝나자 장관은 심한 불길함을 느끼면서 집으로 돌아왔다.

장관은 그때 말씀의 치료사를 생각해내고 그에게 왕궁에서 벌어진 일을 말했다. 치료사는 이렇게 대답했다.

"왕은 장관님을 의심하고 있습니다. 장관님이 왕좌에 욕심이 있기 때문에 어서 빨리 수도자가 되라고 말했다고 오해하는 겁니다. 그러니 지금 당장 장관님의 머리카락을 삭발하고, 그 비단옷을 벗어버리고, 거친 짐승 털로 만든 옷을 입으시고, 동트자마자 왕에게 달려가십시오. 왕이 웬일이냐고 묻거든 이렇게 말씀하십시오. '보십시오, 폐하. 저는 폐하를 따라갈 준비가 되었습니다. 폐하께서 가고자 하는 길은 힘든 길이지만, 제가 폐하를 곁에서 보필한다면 훨씬 수월해질 것입니다. 제가 번영의 때에 폐하의 측근이었듯이, 역경의 때에도 폐하의 측근이 되겠습니다. 그래서 폐하를 모시러 왔습니다. 무엇을 망설이십니까?'"

장관이 가서 그 말대로 하자, 왕은 장관의 진심을 깨닫고 그 후 더욱 중용했다.

말로써 사람의 마음에 생긴 상처를 고쳐줄 수 있다는 것은 프로이트가 20세기 초에 정신분석을 주창하고, 이어 카를 융이 그것을 계승하여 오늘날의 자크 라캉에 이르기까지 일관되게 이어져온 믿음이다. 정신분석 이론은 아주 복잡하고 어려운 반면, 위의 이야기는 쉽고 구체적이다. 대화에 갑과 을이 있다면 여기서는 왕과 신하가 있고, 대화에 주변 환경이 있다면 여기에는 간신들이 있다. 이야기에는 말씀의 치료사라는 사람을 설정해놓았으나, 실은 우리의 진심이 곧 말씀의 치료사라는 교훈을 에둘러 말한 것이다. 누구나 교우 관계에서 말실수를 하는데, 그럴 때면 이 말씀의 치료사를 상기하면 좋을 듯하다.

| 33 | 엄석대 같은 친구가 있을라고?

〈우리들의 일그러진 영웅〉

●

이문열(1948-)의 단편소설 〈우리들의 일그러진 영웅〉은 학교가 작은 사회라는 것을 보여주는 작품이다. 급우를 교묘하게 괴롭히는 반장 엄석대와 그 반장을 관찰하는 한병태의 이야기다.

서술자인 나 한병태는 중년에 이르러 근 30년 전의 과거를 회고하는 방식으로 열두 살 시절을 회상한다. 그런데 이 작품을 읽어나가면 40대가 할 법한 행동을 12세 아이가 하는 듯한 작위성을 느끼게 된다. 소설을 읽는 독자가 제일 싫어하는 것은 소설 속 얘기가 소설가에 의해 억지로 꾸며졌다는 느낌이 드는 것이다. 12세 아이의 눈으로 학급의 일을 일관되게 관찰했더라면 더 설득력 있었을 텐데, 40세의 시선이 자꾸 끼어들어 혼란스럽다. 학교가 사회의 축소판인 것은 맞지만 교실 내에는 엄석대 같은 학생만 있는 게 아니고 또 그에게 완전 굴종하는 동급생들만 있는 것도 아니다.

지난해 연말 고등학교 동창생 부부 동반 모임에서 들은 얘기다. 각자 돌아가면서 발언하는 기회에, 산부인과 의사로 현재 세계적 명성을 누리는 한 동창이 그 모임에 참석한 또 다른 동창생 김 아무개에게 고마움을 표시하면서 이런 말을 했다.

"고등학생 때 나를 엄청 괴롭히는 친구가 있었다. 나는 저항할 힘이 없어 맨날 맥없이 당하고 있었는데 당시 유도반이던 김 아무개가 그 괴롭히던 친구를 제압하여 나를 해방시켜주었다. 40여 년 전의 일이지만 지금도 고맙게 생각한다."

엄석대같이 괴롭히는 친구가 있으면 그에 맞서서 분연히 일어나는 백기사도 있다. 지금 이 순간에도 학교에는 싱클레어를 구해주는 데미안이 있을 것이다.

| 34 | 싱클레어 속에 남은 데미안
《데미안》

●

헤르만 헤세(1877–1962)의 《데미안》은 에밀 싱클레어라는 학생이 동급생인 막스 데미안의 도움으로 자신의 정체성을 찾아나가는 얘기다.

작품의 서두에서 프란츠 크로머가 동급생 싱클레어를 괴롭히면서 돈을 뺏는데, 데미안이 등장하여 크로머를 대신 물리쳐준다. 이야기의 주제는 차츰 카인(악)과 아벨(선)의 주제로 확대된다. 싱클레어는 친구 데미안의 도움으로 선과 악의 경계를 넘어서 신성으로 나아간다. 이 책에는 다음과 같은 유명한 말이 나온다.

새는 힘들게 싸우면서 알에서 빠져나올 길을 찾는다. 그 알은 세계다. 태어나려고 하는 자는 먼저 세계를 파괴해야 한다. 새는 신을 향해 날아간다. 그 신의 이름은 아브라사스다.

왜 아브락사스라고 했을까? 이 신은 기독교 도래 이전의 신, 선과 악의 경계를 훌쩍 뛰어넘는 신으로 제시되어 있다.

싱클레어는 자주 자신의 어머니를 포옹하는 꿈을 꾼다. 그리고 그 어머니는 다시 데미안을 닮은 양성적 인물로 변모한다. 싱클레어는 이런 인물이 자신의 내부에 살고 있음을 느끼고, 그것이 더 큰 자기 발견의 길로 인도한다. 그는 나중에 데미안을 다시 만났을 때 데미안의 어머니 에바 부인에게서 꿈에 보았던 그 어머니의 이미지를 본다. 에바(이브)는 그 이름이 암시하듯이 보편적 어머니를 상징한다. 싱클레어는 이 어머니를 진심으로 사랑한다. 에바와 그 주위 인물들을 통하여 싱클레어는 다가오는 전쟁(1차 세계대전)의 재앙을 예감한다. 전쟁이 터지자 싱클레어와 데미안은 입대한다. 싱클레어는 전투 중에 부상을 당하여 병원으로 후송되었는데, 자신의 침대 옆에 누워 있는 데미안을 본다. 데미안은 부상을 이기지 못하고 죽지만, 싱클레어는 그 체험으로 인해 큰 정신적 변모를 겪게 되고 데미안이 그 자신의 내부에 '나의 형제, 나의 스승'으로 남아 있다고 느낀다.

헤세는 이 소설을 쓰면서 카를 융의 꿈과 상징 해석에서 많은 도움을 받았는데, 실제 헤세 자신도 정신과 치료를 받은 바 있었다.

| 35 | 압력을 스스로 이겨내기

《카라마조프네 형제들》

학교에 다닐 때 동급생들로부터 받는 압박(또래압력peer pressure)도 만만치 않다. 도스토옙스키의 《카라마조프네 형제들》 제4부 10편 "소년들"에는 꼴랴라는 학동의 이야기가 나온다. 꼴랴가 어머니와 함께 먼 친척이 사는 마을에 다니러 갔는데, 그 마을의 외곽에는 철도가 놓여 있었다. 열두어 살부터 열다섯 살가량 된 아이들 예닐곱 명이 기차역 근처에 모여 함께 놀았는데, 어린 축에 속한 꼴랴에게 나이 든 아이들이 '코흘리개'라고 놀린다. 꼴랴는 그런 놀림을 받기 싫었던 까닭인지, 자신은 기차가 달려올 때 선로 사이에 누워서 그 기차가 지나갈 때까지 버티다가 나올 수 있다고 큰소리친다. 그래서 아이들은 저녁에 기차역에서 1킬로미터가량 떨어진 곳으로 나가기로 했다. 거기까지 가면 역을 떠난 기차가 완전히 속력을 내기 시작하기 때문이었다. 꼴랴가 그 도전을 이겨낸 부분의 묘사는 이러하다.

아이들은 일제히 꼴랴한테 달려 올라갔다. 꼴랴는 꼼짝 않고 누워 있었다. 그들은 꼴랴를 끌어당겨 일으키려 했다. 그러자 그는 벌떡 일어나서 철둑에서 내려갔다. 밑으로 내려와서 그는 아이들에게, 너희들을 놀라게 하려고 일부러 기절한 체했다고 말했지만, 후에 자기 어머니한테 솔직히 고백한 바에 의하면, 그는 정말로 의식을 잃었다는 것이다.

나의 고등학교 동창은 어린 시절 눈이 많이 내린 퇴계로에서 놀다가 친구들이 겁쟁이라고 놀리는 말이 싫어서 달려오던 미군 지프차 밑으로 들어갔고 그 차가 그의 몸 위로 지나갔다. 미군 장교는 얼른 차에서 내려 그에게 괜찮으냐고 물었다. 그는 자신의 신체 상태보다는 아이들이 자기를 우스꽝스럽게 볼 것을 더 두려워하면서 아무 일도 없다고 엉겁결에 대답했다. 그러나 그 지프차와 집단 괴롭힘에 대한 기억은 오랫

동안 그를 괴롭혔다. 어릴 때는 잘 몰랐는데도 나중에 나이 들어갈수록 자꾸 그 생각이 나서 오싹해진다는 것이다. 누구나 이런 나쁜 기억을 한두 가지는 갖고 있다. 성장하기 위해서는 스스로 그 기억을 극복할 수 있어야 한다.

|36| 폴의 경우

〈문제아 폴〉

윌라 캐더(Willa Cather, 1873-1947)의 단편소설 〈문제아 폴〉은 대학에 들어가서 1학년 영미소설 강독 시간에 처음으로 배운 작품이었다. 당시 이 소설을 강독한 교수는 원제 Paul's Case를 '문제아 폴'로 읽으라고 가르쳤다.

어떤 시골 학생이 학교생활에 재미를 느끼지 못하다가 집안의 돈을 훔쳐서 대도시로 도망치고, 흥청망청 쓰며 지내다가 마침내 돈이 떨어지자 철도에서 투신자살한다는 내용이다. 당시에 선생님이 그렇게 가르치니까 폴이 문제아인가 보다 여겼지만, 지금 와서 다시 생각해 보니 '문제아 폴'이라는 번역은 정말 문제 있다고 생각된다. 원제는 〈폴의 경우〉다. 문제아라고 해버리면 이미 선악의 판단을 내려서 폴을 나쁜 아이라고 단정하는 것이다. 저자는 그런 판단을 유보했기 때문에 '폴의 경우'라고 했다. 따라서 그 의도를 중시하여 원문대로 '폴의 경우'라고 번역하는 것이 맞다.

이 소설을 읽을 때 가져야 할 마음가짐은 불신(不信)의 정지(停止)다. "에이, 세상에 이런 애가 어디 있어"라고 말한다면 이 소설에서 아무런 감흥도 얻을 수가 없다. 그래, 이런 애가 있다 치고 어디 한번 소설가의 말을 들어보지, 이런 마음을 가지고 읽어야 한다. 사실, 모든 소설을 읽을 때 이런 마음가짐이 필요하다.

|37| 홀든의 경우
《호밀밭의 파수꾼》

●

문제아 폴을 좀 더 확장해놓은 것이 J.D. 샐린저(1919-2010)의 《호밀밭의 파수꾼》이다.

주인공은 펜시 예비학교(사립 고등학교) 학생 홀든 콜필드다. 그는 이 세상 모든 것이 다 가짜라고 생각한다. 학교 기숙사 옆방에 살며 여드름을 짜는 것이 취미인 애클리, 말쑥해 보이지만 실은 거머리에 지나지 않는 룸메이트 스트래들레이터, 친절하지만 무기력한 스펜서 선생님, 그리고 학교의 분위기가 도무지 못마땅하다. 홀든은 여학생 문제로 스트래들에이터와 싸우고 학교를 때려치우겠다고 스펜서 선생에게 말하고 뉴욕으로 간다. 펜시는 그가 지금껏 그만둔 세 번째 학교다. 학교를 그만둔 사실은 사흘 후에나 부모에게 통지될 것이므로 그 사흘 동안 마음껏 즐겨보자는 생각이다.

그는 부모님이 학기 내내 아껴 쓰라고 보내준 용돈을 가지고 뉴욕의 싸구려 호텔에 투숙한다. 그리고 이 술집 저 술집으로 돌아다니면서 불량한 자들을 만나는데, 그들 또한 모두 가짜라고 생각한다. 그는 저녁에 나이트클럽으로 가면서 택시 운전사에게 "센트럴 파크 사우스 호수의 오리들은 겨울이 되면 어디로 가나요?" 하고 묻는다. 이 질문은 아주 중요한 의미를 갖는다.

그는 이 세상 모든 어른이 가짜요 위선자라고 생각하는 반면 열 살짜리 여동생 피비는 천사라고 생각한다. 홀든의 눈에는 모든 어른은 가짜지만 아이들은 진짜 사람으로 보인다. 홀든은 뉴욕에서 돈이 떨어지자 부모님 집으로 가서 몰래 여동생 피비를 만나면서 서부로 가겠다고 말한다. 그리고 외출했던 부모님이 돌아오자 얼른 집에서 빠져나온다.

홀든은 그날 밤을 중학교 때 영어교사였던 안톨리니 선생 집에서 보내려 하나, 선생이 동성 섹스를 시도하려는 기미를 보이자 그 집을 박차고 나온다. 그는 다음날 여동생 피비의 학교를 찾아가 그녀에게 메트로폴리탄 미술관 앞에서 만나자는 쪽지를 남긴다. 여동생 피비는 배낭을 등에 멘 채 미술관으로 왔다. 오빠를 따라가겠다는 것이다. 그는 감동을 받았지만 동생에게 함께 갈 수 없다고 말한다. 이어 남매는 센트럴 파크 안으로 들어가고, 홀든은 피비에게 회전목마를 타라고 한다. 피비가 목마를 타는 동안 비가 내린다. 홀든은 그 순간 서부로 달아나지 않겠다는 생각을 한다. 앞날에 무엇이 닥쳐오든 현재의 상황을 견디어보겠다고 결심한다.

홀든이 폴과 결정적으로 다른 것은, 그에게는 앞날을 걱정해주는 여동생이 있었다는 것이다. 피비는 오빠를 호수의 오리라고 생각하는 데 반해, 홀든은 오히려 자신이 여동생을 지켜주는 파수꾼이 되어야 한다고 생각한다. 그러니 서부로 줄행랑을 놓는다거나 철도에서 투신자살하는 짓 따위는 할 수가 없다.

|38| 젊어서는 항상 돈이 없는 법

〈소문의 벽〉

●

1960년대와 70년대에 학교를 다닌 사람들은 다 어렵게 공부를 했다. 이청준(1939-2008)의 중편소설 〈소문의 벽〉은 가난한 학생의 모습을 이렇게 묘사한다.

대학 시절의 이야길 하지요. 입학을 하고 나서 나는 집을 정하지 못하고 있었어요. 천상 가정교사를 구해 들어가야 할 형편이었는데 그게 곧 구해지지 않았거든요. 그래서 저녁이 되면 전 일찍 국수를 하나 사먹고 수위가 문을 채우기 전에 강의실로 숨어들어 갔어요. 그러고는 날이 어서 어두워지기를 기다리는 것이었습니다. 밤이 되면 저는 책상을 몇 개 모아서 자리를 만들고, 그 위에 누워서 기다리는 것이었습니다. 저는 아직 잠이 들어버려서는 안 되었으니까요. 교사 안을 순찰하러 나온 수위에게 들키면 두말없이 쫓겨나게 되거든요. 저는 그러고 기다리고 있다가 수위가 다가오는 기색이 있으면 재빨리 그 수위가 다가오는 쪽 창턱 밑으로 가서 납작 엎드린 채 그가 지나가기를 기다렸습니다. 그러면 수위는 그때 전짓불로 교실 안을 휙휙 둘러보는 것이었어요. 그 수위의 불빛이 얼마나 무서운 것이었는지 모릅니다. 사람은 보이지 않고 불빛만 번쩍거리는 그 전짓불이 말입니다. 그 불빛이 기다랗고 곧은 장대처럼 되어 교실 안의 어둠을 이리저리 들추고 다닐 때 저는 뱃속에서 들려 나오는 꼬르륵 소리조차 조마조마해졌어요.

이 문장을 읽으면 버스비 10원(1971년 당시 자장면 한 그릇이 30원이었음)을 아끼기 위해 누상동 친척집에서 안암동 학교까지 걸어다닌 내 대학 동창생이 생각난다. 영문과 여학생과 다방에 들어갔는데 주머니에 찻값을 낼 돈이 없어서 여학생의 눈치를 보던 나의 젊은 날도 떠오른다. 결국 찻값은 그 여학생이 냈다.

| 39 | 가난과 개연성 없는 여자의 일생

《탁류》

운 시절에 가난한 집안의 딸들은 험한 세파를 온몸으로 겪어야 했다. 채만식(1902-1950)의 《탁류》는 가난한 정 주사의 딸 정초봉의 기구한 삶을 그린 소설이다. 자연주의적 성향이 강한 이 소설은 1930년대 일제강점기의 혼탁한 세상을 잘 묘사했기 때문에 조선총독부로부터 출간 정지 처분을 받았다.

작가는 이 소설을 1937년부터 1938년에 걸쳐 《조선일보》에 연재하면서 이렇게 말했다.

"지극히 선량한 여자 하나가 처음 인생을 스타트하자, 세상이 탁함으로써 억울하게도 갖추갖추 겪는 기구한 '생활'을 중심으로 시방 세태의 아주 작은 귀퉁이를 그린 게 이 소설이다."

20대의 젊은 여성 초봉이는 집안이 가난하기 때문에 부모님과 동생들에게 생활비를 지원하겠다는 고태수에게 시집을 갔다. 그러나 은행원 고태수는 은행 돈을 횡령한 데다 결혼 전의 하숙집 여주인과 바람을 피우다가 그것이 하숙집 주인(정 참봉)에게 들통이 나서 살해된다. 졸지에 과부가 된 초봉은 남편의 친구인 장형보에게 겁탈을 당하고, 그런 치욕이 싫어서 서울로 올라가던 중, 전에 군산 고향에서 일한 적이 있던 약방 주인 박제호를 만나 그의 첩이 된다. 원래는 첩 노릇을 하기가 싫었으나 박제호가 생활비를 넉넉히 주겠다고 하여, 거기서 생긴 돈을 군산의 친정집에 보낼 생각을 하며 마지못해 그와 함께 산다. 그런데 전에 초봉을 겁탈한 장형보가 다시 나타나 초봉과 딸 송희를 자신의 소생이라고 주장하여 결국 초봉을 다시 차지해버린다. 그 무렵 초봉에게 슬슬 싫증이 나기 시작하던 박제호는 자신의 처인 윤희에게 돌아가 버린다. 형보의 온갖 심술과 성욕의 노리개가 되어 고생하던 초봉이는 마침내 참지 못하고 형보를 살해한다.

이 소설이 나온 시점인 1930년대 후반기는 살기가 팍팍했던 일제강점기였고 일제의 군국주의가 점점 노골적인 모습을 드러내던 시기였다. 시대가 그렇다 해도 초봉의 행동에는 이해하지 못할 점이 많다. 오로지 자기 식구만을 생각하며 온갖 고생을 감내하는 초봉은 별로 개성이 없는 인물처럼 보인다. 시집을 간 것도, 강간을 당한 것도, 첩살이를 하게 된 것도, 마지막에 사람을 죽인 것도 다 외부적인 힘 때문에 어쩔 수 없이 그렇게 되었다는 얘기인데 그런 운명에 감연히 맞서는 인간의 위엄이나 용기 같은 것이 전혀 없다. 그녀를 둘러싼 외부적 힘이 너무 강하여 그것을 돌파할 의지나 용기가 없고, 그래서 참고 참다가 살인이라는 가장 바람직스럽지 못한 결과로 폭발해버렸다는 스토리도 너무 기계적이라는 느낌이 든다.

초봉의 행동에는 의문점이 있기는 하지만 오늘날 이 소설을 다시 읽어보면 1930년대의 군산과 서울 풍경으로 되돌아가 그 거리를 걸어보는 듯한 느낌이 있다. 나는 연전에 군산 여행에서 근대에 세워진 일본인 주택 지구를 가본 적이 있는데, 거기에 있는 일본식 집(은행 지점장 집과 회사 건물)들을 둘러보면서 초봉이나 고태수가 이런 집 근처를 왕래했겠구나, 하는 생각이 들어 감회가 깊었다.

| 40 | 자살을 택한 매기

〈거리의 여자 매기〉

●

스티븐 크레인(1871-1900)의 중편소설 〈거리의 여자 매기〉 역시 가난한 집안의 딸을 묘사한다.

매기의 부모는 술주정뱅이에다가 툭하면 싸움을 벌이는, 미국 뉴욕의 싸구려 유흥가 바워리 거리에서 사는 영세민이다. 아버지는 어느 날 갑자기 죽어버리고, 어머니는 생활고에 지쳐서 툭하면 술을 마시고 방바닥에 나자빠지면서 두 남매(오빠 지미와 여동생 매기)를 키우기가 너무나 힘들다고 불평한다. 그렇게 눈칫밥을 먹으며 자란 매기는 셔츠 공장에 공원으로 취직하고, 오빠 지미는 트럭 운전사로 일하지만 사고를 치는 날이 더 많다.

오빠 지미가 어느 날 피트라는 친구를 집에 데리고 와서 소개하는데, 매기는 피트를 보고서 연정을 느낀다. 그러나 바텐더인 피트는 지미와 마찬가지로 여자를 농락하고 차버리는 것을 취미로 삼은 건달이다. 피트는 뉴욕의 온갖 화려한 야간 업소로 매기를 데리고 다니면서 그녀의 환심을 산다. 그러나 매기는 피트의 성적 접근을 꿋꿋이 물리친다. 어느 날 매기가 셔츠 공장에서 퇴근하고 돌아와 보니, 어머니와 오빠가 집안에서 서로 가구를 내던지며 개처럼 싸우고 있었다. 아수라장 같은 집안 풍경을 보고 상심하던 매기는 그때 자신을 만나러 온 피트와 함께 데이트를 나가고, 마침내 그의 성적 접근에 굴복하고 만다.

그 후 그녀의 처신이 동네에 알려지자 어머니는 동네 창피해서 못 살겠다며 매기를 집에서 쫓아내고, 오빠 지미도 거기에 가세한다. 할 수 없이 피트를 찾아간 매기는 그를 따라 몇 주 동안 시간을 함께 보내다가 그의 타락한 생활을 참지 못하고 집으로 돌아오지만, 술주정뱅이 어머니는 일언지하에 그녀를 쫓아낸다. 그리하여 다시 피트를 찾아갔으나 갈 곳이 없게 된 매기는 거리의 여자가 되었다. 그러나 그런 일을 잘하지 못하고 매기는 마침내 이스트 강에 몸을 던져 자살한다.

매기는 초봉이와 달리 탁류에 맞서서 도덕적인 반항을 하려고 시도했으나 결국 성공하지 못하고 자신을 죽여버리는 것으로 끝난다. 비록 자살로 생을 마감했지만 그래도 뭔가 저항을 시도했기에, 내게는 매기가 초봉이보다 더 인상적이다.

|41| 젊은 날의 유혹
〈끝나지 않은 이야기(An Unfinished Story)〉

●

오 헨리(1862~1910)의 단편소설 〈끝나지 않은 이야기(An Unfinished Story)〉도 매기와 비슷한 입장에 있는 여자 덜시를 주인공으로 삼았다.

이 이야기는 화자가 자신의 꿈을 소개하는 것으로 시작된다. 그는 천국에 올라간 꿈을 꾸었는데 '천사 경찰관'이 화자에게 그의 옆에서 심판을 기다리는 무리와 한 패냐고 묻는다. 그 무리가 어떤 사람들인지 천사가 설명하려는 대목에서 화자는 꿈 얘기를 접고, 덜시 이야기를 시작한다.

덜시는 주급 6달러를 받고 백화점에서 일하는 젊은 여자다. 어느 날 그녀는 퇴근하면서 동료 새디에게, 피기 위긴스라는 남자로부터 데이트 신청을 받았다고 말한다. 새디는 이 남자와 멋진 시간을 보내게 될 덜시가 부럽다고 말한다. 덜시는 초라한 자취방에 도착한다. 그녀의 방에는 영국의 유명한 장군인 키치너의 초상화가 걸려 있다. 화자는 덜시가 주급 6달러를 어떻게 쓰는지 설명한다. 그리고 피기 위긴스가 부도덕한 욕심을 채우기 위해 가난한 여자들만 골라 접근하는 건달이라는 것을 담담하게 묘사한다. 덜시는 저녁을 굶고서 모은 돈으로 예쁜 옷을 사서 데이트를 준비한다. 피기가 도착하자 덜시는 장군의 초상화를 한번 쳐다보는데, 그는 덜시를 비난하는 듯하다. 양심의 가책을 느낀 그녀는 자취집 여주인에게 피기를 돌려보내라고 부탁한 다음, 자취방에서 외롭고 지루한 저녁을 보낸다. 이어 화자는 덜시가 이번에는 화려한 밤으로 초대하는 피기의 선정적 유혹을 물리쳤지만, 결국에는 그 유혹에 지고 말 것이라고 암시한다.

화자는 이제 소설 앞부분에서 제시했던 꿈으로 돌아간다. 심판을 기다리는 무리는 여공들에게 1주에 5~6달러씩 저임을 지불한 악덕 기업주들로 밝혀진다. 그리고 화자는 자신은 단지 방화범 겸 살인자에 지나지 않는다고 말하면서, 그 기업주들이 자신보다 훨씬 더 악독한 자라고 암시한다. 이 소설은 여주인공이 지닌 도덕적 결기와 정서적 강인함을 보여주면서도, 그것이 언젠가는 스러질지도 모른다는 안타까움을 드러낸다.

지금까지 얘기해온 여주인공들은 모두 가난한 집 딸들이지만, 정초봉, 매기, 덜시의 순으로 저항이 강화된다. 이제 그런 저항을 더욱 적극적으로 밀고 나간 여주인공을 살펴보자.

| 42 | 불만족한 젊은 날

《시스터 캐리(Sister Carrie)》

●

시어도어 드라이저(Theodore Dreiser, 1871-1945)의 장편소설 《시스터 캐리 (Sister Carrie)》는 열악한 환경에 맞서서 적극적으로 자신의 운명을 개척한 캐럴라인(캐리) 미버의 이야기다.

18세인 캐리는 커다란 꿈을 안고 대도시 시카고로 나오던 중 기차에서 출장 세일즈맨인 찰스 드루엣을 만난다. 캐리는 시카고의 구두 공장에 조립 여공으로 취직한다. 그러나 곧 병이 나서 해고되고 어렵게 지내던 중 드루엣을 다시 만나 그의 정부가 된다. 드루엣을 통하여 캐리는 조지 허스트우드를 만나게 된다. 조지는 술집의 매니저인데, 표독한 아내에 지쳐서 가정생활에 전혀 흥미를 못 느끼는 중년 남자다. 조지는 자신이 유부남이라는 사실을 숨기고 캐리와 교제한다. 조지의 목적은 바람을 한번 피워보자는 것이지만, 캐리는 결혼하여 의젓한 아내의 지위를 갖고자 한다.

조지는 술집 사장의 사무실에서 1만 달러를 훔쳐서 캐리와 함께 뉴욕으로 달아난다. 둘은 뉴욕에서 살림을 차리지만 캐리는 형사들이 이미 조지를 추적하고 있다는 사실을 알지 못한다. 조지는 뉴욕에 도착하기도 전에 형사들에게 붙잡혀서 훔친 돈 1만 달러를 돌려주었기 때문에, 시카고 생활을 지탱해주었던 돈과 지위 없이 뉴욕 생활을 시작해야 했다.

조지는 직장을 찾아다닌다고 도시를 헤맸으나 결국 실패하고, 점점 더 집 안에 틀어박힌 놈팡이가 되어간다. 캐리는 생활비도 제대로 내놓지 못하는 조지에게 노골적인 경멸감을 느낀다. 그녀는 생활 전선에 뛰어들어 처음에는 밤업소의 코러스 걸로 뛰다가 재주를 인정받아 쇼 프로그램의 출연자로 나서고, 나중에는 쇼의 대표적 여자 코미디언으로 계속 출세한다.

이처럼 캐리의 운수가 펴질수록 조지의 신세는 한없이 추락하게 된다. 이제 공원에서 구걸을 하게 된 조지는 자살을 생각하지만, 바워리가의 싸구려 여관에서 들어가 가스를 틀어놓고 자살하려 해도 그 돈 15센트가 없다.

어느 눈 내리는 저녁 캐리가 팬들에게 둘러싸여 극장을 나서는데, 조지는 군중을 뚫고서 그녀를 만나려고 애쓴다. 그는 사람들에게 밀려나서 다시 눈길을 걷다가 땅바닥에 쓰러진다. 그날 밤 늦게 조지는 자살 계획을 실행하는 데 필요한 돈을 얻는다.

한편 캐리는 집에 돌아와 새로 사귄 애인 밥 에임스를 생각하면서 자신의 성공을 대견하게 여긴다. 그녀는 분명 성공했는데도 불만족을 느낀다. 그녀는 뭔가 더 화끈하고 좋은 것이 있을 것이라는 생각을 한다. 하지만 작가는 그 뭔가가 영원히 그녀의 손 안에 들어가지 않을 것이라고 암시한다.

정초봉, 매기, 덜시, 캐리까지 네 여자를 살펴보았는데, 다 어려운 시절을 견뎌온 여자들이다. 채만식의 《탁류》에 "세사(世事)는 여반장(如反掌)이요 생애(生涯)는 방안지(方眼紙)"라는 말이 나온다. 세상살이는 손바닥 뒤집듯이 변하고 생애는 미두장(일제시대의 곡물 거래소로서 일종의 주식 시장)의 시세 등락을 알리는 방안지에 달려 있다는 뜻이다. 다시 말해 돈이 있으면 귀한 신분으로 살 수 있고, 돈 없으면 아무것도 아니라는 얘기다. 자연주의 경향의 소설은 이처럼 돈에 한 맺힌 얘기만 하고 있어서 다 읽고 나면 아주 어두운 기분에 휩싸이게 된다.

|43| 벌레 선배

〈코〉

●

인생의 씁쓸한 세태를 다룬 소설을 읽으면 마음이 침울해지지만, 초현실적이고 괴기한 얘기를 읽으면 지적 호기심이 생겨난다. 러시아 소설가 고골(1809-1852)의 단편소설 〈코〉는 어느 날 아침 잠에서 깨어보니 자신의 코가 없어진 것을 발견한 세액(稅額) 사정(査定) 8급 공무원 코발료프의 이야기다.

그 코는 지저분한 손을 가진 이발사이며 코발료프의 수염을 자주 면도해주는 이발사 이반 야코블레비치가 아침마다 먹는 식빵 사이에서 발견된다. 코가 없어진 코발료프는 경찰서를 찾아가 신고를 하려 하나 마침 담당자가 없고, 신문사에 찾아가서 유실물 광고를 하려 하나 신문사의 담당자는 그런 기사를 실으면 신문사가 조롱의 대상이 된다며 거부한다. 그러는 와중에 코발료프는 거리에서 5급 참사관의 모습으로 걸어가는 자신의 코를 발견하고 황급히 쫓아가나 참사관은 사라져버린다. 코발료프는 5급 참사관의 과부 폿토치나 그리고리예브나 부인이 딸을 자신에게 시집보내려다 거절당하자, 마술사를 고용하여 자신의 코를 이렇게 만든 것이라고 짐작한다.

소설이 전개되는 동안 콧대가 높다, 눈뜨고 코 베이는 세상, 콧대를 납작하게 하다, 어디에다 코를 들이대다 등의 관용구가 짬짬이 등장하면서, '코'는 결국 오만한 러시아 공무원을 풍자한 것임을 알려준다. 코가 없어진 것이 마치 사실인 양 써나간 고골은 주인공을 벌레로 변신시킨 카프카의 선배다. 우리는 여기서 다시 한 번 "불가능하지만 작품 속에서 그럴 법하게 전개되는 스토리는 용납이 된다"는 아리스토텔레스의 《시학》을 상기하게 된다.

| 44 | 욕망과 감정의 이입

《나사의 회전》

●

헨리 제임스(1843-1916)의 《나사의 회전》 역시 괴기한 이야기인데, 신체의 일부가 사라진 것이 아니라 죽은 사람들이 여자 가정교사와 아이들의 눈앞에 나타난다는 얘기다.

스무 살인 여자 가정교사는 대부호의 조카 남매 마일스(10세)와 플로라(8세)를 돌보기 위해 대부호의 호수 딸린 시골 별장에 내려간다. 그 별장에서 전에 각각 시종장과 여자 가정교사로 근무했던 피터 퀸트와 미스 제셀이 사망했다. 퀸트와 제셀은 서로 연인 사이였는데 제셀은 퀸트의 아이를 임신하여 출산 중에 사망했고, 퀸트는 어느 겨울날 아침 죽은 채로 발견되었다. 이 퀸트와 제셀의 귀신이 현재의 여자 가정교사와 두 남매 앞에 자꾸 나타난다. 주로 밤에 창문에 나타나는데 아이들도 가정교사도 그 귀신을 보는 것이다.

이 소설은 가정교사가 자신이 겪은 일을 일기로 써놓았는데, 이 일기를 입수한 화자가 친구들에게 읽어주는 형식을 취한다. 이 소설을 읽으면 아이들 앞에 나타난 귀신이 실제냐 아니면 환상이냐는 의문을 품게 된다. 소설 속에서 10세인 마일스가 학교에서 '성적인' 말을 친구들에게 했다가 잠시 정학을 받아 집으로 돌아왔다는 암시가 나온다. 그리고 여자 가정교사도 대부호(그녀를 시골 별장으로 내려보낸 사람)에게 연정을 느끼는 것으로 암시되어 있다. 그래서 성적 불만족을 느끼는 여자 가정교사가 과거 두 남녀(퀸트와 제셀)의 성적 좌절에 감정 이입하여 그들의 유령을 보게 되었고, 또 아이들에게도 유령을 본 것으로 종용 혹은 설득했다는 해석도 있다.

창문 밖에 나타난 유령에 대하여 그건 소설이잖아 하고 간단히 넘길 수도 있을 것이다. 그런데 나는 이와 유사한 실화를 들은 적이 있다. 어떤 유부남이 부인 몰래 어떤 유부녀와 바람을 피웠는데, 그 유부녀는 서로 이혼하고 함께 재출발할 것을 요구했으나 남자는 그 여자와 결혼할 생각이 조금도 없었다. 그러다가 그가 자꾸 미적거리니까 유부녀는 너무 괴로워하다 참지 못한 나머지 음독자살을 했다. 그런데 그 후 얼마 지나지 않아 그녀의 유령이 그의 8세 된 외동딸 방의 창문에 나타나기 시작했다. 어린 딸은 그 유령이 누구인지 전혀 모르지만, 자꾸만 유령이 보인다며 그에게 칭얼거렸다. 그럴 때마다 그는 딸의 방에 가서 함께 있으면서 달래주었다고 한다. 그때 그도 딸이 '보는' 그 유령을 함께 보았는데, 그것이 자살한 그 여자라고 직감했다고 한다. 그 유령은 그 남자의 머릿속에 들어 있던 생각의 시각적 투영일까? 아니면 실제로 존재한 것일까? 이야기는 우리가 믿어주면 그럴 법한 사실이 되고 믿지 않으면 한갓 공상이 되어버리고 만다.

|45| 소설가는 일루져니스트

〈피에르와 장〉

●

프랑스 소설가 모파상(1850~1893)은 〈피에르와 장〉이라는 중편소설의 서문에서 소설에 대한 자신의 견해를 이렇게 피력했다.

수천 가지 사례 중에서 한 가지만 들어보겠다. 세상에는 매일 사고로 죽는 사람들이 상당히 많다. 그러나 스토리를 전개하기 위해 필요하다는 구실로 주인공의 머리 위에 벽돌이 떨어지게 하거나, 주인공이 차바퀴에 깔려 죽게 하는 것이 가능할까?

실제 삶 속의 사건은 설명이 필요하지 않다. 삶은 어떤 사건이나 양상이든 있는 그대로 제시할 수 있다. 반면에 문학은 교묘하게 안배된 조건과 감추어진 복선, 그리고 기술적인 구성으로 강조된 결정적 사건들만 제시한다. 소설 속의 모든 세부사항에 대하여 그 중요도에 따라 적절한 설명을 가함으로써, 소설가는 자신이 드러내고자 하는 어떤 특정한 진실의 심오한 인상을 만들어낸다.

소설의 장면에서 벌어지는 사건들을 실감 나게 만들기 위해서 작가는 어떻게 해야 할까? 작가는 일상생활에서 뒤죽박죽으로 벌어지는 사건들을 시간 순서에 따라 있는 그대로 묘사하는 것이 아니라, 사건들의 논리적 순서를 따라감으로써, 사실(리얼리티reality)에 대한 완벽한 '환영(幻影, 일루젼illusion)'을 창조해야 한다.

그리하여 나는, 소설가는 리얼리스트가 아니라 일루져니스트 (illusionist: 환영을 만들어내는 사람)라고 불러야 마땅하다고 생각한다.

……따라서 작가의 임무는 그 자신이 동원할 수 있는 모든 문학적

테크닉을 발휘하여 인생에 대한 일루전을 창조하는 것이다.

그러니까 소설 속의 사건은 실제 사건이 아니라 소설가가 창조한, 실제 사건을 바탕으로 한 일루전이라는 것이다. 그 일루전을 독자가 믿어주면 실제 사건이 되는 것이고, 그렇지 않으면 그것은 여전히 일루전으로 남아 있게 된다.

|46| 상상력의 가치

〈광대와 촌사람〉

●

이솝(서기전 6세기의 인물)의 《우화》는 짧으면서도 이야기의 원형을 잘 간직한 여러 가지 일화로 구성되어 있다. 원래 이솝 우화는 일련번호나 제목 없이 이야기 묶음으로 전해졌으나, 후대에 와서 편집의 편의를 위해 번호를 붙이거나 소제목을 달았다. 〈광대와 촌사람〉이라는 제목이 붙은 우화는 이러하다.

한 귀족이 극장에서 대중 오락회를 열겠다고 공지하고서, 기이한 공연을 보여주는 사람에게 후한 상을 내리겠다고 말했다. 그의 공지는 많은 마술사, 마법사, 곡예사의 관심을 끌었다. 그중에서도 사람들 사이에 아주 인기 높은 한 광대는 완전히 새로운 공연을 하나 보여주겠다고 널리 알렸다. 공연 날이 다가오자, 극장은 공연이 시작되기 전에 입추의 여지없이 관객들로 가득 들어찼다. 여러 연기자들이 자신들의 재주를 선보였다. 그리고 인기 높은 광대의 차례가 되었는데, 그는 빈손으로 혼자서 무대에 올랐다. 순간 장내에는 기대의 침묵이 흘렀다. 그는 고개를 숙이고서 돼지 멱따는 소리를 아주 완벽하게 모사했다. 청중은 그가 품 안에 돼지를 숨기고 있는 게 틀림없다면서 어서 돼지를 내놓으라고 소리쳤다. 하지만 그가 돼지를 숨겨 가지고 있지 않다는 것을 확인해주자 청중은 장내가 떠나갈 듯이 박수를 쳤다. 청중 사이에 한 촌사람이 있었는데, 그는 광대의 공연에 불만을 품고서 그다음 날 똑같은 공연을 더 완벽하게 수행해 보이겠다고 선언했다. 다음 날 극장은 다시 가득 찼고, 광대는 청중의 환호 속에 돼지 멱따는 소리 공연을 다시 해보였다. 한편 촌사람은 무대에 오르기 전에 겉옷 안에다 어린 돼지를 숨겼다. 청중이 어디 당신이 광대보다 더 잘하는지 보자며 요구해오자, 그는 어린 돼지의 귀를 비틀어 크게 소리를 지르게 했다. 하지만 청중은 이구동성으로 광대의 모창이 훨씬 더 진짜에 가깝다고 소리쳤다. 그러자 촌사람은 겉옷 안에서 돼지를 꺼내놓으며 냉소적으로 말했다.

"자 보시오, 당신들이 어떤 판관인지!"

이 우화는 모파상이 말한 일루전의 의미를 잘 드러낸다. 돼지 목소리(실제 생활 속의 사건)는 모사된 돼지 목소리(작품 속에 창작된 사건)와 같은 것이 아니다. 그렇지만 실제 사건보다 더 깊은 감동을 주는 것이다. 일루전은 인간의 상상력과 깊은 관련이 있고, 상상력은 없는 것을 있는 것으로, 가짜를 진짜로 믿게 만든다.

| 47 | 공포의 대상은 상상력의 결과

〈열린 창(The Open Window)〉

사키(Saki)는 H.H. 먼로(Munro, 1870–1916)의 필명인데 그의 단편소설 〈열

린 창(The Open Window)〉은 상상력의 작용이 어떤 결과를 가져오는지 보여준다.

너텔 씨(Mr. Nuttel)는 신경 쇠약이 있어서 시골에 휴양을 하러 내려갔다. 그는 소개장을 들고서 새플턴 부인의 집을 찾아갔는데, 마침 부인은 없고 그녀의 15세 된 조카딸이 응접실에 있었다. 너텔 씨와 조카딸은 대화를 시작한다.

조카딸: 숙모님의 비극은 3년 전에 시작되었어요. 왜 10월 오후에 창문을 열어놓고 있는지 궁금하시지요?

너텔: 저 창문이 비극과 무슨 상관이 있습니까?

조카딸: 바로 3년 전 오늘이에요. 숙모님의 남편과 어린 두 남동생이 저 창으로 사냥을 나갔다가 돌아오지 않고 있어요. 그들의 시신은 발견되지 않았답니다. 그렇지만 숙모님은 그들이 살아 돌아올 것이라고 생각하면서 이 날만 되면 문을 열어놓고 어두워질 때까지 기다린답니다.

이런 대화를 나누고 있는데 새플턴 부인이 돌아왔다.

새플턴 부인: 내가 없는 동안 베라(조카딸)가 말 상대가 되어 드렸군요. 저 열린 창문을 신경 쓰지 말기 바랍니다. 남편과 두 동생이 곧 집에 돌아올 거예요.

이런 대화가 오간 뒤, 그는 열린 창을 통해 짙어지는 석양 속에서 세 남자가 잔디밭을 가로질러 창문 쪽으로 걸어오는 것을 보았다. 너텔 씨는 그 광경을 보자 공포와 오한을 느끼면서 그 집에서 미친 듯이 달아났다.

새플턴 부인: 너텔 씨는 신경 쇠약이라고 하더니 이상한 행동을 하는군. 꼭 귀신을 본 사람처럼 행동하잖아.

이 단편소설은 다음과 같은 짧은 문장으로 끝난다.

갑자기 애기를 지어내는 것이 그 조카딸의 특기였다.

너텔 씨는 일루전을 보았으나 그것을 실제 사건이라고 믿은 것이다. 어떻게? 바로 이야기를 믿었기 때문이다.

| 48 | 누구나 갖고 있는 내부의 악

〈녹차(Green Tea)〉

●

조지프 셰리든 르파뉴(Joseph Sheridan Le Fanu, 1814~1873)의 단편소설 〈녹차(Green Tea)〉는 인간의 내부에 깃들어 있는 악에 대하여 초현실적인 방법으로 묘사한다.

이 소설의 화자는 작고한 신경과 의사 헤셀리우스 박사의 비서다. 그는 박사의 유고를 정리하다가 박사가 오래전에 영국을 여행했을 때 만난 환자의 사례에 관한 기록을 발견한다. 박사는 헤이듀크 여사의 집에서 로버트 제닝스라는 목사를 만난다. 여사는 박사에게, 제닝스 목사는 사회의 유지인데 신경 쇠약을 앓고 있어서 이상한 행동을 한다고 말한다. 그리고 옛날에 제닝스의 아버지도 자신이 귀신을 직접 본 적이 있다고 말한 바 있었다.

제닝스 목사는 고대 종교에 심취해서 연구와 집필에 많은 시간을 투자한다. 또 박사처럼 정신의학에도 관심이 많다. 박사를 만난 후 제닝스는 박사를 찾아와 정신 상담을 하고, 또 질병은 신체적 원인과 상관없이 발생할 수도 있다고 말한다. 박사를 자주 찾아오면서 제닝스는 자신을 괴롭히는 증상을 토로한다.

어느 날 버스를 타고 가다가 그는 자그마한 검은 원숭이를 만났다. 우산으로 원숭이를 치워내려 했으나 아무런 소용이 없었다. 그 원숭이는 자꾸만 목사 앞에 나타났다. 원숭이는 제닝스의 일상생활을 방해했는데 가령 설교문을 쓰노라면 원고지 위에 앉아 있었다. 원숭이는 사악한 목소리로 제닝스가 나쁜 짓을 저지르고 있다고 속삭인다.

제닝스는 자신이 과음하는 녹차가 이런 환각을 일으키는가 싶어서 녹차를 끊는다. 목사는 이처럼 원숭이의 괴롭힘을 당하다가 마침내 자신이 어떤 끔찍한 짓을 저지르지 않을까 두렵다고 말한다. 그러나 헤셀리우스 박사는 피곤해서 그런 현상이 나타난 것이고 환각 때문에 피해를 입는 일은 없을 것이라고 대답한다. 얼마 뒤 박사는 제닝스의 집을 방문하고 그가 자살했다는 사실을 발견한다. 그 집의 하인은 제닝스가 자살하기 직전 원숭이가 자꾸 나타나 괴롭다는 말을 했다고 전한다. 박사는 제닝스의 자살을 우울증 기질과 과로 탓이라고 진단한다.

이 소설 속의 원숭이는 악의 화신, 혹은 목사인 제닝스가 성적 충동을 과도하게 억제하여 나타난 반작용 등으로 해석된다. 그런데 강도의 차이가 있을 뿐 보통 사람들도 일상생활 중에 이런 환각을 경험한다. 외부의 간단한 자극만으로도 이런 일루전을 만들어낼 수 있는 것이다.

왜? 인간은 누구나 마음속에 악의 그림자를 갖고 있기 때문이다. 그 악을 여기서는 원숭이로 상징했는데, 아직 상징계(도덕의 세계)로 진입하지 못한 인간이 있다면 그가 원숭이가 아니고 무엇이겠는가?

|49| 생사의 일루전
〈만복사저포기〉

일루전은 생과 사를 넘나들 수도 있다. 죽은 사람을 만난다는 것은 비현실적인 얘기이지만 망자가 주고 갔다는 반지나 목걸이는 분명 현실 속의 물건이다. 김시습(1435~1493)의 《금오신화(金鰲新話)》 중 〈만복사저포기〉에서 죽은 여인이 주고 갔다는 은주발이 그러하다.

전라도 남원 땅에 사는 양생은 어느 해 3월 24일에 만복사에 가서 부처님과 저포(樗蒲: 주사위) 놀이를 하면서 소원을 말했다.

"부처님, 만약 제가 지면 불공을 드리기로 하고, 제가 이기면 아름다운 배필을 구해주십시오."

양생은 저포 놀이에서 이겼고, 불좌 밑에서 아리따운 아가씨를 만났다. 양생이 그 아가씨와 함께 걸어가는데 사람들은 오로지 양생만 볼 뿐 그 아가씨는 보지 못했다. 양생은 그녀를 따라 개령동의 깊은 숲속으로 가서 그곳에서 사흘 동안 그녀와 머물렀다. 그녀는 그곳의 사흘은 인간 세상의 3년과 같다면서 이제 작별할 것을 말한다. 그러면서 헤어지는 정표로 은주발 하나를 내준다. 그리고 처녀는 내일 보련사에서 부모님으로부터 음식을 대접받게 되어 있다고 말한다. 양생이 보련사 가는 길에 기다리고 있으면 자신의 부모님을 만날 수 있을 것이라는 말도 했다.

이튿날 양생은 처녀가 시킨 대로 은주발을 쥐고 서서 보련사 가는 길가에서 기다렸다. 이윽고 어떤 귀족 집안에서 딸의 대상(大祥: 죽은 지 두 돌만에 올리는 제사)을 치르기 위해 수레와 말을 길게 늘어세우고 보련사로 찾아왔다. 그때 귀족의 하인이 양생을 보고서, 아가씨 장례 때 함께 묻었던 물건을 어떤 사람이 훔쳐서 가지고 있다고 주인에게 고했다. 이렇게 하여 양생은 처녀의 부모를 만나는데, 부모는 딸이 왜구의 난리 때 죽어서 개령사 옆에 가매장을 하고서 마침내 오늘 정식 장례를 치르게 되었다고 말했다. 부모는 딸을 만나거든 함께 보련사로 오라고 말한다.

이윽고 처녀가 나타나 함께 절문에 들어서 부처님에게 예배를 드리고 휘장 안으로 들어갔다. 하지만 친척들과 승려들은 그녀를 보지 못했다. 다만 양생의 눈에만 보일 뿐이었다. 처녀는 양생에게 식사를 같이 하자고 말한다. 양생은 부모에게 아가씨가 여기 나타났다고 말한다. 부모가 그 말을 시험해 보기 위해 밥을 같이 먹게 했는데 다만 처녀의 수저 놀리는 소리만 들릴 뿐이었으나 인간이 먹는 것과 조금도 다를 바 없었다. 드디어 식사를 마치고 처녀의 영혼은 떠났다.

양생은 그제야 아가씨가 귀신임을 알고는 그녀의 부모와 함께 머리를 맞대고 울었다. 이튿날 양생은 고기와 술을 가지고 개령동 옛 자취를 찾아갔다. 과연 거기에 무덤이 있었다. 양생이 제사를 다 지내자 여인이 공중에 나타나 부르며, 자신은 이미 다른 나라에서 남자의 몸으로 태어나게 되었으니 너무 슬퍼하지 말고 선업을 닦아 속세를 벗어나라고 말한다. 그 후 양생은 다시 장가들지 않고 지리산에 들어가 약초를 캐면서 살았는데 그가 어디서 세상을 마쳤는지는 아는 이가 없다.

|50| 현실에서의 깨달음

《와인즈버그, 오하이오》

●

대학에 입학하면 이성에 눈을 뜨게 된다. 셔우드 앤더슨(1876-1941)의 《와인즈버그, 오하이오》는 통상 장편소설이라고 하지만 실은 21편의 단편소설로 구성되어 있다. 주인공 조지 윌러드가 〈와인즈버그 이글〉의 수습기자로 들어가서 마을을 활발히 돌아다니면서 보거나 듣게 된 사건들을 기술한다.

주인공은 소년에서 청년의 문턱에 선 젊은이다. 그의 성경험도 자세히 묘사되는데, 첫 번째는 아버지 톰 윌러드가 운영하는 여관에서 일하는 여종업 루이즈 트러니언과의 경험이다. 조지는 그 경험을 하고 나서 누가 이 사실을 알고 꾸짖으면 어쩌나 하는 걱정에 사로잡히지만, 루이즈가 아무런 악감정이 없으므로 이 일은 무사히 넘어갈 것이라고 생각한다. 그러나 조지는 사랑이란 육체적 쾌락 이상의 것이 되어야 한다고 희미하게 깨닫는다. 두 번째 여자 벨 카펜터에게서, 여성과 함께 있으면서 친밀한 대화를 나누면 좀 더 신비한 일체감을 얻는다는 것을 깨닫는다. 그러나 벨은 바람둥이여서 곧 조지로부터 떠나간다. 그는 세 번째 여자 헬렌 화이트와 만나 하루 저녁을 보내면서 완전한 일체감을 경험한다. 이 이야기가 담긴 단편의 제목은 〈성숙〉인데 이런 문장으로 끝난다.

남자 혹은 소년, 여자 혹은 소녀로서, 그들(조지와 헬렌)은 잠시 동안 신비한 그것의 한순간을 나누어 가졌다. 그것은 현대 세계에서 남자와 여자의 원숙한 생활을 가능하게 만들어주는 힘이다.

|51| 섹스라는 통과의례

〈보물〉과 〈인생의 피할 수 없는 사실들〉

●

서머싯 몸(1874~1965)의 단편소설, 〈보물〉과 〈인생의 피할 수 없는 사실들〉은 섹스에 관련된 작품이다.

〈보물(The Treasure)〉은 어떤 여자와 어떤 남자가 서로 좋아서 바람을 피웠는데 그 여자가 남자의 섹스 요구를 모두 들어줄 뿐만 아니라, 그 외도로 남자의 입장이 난처해지게 되자 여자가 말없이 사라져준다는 줄거리다. 〈인생의 피할 수 없는 사실들(The Facts of Life)〉은 어린 청년이 화류계 여성과 정을 통하고 그다음에는 자기가 준 화대와, 그 여자가 청년에게서 훔쳐서 옷 속에 숨겨놓았던 돈까지 고스란히 챙겨서 재수 좋게 도망쳤다는 내용이다.

몸의 단편소설은 총 91편인데 대학생 시절 나는 몸의 소설을 재미있게 읽었다. 그래서 이처럼 재미난 몸의 소설이 왜 영국문학사에서 높이 평가되지 않을까 하는 의문을 갖고 있었다. 반면에 내가 볼 때 우연의 일치를 남발하여 구성이 허약해 보이는 토마스 하디는 턱없이 높게 평가되었다. 나중에 안 일이지만 몸도 하디가 더 높게 평가받는 것을 영 못마땅하게 생각했다고 한다.

이제는 왜 몸이 하디보다 한 수 아래인지 어렴풋이 이해할 수 있을 것 같다. 몸은 사람의 품위보다는 순간의 쾌락이 더 중요하다고 발언하는 듯한 소설을 많이 썼다. 그래서 소설가 맬컴 머거리지(Malcolm Muggeridge, 1903~1990)는 몸을 이렇게 논평했다.

"몸은 육체적 욕구(즉 섹스)에 너무 몰두하는데 정작 그 자신은 그 사실을 잘 깨닫지 못하는 듯하다. 그런데 그 사실로 인해 몸의 소설은 아주 통속해졌다."

소설은 교묘한 재미만 가지고 되는 것이 아니라 인생의 진실이 들어 있어야 하는데 몸은 이 점에서 하디보다 뒤떨어진다. 이렇게 말한다고 해서 소설의 통속적 재미를 무시한다는 얘기는 아니다. 순전히 읽는 재미만 따진다면 몸의 소설은 지금도 호소력이 있다.

| 52 | 통속적 재미를 주는 작품

《사마라에서의 약속(Appointment in Samarra)》,《버터필드(BUtterfield) 8》,《오하라 중편 전집》

존 오하라(John O'Hara, 1905~1970)의 장편소설 《사마라에서의 약속 (Appointment in Samarra)》은 1930년대 펜실베이니아 주 깁스빌을 무대로, 줄리언 잉글리시라는 캐딜락 자동차 대리점 주인을 주인공으로 내세운 소설이다.

줄리언 잉글리시는 사업이 시원치 않아서 에디에게 큰 빚을 진다. 어느 크리스마스 날 파티에서 에디의 얼굴에 술잔을 끼얹으며 화풀이를 하는 바람에 줄리언은 입장이 난처해진다. 줄리언의 아내 캐럴라인은 남편에게, 에디에게 사과하고 오라고 종용하면서 그렇게 한다면 침대에서 알몸으로 당신이 돌아오기를 기다리겠다고 말한다. 또 캐럴라인은 남편과 함께 파티에 가면서 술을 마시지 않고 점잖게 행동한다면 당신이 좋아하는 캐딜락 차 안에서 섹스하기에 동의하겠다고 말한다. 그 외에 이 소설에 등장하는 인물들은 서로 상대방의 부인을 곁눈질하는 음란한 인물들로 묘사되어 있다. 줄리언은 에디와 관계를 회복하지 못하고, 자신의 캐딜락 승용차 안에서 에어컨을 켜놓고 술 취한 채 잠들어서 질식사한다.

오하라의 또 다른 소설 《버터필드(BUtterfield) 8》은 1930년대에 술집을 전전하며 이 남자 저 남자 품에 안기다가 결국에는 의문의 죽음을 맞는 글로리아 원드로스의 성생활을 그린 작품이다. '버터필드 8'이란 제목에 관해서, 오하라는 소설 맨 앞에 이런 설명을 달아놓았다. "1930년 12월 8일 뉴욕전화회사의 광고에는 이런 문장이 들어 있다. 12월 16일부터 뉴욕 시내 각 지역 담당 사무소를 구별하기 위해 사무소 이름 뒤에 숫자를 붙이기로 했다. 가령 하노버 사무소는 하노버 2(HAnover 2)로 표기한다." 여기서 '버터필드 8'은 관청 혹은 기업의 사무소를 뜻한다는 것을 알 수 있는데, 소설 속에 이 주소나 사무소 명칭이 등장하지는 않는다. 다만 여주인공의 죽음이 그런 기관에 근무하는 사람의 소행임을 암시한다.

오하라의 소설은 아주 많은데(단편소설 402편에 장편소설 14편), 나는 군대 생활을 하면서 휴일이나 자유 시간을 얻으면 그의 소설을 많이 읽었다. 오하라는 《뉴요커》라는 잡지에 단편을 많이 실었고, 자신이 헤밍웨이와 어깨를 나란히 할 만한 작가인데 평단에서는 그렇게 보지 않는 것을 분개했다. 실제로 그의 단편집 《말은 길을 알고 있다(The Horse Knows the Way)》에서는 헤밍웨이의 실명을 아주 부러워하는 듯한 어조로 여러 번 언급한다.

오하라는 미국의 독자들에게 아주 재미있는 작가라고 널리 인식되어 있다. 미국 출판사 랜덤하우스에서는 최근에 《오하라 중편 전집》을 펴냈는데, 여기에는 오하라의 대표적 중편 10편이 실려 있다. 중편들의 대체적인 분위기는 서머셋 몸의 〈보물〉과 비슷하다. 여자들이 남자의

섹스 요구에 무제한 응해주되 남자에게 전혀 부담을 주지 않는다는 내
용이다. 오하라 소설의 통속적 재미는 뛰어나다. 그래서 미국 사람들
은 장거리 비행기 여행이나 기차 여행을 할 때 그의 소설을 즐겨 읽는
다고 한다.

|53| 해마다 노벨상 후보 토마스 핀천

《브이(V.)》

●

미국 소설가 토머스 핀천(Thomas Ruggles Pynchon, Jr., 1937-)은 해마다 노벨
문학상 후보로 오르는데, 스물여섯 살이던 1963년에 《브이(V.)》라는 처
녀작을 가지고 일약 미국 문단을 강타했다. 그는 문단의 행사에는 일절
나타나지 않고 언론에 드러나지도 않아서 그의 인물 사진도 없다. 그와
연락하려면 오로지 출판 대리인을 통해 서면으로만 해야 한다고 한다.

이 소설에는 허버트 스텐실이라는 주인공이 나오는데, 그는 이 세상
에 '브이'가 확실히 존재한다고 믿는다. 그에 의하면, 브이는 신비한 여
자 스파이이며 아나키스트다. 그녀가 이 세상 사람인지 아니면 다른 세
상 사람인지 스텐실은 분명치 않다고 생각한다. 그리하여 주인공은 계
속 브이의 정체를 찾아 나서는데, 브이가 처음에는 비너스(Venus: 그리스
신화에 나오는 아름다움의 여신)였으나 자꾸만 더 파고들어 보니 버진(Virgin: 성
처녀)이고, 마지막 고비를 넘어가 보니 보이드(Void: 허공)라는 것이다. 다
시 말해 브이의 정체가 이처럼 격동한다는 얘기다.

격동하는 브이는 당초 여성의 아름다운 몸(더 구체적으로 비너스의 언덕)이
었을 것이나, 그것이 아름다움 즉 미학으로 발전하고, 다시 차상급의

아름다움인 성처녀, 즉 종교로 발전하고, 마지막으로 철학 공부의 궁극적 목표인 죽음 즉 허공을 가리키게 되었을 것이다. 격동하는 브이의 정체를 고대 인도의 경전 《우파니샤드》의 형식을 빌려 문답한다면 이렇게 되지 않을까?

"프라자파티여, 격동하는 브이의 정체는 무엇이옵니까? 저희를 위하여 한마디 내려주소서."

"그것은 없음이니라."

"왜 없음입니까?"

"너희가 생각한 것과 같지 않기 때문이니라."

"왜 같지 않습니까?"

"너희가 바라는 것보다 늘 부족하기 때문이니라."

"왜 부족합니까?"

"너희가 실제보다 더 크거나 더 적은 것을 바라기 때문이니라."

"그러면 프라자파티여, 어떻게 해야 실제와 딱 맞출 수가 있습니까?"

"그것은 죽음이니라."

"……?"

"너희는 내 말을 듣지 못했느냐? 결핍의 고통을 느끼지 않는다면 그건 이미 죽어서 허공으로 돌아간 것이니라. 자, 이제 너희는 내 말을 다 들었느니라."

샨티. 샨티. 샨티.

'샨티'는 우파니샤드 문답을 끝맺는 결어로서 "인간의 이해를 넘어서는 평화를 너희에게"라는 뜻이다.

|54| 아무것도 하지 않는 게 방법

《송자대전(宋子大全)》

●

송시열(1606-1689)의 문집 《송자대전(宋子大全)》(국역본 전 15권)은 후일 정조가 그를 너무 좋아하여 그의 전집을 펴내며 《주자대전》을 본떠 제목을 붙여준 것이다. 국역본 제12권은 송시열의 연보인데 여기에 이런 기사가 나온다.

숭정 6년(1633년) 선생이 생원 시험에 장원으로 합격했다. 과거를 본 뒤 집으로 돌아오느라고 청주를 지나는데, 청주 목사가 선생을 시험해보려 했다. 목사는 고을 기녀 중에서 제일 예쁜 여자를 시켜서 잠자리를 모시게 했다. 선생은 물러가라고 하지도 않고 끝까지 가까이 하지도 않았다.

그리고 《송자대전》의 3권과 여러 부분에서 '매계관(梅溪館)의 모욕'을 언급하면서 여색을 조심할 것을 권한다. 매계관 이야기는 이러하다.

송나라의 호전이 주화파 진회를 죽이라고 주청을 했다가 귀양을 갔다. 귀양에서 풀려나 돌아올 때 상담(湘潭)의 매계관(梅溪館)에 이르러 기생 여청과 술 마시고 놀다가 정을 통했다. 그러나 그것이 발각되어 그다음 날 아침 여청의 남편이 말먹이인 콩깍지를 내놓고 이렇게 말했다.

"이것을 먹지 않으면 너를 죽이겠다."

호전은 이를 먹고 목숨을 부지했다.

주자가 훗날 이곳을 지나다가 이런 시를 지었다.

"목숨을 탐해 콩깍지를 먹고서도 부끄러운 줄도 모르고 뻔뻔스레 다

시 와서 연회를 베풀었네. 맑은 물에 그대의 옷을 씻지 말라. 물이 그
옷 때문에 더러워지리."

젊은 시절부터 여색을 조심하지 않으면 향후 커다란 낭패를 보게 된
다는 교훈을 담은 에피소드다.

|55| 여성은 모든 것의 시작
단테의 《새로운 인생(La vita nuova)》과 괴테의 《파우스트》

루이스 월리스(Lewis "Lew" Wallace, 1827–1905)의 장편소설 《벤허》는 로마
시대를 배경으로 하여 예수 그리스도의 크나큰 사랑을 묘사한다. 영화
화되어 영화가 오히려 더 유명해졌다.

월리스는 군인, 변호사, 외교관, 작가 등 다양한 경력을 가진 사람이
었다. 당초 기독교를 부정하기 위해 많은 자료를 수집하여 연구하다가
그것이 부질없다는 것을 깨달은 뒤에 쓴 것이 이 소설이다. 《벤허》의
후반부에는 "이 세상의 진짜 아름다운 것은 어떻게 오게 되었나?" 하는
이야기가 나온다. 요약하면 이러하다.

나일 강의 최고 여신 이시스는 남편 오리시스와 함께 있다가 뜨개질
을 하여 이 세상을 창조한다. 그리고 거기에 풀, 나무, 새, 강, 산 같은
이른바 자연을 만들어 짜 넣는다. 그리고 최초의 인간을 존재하게 한
다. 그런데 최초의 인간은 '존재' 그 자체만으로는 만족을 느끼지 못한
다. 그러자 이시스는 그 인간을 둘러싼 자연에 '색깔'을 주었다. 최초의
인간은 잠시 만족한 듯하더니 곧 불만을 표시했다. 그러자 이시스는 그
에게 '움직임'을 주었다. 그것도 잠시뿐 그는 여전히 불만이었다. 그다

음에는 '소리'를 주었다. 이렇게 하여 이시스는 자연물에서 느낄 수 있는 아름다움의 요소 다섯 가지를 모두 그에게 주었다(나머지 두 가지는 '빛'과 '형태'인데 그것은 천지 창조 때 이미 주었던 것이다).

그리고 남편 오리시스가 이시스에게 조언하여, 여신의 뜨개질로 최초의 여자가 지상에 태어났다. 그 후 최초의 남자는 아무런 불만 없이 행복하게 살았다. 그러니까 지상에 진짜 아름다움이 생겨난 것은 바로 이 최초의 여자로부터 비롯되었다. 이런 얘기가 나일 강 유역에 널리 퍼져 있다는 것이다.

여성은 이 세상의 절반이고 동시에 세상의 아름다움의 시작이다. 단테의 《새로운 인생(La vita nuova)》과 괴테의 《파우스트》는 그것을 잘 말해 준다.

| 56 | 당장에 잿빛 노파를 떠올리지 않으리
〈파란 소녀(Blue Girls)〉

미국 시인 존 크로 랜섬(John Crowe Ransom, 1888–1974)의 시 〈파란 소녀 (Blue Girls)〉(1927)는 이러하다.

파란 치마를 휘날리며
강당 앞의 잔디밭을 걸어가는 여학생아,
가서 늙고 심술궂은 교수의 강의를 듣되
그 말을 하나도 믿지는 마라.

네 머리에 하얀 리본을 두르고
앞날의 일일랑 걱정하지 마라.
잔디밭을 총총 걸어가는 파란 새처럼
창공을 향해 노래하라.

파란 소녀여, 시들기 전에 네 아름다움을 마음껏 발산하라.
온 세상의 권력으로도 만들어내지 못하는
네 아름다움은 순간이나니.

내가 아는 어떤 여인은
너 못지않게 아름다웠으나
지금은 욕설을 마구 내뱉는
잿빛 노파가 되어 있나니.

지하철에서 사랑을 속삭이는 남녀 커플을 쳐다보면서 이 시를 생각한 적이 있었다. 20대 초반으로 보이는 여성과 20대 중반으로 보이는 남자가 탔다. 여자는 검은 상의에 파란 청바지, 붉은색 블라우스를 받쳐 입었고, 남자는 파란 청바지에 회색 스웨터를 걸쳤고 특이하게도 귀에 피어싱을 했다. 여자는 반대편 7인석 가장자리에 앉았고 남자는 그 앞에 섰다. 그녀는 남자를 올려다보며 열심히 말을 했는데 그것을 알아들을 수는 없었다. 그러나 그 표정으로 미루어 볼 때 여자가 남자를 훨씬 더 좋아하는 것 같았다. 그녀의 까만 눈동자가 빛나다가는 어두워지고, 붉은 입술이 다물어졌다가 다시 열리고, 분홍빛 도는 혀를 내밀다가는 오므리고, 이마를 살짝 가리는 키스미퀵(kiss-me-quick: 앞이마에 늘어뜨리는 애교머리)을 손으로 들어 올렸다가 다시 내리고, 얼굴 전체가 환하게 펴지다가 다시 찡그려지고, 한 손 검지로 볼을 찌르다가 때때로 양손 검지로 **뺨**을 질러대는 등, 그 얼굴에 많은 변화가 일어났다가 사라졌다.

나는 그 얼굴에 매혹되어 계속 쳐다보게 되었다. 그녀의 표정이 별들을 돌리는 천체의 음악이라면 내가 읽고 있던 글은 대폿집의 찌그러진 주전자 소리였다. 그녀는 정말 창공을 향해 노래 부르는 파란 새였다. 그 파란 열기가 전도되는 것이라면 앞에 선 청년은 3도 화상을, 나는 1도 화상을 입었을 것이다. 그녀의 아름다움은 어디서 오는가? 그건 노래 부를 창공, 다시 말해 사랑의 대상이 있기 때문이다.

랜섬은 왜 파란 소녀가 곧 노파가 된다는 구질구질한 생각을 했을까. 아마 혼자 있는 소녀를 보았기 때문이리라. 사랑하는 남자와 같이 걸어가는 여자를 보았더라면 그렇게 노래하지 않았으리라. 남자와 여자의 결합에 의해 막 새로 태어날 생명을 예상한다면 언제 죽음을 생각할 겨를이 있겠나. 어쩌면 랜섬은 아직 마흔이 되지 않았기에 소녀의 아름다움을 질투한 것인지도 모른다. 그러나 이제 젊음에서 많이 벗어난, 반대편에 앉은 초로의 승객은 건너편의 파란 새가 마냥 아름답게만 보일 뿐, 언젠가 노파가 된다는 생각은 전혀 하지 못한다. 즐거운 시간이 어서 끝나기를 기다리는 바보가 어디 있을까. 여성적 아름다움은 인간의 시계를 멈추고 시간마저 결빙시킨다.

|57| 호도되는 미모

《기나긴 이별》

●

아름다운 여자라고 하면 서양에서는 제일 먼저 금발을 연상한다. 금발, 하얀 피부, 파란 눈동자, 붉은 입술, 백설 같은 치아, 이런 것들이 아름다운 얼굴의 구성요소인데 그중에서도 금발이 압권이다. 레이먼드 챈들러(1888-1959)의 추리소설 《기나긴 이별》은 금발 여주인공에 대하여 이렇게 쓴다.

세상에는 금발 여자들이 많이 있고 그래서 그 단어는 오늘날 농담의 말 비슷하게 되었다. …… 늘 삐악삐악 재잘거리는 몸집 작고 귀여운 금발이 있는가 하면, 얼음처럼 차가운 파란 눈으로 상대방을 제압해버리는 덩치 큰 여신 같은 금발도 있다. 당신을 위아래로 한번 훑어보고, 사랑스러운 냄새를 풍기고 계속 반짝거리면서 당신의 팔에 기대고, 그러다가 당신이 그녀를 집에 데려다주면 언제나 너무너무 피곤하다고 말하는 금발도 있다. ……마지막으로 정말 전설 같은 금발이 있다. 거물 사기꾼 세 명을 겪고도 끄떡없고 그다음 백만장자 두 명과 연이어 결혼하면서 한 사람당 100만 달러씩 받는다. 그 돈으로 앙티브 곶에 자리 잡은 연한 장밋빛 빌라로 은퇴하여 운전사와 보조운전사가 딸린 초대형 알파로메오 타운카를 굴린다. 그러면서 따분하고 지겨운 귀족의 무리를 섭렵한다. 그녀는 이 모든 귀족들을 친절하면서도 무심하게 대하는데, 그러한 태도는 자신의 집사장에게 의례적인 저녁 인사를 건네는 나이 든 공작의 태도와 비슷하다. 하지만 길 건너편에 사는 꿈같은 금발은 그런 류가 아니었다. 아니 이 세상에 속한 여자 같지 않았다. 그녀는 분류가 불가능했다. 산중의 석간수처럼 아득하고 투명한가 하면 그 물빛처럼 모호했다.

챈들러는 금발 여인을 투명하면서도 모호한 물빛으로 정의했다. 나는 그런 물빛의 여성을 우리 동네에서 본 적이 있다. 그녀는 적당한 키에 날씬하고 얼굴이 아름다우며 생머리를 길게 기른 40대 중반의 가정주부다. 그녀가 어느 날 머리를 노랗게 물들이고 거리를 걸어가는데 남자 대학생이 쫓아왔다. 그가 데이트를 신청해 오자, 그녀가 자신은 실은 고등학생과 중학생 자녀를 둔 아주머니라고 대답하니까 그 대학생이 크게 실망하며 돌아섰다고 한다. 그 젊은 대학생을 흔들어놓은 것은 아마도 그녀의 노란 머리였을 것이다.

| 58 | 어리석은 재즈시대

《신사는 금발을 좋아해》

●

"따분하고 지겨운 귀족의 무리를 섭렵한" 금발의 얘기로는, 애니타 루스(Anita Loos, 1893-1981)의 장편소설 《신사는 금발을 좋아해(Gentlemen Prefer Blonde)》가 있다.

애니타 루스는 할리우드 영화계에 종사한 시나리오 작가였는데, 촬영차 동부에서 서부로 가는 기차 여행에서 남자들이 아름다운 금발 배우에게만 몰리는 것을 보고 이 소설을 썼다. 이 소설은 1924년 《하퍼스 매거진》이라는 미국의 교양 잡지에 연재될 동안 폭발적 인기를 누렸다. 당시 시력을 잃기 시작한 제임스 조이스는 이 연재물을 읽기 위해 시력을 아껴두었다 하며, 미국인이 쓴 가장 훌륭한 철학책은 무엇이냐는 질문을 받은 철학자 조지 산타야나(George Santayana, 1863-1952)는 《신사는 금발을 좋아해》라고 답변했다.

이 소설은 로렐라이 리(Lee)라는 금발 여배우가 런던, 파리, 뮌헨 등을 여행하면서 자신을 따라다니는 귀족 무리를 놀려먹는다는 내용이다. 귀족들은 로렐라이에게 툭하면 여자는 교육을 받아야 하고 머리가 있어야 한다고 말하지만, 그녀는 금발 미녀라면 넋이 나가서 맥을 못 추고 아내는 거들떠보지도 않는 남자들이야말로 더 교육을 받아야 한다고 생각한다. 그녀와 친구 도로시가 프랑스에서 가짜 왕관을 가지고 변호사 부자를 놀려먹는 장면은 이 소설의 백미다. 경쾌하고 유머가 넘치며 때로는 위악적인 분위기가 물씬 풍기는 아주 유쾌한 소설이다.

대공황이 도래하기 전의 미국의 1920년대를 가리켜 흥청망청하는 '재즈 시대'라고 하는데, 이 소설은 그 시대를 잘 반영한다. 똑똑한 여자가 어리숙한 척하면서 남자들을 놀려먹는 주제는 그 후 여러 소설에서 반복되어왔다. 《신사는 금발을 좋아해》는 마릴린 먼로의 영화, 재클린 수전의 《인형의 계곡》, 인기 텔레비전 드라마 《섹스 앤 더 시티》, 헬렌 필딩의 《브리짓 존스의 일기》 등 출세 지향적인 여주인공 소설의 모델이 되었다.

무조건 다 들어주다가는 알콜릭

〈빅 블론드(Big Blonde)〉

●

도로시 파커(Dorothy Parker, 1893-1967)의 단편소설 〈빅 블론드(Big Blonde)〉
역시 재즈 시대인 1920년대의 뉴욕을 배경으로 한 작품이다.

여주인공 헤이즐 모스는 키가 큰 금발 여인인데 "남자로부터 사랑을
받는 것은 바람직한 일"이라고 생각한다. 그녀는 남자들이 요구해오는
대로 굿스포트(good sport: 신체적으로 매력적이고 남자의 비위를 잘 맞춰주는 여성)가
되기 위해 무척 애를 쓰지만 만나는 남자마다 곧 사라져버리는 것을 알
아차린다. 그녀는 어느 날 뉴욕의 거리를 걸어가다가 힘들게 마차를 끌
고 가는 말을 보면서 너무 불쌍하다며 흐느껴 운다.

이 부분은 아마 로마의 광장에서 불쌍한 말의 목을 껴안고 흐느끼다
가 발광해버린 철학자 니체의 이야기에서 영향 받은 듯하다. 실제로 헤
이즐 모스는 아무리 굿스포트가 되려 해도 그 역할을 철저히 하지 못하
는 자신에게 실망하여 자살을 생각한다.

그러나 헤이즐은 면도날은 너무 아프고, 강물은 아주 차가우며, 염
산은 살을 썩게 한다면서 자살의 수단에 대하여 의구심을 표시한다. 또
수면제는 위경련을 일으키고, 권총 소지는 불법이며, 올가미 줄은 잘
끊어지고, 가스는 냄새가 지독하니까 차라리 사는 게 낫겠다고 마음을
바꾸고서 다시 남자들의 비위를 맞추려 나선다.

그러나 아무리 애를 써도 자꾸만 더 심해지는 남자들의 요구를 맞추
지 못하겠다고 생각한 그녀는 점점 알코올 중독이 되어가는데, 마침내
수면제를 먹고 자살을 시도하나 그것도 청소부 아주머니에게 발견되어

미수로 그치고 병원에서 깨어난다. 헤이즐은 잠에서 깨어나자 다시 술을 찾으면서 "영원히 술 취한 상태로 있게 해달라"고 하느님에게 기도를 올린다.

〈빅 블론드〉는 남자들의 요구에 그대로 순응할 경우, 거리의 짐말같이 되어버리는 여자의 운명을 경쾌한 필치로 써내려간 작품이다. 남자의 요구를 무조건 다 받아들이는 여자는 정말로 '귀여운 여자'라 할 것인데, 체호프의 소설은 그 주제를 정면에서 다루었다.

| 60 | 올렌카는 두셰치카

〈귀여운 여인(원제: Dushechka)〉

●

안톤 체호프(1860-1904)의 단편소설 〈귀여운 여인(원제: Dushechka)〉은 올렌카라는 여인의 인생 유전을 다룬다. 그녀는 먼저 극장주 쿠킨과 결혼했는데, 그가 갑자기 죽어버리자 목재상 푸스토발로프와 재혼했으나 그마저 갑작스런 감기로 사망한다. 그녀 집에 세 들어 살던 군부대 수의사 스미르닌이 그녀를 위로해주었으나 그도 다른 지방으로 전출되어 가버리자, 올렌카는 혼자 외로운 세월을 보낸다. 그러다가 군대에서 전역하고 마을로 다시 돌아온 수의사 스미르닌에게 다시 무상으로 집을 빌려주면서, 올렌카는 그의 열 살짜리 아들 사샤에게 친자식 같은 사랑을 느낀다.

올렌카가 만나는 남자마다 지극한 사랑을 바치기 때문에(혹은 그들의 비위를 너무 잘 맞추기 때문에) 'Dushechka(두셰치카, 영어로 말하면 '달링')'라는 수식어가 붙었는데, 이 말은 중의적인 문구(double entendre: 암암리에 야비한 의미를 담은 어구)로, '남자의 비위만 맞추고 살면서 자신의 주체성은 전혀 없는 한심한 여자'라는 암시가 들어 있다. 다시 말해 남자가 앉으라면 앉고 서라면 서는 로봇 같은 여자가 어떻게 사랑스러운 여인이며 나아가 귀여운 여인이 될 수 있겠느냐는 반어법인 것이다. 이 후자의 관점에서 이 소설을 읽으면 '달링'은 위에 나온 '빅 블론드'와 마찬가지로 못 말리는 여자가 되어버린다. 그러나 이게 이야기의 끝은 아니다.

|61| 지극한 사랑의 올렌카

⟨귀여운 여인⟩

●

《구약성서》⟨민수기⟩의 22장과 23장은 모압의 왕 발락이 강성한 이스라엘 세력에 겁을 집어먹고서 무당 발람을 불러서 이스라엘 사람들에게 저주를 내려달라고 요청하는 이야기다. 발람은 왕의 요구에 따라 산꼭대기에 일곱 제단을 쌓고, 황소 일곱 마리와 숫양 일곱 마리를 준비하여 각 제단에 황소와 숫양을 한 마리씩 바치고서 이스라엘을 저주하려고 입을 열었으나, 그 순간 하느님의 힘이 작용하여 발람의 입은 저주는커녕 축복의 말을 해버린다.

레프 톨스토이는 이 발람의 이야기를 가져와 체호프의 ⟨귀여운 여인⟩을 해석한다. 톨스토이는 체호프가 20세기 초에 전개되기 시작한 여권(女權) 운동에 영향을 받아서, 올렌카처럼 남자의 비위나 맞추면서 사는 여자를 '귀여운 여인'이라고 폄하(저주)할 의도로 이 소설을 썼다고 진단한다. 그러나 작품 속에서 무당(체호프)은 자기도 모르게 그녀를 높이 칭송(축복)하고 있다는 것이다. 그러면서 톨스토이는 그녀와 같은 지극한 사랑을 보여주는 여자가 세상에 얼마나 되겠느냐고 묻는다. 톨스토이는 그 지극한 사랑에 눈물을 흘리기까지 했다고 고백한다. 어린 사샤가 "섬은 물로 완전히 둘러싸인 땅입니다"라고 교과서를 큰 소리로 읽으면, 올렌카가 그 옆에서 말을 복창한다. 그리고 이어서 체호프는 이렇게 서술한다. "이것은 그녀가 여러 해 동안의 침묵과 의견 부재를 깨뜨리고 나서 처음으로 완벽한 확신을 가지고 내놓은 의견이었다." 당신의 의견은 나의 의견이고, 나는 완벽하게 당신을 따르겠다는 뜻이다. 올렌카는 첫 번째 남편 쿠킨에게도, 두 번째 남편 푸스토발로프에게도 이렇게 했다.

　여기서 우리는 아주 난처한 질문에 봉착하게 된다. 톨스토이는 〈귀여운 여인〉을 쓴 체호프의 의도가 올렌카를 폄하하기 위한 것이라고 단정했다. 그러면서 저자와는 정반대되는 독자(톨스토이)의 의견이 오히려 더 정당하다고 주장한다. 그렇다면 저자는 작품의 의미에 대한 등기 소유권이 있는가 없는가? 롤랑 바르트라는 프랑스 평론가는 〈저자의 죽음〉이라는 논문에서, 저자는 일단 작품을 발표하고 나면 그때부터 작품 해석에 대해서는 전혀 권리가 없다고 말한다. 작가가 일일이 자기 작품에 대하여 해설을 해야 한다면 그 작품의 완성도는 의심스러워진다는 것이다. 또 저자가 잘못 써놓은 것을 일부러 그렇게 썼다고 자기 변명의 구실로도 삼을 수 있기 때문에 의미의 등기 소유권은 인정할 수 없다는 것이다.

　20년 전쯤 되는 것 같은데, 한국 화단(畵壇)에 이런 일이 있었다. 시중에 나와 있는 어떤 그림에 대하여 화가 홍길동은 자신의 작품이 아니라고 했는데, 미술평론가들은 그의 작품이 틀림없다고 주장했다. 이 논쟁은 신문에 크게 보도되기까지 했는데, 많은 독자들은 화가 자신이 아니라고 하면 아니지 뭘, 하고 생각하면서도 미술평론가들이 그렇게 주장하는 데는 무슨 근거가 있겠지 싶어 긴가민가했다. 그렇다면 우리는 체호프의 올렌카를 어떻게 읽어야 하는가? 톨스토이와 체호프 중에 누가 옳은가? 이것을 판단하기 위해서는 우선 〈귀여운 여인〉을 반드시 읽어보아야 한다.

|62| 나이들수록 알게 되는 객관적 상관물
〈헌화가〉

●

신라 향가 중에서 〈헌화가〉는 짧으면서도 인상적인 노래다. 여성의 아름다움을 은근하면서도 곡진하게 묘사한다.

붉은 바위 가에
잡은 손 암소 놓게 하시고
나를 아니 부끄러워하신다면
꽃을 꺾어 바치오리다.

노래의 시대적 배경은 신라 성덕왕(재위 702-737) 때다. 수로 부인은 너무나 미인이었기에 깊은 산골이나 큰 물을 지나가다가 여러 번 귀신들에게 붙들려 간 바 있었다. 그처럼 맵시와 얼굴이 당대 최고였다. 그녀의 남편 순정공 일행이 강릉 태수로 부임하는 길에 어느 바닷가에서 점심을 먹고 있었다. 런치 파티가 벌어진 옆에는 돌산이 병풍처럼 바다를 둘러서 그 높이가 천 길이나 되는데, 절벽 같은 산꼭대기에 철쭉꽃이 흠

뻭 피어 있었다. 수로가 그 꽃에 매혹되어 좌우에 있는 사람들에게 저 꽃을 꺾어다 줄 사람이 없느냐고 묻는다. 그러나 꽃이 너무 높고 험한 곳에 피어 있어서 일행은 고개를 절레절레 흔든다. 그때 어떤 노인이 암소를 끌고 가다가 그 말을 듣고서, 꽃을 꺾어 바치겠다며 부른 노래가 바로 헌화가다. 런치 파티를 기우제로, 헌화가를 의식의 노래로, 노인을 무당으로 보는 해석도 있지만, 수로의 아름다움에 매혹된 노인이 그녀에게 바친 개인적 서정의 노래라고 보는 것이 더 타당할 듯하다.

문학 용어로 '객관적 상관물(objective correlative)'이라는 것이 있다. 직접 드러나지 않는 어떤 정서나 사상을 대신 드러내 주는 다른 어떤 것을 가리킨다. 가령 비 오는 날 우산을 들고서 기차 플랫폼에서 기다리는 여성은 그리움, 모파상의 단편소설 〈목걸이〉에서 목걸이는 여성의 허영을 표현하는 객관적 상관물이다. 잡은 손 암소를 놓았다거나, 노인이 절벽을 오른다거나 하는 것은 모두 수로의 아름다움을 대신 말해주는 객관적 상관물이다. 나는 이 향가를 고등학교 고전문학 시간에 배웠다. 그런데 18세 고교생이 아름다움에 매혹된 노인의 심정을 이해할 수 있을까? 나는 없다고 본다. 그런데도 왜 그것을 가르칠까?

독서는 1회용으로 그치는 것이 아니고 반복적으로 읽어나가는 동안에 삶에 도움과 통찰을 주는 것이기 때문이다. 그래서 고전은 읽기 힘들고 재미가 좀 없더라도 참아가며 읽어야 한다. 자신이 아직 깊은 재미를 느낄 만한 경지에 도달하지 못했다는 겸손한 깨달음이 있어야 한다. 가령 앞에서 언급한 헤세의 《데미안》은 내가 고등학교에 다닐 때, 남녀 구분할 것 없이 학생들의 필독서였다. 그런데 이 소설은 예순이 된 지금 읽어보아도 선과 악의 갈등, 인간이라면 누구나 이마에 갖고 있는 카인(악)의 표시, 그 갈등을 넘어서는 신성 등 고등학생으로는 도저히 이해하지 못할 부분이 많다. 또 대학에서 배운 셰익스피어의 희곡 《템페스트》는 어떤가. 그걸 배울 때에는 텍스트를 잘 이해하지 못했고 재미도 없었다. 어린 고등학생에게 《데미안》이나 젊은 대학생에게 《템페스트》는 벅찬 독서가 아닐 수 없다. 그런데도 이런 텍스트들을 가르치는 것은, 그 시절에 《데미안》이나 《템페스트》를 읽어두지 않으면 나중에 나이 들어 그 가르침의 선견지명을 확인할 길이 없기 때문이다. 여기서 읽은 〈헌화가〉도 마찬가지다. 나이 들어갈수록 왜 그것이 명시인지 점점 깨닫게 되는 것이다. 바로 이것이 독서의 효용이자 평생 교육의 효과다.

| **63** | 조강지처가 온 곳

《통감절요(通鑑節要)》

송나라 때 사마광(司馬光)이 편찬한 역사책 《자치통감(資治通鑑)》을 소미 선생(小微先生) 강지(江贄, 1100년대의 인물)가 4분의 1 정도 분량으로 간추린 《통감절요(通鑑節要)》에는 이런 기사가 나온다. 중국 후한 광무제 시대(재위 25-57)의 대사공(大司空) 송홍(宋弘)은 잘생긴데다 관대한 사람이었다. 황제의 누나 호양(湖陽) 공주가 과부가 되자, 광무제는 누나에게 재혼 의사를 떠보았다. 공주는 대답했다.

"송홍의 위용과 덕행이 뛰어나서 다른 조신들이 미치지 못한다고 생각합니다."

공주의 뜻을 알아차린 광무제는 중매에 나섰다. 그러나 호양 공주는 당시 광무제를 믿고 불법한 일을 저지르는 경우가 많았다. 그녀의 하인이 대낮에 살인을 하고 공주의 집으로 도망해 숨자 관청에서 그를 체포하지 못했다. 그 하인은 밖에 나갈 때도 공주의 수레를 타고 함께 나갔다. 당시 고을의 수령인 동선(董宣)이 하문정(夏門亭)에 서 있다가 공주의 수레를 세우고 칼을 짚고 서서 큰 소리로 공주의 잘못을 말하고, 하인을 끌어내 때려죽였다. 공주는 그것을 모욕이라고 여겨 대궐로 들어가 황제에게 하소연했다. 황제는 대로해서 동선을 잡아다가 죽이려 했다. 잡혀 온 동선은 머리를 조아리며 말했다.

"한마디만 하고 죽겠습니다."

"무슨 말을 하겠다는 거냐?"

광무제가 물었다.

"폐하께서 성덕이 높으신데 정작 공주의 하인이 살인을 해도 처벌하지 않는다면 어떻게 앞으로 천하를 다스리실 수 있겠습니까? 신(臣)이 맞아 죽기보다는 자살할 수 있도록 해주십시오."

동선은 말을 마치고 머리를 대궐 기둥에 들이받아 온 얼굴에 피를 흘렸다. 광무제는 환관을 시켜 제지하고 나서 동선에게 머리를 조아리며 공주에게 사과하라고 했으나 동선은 따르지 않았다. 그래서 억지로 끌어다가 머리를 조아리게 했으나 동선은 두 손을 바닥에 짚고 버티며 끝내 머리를 조아리지 않았다. 그것을 보자 호양 공주는 황제에게 말했다.

"문숙(광무제의 본명)이 황제가 되기 전에는 죄지은 자를 숨겨주어도 형리들이 우리 집 문전에 얼씬도 하지 못했는데, 지금은 황제가 되었는데도 그 권위가 일개 군수만도 못하네요."

"황제는 일반 서생일 때와는 다르지요."

황제가 웃으면서 대답했다.

황제는 동선을 향해 "이 고집불통아, 물러가라"면서 그에게 돈 삼십만 금을 내렸다. 동선은 그 돈을 부하 관리들에게 나누어주고 더욱 엄격히 직무를 수행했다.

　이런 전과가 있었으니 송홍이 호양 공주를 좋게 볼 리가 없었다. 게다가 그는 아내에 대하여 나름대로 확고한 철학이 있었다. 황제는 호양 공주를 병풍 뒤에 숨겨놓고 송홍을 불러 얘기를 엿들으려고 했다. 황제가 먼저 송홍에게 말했다.

　"속담에 귀하게 되면 친구를 바꾸어 사귀고 부유하게 되면 아내를 바꾼다고 하는데 경은 그 말을 어떻게 생각하는가?"

　황제는 그렇게 말하면서 사병이었을 때 천한 여자를 얻었다가 나중에 승진하여 장군이 되자 귀족의 여자를 정실로 맞이한 장군 몇 명의 이름을 댔다. 그러나 송홍은 완곡하게 거절했다.

　"폐하, 신은 이렇게 들었습니다. 가난할 때 사귄 친구는 나중에 부자가 되어서도 잊어서는 안 되고(貧賤之知不可忘빈천지지불가망), 온갖 어려움을 함께 해온 아내는 나중에 귀하게 되더라도 버리지 않는다(糟糠之妻不下堂조강지처불하당)고 말입니다."

　황제는 송홍을 물러가게 하고 병풍 뒤에 있는 공주에게 "일이 뜻대로 되지 않겠습니다" 하고 말했다. '고생을 함께 해온 아내'라는 뜻의 '조강지처(糟糠之妻)'라는 말은 이 고사에서 나왔다.

| 64 | 금욕주의는 여우의 신포도
《중세의 가을》

　여성이 늘 아름답고 흥미로운 대상으로만 간주된 것은 아니었다. 중

세 교회는 아주 협량한 금욕주의를 추구했다. 교회는 자연을 '아름다운 유혹'이라면서 혐오의 대상으로 보았고, 육체를 악한 것으로 생각했으며, 현세에서는 수도원의 명상적 생활을 통해서만 미덕을 획득할 수 있다고 가르쳤다. 중세 교회의 핵심 교리는 '원죄(原罪)'였다. 영혼과 신체는 완전히 분리된 것인데, 인간은 오로지 육체를 통해서만 영혼을 표현할 수 있으므로, 피할 수 없는 죄를 몸에 지니고 있다는 것이다. 그래서 중세에 클뤼니 수도원(L'Abbaye de Cluny: 프랑스 부르고뉴 주에 있는 베네딕토회 수도원으로, 910년에 건립된 뒤 중세 기독교 신앙의 중심지로 번성했음)의 한 수도자는 육체적 아름다움을 이렇게 말했다.

"신체의 아름다움이라는 것은 피부의 아름다움일 뿐이다. 만약 사람들이 피부의 밑을 볼 수 있다면(보예티아에서는 스라소니라는 동물이 그런 투시의 능력을 갖고 있다고 한다), 그들은 여자가 아주 혐오스러운 존재임을 발견할 것이다. 여자의 매력은 진흙과 피, 체액과 담즙으로 구성되어 있다. 여자의 콧구멍, 목구멍, 똥구멍에 숨겨진 것을 생각해본다면 더러운 오물밖에 생각나지 않을 것이다. 우리는 진흙과 오물을 손으로 만지려 하지 않는다. 그런데 그런 오물이 가득 들어 있는 똥자루를 품에 안으려 하는 것은 도대체 어찌 된 일인가?"

교황 인노첸시오 3세는 젊은 시절 〈세상에 대한 경멸에 관하여(De contemptu mundi)〉라는 글을 썼다(출전: 요한 하위징아, 《중세의 가을》).

"여자들은 불결함과 악취 속에서 수태하고, 슬픔과 고통 속에서 출산하고, 번뇌와 노고 속에서 수유하며, 탄식과 공포 속에서 아이를 보살핀다."

"단 하루라도 온전한 즐거움을 누리며 보내는 사람이 있을까? 시각이나 청각이나 촉각에서 오는 불쾌함을 단 한 순간도 느끼지 않은 채……."

이러한 금욕주의는 아름다움의 덧없음을 강조하면서 지금 여기에 있는 아름다움을 포기하라고 말한다. 그러나 이것은 여우가 자기 힘으로 딸 수 없는 포도를 맛없는 '신 포도'로 치부해버리는 심리일 뿐이다. 여성적 아름다움에 대한 엉뚱한 반작용이다. 아름다움이 선함과 진리에 이르는 첩경이며 곧 신성함과 일체를 이루는 것임을 잘 모르고 하는 얘기일 뿐이다.

| 65 | 중세 금욕주의의 표현

〈수도사의 각운시〉

●

이런 세상의 아름다움에 대한 혐오증은 1140년경에 클뤼니 수도원의 베르나르 드 몰레(Bernard de Morlay)가 쓴 6보격 각운시에서도 발견된다.

바빌론의 영광은 어디에 있는가? 그 무서운 느부갓네살(Nebuchadnezzar 네부카드네자르),

막강한 다리우스, 유명한 키루스는 어디에 있는가?

제멋대로 굴러가는 바퀴처럼 이들도 사라져버렸다.

이들의 영광은 풍성하고 또 안전하게 살아남았다.

그러나 정작 그들은 부패하여 사라져버렸다.

카이사르가 지은 의사당 건물은 어디에 있는가?

카이사르의 장엄한 개선식 행렬은?

카이사르여, 그대는 사라져버렸다. 살아 있을 당시,

그대는 온 세상에서 가장 사납고 가장 장엄했다.

......

황금을 우습게 여겼던 마리우스와 파브리키우스는
지금 어디에 있는가? 파울루스의 명예로운 죽음과
기억할 만한 행위는 지금 어디에 있는가?
하늘에서 내려준 필리피의 목소리[데모스테네스]는
지금 어디에? 천상의 사람 같았던 키케로는 어디에?
시민의 평화를 사랑하고 반란자를 경멸했던 카토는 어디에?
레굴루스는 지금 어디에 있는가? 로물루스와 레무스는 어디에?
예전의 장미는 그저 이름일 뿐, 우리에게는 이름만
남아 있을 뿐.

움베르토 에코의 소설 《장미의 이름》의 제목은 이 시에서 따온 것이다. 세상의 모든 아름다운 것을 헛된 것으로 보는 수도원의 생활을 지칭하는 제목으로 적당해 보인다. 에코는 이 소설에서 "죽음은 나그네의 휴식, 모든 수고의 끝"이라는 중세의 속언을 자주 인용하는데, 이 말 역시 중세 금욕주의의 표현이다.

| 66 | 중세 금욕주의에 대한 비판
《데카메론》

●

보카치오의 《데카메론》 중 '세 번째 날 열 번째 이야기'에 나오는 순진한 여자 알리베크와 수도사 루스티코의 이야기는 중세 교회의 금욕주의에 대한 풍자다. 루스티코는 아름다운 알리베크를 보자 욕정에 휩싸인다. 그리고 그녀가 주님에게 할 수 있는 가장 큰 봉사는 자신의 악마를 지옥으로 보내주는 것이라고 말한다. 두 사람의 대화는 이러하다.

알리베크: 루스티코, 당신의 배 밑에 툭 튀어나와 있는 그것은 무엇인가요? 나는 그런 게 없는데.

루스티코: 아, 이게 내가 말한 그 악마입니다. 이놈을 한번 보세요. 이놈이 나를 너무 괴롭혀서 정신을 차릴 수가 없답니다.

알리베크: 나는 그런 게 없어서 얼마나 다행인지 모르겠어요.

루스티코: 하지만 당신은 악마가 없는 대신 지옥을 갖고 있어요. 하느님께서 내 영혼을 구제하기 위해 이 사막의 암자에 당신을 보내셨나봐요. 이 악마가 나를 괴롭히기 시작하면 당신이 내게 도움을 줄 수 있어요. 그러니 이 악마를 지옥으로 보내게 해줘요. 그렇게 하면 당신도 하느님을 기쁘게 하는 거예요. 그게 당신이 이 사막 암자로 온 목적이기도 하고요.

이렇게 해서 두 사람은 성관계를 맺게 되었고 자꾸 그 횟수가 늘어났다. 그러자 이번에는 성에 눈을 뜬 알리베크가 어서 빨리 악마를 지옥으로 보내자고 졸라댄다. 그러나 사막에서 수행하면서 풀뿌리와 물로만 연명하던 루스티코는 체력적으로 그녀를 감당할 수가 없어서 결국 암자에서 내보낸다는 얘기다.

남녀의 섹스는 자연스러운 것인데 그것을 악마와 지옥으로 보려는 중세 교회의 협량한 금욕주의를 신랄하게 비판하는 이야기다.

|67| 어리석은 아내 자랑

《역사》제1권

●

헤로도토스의 《역사》 제1권에는 아름다우면서도 자부심 강한 여자의 얘기가 나온다.

리디아 왕 칸다울레스는 왕비가 이 세상에서 가장 아름다운 여자라고 생각했고, 그것을 자랑하고 싶어서 왕비의 아름다운 몸매를 왕비 몰래 신하인 기게스에게 보여주었다. 왕비는 침실 쪽으로 걸어가다가 인기척을 느껴 순간 뒤돌아보았고 그게 누구인지 알아차렸다. 하지만 아무 말도 하지 않았다. 다만 마음속으로 자기에게 이런 모욕을 보인 왕에게 복수를 해야겠다고 결심했다. 당시 리디아인을 비롯한 여러 민족은 남자든 여자든 알몸을 남에게 보이는 것을 최고의 수치로 여겼다.

아침이 되자 왕비는 충복들을 불러서 자신의 의도를 밝히고 기게스를 왕비전으로 들어오게 했다. 전에도 왕비에게 불려가 여러 번 대화를 나눈 적이 있었으므로 기게스는 아무런 의심 없이 들어왔다. 기게스가 오자 왕비가 단도직입적으로 말했다.

"기게스, 둘 중 하나를 선택하시오. 칸다울레스를 죽이고 내 남편이 되어 리디아를 다스리거나, 아니면 이 순간 내 방에서 죽어 나가거나. 그렇게 해야 앞으로 왕의 명령에 복종하여 불법 행위를 자행하는 것을 막을 수 있소. 그런 명령을 내린 자가 죽어주거나, 내 알몸을 보아 전통적 풍습을 깨뜨린 당신이 죽어주거나 둘 중 하나요."

그런 상황에서 기게스는 선택의 여지가 없었고 살아남는 방안을 골랐다. 그리고 어떻게 해야 왕비의 뜻을 실행할 수 있는지 물었다.

"내 알몸을 보았던 바로 그 자리에서 기다렸다가 잠든 왕을 공격하시오."

밤이 되어 기게스는 왕비를 따라 왕의 침실로 들어갔다. 왕비는 그
에게 단도를 쥐어주고, 문 뒤에 조심스럽게 숨어서 그의 거사를 응원했
다. 이렇게 하여 칸다울레스의 왕국과 아내는 기게스에게 넘어갔다.

칸다울레스 왕은 쓸데없이 아내의 미모를 자랑하여 화를 자초한 어
리석은 사람이다. 자기의 것은 자기만 보면 될 터인데, 그것을 공연히
떠벌리면서 공유하려고 들었으니 필경 목숨과 아내와 왕국을 모두 잃
어버리게 된 것이다.

|68| 아름다움에 대한 쓸데없는 찬양
《로마제국쇠망사》 제25장

●

자기가 아는 아름다움에 대하여 떠벌리고 싶은 것은 인지상정인 듯
하다. 기번의 《로마제국쇠망사》 제25장에는 이런 기사가 나온다.

로마제국의 황제 발렌티니아누스(재위 364–375)의 아내 세베라 황후는
이탈리아 주지사의 딸인 사랑스러운 유스티나를 자신의 시녀 동아리에
집어넣었다. 황후는 유스티나와 같이 목욕을 하면서 그녀의 알몸이 매
우 아름답고 매력적이라는 것을 알게 되었다. 황후는 주위에 그 아름다
움에 대한 칭찬을 아끼지 않았다. 여자가 보아도 그 몸의 아름다움이
황홀하다는 것이었다. 황후가 부주의하게도 그녀의 매력을 너무 자주
얘기했기 때문에, 황제는 자신의 침전에 두 번째 아내로 그 시녀를 맞
이하게 되었다. 황제는 공식 칙령을 반포하여, 자신이 취한 그런 가정
내 특권을 모든 백성에게 허용한다고 말했다.

하지만 역사적 증거와 상식으로 판단해 볼 때 발렌티니아누스는 세베라와 유스티나와 차례로 결혼했을 것으로 보이며, 비록 교회는 이혼을 비난했지만 로마법에 의해 허용된 이혼 절차를 밟았을 것으로 생각된다. 세베라 황후는 공연히 유스티나의 아름다움을 떠벌려서 아내 자리와 황후의 지위를 동시에 잃어버렸다. 이런 것을 볼 때 자기의 것이든 남의 것이든 아름다움에 대해서는 혼자 즐거워할 일이지, 남에게 실없이 얘기하는 일은 삼가야 한다.

| 69 | 아름다움과 인생의 관계
《악의 꽃》

●

보들레르(1821-1867)의 시집 《악의 꽃》에 나오는 〈아름다움(La Beauté)〉이라는 시는 사랑, 사물, 죽음, 아름다움의 관계를 아주 절묘하게 표현한다.

Je suis belle, ô mortels! comme un rêve de pierre,
Et mon sein, où chacun s'est meurtri tour à tour,
Est fait pour inspirer au poète un amour
Eternel et muet ainsi que la matière.

오 인간들이여, 나는 돌의 꿈처럼 아름답다.
차례로 상처 입은 나의 유방은
시인에게 사랑의 영감을 불러일으키기 위해 만들어졌다.

사랑은 물질만큼이나 영원하고 말이 없구나.

|70| 갑작스런 사랑 고백은 왜?

《사냥꾼의 수기》 중 〈시골 의사〉

투르게네프(1818-1883)의 《사냥꾼의 수기》는 여러 가지 에피소드를 한데 모아놓은 옴니버스 소설인데, 그중의 한 편인 〈시골 의사〉는 특이한 러브 스토리다.

시골 의사는 어느 날 저녁 읍에서 20킬로미터 정도 떨어진 외딴 마을로 왕진을 나간다. 마침 해빙 계절이어서 길은 진창이다. 왕진 간 집은 예전에는 잘 살았으나 지금은 퇴락한 집안이다. 학자였던 아버지는 별세하고 집에는 어머니와 세 딸만 있다. 그 딸들은 하나같이 교양이 높은 귀족 처녀들이었다. 그들 중 하나가 갑자기 병에 걸려 온몸에서 열이 나면서 죽어가는 것이다. 의사는 환자가 아주 아름다운 여인인 것을 발견한다. 그 여인의 병세는 점점 악화되고, 마침내 곧 숨을 거둘 것 같았다. 마침 해빙 철이고 밤이 깊어서 그날 밤 읍으로 돌아가지 못한 의사는 하룻밤 묵게 되고, 그게 계기가 되어 며칠 간 그 집에 남아서 계속 치료해주게 된다. 죽어가던 여자는 이 친절한 의사에게 사랑을 느끼고, 또 총각 의사도 사랑을 느낀다. 두 사람의 대화는 이러하다

여자: 의사 선생님, 제가 곧 죽을 것 같아요? 솔직히 말씀해주세요.

의사: ……그런 것 같습니다.

여자: 선생님, 이제 제 마음을 있는 그대로 털어놓을 수 있게 되어 정

말 기뻐요. 선생님은 그동안 저에게 아주 친절하게 잘 대해주셨어요. 선생님, 저는 진심으로 선생님을 사랑합니다.

의사: …….

여자: 왜 아무 말이 없으세요? 고개를 드세요. 제가 혹시 잘못 보았나요? 저를 사랑하지 않으세요? 만약 그렇다면 저를 용서해주세요.

의사: 아닙니다, 알렉산드라 안드레예브나, 저도 당신을 사랑합니다.

여자: 그럼 저를 꼭 껴안아 주세요.

그 후 여자는 자신의 최후가 닥쳐온 것을 알고서 방으로 어머니를 부른다.

여자: 어머니, 저희 둘을 보아주세요. 우리는 서로 사랑해요. 그래서 약혼을 맹세했어요.

의사: (당황하며) 사모님, 환자가 고열로 정신착란을 일으킨 것 같습니다.

여자: 트리폰, 그만두어요. 방금 전에 나를 사랑한다고 말하고서 반지를 받았잖아요. 이 마당에 무슨 예절을 차리세요? 어머니는 다 이해하실 거예요. 트리폰, 내 손을 잡아주어요. 난 당신을 그 누구보다 더 사랑해요……. 나를 잊지 말아요……. 그 반지를 소중하게 간직해주세요.

이 소설은 시골 의사가 오랜 세월이 지난 후 소설의 화자(작가)에게 고백하는 형식을 취한다. 의사는 이런 보충 설명을 한다.

"그녀는 남자를 한 번도 사랑한 적 없이 나이 스물다섯에 죽는 것이 너무 억울했을 겁니다. 그 생각이 그녀를 괴롭혔고, 그 때문에 절망에 빠져 나에게 매달린 겁니다."

| 71 | 수필인가 소설인가

《인연》

●

피천득(1910-2007)의 수필집 《인연》의 표제작은 피천득이 젊은 시절 아사코라는 여인을 사랑했는데 끝내 이루어지지 못하고 헤어졌다는 얘기다. 이 글이 발표된 것은 1973년 11월이었다. 글 속의 내용을 살펴보면 그는 아사코와 세 번 만났고 맨 마지막에 만난 것은 1954년이었다. 그러니까 피천득은 20년 동안 아사코 생각을 거듭해왔다. 바로 이 20년의 깊은 생각과 반추 덕분에 좋은 글이 되었고 "세 번째는 아니 만났어야 좋았을 것이다" 같은 투명한 통찰이 나왔다.

피천득은 어려운 단어는 일부러 피하고 쉬운 낱말, 특히 우리말 구어를 잘 골라 글을 썼기 때문에 읽기가 쉽고 또 자연스럽게 읽힌다. 이 때문에 그의 글이 앞으로 오랫동안 독자의 사랑을 받으리라고 본다. 그러나 그의 글에는 남성적인 박력이 부족하다. 당(唐) 나라 시인 이상은이 말한 대로 "석양이 아름답기는 하지만 곧 어두워지겠구나" 하는 느낌이 든다.

그런데 피천득을 잘 아는 일부 사람들은 그에게 과연 이런 러브 스토리가 있었을지 의심하면서 여기에 허구가 가미된 것이 아닐까, 하고 의문을 제기했다. 일부 인사는 그것을 기정사실화하면서 과연 수필에 허구를 도입해도 되느냐는 문학 논쟁을 일으키기도 했다. 반면에 피천득 본인은 아사코 얘기는 사실이라고 주장했다.

많은 사람들이 즐겨 수필을 쓴다. 그리고 수필도 일종의 이야기다. 그런데 (사실에 대한 주관적 해석을 바탕으로) 이야기를 맛깔나게 써나가다 보면 어쩔 수 없이 약간의 과장과 허구가 끼어들게 된다. 이렇게 약간 보탠 얘기까지 허구라고 할 수 있을까. 수필 순혈주의자는 그런 허구조차 용납되어서는 안 된다고 주장한다.

그런데 글은 왜 쓰는가? 여러 가지 이유가 있겠으나 남에게 감동을 주기 위해서 쓴다. 따라서 감동을 확신할 수 있다면 어느 정도 허구를 집어넣어도 무방하지 않을까 하는 생각이 든다. 그래서 감동을 기준점으로 살펴보면 훌륭한 수필과 단편소설은 잘 구별되지 않는다. 그 감동이 개인의 문제뿐만 아니라 사회의 문제까지 다룬 것이라면 그 진폭은 훨씬 커진다.

그런데 피천득의 수필 81편은 대부분 개인사를 적은 글로서 사회에 대한 관심이 별로 드러나지 않는다. 그는 자신의 글에 사회적 발언이 없었던 것을 의식한 듯, 가까운 지인에게 "나는 너무 이기적으로 살아서 부끄러워"라고 말했다고 한다. 피천득은 더 이상 예전 수준의 글을 쓸 수 없다면서 1974년 이후 절필을 했다. 그의 문장력이나 인생의 경륜이 절정에 오른 시기에 더 이상 글을 쓰지 않기로 했다니 참으로 아쉬운 일이다.

|72| 이루지 못한 사랑의 노래

《신생(Vita Nuova)》

●
이루어지지 못한 남녀 간의 사랑을 노래한 가장 고전적인 텍스트는 단테(1265–1321)의 《신생(Vita Nuova)》이다. 그는 이 책에서 베아트리체를 아홉 살에 만났다고 쓰면서, 호메로스의 다음과 같은 말을 인용하여 베아트리체를 묘사한다.

"그녀는 죽어 없어질 인간의 딸이 아니라 하느님의 딸 같아."

베아트리체는 1266년에 포르티나리 가문의 딸로 태어나 1287년 은행가인 시모네 데 바르디에게 시집갔으나 1290년에 사망했다. 단테는 18세이던 1283년 피렌체의 길거리에서 우연히 베아트리체를 다시 만나 그녀를 진정으로 사랑하게 되었다. 그러나 단테는 어릴 때부터 결혼 약속이 되어 있던 도나티 가문의 젬마 도나티와 1285년에 결혼하여 자녀를 세 명 혹은 네 명 두었다.

많은 연구자들은 단테가 《신생》에서 노래한 베아트리체라는 여성이 문학적 허구라고 주장하나, 일부 학자들은 실존 인물로 추정하며 또 어떤 학자는 《신곡》 속의 베아트리체에 대한 묘사가 단테의 아내 젬마 도나티의 모습을 많이 닮았다고 주장한다. 《신곡》에서 단테는 베아트리체의 도움으로 감각적 탐닉으로부터 구제되어 비시오 데이(visio dei: 하느님의 현존) 앞으로 나아가게 되는데, 작품 전체를 통하여 베아트리체는 신의 은총 혹은 계시의 알레고리로 등장한다.

베아트리체에 바친 사랑은 13세기 후반에 사랑을 독특한 분위기로 노래한 문체인 돌체 스틸 누오보(dolce stil nuovo: 청신체)로 집필되어 있다. '스틸(stil)'은 서정시의 독특한 스타일을 가리키고, '돌체(dolce)'는 그 스타일이 듣기에 감미롭고 또 지적으로 유쾌하다는 뜻이며, '누오보(nuovo)'는 시 속의 개념이나 표현 방식이 새롭다는 뜻이다. 돌체 스틸 누오보라는 말은 단테의 《신곡》〈연옥〉편 24곡에서 유래한다. 여기서 보나준타 다 루카가 단테를 만나 "당신은 〈사랑을 이해하는 여인들이여〉라는 시를 쓴 사람이 아닙니까?" 하고 묻고, 단테가 "나는 사랑이 영감을 줄 때 기록하고, 사랑이 내 마음속에 속삭이는 것을 그대로 표현하는 사람일 뿐이오"라고 대답하자, 보나준타가 "아, 돌체 스틸 누오보 말입니까"라고 말한다. 이 문장을 미루어 볼 때, 돌체 스틸 누오보가 단테의 시풍을 가리키는 것이 명확하다.

돌체 스틸 누오보는 기사도적 이상에서 생겨났고 프로방스에서 정신적으로 세련되었으며 그 후 이탈리아로 건너와 단테에 의해 집대성된 시 운동이다. 단테는 이 시적 운동을 발전시켜 이루지 못한 사랑의 노래인 《신생》과 그 후의 대작인 《신곡》을 썼다.

|73| 러브스토리의 원형

《변신 이야기》

●

오비디우스(서기전 43-서기 17 혹은 18)의 《변신 이야기》 중 '퓌라무스와 티스베' 이야기는 모든 비극적 러브 스토리의 원형이 된다. 원래 이 이야기는 근동에서 생겨난 것이다. 근동의 전설에서 퓌라무스와 티스베는 연인인데, 결혼하기 전에 티스베가 그만 임신을 했다. 곤경에 빠진 티스베는 자살하고 퓌라무스도 따라 자살한다. 후에 퓌라무스는 강이 되고 티스베는 샘물이 되어 퓌라무스 강으로 흘러들었다.

오비디우스는 이 전설을 좀 더 아름답게 꾸몄다. 바빌론의 젊은 남녀 퓌라무스와 티스베는 서로 사랑했지만 부모의 반대로 결혼할 수가 없었다. 어느 날 밤 그들은 성 밖에 있는 니노스의 무덤에서 만날 것을 약속했다. 티스베가 먼저 약속 장소에 도착했는데, 마침 암사자가 근처에 나타나자 혼비백산하여 달아나다가 베일을 떨어트렸다. 암사자는 피 묻은 주둥이로 베일을 갈기갈기 찢어버렸다. 나중에 나타난 퓌라무스는 찢어진 베일을 보고서 티스베가 맹수에게 죽었다고 오해하여 즉시 칼을 뽑아 자결했다. 약속 장소로 다시 온 티스베는 죽은 애인을 보고서 자신도 자살했다. 근처에 뽕나무가 있었는데 원래 하얗던 열매들이 두 남녀의 피로 붉어졌다.

셰익스피어의 《로미오와 줄리엣》은 이 이야기에서 힌트를 얻어 집필된 것이다.

| 74 | 죽을 힘을 다한 사랑

〈녹색 관을 통해 꽃을 밀어 올리는 힘(The Force That through the Green Fuse Drives the Flower)〉

●

딜런 토마스(Dylan Marlais Thomas, 1914-1953)의 시 〈녹색 관을 통해 꽃을 밀어 올리는 힘(The Force That through the Green Fuse Drives the Flower)〉은 자연의 생성과 파괴를 남녀의 섹스 행위에 빗대어서 노래한 것이다.

녹색 관을 통해 꽃을 밀어 올리는 힘이
나의 녹색 시대를 밀고 간다. 나무뿌리를 파괴시키는 힘,
그것은 또한 나의 파괴자다.
그런데 나는 이울어버린 장미에게 말하지 못한다.
내 젊음이 그 같은 겨울의 열기에 의해 이울어버렸음을.

돌덩이들 사이로 물을 밀고 가는 힘이
나의 붉은 피를 밀고 간다. 입[水源]의 물을 마르게 하는 힘,
나의 냇물을 밀랍처럼 굳어지게 한다.
그런데 나는 내 혈관에 입을 대어 말하지 못한다.
산 속의 샘물을 똑같은 입이 빨고 있다는 것을.

웅덩이의 물을 소용돌이치게 하는 손이
흘러내리는 모래를 휘젓는다. 불어오는 바람을 밧줄로 묶는 손,
내 수의(壽衣) 돛을 잡아당긴다.
그런데 나는 목매달린 사람에게 말하지 못한다.
목매다는 사람의 석회가 내 흙으로 만들어졌다는 것을.

시간의 입술은 샘물의 머리를 흡충(吸蟲)처럼 빤다.
사랑의 피는 뚝뚝 떨어져 고인다. 그러나
고인 피가 사랑의 상처를 어루만져준다.
그런데 나는 공중의 바람에게 말하지 못한다.
시간이 재깍거려 하늘의 별들이 회전한다는 것을.

나는 사랑하는 사람의 무덤에서 말하지 못한다.
내 침대 시트에 똑같이 맥 빠진 벌레가 기어가고 있음을.

꽃을 밀어 올리는 힘은 곧 강력한 사정(射精)의 힘이다. 둘째 연의 "돌
덩이들 사이로 물을 밀고 가는 힘"도 역시 그것이다. 생명을 탄생시키
는 힘에는 반드시 죽음의 그림자가 어른거린다. 그래서 그 힘이 내 피

를 밀랍처럼 굳어지게 만든다고 말한다. 물을 뿜어내는 힘이 곧 입을 마르게 하는 힘이 되고, 물웅덩이를 소용돌이치게 하는 손은 베데스다 연못을 휘젓는 천사의 손으로(요한복음 5장 1절) 곧 치유의 상징이다. 그런데 그 손이 곧 내 수의 돛을 당기는 손이 된다. '수의 돛'은 원문 shroud sail을 옮긴 말인데, 슈라우드(shroud)는 돛대 꼭대기와 양쪽 뱃전을 연결하는 밧줄로, 잡아당겨서 돛대를 꼿꼿이 세우는 데 쓴다. 그런데 슈라우드에는 수의(壽衣)라는 뜻도 있다. 이리하여 치유하는 힘이 곧 멈추게 하는, 다시 말해 죽이는 힘이 된다. '목매다는 사람의 석회'는 예전에 사형 집행인이 교수형 당한 자의 무덤에 석회를 넣어 시체를 빨리 부패하게 만들었다는 데서 나온 말로, 여기서도 흙, 곧 죽음을 촉진한다는 뜻으로 쓰였다. 이렇게 볼 때, 나의 생명은 곧 죽음으로 이루어져 있다. 그래서 시인은 "목매다는 사람의 석회가 내 흙으로 만들어졌다"고 노래한다. 또한 맨 첫 행의 "이울어진 장미"와 맨 마지막 행의 "맥 빠진 벌레"는 성행위 후의 힘없이 처진 성기를 상징하면서("침대 시트"는 사랑이 벌어지는 곳을 가리킨다) 죽음과 조응한다.

| 75 | 맹렬한 사랑의 전투

《황금 당나귀》

●
고대 로마에서 가장 섹시한 문장으로 꼽힌 글은 어떤 것이었을까? 아풀레이우스(124경-170?)의 《황금 당나귀》 중 제2장 '밀로의 집'에서는 사랑을 싸움(전투 혹은 백병전)에 비유한다.

화자인 나(루키우스)는 밀로의 집 하녀인 포티스에게 매혹된다. 루키우스는 주방에서 냄비를 저으며 엉덩이를 가볍게 흔들고 있는 포티스를 보고서 욕정에 사로잡힌다. 포티스 또한 미남자인 루키우스에게 관심이 있었기에 이렇게 말한다.

포티스: 오 장난꾸러기 학사여, 늘 달콤한 것에만 사로잡혀 있는 탐욕스러운 자여. 나중의 씁쓸한 뒷맛은 생각하지 않는구려. 오늘은 내가 꿀처럼 달콤하게 느껴질지 모르지만 오래지 않아 그것이 당신의 목구멍에서 불타는 혹처럼 느껴지게 된다는 것을 미리 말씀드려요.
루키우스: 그렇지만 포티스, 이건 나를 죽이고 있어요! 당신이 나를 불쌍하게 여기지 않는다면 나는 죽은 사람이나 다름없어요.
포티스: 당신은 죽음을 염려할 필요는 없어요. 당신이 조금만 더 참을 수 있다면요. 나는 당신을 사랑해요. 나는 온전히 당신의 것이에요. 오늘 밤 자정에 당신의 침실을 찾아가겠어요. 자 이제 가세요. 오늘 밤의 싸움을 위해 좋은 몸 상태를 유지하세요. 나는 필사적인 용기를 발휘해 온 밤을 당신과 함께 싸울 테니까요.

침실에 나타난 포티스는 옷끈을 풀며 옷을 벗고, 머리의 핀도 뽑고서 머리카락을 흔들어 아름다운 혼란의 상태로 만들었다. 그녀는 살아 있는 조각상으로 변하여 서 있었다. 그녀는 바다에서 막 솟아난 사랑의 여신이었다. 비너스의 언덕을 가리고 있는 부끄러운 손은 그녀가 비너스와 자신의 유사성을 의식하고 있다는 것을 보여주었다. 오로지 수줍음 때문에 그 손이 거기에 놓여 있는 것은 아니었다. 그녀가 도전해왔다.

"우리 이제 싸워요. 하지만 당신은 아주 열심히 싸워야 할 거예요.

나는 단 한 치도 물러서지 않을 것이고 결코 등을 돌리고 달아나지 않을 테니까요. 자, 이제 와서 사나이답게 나와 맞서요. 급소를 정통으로 내려치고 당신이 할 수 있는 한 최악의 펀치를 먹이도록 해요. 나를 폭풍처럼 기습하고 강타하고 죽여서 성벽의 터진 틈새에서 나자빠져 버리게 해요. 인정사정 볼 것 없이 서로 단 한 순간도 봐주지 말고 몰아붙이기로 해요."

그녀는 침대에 올라와서, 등을 대고 누운 나에게 한 다리를 걸치면서 레슬링 선수처럼 덮쳐 왔다. 그녀는 허벅지를 맹렬하게 밀착하고 부드러운 엉덩이를 열정적으로 돌리면서 나를 공격해 왔다. 나의 머리는 빙빙 돌았다. 마치 사랑의 사과 가지가 내게 굴러떨어져 내가 거기 달린 사과를 먹고 또 먹어도 다 먹지 못할 것만 같았다. 마침내 압도적인 감각과 서로 엉겨 붙는 사지에 짓눌려서 포티스와 나는 동시에 상대방을 꽉 잡으면서 온 몸의 숨을 다 뽑아냈다.

|76| 전쟁에 반대하는 군대소설
《무기여 잘 있거라》

남학생 대부분은 학교를 마친 뒤나 대학 재학 중에 군대를 다녀와야 한다. 군대와 관련된 소설은 아주 많다. 헤밍웨이의 장편소설 《무기여 잘 있거라》는 군대 얘기지만 전쟁에 반대하는 소설이다.

1차 세계대전 때 이탈리아 전선에 앰뷸런스 중대의 장교로 참전한 헨리는 간호장교 캐서린을 만나 사랑에 빠진다. 캐서린이 임신하자 함께 스위스로 달아나서 겨울을 보내다가 봄이 오기 전에 캐서린이 출산

중 유산을 하고 사망한다. 이 소설의 마지막 장인 제41장에서 헨리는 이 세상이 결국에는 사람들을 죽여버린다면서 그것을 불타는 장작 위의 개미 떼에 비유한다.

"언젠가 캠프에 나갔을 때 이런 것을 보았다. 내가 화톳불에 장작을 올려놓자 개미들이 장작에 잔뜩 달라붙었다. 장작이 타기 시작하자, 개미는 떼를 지어 먼저 불타는 중심부로 몰려갔다가 돌아서서 장작 끝으로 달아났다. 끝에 몰린 개미들은 불 속으로 떨어졌다. 어떤 놈들은 몸에 화상을 입어 납작해져서 어디로 가는지도 모르는 채 불길을 빠져나갔다. 하지만 대부분은 불길 쪽으로 몰려갔다가 장작 끝으로 되돌아나와 뜨겁지 않은 장작 끝에 떼를 지어 몰렸고, 결국에는 불 속으로 떨어졌다."

전쟁에 참가한 병사들은 결국 이런 개미 떼에 지나지 않는다는 것이다. 전쟁의 광포함과 잔인함을 묘사한 아주 적절한 비유다. 그런데 이 비유는 헤밍웨이의 원작이 아니라고 한다. 이탈리아 시인 자코모 레오파르디(Giacomo Leopardi, 1798-1837)는 슬픈 서정시를 쓴 것으로 잘 알려져 있는데, 이 시인이 고대 로마에서 베수비오 화산이 폭발하여 폼페이 사람들이 타 죽은 광경을 개미 떼에 비유했다고 한다.

|77| 군대의 추억

《지상에서 영원으로》

●

제임스 존스(1921-1977)의 《지상에서 영원으로》는 소설보다 영화가 더 유명하다. 1953년 영화로 제작되었는데 몽고메리 클리프트(프루윗), 버트 랭커스터(앤서니 워든), 데버러 커(카렌 홈스), 프랭크 시나트라(안젤로 마지오), 도나 리드(앨마 버크), 어니스트 보그나인(저드슨 하사) 등 호화 배역이 출연하여 공전의 대히트를 기록했으며, 한국전쟁 직후인 1954년 피난지 부산에서 〈애수〉와 함께 상영되어 많은 한국 영화 팬들의 사랑을 받았다. 그 후 텔레비전의 '주말의 명화' 단골 메뉴에 올라 여러 번 방영되었다.

이 책을 펼치는 순간 우리는 1941년 하와이 오아후 섬으로 곧장 들어가 그곳에서 전개되는 군대 생활에 몰입하게 된다. 군대 생활 3년 하고 그 후 30년 동안 그 얘기를 반복한다는 말도 있듯이, 누구나 군대 생활을 추억거리로 반추한다. 왜? 그 생활이 그만큼 고통스러웠기 때문에 나중에 다양한 추억이 되는 것이다.

소설 속 사건의 사실감을 높이는 것은 등장인물들의 행위다. 이 행위가 없으면 이야기는 아주 맥 빠진 것이 되어버린다. 이 소설 속에서는 많은 행위와 사건이 벌어진다. 우리는 그 행위를 귀로 듣는 것이 아니라 눈으로 보게 된다. 그만큼 뛰어난 이야기의 힘과 구조를 갖고 있다. 군대 생활을 해본 사람은 자연히 자신의 군대 생활을 연상하게 된다. 또 군 경험이 없는 독자는 군대란 이런 곳이구나 하는 감을 잡게 된다. 주인공 프루윗이 군대 생활을 파인애플에 비유하여 설명하는 문장은 참으로 아름답다.

파인애플나무가 자기 생활을 즐겁게 생각한 적이 있을까? 자신이 단체로 닦달당하는 7000그루 파인애플 중 하나라는 사실을 지겹게 생각해본 적이 있을까? 다른 7000그루처럼 늘 같은 비료를 받아먹으며 그들과 함께 대오를 이루어 죽을 때까지 그렇게 서 있어야 하는 운명을 과연 즐겁게 생각할까? 알 수 없다. 그렇다고 해서 파인애플이 갑자기 자몽으로 둔갑할 수도 없는 노릇이다.

|78| 전쟁소설의 백미
《벌거벗은 자와 죽은 자(The Naked and the Dead)》

●

노먼 메일러(1923-2007)의 장편소설 《벌거벗은 자와 죽은 자(The Naked and the Dead)》는 2차 세계대전을 다룬 가장 훌륭한 소설이라는 평가를 받는다. 일본군에게 점령된 남태평양의 한 섬을 미군이 공격하는 과정을 다루는데, 거기에 참전한 사단장 이하 말단 병사에 이르기까지 그들의 전쟁 전 미국 생활이 플래시백으로 소개된다. 사단장 커밍스(절대 권력), 소대장 헌(자유주의), 하사 크로프트(전쟁광) 등이 전쟁을 바라보는 시각이 잘 그려져 있다.

전쟁광 크로프트는 아나카 산의 정상을 정복하여 적 후방을 공격하려다가 결국 실패하고 마는데, 이 과정에서 소대장, 크로프트, 병사들 사이의 갈등이 아주 실감 나게 묘사되어 있다. 전투의 실제 상황을 이처럼 세밀하게 묘사한 작품도 없을 것이다. 이 소설은 전쟁의 상황을 암담하게 바라보는 것으로 끝나지만 모든 독자가 그런 전망에 동의하는 것은 아니다. 가령 저자 노먼 메일러는 이 소설이 인간의 타락과 혼란상을 고발하지만 그래도 인간을 더 이상 타락시킬 수 없는 한계 같은 것이 있고, 또 더 좋은 세상을 바라는 인간의 근본적 열망은 결코 사라지지 않는다고 말했다. 자신이 죽으리라는 것을 알면서도 계곡 정찰 작전에 나섰다가 흔연히 죽어가는 헌이나 자신의 고집을 관철하기 위해 무자비하게 행동하는 크로프트나, 전쟁을 마치 장기 게임처럼 생각하는 커밍스 사단장이나 모두 흥미로운 인물들이다.

|79| 병사와 여자

〈몰개월의 새〉

황석영(1943-)의 단편소설 〈몰개월의 새〉는 월남에 파병될 예정인 한 상병이 미자라는 여자를 알게 된 경위를 적은 것이다. 몰개월은 해병대 특별교육대 근처에 있는 마을 이름이고, 미자는 갈매기집의 작부다.

두 사람은 어느 날 함께 밤바다를 내다보면서 지나가는 고깃배와 갈매기 떼를 보고서, 저 깊은 어둠 속에서 고기를 잡는 어부들은 어떤 사람일까 궁금해한다. 또 갈매기들은 어디서 왔을까 하고 생각한다. 갈매기 떼가 어디서 왔지 하고 한 상병이 묻자, 미자는 잘못 알아듣고 대전에서 왔다고 대답하는데, 이런 치환을 통하여 밤바다의 갈매기는 곧 미자가 된다. 소설 제목도 여기서 나왔다. 미자는 자신도 힘겨운 인생이지만, 사지(死地)인 월남으로 가는 한 상병을 더 불쌍하게 여기며 그가 살아 돌아오기를 기원한다.

고기를 잡기 위해 밤바다에 나선 어부와 그 고기를 보고서 날아온 갈매기는 우리 인생의 은유다. 우여곡절 끝에 사지로 가게 된 남자나 대전에서 몰개월로 흘러든 여자나, 인생 유전의 한 단면으로서 밤바다의 어부나 갈매기와 별반 다를 바 없는 인생인 것이다. 그러나 남루한 옷을 걸친 술집 작부 미자는 그 생에 대하여 한없는 연민을 보여주는 마리아 같은 여자다. 나는 이 소설을 읽을 무렵 황석영의 대표적 중단편,

가령 〈한씨연대기〉, 〈섬섬옥수〉, 〈낙타누깔〉, 〈아우를 위하여〉, 〈돼지꿈〉 등을 모두 읽었다. 그러나 30년이 지난 지금 오로지 이 작품만 선명하게 그 스토리를 기억하고 있다. 이것은 왜 그럴까? 괴테는 《파우스트》 제2부의 맨 마지막에 "영원한 여성성이 우리를 높이 들어 올리네"라고 했는데, 나는 그때 미자에게서 이 영원한 아름다움을 느꼈던 것 같다.

| 80 | 미쳤지만 미치지 않은 자

《캐치-22》

조지프 헬러(1923-1999)의 장편소설 《캐치-22》는 반전 소설인데, 1961년에 발표되어 베트남전 반대 분위기가 가득하던 미국 내에서 많은 반향을 일으켰다.

이 소설의 무대는 2차 세계대전 중 피아노사라는, 지중해의 가상의 섬에 주둔한 공군 부대다. 주인공 존 요사리안은 미 공군의 폭격기 조종사인데, 이 무의미한 전쟁에서 사망하는 것을 피하기 위해 미친 척하기로 결심한다. 그가 이렇게 하게 된 데에는 사수(射手) 스노든의 죽음이 큰 영향을 미쳤다. 요사리안은 의무 장교를 찾아가, 죽음에 대한 공포가 너무 커서 더 이상 비행에 나설 수 없다고 말한다.

하지만 이때 그는 예외 조항인 '캐치-22'가 있다는 것을 처음 알게 된다. 그 조항에 의하면, 즉각적이고 실제적인 위험 앞에서 자신의 안전에 대해서 우려하는 것은 합리적 심성의 결과다. 다시 말해 죽음에 대한 공포로 비행을 기피하는 것은 정상적인 반응이며, 따라서 그런 기피 현상을 보이는 자는 미친 사람이라고 볼 수 없다는 얘기다. 의무 장교는 요사리안에게 이렇게 말한다.

"전투 의무에서 면제되려고 애쓰는 사람은 실제로 미쳤다고 볼 수 없습니다."

전략적인 이유가 아니라 개인의 명예를 위해 폭격기 출격 횟수를 늘리려는 캐스카트 대령, 부당한 횡령으로 자신의 배를 채우려는 식당 담당 장교 마일로 마인더바인더, 상부의 권위라면 무조건 복종하는 메이저 소령 등 요사리안 주위의 공군 장교들은 그 어떤 '합리적' 기준을 들이대고 보더라도 하나같이 미친 사람들이다.

캐치-22같이 말꼬리를 잡고 늘어지는 우스꽝스러운 규칙을 준수하라고 요구하는 군대의 제도가 진정한 적이라고 요사리안은 생각한다. 그런 세계에서 요사리안과 기타 선량한 비행사들은 불합리하고 우스꽝스러운 자로 보일 수밖에 없다. 소설이 전개되면서 이런 모순적인 제도에 위협을 느낀 피해자들은 반항의 기미를 보이고 심지어 도전할 자세를 취한다. 특히 요사리안이 그러하다.

그는 아비뇽 폭격의 브리핑 때 일부러 크게 신음 소리를 낸다. 아비뇽 폭격 때에는 영내에서 알몸으로 돌아다니며 미친 척을 하고, 그 후 상장 수여식 때에도 또다시 알몸으로 등장한다. 그는 지상 근무로 전환해줄 것을 요청하고 마침내 비행을 거부한다. 전우인 스노든이 전사하자 그의 공포는 극도에 달해, 그는 로마로 달아났다가 다시 스위스로 도망친다.

이 소설은 주인공 요사리안의 심리 묘사에 초점이 맞추어져 있다. 실제 사건의 전개는 앞뒤로 왔다 갔다 해서 읽기가 좀 복잡하다. 탁월한 심리 묘사와 군대의 모순된 제도에 대한 지적을 높이 평가할 수 있다.

그러나 한편으로, 이 소설을 다 읽고 나면 이런 의문이 든다. 그런 식으로 죽음이 무섭다면서 병사들이 다 도망치면 나라는 누가 지키나?

| 81 | 용맹한 전사들의 이야기

《페르시아 전쟁》

《캐치-22》는 무의미한 전쟁일 경우에는 전투 참가를 거부할 수 있다는 얘기다. 한편 역사 속에는 나라를 지키기 위해 기꺼이 목숨을 던진 사람들의 이야기도 많다.

헤로도토스의 《페르시아 전쟁》에는 그리스 병사들이 테르모필레 고개에서 싸우다가 전원 옥쇄한 이야기가 나온다. 서기전 480년 페르시아 왕 크세르크세스가 이끄는 페르시아 군대가 쳐들어와 테살리아를 정복하고 이어 계속 남하할 기세를 보였다. 그리스인들은 공격해 오는 적군을 테르모필레 고개에서 저지하기로 결정하고, 그리스 선단을 근처의 아르테미시온에 대기시켜 육군과 해군이 서로 소통하게 했다. 페르시아 군은 스파르타의 왕 레오니다스 휘하의 수천 명 병사보다 열 배는 많은 병력으로 고개를 공격해 왔다. 도저히 고개를 방어할 수 없다는 것을 알고서 일부 그리스 동맹군은 달아나서 고향으로 돌아갔다. 그러나 테스피아이(Thespiae) 사람들과 테베 사람들은 스파르타 사람들과 함께 남아 끝까지 테르모필레를 지키다가 전원 사망했다. 이들을 기리는 비석이 많은데, 이들 비석에 새겨진 비문 중에서 가장 유명한 것이 시모니데스가 쓴 시다.

낯선 이여, 가서 라케다이몬(스파르타) 사람들에게 말하라.

우리가 그들의 명령에 복종하여 여기 누워 있노라고.

크세르크세스는 지휘관 레오니다스의 시신을 찾아냈을 때, 그 머리를 떼어내고 그 몸통은 십자가에 못 박으라고 명령했다. 테르모필레 전투는 그때 이후 애국심의 상징이 되었다.

|82| 비겁함이 다시 불러온 용기
《붉은 무공훈장(The Red Badge of Courage)》

●

스티븐 크레인(1871-1900)의 《붉은 무공훈장(The Red Badge of Courage)》은 《캐치-22》와는 정반대 방향에서 병사의 심리를 묘사했다.

사건의 무대는 미국 남북전쟁이고, 주인공 헨리 플레밍은 순진한 시골 청년으로 전쟁에 나가서 무공을 세워 자신의 애국심을 드러내고 또 영웅 칭송을 듣기를 바란다. 소설의 서두 부분에서는 그가 소속된 부대가 전장에서 떨어져 있어, 그는 전투에 참가하지 못해서 안달이 난다. 초조하게 참전을 기다리는 그의 심리 상태가 잘 묘사되어 있다. 막상 전투가 벌어지면 어떨지 미리 상상해보기도 하고, 자신은 어떤 경우에도 침착성을 유지할 것이라고 뻐기는가 하면, 다른 동료 병사들이 자신보다 더 큰 공을 세우면 어쩌나 걱정을 한다. 그러다가 소속 부대가 갑자기 실제 전투에 투입된다. 플레밍은 전투가 한창 벌어지는 와중에 죽으면 어쩌나 하는 공포에 사로잡히고, 너무 무서운 나머지 그만 전장에서 도망쳐버린다.

그날의 전투가 끝난 뒤 플레밍은 이루 말할 수 없는 부끄러움을 느끼며 부대로 돌아온다. 영웅이 되겠다는 꿈은 사라져버린다. 그렇지만 플레밍은 그 사건을 교훈으로 삼아 남자다움을 향해 한 걸음 내딛게된다. 다음번 전투가 벌어지자 그는 고함치는 악마처럼 전투를 이겨낸다. 헨리는 돌격조의 선두에 서기까지 한다. 그는 지옥에 갔다가 다시돌아온 것처럼 침착해지고 평온해진다. 소설은 그가 새로 얻게 된 남자다운 평온함을 묘사하면서 끝난다.

그는 전투의 붉은 아픔에서 벗어났다. 몹시 뜨거웠던 악몽은 이제과거의 일이 되었다. 그는 전쟁의 열기와 고통에 화상을 입고 땀을 흘리던 한 마리 짐승이었다. 그는 이제 사랑의 목마름으로 평온한 하늘의 모습을 떠올릴 수 있었다.

이 소설에서 자연 풍경은 주인공의 심리를 대신 보여주는 객관적 상관물이다. 헨리가 죽음을 두려워하며 전장에서 달아날 때 자연은 아주흉물스러운 풍경으로 묘사된다. 반면에 소설 마지막 부분에서 자연은아주 평온한 이미지로 제시된다. 헨리 플레밍은 죽음에 대한 공포를 이기고 마침내 남자다움을 획득하게 된다.

플레밍은 아이러니컬하게도 겁에 질려 도망치던 동료 병사가 휘두른소총 개머리판에 맞아 머리에 부상을 당한다. 이것이 헨리의 '붉은 무공훈장'이 되는 것인데, 헨리는 자신의 용기(실제로는 비겁함)가 탄로 날까봐 노심초사한다. 헨리가 자신의 상처를 깊이 생각하면서부터, 그것을바탕으로 진짜 용기를 보이고 싶다는 자의식이 발동한 것이다. 이렇게보면 인간의 심리란 참으로 묘한 것이다. 비겁함을 모르는 사람이 어떻게 용기를 알겠는가? 악을 모르는 사람이 어떻게 선을 알겠는가?

| 83 | 당신은 무엇을 취할 것인가

《맹자》〈고자(告子)〉

● 맹가의《맹자》〈고자(告子)〉 편에는 이런 말이 나온다.

생선도 내가 먹기를 원하는 것이고 곰발바닥도 내가 원하는 것이지만, 두 가지를 다 가질 수 없다면 나는 생선을 버리고 곰발바닥을 취할 것이다. 목숨 또한 내가 바라는 바이며 의리도 내가 바라는 바지만, 둘 다 취할 수 없다면 나는 목숨을 버리고 의리를 취할 것이다. 삶도 내가 바라는 것이지만, 내가 원하는 것 중에는 사는 것보다 더 중요한 것이 있기 때문에 구차히 살려고 하지 않는다. 또한 죽음이란 싫은 것이지만, 죽음보다 더 싫은 것이 있기 때문에 비극도 피하지 않는다.

인간이 좋아하는 것 중에서 가장 좋아하는 것이 목숨이라고 한다면, 인간은 그 목숨을 지키기 위해 온갖 수단을 동원할 것이다. 인간이 싫어하는 것 중에 가장 싫어하는 것이 죽음이라고 한다면, 그 비극을 피하기 위해 무슨 수단이든 다 끌어다 댈 것이다.

그런데 목숨을 구할 수 있는데도 그 구조의 수단을 쓰지 않는 경우가 있다. 또 죽음의 비극을 피할 수 있는데도 그 회피의 수단을 쓰지 않는 경우가 있다. 이렇게 하는 사람은 특별히 미덕이나 재주가 뛰어난 사람이 아니다. 인간이라면 모두 그런 마음을 가지고 있는 것이다. 단지 어떤 일이 있어도 살려고 하는 사람은 그런 마음을 잃어버린 것이요. 죽음도 마다하지 않는 사람은 그런 마음을 지켰을 뿐이다.

이처럼 죽음도 불사하는 마음을 가리키는 또 다른 격언으로 '사가살
(士可殺) 불가탈(不可奪)'이라는 말이 있다. 선비는 죽일 수 있을지언정,
그의 뜻을 빼앗지는 못한다는 뜻이다. 먼저 자신의 뜻을 분명히 하고
그다음에 죽음을 두려워하지 않고 상황에 감연히 맞서면 오히려 살길
이 생긴다. 어떤 일이 있어도 나는 살아야겠다고 주장하면서 주위 사람
들에게 책임 전가나 하려 드는 삶은 참으로 구차하게 보인다. 이 때문
에 나는 《캐치-22》에 나오는 요사리안의 주장에 동의하지 않는다.

|84| 영혼의 증거

《파이돈》

●
죽음을 담담히 맞아들인 사람들은 대부분 사후 영혼의 존재를 믿었
던 사람들이었다. 플라톤의 《파이돈》은 사후에도 영혼이 있다는 것을
주장하면서 그에 대한 증명을 펼쳐 보인다.

소크라테스는 감옥에 갇힌 자신을 찾아온 파이돈과 여러 친구들에
게 죽음에 대해서 말한다. 그는 죽음을 당당하게 맞이할 것이며 자살은
하지 않겠다고 말한다. 자살은 신들에게 불경한 행위이고 불법적인 행
위이기 때문이다. 이어 죽음은 영혼을 신체로부터 해방하고, 그리하여
영혼이 절대적 지혜와 진리를 전적으로 추구할 수 있게 되므로 그리 슬
픈 일도 아니라고 말한다. 소크라테스의 이런 말은 영혼의 불멸성을 전
제로 하는 것이기 때문에 제자인 케베스는 제자들을 위하여 그것을 증

명해달라고 요청한다. 소크라테스는 영혼의 불멸에 대하여 세 가지 증거를 제시한다.

첫째는 영혼의 윤회다. 영혼은 개인의 신체가 죽은 뒤에도 살아 있다. 모든 사물은 정반대의 것에서 나오기 때문에 살아 있는 것은 죽은 것에서 나온다. 그래서 영혼이 죽은 신체를 벗어나는 것이다.

둘째, 인간의 지식이 회상에서 나오기 때문이다. 이러한 회상은 영혼이 신체보다 선재(先在: 먼저 존재)하지 않았다면 불가능한 것이다. 선재한 상태에서 영혼은 절대(이데아) 혹은 본질에 대한 지식을 갖고 있었다. 이 때문에 인간은 자신이 바라보는 사물이 이데아의 그림자임을 깨닫는 것이다. 이것은 영혼이 신체보다 앞서서 존재했다는 증거가 된다.

셋째, 영혼의 본성이 그 증거다. 보이지 않는 영혼은 절대 이데아의 영역으로 돌아가서 그 이데아처럼 불멸 불변이 된다. 어떤 영혼들은 육체의 관심사에 너무 봉사하여 타락했기 때문에 신체가 죽은 후 가시적 세계를 떠나는 데 어려움을 겪는다. 만약 인간이 철학자처럼 덕성스럽게 살았다면 그의 영혼은 신체를 빠져나와 공기처럼 가볍게 혹은 바람처럼 빠르게 신들에게 돌아갈 것이다.

이렇게 말한 다음 소크라테스는 목욕을 하고서 죽음을 준비한다. 그의 제자들이 울음을 터트리자 그는 그들을 꾸짖는다. 그가 친구인 크리톤에게 마지막으로 한 말은 아스클레피오스 신에게 진 빚을 갚아달라는 것이었다.

| 85 | 전쟁을 멈출 침대 위의 방법

《리시스트라테(Lysistratē)》

●

많은 죽음과 참상을 낳는 전쟁을 피할 방법은 없을까? 비록 코미디이기는 하지만 아리스토파네스(서기전 450경-388경)는 《리시스트라테(Lysistratē)》에서 기발한 방법을 제시했다.

이 희극의 배경은 스파르타와 아테네가 서로 싸우던 펠로폰네소스 전쟁의 시대다. 남편을 전쟁터로 내보낸 아테네의 여성들은 전쟁을 미워하며 불평한다. '군대를 해산시키는 여자'라는 뜻의 이름을 가진 리시스트라테와 그녀의 친구들이 서로 대화를 나누다 이런 결론에 도달한다. 리시스트라테의 발언을 여기 그대로 옮겨놓으면 이러하다.

리시스트라테: 여인들이여, 우리가 남편들로 하여금 평화를 유지하게 하려면 앞으로는 남근을 삼가야 해요.

다른 여인들: 다른 것이라면 뭣이든 그대가 원하는 대로 하겠어요. 불속에라도 뛰어들겠어요. 남근을 삼가느니 그쪽이 더 낫겠어요. 세상에 그만한 것은 없으니까요, 사랑하는 리시스트라테! (그러나 결국에는 리시스트라테의 의견을 더 들어보기로 한다.)

리시스트라테: 우리가 곱게 화장을 하고는 집 안에서 고급 속옷을 입되 아랫도리에는 아무것도 걸치지 않고 남자들 앞을 지나가면 남자들은 몸이 달아 물불을 가리지 않을 거예요. 그러면 그때 우리가 다가가지 않고 딱 잘라 거절하는 거예요. 그러면 그들은 서둘러 휴전을 하게 될 거예요, 확실해요.

다른 여인들: 남편이 우리를 버리면? 완력으로 우리를 침실로 끌고 간

다면? 우리를 때리면?

리시스트라테: 그럼 해주되 되도록 재미없게 해주는 거죠. 그런 일엔 폭력을 쓰면 재미가 없는 법이니까. 다른 방법으로도 짜증나게 해줘요. 그리고 걱정 마세요. 그들은 곧 포기하게 될 거예요. 남자란 여자를 만족시키지 못하면 결코 만족을 얻지 못하는 법이니까.

다른 여인들: (다 좋다고 찬성한다.)

여기서 우리는 원칙을 중시하는 아리스토파네스를 보게 된다. 투키디데스와 동시대 사람인 그는 펠로폰네소스 전쟁을 반대함으로써 인기가 떨어지는 것은 물론이고 그보다 더 나쁜 결과를 당할지도 모르는데, 자신의 원칙을 공개적으로 천명한다. 자신이 사랑하는 아테네의 공화정과 순박함을 위태롭게 하는 군사적 모험을 과감히 거부하면서, 잠자리 거부라는 기발한 아이디어로 전쟁 행위를 풍자한 것이다.

| 86 | 평생의 고전

《삼국지》

●

남자들은 흔히 영웅들의 모험에 관심을 가진다. 나관중(1330경–1400)의 《삼국지연의》는 후한 영제 말년(184년)에서 진 무제 시절(280년)까지 약 100년에 걸친 전쟁과 정치적 사건들을 바탕으로 한 역사소설이다. 저자의 생몰 연도는 명확한 것이 아니며, 대략 원말과 명초에 활약한 통속 소설가였다는 점만이 인정되고 있다.

《삼국지연의》의 모본이 되는 진수의 《삼국지》는 285년에 편찬되어,

나관중의 역사소설이 나온 시점과 비교해 보면 무려 1천 년이나 앞선다. 이 1천 년 동안 《삼국지》를 보충한 학자들의 논평서가 저술되었고, 또 중국 민간에는 유비, 조조, 제갈량, 장비, 관우 등에 대한 민속 신앙과 전설 야담이 널리 퍼져서 이어져 내려왔다. 나관중은 이런 것들을 집대성하여 《삼국지연의》를 썼다. 이 소설은 120회(본래 나관중 원본은 240회로 이루어져 있는데 청나라 때 모종강이 120회로 정리한 판본이 현재 정본으로 받아들여지고 있다)로 구성된 장회본이며, 다음과 같은 유명한 말로 시작된다.

천하의 대세가 나뉜 지 오래면 반드시 합쳐지고, 합쳐진 지 오래되면 반드시 나뉜다(天下大勢 分久必合, 合久必分).

그런데 《삼국지연의》, 약칭 《삼국지》의 인기가 너무 높다 보니 국내에 많은 번역본이 나와 있다. 내가 아는 것만 해도 10여 종이 넘는다. 이 번역본들은 120회로 된 원문의 순서를 지키지 않고, 제갈량 사망 이후는 재미가 없다고 하여 일방적으로 생략해버리는가 하면 번역자의 논평이라고 하여 원문에 없는 말을 많이 집어넣기도 했다. 《삼국지연의》의 원문은 문언문과 백화문이 뒤섞여 있고, 등장인물들의 심회를 서술할 때에는 한시로 표현하는 등, 그대로 번역해놓으면 읽기 어려운 점이 있다.

하지만 번역자가 자기 생각을 마치 나관중의 생각(그리고 1천 년간 내려온 중국 민간의 생각)보다 더 나은 것인 양 서술하는 태도는 곤란하다. 게다가 어떤 번역자는 황건적을 가리켜 요즘으로 말하면 민중 혁명으로 볼 수 있다는 의견을 개진하기도 했다. 역사 인식은 당대의 것과 후대의 것, 그리고 어떤 개인의 역사 인식이 다 다를 수 있는데, 개인의 것을 마치 당대의 역사 인식인 양 기술하면 그것은 시대착오가 된다.

《삼국지》는 젊은 시절 반드시 읽어야 하고 그 후 평생에 걸쳐 되풀이 하여 읽어야 하는 책이므로, 시중의 중구난방 번역본 중에서 원문에 충실한 번역본을 잘 골라 읽을 것을 권한다. 내가 보기에 김구용 선생의 번역본이 가장 원전을 충실하게 번역한 책이다.

| 87 | 젊은 날의 필독서

《영웅전》

플루타르코스(46경-120경)의 《영웅전》도 젊은 시절 반드시 읽어야 할 책인데, 그중에서도 알렉산드로스 대왕과 카이사르의 전기를 권한다. 알렉산드로스가 절친한 친구 헤파이스티온을 살해하는 장면, 그리고 카이사르가 루비콘 강을 건너기를 결심하는 장면 등이 인상적이다.

알렉산드로스는 동방 정략을 완성하면서 그리스 문화와 페르시아 문화를 융합할 필요를 느꼈다. 그 과정에서 그는 페르시아 사람들을 설복하기 위해 그들의 문화와 복장을 따르고, 또 그들처럼 행동하면서 환심을 사려고 했다. 이것을 옆에서 지켜본 부장 클리투스는 강력한 반대 의사를 표명했다. 정복자는 자기 마음대로 피정복자들을 다스리면 되지, 정복당한 자들의 눈치를 볼 필요가 없다는 주장이었다. 둘의 의견 대립은 점점 첨예해지고 마침내 어느 회식 자리에서 대로한 알렉산드로스는 전장에서 자신의 목숨을 구해주기까지 한 부장 클리투스를 살해해버린다. 그 후 알렉산드로스는 슬픔을 이기지 못하다가 1년도 안되어 병에 걸려 죽었다. 알렉산드로스가 그처럼 분노한 이유는 무엇이었을까? 부장이 아버지 필리포스 2세라면 그렇게 하지 않았을 것이라며 알렉산드로스를 그의 아버지와 비교했기 때문이었다.

카이사르는 로마의 정적들이 자신을 국내에 소환하여 재판에 넘겨죽이려 한다는 것을 잘 알고 있었다. 그에 대한 대비책으로 일체의 탄핵이 면제되는 집정관 직에 다시 오르려 했으나, 정적들의 방해 공작으로 뜻을 이루지 못했다. 그의 최대 정적 폼페이우스가 조종하는 원로원은 서기전 49년 1월 카이사르에게 군대 없이 귀임하고 갈리아 군대는 폼페이우스에게 넘기라고 명령했다. 카이사르로서는 로마로 가도 죽고 군대를 넘겨줘도 죽을 판이었다. 그럴 바에야 휘하의 군대를 이끌고 먼저 선제공격에 나서는 수밖에 없었다. 신속하게 행군하여 갈리아와 로마의 경계인 루비콘 강에 도착했을 때, 그는 그곳에서 이틀을 지내면서 사태를 관망했다. 드디어 도강 직전의 밤에 그는 꿈을 꾸었는데, 어머니와 관계하는 꿈이었다. 여기서 어머니는 대지(大地)를 상징하는데, 곧 죽어도 좋다는 결심을 말한다.

한 영웅은 아버지와 비교한다고 해서 화를 내며 절친한 친구를 살해하고, 다른 영웅은 쿠데타를 일으키면서 어머니와 관계하는 꿈을 꾼다는 이런 기사는 어떻게 생각해야 할까? 사람은 태어나서 죽을 때까지 가족 로망스를 피해 가지 못한다는 프로이트의 말이 다시금 생각난다.

| 88 | 베르펠이 죽기 전에 읽은 책

《부덴브로크 가의 사람들》

●

프란츠 베르펠(Franz Werfel, 1890~1945)의 《무사다그의 40일(Die vierzig Tage des Musa Dagh》은 오스만튀르크 정부의 아르메니아 말살 정책을 배경으로, 아르메니아 피난민들이 시리아의 무사다그로 도피하여 저항하는 과정을 그린 장편소설이다.

1차대전 당시 독일과 연맹하여 참전한 오스만튀르크 정부는 국경을 맞댄 그리스, 러시아, 시리아까지 세 방면을 경계해야 했는데, 자국 내의 동북부 지역에 살면서 기독교를 신봉하는 아르메니아인들이 제5열이 될 수 있다고 판단하여 1915년에 대대적인 아르메니아인 강제 이동을 단행했다. 이 과정에서 아르메니아인 150만 명이 사망한 것으로 알려져 있는데, 터키 정부는 지금도 아르메니아인들이 먼저 이적 행위를 했기 때문에 그에 대응하여 벌어진 일이라고 하면서 학살의 책임을 아르메니아인들에게 돌리고 있다. 터키 소설가로서 노벨상을 수상한 오르한 파묵은 연전에 아르메니아인의 학살에 대하여 터키 정부가 반성할 것을 주장했다가 우파로부터 맹비난을 당한 바 있다.

베르펠의 소설은 이 사건을 배경으로 하여, 오스만튀르크 군대의 장교 출신인 가브리엘 바그라디안이 프랑스 출신 아내 쥘리에트 바그라디안과 함께 동포 아르메니아인들을 이끌고 과감하게 포르테(오스만튀르크 행정부)에 맞서다가, 결국에는 힘이 부쳐서 먼저 죽은 아들 옆에서 정부군의 총을 맞아 살해되고, 아내 쥘리에트는 독일이 마련해준 피난선에 몸을 싣고 아르메니아 지역을 떠난다는 얘기다.

베르펠은 이 소설을 발표하고 나서, 이 작품의 제1권 5장에 나오는 튀르크의 전쟁장관 엔베르 파샤와 독일인 목사(아르메니아인 구호 지원자) 요하네스 레프시우스 사이의 역사적 대화를 낭송하면서 독일의 도시들을 순회 강연했다. 전쟁장관은 아르메니아 학살 사태에 대하여 책임을 회피하고, 목사는 포르테의 책임을 추궁하는 내용이다.

베르펠은 토마스 만의 절친한 친구이기도 했는데 만의 《부덴브로크 가의 사람들》이라는 장편소설을 아주 좋아하여 평생 30번가량 읽었다고 한다. 그런데 마지막으로 그 소설을 읽은 것은 그가 망명지 캘리포니아에서 사망하기 한 달 전이었다고 한다. 여기서 중요한 것은 30번이라는 횟수가 아니라, 죽기 한 달 전의 경황없는 상황에서도 만의 소설을 읽었다는 사실이다. 시인 김종삼은 죽음이란 모차르트의 음악을 더 이상 듣지 못하는 것이라고 말했는데, 베르펠에게 죽음은 곧 만의 소설을 읽지 못하는 것이었으리라.

| 89 | 우리가 국가에게 바라는 것

《국가》

●
플라톤(서기전 427-347)의 《국가》는 이상적 국가에 대하여 논한 책이다.

먼저 '정의(正義)'란 인간의 영혼이 가장 소중하게 여기는 미덕이라고 전제한 다음, 그 정의를 사회 내에서 실현하기 위해서는 사회의 각 계층(통치자, 군인, 농공인)이 서로 협력하여 분업을 수행해야 한다고 말한다. 인간에게는 지혜(이성), 용기(정신), 기질(욕구) 세 가지 특성이 있는데 이것은 세 계급에 조응한다. 통치자는 이성을 중시하고, 군인은 용기를 높이 평가하며, 농공인은 자신의 욕구를 충족하는 것을 중시한다. 이런 차이로 인해 세 계급이 즐거움을 느끼는 분야도 다르다. 통치자는 지혜를 가장 높은 즐거움으로 보며, 군인은 승리 즉 명예를, 그리고 농공인은 재산을 가장 큰 즐거움으로 여긴다. 그러나 플라톤은 셋 중에서 가장 큰 즐거움은 지혜라고 말한다.

지혜를 간절하게 추구하는 사람은 철학자밖에 없으므로 철학자가 국가의 통치자가 되어야 한다. 그러나 지상에 있는 국가는 아무리 훌륭하다고 해도 불완전할 수밖에 없다. 왜냐하면 그것은 이데아의 그림자이기 때문이다. 이 그림자와 진짜를 구분하게 만드는 것이 교육의 본령이다. 그러면서 《국가》제7권에서 유명한 '동굴의 비유'가 설명된다.

책 속에서, 소크라테스는 친구들에게 먼저 반지하 동굴에 살고 있는 사람들을 상상해보라고 말한다. 그들은 다리와 목이 쇠사슬로 묶여 동굴 입구를 보지 못한다. 동굴 밖에는 빛이 있는데, 묶여 있는 사람들과 그 빛 사이를 기다란 담장이 가로막고 있다. 동굴 안의 사람들은 머리에 갖가지 도구와 물건을 이고 담장을 따라 나 있는 길을 걷는데, 담장 너머의 빛이 사람들 머리 위의 물체들을 비추니 그 그림자가 동굴의 맞은편 벽에 비친다. 이 그림자가 동굴 안에 묶여 있는 사람들이 알고 있는 유일한 '실재'다. 만약 포로들 중 하나가 쇠사슬로부터 놓여나서 환한 대낮과 영원한 실재를 체험한다면 그의 첫 번째 반응은 고통과 충격일 것이다. 서서히 그는 이 새로운 현실에 적응할 것이고 그것을 높이 평가할 것이다. 소크라테스의 비유에서 동굴을 탈출한 사람은 철학자, 동굴에 그냥 남아 있는 포로들은 보통 사람을 가리킨다.

《국가》제10권에서는 유명한 미메시스(모방) 이론이 설명된다. 먼저 이데아(동굴 바깥의 환한 빛)가 있고 그 이데아를 구현한 대상(동굴 벽에 비친 그림자)이 있고, 다시 그 대상(그림자)을 노래한 시가 있다. 이렇게 볼 때 시는 복사한 것을 또 다시 복사한 것에 지나지 않는다. 이데아가 아닌 모방으로서는 인간의 본원적 욕구를 충족하지 못한다. 여기서 소크라테스는 영혼의 불멸성을 얘기하면서 에르의 이야기를 말한다. 아르메니우스의 아들인 전사 에르는 저승에서 살아 돌아와 그 저승의 체험을 말해준다. 저승에 가보니 이승에서 살아 있을 때 지혜와 정의를 추구하는 것이 이승에서의 어리석음과 저승에서의 추락을 막아주는 가장 강력한 대비책임을 깨달았다는 것이다. 인간은 이승에서 지혜를 사랑하는 삶을 추구할 수도 있고, 성공과 쾌락을 사랑하는 삶을 추구할 수도 있다. 전자는 구원으로 가는 길로서 그의 영혼은 사후에 다시 태어나지 않지만, 구원을 얻지 못한 영혼은 계속 윤회해야 한다.

| 90 | 여름이 되기 전에 읽을 것
《입 속의 검은 잎》

기형도(1960-1989)의 시집 《입 속의 검은 잎》에 들어 있는 시 〈대학 시절〉은 데모와 기관원과 감옥에 간 친구 이야기를 한다. 그 와중에도 시인은 플라톤을 읽었다고 말한다. 여기서 플라톤은 아마 《국가》였을 테고, 이상적 국가와 군부 세력이 장악한 제5공화국의 참담한 현실을 대비하기 위해 언급했을 것이다.

존경하는 교수가 있었으나 그분은 말이 없었고, 곧 졸업이 닥쳐올 것이었으며, 시인은 대학을 떠나기가 두려웠다고 고백한다. 이 짧은 시에서 우리가 주목하는 점은 사회로 나아가기가 두렵다는 것과, 존경하는 교수가 아무 조언도 해주지 않았다는 것이다. 인생의 봄이 끝나고 여름으로 나아가려 할 때 두려움을 느끼는 것은 당연하다. 그것도 이상과 진리를 추구하는 대학에서 권모술수가 판치는 비정한 사회로 나아가야 하니 더욱 두려웠을 것이다.

존경하는 교수라면 아마도 노학자였을 텐데 인생의 겨울을 맞이한 분이 여름을 향해 나아가는 젊은이에게 무슨 말을 해줄 수 있었겠는가? 설혹 교수가 뭔가를 말해준들 젊은이가 알아들을 수 있었겠는가? 인생의 여름은 젊은이 자신이 직접 부닥치면서 깨우쳐야 하는 것이다.

제2부_ 여름

인생의 여름이라고 하면 20세에서 40세가 될 것이다. 사람에 따라서는 25세에서 45세가 될 수도 있고, 아니면 이르게 여름이 찾아와 18세에서 38세가 될 수도 있다.

이 시기에는 학교를 졸업하고 사회로 나와서 직장 생활을 하거나 자영업을 하게 된다. 어느 정도 나이가 들면 결혼을 하여 가정을 꾸린다. 결혼할 때까지 남녀 모두 자신의 배우자를 그리워하며 이성에 대한 동경과 고뇌를 겪는다. 직장에 들어가서는 동료들과 경쟁하면서 출세를 꿈꾸고, 그 과정에서 좌절하기도 한다. 결혼 후 자녀가 태어나면 이제는 역할이 바뀌어 자신이 자녀의 울타리가 되어야 한다.

피천득은 〈봄〉이라는 수필에서 "인생은 마흔부터라는 말은 실은 마흔까지라는 얘기다"라고 적었다. 여름은 인생에서 가장 중요한 시기지만 동시에 깊은 좌절을 겪는 시기이기도 하다. 왜냐하면 사람의 길이 다 확고한 것도 아니고, 사람이 다 충실한 것도 아니고, 직장이나 하고 있는 일이 단단한 반석도 아니기 때문이다. 이 시기에 자신의 정체성에 대한 탐구가 시작된다. 그 과정은 성장소설로 치면 클라이맥스 같은 것이다. 여름은 질풍노도의 시대, 지성과 야성을 동시에 발휘하며 인생의 좋은 것을 마음껏 향유하는 열정적 시기다.

|1| 꿈이라는 이름의 욕망

《위대한 개츠비》

●

스콧 피츠제럴드(1896-1940)의 《위대한 개츠비》는 비극으로 끝난 사랑 이야기다.

그의 본명은 제임스 개츠. 가난한 집에서 태어났다. 부자의 경호원으로 일하다 군인이 되어 해외 파병을 기다리던 중 데이지를 만났다. 그녀와 결혼할 뻔했으나 가난한 신분 때문에 헤어지고, 유럽에서 군 복무를 마치고 돌아와 보니 데이지는 톰 뷰캐넌이라는 부자에게 시집간 뒤였다. 이제 불법 사업으로 거부가 된 개츠비는 이스트에그에 화려한 집을 사들여서 밤마다 파티를 열면서 데이지가 그 파티에 오기를 바란다. 이후 옆집에 사는 닉 캐러웨이의 도움으로 개츠비는 데이지가 만의 건너편 웨스트에그에 산다는 것을 알게 되었고, 밤마다 그녀 집의 초록색 등불을 쳐다보며 그녀를 연모한다. 개츠비는 결국 데이지를 되찾지 못한 채 그녀의 죄를 대신 뒤집어쓰고 죽게 된다. 하지만 개츠비의 희생에 대해 데이지는 전혀 죄책감을 느끼지 않으면서 남편 톰과 함께 해외여행을 떠난다.

데이지는 개츠비의 꿈을 구체화하는 인물이다. 그녀 집의 초록색 불빛은 아메리칸드림의 객관적 상관물이다. 그녀를 얻어서 신분 상승을 이루어야 비로소 개츠비는 자신의 정체성을 확립하고 나아가 인생의 목적을 성취할 수 있다고 생각한다. 이렇게 볼 때 웨스트에그의 초록 불빛은 개츠비의 꿈이요 정체성이요 목적이다.

우리는 이 소설을 읽으면서 데이지가 과연 그런 꿈에 상응하는 인물인가 하는 의문을 품게 된다. 그리고 자신의 죄가 아니라 욕망 때문에

죽음을 당한 개츠비에게 왜 '위대한'이라는 형용사가 붙는지 의아해진
다. 그러나 꿈이란 그것을 얻기 위해 실천하지 않는 한 좋은지 나쁜지
알 수가 없고, 그 꿈을 성취하기 위해 목숨을 바칠 정도로 열심히 산다
는 것은 멋진(위대한) 일이다. 바로 이것이 개츠비의 꿈이 암시하는 바
다. 이 소설은 젊은 시절의 꿈, 그 꿈의 매개가 되는 여성, 개인의 정체
성, 인생의 목표 등 여러 가지 문제를 다룬다.

|2| 인생은 하찮은 연극

《템페스트》

꿈이란 무엇인가? 셰익스피어(1564–1616)의 《템페스트》는 그것을 아주
멋지게 표현한 드라마다.

주인공 프로스페로는 밀라노 공국의 공작이었는데, 마법 연구에 몰
두하면서 공국의 일을 소홀히 하다가 동생 안토니오에게 공작 자리를
빼앗기고 어린 딸 미란다와 함께 절해고도로 추방된다. 이 섬에서 마법
의 기술을 완전 터득한 프로스페로는 악당 칼리반과 선한 정령 아리엘
을 거느리고 살아간다. 그런데 나폴리 인근에서 난파하여 표류해 온 안
토니오 일당 중 페르디난도가 미란다와 사랑에 빠진다. 프로스페로는
이들의 약혼을 허락하고 기뻐하여 가면극을 여는데, 도중에 악당 칼리
반이 반란을 일으켜 쳐들어온다는 말을 듣고서 가면극을 중지시키면서
이런 말을 한다.

"이제 흥겨운 연극은 끝났어……. 우리가 본 배우들은 아까 말했지
만 죄다 정령인데, 이젠 공기 속으로, 옅은 공기 속으로 사라져버렸어.

그런데 이 환상에 보인 가공의 현상처럼, 구름을 머리에 인 탑도, 찬란한 대궐도, 장엄한 사원도, 대지 자체도, 아니 지상의 모든 것은 죄다 녹아서 이 허망한 가면극처럼 사라지고 그 흔적조차 남기지 않는단 말이야. 우리는 꿈으로 만들어진 존재, 우리의 하찮은 인생은 잠으로 끝나는 거지.”

이 대사의 마지막 문장 원문은 이러하다.

We are such stuff as dreams are made on
and our little life is rounded with a sleep.

프로스페로는 섬의 동굴에 산다. 이 동굴은 플라톤의 《국가》를 연상시키는데, 이 세상에 대한 은유임에 틀림없다. 그리고 프로스페로는 이 세상이 동굴 벽에 비친 그림자라는 것을 깨달은 철학자다. 그래서 아마 꿈과 잠이라는 말을 썼을 것이다. 인생이 한바탕 꿈이라면 그 꿈에서 깨어나야만 비로소 끝이 난다. 다시 말해 우리는 죽을 때까지 꿈을 놓지 않고 살아가는 존재라는 얘기다. 프로스페로는 연극 얘기를 하다가 꿈 얘기를 하는데, 인생을 꿈이라고 볼 수 있다면 연극이라고도 볼 수 있다. 그리하여 우리는 모두 연극 속의 배우, 그 노릇을 그만두고 내려올 때 비로소 하찮은 인생이 끝나는 것이다.

|3| 꿈은 억압된 소망의 위장술

《꿈의 해석》

●

프로이트(1856-1939)의 《꿈의 해석》에서는 여러 가지 꿈의 사례에 대하여 이야기하다가 저 유명한 오이디푸스 콤플렉스에 대해서 사상 처음으로 언급한다. 프로이트는 "꿈은 억제된 혹은 억압된 소망의 위장된 충족이다"라고 말한다. 위장을 실현하기 위해서 꿈에서는 내용이 압축되거나 전치된다. 그는 《정신분석 입문 강의》 제14장에서 이런 말도 했다.

"의심할 나위 없이 소망 충족은 쾌락을 가져온다. 그렇다면 누구에게 쾌락이 오는가 하는 질문이 제기된다. 물론 소망을 품은 사람에게 온다. 그러나 우리가 아는 바와 같이, 꿈꾸는 사람과 그의 소망의 관계는 참으로 특이하다. 그는 자신의 소망을 반박하고 또 검열한다. 간단히 말하면, 그는 그 소망을 마음에 들어하지 않는다."

프로이트는 이어 꿈꾸는 사람은 소망을 가진 사람과 소망을 배척하는 사람, 이렇게 두 사람으로 이루어진다고 말한다. 그래서 만족을 느끼는 사람은 소망을 가진 사람뿐이다. 한 사람이 소망을 추구하면서도 동시에 억압한다니 좀 이상하게 들릴지도 모른다. 그러나 이것을 그 사람의 만족과 소망의 만족으로 구별해 보면 나름대로 이해가 된다. 다시 말해 소망을 가지고 있는 사람은 만족시키지 못해도, 소망은 충족할 수 있다. 이것을 좀 더 구체적으로 설명하면 이러하다. 만약 꿈꾸는 사람의 소망이 '난 호수에 가고 싶어'라면 꿈에서는 '난 호수로 가고 있어'로 나타난다는 것이다.

그러나 꿈속의 소망은 비정상적이거나 비현실적이어서 현실에서는 좀처럼 성취하기가 어렵다. 특히 예술가들의 창작 욕구가 그러한데,

여러 예술가들이 그것을 허기 혹은 배고픔으로 표현하고 있다.

|4| 에리시크톤에 빗댄 예술가의 허기

《그리스 신화》

●

　로버트 그레이브스(1895-1985)의 《그리스 신화》는 총 171장에 걸쳐서 그리스 신화 속의 인물들을 자세히 다루었다. 이중 24장에 허기진 사람 에리시크톤의 이야기가 나온다.

　에리시크톤은 신들에게 죄를 짓고서 형언할 수 없는 배고픔을 형벌로 받았다. '배고픔' 여신은 데메테르 여신의 요구에 따라 징벌을 집행했다. 그녀는 바람을 타고 날아서 에리시크톤의 집에 도착했다. 그녀는 곧장 그 불경한 남자의 침실로 들어가 깊은 잠에 떨어져 있는 그를 끌어안고, 그의 목구멍, 가슴과 입으로 배고픔을 불어넣고 그의 텅 빈 혈관 속에도 배고픔이 혈액처럼 순환하도록 했다. 그리고 '배고픔' 여신은 가난한 고향, 어려서부터 친숙한 들판으로 돌아갔다. 부드러운 잠이 아직도 그 조용한 날개로 에리시크톤을 위로했다.

　하지만 그는 잠을 자면서도 한상 잘 차려먹는 꿈을 꾸었다. 입술을 달막거리고 이빨을 갈았고, 식도는 있지도 않은 음식을 삼키는 망상에 빠졌다. 그는 음식이 아니라 빈 공기를 헛되이 삼킬 뿐이었다. 하지만 그가 잠에서 깨어났을 때, 뭔가를 먹고 싶은 엄청난 욕망이 그의 탐욕스러운 목구멍과 불붙은 내장을 지배했다. 그는 지체 없이 바다, 땅, 하늘의 산물들을 요구했고 식탁에 음식을 차리는 동안에도 배고프다고 투덜거렸다. 음식을 먹으면서도 음식을 찾았다. 온 도시, 심지어 한 나라에 충분하다 싶을 정도로 많은 음식도 그에게는 불충분했다. 더 많은 음식을 위장에 내려보낼수록 더 많은 음식을 찾았다. 그에게, 모든 음식은 더 많은 음식을 요구하는 이유가 되었고, 아무리 먹어도 늘 배 속에는 아직 채워지지 않은 빈자리가 남아 있었다.

그리하여 그의 배고픔과 위장 속의 깊은 심연은 조상 전래의 재산을 모두 거덜 냈다. 그런 상황인데도 저 끔찍한 배고픔은 가시지 않고, 저 식욕의 불꽃은 꺼질 줄 모르고 불타올랐다. 마침내 전 재산을 다 먹어 치우자, 그에게는 딸 메스트라만 남았다. 그녀는 효심이 강한 딸이었다. 가난해진 에리시크톤은 메스트라도 팔아먹었다. 딸아이는 신들의 도움으로 다시 아버지에게 돌아갔다. 그러나 에리시크톤은 딸아이의 몸이 변신 가능하다는 것을 알아차리고서, 여러 주인에게 다시 팔아먹었다. 그녀는 때로는 암말로, 때로는 새로, 때로는 암소로, 때로는 사슴으로 변신하여 되돌아왔다. 맹렬한 배고픔의 질병으로 딸아이가 가져다준 재산도 탕진하자, 에리시크톤은 자신의 살을 물어뜯기 시작했다. 그 불행한 남자는 자신의 육체를 조각내어 먹이로 삼았고, 마침내 죽음에 이르렀다.

여기서 우리는 에리시크톤의 허기를 예술가의 창작 욕구에 대한 은유로, 딸아이는 예술가가 내놓은 무수한 작품으로 해석해볼 수 있다.

|5| 예술가의 내면 풍경

《굶주림》

크누트 함순(1859-1952)의 《굶주림》은 예술가의 허기를 다룬 장편소설이다.

1886년, 이름도 집도 직장도 없는 한 젊은이가 도시로 온다. 그는 진정으로 아름다운 글을 쓰기 위해 크리스티아나(현재의 오슬로)에 왔지만 글을 잘 쓰지 못한다. 지역 신문사의 편집자는 대중의 취향에 맞는 글을 쓰기를 권하지만 그는 그런 글을 쓰느니 차라리 굶는 쪽을 선택한다. 그는 죽기 일보 직전까지 굶주린다. 젊은이는 거리를 헤매고, 공원의 벤치에 앉아 공상에 빠진다. 비단옷을 입은 아름다운 소녀가 그의 손을 잡고 방으로 들어가 그를 포옹하는 백일몽을 꾼다. 이 아름다운 소녀는 그가 추구하는, 진정으로 아름다운 글의 상징이다.

그는 매일 똑같은 나날을 보낸다. 글을 써보지만 그것이 채택된다는 기약은 없다. 그는 집세, 낡은 옷, 곤궁한 끼니를 걱정한다. 그는 너무 굶주려서 쓰러지기 일보 직전이다.

그렇지만 그는 글을 쓴다, 가끔씩 작성해놓은 원고가 채택되어 거기서 생기는 원고료로 잠시 동안 허기진 상태를 벗어난다. 하지만 너무 허약해져, 시작한 원고를 좀처럼 끝내지 못한다. 그는 철학 논문 한편, 풍유적인 글 한 꼭지, 중세를 무대로 하는 희곡을 한 편 썼다. 그가 글을 쓰는 과정은 엄혹하다. 글을 쓰자면 그는 먼저 먹어야 한다. 그런데 그는 글을 쓰지 않으면 밥을 먹을 자격이 없다고 한다. 먹지 못하면 글을 쓸 수가 없다. 그래서 그는 글을 쓰지 못한다.

그는 글을 쓰려 하지만 잘 쓰지 못한다. 그는 도시의 거리를 헤맨다. 사람들이 보는 데서 자기 자신을 상대로 중얼거린다. 사람들이 그를 보면 미친 사람으로 생각하여 피한다. 그는 겉옷을 전당포에 맡기고 5페니가 생기자, 그 절반을 불구자 거지에게 주어버린다. 어느 날엔 월셋방에서 쫓겨난다. 그는 음식을 먹으면 곧 모조리 토해내기에 이른다. 한 여자를 만나 잠시 교제하지만 굴욕감 외에는 아무것도 느끼지 못한다.

그는 굶주린다. 세상을 저주한다. 그러나 죽지는 않는다. 끝에 가서 그는 아무런 그럴듯한 이유 없이 러시아 운송선의 선원 계약을 맺고, 영국으로 가는 배에 올라타 그 도시를 떠난다.

《굶주림》은 예술가의 소외감과 절망을 이해하지 못하는 사회에 대해 항의하는 인상주의적 작품이다. 창작의 스트레스에 시달리는 예술가의 내면 심리를 탁월하게 묘사한다. 하지만 노이로제에 대한 병리적 연구는 아니고, 깊은 창조적 고뇌에 빠진 예술가의 내면을 아름답고 사실적인 문장으로 전달한다.

|6| 예술가는 어차피 우리에 던져질 운명인가
〈단식 광대(Ein Hungerkünstler)〉

●

카프카의 단편소설 〈단식 광대(Ein Hungerkünstler)] 〉는 굶는 것을 전문으로 하는 기술자의 이야기다. 독일어 '퀸스틀러(Künstler)'는 영어로 아티스트(artist)라 할 수 있는데, 기술자 혹은 예술가로 번역된다. 이 단편에서 단식 혹은 허기는 충족되지 않는 꿈에 대한 비유다. 그가 서커스 마당에서 40일 단식을 시작하면 사람들은 그를 구경하러 온다. 그러나 사람들은 동물 구경에 더 관심이 많아서, 그가 앉아서 단식하는 울타리는 곧 지나쳐버린다. 소설의 끝 부분에 가면 이런 대화가 나온다.

구경꾼: 당신은 아직도 단식 중입니까? 언제 단식을 끝낼 예정입니까?

예술가: 여러분, 나를 용서해주십시오.

구경꾼: 물론 우리는 당신을 용서합니다.

예술가: 나는 늘 여러분이 나의 단식을 존중해주기를 바랍니다.

구경꾼: 우리는 존중합니다.

예술가: 하지만 당신은 별로 존중하지 않는 것 같군요.

구경꾼: 좋아요. 왜 우리가 그것을 존중해야 합니까?

예술가: 왜냐하면 나는 어쩔 수 없이 단식을 해야만 하니까요. 난 그 것을 피할 수 없습니다.

구경꾼: 당신은 참 이상한 사람이로군요. 왜 어쩔 수 없다는 겁니까?

예술가: 왜냐하면 나는 내가 좋아하는 음식을 발견하지 못했기 때문 입니다. 만약 그걸 발견했다면, 내 말을 믿어주세요. 나도 당신들처 럼 소란을 피우며 꾸역꾸역 먹었을 것입니다.

사람들의 외면 속에 단식 예술가가 숨을 거두자 서커스의 감독은 그의 시신을 치우고서, 그가 있던 우리에 날랜 표범을 집어넣는다. 표범은 우리 안으로 좋아하는 먹이가 들어오자 날렵하게 먹어치운다. 표범의 아가리에서는 삶의 환희가 뜨거운 열정처럼 솟구치고, 구경꾼들은 그런 충격적 광경을 견뎌내기가 쉽지 않다. 그래도 구경꾼들은 울타리 주위에 모여 서서 표범으로부터 눈을 떼지 못하고 다른 곳으로 갈 생각을 하지 않는다. 예술가와 그를 둘러싼 척박한 환경을 단식과 서커스와 동물로 표상하고 있다.

|7| 자기 안의 영혼의 움직임

〈스키피오의 꿈(Somnium Scipionis)〉

키케로의 《국가론(De Republica)》는 6권으로 되어 있는 정치철학서인데, 모두 전해지지는 않는다. 1820년까지는 이 책의 제6권 중 〈스키피오의 꿈(Somnium Scipionis)〉이라는 부분만 전해졌는데, 1820년 바티칸 도서관에서 앞의 세 권과 4~6권의 파편들이 발견되었다. 플라톤의 《국가》와 마찬가지로 이상적인 국가를 논한 책이다.

이 책에 나오는 주요 대화자는 스키피오 아이밀리아누스와 그의 친구 가이우스 라일리우스다. 여기서 말하는 스키피오는 한니발과 싸워 이겨 로마를 외적으로부터 지킨 '아프리카누스' 스키피오의 손자인 소(小) 스키피오(서기전 185-서기전 129)다. 소스키피오는 할아버지 못지않게 높은 군공을 세웠고, 제3차 포에니 전쟁을 승리로 이끈 명장이었다. 소스키피오는 대화 상대인 라일리우스에게, 자신이 꿈에서 천국으로 올라가 아프리카누스와 아버지 파울루스를 만나 나눈 대화를 이렇게 소개한다.

아프리카누스: 스키피오야, 국가를 잘 보위하도록 하여라. 국가를 통치하거나 보위하는 자는 여기 천국에 있다가 내려간 사람이고, 다시 천국으로 돌아오게 되느니라.

스키피오: 할아버지, 여기가 진짜 삶이라면 왜 제가 지상에 머물러야 합니까? 저도 지금 즉시 이곳으로 올라오면 안 되겠습니까?

아프리카누스: 그것은 안 될 일이야. 하느님께서 너를 육체의 족쇄로부터 해방시키실 때까지 기다려야 하느니라. 저기 저 우주 한가운데

에 있는 지구가 보이지? 인간으로 태어난 자는 저 지구에 살도록 창조되었느니라. 인간에게 주어진 영혼은 네가 별들이라고 부르는 이 영원한 불[火]의 한 부분이니라. 별들은 이성(理性)이 부여된 둥근 공들인데 아주 빠른 속도로 궤도를 돌고 있단다. 스키피오야, 네 주위 사람들에게 그리고 특히 네 나라에 정의와 경건함을 지키며 살아가도록 해라. 그렇게 공적인 생활을 훌륭하게 마치면 네 영혼은 육체에서 빠져나와 네가 지금 보고 있는 이곳으로 올라와 살게 되느니라.

스키피오: 할아버지, 제 귀에 들리는 이 크고 아름다운 음악은 무엇입니까?

아프리카누스: 이 음악은 천체의 움직임이 만들어내는 소리이니라. 천체는 고정된 별들인데 아주 빠르게 움직이기 때문에 높고 날카로운 소리를 내느니라. 그러나 이 우주 전체의 빠른 움직임이 내는 소리는 너무 커서 인간의 귀로는 들을 수 없느니라. 햇빛이 너무 눈부셔서 태양을 직접 볼 수 없는 것과 마찬가지 이치지.

스키피오: 할아버지, 국가의 복지를 위해서 열심히 일한 자에게는 천국 문이 활짝 열려 있다고 말씀하셨습니다. 저 자신 어릴 때부터 할아버지께서 보이신 모범을 따라 공직에 임해왔습니다. 앞으로는 최후의 보상을 명심하면서 더욱 열심히 일하겠습니다.

아프리카누스: 그렇게 하여라. 또한 죽어 없어지는 것은 네 신체이지 네가 아니라는 것을 기억하여라. 왜냐하면 너의 진정한 존재는 겉모습이 아니라 네 정신에 있기 때문이다. 너는 네 안에 신성이 깃들어 있다는 것을 기억해야 한다. 스키피오야, 저 스스로의 움직임을 가지고 있는 것은 영원하단다. 네 몸속에 깃든 영혼 또한 이렇게 움직이는 특성을 갖고 있다는 것을 누가 부인하겠느냐? 스키피오야, 네

모든 행동에 이 영혼의 힘을 쏟아붓도록 해라. 무엇보다도 국가의 안녕을 위해 노력하여라. 그러면 네 영혼은 곧 여기 천국으로 올라오게 될 것이다. 육체적 방탕에 탐닉하는 사람들은 저급한 쾌락을 추구하느라고 그 자신의 영혼을 육체의 노예로 만들고 만다. 그들은 하느님과 인간의 법률을 위반하고 있는 것이다. 그들은 죽어서 영혼이 육체를 벗어나게 되면 지구 주위를 한량없이 방랑하다가 여러 세기가 지난 후에나 이곳 천국으로 올라오느니라.

아프리카누스는 그렇게 말한 다음 떠나갔고 스키피오는 꿈에서 깨어났다. 이 꿈은 고대 말기에서 중세 내내 서양 지식인들을 사로잡은 유명한 꿈이다.

|8| 꿈인지 알 수 없는 인생

《침중기(枕中記)》

●

'한단의 꿈'이라는 고사는 당나라 사람 심기제(沈旣濟, 750-800)의 전기(傳奇) 소설《침중기(枕中記)》에서 나왔다.

당나라 현종 때의 어느 날, 여옹(呂翁)이라는 도사가 한단(邯鄲)이라는 곳에 있는 한 주막에서 쉬고 있었다. 그때 노생(盧生)이라는 젊은이가 허름한 차림으로 주막에 들어와 한참 신세타령을 하다가 여옹의 베개를 베고 누웠다. 그것은 도자기로 된 베개였는데 양쪽에 구멍이 뚫려 있었다. 그런데 그 구멍이 차차 커지는 것이 아닌가!

노생이 이상하게 여겨 그 구멍 속으로 들어가 보니 훌륭한 집이 있었다. 노생은 거기서 최씨의 딸을 아내로 맞이하고, 진사 시험에도 급제하여 벼슬길에 올라 승승장구하면서 경조윤을 거쳐 이부시랑, 어사대부까지 이르렀다. 한때 간신들의 모함을 받아 좌천되기도 했으나 다시 재상으로 등용되어 천자를 보필했다. 그러다가 모반 사건에 연루되었다는 억울한 누명을 쓰고 투옥되었다. 그는 고향에서 농사나 지었으면 이런 봉변은 당하지 않았을 것을, 하는 후회가 들었고, 구차한 옥중 생활을 견디느니 자결하는 것이 낫겠다고 생각하여 죽으려 했지만, 아내가 하도 간곡하게 말리는 바람에 결국 실행하지 못했다. 그 후 노생은 무죄로 판명되어 다시 중서령에 임명되고 조국공에 봉해지는 등 천자의 두터운 신임을 받았다. 그 후 아무런 어려움 없이 관직 생활을 하면서 아들 다섯에 손자 십여 명의 대가족을 이루고 행복하게 살다가 고령으로 자연사했다.

거기까지 파노라마를 보듯 인생의 유전을 모두 살펴본 노생이 얼핏 깨어 보니 그게 모두 꿈이었다. 잠들기 전에 주막의 주모가 끓이던 조가 아직도 다 끓지 않은 것을 보니 아주 짧은 시간의 수면이었다. 노생이 이상하게 여겨서 "어떻게 그 모든 것이 꿈일 수 있는가?" 하고 한탄하자, 옆에 있던 도사 여옹은 웃으며, "인생의 모든 일 역시 이와 같다네" 하고 대답했다.

이 이야기는 장주의 《장자》에서 영향을 받은 것으로 보인다. 《장자》의 〈제물(齊物)〉 편에는 이런 구절이 보인다.

"꿈을 꿀 때에는 그것이 꿈인 줄 모르고, 꿈속에서 또 그 꿈을 점치기도 한다. 인생은 결국 꿈, 또 그 속의 꿈이다. 사람은 좋은 꿈을 꾸면 기뻐하고 나쁜 꿈을 꾸면 슬퍼한다. 그러나 그것도 꿈속이라는 것을 깨달아야 한다."

두 이야기를 종합하면 죽기 전에는 우리가 살고 있는 이 삶이 꿈인지 아닌지 알 수 없고, 우리는 계속 그 꿈을 꾸면서 살아가는 존재라는 것이다.

|9| 하룻밤의 깨달음

《구운몽(九雲夢)》

●

서포 김만중(1637~1692)의 《구운몽(九雲夢)》은 성진이라는 불가의 제자가 육관대사의 명령에 따라 지상으로 내려와, 양소유라는 귀족 자제로 변신하여 여섯 낭자와 두 공주를 처첩으로 거느리고 일국의 재상에 올라 최고의 영예를 누리다가 어느 날 잠 깨어 보니 그게 한낱 허망한 꿈이더라는 얘기다.

제목 '구운몽(九雲夢)'은 아홉 명(양소유와 여섯 낭자와 두 공주)이 꾼 구름 같은 꿈이라는 뜻인데, 그 꿈에서 깨어나 참된 현실로 돌아온 성진과 육관대사가 이런 대사를 나눈다.

대사: 성진아, 인간 부귀를 지내니 과연 어떠하더냐?

성진: 제자 불초하여 염려를 그릇 먹어 죄를 지으니 마땅히 인세에 윤회할 것이어늘 사부께서 자비하사 하룻밤 꿈으로 제자의 마음을 깨닫게 하셨습니다.

대사: 네가 인세에 윤회할 것을 꿈을 꾸었다 하나 이는 인세의 꿈을 다르다 함이니, 네 오히려 꿈을 채 깨치지 못하였도다. "장주가 꿈에 나비 되었다가 나비가 다시 장주가 되었다"라고 하니, 어느 것이 거

짓 것이요 어느 것이 진지 것인지 분변하지 못하나니 어제 성진과 소유가 어느 누구는 거짓 꿈이요 어느 누구는 꿈이 아니뇨.

성진: 제자 아득하여 꿈과 진지 것을 알지 못하니 사부는 설법하사 깨닫게 하소서.

대사: 이제 금강경 큰 법을 일러 너의 마음을 깨닫게 할 것이다.

여기서 '인세(人世)'라 함은 일반적으로 우리가 주위에서 만나게 되는 객관적 현실을 가리키는데 영어로는 '리얼리티(reality)'라고 한다. 그러나 리얼리티는 세분해 들어가면 객관적 리얼리티(objective reality)와 상상적 리얼리티(imagined reality)로 나누어 볼 수 있다. 가령 우리가 극장에 가서 셰익스피어의 연극 〈맥베스〉를 볼 때, 그 극장이 있는 장소는 서울이지만, 우리의 정신은 스코틀랜드에 가 있게 된다. 이런 상상적 리얼리티는 때때로 객관적 리얼리티와 명확하게 구분되지 않는데, 특히 형이상학적 문제를 다룰 때가 그러하다. 여기에 궁극적 리얼리티(ultimate reality)를 추가해 볼 수 있는데, 이 경우는 보통 대문자를 써서 Reality로 표기한다. 이것은 경험적 관찰과 상상적 허구를 초월하는 또 다른 실재를 뜻하는데 육관대사가 말하는 참된 것, '금강경 큰 법으로써 너의 마음을 깨닫게 하는 것'을 가리킨다.

|10| 공(空)의 개념을 설명한 경전

《금강경(金剛經)》

《금강경(金剛經)》은 대승 경전의 하나로서 '공(空)'의 개념을 설명한 경전이다. 여기서 '공'은 '색즉시공(色卽是空)'이라고 할 때의 그 공을 가리킨다. 수보리와 세존(부처)이 서로 문답하는 형식으로 되어 있으며 본문은 원고지 50매도 채 안 되는 짧은 글이다. 세존이 수보리에게 하신 두 말씀이 이 경의 핵심이다.

"수보리야, 무릇 있는 바의 형상이 다 허망한 것이니, 만약 모든 형상이 형상이 아님을 보면 곧 여래(깨달음)를 보리라(얻으리라)."

"수보리야, 보살은 마땅히 일체의 형상(相)을 떠나, 아뇩다라삼먁삼보리(지극한 깨달음)의 마음을 발할지어다. 색(色)에 머물러 마음을 내지 말며, 성(聲), 향(香), 미(味), 촉(觸), 법(法)에 머물지 말지어다. 그 어떤 것에도 머무는 바 없는 마음을 낼지어다."

공의 개념에 대해서는 세존이 이렇게 말씀하신 것도 있다.

"수보리야, 내가 여기 손에 거울을 들고 저 해를 비추노라. 그러면 수보리야, 햇빛이 어디에 있느냐? 저 해에 있느냐, 이 거울 속에 있느냐, 아니면 네 눈 속에 있느냐? 햇빛은 그 어느 곳에도 있지 아니하니라."

공은 무(無)가 아니라 언제든 다른 어떤 것으로 변할 수 있는 사물의 유동적 상태를 말한다. 공을 이해하는 데에는 망유(妄有), 가유(假有), 진유(眞有)의 3유를 파악하는 것이 중요하다. 자, 여기 숲 속에 기다란 새끼줄 하나가 버려져 있다. 그것을 뱀이라고 본다면 망유요, 새끼줄이라고 본다면 가유요, 그 본질이 짚이라고 본다면 진유가 된다. 이처럼 사물의 상태는 보기에 따라서 달라지기 때문에 공(空)이라는 것이다.

《금강경》의 원제는 《금강반야바라밀경》이다. '금강'은 '금중최강(金中最剛)'을 줄인 말로서 아주 단단하다는 뜻이고, '반야'는 지혜를 의미하며 '바라밀'은 '피안으로 건너가다(지극한 깨달음을 얻다)'라는 뜻이다. 다 붙여서 해석하면 아주 단단한 지혜로 지극한 깨달음을 얻게 해주는 경이라는 뜻이다. 《금강경》은 영어로는 Diamond Sutra로 번역된다. 티베트 사람들은 "옴마니 반메 훔(오, 연꽃 속의 보석이여)"이라는 진언을 외우며 마음의 위안을 얻는데, 이 연꽃은 공을, 보석은 지혜(다이아몬드)를 상징한다.

|11| 인생은 한 편의 영화

〈꿈속에서 책임이 시작된다(In Dreams Begin Responsibilities)〉

●

델모어 슈워츠(Delmore Schwartz, 1913-1966)의 단편소설 〈꿈속에서 책임이 시작된다(In Dreams Begin Responsibilities)〉는 인생과 꿈의 관계를 다룬 것이다.

작중 화자는 꿈을 꾸고 있다. 꿈속에서 영화를 보는데, 스크린에 비치는 영상은 1909년 6월에 결혼한 화자의 부모가 서로 구애하는 과정이다. 화자는 부모를 쳐다보면서 두 분이 앞으로 겪게 될 불행을 생각하며 하염없이 눈물을 흘린다. 그가 하도 우니까, 같이 영화를 보던 한 관람객 노파가 혀를 끌끌 차면서 말한다.

"거 왜 그래, 이건 영화일 뿐이야."

그는 부모님이 연애하는 동안 허영심, 이기심, 고집을 부리며 상대방을 이겨먹어야 시원해하는 것을 본다. 그런 억센 심성은 앞으로 두 분의 결혼 생활을 망치고 나아가 두 자녀를 비참하게 만들 것이었다. 화자는 더 이상 슬픔을 참지 못하고 좌석에서 벌떡 일어나 소리친다.

"제발 그렇게 하지 말아요. 지금이라도 두 분의 그 마음가짐을 좀 바꾸세요. 그렇게 이기적으로 고집을 부려봐야 결국에는 후회, 증오, 추문밖에 생겨날 게 없어요. 게다가 두 분이 낳은 아들과 딸의 성격은 엉망진창이 되어버리잖아요."

관람객들은 그를 진정시켜 좌석에 앉히려 하나 그는 감정이 북받쳐서 다시 좌석에서 일어나며 크게 소리친다.

"왜 두 분은 그렇게밖에 하지 못하는 거예요? 왜 서로 사랑하지 못하는 거예요?"

이번에는 영화관의 경비 담당자가 그를 영화관 밖으로 쫓아낸다. 경비 담당자는 그에게 인생이 무엇인지 설교하면서 그의 책임에 대해 말해준다.

"이봐, 젊은 친구, 자네 도대체 영화관 안에서 무슨 짓이야? 자네가 하고 싶은 게 있다고 마음대로 다 할 수 있는 줄 알아?"

화자는 잠에서 깨어난다. 그날은 그가 스물한 번째 맞는 생일이었다.

이 단편소설은 인생이 꿈같고 더 구체적으로는 영화를 찍는 것 같다는 메시지를 전한다. 실제로 누구나 느끼는 것이지만, 인생은 때때로 영화와 방불한 순간이 있다. 촬영 카메라가 우리의 머리 위에서 돌아가고 있는 듯한 느낌이 들 때가 있는 것이다. 그럴 때, 우리는 아무리 어려운 상황이더라도 "거 왜 그래, 이건 영화일 뿐이야"라고 말하면서 이겨낼 수도 있고, 인생은 한 편의 영화(혹은 연극), 우리는 주어진 역할을 충실히 수행할 뿐이라고 체념 섞인 위로를 할 수도 있다.

|12| 복수의 옹호 코러스

《메데이아》

●

개츠비에게 꿈의 매개였던 데이지는 착한 여자도 악한 여자도 아닌 어중간한 상태로 제시되어 있다. 그러나 에우리피데스(서기전 484경–서기전 406경)의 희곡 《메데이아》의 여주인공은 어느 모로 보나 의심할 나위 없는 악녀다. 대체로 고대의 악녀는 마녀를 겸했다. 메데이아는 마술을 부려, 자기 아버지의 황금 양털을 이아손이 손에 넣게끔 한다. 이아손에 대한 사랑과 아버지에 대한 효심 사이에서 갈등한 메데이아는 이런 유명한 말을 남긴다.

Sed trahit invitam nova vis, aliudque cupido,

mens aliud suadet: video meliora proboque,

deteriora sequor.

그러나 이상한 힘이 내 의지와는 반대쪽으로 나를 이끈다.

내 욕망은 이렇게 하자 하지만 내 이성은 저렇게 하자 한다.

나는 좋은 것을 보고 동의하지만 막상 나쁜 것을 따른다.

이는 오비디우스의 《변신 이야기》 제7권 19~21행에 나오는 유명한 말이다. 내 마음속으로는 하느님의 율법을 반기지만 내 몸 속에는 육체의 명령이 있어서 두 법이 서로 싸운다는 바울의 말보다 시기적으로 앞선 것이다. 바울은 그런 자신을 가리켜 "오호라 나는 곤고한 사람이로다"라고 한탄했지만, 메데이아의 경우에는 결국 사랑이 효심을 이긴다.

그 후 그녀는 이아손과 함께 그리스로 달아나고, 쫓아온 남동생 아브시르투스를 살해한다. 이어 펠레우스의 두 딸을 속여서 이아손의 왕위를 찬탈해 간 펠레우스를 살해하게 만든다. 그런 다음 메데이아는 이아손을 따라서 코린토스로 가서, 그에게 두 아들을 낳아준다. 에우리피데스의 희곡은 이후의 코린토스 생활을 다루었다. 코린토스에 간 이아손은 그곳의 왕녀 크레우사와 결혼하겠다고 하고, 그 때문에 메데이아의 분노가 폭발한다. 코린토스의 왕 크레온도 메데이아에게 이 땅에서 나가달라고 요청한다. 그때 아테네의 왕 아이게우스가 메데이아를 찾아와 대피처를 마련해주겠다고 말한다. 메데이아는 크레우사에게 결혼을 축하하는 드레스를 보내는데, 그것은 마술을 입힌 옷이었다. 크레우사가 그 옷을 입는 순간 온몸에 불이 붙어 사망하고, 딸의 화상을 막아보려던 크레온도 불길 속에서 사망한다. 이제 남편에게 복수할 일만 남은 메데이아는 이아손을 집으로 불러 그가 보는 앞에서 두 어린 아들 페레스와 메르메로스를 살해한다. 이아손은 절망에 빠지고, 메데이아는 비룡이 끄는 마차를 타고서 아테네로 달아난다.

이 드라마 속의 코러스는 메데이아에게 동정적이어서, 그녀의 범죄에 깜짝 놀라면서도 그녀의 행동을 제지하려고 하지 않는다. '코러스'는 고대 그리스의 종교적 의식에서, 가면을 쓰고서 춤추는 듯한 의례 동작을 취하며 노래를 부르거나 운문을 낭송하던 무리다. 이것이 고대 그리스 비극에 도입되었다. 코러스는 극중 인물이나 사건에 대하여 논평을 가하는데, 주로 전통적인 도덕적·종교적·사회적 태도를 옹호하는 논평이었다.

에우리피데스의 다른 희곡들과 마찬가지로 《메데이아》에서는 신들이 인간을 다루는 방식에 대하여 많은 반항적인 질문들을 제기한다. 또한 이 드라마는 페이소스와 심리적 통찰이 뛰어나다.

메데이아는 마녀의 원형으로, 자신을 방해하는 사람은 모조리 죽여버린 여자로 악명이 높다. 메데이아처럼 탁월한 마술을 소유한 여자라면, 마음만 먹었다면 다른 여자와 결혼하려는 남편 이아손을 얼마든지 죽일 수 있었을 것이다. 그런데 왜 남편은 안 죽이고 저항하지 못하는 어린 아들을 죽였을까? 남편을 죽여버리기보다는 산 채로 남겨두어서 그 잔인한 보복극을 구경시키는 것이 더 시적 정의(poetic justice: 죄상에 딱 알맞은 정의)에 부합한다고 생각했던 것 같다.

| 13 | 복수와 양심의 가책

《맥베스》

●

윌리엄 셰익스피어(1564-1616)의 희곡 《맥베스》는 신하였던 맥베스가 아내의 사주를 받아 던컨 왕을 죽이고 스코틀랜드의 왕위에 오르나, 결국에는 버티지 못하고 살해된다는 이야기다. 맥베스 이야기는 홀린셰드(Holinshed)의 《연대기》에 기록되어 있다. 주된 내용은 던월드(Donwald)와 그의 아내가 포레스(Forres) 성에서 더프(Duffe) 왕을 살해했다는 것이다. 역사적 연대는 1039년에서 1057년 사이일 것으로 추정된다.

던컨 왕 휘하의 장군이었던 맥베스는 처음엔 왕을 시해할 생각이 전혀 없었다. 그러나 아내의 사주를 받아서 점점 암살하는 쪽으로 마음이 기울게 된다. 그러나 살해 후 양심의 가책을 느끼는데, 정작 맥베스 자신은 그것을 왕위의 불안정성과 혼동한다. 그는 죄악을 저지르고도 느긋하거나 행복하게 살아갈 만한 성격이 되지 못한다. 그는 절망에 빠져 번뇌하다가 아내가 죽었다는 소식을 듣고서 더욱 절망감에 사로잡힌다.

맥베스 부인은 케네스 4세의 손녀인 레이디 거로크를 모델로 한다. 맥베스와 결혼하기 전에는 과부였던 맥베스 부인은 남편보다 훨씬 섬세하고 미묘한 성격의 소유자였다. 남편에게 던컨의 왕관을 씌워주겠다는 목적에 집착하여 자신의 여성을 잊어버리자고 스스로를 닦달한다. 그녀가 이때 한 말은 이러하다.

"자, 나쁜 마음을 돕는 악령들아, 이 여자의 마음을 여자가 아닌 마음으로 바꾸어다오. 이 머리 꼭대기에서 발끝까지 무거운 잔학을 가득 채워라. 전신의 피를 탁하게 하여 회한의 길을 막고, 연민의 정이 흉악한 계획을 흔들지 못하게 하라. 자, 살인의 악귀들아, 이 품 안에 들어와서 여자의 젖을 씁쓸한 담즙으로 바꾸어다오."

하지만 그녀는 아버지를 닮은 듯한 던컨 왕을 차마 내려치지는 못한다. 남편을 시켜 던컨 왕을 죽인 그녀는 그 후 정신력이 급격히 소진된다. 그녀의 의지가 생각을 지배하지 못하는 수면 중에는 손에 묻힌 피의 흔적이 자꾸 생각나서 몽유병자가 된다. 맥베스 부인은 사악한 여자이기는 하지만 셰익스피어 드라마의 등장인물이 그러하듯이 결코 평면적인 성격의 인물이 아니다.

| 14 | 가장 러시아인다운 치정극
〈므첸스크 지구의 맥베스 부인〉

니콜라이 레스코프(1831-1895)의 단편소설 〈므첸스크 지구의 맥베스 부인〉은 경제적 형편 때문에 나이 든 남자와 결혼한 젊은 여자 카테리나의 이야기다.

카테리나는 남편 지노비와 결혼한 지 5년이 되었지만 아이가 없다. 남편이 지방 출장을 떠난 사이에 그녀는 해고된 점원 세르게이와 만나서 불륜 관계에 빠지게 된다. 카테리나의 시아버지인 보리스가 그녀의 방에서 나오는 세르게이를 보고서 금방 사태를 파악하고는 카테리나에게 남편이 돌아오면 처벌을 받게 하겠다고 말한다. 그러자 카테리나는 저녁 식사에 독을 넣어서 시아버지를 살해한다. 두 남녀는 아무런 일도 없었다는 듯이 사랑 행각을 계속한다.

카테리나는 꿈에서 고양이를 보는데, 꿈속의 고양이가 살해당한 시아버지의 목소리로 말한다. 같은 날 밤, 아버지로부터 아내의 부정을 암시받은 지노비가 느닷없이 돌아와 아내의 부정 현장을 포착하려 한다. 하지만 카테리나는 사전에 낌새를 알아차리고 세르게이를 피신하게 한다. 남편이 아내를 노골적으로 비난하자 카테리나는 숨어 있던 세르게이를 불러내어 현장에서 남편을 목 졸라 살해하게 한다. 남녀는 지노비의 시신을 지하실에 묻어버리고 살해의 흔적을 제거한다. 지노비는 출장에서 돌아오던 길에 실종된 것으로 알려진다.

남녀는 이제 지노비의 재산을 차지하려 한다. 그러나 병약한 조카 페디야가 적법한 상속자라는 것을 알고서 분개하고, 방 안에 혼자 있던 페디야를 베개로 질식사시킨다. 그러나 남녀의 이런 범죄는 그들이 혹시 성교를 하지 않나 하고 방을 엿보던 소년들에게 발각된다. 남녀는 공개 태형을 당하고 시베리아로 추방된다. 다른 죄수들과 함께 시베리아로 가는 길에 카테리나는 세르게이에 대하여 지나친 집착을 보인다. 그러나 세르게이는 그것이 너무 지겨워서 죄수들 중 피오나라는 여자와 사귀고, 이어 피오나가 지겨워지자 소네트카와 관계를 맺는다. 이제 그와 소네트카는 비참해진 카테리나를 한없이 괴롭히고 조롱한다. 죄수들이 배를 타고 험난한 볼가 강을 건너가는 동안 카테리나는 갑자기 소네트카를 껴안고서 함께 물속으로 떨어진다. 두 여자는 익사한다.

장애가 되는 대상을 모조리 죽여버린다는 점에서 카테리나는 맥베스 부인보다 메데이아를 더 닮은 듯하다. 독일의 문학 비평가 발터 베냐민은 레스코프를 뛰어난 이야기꾼이라고 평가하면서 "레스코프는 자신이 풀어놓는 이야기의 부드러운 불꽃 속에서 삶의 심지를 완전히 연소시킬 줄 아는 작가"라고 말했다. 후배 러시아 소설가 막심 고리키는 이런 평가를 내렸다.

"레스코프는 러시아 사람들의 삶에 깊은 뿌리를 내리고 있는 작가이며, 그 어떤 외국의 영향으로부터도 완전히 자유로웠던 소설가다."

| 15 | 한국 남성들의 영원한 로망

《춘향전》

●

세상에 이런 악녀들만 있다면 어떻게 가정과 사회가 유지되겠는가. 그보다는 선량하고 참을성 많고 이해심 깊은 여자들이 훨씬 많다. 실명씨(失名氏)의 《춘향전》에 나오는 춘향은 한국 남성들의 영원한 베아트리체다.

《춘향전》의 줄거리를 모르는 사람은 없을 것이다. 과거에 급제한 몽룡이 일부러 거지 행색을 하고서 남원 옥으로 춘향을 찾아온 장면에서 춘향이 해주는 말은 정말 인상적이다.

"서방님 이별 후에 자나 누우나 님 그리워 오래도록 한이더니, 내 신세 이리 되어 매에 감겨 죽게 되는 날 살리러 와 계시오."

한참 이리 반기다가 님의 형상 자세히 보니 어찌 아니 한심하랴.

"여보 서방님 내 몸 하나 죽는 것은 설운 마음 없소마는 서방님 이

지경이 웬일이오."

춘향이 저의 모친 불러 이렇게 말한다.

"한양성 서방님을 칠년대한 가문 날에

큰비 오기를 기다린들 나와 같이 맥 빠질쏜가.

심은 나무가 꺾어지고 공든 탑이 무너졌네.

가련하다 이 내 신세 하릴없이 되었구나.

어머님 나 죽은 후에라도 원이나 없게 하여 주옵소서.

나 입던 비단장옷 봉황장롱 안에 들었으니

그 옷 내어 팔아다가 한산모시 바꾸어서

물색 곱게 도포 짓고

흰색 비단 긴 치마를 되는대로 팔아다가

관, 망건, 신발 사드리고

좋은 병과 비녀, 밀화장도, 옥지환이 함 속에 들었으니

그것 팔아다가 한삼 고의 흉하지 않게 하여주오.

금명간에 죽을 년이 세간 두어 무엇 할까.

용장롱, 봉장롱, 빼닫이를 되는 대로 팔아다가

좋은 진지 대접하오.

나 죽은 후에라도 나 없다 마시고 날 본 듯이 섬기소서."

아, 아, 우리의 춘향! 우정은 가난한 날의 우정, 사랑은 추운 겨울의 사랑, 아무리 추워도 춘향의 뜨거운 사랑은 식을 줄 모른다.

|16| 길에서 벗어난 여자

《춘희》

●

알렉상드르 뒤마 피스(1824~1895)의 장편소설 《춘희》는 파리의 고급 창녀 마르그리트 고티에와 젊은 귀족 청년 아르망 뒤발의 사랑을 다룬 작품이다.

서로 간의 신분 차이에도 불구하고 마르그리트와 뒤발은 서로 사랑했고 결혼할 것을 결심한다. 그러나 아르망의 아버지가 마르그리트를 몰래 찾아와, 딸아이의 결혼도 있고 하니 아르망의 가정과 미래를 위해 당신이 물러설 수 없겠느냐고 간곡하게 부탁한다. 마르그리트는 아르망을 사랑한 나머지 그를 위해 희생하기로 결심하고, 아르망에게 더 이상 사랑하지 않으니 떠나달라고 요구한다. 충격을 받은 아르망은 마르그리트에게 황금 동전을 던지면서 "이것밖에 모르는 여자"라고 모욕하고, 그녀의 배후에 아르튀르 드 바르비유 백작이 있다고 생각하여 백작에게 결투를 신청한다. 결투 중에 백작은 부상을 입고, 아르망은 사랑에 환멸을 느낀 채 파리를 떠난다. 그 후 마르그리트가 폐결핵으로 죽고 난 뒤에야 아르망은 진상을 알아차리고 그녀의 무덤을 찾아가 눈물을 흘리며 사죄한다. 소설은 이런 문장으로 끝난다.

나는 그녀가 한평생 진정한 사랑을 느꼈고 그 때문에 고통을 받았고 그 때문에 죽었다는 것을 알았다. 나는 내가 들은 대로 독자에게 이야기했다. 그것은 나의 의무였다.

이 소설은 후에 베르디의 오페라 〈라 트라비아타(길에서 벗어난 여자)〉로 만들어져 많은 사랑을 받았다. 마르그리트가 비올레타로, 아르망이 알프레도로 이름만 바뀌었을 뿐 내용은 똑같다. 나는 대학생 시절 프랑스어를 공부하기 위해 이 소설을 처음 읽었고, 군대 갔다 와서 까먹은 프랑스를 다시 회복한다면서 다시 한 번 읽었다. 읽을 때마다 마르그리트의 희생적인 사랑에 눈물을 흘렸던 기억이 있다.

| 17 | 남자의 이기심의 표상

《데카메론》

보카치오의 《데카메론》 10일째 10번째 이야기에는 천하의 열녀 그리셀다가 나온다.

살루초의 후작 구알티에리는 신하들의 성화에 못 이겨 농부의 딸 그리셀다를 아내로 취한다. 그리고 남매를 낳았는데, 후작은 아이가 생겨날 때마다 볼로냐의 친척 집에 보내서 키우게 하고, 대신 그리셀다에게는 농부의 딸한테서 얻은 천한 아이들이라 살해했다고 거짓말을 한다. 후작은 그리셀다가 무지하여 이렇게 시련을 잘 참는 줄 알고, 이번에는 도저히 농부 딸하고는 못 살겠다며 볼로냐에서 키운 열두 살짜리 딸을 데려와서 그 딸을 새 아내인 양 가장시켜서 결혼하겠다고 말한다. 그리셀다는 아무 저항도 하지 않고 맨몸으로 후작궁을 떠난다. 결혼식 날이 다가오자 후작은 그리셀다를 불러 잔치 준비를 하라고 지시한다. 드디어 잔칫날, 그리셀다는 예쁜 신부(실은 그녀의 딸)를 보자 후작에게 한 가지 소원이 있다고 말한다.

"영주님, 한때 당신의 아내였던 여자에게 했던 모진 고문을 이 어린 신부에게는 하지 마소서. 저는 어렸을 때부터 모진 고생을 하면서 컸기 때문에 그런 고문을 견딜 수 있었지만, 이 곱게 자란 신부는 그런 시련을 감당하지 못할까 걱정됩니다."

후작은 그리셀다의 정절에 감동하여 지금껏 모든 것이 그녀를 시험하기 위한 연극이었다는 것을 밝히고, 그 후 부부는 행복하게 살았다.

르네상스 시대 이래 그리셀다는 유럽에서 완벽한 여성의 전형으로 널리 칭송받아왔지만, 남자의 온갖 악행과 부정행위를 아내가 모두 묵묵히 참아주고 최후에는 알몸으로 집에서 쫓겨나도 아무 불평을 하지 않았으면 좋겠다는 바람난 남편의 이기적 심리가 투영된 이야기가 아닌가 하는 의심이 든다. 이 얘기를 체호프의 〈귀여운 여인〉과 비교해 보면 좋을 듯하다.

|18| 군대 리더십의 원형

《갈리아 전기(戰記)》

●

사회생활은 곧 지도자 생활을 지향하는 것이다. 카이사르의 《갈리아 전기(戰記)》는 훌륭한 지도자 교과서다.

카이사르가 폼페이우스의 협조로 로마 원로원의 견제를 이겨내고 갈리아 총독으로 나간 것은 서기전 58년, 그의 나이 42세 때의 일이었다. 총독 임기는 5년인데 그는 한 번 연임했다. 이 10년 동안 오늘날의 프랑스 남부에 있는 프로방스 지방을 거점으로 북쪽의 갈리아, 서쪽의 게르마니아 일부 지역, 그리고 바다 건너 브리타니아를 정복했다. 이 10년 동안 로마의 정정(政情)이 급속히 바뀌고, 폼페이우스는 원로원을 지지하게 되었다.

일찍이 폼페이우스의 소아시아 정벌을 바라보면서 권력이 군대와 해외 정복과 국토 확장에 있다는 것을 깨우친 카이사르는 그런 본국의 움직임에 대비하여 휘하의 4개 군단을 더욱 강성하게 만드는 일에 열중했다. 서기전 54년 폼페이우스에게 시집보낸 카이사르의 딸 율리아가 사망하자 두 사람의 관계는 더욱 소원해졌다. 서기전 51년 이후 카이사르의 정적들은 그를 국내에 소환하여 재판에 회부할 기세였다. 서기전 49년 두 번째 총독 임기가 끝나가던 때, 카이사르는 일체의 탄핵에서 면제되는 집정관직에 입후보하려 했으나 성공하지 못했다. 폼페이우스의 지지를 등에 업은 원로원은 서기전 48년 1월 카이사르에게 군대 없이 귀임하고 갈리아 군대는 폼페이우스의 손에 넘기라는 명령을 내렸다. 카이사르는 이에 불복하여, 휘하의 군대를 이끌고 갈리아와 로마의 경계인 루비콘 강을 건넜다.

《갈리아 전기》는 그가 총독으로 재임하던 시절의 첫 7년 동안 매해 말 정복 사업의 개요를 직접 기술하여 로마 원로원에 송부한 자료를 한 권으로 묶은 것이다. 카이사르는 역사가들이 참조하도록 이 글을 썼다고 말하면서 책제목도 '갈리아 전쟁에 대한 논평(Commentarii de Bello Gallico)'이라고 붙였다. 그러나 그 어떤 역사가도 위대한 카이사르의 글에 수정을 가하지 못했고, 그리하여 그가 쓴 그대로 후대에 전해지게 되었다. 카이사르는 군인, 정치가일 뿐만 아니라 웅변가 겸 문필가이기도 했다. 그의 웅변은 키케로 다음간다는 명성이 있었고, 그의 글은 단순 명료하여 로마 황금시대 문장의 전범이라는 평가를 받는다.

이 책은 갈리아족, 게르만족, 브리타니아족을 정복한 원정에 대한 기술은 서너 문단에 그치고, 대부분 로마 군단의 초급 지휘관인 백부장을 어떻게 조련하고 사기를 북돋웠는가를 기술한다. 카이사르는 강인하면서도 인간미 넘치는 장군이었다. 위기 앞에서는 자신의 몸을 내던져 전열의 맨 앞에서 싸웠다(제2권 25~28장). 이 때문에 셰익스피어는 〈줄리어스 시저〉 2막 2장에서 "위험이라는 놈은 말이야, 카이사르가 자기보다 더 위험한 인물이라는 것을 잘 알고 있다네"라고 말했다. 때문에 그의 부하들은 모두 'possunt quia posse videntur포순트 쿠이아 포세 비덴투르(할 수 있다고 생각하면 할 수 있다)' 하는 식의 사기 높은 군인이었다.

《갈리아 전기》는 겉보기에는 별로 재미있어 보이지 않는 책이다. 하지만 외양은 얼마나 잘 사람을 속이는가. 나 자신도 생소한 고대 로마의 인물들과 정치 상황이 지루하게 나열된 고리타분한 책이려니 하고 생각했었다. 그러나 이 짧은 책에는 오직 믿을 것이라고는 자신의 군대밖에 없는 한 장군의 부하 사랑과 탁월한 지도자 정신이 잘 기술되어 있다. 나는 라틴어 공부를 위해 이 책을 일곱 번 정도 읽었는데, 백부장 페트로니우스(제7권 50~53장)의 말이 가장 인상 깊었다.

카이사르의 숙적 베르킨게토릭스(또는 베르생제토릭스Vercingétorix)의 고향, 게르고비아를 야간 공격하다가 페트로니우스는 중과부적으로 적에게 밀리게 되었다. 곧 누군가 적의 공격을 잠시 지연시켜야만 부하들이 목숨을 건질 수 있는 절체절명의 국면이 닥쳐왔다. 이때 페트로니우스는 전열의 맨 앞에 나서서 이렇게 말하고는 장렬히 전사한다.

"내가 너희들을 이 험지로 데리고 왔으니, 내가 너희들의 목숨을 지키겠노라(vestrae vitae prospiciam)."

카이사르의 부하 사랑과 강렬한 책임의식이 전 지휘관에게 스며들었음을 느낄 수 있는 장면이다.

|19| 뇌물 바친 자, 가장 빠른 배신자

《후한서》 〈양진(楊震) 열전〉

●

회사 생활이나 공직 생활에서 가장 경계해야 하는 것이 뇌물이다. 뇌물이라 함은 돈만 말하는 것이 아니라 부당한 향응이나 어울리지 않는 혜택 등 유형, 무형의 부적절한 편의 제공을 모두 말하는 것이다.

범엽(398~445)의 《후한서》 〈양진(楊震) 열전〉에 이런 기사가 나온다.

영초 4년(서기 110년), 등 태후의 오빠 등즐(鄧騭)이 대장군으로 재직하면서 어진 선비를 많이 등용했다. 홍농군(弘農郡)이 고향인 양진은 고아의 몸으로 비록 가난했으나 학문을 좋아해서 고금의 전적에 통달했다. 그 명성이 전국에 자자해 당시의 유학자들이 '관서(關西)의 공자는 바로 양진'이라고 말할 정도였다. 등즐은 그 소문을 듣고 양진을 불러 형주자사에 임명했다가 다시 동래태수로 승진시켰다. 양진은 부임 길에 군 내의 창읍이라는 마을을 지나가게 되었다. 그런데 창읍의 수령은 그가 형주자사로 있을 때 천거한 왕밀이라는 사람이었다. 마침 날이 저물어 양진은 그곳에서 하룻밤을 묵었다. 그날 밤 왕밀이 황금 열 근을 가져와 양진에게 바치려 했다. 다음은 두 사람이 나눈 대화.

양진: 나는 당신이 현명한 사람인 줄 알고 천거했소. 그런데 나를 몰라보고 이처럼 황금을 들고 오다니 이게 웬 말이오? 전혀 현명한 사람이 아니구려.

왕밀: 대감, 밤이 어두워 아무도 보는 사람이 없으니 그냥 받아도 아무 탈이 없습니다. 단지 대감께서 저를 천거해주신 은혜에 조금이라도 보답하려고 이렇게 가져왔습니다.

양진: (얼굴색이 변하며) 아무도 아는 사람이 없다고? 하늘이 알고 땅이 알고 내가 알고 당신이 아는데 어떻게 아는 자가 없다고 하는가?

왕밀은 큰 부끄러움을 느끼며 그 자리에서 물러갔다. 요즘 신문에는 전에 고관을 지냈다가 뇌물을 받아서 교도소로 가는 사람들 얘기가 심심찮게 나온다. 그들의 수뢰 사실이 발각되는 것은 뇌물을 갖다 준 사람이 실토하거나 폭로하기 때문이다. 뇌물과 관련된 사지(四知: 하늘, 땅, 뇌물 받은 자, 뇌물을 준 자) 중에서도 뇌물을 가져온 자가 가장 위험한 자이니, 가까운 장래의 배신자 대하듯 해야 한다.

| 20 | 알아본 자 경계하여 당하리라
《소학》 제6권

●

뇌물을 경계하라는 또 다른 얘기가 주자의 《소학》 제6권에 나온다. 당나라 문종 시대(826-840)에 왕애(王涯)라는 사람이 정승의 자리에 올랐다. 그의 딸이 두씨(竇氏)에게 시집을 갔는데 어느 날 친정에 다니러 와서 이렇게 말했다.

"아버지, 보석상에 좋은 비녀가 하나 나왔어요. 기이하고 정교한 물건인데 70만 전이라고 합니다."

"70만 전은 나의 한 달 봉급이니 어찌 너에게 아끼겠는가. 하지만 비녀 한 개가 70만 전이면 이는 요망한 물건이니 반드시 재앙이 따르리라."

딸은 더 얘기하지 못하고 물러갔다. 몇 달 뒤 딸이 다시 친정을 찾아와 아버지에게 말했다.

"지난번의 비녀는 풍구 원외랑의 아내 손에 들어갔다고 합니다."

"풍구가 일개 원외랑 신분으로 아내에게 70만 전짜리 비녀를 사주었으니 그가 어찌 오래가겠는가."

풍구(馮球)는 가씨(賈氏)와 친했는데, 가씨의 노복 중에 자못 위엄을 부리는 자가 있으므로 풍구는 그 노복을 불러 조심하라고 경고했다. 그 후 10일 정도 되었을 때 풍구가 새벽에 가씨를 만나러 갔다. 그때 지난번 경고한 우두머리 노복의 휘하에 있던 두 노복이 지황주를 내왔는데 풍구는 그것을 마시고는 곧 죽었다.

지황주는 황주라고도 하는데 요사이는 이 술의 원산지인 샤오싱[紹興]이라는 이름으로 더 잘 알려져 있다. 약간 타는 듯한 냄새가 나는 술이어서 흑설탕을 넣어 마신다. 풍구는 아마 이 술의 독특한 냄새 때문에 그 안에 독약이 든 줄 몰랐을 것이다. 가씨는 풍구를 위해 눈물을 흘렸으나 끝내 그가 죽은 이유를 알지 못했다.

비녀가 요망한 물건이라 반드시 재앙이 따른다고 한 왕애의 말은, 요사하고 교묘한 물건은 사람이 탐내어 다투니 재앙을 부른다는 뜻이다. 풍구는 우두머리 노복이 멋대로 위엄을 부려 주인 가씨에게 누가 될까 경고했는데, 그 노복은 오히려 풍구가 주인에게 자신의 비행을 고발할까 두려워 독살했다. 풍구가 어떻게 노복의 부정부패를 알아보았을까. 도둑이 도둑을 알아본다고, 평소 조정에서 뇌물을 많이 받아먹던 풍구는 자기와 비슷한 자를 금방 알아보았던 것이다. 풍구가 탐관오리가 아니라면, 그리 높지 않은 벼슬을 하는 신분으로 어떻게 70만 전짜리 비녀를 아내에게 사줄 수 있었겠는가. 평소 운명을 두려워하지 않았기 때문에 방자한 짓을 했고 그 결과 재앙을 만난 것이다.

| 21 | 공직생활의 소신

《맹자》 중 〈등문공〉 하편

●

맹가의 《맹자》 중 〈등문공〉 하편에 '지사(志士)는 불망재구학(不忘在溝壑: 구렁텅이에 있는 것을 잊지 않는다)'이라는 말이 나온다. 의리를 지키는 지사는 구렁텅이나 골짜기에 자기 시체가 버려질지도 모른다는 것을 잊지 않고, 용사는 자기 목이 누구의 손에 떨어질지 모름을 항상 잊지 않는다. 그리하여 지사와 용사는 평소에 늘 자신의 죽음을 각오하고 있다는 것이다.

나는 이 장을 읽을 때마다 조선시대의 무장 장필무(1510~1574)를 생각하게 된다. 그는 전라도 구례 사람으로 1543년(중종 38) 무과에 급제하여 종사관으로 연경에 다녀왔으며, 온성판관으로 변방을 잘 다스렸고, 1572년(선조 5) 북도병사로 호인(胡人: 만주족)들을 설복시켰고, 1573년 경상좌병사에 이르렀다.

그가 젊은 시절 경상도 양산군수직을 맡았는데, 양산군은 병영(육군 사령부)과 수영(해군 사령부) 한가운데 끼어 있어 육군 사령관이나 해군 사령관이 요구해 오는 것이 많았다. 그러나 장필무는 아무리 요구하고 협박해도 규정 외의 것은 일절 들어주지 않았다. 그러자 육군과 해군 사령부에서는 독을 품고서 한번 기회가 되면 장필무를 손보아 주리라고 벼르고 있었다. 어느 때 육군과 해군의 사령관이 함께 양산군청에 모여 장필무를 불러 세우고 따졌다.

"네가 무엇을 믿고서 그렇게 뻣뻣하게 구느냐?"

이때 장필무는 이렇게 대답했다.

"제가 믿는 것은 고향 땅에 있는 초가삼간이오. 그 집이면 이 몸 하나

앉고 누울 수 있으니 그만하면 충분하지 않소?"

장필무는 아마 맹자의 '불망재구학'을 이렇게 돌려서 말했을 것이다. 회사 생활이나 공직 생활을 소신껏 하려면 이 정도 기상이 있어야 할 것이다.

|22| 감추고 싶은 우리의 초상

《배빗》

싱클레어 루이스(1885-1951)의 《배빗》은 사회생활에서 기회주의적으로 처신하는 속물적 인간을 묘사한다.

배빗이라는 인물의 일상을 꼼꼼히 따라가면서 우리가 느끼게 되는 첫 번째 인상은 그가 말과 행동이 다른 사람이라는 점이다. 가령 금연이나 금주에 대해서 말만 가득할 뿐 실제로는 그렇게 하지 못한다. 또한 자신이 도덕적인 사람이라고 생각하지만 실제 행동은 그렇지 않다. 이 소설에서 묘사된 여러 건의 부동산 거래는 그가 약자를 억눌러 부당한 수수료를 챙기고, 강자에게 빌붙어서 불법적 이익을 챙기는 사람임을 여실히 보여준다. 가장의 외도는 윤리적으로 용납할 수 없는 짓이라고 말하면서 실제로는 그 자신도 아내 몰래 부정을 저지른다. 그는 자신의 클럽, 교우, 교회, 정치 활동 등을 모두 자신의 경제적 이득과 결부 짓는다. 이득을 얻기 위해 부정적인 수단도 마다하지 않으며, 경제적 행위가 사회를 발전시키는 구실을 하기 때문에 더 큰 목적을 위해서 사소한 비리를 저지르는 것은 얼마든지 묵과할 수 있다는 궤변을 내세운다.

배빗은 이제 미국에서 속물의 대명사가 되었고, '배빗 같음(Babbitry)'이라는 단어는 속물 같은 행동, 저속한 실업가 기질을 가리키는 일반 명사로 널리 쓰이고 있다. 경제적 이득과 도덕적 원칙, 그리고 잃어버린 꿈 사이에서 방황하는 현대인들 중에는 배빗 같은 행각을 벌이는 사람들이 얼마든지 있다.

"고전을 다시 읽게 되면 당신은 그 책 속에서 전보다 더 많은 내용을 발견하지 못한다. 단지 전보다 더 많이 당신 자신을 발견할 뿐이다."(클리프턴 패디먼, 《평생독서계획》의 저자)

《배빗》을 읽으면 우리는 감추고 싶은 우리의 초상을 발견한다. 우리에게는 자신의 생각이 틀렸으면 그것을 고치려는 용기가 있어야 하고, 그에 따른 결과를 감수하려는 의지가 있어야 한다. 자신이 선택한 인생에 대하여 책임을 지려는 비장함이 있어야 한다. 배빗이 속물이라는 평가를 받게 된 것은 단지 압력에 굴복했다는 사실 때문이 아니라, 이런 비장하면서도 처절한 노력을 제대로 해보지 않았기 때문이다.

| 23 | 무의미한 스트레스? 유의미한 스트레스?
《파블로프》

●

직장 생활에서는 스트레스가 중요한 문제다. 옥스퍼드대학 교수인 제프리 그레이(1934–)가 쓴 《파블로프》는 조건반사 이론을 자세히 설명한 책이다. 다 알다시피 파블로프의 개는 종소리에 침을 흘리는 개를 말한다. 종을 울린 후 개에게 먹이를 주는 일을 일정 기간 반복하면 그다음부터 개는 먹이와는 무관하게 종소리만 나면 침을 흘린다는 것이다.

파블로프는 조건반사를 연구하던 초기에 아주 간단한 행동 절차가 때때로 심각한 행동장애를 일으킨다는 것을 발견하고 강한 호기심을 느꼈다. 파블로프는 이런 행동장애가 정신분열증, 신경증, 히스테리 등을 일으킨다고 보았다. 다시 말해 이런 증세가 있는 환자들은 조건형성이 잘못된 개의 경우와 비슷하다고 생각했다. 그는 이 두 가지 사례(사람과 개의 경우)에 대해 같은 종류의 설명을 제시했는데, 다음의 실험이 그것이다.

파블로프는 타원(楕圓)에는 반응하지 않고 원(圓)에만 반응하여 침을 흘리도록 개를 훈련했다. 그러면서 타원의 형태를 점점 원과 비슷하게 만들어나갔다. 타원의 가로 지름과 세로 지름의 비율이 9 대 8까지 좁혀졌을 때, 개는 타원과 원을 아주 어렵사리 구분할 수 있었다. 개는 약 3주 동안은 타원과 원을 구분하는 데 다소 성공하는 징조를 보였지만 그 후에는 완전히 장애를 겪었다. 개는 이 어려운 문제에 대하여 제대로 반응하지 못했을 뿐만 아니라, 실험 초기에는 쉽사리 구분하던 명백한 타원과 원을 보여주어도 반응하지 않았다. 더욱이 이전처럼 실험 장치 위에서 가만히 있지 못하고 극도의 흥분 상태를 보이면서 낑낑거리거나 으르렁거렸다.

이 실험은 고통스럽거나 위협적인 자극이 전혀 수반되지 않는 갈등도 심각한 행동장애를 일으킬 수 있다는 것을 보여준다. 겉으로 보기에 아무것도 아닌 방법이 행동장애 효과를 일으키는 것이다. 파블로프는 이 방법을 통하여 '실험에 의한 신경증'을 만들어내는 데 성공했다. 이것은 조건반사를 이용한 방법이다.

파블로프는 동물의 성격 차이에 따라 동일한 실험도 다른 유형의 행동장애를 유발한다는 것을 증명했다. 그러니까 선천적 기질과 환경적인 스트레스가 행동장애의 두 원인이라는 것인데, 직장 생활에서 받는 스트레스가 원과 타원을 구분하는 것과 같은 사소한 문제인지, 아니면 정말로 자신의 기질과 성격에 피해를 입히는 것인지 구분할 수 있어야 한다. 스트레스는 불가피한 것이므로 그것을 잘 관리해야만 사회생활에서 성공을 거둘 수 있다.

| 24 | 표리부동의 정치학

《군주론》

●

회사 생활은 사교 생활이고 사교 생활은 불가피하게 정치의 측면을 띠게 된다. "그런 정치적 발언은 그만둬!"라는 표현도 있듯이, 정치라고 하면 뭔가 겉 다르고 속 다른 것이 연상된다. 이 표리부동의 정치학을 제일 먼저 주장한 사람이 마키아벨리다.

마키아벨리(1469-1527)는 《군주론》에서 "군주는 좋은 사람일 필요가 없고 좋은 사람인 척하기만 하면 된다"고 주장하여 후일 '악(惡)의 교사(敎師)'라는 별명을 얻었다. 그래서 모든 정치가는 마키아벨리 학교의 졸업생이라는 말도 있다.

그는 《군주론》에서 비르투(virtu), 포르투나(fortuna), 네체시타(necessita)라는 세 가지 중요한 개념을 설명한다. 비르투는 미덕이 아니라 용기 혹은 힘을 의미한다. 포르투나는 행운을 가리키는데 여성으로 의인화된다. 그리고 네체시타는 일이 되어가는 형편을 말한다. 마키아벨리는 여성은 자신을 거칠게 휘어잡는 남성을 좋아한다면서, 비르투(용기)가 있어야 여성 즉 운명을 극복할 수 있다고 말한다. 비르투는 반드시 선행을 지향하는 것은 아니고, 네체시타에 따라서 선행도 악행도 할 수 있는 것이 군주의 비르투라고 말한다.

《군주론》에서는 비르투의 대표적 인물로 체사레 보르자(1475경-1507, 르네상스 시대 로마의 권력자)를 제시한다. 보르자는 자신이 데리고 있던 용병대장 비텔로초 비텔리가 반란의 기미를 보이자 재빨리 파노(Fano)라는 곳으로 그를 불러서 교수형에 처했다. 이때 피렌체 정부에서 로마 교황청에 파견되어 있었기에 보르자의 동정을 가까이 지켜볼 수 있었던 마키아벨리는 그 신속한 문제 해결에서 비르투를 보았다고 한다. 즉 네체시타에 따라서 악행을 저질렀지만 그것이 국가 안정에 도움이 되었으므로 비르투라고 판단한 것이다.

마키아벨리의 《군주론》만 읽으면 그가 악의 교사임에 틀림없다는 생각이 든다. 그런데 이야기는 그렇게 간단하지가 않다. 마키아벨리의 또 다른 대표작 《로마사 논고》를 읽으면 그가 줄기차게 정의로운 사회와 정직한 지도자를 옹호하는 것을 발견하게 된다. 그래서 진짜 마키아벨리는 어떤 사람인가를 두고서 학자들 사이에 끊임없이 논란이 벌어진다.

| 25 | 아무리 빨리 달려도 운명은 못 이겨
〈용병대장 비텔로초 비텔리의 죽음(The Death of Vitellozzo Vitelli)〉

우리는 어떤 비극적 사건을 목격하거나 들을 경우 가해자에게 더 주목하게 되고 그 사건의 피해자에 대해서는 깊이 생각하지 않는 경향이 있다. 마키아벨리는 부하를 잔인하게 처치하는 보르자의 미덕을 높이 평가했지만, 막상 그런 불의의 일격을 당하는 사람의 심정은 어떨까? 보르자에게 죽임을 당한 비텔리의 심경에 대하여 〈용병 대장 비텔로초 비텔리의 죽음(The Death of Vitellozzo Vitelli)〉이라는 시에서 이렇게 노래했다.

비텔리는 파노를 향하여 서쪽으로 말을 달린다. 아침 해가
그의 그림자를 앞으로 길게 드리운다. 그의 시선은
말 앞으로 뻗은 길에 고정되어 있다. 헛되이

그는 박차를 가하고 채찍을 휘두른다. 아무리 빨리 달려도 과거는
무거운 바람이 되어 그의 죽음을 앞길 멀찍이 던져놓는다.
정오까지 그는 멈추지 않고

황금빛 등자와 초록색 망토로
빛을 산란시킨다. 이윽고
파노의 다리 앞에 선 그는 더 이상 나아갈

길을 모른다. 널찍한 경작지에서 고개를 들어 돌아보며
다음은 어디를 갈아야 할지 막막한 정오의 농부와도 같다.
또는 한동안 침대에 누워 엉키다가

마침내 돌아누운 연인들과도 같다. 꼭 그렇게,
포옹에도 지친 듯이 다리를 바르작거리며 한숨을 쉰다.
—그 어떤 것도 부질없어 보인다. 길은 이제
그 앞에서 두 갈래로 갈라져 있다.

파노에 있는 보르자에게 가는 길과 로마로 돌아가는 길.
그러나 그의 그림자는 발끝에서 얼굴까지 치닫는다.

| 26 | 민주적 정부의 양상
《정치학》과 《로마사 논고》

●

정치학의 고전으로 아리스토텔레스의 《정치학》을 들 수 있다. 아리스토텔레스는 이 책에서 이런 주장을 편다.

도덕과 미덕을 갖춘 개인은 과도함과 결핍됨의 양극단을 피하고 합리적인 중용을 취한다. 따라서 국가도 이러한 중용의 정책을 취해야 한다. 정부는 좋은 정부와 나쁜 정부로 나눌 수 있으며 각각 세 가지 형태가 있는데 전자의 것으로 군주정, 귀족정, 민주정이 있고 후자의 것으로 참주정(僭主政, Tyrannos), 과두정(寡頭政, oligarchy), 중우정(衆愚政, mobocracy)이 있다. 이 여섯 가지 정부 형태 중에서 민주적 정부 형태가 가장 큰 정치적 안정성을 유지하고, 그리하여 정변이나 혁명의 가능성을 최대한 줄인다.

정부의 운영 기술 즉 행정은 실천적 지혜를 발휘해야 하는 것이지, 과시적이나 위압적인 것이어서는 안 된다. 인생에서 가장 좋은 삶은 행동과 명상이 적절히 혼용된 것이다. 따라서 가장 이상적인 국가는 충분한 물질적 여건을 제공하여 사회의 각 구성원이 깊은 명상을 통하여 저마다 미덕과 행복을 추구할 수 있도록 해주는 사회다.

이 여섯 가지 정부 형태에 대한 사상은 마키아벨리가 그대로 이어받아, 《로마사 논고》에서는 사회의 각 구성원이 저마다 사회에 기여하기를 바라는 민주정이 가장 좋은 정부 형태라는 주장을 편다. 《로마사 논고》는 마키아벨리의 대표작 《군주론》의 주장과는 정반대되기 때문에 많은 학자들이 이 책에 대한 해석을 두고서 의논이 무성하다.

|27| 프랑스대혁명의 문학판

《프랑스 혁명사》

●

아리스토텔레스는 민주적 정부에 대척되는 것으로 혁명을 들었는데, 혁명이라 하면 세계 역사상 프랑스대혁명과 러시아혁명이 가장 유명하다. 두 혁명은 결국 공포 정치로 이어져, 전자의 경우에는 나폴레옹이라는 황제(공화제와는 아주 거리가 먼 제도)의 등장을, 후자의 경우에는 스탈린이라는 희대의 철권 독재자를 만들어냈다.

이러한 역사의 교훈은 무엇인가? 혁명으로는 결코 합리적이고 안정적인 사회 발전을 이룩하지 못한다는 것이다. 그러나 150년 사이에 유럽 대륙에서 두 차례나 거대한 혁명이 벌어지자, 학자들은 첫 번째 혁명인 프랑스대혁명에 대하여 깊은 관심을 표시하면서 그 원인을 파악하려고 노력해왔다. 최근에 사이먼 샤마 같은 학자는 프랑스대혁명이 근대사의 분수령이었으며, 그 때문에 유럽 사람들이 '신하'에서 '시민'으로 변모했다고 주장한다.

문학적으로 프랑스대혁명을 다룬 책으로는 토머스 칼라일(1795~1881)의 《프랑스 혁명사》가 있다. 칼라일은 "역사란 위대한 인물들의 전기"라고 말할 만큼 위인들의 언행에 관심이 많았다. 이 책에서 로베스피에르와 정책적으로 대립하다가 공포 정치의 희생물이 된 혁명 지도자 당통(제3권 6부 2장)의 이야기가 특히 감동적이다.

당통은 로베스피에르의 공포 정치에 반대한 온건파의 영수였다. 그러나 독재자에게 대립하는 반대파의 앞날은 보지 않아도 뻔한 것이다. 당통은 결국 체포되어 감옥에 갇혔는데, 이때 로베스피에르가 옛정을 생각하여 공포 정치에 협력하면 목숨은 살려주겠다고 했다. 그러나 당통은 일언지하에 거절했다. 단두대에 오른 당통은 이렇게 말한다.

"오, 사랑하는 나의 아내여, 이제 다시는 당신을 보지 못하겠구려."

그러다가 당통은 자신을 억제하면서 이렇게 말한다.

"당통, 마음이 약해져서는 안 돼!"

그리고 동료 죄수인 에로 드 세셸(Marie-Jean Hérault de Séchelles)을 껴안으며 사형 집행인의 자루를 가리켜 이렇게 말한다.

"우리 잘린 머리는 저기서 만나겠군."

그는 마지막으로 사형 집행인 삼손에게 말했다.

"자네는 내 잘린 머리를 사람들에게 보이게. 그건 보여줄 만한 가치가 있어."

| 28 | 과거와 현재의 대화, 그리고 정치

《역사란 무엇인가》

●

정치와 긴밀한 관계를 갖는 것이 역사학이다. E.H. 카(1892–1982)의 《역사란 무엇인가》는 역사를 요령 있게 정의한 소책자다. 이 책에서 카는 역사를 '과거와 현재의 대화'로 정의하면서, '역사의 반복'이라는 개념에 대해 이렇게 설명한다.

러시아혁명의 주역들은 프랑스대혁명, 1848년의 혁명, 1871년 파리 코뮌으로부터 엄청난 영향을 받았다. …… 역사로부터 배운다는 것은 결코 일방통행이 아니다. 과거에 비추어 현재를 알려고 하는 것은 또한 현재의 관점으로 과거를 알려고 하는 것이다. 역사의 기능은 과거와 현재의 상호작용을 통하여 그 둘에 대하여 더욱 깊이 있게 이해하도록 하는 것이다. …… 볼셰비키들은 프랑스대혁명이 나폴레옹이라는 독재자로 끝나버렸다는 것을 잘 알았다. 그래서 그들은 러시아혁명이 그런 식으로 끝나버릴까 봐 두려워했다. 그래서 그들은 지도자들 중에서 가장 나폴레옹을 닮은 트로츠키를 불신했고, 가장 나폴레옹답지 않은 스탈린을 신임했다.

그러나 스탈린은 그 후 나폴레옹보다 더 지독한 독재자가 되었다. 역사는 과거로부터 영향을 받지만 동시에 과거의 역사는 변형된 방식으로 반복된다. 가령 2차대전의 발발 원인이 그러하다.

1차대전과 2차대전이 주는 교훈은 너무나 복잡하고, 미묘하고, 또 겉보기에 모순되는 것처럼 보인다. 1차대전은 저절로 빚어지는 위기에 대한 교훈을 안겨주었다. 전쟁에 대한 공포가 무기 경쟁을 불러왔고, 무기 경쟁은 이어서 전쟁 준비가 끝난 세상을 만들어냈다. 이 교훈은 무기 경쟁을 자제하고, 또 평지풍파를 일으켜 전쟁으로 내달리는 행위를 억제해야 한다는 심리를 만들어냈다. 그래서 독일의 히틀러가 1930년대 들어 1차대전 종전 협정인 베르사유 조약을 위반하면서 다시 무장을 하는데도, 영국은 1차대전 때처럼 사소한 계기로 전쟁이 발발하는 것을 피하기 위해 가능한 한 히틀러에 대한 도전을 자제했다. 그리하여 나온 것이 저 유명한 네빌 체임벌린의 유화책이다. 체임벌린 총리는 전쟁을 무릅쓰기보다는 체코슬로바키아 접경지대를 독일에게 양보하는 것이 더 낫다고 주장했다. 그는 1938년 평화의 이름으로 히틀러의 비위를 맞추어주었는데, 그것은 치명적인 오산으로 오히려 히틀러의 전쟁 욕구를 부추겼을 뿐이다. 이런 식으로 역사의 반복을 피하려다가 오히려 전쟁(2차대전)을 불러오고 말았다.

| 29 | 역사에 대한 주장 없는 주장

《전쟁과 평화》

●

톨스토이(1828-1910)의 《전쟁과 평화》에서는 두 가지 이야기가 교차한다. 하나는 남녀 간의 사랑이 전개되는 평화(사랑)의 이야기이고, 나머지 하나는 나폴레옹 황제와 쿠투조프 장군의 전쟁 이야기다. 사랑의 이야기는 안드레이, 나타샤, 피에르가 한 축이고, 나타샤의 오빠인 니콜라이와 안드레이의 여동생인 마리아가 다른 한 축을 담당한다.

나타샤는 처음에 안드레이와 결혼하나, 쿠투조프 장군의 부관이었던 안드레이가 전쟁 중 부상으로 사망하자 나중에 피에르와 결혼한다. 니콜라이는 우여곡절 끝에 마리아와 결혼함으로써 처가인 볼콘스키 가문의 재산을 물려받아 쓰러져가던 집안을 일으켜 세운다.

이 소설을 젊은 시절에 읽으면 이런 인물들의 러브 스토리가 더 매력적으로 읽히지만 나이 들어 다시 읽으니 나폴레옹과 쿠투조프의 대결이 더욱 흥미롭다. 쿠투조프는 나폴레옹과 변변하게 싸우지 않고 계속 퇴각하지만 항복하지는 않았고, 결국 러시아의 동장군(冬將軍)이 프랑스 군대를 패퇴시킨다. 그리고 장군은 조국 수호의 임무를 마치고 숨을 거둔다.

톨스토이는 이 대하소설의 뒤에다 두 번째 에필로그를 붙여서 역사에 대한 자신의 의견을 제시한다. 어쩌다 나폴레옹 같은 인물이 이 세상에 태어나 이런 끔찍한 전쟁을 일으키게 되었을까, 그 원인을 묻는다. 과거에 역사는 신의 뜻으로 풀이하면 다 설명이 되었으나, 계몽시대 이후 그런 설명은 통하지 않게 되었으므로, 결국 역사적 사건을 일으키는 것은 파워(권력)라고 볼 수 있다고 전제한다. 그 파워가 국민이 위임한 것이라면, 무조건적으로 위임한 것이냐 혹은 조건적으로 위임한 것이냐를 따진다. 톨스토이는 그런 '위임'의 구체적 증거가 없다고 말한다. 그러면서 나폴레옹의 러시아 침략 행위가 자유의지에 의한 것이냐 혹은 필연에 의한 것이냐고 묻고, 그 둘 중 어느 것이라고 꼬집어 말할 수 없다고 주장한다. 결론적으로 역사가 무엇이라고 주장하지도 정의하지도 않는다. 아무런 주장도 없이 남의 주장만 비판하는 글은 대가답지 못하다. 따라서 이 두 번째 에필로그는 사족에 지나지 않는 글이다.

| 30 | 구한말 왕에 대한 기록

《매천야록(梅泉野錄)》

●

황현(1855-1910)의 《매천야록(梅泉野錄)》은 1864년(고종 1년)부터 1910년까지 약 50년에 걸친 고종 시대의 역사를 편년체로 서술한 7책 6권의 책이다. 제목을 풀이하면 '매천이 재야에서 기록한 역사'라는 뜻이다.

매천 황현은 구한말의 애국자였고, 1910년 한일병합의 치욕을 당하자 절명시 4편을 남기고 자결했다. 절명시 중 "남아로 태어나 지식인 노릇을 하기가 정말로 어렵구나"라는 구절이 특히 유명하다.

《매천야록》은 1955년 3월 국사편찬위원회가 한국사료총서 제1호로 간행했다. 이 책에는 틀린 정보도 약간 있으며 과장도 적지 않으나 중요한 기사가 많이 들어 있다. 구한말의 3대 주요 인물인 고종, 명성 황후, 흥선 대원군에 관련된 정보가 많은데, '민비' 즉 명성 황후는 시앗에 대한 질투가 보통 심한 것이 아니었으며, 고종이 몰래 사랑한 여자들에 대해서 인간 이하의 학대를 했다고 한다. 또한 민비의 최후에 대해서도 우리가 알고 있는 비장한 죽음이 아니라 아주 초라한 죽음을 맞은 것으로 서술했다. 민비에 대한 서술에는 여성이 정치에 관여하는 것을 꺼리는 유학자의 관점이 작용했다는 평가도 있다. 대원군은 며느리 민비와 권력 투쟁을 벌이다 결국은 며느리를 죽게까지 만들고서도, 자신이 숨넘어갈 때는 아들 고종이 마지막 인사를 하러 오기를 기다리다가 결국 아들을 보지 못하고 죽었다.

그러나 가장 주목할 만하고 흥미로운 인물은 고종이다. 그는 대원군의 둘째 아들로 태어나 순전히 대원군의 공로로 왕이 되었다. 그런 탓에 아내를 맞이하기 전에는 아버지 대원군의 뜻을 그대로 따르는 거수기에 지나지 않았고, 민비를 아내로 맞이한 다음에는 순전히 중궁의 뜻에 휘둘려 살았다. 임오군란이 일어나기 전까지 민비 일파에 업혀서 그들이 하자는 대로 했으며, 이들의 방탕한 생활로 국고가 텅 비어버리자 매관매직을 허용했다. 어떤 사람을 어떤 고을의 군수로 임명한 다음에, 다른 사람이 더 많은 뇌물을 가져오면 그 자리를 고액 뇌물 제공자로 갈아치웠다. 나라를 이런 식으로 운영했으니 망하지 않는 것이 이상하다. 구한말 당시 한국에 있던 한 외국인은 고종의 그런 행태를 보고서 이렇게 말했다고 한다.

"세상에 조선의 왕처럼 웃기는 사람은 본 적이 없다."

|31| 좁은 세계의 깊이 있는 측량
《오만과 편견》

결혼을 하기 전에는 이성을 만나 기나긴 구애 과정을 거치게 된다. 결혼을 전제로 하여 만나는 남녀의 심리를 재기 발랄하게 묘사한 소설로 제인 오스틴(1775-1817)의 《오만과 편견》이 있다.

베넷 집안의 다섯 자매 중 둘째인 엘리자베스(리지)가 이 소설의 주인공이다. 리지의 언니 제인은 빙리를 좋아하고, 리지는 다시를 은근히 좋아하나 귀족인 다시가 중산층인 베넷 집안을 무시한다고 생각하여 다시를 오만한 남자로 여긴다. 그것이 결국에는 편견이라는 것이 밝혀지고, 리지와 다시는 결혼한다.

실제로 중매 결혼하는 남녀는 맞선 보는 과정에서 불가피하게 오만과 편견을 체험하게 된다. 그런 감정이 더 심해지면 무시와 경멸로 이어지고, 결국 그 남녀는 헤어지게 된다. 따라서 상대방의 진정한 모습을 파악하는 것이 반드시 필요하다.

제인 오스틴은 나폴레옹이 유럽 대륙을 제패하고 또 영국을 향해 대륙 봉쇄령을 내린 시기에 살았으나, 그녀의 소설에 전쟁 얘기는 단 한 군데도 나오지 않는다. 그녀는 이렇게 말했다.

"나는 사랑과 돈에 대해서만 써요. 그 외에 더 쓸 것이 있나요?"

제인 오스틴 소설의 매력은 좁은 세계를 묘사하면서 그 세계에 사는 사람들의 정서적 깊이를 잘 측량한다는 것이다. 그녀의 세계는 이웃집 방문, 다과회, 무도회, 기타 사소한 사교적 모임 등으로 구성되어 있다. 그녀는 자신이 직접 목격하지 않았거나 목격할 수 없었던 인생의 측면들에 대해서는 전혀 언급하지 않는다. 그 때문에 그녀의 소설에는 남자 두 명이 여자 없이 서로 만나는 장면은 결코 나오지 않는다. 비록 이런 제한된 환경이기는 하지만, 제인 오스틴은 그 비좁은 환경 속에 사는 사람들, 특히 서로 사랑하는 젊은 사람들의 심리를 탁월하게 묘사한다. 개인들이 처한 입장을 공평무사하게 살피면서 사회적 예절의 상반되는 요구 사항들을 잘 관찰한다.

또한 그녀는 스트레스 속에서 즐거운 코미디를 발견하는 데 탁월한 재주가 있다. 그녀의 인물 묘사에 대하여 버지니아 울프는 이렇게 말했다.

"제인 오스틴은 등장인물들을 증오, 신랄함, 두려움, 항의, 설교가 없는 문장으로 묘사한다."

|32| 세 번 차인 남자

《에고이스트(The Egoist)》

●

조지 메러디스(George Meredith, 1828-1909)의 《에고이스트(The Egoist)》도 결혼을 전제로 사귀는 남녀의 심리를 묘사한 소설이다. 메러디스는 한국 독자들에게는 잘 알려져 있지 않으나 《인도로 가는 길》과 《하워즈 엔드》를 쓴 E.M. 포스터, 《테스》를 쓴 토머스 하디, 희곡 《잔 다르크》를 쓴 조지 버나드 쇼 등 후배 문인들에게 큰 영향을 끼친 20세기 초의 영국 소설가다.

메러디스 소설의 남자 주인공이 대개 그러하듯이, 《에고이스트》의 주인공 윌러비 패턴(Willoughby Patterne)은 자기 자신을 대단히 중요한 인물이라고 생각하는 에고이스트다. 그의 주위에는 여러 여자가 있는데 그들은 그의 오만함에 매혹을 느끼는가 하면 동시에 혐오감을 느낀다. 윌러비는 부자인 데다 잘생겼고, 그가 사는 시골에서는 유지 대접을 받는 인물이다. 래티시아 데일(Laetitia Dale)은 여러 해 동안 윌러비를 사모하며 그의 자존심을 돋워주다가 혼기를 놓친 처녀다. 윌러비는 데일의 사랑은 아랑곳하지 않고 콘스탄시아 더럼(Constantia Durham)이라는 여성과 사귀다가 그녀에게 거부당한다. 콘스탄시아는 윌러비가 에고이스트라는 것을 알고서 경기병 부대 장교인 해리 옥스퍼드(Harry Oxford)와 사랑의 도피를 떠나버린다. 그 후 윌러비는 아름답고 지적인 클라라 미들턴(Clara Middleton)과 사랑에 빠져 약혼한다. 클라라는 6개월의 약혼 기간에 윌러비의 집인 패턴홀에서 자기 아버지와 함께 머문다. 그러나 클라라는 약혼남이 자신을 호령하고 조종하려는 남자라는 것을 알게 된다. 그때부터 클라라는 파혼을 꿈꾸고, 그 파혼의 과정이 이 소설의 주제가 된다. 클라라는 달아나버린 콘스탄시아가 부러웠지만 그렇게 할 수가 없다.

윌러비가 가장 두려워하는 것은 여자에게 두 번째로 거절을 당하는 것이다. 그건 오만한 에고에 커다란 상처가 되는 일이다. 하지만 이기적이고 거만한 남자에게 그런 사태는 필연적으로 벌어지게 된다. 콧대 높은 윌러비는 자기 에고에 함몰되어 그것을 깨닫지 못한다. 클라라는 패턴홀에 머무는 동안, 그 집에 묵고 있는 소년 크로스제이(Crossjay)의 가정교사로 일하는 가난한 학자 버넌 휘트퍼드(Vernon Whitford)에게 사랑을 느낀다. 쾌활한 친척 소년인 크로스제이 덕분에 클라라는 이기주의자로부터 해방된다. 크로스제이는 우연히 윌러비의 말을 엿듣게 되는

데, 이기주의자는 클라라가 파혼을 원하는 것에 크게 동요한 나머지, 두 번째로 여자에게 거절당하는 것을 피하기 위해 일부러 래티시아 데일에게 청혼해야겠다고 말한 것이다. 하지만 래티시아 역시 그런 놀부 심보를 알아차리고 슬픈 마음으로 그 제안을 거절한다. 그는 세 번째로 거절을 당했지만 끈덕지게 데일에게 구혼했고, 그리하여 불쌍한 래티시아는 윌러비가 '복수심 강한 구제 불능의 에고이스트'라는 것을 알면서도 결국에는 그의 아내가 되는 데 동의한다. 해방된 클라라는 버넌과 결혼한다.

《에고이스트》는 남녀의 심리 묘사와 섬세한 행동 동기를 세밀하게 파헤친 아주 복잡한 소설이다. 시종일관 코믹하면서도 약간의 페이소스가 어려 있다. 아무튼 이기적인 남자를 여자들이 싫어한다는 사실은 동서고금을 막론하고 불변인 듯하다.

|33| 쓰라린 삼각관계의 이야기 詩

《이녹 아든(Enoch Arden)》

●

구애하는 과정에서 두 남자가 한 여자를 좋아하는 이야기는 아주 흔하다. 앨프리드 테니슨(1809-1892)의 담시(譚詩) 《이녹 아든(Enoch Arden)》은 그런 삼각관계를 다룬다.

선원의 아들 이녹 아든과 제분업자의 아들 필립 레이는 어린 시절부터 애니라는 소녀를 좋아했다. 그러나 애니는 이녹을 더 좋아했고, 필립은 중간에서 애만 끓였다. 결국 애니와 이녹은 결혼했고, 첫사랑에 실패한 필립은 그 후로 말이 없는 사람이 되었다. 그런데 선원인 이녹

이 돛대에서 떨어지는 바람에 다리를 다쳐 장애를 입었다. 애니의 살림은 매우 곤궁해졌다. 그러던 중 이녹의 친구가 중국행 무역선에 취직할 것을 제안해 왔다. 아내가 말렸지만 이녹은 가정 살림을 위해 무역선에 올랐다. 아내는 이별 기념으로 젖먹이의 머리카락을 잘라 남편에게 주었다. 애니는 가게를 차려서 생활비를 벌어보려 했으나, 익숙하지 못한 탓으로 손해만 보고 집안은 더 어려워졌다. 게다가 두 아이 중 어린 아이를 병으로 잃었다.

그때까지 지켜만 보던 필립이 옛정을 잊지 못해 그녀를 도우며 위로했다. 애니는 남편을 초조히 기다리며 살아갔고, 어느덧 10년의 세월이 흘렀다. 필립의 후원에 고마움을 느끼던 애니는 1년만 더 남편을 기다려보기로 했다가 돌아오지 않자 필립과 재혼한다.

이녹은 중국으로 건너가 돈을 많이 벌고 처자식에게 줄 선물을 준비하여 인도양으로 들어섰으나, 태풍을 만나 파선당하고 겨우 목숨을 구한 채 친구 셋과 함께 절해고도에 갇히고 말았다. 그 친구들은 모두 죽었으나, 이녹 아든은 허다한 고생 끝에 백발노인이 되었을 때 섬 근처를 지나던 배에 구조되어 고향으로 돌아왔다.

그러나 사랑하는 아내는 필립의 아기를 안고 있었다. 그는 담장 뒤에서 그들의 단란한 가정을 보고는 미칠 것 같은 심정을 꾹 참고 그곳을 떠나, 다른 곳에서 어렵게 살아갔다. 하지만 그가 이녹 아든이라는 것을 아는 사람은 아무도 없었다. 그는 고생에 지쳐 죽게 될 무렵 옛날에 아내가 주었던 자식의 머리카락을 인편으로 애니에게 전한 후, 사랑하는 처자식을 만나보지도 못한 채 세상을 떠난다.

|34| 어쩐지 거래 같은 삼각관계

〈프랑스식 이녹 아든〉

●

　모파상의 단편소설 〈프랑스식 이녹 아든〉은 테니슨의 시를 프랑스식으로 재해석한 것이다.

　선원 마르탱과 아내는 두 딸을 두었는데, 아내는 뉴펀들랜드 바다로 대구잡이 나가서 소식이 없는 남편을 10년 동안 기다렸으나 돌아오지 않자 르베스크라는 이웃 남자와 결혼하여 아이 셋을 낳았다. 그런데 죽은 줄 알았던 남편이 어느 날 거지꼴로 그녀의 집을 찾아온다. 아내와 르베스크는 마르탱과 대화를 나누다가 그가 지난 10년 동안 돌아오지 않던 아내의 전남편이라는 것을 알게 된다. 다음은 르베스크와 마르탱의 대화다.

　르베스크: 우린 어떻게 하면 좋겠소?
　마르탱: 나는 당신이 하자는 대로 하겠소. 하지만 집 문제는 좀 그렇군요. 내게는 두 아이가 있고 당신은 세 아이가 있구려. 그런데 애들 엄마는 당신의 아내요, 혹은 내 아내요? 이것도 당신이 하자는 대로 하겠소. 하지만 이 집은 내 것이오. 돌아가신 아버지가 이 집을 내게 물려주셨고, 내가 이 집에서 태어났고, 또 공증인 사무소에 가면 그 것을 증명해줄 서류도 있어요.
　르베스크: 알겠소. 아내 문제는 신부님에게 가서 상의합시다. 신부님께서 결정해주실 겁니다.

　두 남자는 신부를 찾아가는 길에 술집에 들러 술을 한 잔씩 나눈다.

이것이 소설의 끝이다. 프랑스식 해결 방법은 영국식과는 다른 듯하다. 영국식은 어느 한쪽의 일방적 희생으로 끝나는 제로섬 게임이고, 프랑스식은 얼마 안 되는 것이지만 서로 공유하는 방식이다. 영국의 이 녹 아든은 신사를 연상시키지만, 프랑스의 이녹 아든은 어쩐지 상인을 연상시킨다.

|35| 야만적 결투의 종말

〈카발레리아 루스티카나(Cavalleria rusticana: 시골의 기사도)〉

시칠리아 사람 조반니 베르가(Giovanni Verga, 1840-1922)는 《시골 이야기들Vita dei campi》(1880)이라는 단편소설집을 펴냈는데, 〈카발레리아 루스티카나(Cavalleria rusticana: 시골의 기사도)〉는 그중 한 단편으로서 나중에 1막 오페라로 무대에 올려져 큰 히트를 쳤다. 〈오렌지 향기는 바람에 날리고〉가 이 오페라의 주제곡이다.

과부의 아들이며 시칠리아 농부인 투리두 마카는 롤라라는 바람둥이 여자와 사랑에 빠진다. 그러나 마카가 군 복무를 마치고 돌아오니 롤라는 이미 짐마차꾼인 알피오와 결혼한 상태였다. 그는 기다리지 못한 롤라에게 화를 내며 산투차와 사랑에 빠졌다. 롤라는 마카가 자신이 아닌 다른 여자와 사귀는 것이 싫어서, 남편이 없을 때 그를 유혹하여 침실로 끌어들인다. 마카의 아이를 임신한 산투차는 마카에게 돌아오라고 호소했으나 거부당하자, 짐마차꾼 알피오를 찾아가 그들의 부정을 고발한다. 일이 이렇게 돌아가자 알피오는 마카에게 결투를 신청한다. 두 남자는 서로 껴안고 상대방의 귀를 가볍게 물어뜯음으로써 결투의 계약을 확정한다. 둘은 조용히 숲 속으로 들어갔고, 얼마 지나지 않아 마카가 살해당했다는 소문이 퍼진다.

애정과 우정이 결투로 끝장나는 이야기인 〈카발레리아 루스티카나〉는 지금도 인기 있는 오페라다.

결투를 뜻하는 단어 duel은 라틴어 두엘룸(duellum: 두 사람의 싸움)에서 온 것으로서, 이것은 중세에 해결되지 않는 문제를 해결하기 위한 방식이었다. 즉 결투의 승패는 신의 뜻에 따라 판가름 난다고 보고, 이긴 자가 정당한 주장을 하는 자라고 생각한 것이다. 그러나 이 관습의 야만성에 대한 비판이 제기되면서 프랑스 왕 샤를 9세(재위 1560-1574)가 결투를 금지했다. 그러나 그 후 18세기와 19세기에도 민간 사회에서는 결투가 계속 유행했다. 미국에서는 독립전쟁(1775-1783) 도중에 유행하여 19세기 초엽까지 전국적으로 성행했고, 남북전쟁(1861-1865)이 끝난 뒤에 완전히 사라졌다. 결투를 신청하는 상투적인 언사는 "나와 함께 숲으로 들어가겠느냐(Will you walk in the wood with me?)"였다고 한다.

| 36 | 결혼에 관한 두 편의 논문

〈처녀 신분의 탁월함에 대하여(Discours de l'excellence de virginité)〉, 〈결혼에 관한 몇 가지 생각(Some Reflections upon Marriage)〉

결혼은 할 이유보다 안 해야 할 이유가 더 명백하다고 주장한 사람들이 있다. 가령 파리대학의 학장을 지낸 저명한 휴머니스트 장 드 제르송(Jean de Gerson, 1363-1429)은 자신의 여동생을 위해 〈처녀 신분의 탁월함에 대하여(Discours de l'excellence de virginité)〉라는 논문을 써서 독신 생활의 우월함을 주장했다.

제르송은 결혼할 경우의 어려움과 고통에 대하여 아주 길게 나열했다. 남편은 주정뱅이이거나 방탕한 자이거나 아니면 인색한 자일 수도 있다. 설사 남편이 건실하고 착한 남자라고 할지라도, 흉년, 전염병, 선박의 난파 등으로 인해 그의 재산이 모두 사라질 수도 있다. 임신은 얼마나 비참한 상태인가! 얼마나 많은 여자들이 출산 중에 죽었는가! 아이를 돌봐야 하는 어머니가 방해받지 않는 달콤한 잠을 자본 적이 있는가? 그런 어머니에게 무슨 즐거움과 행복이 있겠는가? 그녀의 자녀들은 장애가 있을 수도 있고 말을 잘 안 듣는 불효자일 수도 있다. 남편이 갑자기 죽어버릴 수도 있고 그러면 과부가 된 어머니는 온갖 근심과 가난을 감당해야 한다.

뉴캐슬 상인의 딸로 태어나 영국에서 처음으로 여권을 주장한 것으로 알려진 메리 애스텔(Mary Astell, 1666~1731)은 〈결혼에 관한 몇 가지 생각(Some Reflections upon Marriage)〉이라는 논문에서, 남자의 성격이나 용모나 재산에 반하여 결혼한다 하더라도 곧 그런 특성이 사라져버린다고 갈파한 후, 이렇게 결론을 맺었다.

그런 줄 알면서도 결혼하는 여자는 유명한 남자 영웅들보다 더 영웅적인 행동을 하는 것이다. 그녀는 출산으로 하느님에게 영광을 돌리고 인류에게 혜택을 주기 위해 끊임없이 순교를 견뎌야 한다. 내가 보기에 여성은 이런 이유 말고는 결혼을 감당해야 할 이유가 없다. 그 때문에 짐승이나 별반 다를 바 없는 남자를 사랑하기로 마음먹는데, 그것이 그녀의 결혼 후 생활을 필요 이상으로 고통스럽게 만든다. 그러니 이런 시련(결혼)을 감당하기로 마음먹는 여자는 진정으로 기독교적이고 강인한 심성과 최고의 교육이 제공하는 절제력과 참을성을 갖추어야 한다. 이런 악조건 때문에, 여자들이 황급히 결혼해버리는 것은 그리 이상한 일도 아니다. 왜냐하면 결혼을 심사숙고한 후에는 아무도 결혼하려 들지 않을 것이기 때문이다.

사정이 이런데 왜 여자들은 결혼을 할까? 다른 여성들은 알 수 없으니 내 아내에게 물어보았다. 그 대답은 이러했다.

"이유가 있나 뭐? 친정엄마가 하라니까 했지. 종암동 당신 집에 처음 가보니 그 남루한 한옥이며(아내의 친정은 당시 신반포 48평 아파트), 마당에 서 계신 당신 어머니 등 그 스산한 분위기가 영락없이 박완서의《나목》첫 부분에 나오는 집 풍경이었어요. 그래 집에 와서 시집 안 가겠다고 하니 친정엄마가 이러는 거예요. 얘야, 그 집을 보지 말고 그 사람을 봐라. 좋은 학교 나왔고 대기업에 다니고 착실한 언행을 하지 않니. 게다가 그 사람 얼굴도 수수하지 않니. 이런 남자여야 해. 얼굴 잘생긴 남자는 나중에 바람둥이가 되어 네 속을 얼마나 긁어놓을지 몰라."

부모님과 주위 사람들의 강권에 못 이겨 결혼했다는 얘기인데, 내가 아는 사람 중에 노총각이었다가 결혼한 사람은 "결혼하니 뭐가 좋으냐?"라는 질문을 받자, 이제는 "너 왜 결혼 안 하니?" 하는 질문을 받지 않아서 너무 좋다고 대답했다.

|37| 사랑한다면 이 정도는 되어야 할까

〈병원의 창가에 서서〉

●

국사학자 김원용(1922-1993)의 수필집 《삼불암수상록》에는 〈병원의 창가에 서서〉라는 수필이 있다. 동맥염으로 오래 고생하는 처제를 문병한 일을 적은 글인데, 여기서 김원용은 이런 말을 한다.

나 자신은 현재 병이 없다는 점에서 이 방 안의 누구보다도 행복할지 모른다. 그러나 나는 작년 말 이래로 상상도 못 할 너무나 기가 막힌 일이 일신상에 일어나서 하늘이 메어지고 땅이 꺼지는 나날을 보내고 있다. 내 일생 중에서 살아간다는 것이 이렇게 고통스러운 일이 다시없었다. 인생은 그저 고달프고 허무하고 고생스러울 뿐이다. 나는 이 병실 안의 누군가가 내 대신 걱정을 안아 간다면 그의 병을 받아서 대신 침대에 누워 있어도 괜찮겠다.

그 기막힌 일이란 무엇일까? 김원용은 〈아내〉라는 수필에서 간략하게 그 일을 언급한다. 아내가 계주 노릇을 하다가 계가 깨져서 졸지에 그가 채무자 남편 역할을 떠맡게 된 것이었다. 추운 겨울날 채권자들의 양해를 구하기 위해 아내와 함께 그들의 집을 일일이 찾아다니면서, 아내가 혼자서 이 험한 길을 애태우며 돌아다녔을 것을 생각하니 너무 가슴이 아팠다는 것이다. 김원용은 아내가 당초 계를 하게 된 것은 가난한 학자 남편을 도우려는 뜻에서였으니 아내의 잘못을 모두 자신의 잘못으로 받아들이겠다고 말한다. 이어 그는 아내가 이처럼 마음고생으로 일찍 늙어버린 것도 모두 못난 남편 탓이라고 자책하면서, 아내의 젊을 적 아름다움을 이렇게 서술한다.

12월 14일은 우리의 29회째 결혼기념일이다. 그것은 바로 해방되던 해 겨울이었다. 오래 짝사랑하던 아내와 신혼 3일을 화동의 처가에서 보내고 눈이 쌓인 경복궁 뒤 언덕길을 넘어가며 나는 아내에게 함께 죽자고 얘기하였다. 나는 너무 기쁘고 행복해서 그 아름다운 설경 속에서 영원히 죽어버리고 싶었던 것이다. 그 당시의 아내의 복스럽고 소녀다운 아름다움은 보는 사람들을 놀라게 하였다. 더구나 그날 나를 따라서 눈길을 올라오는 새댁 차림의 아내의 모습은 뭐라고 말할 수 없이 아름다웠다. 나는 정말 그 자리에서 함께 죽어서 우리들의 행복을 영원한 것으로 응결하고 싶었다.

나는 이 수필을 읽을 때마다 김원용의 아내 사랑에 감동하게 된다. 채권자들의 채권 추심으로 온 집 안에 빨간 딱지가 붙고, 살던 집도 내놓고 아주 형편없는 작은 집으로 옮겨야 했으면서도 그것을 모두 용서하고, 아내의 젊고 아름다운 시절을 회상하면서 자책하는 그의 모습을 보며, 아내를 사랑한다면 이 정도는 되어야지 하면서 나 자신 앞으로 좀 더 분발해야겠다는 각오를 다진다.

| 38 | 죽음 이후까지 생각하는 사랑
《인간의 대지》

생텍쥐페리(1900-1944)의 《인간의 대지》는 우편 비행사가 남미, 아프리카 노선 등을 운항하면서 하늘에서 내려다본 인간의 대지에 대하여 명상한 작품이다.

소설인지 명상록인지 명확하지 않은 퓨전풍의 작품인데, 이 책의 제2장에서는 작가의 동료인 비행사 기요메가 1930년 6월 13일 안데스 산맥을 넘는 92회째 우편 비행을 떠났다가 겪은 사고에 대한 이야기를 한다. 기요메는 비행기를 몰고 날아가다 하강 기류에 휩쓸려 깊은 산중에 추락한다. 기요메는 눈 속에 갇혀서 5일 낮 4일 밤 동안 절벽을 기어오르고 빙판에 미끄러지고 동상에 신음하다가 구사일생으로 살아 돌아온다. 당시 상황을 기요메는 이렇게 회상한다.

"나는 내 아내를 생각했다. 내 보험 증서가 아내에게 가난을 면하게 해줄 것이라고 생각했다. 그러나 그 증서는……."

실종의 경우 4년이 경과해야만 정식으로 사망으로 인정되어 보험금이 지급된다. 그때까지 4년 동안 기요메의 아내는 사망 보험금 없이 힘겹게 살아가야 한다. 그 사실에 생각이 미친 기요메는 그건 안 된다 싶어, 한겨울에 이 설원에 파묻히면 자신의 시체가 금방 발견되지 않을 것을 우려한다. 그때 그는 주위에서 커다란 바위를 발견한다. 만약 저 바위 위에서 죽는다면 봄이 되었을 때 시체가 더 잘 발견될 것이라고 생각하며 혼신의 힘을 다하여 그 바위까지 걸어간다.

내가 이 문장을 처음 읽은 것은 대학교 3학년 때 프랑스 소설 강독 시간에서였다. '증서'에 해당하는 프랑스어는 라쉬랑스(l'assurance)인데 이 단어를 잘못 해석하여 지적을 받았던 것이 기억난다. 그러나 이런 어구 해석보다, 자기가 죽을 지경인데 언제 아내 생각을 할 겨를이 있을까 의아했던 것이 기억난다. 나중에 결혼하고 나서야 기요메의 아내 사랑을 비로소 이해하게 되었는데, 연전에 해외 토픽에서 읽은 이런 기사도 생각난다.

어느 남편이 아내를 조수석에 태우고 고속도로를 운전해 가던 중 앞서 가던 트럭을 미처 보지 못해 추돌할 위기에 빠졌다. 그러자 그 남편은 순간적으로 자신은 죽은 목숨이라고 생각하고 아내를 살릴 생각으로 차를 오른쪽으로 꺾어 아내를 보호하면서 동시에 자신의 몸으로 아내의 상체를 덮으면서 쓰러졌다. 그런데 앞서 가던 트럭의 운전사는 뒤쪽에서 이상한 움직임이 있어서 본능적으로 왼쪽으로 차를 틀었다고 한다. 그 결과 그 부부의 차는 충돌을 아슬아슬하게 피했고, 비록 가드레일을 들이박기는 했지만 부부는 가벼운 부상을 입었을 뿐 생명에 지장이 없었다는 것이다. 아내를 위해 죽을 결심을 하니까 오히려 둘 다 살았다는 얘기다. 장 드 제르송이나 메리 애스텔은 이처럼 아내를 자기 목숨보다 더 사랑하는 남편들이 있다는 것을 알지 못했던 것 같다.

|39| 한 개의 칼로 끝까지 함께

《서한집(Epistulae)》

그리고 그 역도 참이다. 자기 목숨보다 남편을 더 소중하게 여긴 아내도 얼마든지 있다. 소(小) 플리니우스(Gaius Plinius Caecilius Secundus, 61경-113경)의 《서한집(Epistulae)》에는 고대 로마의 열녀인 아리아의 이야기가 나온다.

아리아(Arria)는 로마제국 클라우디우스 황제 시절에 집정관을 지낸 카이키나 파이투스(Caecina Paetus)의 아내다. 파이투스는 서기 42년 달마티아(오늘날의 크로아티아 남서부 지방)에서 2개 군단을 지휘하던 스크리보니아누스 군단장의 반란에 가담했다. 하지만 군단장의 부하가 반란을 밀고하면서 병사들은 나흘 만에 황제 편으로 돌아섰고, 연대장 볼라기누스는 군단장을 살해했다. 이때 파이투스는 황제의 군대에 사로잡혀 로마로 호송되어 가택 구금되었다. 아리아는 남편에게 자결 명령이 떨어지면 따라 죽겠다는 말을 자주 했다. 사위인 트라세아가 아리아를 찾아와 간곡하게 만류했다.

"어머님, 만약 제가 장인어른과 같은 운명에 놓인다면, 제 아내 즉 당신의 딸 아리아(딸도 어머니와 같은 이름이었다)가 저를 따라 자결하기를 바라십니까?"

아리아는 이렇게 대답했다.

"물론이지. 자네 부부가 우리처럼 오랫동안 서로 사랑해왔다면."

그러나 트라세아는 다른 형태의 사랑을 생각하고 있었다.

드디어 클라우디우스 황제는 파이투스에게 자결하라는 명령을 내렸다. 로마의 귀족들이 자결 명령에 순종한 이유는 처형대를 두려워했기 때문이다. 자결 명령이 떨어졌는데도 자결하지 않으면 처형대가 들이닥쳐 머리를 곤봉으로 때려 실신시킨 다음에 무자비하게 칼로 찔러 죽였다. 뿐만 아니라 그렇게 처형당한 자의 재산은 자동적으로 국가에 몰수되고, 시신은 땅에 묻지 못하고 화장해야 했다. 반면에 자결한 자는 매장이 허락되고, 유언에 따라 재산이 처리되는 것을 허용했다.

이미 남편을 따라 죽을 각오를 한 아리아는 남편에게 명예로운 죽음을 조언했다. 그러나 파이투스는 스스로 목숨을 끊을 용기가 없었다. 그런 남편을 지켜보던 아리아는 최후의 조언으로, 파이투스의 허리에 달린 단도를 갑자기 꺼내 들고 "여보, 이렇게 하는 거예요"라고 말하며 자신의 가슴을 깊숙이 찔렀다. 그녀는 숨이 끊어지기 전에 "Paete, non dolet파에테, 논 돌레트(여보, 아프지 않아요)"라고 말했다. 생애 마지막 순간에도 남편 걱정을 먼저 하면서 그가 느끼고 있을 죽음의 고통을 덜어주려고 애썼던 것이다. 파이투스는 아내의 피가 묻은 바로 그 칼로 자신의 가슴을 찔렀다.

| 40 | 스스로 택한 죽음
《연대기》 제16권

타키투스(55-117)의 《연대기》 제16권에는 아리아의 남편 트라세아의 최후가 기록되어 있다.

용감하고 씩씩한 트라세아는 파르티아 지방(고대 이란 땅)에서 군 사령관으로 근무한 적도 있었고, 네로 황제 시대에는 원로원 의원에까지 올랐다. 그러나 네로는 자신이 주최하는 행사에 트라세아가 잘 나오지 않으며 자신을 경멸했다는 생트집을 잡아 그를 죽일 궁리에 몰두한다. 이당시 네로는 이미 수많은 명사들을 죽인 상태였다.

드디어 네로는 원로원을 소집하여 트라세아의 반역 대죄를 심리하라고 명령했다. 원로원 심의가 있기 전에 트라세아의 측근들은 트라세아에게 서로 다른 두 가지 권유를 했다. 하나는 원로원에 나가서 당당하게 무죄를 항변하라는 것이고, 다른 하나는 집에 칩거하면서 침묵을 지키라는 것이었다. 명예로운 주장으로 네로의 생트집에 항거한다는 것은 불가능한 일이기 때문이었다. 또 포악한 네로가 트라세아뿐만 아니라 그의 아내, 가족, 친지들에게도 해코지를 할 가능성이 있다고들 말했다. 그래서 트라세아는 원로원에 나가지 않았다.

거수기 같은 원로원의 결정은 심리가 이루어지기도 전에 이미 내려져 있었다. 예정대로 트라세아에게 사형이 선고되었고, 단 죽음의 형식은 본인의 선택에 맡겨졌다. 결정이 내려진 그날 저녁, 집정관 휘하의 검찰관이 트라세아에게 파견되었다. 당시 트라세아는 정원에 손님들을 초청하여 회의주의 철학자 데메트리우스의 말을 들으며 영혼의 성격과, 영혼과 육체의 분리에 대해서 토론 중이었다. 사형 소식이 전해지자 트라세아는 손님들에게, 죄수와 어울려 불행을 자초하지 말고 다들 일찍 집으로 돌아가라고 말한다.

이때 트라세아의 아내 아리아가 남편이 자결하면 자신도 자결하겠다는 뜻을 밝힌다. 이에 트라세아는 우리 가문에서 아내가 남편을 따라 죽는 것은 한 번이면 족하다고 말했다. 자신은 돌아가신 장모가 장인을 따라 같이 죽지 않기를 바랐다는 것도 상기시켰다. 장인 장모님은 사랑하는 아들이 일찍 죽는 참척을 당했으니 그런 결정을 하실 수 있었지만, 우리에게는 사랑하는 딸이 남아 있지 않느냐는 말도 했다. 그리고 간곡하게, 뒤에 살아남아 딸을 잘 키워줄 것을 부탁했다. 아리아도 남편의 뜻에 승복했다.

이어 트라세아는 현관으로 나가서 검찰관을 만났고, 그에게서 사위 헬비디우스는 이탈리아 밖으로 추방당하는 비교적 가벼운 형을 받았다는 얘기를 듣고서 슬픔 중에서도 기쁨을 느꼈다. 이어 그는 사위 헬비디우스와 철학자 데메트리우스를 데리고 목욕탕으로 들어가 양팔의 동맥을 절개하고 피를 뚝뚝 흘리며 천천히 다가오는 죽음을 맞이한다. 그런 다음 젊은 검찰관을 불러서 이렇게 말한다.

"이건 구세주인 주피터에게 정화의 피를 바치는 것이지. 여보게 젊은 검찰관, 자네는 어려운 시대에 태어났어. 용기의 모범 사례들로써 자네의 정신을 단단히 하는 게 좋을 걸세."

|41| 바람에는 바람으로 맞서나?

《엡타메롱(Heptaméron)》

프랑스 귀족 부인인 마르그리트 드 나바르(Marguerite de Navarre, 1492-1549) 의 《엡타메롱(Heptaméron)》은 보카치오의 《데카메론》을 흉내 내어 쓴 이야기 모음집으로, '7일'이라는 뜻이다.

마르그리트는 원래 10일 치 이야기를 쓰려고 했으나 작품이 미완으로 끝나서 현재 전해지는 바와 같이 7일 치, 70개 이야기만 수록되었다. 이 책은 그녀가 사망한 지 9년 되는 해인 1558년에 나왔다. 마르그리트가 이 이야기들을 창작한 것은 아니고, 귀족 사회에 떠돌아다니는 이야기들을 수집한 총편집인의 역할을 했다. 따라서 이 작품 속의 이야기들은 주로 16세기 프랑스 귀족 사회의 지적, 사회적, 종교적 관심사들을 다룬다. 모든 시대의 소설과 드라마가 그러하듯이, 《엡타메롱》의 주요한 주제 또한 사랑이다. 특히 결혼한 부부의 사회적, 윤리적 문제를 많이 다룬다.

1일차의 세 번째 이야기는 바람둥이 나폴리 왕 알폰소와 왕비인 마리아의 이야기다. 알폰소가 신하의 부인을 유혹하여 관계를 맺자, 그 신하가 왕비를 찾아와 함께 복수하자고 제안한다. 왕의 엽색 행각에 넌더리가 난 왕비도 약간 관심을 보인다.

신하: 왕비 마마의 순수한 사랑이 보답을 받지 못하는데 왜 다른 곳에서 그 보답을 얻지 않으려 하십니까?

왕비: 왕에 대한 나의 사랑은 너무 깊어 다른 데를 돌아볼 여가가 없습니다.

신하: 하지만 마마에 대한 저의 사랑이 크고 깊어서 그 사랑을 덮고도 남음이 있다면 어떻게 하겠습니까?

왕비: 아, 욕망에 복수심이 합쳐져서 내가 하지 않으려 하는 것을 하게 만드는구나.

신하: 완벽한 사랑을 받아도 부족한 마마께서 사랑의 배신을 당한 마당에, 마마가 그 배신자를 의식하여 진실한 사랑 앞에 망설일 이유가 무엇입니까?

이렇게 하여 두 사람은 왕 몰래 바람을 피운다. 왕비와 신하는 알폰소 왕이 신하의 아내와 놀아난다는 것을 알았지만, 왕은 왕비의 그런 은밀한 사랑을 결코 눈치 채지 못한다. 그러니 진정으로 오쟁이를 진 사람은 알폰소 왕인 셈이다.

| 42 | 지독한 마누라들

《캔터베리 이야기》 중 〈바스의 여장부 이야기〉

●

제프리 초서(1340~1400)의 《캔터베리 이야기》 중 〈바스의 여장부 이야기〉에는 화자의 남편 잰킨이 즐겨 읽는 지독한 마누라들 이야기가 소개되는데, 그 내용을 대강 간추리면 이러하다.

"어느 날 저녁 나의 남편 잰킨은 화로 옆에 앉아서 책을 읽고 있었는데 첫 번째는 이브 얘기, 그다음은 삼손의 정부 들릴라 얘기, 그리고 다음은 헤라클레스 얘기였어요. 또 소크라테스가 마누라 크산티페한테 얼마나 고된 단련을 받았는가 하는 얘기도 나왔어요. 크산티페가 남편의 머리에 오줌을 들이부었다지요. 그때 이 철학자는 꼭 죽은 사람처럼 가만히 앉아 있더니 머리를 쓱 닦아내고서 이렇게 말했대요. '천둥이 멎기도 전에 비가 오는군.'

또 크레타의 여왕 파시파에의 얘기는 우리 남편이 각별히 재미있게 여겼어요. 아이, 지긋지긋해. 이 여자의 무지막지한 음욕은 소름이 끼쳐서 더 얘기를 못하겠어요. 그뿐이겠어요? 음욕을 채우기 위해 내연의 남자와 짜고서 남편을 죽인 클리템네스트라 얘기를 읽을 때 남편은 거의 종교적으로 도취된 표정이었어요.

그다음 암피아라오스가 테베에서 목숨을 잃은 이유가 무엇이었는가 하는 얘기도 들려주었어요. 잰킨은 암피아라오스의 아내 에리필레 얘기를 자세하게 알고 있었지요. 결국 그 악독한 여자는 황금 브로치에 정신이 팔려서 자기 남편이 숨어 있는 곳을 그리스인들에게 고자질했고, 결국 남편은 테베에서 살해되고 말았죠.

리비아와 루시아 얘기도 나왔어요. 이 두 여인은 똑같이 자기 남편을 잡아먹었는데, 하나는 사랑 때문에 하나는 미움 때문에 그 꼴이 되었어요. 리비아는 어느 날 저녁 늦게 남편에게 독약을 먹여서 죽였는데 남편을 너무나 저주했기 때문에 그런 짓을 저질렀어요. 또 한편 사내라면 사족을 못 쓰는 루시아는 남편을 너무 사랑한 나머지, 그가 영원히 자기를 잊지 않게 하려고 남편에게 먹인 어떤 사랑약이 그만 날이 새기 전에 남편의 목숨을 끊어놓고 말았어요. 이래저래 마누라 등쌀에 남편만 곯게 마련이라는 거지요.

그다음엔 라투미우스란 작자의 얘기를 했어요. 이 작자는 친구 아리우스에게 이렇게 불평했어요. 자기 집 마당에 나무가 한 그루 있는데, 마누라 셋이 모조리 질투 끝에 그 나무에 목을 매달아 죽었으니 이 일을 어떻게 하면 좋겠느냐고요. 그랬더니 그 친구 아리우스가 이렇게 말하더래요. '이 사람아, 그 복 많은 나무를 내게 주게. 내 마당에도 좀 심어보게.'"

|43| 부부라는 고통

〈어느 지방도시 보고서(A Municipal Report)〉

부부 사이의 문제를 다룬 작품은 많다. 오 헨리(1862–1910)의 단편소설 〈어느 지방도시 보고서(A Municipal Report)〉는 화자가 내슈빌에 도착하면서 시작된다.

화자는 출판사 직원인데, 그 도시에 사는 여성 시인 어제일리어 어데어와 장기 출판 계약을 맺고자 한다. 그는 투숙한 호텔 로비에서 캐스웰 소령을 만나는데, 소령은 일정한 직업 없이 술이나 마시고 다니는 놈팡이다. 그다음 날 화자는 어데어의 남루한 집을 방문한다. 그를 그곳까지 데려다준 흑인 마부 엉클 시저는 차비를 50센트 대신 2달러 달라고 간절하게 요구한다. 미스 어데어는 영락한 남부 귀족의 후예였다. 나중에 알고 보니 마부는 2달러 중 1달러 50센트를 미스 어데어에게 떼어주었다. 어데어의 아버지는 판사였는데, 시저의 아버지가 예전에 그 집에서 노예로 살면서 좋은 대우를 받은 바 있었다. 화자는 내일 다시 찾아와서 정식 계약을 맺기로 하고 호텔로 돌아온다.

그날 저녁 호텔에서 화자는 다시 놈팡이 소령을 만난다. 소령은 아까 화자가 시저에게 준 돈을 들고 있었다(화자가 준 1달러 지폐는 귀퉁이에 구멍이 뚫려 있어서 금방 알아볼 수 있었다). 다음날 화자는 미스 어데어를 찾아가 계약을 하는데, 계약 도중에 어데어가 실신한다. 마부 시저가 의사를 데려오고, 의사는 영양실조라고 진단한다. 의사는 어데어가 캐스웰 소령과 결혼했으며, 소령이 어데어에게서 가진 돈을 모조리 빼앗아서 술을 마시며 탕진한다고 말한다. 마부 시저가 그동안 미스 어데어를 금전적으로 지원해준 덕에 그녀는 간신히 생활을 유지해왔다. 그녀는 굶어 죽는 한이 있어도 시저의 돈 외의 것은 절대 받지 않았다.

미스 어데어와 헤어지기 전 화자는 계약금 50달러를 미리 지불한다. 그날 저녁 화자는 마부 시저의 겉옷에서 눈에 띄는 소품이었던 노란 뿔 단추가 사라진 것을 발견한다. 그리고 몇 시간 뒤 그는 소령이 살해되었다는 소식을 듣는다. 살해 현장에 가서 시체를 살펴보는데, 죽은 자의 손에서 노란 뿔 단추가 떨어졌다. 그는 재빨리 상황을 파악하고 그 단추를 주워 든다. 구경꾼들은 지난밤에 놈팡이 소령이 50달러를 들고 다니며 자랑했는데 못된 흑인이 그 돈을 노리고 살해한 것 같다고 수군거린다. 화자는 즉시 기차로 내슈빌을 떠났고, 컴벌랜드 강을 지나면서 그 노란 단추를 강물에 던져버린다.

미스 어데어는 남편의 횡포를 정말 품위 있게 참아내는 여자다. 그녀의 고통이 간접적으로 제시되어 있기 때문에 독자는 오히려 그 아픔을 더 크게 느끼게 된다.

|44| 그로테스크한 문체

〈에밀리를 위한 장미(A Rose for Emily)〉

●

윌리엄 포크너(1897-1962)의 단편소설 〈에밀리를 위한 장미(A Rose for Emily)〉도 남녀 간의 불화를 다룬 작품이다.

여주인공 에밀리 그리어슨은 남부 영락한 도시의 귀족 딸이다. 그 아버지는 홀아비였는데 집안을 돌볼 사람이 필요하다며 딸을 결혼시키지 않는다. 그래서 노처녀가 된 에밀리는 아버지 사망 후에 북부에서 흘러온 노동자인 호머 배런을 사귄다. 예절을 중시하는 남부에서 미혼인 에밀리가 호머와 함께 마차를 타고 돌아다니자, 마을에 나쁜 소문이 돈다. 그래서 에밀리는 호머와 결혼하려고 하는데, 호머는 이 노처녀에게 싫증이 나서 달아나려 한다. 그러자 에밀리는 청산가리로 그 남자를 죽이고서 자기 집 2층의 방에다 그 시체를 가두어두고, 죽을 때까지 시체와 함께 살았다는 얘기다.

왜 에밀리를 위한 장미인가? 소설의 끝 부분에, 죽어 뼈만 남은 채로 침대 위에 누워 있는 남자의 옆에 놓인 베개에 기다란 회색 머리카락이 한 올 떨어져 있었는데, 그것이 '에밀리를 위한 장미'라고 작가 포크너는 말한다. 미스 그리어슨은 남자의 횡포에 살인으로 응답한 여자다. 남북전쟁 이전의 문화유산을 그대로 물려받은 미국 남부에는 여자나 남자나 이처럼 양극단을 달리는 인간형이 많다.

이런 어두운 유산을 파헤치기 때문에 포크너는 미국에서 존경은 받지만 잘 읽히지는 않는 작가다. 남북전쟁 시대의 어두운 과거를 집요하게 파고드는 데다 그로테스크한 고딕풍의 서술도 미국인의 일반적인 취향과는 맞지 않는 것이다. 그러나 프랑스 비평가들은 포크너의 그로테스크한 문체와 실험 정신, 모더니티 등을 아주 사랑한다. 프랑스에서 사르트르와 카뮈가 포크너를 높이 평가하는 바람에 그의 작품이 미국에서 재조명되었다고 해도 과언이 아니다. 프랑스 사람들의 높은 평가 덕분에 포크너는 노벨 문학상을 탈 수 있었다. 2009년 초 프랑스 작가들이 좋아하는 책에 대한 앙케트가 실시되었는데, 아주 놀라운 결과가 나왔다. 포크너의 소설 《음향과 분노》와 《압살롬, 압살롬!》이 나란히 공동 5위를 차지했다. 가장 많이 언급된 작가로는 포크너가 마르셀 프루스트에 이어 2위를 차지했는데, 이는 플로베르, 스탕달, 위고, 뒤마 부자, 제임스 조이스 등을 앞지른 순위다.

|45| 홀리 풀의 전통을 이은 자

〈바보 김펠〉

아이작 B. 싱어(1904-1991)의 단편소설 〈바보 김펠〉은 남편을 철저하게 속인 여자의 이야기다.

엘카는 바보 김펠을 만나기 전에도 사생아가 있었고, 김펠과 결혼한 후에도 빵 가게에서 먹고 자며 일하는 남편이 주말에 돌아오면 남편을 곁에 두지 않았다. 그리고 빵 가게의 젊은 견습생이나 마을의 젊은 부랑자들과 간통을 저지르면서 결혼 생활 20년 동안 도합 여섯 아이를 낳는다. 그러면서도 엘카는 뻔뻔하게도 아이들이 모두 김펠의 자식이라고 우긴다. 바보 김펠은 자신이 헛것을 본 것인지도 모른다고 생각하면서 그 애들을 다 사랑한다. 그런데 엘카가 김펠보다 먼저 죽게 된다. 죽음을 앞두고 부부가 나눈 대화는 이러하다.

엘카: 나를 용서해요, 김펠.

김펠: 용서할 게 뭐가 있지? 당신은 선량하고 충실한 아내였는데.

엘카: 아니에요. 이 오랜 세월 동안 당신을 속이다니 난 정말 추악했어요. 이제 하느님 앞에 깨끗한 마음으로 가고 싶어요. 그러니 아이들은 모두 당신 자식이 아니라는 것을 고백해야겠어요.

김펠: 그럼 누구 자식이오?

엘카: 몰라요. 많은 남자들이 있었어요……. 아무튼 그 애들은 당신 자식이 아니에요.

엘카는 죽으면서 입가에 미소를 지었는데 이렇게 말하는 듯했다.

"나는 김펠을 속였다. 그게 내 짧은 인생의 의미였다."

김펠은 자신을 속인 세상에 복수하기 위해 자신이 굽는 빵에다 오줌을 한 양동이 집어넣으라는 악마의 속삭임을 듣고 그렇게 하려 한다. 그때 죽은 엘카가 그의 꿈에 나타나 말한다.

"이 바보, 이 바보! 내가 당신에게 잘못했다고 해서 이 세상 모든 것이 잘못되었다고 생각하는 거예요? 나는 결국 나 자신을 속였을 뿐, 그 누구도 속이지 못했어요. 나는 이제 그 대가를 치르고 있어요. 여기서는 그 어떤 것도 속일 수가 없어요."

남편이든 그 누구든 이 세상을 속인다는 것은 결국 자기 자신을 속이는 것이다. 결국 김펠은 빵에 오줌을 집어넣는 것을 포기하고 유랑의 길을 떠난다.

김펠은 '홀리 풀(Holy Fool: 거룩한 바보)'의 전통을 이어받은 인물이다. 홀리 풀의 전형적인 인물로 에메사의 시메온, 그리스 성자인 바보 안드레아 등 여러 성자가 있다. 동방교회의 바보 성자 전통은 러시아정교회로 흘러들었다. 러시아 문학에서 홀리 풀을 아주 아름답게 구현한 인물은 도스토옙스키의 《백치》에 나오는 미시킨 공작이다. 나는 〈바보 김펠〉을 읽을 때마다 홀리 풀의 근거인 〈고린토 전서〉 4장 10~13절을 생각하게 된다.

우리는 그리스도를 위하여 바보가 되었고 여러분은 그리스도를 믿어 현명한 사람이 되었습니다. 우리는 약자이고 여러분은 강자입니다. 여러분은 명예를 누리고 있는데 우리는 멸시만 받습니다. 우리는 지금 이 시간에도 굶주리고 목마르고 헐벗고 매 맞으며 집 없이 떠돌아다니고 있습니다. 그리고 손발이 부르트도록 노동을 하고 있습니다. 그러면서 우리를 욕하는 사람을 축복해주고 우리가 받는 박해를 참아내고 비방을 받을 때는 좋은 말로 대답해줍니다. 그래서 우리는 지금도 이 세상의 쓰레기처럼 인간의 찌꺼기처럼 살고 있습니다.

| 46 | 급격한 유턴

《개인적 체험》

결혼을 해서 아이를 낳을 무렵이면 모든 부모는 혹시 기형아가 나오는 것은 아닐까 걱정한다. 오에 겐자부로(1935-)의 장편소설 《개인적 체험》은 장애아를 얻은 아버지의 체험을 담았다. 실제로 오에의 아들 히카리는 뇌병변장애를 안은 채 태어났고, 그는 이것 때문에 작가 생활을 포기해야 하는 것이 아닌가 생각할 정도로 심각하게 고민했다고 한다.

이 소설의 주인공은 장애아로 태어난 아들을 보면서, 1차대전에 참가했다가 부상을 당하여 머리에 붕대를 감고 돌아온 시인 아폴리네르의 이미지를 연상한다. 그리고 아이를 낳게 되는 섹스에 대한 거부감에 사로잡혀, 대학 동창인 여자를 찾아가 애널 섹스(항문성교)를 한다. 소설 전체가 지극히 냉소적이고 회의적인 분위기로 가득 차서, 장애아를 얻은 아버지의 참담한 심정이 잘 드러난다.

그런데 이 소설은 끝 부분에 가서 돌연한 유턴(방향 전환)을 한다. 그처럼 냉소적이고 회의적이었던 주인공이 고와도 내 자식, 미워도 내 자식, 장애아를 얻은 상황을 자신의 운명으로 받아들이면서 그 아이를 적극적으로 키워보겠다는 의지를 표명하는 것이다. 시속 150킬로미터로 달리던 차가 아무런 사전 조치 없이 유턴을 하면 원심력이 작용하여 차는 길 밖으로 튕겨져 나간다. 이 소설은 끝 부분에 그런 원심력이 작용하여 아주 어색하다는 느낌이 들었다. 이 소설이 영어로 번역 출판될 때 미국 출판사의 편집자가 그런 유턴이 묘사되는 마지막 몇 페이지를 삭제하자고 제안했으나, 작가는 거절했다고 한다. 오에는 오늘날에도 이 어색한 몇 페이지를 삭제할 마음이 전혀 없다고 말한다. 자기 자식을 부정하는 아버지가 될 수 없다는 작가의 인간적인 관점은 이해가 된다. 그러나 소설가가 현실과 예술을 동일시하려 할 때에는 상당한 대가를 감수하지 않으면 안 된다. 이 소설은 그 마지막 몇 페이지 때문에 죽도 밥도 아닌 이상한 물건이 되고 말았다.

|47| 석 달의 햇빛 속에 솟구치는 눈물

〈떠도는 아들의 노래[遊子吟]〉

인생은 반복의 연속이고, 예전에는 자식이었으나 나이 들어 아이를 낳으면 부모의 입장이 된다. 이처럼 자식을 낳고 키워보아야 비로소 돌아가신 부모님에 대한 고마움을 절절히 느끼게 된다. 중국 당대의 시인 맹교(孟郊, 751–814)의 〈떠도는 아들의 노래[遊子吟]〉는 자애로운 어머니를 노래한 시다.

인자하신 어머니 손에 실을 들고서
떠돌이 아들이 입은 옷을
길 떠나기 앞서 꼼꼼하게 손보시며
늦게 돌아올 것을 염려하시네.
누가 말했는가, 저 자그마한 풀이
봄날 석 달 동안의 햇빛 은혜를 갚을 수 있다고.

이 시는 자식을 자그마한 풀(寸草), 어머니를 봄철 석 달의 햇빛(三春暉 삼춘휘)에 비유한다. 조선시대에 우리 할아버지들은 삼춘휘의 삼춘까지만 읽어도 벌써 눈에 눈물이 솟구쳤다고 한다.

| 48 | 추위를 뚝뚝 부러뜨리는 아버지의 사랑
〈저 겨울 일요일들(Those Winter Sundays)〉

●

로버트 헤이든(Robert Hayden, 1913 – 1980)의 〈저 겨울 일요일들(Those Winter Sundays)〉은 다 큰 아들이 아버지의 사랑을 회고한 시다.

일요일이면 아버지는 아침 일찍 일어나서

암청색 추위 속에 옷을 걸쳐 입으시고
주중의 노동에 트고 쓰라린
손으로 불을 피우셨네.
아무도 그에게 감사하지 않았지.

나는 잠에서 깨어 추위가 뚝뚝 부서지는 소리를 들었네.
방 안이 따뜻해질 때 즈음이면 아버지가 부르시고,
나는 천천히 일어나 옷을 입으며
그 집의 만성적인 분노를 두려워했네.

집 안의 추위를 몰아내고
내 구두까지 닦아준 그에게
나는 정말 무심하게 대했네.
내가 어찌 알았으리오, 내가 어찌 알았으리오,
사랑이 얼마나 외롭고 고단한 일인지를.

　대체로 자녀들은 어머니를 좋아하고 아버지를 두려워한다. 이 시의
화자도 아버지에게 무심했던 자신의 과거를 회상하면서, 아무도 알아
주지 않는 상황에서 사랑이 얼마나 외롭고 힘든 일인지를 말한다. 이처
럼 아버지의 사랑이 무엇인지 깨달을 즈음이면 그분은 이미 이 세상 사
람이 아닌 경우가 많다. 생전에 아버지에게 효도를 다해야 한다.

|49| 아름다운 중세 사상의 완결

《신곡》

●

위에서 모성에 대한 얘기가 나왔는데 이 모성을 신성의 이미지로 연결한 것이 단테의 《신곡》에 나오는 베아트리체다.

그녀는 단테의 영감을 완벽하게 휘어잡은 인물이었다. 단테는 일찍이 지상에서 완벽한 모습(베아트리체)을 보았다. 그녀는 아주 풍성한 은총으로 그의 정신을 채우고 또 매혹했다. 어떤 결정적 사건에서 단테는 세속적 현실과 영원한 원형의 합일이라는 비전을 보았고, 그때 이후 지상의 쓰라린 역사적 현실을 명상하면서 앞으로 완성될 완벽한 질서(신적 질서)를 함께 생각했고, 역사적 현실이 그로부터 얼마나 멀리 떨어져 있는지 깨달았다. 그리하여 단테는 신적인 세계 질서를 명상할 때면 아무리 다양하고 변화무쌍하더라도 실재하는 현실의 양상을 함께 고려하는 것을 잊지 않았다. 토마스 아퀴나스가 아리스토텔레스 철학을 가져와 성 아우구스티누스의 기독교적 플라톤주의를 종합하려 했던 것처럼, 단테는 토미스트(토마스 아퀴나스의) 철학 체계를 가져와 '코르 젠틸레(cor gentile)'라는 신비주의적 이데올로기(정신적 사랑)와 종합하려 했다. 코르 젠틸레는 '온유한 마음'으로 번역되는데, 단테에게 직접적 영향을 준 돌체 스틸 누오보(dolce stil nuovo: 청신체) 문학 운동의 핵심 사상이다. 스틸 누오보의 주제는 첫째, 사랑의 힘이 매개 작용을 하여 하느님의 지혜를 알게 해주고 둘째, 사랑을 받는 여자와 하느님의 나라 사이에 직접적인 소통이 가능하고, 셋째, 그 여자는 사랑을 바치는 남자(코르 젠틸레를 가진 남자)에게 신앙, 지식, 내적 부활을 부여하며, 넷째, 이런 영적 선물은 아주 제한된 남녀 애인에게만 부여된다, 등이다.

《신곡》은 지옥·연옥·천국, 3계의 이야기로 이루어지는데 각 계에는 33곡의 노래가 배정되어 있고, 〈지옥〉 편 앞에 붙어 있는 서곡을 더하면 총 100편으로서 그 행수는 1만 4233행에 이른다. 《신곡》은 일언 이폐지하면 여인(베아트리체)의 사랑을 통하여 신적인 사랑으로 나아가는 이야기다.

에리히 아우어바흐의 《단테: 세속을 노래한 시인》에 디오티마 얘기가 나오는데, 디오티마는 플라톤의 《향연》에 나오는 인물로서 사랑의 사닥다리를 가르치는 무녀다. 사랑은 처음에는 육체적인 것으로 시작하여 점점 더 추상적인 경지로 나아가 마침내 완전한 신성에 합일된다는 것이다. 이성을 상징하는 베르길리우스의 안내로 지옥과 연옥의 구체적 실재를 접한 단테가 나중에 베아트리체의 축복을 통하여 천상의 실재에 접근하게 된다는 얘기는 멀리는 디오티마가 가르친 사랑의 사닥다리, 가깝게는 토마스 아퀴나스의 신학(그중에 사랑의 이론)에서 가져온 것이다. 이 때문에 단테를 가리켜 중세 사상의 아름다운 완결편이라고 한다.

| 50 | 조국이 부여한 신성함

《잔 다르크》

여성적 신성함을 상징하는 또 다른 인물로 잔 다르크를 들 수 있다. 버나드 쇼(1856-1950)의 희곡 《잔 다르크》는 영국군에게 붙잡힌 잔 다르크에 대하여 진행된 마녀재판을 다룬 작품인데, 영국인들이 사전에 짜인 각본에 따라 그녀를 마녀로 몰아붙이는 과정을 상세히 파헤친 드라마다.

잔 다르크(1412-1431)는 로렌 지방에서 농부의 딸로 태어났다. 어린 시절부터 환상을 보았고 성 미카엘, 성 카타리나, 성 마르가리타가 환상에 나타나 조국 프랑스를 구하라고 재촉했다고 주장했다. 1429년 그녀는 시농으로 가서 프랑스 황태자(후일의 샤를 7세)에게, 자신이 프랑스를 잉글랜드로부터 구하기 위해 하느님이 보내신 사자라고 주장하여 납득시켰다. 그녀의 등장과 주장은 프랑스군에게 새로운 용기를 불어넣어 주었다. 프랑스군은 오를레앙 성을 포위한 잉글랜드군을 격퇴하고 랭스로 가는 길을 열었고, 황태자는 1429년 7월 17일에 샤를 7세로서 대관식을 거행했다.

1430년 5월 잔 다르크는 친잉글랜드파인 부르고뉴군에게 포로로 잡혔고, 그들은 그녀를 잉글랜드 왕 헨리 6세의 숙부인 베드퍼드의 존(John Plantagenet, duke of Bedford)에게 넘겼다. 잉글랜드는 잔 다르크 처형을 간절히 바랐으나 비난을 모면하기 위하여 그녀를 루앙의 종교재판에 넘겼다. 그녀는 잉글랜드 지지자이며 보베 주교인 피에르 코숑이 주재하는 교회 법정에서 마녀와 이단 혐의로 재판을 받았다.

그녀의 가장 큰 죄는 하느님으로부터 직접 계시를 받았다고 주장한 것이었다. 교회 법정의 관점에서 볼 때 교회의 권위와 위계질서를 무시하는 것은 이단 행위였다. 구속과 재판 과정 내내 그녀는 심문자들과 싸웠으나, 재판 말미에 세속 법정으로 넘겨질 것이라는 선고가 내려지자, 화형에 대한 두려움 때문에 자신이 이단이었다고 시인하고 종신형에 처해졌다. 하지만 그 직후 이단 시인을 취소했고, 타락한 이단자로 지목되면서 세속 법정에 넘겨져 1431년 5월 30일 화형에 처해졌다.

잔 다르크는 1456년 샤를 7세에 의해 복권되었고, 가톨릭교회는 1909년에 그녀를 복자(福者: 세상을 떠난 사람으로서 그 덕행과 신앙이 공경의 대상이 될 만하다고 교황청에서 공식적으로 지정하여 발표한 사람)로 시복하고 1920년에 성인으로 시성했다.

나는 잔 다르크에 대한 글을 읽을 때마다 그 성스러움과 신비로움에 감탄을 금할 수가 없다. 네덜란드의 역사가 요한 하위징아는 역사적 위인을 다음 세 가지로 규정한다. 첫째, 윤리적 차원을 뛰어넘지 않으며 선악의 문제를 중시한다. 둘째, 위대하지만 사소한 측면도 있다. 인간의 마음은 규모가 거대할수록 외경, 숭배, 찬탄을 표시하는 경향이 있지만 그렇지 않아도 얼마든지 위대해질 수 있다. 셋째, 위대한 인물이나 영웅에 대해 대중은 흔히 그런 인물이 남자일 것이라는 망상을 품고 있는데 사실은 그렇지 않다. 그러면서 하위징아는 잔 다르크에게서 이런 위대함의 본질을 보았다. 그는 이렇게 말했다.

"위대함이 매우 장대하고, 영웅주의가 매우 극적이고, 천재가 매우 문학적이라고 해도 이 세 가지(장대함, 극적임, 문학적임) 특징은 인간적 위대함의 전모를 모두 포섭하지는 못한다. 그리하여 성스러움이 남게 된다. 보라. 여기에 남과 여의 완강한 구분이 저절로 해소되어버린 사례가 있다. 여기에는 음과 양의 구분이 없다. 탁월함과 수량 사이의 구분 또한 해소되었다. 그녀의 성스러움을 잴 수 있는 지상의 척도는 없다. 그 어떤 개인도 그의 조국만큼 위대할 수는 없다. 때로 진정한 위인의 업적은 조국이라는 광대무변한 공간의 이미지로 가장 잘 묘사된다. 위대함의 본질은 바로 여기에 있는 것이다."

|51| 오직 한 사람을 위한 문

〈법 앞에서〉

●

카프카의 짧은 소설 〈법 앞에서〉는 인생의 의미를 묻는 작품이다. '법'이라는 문 앞에 서 있는 문지기와 그 문을 통과하려는 시골 사람의 이야기다. 두 사람의 입장을 대화 형식으로 간추려보면 이러하다.

시골 사람: 저 문을 제가 통과할 수 있겠습니까?

문지기: 가능하지만 지금은 안 됩니다. 나 몰래 들어간다고 하더라도 저 안에는 다른 많은 문지기가 있습니다.

시골 사람: 그러면 당신이 들어가라고 할 때까지 기다리겠습니다.

(그러나 여러 달 여러 해를 기다려도 들어가라는 말이 없자, 시골 사람은 길 떠날 때 가지고 온 물건들을 문지기에게 뇌물로 주면서 들어가려고 시도한다.)

문지기: 이 물건들을 받기는 하지만 효과는 없습니다. 할 수 있는 수단을 다 강구하지 않았다는 당신의 자책을 덜어주기 위해 받아줄 뿐입니다.

(여러 해가 지나도 문지기는 들어가라는 말을 하지 않고, 마침내 시골 사람은 노인이 되었다. 밤이 되면 문 안쪽에서 희미한 불빛이 새어 나왔다. 드디어 죽을 때가 되자 시골 사람은 문지기를 불렀다.)

문지기: 이제 무엇을 더 알고 싶습니까? 정말 끈질기군요.

시골 사람: 누구나 법에 도달하고 싶어하지요. 그런데 한 가지만 묻고 싶습니다. 지난 오랜 세월 동안 왜 나 외에는 아무도 이 문을 통과하려 하지 않았습니까?

문지기: (죽어가는 시골 사람을 안쓰럽게 여기며) 여기선 당신 외에는 아무도 통

과가 되지 않아요. 이 문은 오로지 당신만을 위해 있었던 겁니다. 이제 나는 이 문을 닫아야겠습니다.

카프카는 영국 시인 W.H. 오든(Wystan Hugh Auden, 1907-1973)의 극찬을 받은 현대 소설가다.

"우리 시대에 단테, 셰익스피어, 괴테의 반열에 오른 작가를 들라면 아마 우리는 카프카를 첫손에 꼽아야 할 것이다."

카프카는 유대교의 신비주의 사상인 카발라에도 관심이 많았다. 이 짧은 소설에 나오는 법은 곧 유대교의 '율법'을 가리키는 것으로서, 신의 질서 혹은 로고스와 마찬가지 뜻이다. 우리는 죽기 전에 세상의 신비를 깨달을 수 있을까? 얼마 전 신문에서 이런 기사를 읽었다. 어떤 대학교수가 정년퇴직을 하고서 깊은 산중에 들어가 3년간 면벽 수도를 했다고 한다. 그의 목적은 단 하나, 죽기 전에 이 세상의 이치에 대하여 환한 깨달음을 얻으려는 것이었다. 하지만 3년이 지난 후 그 교수는 자신의 근기(根機)로는 이승에서 그런 깨달음을 얻지 못함을 알고서 하산했다. 이 소설 속의 시골 사람과 그가 대면한 문은 이 대학교수와 깊은 산속으로 대체해도 무방하다. 이 법의 문제는 카프카의 《심판》과 《성(城)》에서 더욱 정교하게 다루어진다.

|52| 성장소설, 빌둥스로만

《파르치팔》

빌둥스로만(Bildungsroman)은 인생의 의미를 찾아 나선 주인공이 마침내 어떤 의미를 깨닫고 성인으로 성장하는 과정을 그린 소설을 통칭하는 용어다. 빌둥스로만의 대표적인 작품은 볼프람 폰 에셴바흐(1170경-1220경)의 《파르치팔》이다.

아서 왕 로망스와 성배(聖杯) 로망스를 종합하여 이루어진 《파르치팔》은 13세기 초에 나온 독일 문학의 고전으로서 세계 문학의 걸작들과 어깨를 나란히 한다. 전투, 마상 시합, 파르치팔의 성배 추구 등을 통하여 인간 체험의 모든 중요한 측면들이 자세히 서술되어 있다. 기사들의 세계, 사랑과 의리의 세계, 가혹한 운명과 인생의 시련에도 불구하고 성스러운 목표(성배 획득)를 향해 끈질기게 도전하는 정신 등이 신비한 성배의 세계와 잘 혼융되어 있다. 이 작품은 인간의 덧없는 생존 조건과, 그 유한함을 넘어서려는 인간의 영원한 동경 사이에 어떤 합치점이 있다는 것을 보여준다. 성배를 찾아 나선 파르치팔이 마침내 그 성배를 얻어 성배의 성 성주가 된다는 것이 주된 줄거리다.

성배는 십자가에서 돌아가신 예수의 피를 받아 모신 잔으로서, 여기서는 모든 고난과 재앙에 대한 치유 수단을 상징한다. 파르치팔의 어머니 헤르첼로이데는 기사의 생활이 너무나 위험하다는 것을 알고서 그 길을 막기 위해 아들을 솔타네의 숲에서 키운다. 그러나 아들은 열다섯 살쯤 되었을 때 숲 속에서 기사의 무리를 만난다. 아들은 기사 정신이 활짝 피어났고, 그리하여 아서 왕의 궁전으로 가서 기사가 되기로 결심한다. 파르치팔의 어머니는 일부러 아들을 바보 차림으로 내보낸다. 세상이 그를 조롱하면 아들이 겁먹고 숲으로 돌아올 것이라는 희망 때문이었다. 그러나 막상 파르치팔이 숲을 떠나자 어머니는 너무 상심한 나머지 심장이 파열하여 죽고 만다.

아서 왕의 궁전 근처에 도착한 파르치팔은 야만적인 방식으로 이터를 죽이고, 그에게서 기사의 복장을 취한다. 이어 그는 스승 구르네만츠로부터 전투 기술을 배운다. 그 후 파르치팔은 펠라페이레 성을 포위 공격하던 군대를 물리치고, 그 공으로 아름다운 왕비 콘트비라무어스와 결혼한다.

1년 뒤 그는 성을 떠나 어머니를 찾아 나선다. 그런데 어느 저녁 숲에서 길을 잃은 파르치팔에게 한 어부가 나타나서 성배의 성으로 가는 길을 가르쳐준다. 그 어부는 안포르타스 왕으로 밝혀진다. 성배의 성에 도착한 파르치팔은 질문을 하지 말고 남의 말을 주의 깊게 들으라는 스승의 말을 기억하고서 그 성의 사람들에게 자신은 뭐가 문제인지 묻지를 않는다. 만약 파르치팔이 그 질문(자신의 문제점)을 던졌더라면 성배를 얻을 수도 있었을 텐데 결국 그렇게 되지 않았다. 파르치팔은 나중에 아서 왕의 궁전에서 신하들이 보는 가운데 왜 성배의 성에 도착하여 자신의 잘못을 묻지 않았느냐는 질책을 당한다. 파르치팔은 분노하면서 하느님을 저주하며 다시 성배를 찾아 나선다.

그는 5년 동안 성배를 찾아 나섰으나 성공하지 못한다. 그러다가 숙부이며 은자인 트레프리첸트를 우연히 만난다. 이 은자가 그에게 성배의 성 역사를 말해주는데, 그 성의 왕은 알고 보니 파르치팔의 외삼촌이었다. 이렇게 하여 파르치팔의 생득권(生得權)이 성립된다. 성배의 성은 그것을 찾도록 예정된 사람만이 찾을 수 있고 그렇지 않은 사람은 아무리 찾으려 해도 찾지 못하는 성이다. 파르치팔은 온갖 우여곡절 끝에 자신의 생득권 덕분에 성배의 성 성주가 된다.

그가 처음 성배의 성에 갔을 때 왕으로 받아들여지지 않은 것은 그의 미숙함 때문이었다. 그가 성배 탐구 과정에서 여러 가지 죄를 저지르기는 했지만 그건 무지하거나 순진했기 때문에 그런 것이었다. 그가 신을 저주한 것은 죄악이라기보다 광기였다. 그는 마침내 자신의 잘못에 대하여 질문을 던지고, 그로부터 깊이 깨달아 성의 주인이 된다. 《파르치팔》을 성장소설로 읽는다면 성배는 지혜를, 성배의 성은 그 지혜를 얻은 사람을 가리킨다.

| 53 | 완전한 어른으로의 성숙함
《빌헬름 마이스터의 수업 시대》

괴테(1749-1832)의 《빌헬름 마이스터의 수업 시대》도 대표적인 성장소설이다. 이 소설의 핵심 사상은 한 개인이 다양한 인생 체험을 통하여 자신의 개성을 발전시킨다는 것이다. 이 소설에 특별한 플롯은 없고, 여러 가지 에피소드를 통하여 주인공이 거쳐 가는 정신적 성숙의 단계들이 제시된다.

빌헬름 마이스터는 열정적이긴 하지만 다소 불안정하고, 또 세상에 대한 통찰과 경험이 부족한 청년이다. 부유한 사업가의 아들인 빌헬름은 아버지 회사의 일로 지방 출장을 나갔다가 순회 극단 패거리와 어울리게 된다. 그는 어린 시절부터 인형극과 희곡 읽기 등을 통하여 연극과 친숙했다. 게다가 아버지 회사 일이 너무나 따분하여 빌헬름은 이 극단에 들어가 배우로 대성할 것을 결심한다.

이렇게 하여 그는 인생 수업을 받게 되는데, 그의 수업은 크게 두 시기로 나뉜다. 하나는 극단에 들어가 열심히 연극을 배우는 시기다. 그는 매력적인 젊은 여배우인 마리안네를 열정적으로 사랑하게 되고 그녀 또한 사랑으로 화답한다. 하지만 빌헬름은 근거 없는 질투심에 사로

잡혀 그녀와 헤어지고 만다. 그는 연극이야말로 자신의 천직이라고 생각했으나 무대에서 성공을 거두지 못하고, 유랑 극단의 보헤미안적인 생활의 실상을 알게 되면서 환멸을 느낀다. 그리하여 자신의 인생 목표가 허황되고 실체 없는 것임을 깨닫는다.

빌헬름은 연극계를 떠나서 이번에는 지방 소지주와 사귀게 되고, 여기서 그의 두 번째 수업 시대가 전개된다. 그는 교양과 사회적 지위를 가진 사람들과 만나면서 세상 돌아가는 이치를 깨닫게 된다. 그의 정신적 성숙은 자신이 지금껏 인정하지 않았던 아들 펠릭스를 발견하면서 더욱 촉진된다. 여자와 사회로부터 배우지 못한 것을 이제 아들로부터 배우게 된다. 아버지로서 책임감을 느끼는 것은 완전한 어른으로 성숙하는 과정의 마지막 이정표가 된다. 이렇게 다양한 인생 경험을 통하여 인생의 수업을 완료했으므로 그는 마침내 지위 있는 여자와 결혼하여 어엿한 지방 소지주가 된다.

이 소설은 괴테 시대의 전반적 생활상을 생생하게 그려내면서 특히 18세기 후반의 귀족과 배우들의 삶에 대하여 훌륭한 정보를 제공한다.

| 54 | 방대한 분량의 성장소설
《천사여 고향을 보라(Look Homeward, Angel)》

쿤스틀러로만(kunstlerroman: 예술가 소설)도 일종의 성장소설인데, 토머스 울프(Thomas Clayton Wolfe, 1900-1938)의 《천사여 고향을 보라(Look Homeward, Angel)》가 그런 소설이다.

주인공 유진 갠트는 토머스 울프 그 자신이라고 보아도 무방하다. 석

공인 아버지와 여관 주인인 어머니 사이에서 일곱째 막내로 태어난 유진은 자기 집안 얘기와 부모 얘기, 그리고 형제들 얘기를 고백적인 문장으로 털어놓는다. 그는 형제 중 셋째인 형 벤을 가장 좋아하여, 어려운 일이 있을 때마다 벤과 상의하여 결정을 내린다. 유진은 중고등학교와 대학을 거치는 동안 줄곧 문예반에 들어가 글을 썼고, 그 과정에서 자신의 문학적 재능을 확신하고 예술가로 성공할 것을 결심하게 된다. 유진이 하버드대학의 문예 창작 과정에 입학하기 위하여 고향인 앨터몬트를 떠나는 것으로 소설은 끝난다.

울프가 이 소설을 발표한 것은 1929년이었는데 스크리브너 출판사의 편집자였던 맥스웰 퍼킨스(Maxwell Perkins, 1884 - 1947)의 도움을 크게 받았다. 울프의 장황하고 산만한 초고에서 문학적 가치를 알아본 것도 퍼킨스였다. 그는 200자 원고지 2만 매에 이르렀던 소설의 분량을 6000매 수준으로 줄여놓았다고 한다. 그래서 퍼킨스에게 갈 때 트럭으로 싣고 갔던 원고가 택시로 나를 수 있을 정도로 줄어서 나왔다는 말도 전해진다. 울프의 소설은 오로지 그 자신에만 집중하고, 즉 자기 자신의 배꼽만 쳐다보고, 다른 사람들에 대해서는 전혀 관심을 보이지 않는다면서, 이것을 과연 소설로 볼 수 있을 것인가, 하고 악평하는 평론가도 있다.

그러나 유진 갠트가 학교에 입학하여 왕따를 당하면서도 문학에 대한 뜻을 품는 과정, 여성에 대하여 성적 관심을 느끼면서도 주저하고 망설이는 것을 형 벤이 과감히 경험하라고 조언해주는 장면, 형 벤이 폐렴을 앓았을 때 어머니가 치료비를 대주지 않다가 막상 죽으니까 장례비를 후하게 내놓는 장면, 석공 아버지와 여관 주인 어머니 사이에 날마다 벌어지는 부부 싸움 등은 너무나 실감 나게 그려져 있어서, 어린 날에 비슷한 경험이 있는 독자들은 마치 자신의 경험인 양 이 소설을 읽게 된다.

| 55 | 오라, 인생이여!

《젊은 예술가의 초상》

제임스 조이스(1882-1941)의《젊은 예술가의 초상》도 예술가 소설이다. 이 소설의 주인공 스티븐 디덜러스는 아주 감수성이 예민한 더블린 소년이다. 스티븐이 어린 학생이었을 때 아일랜드의 애국자 파넬(Charles Stewart Parnell)이 사망했다. 파넬은 가톨릭교회와 아일랜드의 독립을 위해 열심히 투쟁한 애국자였으나 남의 아내인 키티 오셔(Kitty O'Shea)와 간통을 저지름으로써 그 스캔들을 이기지 못하여 정계에서 은퇴한 사람이다. 당시 아일랜드는 파넬을 지지하는 사람과 반대하는 사람으로 갈라져 있었다. 어린 스티븐은 정치적 줄서기를 강요당하는 상황을 그때 이미 경험한다. 문학에 뜻을 둔 스티븐은 학교에서도 왕따를 당한다. 또 16세의 스티븐은 첫 성경험을 창녀와 한 것에 대해 심한 죄책감을 느낀다. 그리하여 스티븐은 고해 신부를 찾아가서 자신의 죄를 고백하고 보속을 받는다.

그러나 나이가 들면서 스티븐은 종교에 대하여 회의를 품게 된다. 종교를 연구하고 공부할수록 교회와 그 독단적 교리에 대하여 혼란을 느낀다. 스티븐은 교우 관계도 원만하지 못하다. 학우들은 교회나 아일랜드 독립운동 어느 한쪽에 소속되어 열심히 활동하고 있었다. 그러나 그는 그 어느 쪽에도 낄 수가 없었다.

스티븐은 마침내 외로운 예술가의 길을 가기 위해 친구, 가정, 교회,

국가 모두와 절연할 것을 결심한다. 그의 유일한 관심은 아름다움이었다. 그 아름다움은 '예술을 위한 예술'에서 나오는 것이고 전통적인 도덕과는 무관한 것이었다. 그는 아일랜드 교회가 그 아름다움을 파괴하기 때문에 아일랜드를 떠나야겠다고 생각한다. 소설의 끝 부분에서 이제 막 아일랜드를 떠나려는 스티븐은 일기에 이렇게 적는다.

오라, 인생이여! 나는 실제로 경험하기 위해 백만 번이라도 앞으로 나아가겠노라. 그리하여 내 영혼의 대장간에서 내 민족의 창조되지 않은 양심을 단조(鍛造)해내겠노라.

이 소설은 아름다운 문장으로 정신적 성숙의 과정을 잘 그려낸다. 그 과정에서 조이스는 사건과 배경을 잘 선택하여 필요한 부분에만 집중하고, 또 제시된 사건들도 잘 압축하거나 요약하여 제시한다. 이것이 동일한 예술가 소설이되 토마스 울프의 《천사여 고향을 보라》와 다른 점이다. 소설의 분량은 울프의 것에 비해 3분의 1 정도에 지나지 않지만 훨씬 높은 완성도를 갖추었다.

|56| 허레이쇼 앨저의 출세 소설
《벤저민 프랭클린 자서전》

성장소설의 또 다른 지류인 허레이쇼 앨저 스토리는 한미한 가문에서 태어난 사람이 오로지 근면 성실을 바탕으로 크게 출세하는 이야기다. 허레이쇼 앨저(Horatio Alger, 1832~1899)라는 미국의 소설가가 이런 출세

미담을 주로 다룬 소설을 많이 썼기에 그의 이름이 아예 그런 부류의 소설을 가리키는 일반 명사가 되었다.

허레이쇼 앨저 스토리의 대표적인 것으로 벤저민 프랭클린(1706~1790)의 자서전을 들 수 있다. 《벤저민 프랭클린 자서전》은 프랭클린의 다른 저서 《가난한 리처드의 달력(Poor Richard's Almanac)》과 함께 미국인의 성격 형성에 결정적인 영향을 미쳤다.

프랭클린은 후대의 미국인들이 자신의 이야기 속에서 발견되는 교훈들, 즉 절제 · 침묵 · 질서 · 결단 · 검소 · 근면 · 성실 · 정의 · 중용 · 청결 · 평정(平靜) · 순결 · 겸손 등 열세 가지 덕목을 중심으로 살아나가기를 바랐다. 이런 덕목을 갖춘 사람은 누구나 더 생산적인 노동자, 더 좋은 시민이 될 수 있다는 것이다. 프랭클린은 사회 구성원들이 각자의 능력에 따라 성공하거나 실패할 수 있는 사회, 상속이나 특혜에 구속되지 않는 사회, 이성을 가진 인간들이 군주제나 귀족제의 간섭 없이 그들 자신을 다스릴 수 있는 사회, 창조성과 지식의 진보가 교회나 검증되지 않은 신념의 제약 없이 번성할 수 있는 사회를 존중했다.

이것은 그가 성장한 환경과도 무관하지 않다. 프랭클린이 공인(公人)으로 성장하여 본국의 영주들과 갈등을 겪는 시대적 배경은 1740년대와 1750년대다. 이 시대는 아메리카의 13개 식민지 지역이 독립국으로 발전하던 시기였다. 자서전 속에서 프랭클린 개인에게 벌어진 일은 펜실베이니아 식민지에 벌어진 사건의 축소판으로 제시되어 있다. 이 당시 아메리카의 영국 식민지들은 밖으로는 영국 본국과, 옆으로는 프랑스 · 인디언 연합군을 상대로 싸우면서 독립 국가로 거듭나기 위해 몸부림치고 있었다. 프랭클린의 경험은 이런 극적인 사회 변화의 축소판인 것이다.

이 책은 총 4부로 구성되는데, 제1부는 피카레스크 소설 같은 분위기가 강하다. 피카레스크는 스페인어 피카로(picaro)에서 나온 말로서 깡패 혹은 불한당을 뜻한다. 피카레스크 소설의 주인공은 통상적으로 하층 계급 출신이고, 이야기는 에피소드의 성격이 강하다. 대체로 피카로의 행동은 좀 무모하거나 비상식적인데, 주로 자기 양심의 소리를 따르고 다른 데에는 신경을 쓰지 않는다. 대체로 말해서 품행이 방정한 피카로는 흥미로운 캐릭터가 되지 못한다. 피카로의 코믹한 효과는 부패하거나 불완전한 사회와 갈등하며 저항하기 때문에 발생한다. 피카로의 승리는 부도덕하거나 타락한 사회 질서를 파괴하는 데 있다. 프랭클린의 자서전 중에서 가장 대표적인 피카레스크 에피소드는 형 제임스와 싸우고 달아난 것, 사기꾼 지사의 말만 믿고 영국 땅으로 건너간 것, 친구 랠프의 내연녀를 건드려보려고 한 것, 템스 강에서 첼시에서 블랙프라이어스까지 약 4.5킬로미터를 헤엄쳐 간 것, 아내 데버러와 결혼하기 전에 거리의 여자들과 놀아난 것 등을 들 수 있다.

제2부에 열세 가지 덕목을 닦는 방법이 담겨 있다. 자서전의 제3부와 제4부는 앞의 1, 2부에 비해 흥미가 다소 떨어진다. 자신의 대내외적 업적을 객관적으로 기술하고, 개인적 의견을 별로 가미하지 않았기 때문이다.

| 57 | 파멸의 출세욕

《아메리카의 비극》

●

허레이쇼 앨저 스토리에는 부작용도 있다. 출세만을 추구하면서 도

덕을 무시해버리면 아주 비극적 결과가 온다. 시어도어 드라이저의
《아메리카의 비극》은 출세를 지향한 젊은이가 그 출세욕 때문에 결국
파멸한다는 이야기다. 이 소설은 〈젊은이의 양지〉라는 제목으로 영화
화되어 널리 알려져 있다.

캔자스시티 출신의 시골 청년 클라이드 그리피스는 시카고와 뉴욕으
로 옮겨 가면서 점점 출세를 지향하게 된다. 그는 로버타라는 여공과 사
귀다가 그녀를 임신시켰는데, 그 과정에서 손드라라는 상류층 여자를
알게 된다. 손드라는 재미 삼아 클라이드에게 관심을 보이는데, 클라이
드는 그녀와 결혼하면 신분이 상승되고 사회적으로 출세를 할 수 있을
것 같아서 장애물이 되는 로버타를 유원지로 데려가서 연못에 빠트려
익사시킨다. 그리고 그 범행이 발각되어 재판을 받고 사형에 처해진다.

클라이드가 인생에서 실패한 가장 큰 이유는 돈만 있으면 성공할 수
있다는 아주 잘못된 환상을 품은 것이다. 《가난한 리처드의 달력》에 나
오는 격언이 생각난다. "돈이 모든 것을 해준다고 생각하는 사람은 오
로지 돈만 보고 모든 것을 하는 사람이다." 돈보다 더 높은 가치를 보지
못한 채 클라이드는 자신의 귀중한 개인적 정체성을 맘몬(금전의 신)에게
팔아버린 것이다. 무슨 일이 있어도 출세를 해야 하겠다는 맹목적인 목
표는 사람을 괴물로 만들어버리는 것이다.

| 58 | 신데렐라 스토리와 페미니즘 연구
《제인 에어》

●

남자 주인공에게 적용되는 것이 허레이쇼 앨저 스토리라면 여자 주

인공에게는 신데렐라 스토리가 있다. 집안의 미운 오리 새끼가 나중에 백조로 밝혀지고, 계모의 압박을 받던 고아 딸이 나중에 백마 탄 왕자를 만난다는 스토리는 많은 소설의 소재가 되어왔는데, 특히 샬럿 브론테의 《제인 에어》가 그러하다.

제인 에어는 고아로서 숙모 밑에서 크다가 이웃의 여학교로 보내졌는데, 그곳에서 공부를 잘해 교사까지 되었다가 더 큰 세상으로 나가고 싶어 어느 집안의 가정교사로 간다. 제인이 가르쳐야 할 아이는 집주인 로체스터 씨가 프랑스 댄서 사이에서 낳은 사생아다. 제인은 로체스터 씨를 은근히 사모하게 되는데, 그는 블랜치 잉그럼이라는 귀족 여성을 사귀고 있다. 제인이 잉그럼이라는 장애를 이겨내고 로체스터 씨와 결혼을 하려는 참에, 그에게 결혼한 부인이 있다는 사실이 밝혀진다. '다락방에 갇힌 미친 여자'가 로체스터 부인이었다. 제인은 그 사실을 알고 로체스터의 저택을 떠난다. 그녀가 떠나 있는 동안 다락방의 미친 여자가 저택에 불을 지르고는 옥상에서 떨어져 죽고, 로체스터는 화재통에 한 팔을 잃고 실명한다. 그 사실을 알게 된 제인은 다시 돌아와 그와 결혼하고 아이를 낳는데, 로체스터가 한쪽 눈의 시력을 회복하여 아이를 볼 수 있게 된다.

《제인 에어》는 18세기 후반 생겨난 고딕 로망스의 전통을 그대로 이어받은 소설이다. 신비한 분위기에 둘러싸인 대저택(18세기에는 성), 과거의 죄악을 감추고 있는 귀신 들린 성, 그 성의 괴이한 신비를 알아내려고 애쓰는 순진하면서도 독립심 강한 여주인공, 그리고 성주와 여주인공 사이의 필연적인 사랑 등이 그러하다. 20세기에 들어와서 페미니즘의 물결이 높아지면서 다락방의 미친 여자인 버사 로체스터에 대한 관심도 높아졌고, 그녀가 미친 것이 결국 누구 때문이냐는 의문으로 이어졌다.

| 59 | 제인에어의 변주

《레베카》

●

《제인 에어》를 새롭게 해석한 소설이 대프니 듀 모리에(1907–1989)의 《레베카》다. 레베카는 다락방의 미친 여자를 모델로 한다. 로체스터 부부는 맥심 드 윈터 부부, 버사 로체스터는 레베카라는 이름으로 등장한다.

이름이 밝혀지지 않은 한 처녀(편의상 제인이라고 하자)가 최근에 아내 레베카를 잃어버린 드 윈터 씨의 눈에 띄어 그의 두 번째 부인이 된다. 그리하여 제인은 남편을 따라 대저택인 맨덜리로 간다. 그곳에서 제인은 레베카의 흔적을 강하게 느끼게 된다. 특히 맨덜리의 여자 집사장인 댄버스 부인은 제인에게 강한 거부감을 느끼면서, 제인을 맨덜리에서 쫓아내려고 온갖 음모를 꾸민다. 그러나 제인은 꿋꿋이 그 시련을 이겨낸다. 제인은 여러 사람으로부터 레베카가 아름답고 세련되고 사교술이 뛰어난 여성이었다는 얘기를 듣는다. 하지만 제인은 맨덜리 주위에는 늘 죄로 얼룩진 과거와 원한의 유령이 어른거린다는 느낌을 받는다.

소설이 전개되면서 제인은 남편이 레베카를 사랑한 게 아니라 혐오했다는 것을 알게 된다. 레베카는 남편을 무시하면서 사촌인 잭 페이블과 놀아났고, 나중에는 페이블의 아이를 임신했다는 거짓말로 남편을 충격에 빠트린다. 이에 격분한 드 윈터 씨는 레베카를 살해하고 보트에 넣어 물속에 수장시켰다. 살해 사건은 발각되지 않았으나 나중에 보트가 발견되면서 경찰 조사가 시작된다. 조사 결과, 레베카는 살해되기 하루 전에 런던의 의사를 방문했는데, 임신이 아니라 말기 암에 걸려 있었던 것으로 밝혀진다. 설사 살해되지 않았더라도 레베카는 곧 죽을 몸이었던 것이다.

드 윈터 씨에게 혐의 없음을 선고한 재판이 끝나고 드 윈터 부부가 맨덜리로 돌아오는데, 질투심에 사로잡힌 댄버스 부인이 불을 질러 대저택은 전소해버린다. 드 윈터 부부는 영국을 떠나 유럽을 전전하면서 살아가지만 맨덜리와 레베카의 과거로부터 여전히 자유롭지 못하다. 그래서 이 소설은 이렇게 시작된다.

지난밤 나는 또다시 맨덜리로 돌아가는 꿈을 꾸었다.

이 소설은 《제인 에어》가 없었더라면 쓰이지 않았을 작품이다. 그러나 같은 얘기를 이 정도로 변주할 수 있다면 대성공이라 할 것이다. 제임스 조이스의 《율리시즈》가 호메로스의 《오디세이아》를 복제했지만 크게 성공한 것처럼.

|60| 제인에어의 또다른 차용

《광막한 사르가소 바다》

《제인 에어》의 또 다른 속편으로 진 리스(1894-1979)의 《광막한 사르가소 바다》가 있다. 제목은 전혀 고딕소설을 연상시키지 않으나 소설에 등장하는 남녀 주인공은 모두 《제인 에어》에서 차용한 것이다.

소설의 배경은 19세기 서인도 제도인데, 《제인 에어》에 나오는 로체스터 부부의 젊은 시절을 출발점으로 삼는다. 소설은 3부로 나뉘어 있고, 제1부에서는 여자 주인공 앤트워네트 로체스터의 개인적인 고립과 유전적 광기를 표현한다. 작품의 배경은 서인도 제도의 흑인 노예들이 해방된 시기인데, 앤트워네트와 그 가족은 점점 폭력적으로 되어가는 인종 간의 갈등 때문에 자신들의 농장에서 도피할 수밖에 없었다. 이 과정에서 앤트워네트는 자신의 문화와 외부의 문화 사이의 갈등, 자신의 세계와 남편 로체스터 사이의 갈등, 정상적인 자아와 비정상적인 자아의 갈등 등으로 인해 점점 광기에 빠져든다.

제2부는 로체스터의 관점에서 서술된다. 부부는 사랑이 아니라 돈 때문에 결혼했다. 신혼 시절부터 두 사람은 깊은 성격 차이를 느낀다. 아내는 남편에 대한 정신적·신체적 사랑에 몰두하려 하고 남편은 그런 아내에게 두려움을 느끼며 벗어나려 한다. 또한 로체스터는 앤트워네트의 이복형제이며 혼혈아인 대니얼 코스웨이로부터 아내의 어머니가 정신병자였으며, 앤트워네트가 결혼 전에 다른 애인들이 있었다는 것을 알게 된다. 로체스터는 도덕적 분노를 느끼면서 아내와 더욱 멀어지려 했고, 그런 남편의 태도에 경악한 아내는 미약과 부두교 주술로 남편을 유혹하려 하나 실패한다. 로체스터는 아내의 강한 성욕과 통제력 상실을 두려워하면서 자신의 남성성과 자부심을 증명하기 위해 흑인 하녀를 침실로 끌어들인다. 그것이 아내에게 상처와 모욕을 주리라는 것을 알기 때문에 일부러 그렇게 행동한 것이다.

제3부에서는 앤트워네트의 광기가 본격적으로 발동하고, 남편의 잔인한 태도로 병은 더욱 악화되면서 그녀의 고립감은 더욱 깊어진다. 이 소설은 다락방의 미친 여자가 왜 그렇게 되었는지 여성적 관점에 입각하여 훌륭하게 설명해주는 작품이다.

|61| 고딕 로망스의 초기 작품

《오트란토 성》

●

《제인 에어》는 1차적으로는 신데렐라 스토리이기 때문에, 그리고 2차적으로는 고딕 로망스이기 때문에 꾸준히 읽히는 고전이 되었다. 그러면 고딕 로망스의 초기 작품으로는 어떤 것이 있을까? 호레이스 월폴(1717~1797)의 《오트란토 성》은 12세기 이탈리아의 오트란토 성에서 벌어진 괴기한 사건을 다룬 것이다. 고딕 로망스의 필수적인 요소인 깊은 산속의 성, 그 성에서 벌어지는 괴이한 사건, 사악한 남자에게 잡혀서 고통을 당하는 순진한 여자와 그 여자를 구원하려는 남자가 등장하고, 의외의 인물이 실은 그 성의 적통 후계자임이 밝혀지고, 그리하여 그 후계자와 순진한 여자가 결혼에 이른다는 얘기다.

이렇게 줄거리만 적어놓고 보면 상당히 신파 조로 들리지만, 이 소설은 여러 가지 초자연적인 현상이 등장하고 공포와 경악의 아슬아슬한 분위기를 조성하여 고딕소설의 가장 유명한 초기작이 되었다. 성주인 만프레드가 자기 아들 콘래드를 이사벨라에게 장가들게 하려다가 콘래드가 갑자기 죽어버리자 느닷없이 만프레드가 이사벨라에게 청혼하는 것이나, 순진한 젊은 농부 시어도어가 출생의 비밀에 의해 오트란토 성의 적법한 후계자로 밝혀지는 것이나, 이사벨라가 온갖 우여곡절 끝에 시어도어와 결혼하게 되는 이야기 등이 자못 흥미를 자아낸다. 읽는 동안에는 "옛날 옛날에 산속 깊은 곳에서 무시무시한 괴물이 살았는데……" 하는 〈전설의 고향〉 같은 느낌이 난다.

|62| 영국 소설가 브론테 자매의 영감

《우돌포 성의 신비(The Mysteries of Udolpho)》

앤 래드클리프(Ann Radcliffe, 1764~1823)의 《우돌포 성의 신비(The Mysteries of Udolpho)》는 18세기 말에 큰 인기를 끌었던 고딕소설이다. 래드클리프는 18세기 계몽시대의 작가답게 이야기 속의 신비한 요소들을 언제나 합리적인 방식으로 설명한다. 이 소설은 후대 영국 소설가인 샬럿 브론테와 에밀리 브론테에게 큰 영향을 주었다.

귀족 처녀 에밀리 생토베르는 아버지가 갑자기 돌아가시자 툴루즈에 있는 숙모의 집에 맡겨졌으나, 이 숙모가 베네치아의 귀족 몬토니와 결혼하는 바람에 이탈리아로 건너가게 된다. 그러나 몬토니는 에밀리와 숙모의 재산을 빼앗기 위해 의도적으로 결혼했을 뿐이었다. 결혼 후 몬토니는 에밀리와 숙모를 아펜니노 산맥 안의 우돌포 성으로 데려가, 거기서 재산 포기 각서에 서명하라고 숙모를 윽박지른다. 숙모가 거부하자 골방에 가두어버리고, 몬토니는 에밀리를 이탈리아 귀족과 강제 결혼시키려 하나 그녀는 거부한다. 이때 과거 에밀리가 아버지와 함께 피레네 산맥을 여행했을 때 알게 된 발랑쿠르라는 귀족 청년이 에밀리를 찾아 우돌포 성으로 온다. 위협하는 몬토니, 거기서 달아나려는 에밀리, 그녀를 구하려는 미남 청년, 이렇게 세 사람이 공포 분위기 속에서 달아나고 다시 잡히고 하는 줄거리가 계속 이어진다.

전형적인 고딕 로맨스답게 귀신 들린 성, 공포스러운 분위기, 재앙의 예감 등이 교묘하게 제시된다. 이 소설에서 공포와 신비의 분위기를 풍기는 장치의 한 예로 어느 여인의 자그마한 초상화를 들 수 있다. 에밀리의 아버지는 죽을 때 딸에게 모든 원고를 불태우라 했으나, 초상화에 대해서는 말이 없었으므로 딸은 그것을 간직한다. 나중에 그 초상화의 주인공은 빌루아 후작부인으로 밝혀진다. 에밀리는 생클레르의 수도원을 방문했을 때 그 초상화를 닮은 듯한 수녀를 본 기억이 있었다.

발랑쿠르와 결혼하기 전 그녀는 다시 수도원을 방문하고, 수녀는 죽어가면서 자신의 과거를 고백한다. 수녀는 우돌포 성 라우렌티니 성주의 부인이었는데, 옛 애인 빌루아를 찾아가려고 그 성을 떠났지만 막상 프랑스에 와보니 후작은 생토베르(에밀리의 아버지)의 여동생과 결혼한 상태였다. 그러나 그녀는 후작을 다시 유혹하고 음모를 꾸며 그 아내를 독살했다는 것이다. 그 후 후작은 양심의 가책을 느껴 먼 나라로 달아났고, 후작부인은 속죄하기 위해 수녀원으로 들어가 평생을 살았다는 것이다.

줄거리만 보아도 고딕소설이 《제인 에어》에 큰 영향을 미쳤다는 것을 느낄 수 있다.

|63| 이야기의 삶을 살다간 에밀리 브론테

《폭풍의 언덕》

●

에밀리 브론테(1818-1848)의 《폭풍의 언덕》은 또 다른 고딕 로망스다. 이 소설은 먼저 록우드가 첫 화자로 등장하여 캐서린의 유령을 만난 이후 워더링 하이츠에 대하여 호기심을 갖게 되고, 그 후 그가 그 집의 관리인인 엘렌 "넬리" 딘(두 번째 화자)에게서 나머지 대부분의 이야기를 듣는 방식으로 서술된다. 그래서 소설 속 상황이 지금 눈앞에 벌어지는 것처럼 서술되지 않고, 넬리 딘이라는 가정부의 회상과 록우드라는 방문객의 회고담을 통하여 간접적으로 제시된다. 이 때문에 소설 속 캐서린과 히스클리프의 괴기한 고딕풍 로맨스가 벌어지는 사건 현장이 독자들에게 직접 제시되지는 않는다.

이 소설에서 가장 유명한 부분은 록우드가 밤중에 캐서린의 유령과 만나는 장면이다. 록우드는 워더링 하이츠 저택에서 곰팡이가 핀 책들을 들춰 보다가 잠자리에 들었다. 그러나 전나무 가지가 창문에 부딪쳐 덜거덕거리는 소리에 잠에서 깨어난다.

"빌어먹을 저 소리를 좀 그치게 해야지!" 이렇게 중얼거리면서 나는 주먹으로 유리창을 깨고 계속 두들겨대는 가지를 잡으려고 팔을 내밀었다. 그런데 내 손에 잡힌 것은 나뭇가지가 아니라 얼음처럼 싸늘한 자그마한 손이었다.

악몽을 꾸듯이 으스스한 공포가 엄습했다. 나는 팔을 도로 빼려고 했다. 그러나 그 손이 붙들고 놓아주지 않았다. 몹시 구슬프게 흐느끼는 목소리가 들려왔다.

"들어가게 해주세요……. 들어가게 해주세요!"

"넌 누구냐?" 손을 뿌리치려고 애쓰면서 내가 물었다.

"캐서린 린턴이에요. 집에 돌아왔어요. 저는 황야에서 길을 잃었거든요."

그렇게 말하는 순간, 어린아이의 얼굴이 창문을 통해 어렴풋이 보였다. 나는 너무 무서웠다. 아무리 뿌리치려고 해도 소용이 없다는 생각이 들자, 나는 아이의 손목을 깨뜨린 창유리로 끌어당겨 문질러댔다. 피가 흘러 침구가 흠뻑 젖었다. 그래도 아이는 "들어가게 해주세요!"라고 울부짖으며 내 손을 악착같이 붙잡았다. 나는 무서워 거의 미칠 지경이었다.

　록우드가 비명을 지르자 집주인 히스클리프가 방으로 달려 들어와 화를 벌컥 내며 록우드에게 나가라고 한다. 그리고 히스클리프는 창을 비틀어 열면서 캐서린의 영혼에게 집으로 돌아오라고 호소한다.

　이 괴기한 사건 때문에 히스클리프에 관심을 갖게 된 록우드가 과거의 사건을 파헤치는 것으로 소설이 진행된다. 그런데 이 소설은 캐서린이 죽은 뒤에는 급속히 이야기의 힘을 잃어버린다. 그래서 이 책을 읽고 나면 캐서린이 죽기 이전까지밖에는 생각나지 않는다.

　샬럿 브론테와 에밀리 브론테 자매는 어릴 적에 목사인 아버지가 일을 나간 동안 궁벽한 집 안에서 시간을 보내야 했는데, 하루를 보내는 수단으로 이야기 게임을 했다. 이것은 《아라비안나이트》의 셰에라자드를 연상시킨다. 그들은 자기들끼리 상상의 나라를 만들어내어 그 나라에서 벌어진 일들을 자그마한 공책에다 이야기로 써서 서로 돌려 보는 게임을 했다. 에밀리 브론테가 상상해낸 가상의 땅은 영국 북방의 곤달이라는 땅인데, 그곳은 안개, 황야, 거센 바람이 특징인 고딕풍의 나라였다. 에밀리에게 이야기는 곧 삶이었다. 따라서 《폭풍의 언덕》을 탈고하고 얼마 되지 않아 에밀리가 세상을 떠난 것은 그리 놀라운 일도 아니다.

| 64 | 가족으로의 투영

〈곰〉

●

　포크너(1897-1962)의 중편소설 〈곰〉은 가족의 내력을 통하여 자신의 정체성을 탐구하려는 사람의 이야기다. 원래 이 소설은 《내려가라, 모세여(Go Down, Moses)》라는 장편소설의 한 장(章)인데, 이 장이 너무나 유명하기 때문에 따로 단편 선집에서 많이 소개되고 있다.

　주인공 아이작은 자신의 신념을 실천하기 위해 농장 상속을 포기한다. 그의 신념은 이런 것이다. 땅은 소유의 대상이 아니고, 이 세상의 진짜 악은 소유권이며, 바로 그것 때문에 노예제와 온갖 사악함이 생겨났다는 것이다. 아이작이 그런 생각을 갖게 된 주된 계기는 그의 아버지와 버디 아저씨가 보관했던 장부였다.

　아버지는 그 장부를 가지고 농장의 역사를 파헤쳐보려 했다. 이 평범한 사업 기록 장부는 극악한 사실을 적나라하게 드러낸다. 그것은 인간이 인간을 소유한 기록이고, 그런 끔찍한 제도 속에 내포된 더욱 사악한 행위를 적어놓은 것이었다. 노예 소유주가 노예들을 어떻게 착취했는지 보여주는 기록이었다. 장부에는 막연히 노예 소유주들이 어떤 행위를 했다는 정도가 아니라 주인공 아이작의 할아버지가 저지른 구체적인 행위가 적혀 있었다. 아이작의 할아버지 캐러더스 매캐슬린이 흑인 여자 노예 두 명을 첩으로 삼았다는 것이 드러난다. 첫 번째 첩은 유니스이고, 두 번째 첩은 유니스가 낳은 토마시나였다. 딸이 똑같은 남자에 의해 임신을 하자 수치심을 참지 못한 유니스는 스스로 강물에 빠져 익사한다. 이 장부는 이종 간(異種間: 특히 흑백) 결혼과 근친상간이 노예 제도의 자연적인 결과물임을 암시한다. 그리고 토지 소유가 만악의 뿌리임을 고발한다.

잔학한 노예 제도, 이종 간 결혼, 근친상간의 문제 등을 적나라하게 파헤치기 때문에, 자신을 '아메리칸 아담'으로 생각하기 좋아하는 미국인들은 포크너의 작품을 별로 좋아하지 않는다. 아메리칸 아담은 '미국의 꿈(아메리칸 드림)'으로 설명되기도 하고 또 호레이쇼 앨저("가난한 사람이 부자가 되다") 스토리로 설명되기도 하는데, 신대륙인 미국이 지상낙원을 회복할 수 있는 가능성의 땅이라고 여기는 것이다. 이때 미국은 인류의 새로운 낙원 혹은 새로운 에덴동산으로 간주된다. 그리고 새 역사의 출발에 즈음하여 영웅적인 순진성과 엄청난 잠재력을 갖춘 진정한 미국인은 바로 에덴동산의 아담과 같은 '미국의 아담(아메리칸 아담)'인 것이다. 포크너의 대표적 장편소설 《압살롬, 압살롬!》은 노예 시대의 남부에서 벌어진 치욕스럽고 사악한 사건들을 아주 교묘한 스토리텔링 방식으로 말한다.

|65| 정체성의 탐구

《오기 마치의 모험》

●

솔 벨로(1915-2005)의 《오기 마치의 모험》은 대표적인 정체성 탐구 소설이다. 이 작품은 피카레스크 소설의 전통을 이어받았다.

시카고에 사는 젊은 유대인 오기 마치는 고등학교를 간신히 졸업하고 생계를 위해 세상 속으로 뛰어든다. 그는 다양한 직업과 경험을 통하여 인생과 그 자신에 대하여 많은 것을 알게 된다. 처음에는 다리에 장애가 있는 아인혼 밑에서 일하면서 그로부터 독서 습관을 물려받는다. 이어 그는 말안장 가게에서 일하다가 주인아주머니인 렌링 부인이 자신을 입양하려 들자 그 가게를 떠난다. 그는 절도 행위에도 가담하고, 캐나다 국경을 통해 이민자를 몰래 미국으로 들여오는 일도 하고, 값비싼 책을 훔쳐서 팔기도 하고, 잠시 노조원으로 활동하기도 한다.

형 사이먼과는 다르게 오기 마치는 가족에 대하여 깊은 애착을 느낀다. 어머니와 동생 조지가 병원에 입원했다는 얘기를 들을 때나 라우시 할머니가 죽었다는 얘기를 듣고서는 깊이 슬퍼한다. 형 사이먼은 처가의 돈을 보고서 샬럿 매그너스와 결혼한다. 하지만 형처럼 살기 싫은 오기는 사이먼과 함께하던 일을 그만두고 샬럿의 사촌인 루시에게 구애하는 것도 포기한다. 그러면서 자신만의 방식으로 자신의 운명을 개척하겠다는 결심을 더욱 굳힌다.

그는 멕시코에서 길들인 독수리를 데리고 이구아나 사냥을 나갔다가 테아 펜첼을 사랑하게 되는데, 고집 세고 소유욕 강한 테아에게서 독립과 사랑은 양립할 수 없는 것임을 깨닫는다. 그리고 멕시코 시절에 자신이 도와주었던 스텔라를 사랑하게 되어 미국에서 결혼한다. 형 사이먼의 혼란스러운 결혼 생활과, 자신도 안정된 생활을 누리지 못하는 것 등을 깊이 명상하면서 오기 마치는 누구나 자신의 선택에 씁쓸함을 느끼지만 그것을 견디면서 살아간다고 생각한다. 그러면서 마음 한쪽에 낙관주의, 유머, 인생에서 성공하겠다는 끈기 등을 간직한다.

이 소설 속의 여러 가지 에피소드들은 그 자체로는 흥미로우나 어쩐지 서로 잘 연결이 되지 않는다는 느낌이 든다. 그래서 어떤 평론가들은 이 책의 분량을 절반 정도로 줄인다고 해도 별반 차이가 없을 것이라고 논평했다. 소설 미학의 관점에서 보면 좀 결점이 있을지 몰라도 흥미진진한 에피소드가 많아서 지루하지 않게 읽을 수 있다.

|66| 여성성의 성찰

〈19호실로 가다(To Room Nineteen)〉

2007년 노벨 문학상 수상자인 도리스 레싱(1919~2013)의 단편소설 〈19호실로 가다(To Room Nineteen)〉은 여성의 정체성을 깊이 성찰한 작품이다.

결혼 13년차 부부인 수전과 매슈 롤링스 부부는 외관상 아무런 문제가 없다. 남편은 좋은 직장에 다니면서 출세를 거듭하여 런던 교외의 고급 전원주택을 사들였다. 네 자녀는 무사히 학교에 잘 다닌다. 그런데 전업주부인 수전은 점점 심한 정체성의 위기에 빠져든다. 강이 내려다보이는 집 마당에 혼자 서면 자꾸 그녀의 눈앞에 악마가 어른거린다. 그 악마는 불안, 짜증, 초조, 공허, 분개의 느낌을 동반하고 온다. 그리하여 수전은 자기만의 방을 찾아 나선다. 그것이 런던 교외의 지저분한 호텔에 있는 객실 19호다. 그녀는 오전 12시에 그 방으로 들어가 오후 5시까지 혼자 그 방 안에서 아무것도 안 하고 가만히 앉아 있다가 교외의 집으로 돌아온다. 그러나 남편 매슈는 아내가 왜 이러는지 그 이유를 알지 못한다. 결국 아내에게 다른 남자가 있을지 모른다는 것 외에는 이유가 없다고 생각한다. 그런 남편의 반응에 실망한 수전은 마지막으로 19호실로 찾아가 방문과 창문을 밀폐하고 가스를 틀어서 자살한다.

내가 이 소설을 처음 읽은 것은 대학교 3학년 때였다. 그때는 집 앞마당에 혼자 서면 보인다는 악마가 도무지 납득되지 않았다. 남편이 돈 잘 벌어다 줘, 자식들 학교 잘 다녀, 좋은 집에서 가정부 두고서 사는 여자가 왜 멀쩡한 자기 집 정원에서 악마를 보는지 의아했다. 그래서 호강에 겨워 요강에 빠진 여자의 얘기처럼 들렸다. 40대 중반이던 1990

년대 말에 《독서치료법》이라는 책을 번역하다가 이 소설을 다시 읽게 되었다. 그때 수전의 악마는 바람피우는 남편에 대한 여성 성욕의 반작용인가 하고 짐작했다. 그러다가 이번에 이 글을 쓰기 위해 다시 읽어보니, 여성의 정체성과 관련된 문제라는 것을 알게 되었다.

강이 내려다보이는 그 하얀 집의 마당에 서면 "나는 내가 아니다"라는 느낌이 든다는 것, 그것이 바로 수전이 보는 악마였다. 그런 느낌의 배경은 "남편은 나의 남편이 아니다"라는 뼈아픈 통찰이다. 남편이 바람피우는 것을 알면서도 그것을 지적으로(좀 더 나쁘게 말하면 계산적으로) 판단하여 자기가 참을 수밖에 없다고 생각하는 여자. 그런 여자가 어떻게 자신의 정체성에 심한 위기감을 느끼지 않겠는가? 그래서 레싱은 소설의 맨 처음에 아예 "이것은 지성의 실패에 관한 이야기"라고 못을 박아놓은 것이다.

|67| 사물이자 행동이 된 말[語]

〈이끼(Lichen)〉

●

2013년 노벨 문학상 수상자 앨리스 먼로(1931-)의 단편소설 〈이끼(Lichen)〉는 이혼한 부부의 얘기다. 만약 수전 롤링스가 19호실에서 자살하지 않았더라면 이 소설의 여주인공 스텔라처럼 되었을 것이다.

스텔라는 21년을 함께 산 남편 데이비드와 이혼하고 혼자서 산다. 그런데 전남편 데이비드가 현재의 애인인 캐서린과 함께 그녀를 찾아온다. 그는 매해 근처의 요양원에서 사는 전(前) 장인을 찾아보기 위해 스텔라의 집을 방문한다. 스텔라는 데이비드와 요양원에 다녀온 후 전

남편으로부터 이런 얘기를 듣는다. 현재 사귀는 여자인 캐서린과도 이미 지겨워져서 그녀보다 훨씬 젊은 여자인 디나를 몰래 만나고 다닌다는 것이었다. 그는 전처 스텔라에게 디나의 전신 알몸 사진을 보여준다. 사진 속의 여자는 다리를 벌리고 있는데 그 삼각주가 스텔라에게는 '이끼'처럼 보인다.

데이비드는 이 사진을 캐서린에게 보여주고 싶은 유혹을 느낄지 모르니까, 전처에게 가지라고 말한다. 그러나 스텔라는 거절한다. 식사 후에 스텔라는 술 취한 캐서린과 대화를 나누고, 데이비드는 전화 연결이 잘 되지 않는 디나와 통화를 시도한다. 그리고 요양원에서 있었을 때의 한 장면이 플래시백 된다. 전 장인은 전 사위를 봐서 즐거운 듯했고, 데이비드는 갑자기 따뜻한 마음이 들어 스텔라를 포옹한다. 그러자 스텔라는 간호사가 본다면서 제지한다.

데이비드가 다녀가고 일주일 뒤, 스텔라는 전남편이 디나의 알몸 사진을 커튼 뒤에 몰래 놓아두고 갔다는 것을 발견한다. 햇빛에 이울어버린 사진 속의 이끼는 정말 이끼 같다는 느낌이 들었다.

먼로는 일상의 사소한 사건을 가지고 많은 것을 상상하게 만드는 작가다. 이 여자 저 여자 만나면서 바람피우다 그것 때문에 이혼당한 전남편은 아직도 철이 덜 들어서 엽색 행각을 계속한다. 그리고 얼마 사귀지 않아 차버릴 게 틀림없는 젊은 여자 디나는 사람이라기보다 사진에 가까운 존재다. 사람을 가리켜 사진이라고 암시하다니! 이 얼마나 무서운 조롱인가! 스텔라는 디나의 이끼를 보는 순간 그게 짐승의 가죽과 비슷하다는 생각도 한다. 진지한 성찰이 없이 육체관계뿐인 남녀는 동물 혹은 사진과 다를 게 없지 않느냐는 예리한 일침이다.

바벨탑 사건 이전에 인류에게는 말(언어)이 곧 사물이요 행동이요 느낌이었다고 한다. 이때의 언어를 가리켜 공통기어(共通基語, UrSprache)라고 한다. 그러다가 바벨탑으로 인간의 말이 뿔뿔이 갈라지면서 저마다 다른 언어를 쓰게 되었다. 그리하여 소통의 문제가 생겨나게 되었다. 그러나 예술가들은 그 파편화된 언어에서 공통기어를 찾으려고 애쓴다. 먼로의 소설을 읽으면 그 공통기어의 모습이 흘끗 엿보인다.

| 68 | 이성애자에서 동성애자로

〈베네치아에서의 죽음〉

성 정체성도 문학의 중요한 주제 중 하나다. 토마스 만(1875-1955)의 중편소설 〈베네치아에서의 죽음〉은 오스카 와일드의 《도리언 그레이의 초상》에서 영향을 받은 작품이다.

이 소설의 주인공 구스타프 폰 아셴바흐는 뮌헨에 사는 유명한 작가다. 그는 홀아비로서 평생을 지성과 이성을 신봉하며 살아온 사람이다. 그는 휴가차 베네치아에 가서 그랑 오텔 데 뱅에 투숙하면서 같은 호텔에 묵는 타치오라는 14세 소년을 만난다. 그 소년은 그리스 조각상에 구현된 신체적 아름다움의 표상이다. 평생 이성의 힘을 신봉하며 살아온 아셴바흐는 그만 그 소년을 사랑하게 된다. 그는 더 좋은 기후를 찾아서 베네치아를 떠날 생각이었으나 마음을 바꾸고 열정과 죽음에 그 자신을 통째로 내맡긴다. 그는 젊은 타치오의 관심을 끌려고 머리를 염색하고 얼굴 화장을 한다. 그렇다고 해서 아셴바흐가 그 소년에게 접근하는 것도 아니다. 그저 소년을 뒤따라 베네치아의 거리를 배회하면서 멀리서 그 아름다움에 넋을 잃는 것이다. 베네치아에 콜레라가 돌고 있다는 소문도 아셴바흐는 개의치 않는다.

타치오 가족이 리조트를 떠나기로 한 날, 아셴바흐는 바다에서 수영하다가 물에서 걸어 나오는 타치오를 보고 극도의 아름다움에 황홀해하면서 플라톤의 〈파이드로스〉를 연상한다.

"내 말을 들어라, 파이드로스. 아름다움만이 신성하고 가시적인 것이다. 또 정신에 대한 감각의 길, 예술가의 길도 그와 마찬가지다. 하지만 나의 다정한 소년이여, 내게 말해다오. 그런 아름다운 남자가 지혜와 가치 역시 가지고 있겠느냐. 그런 남자에게 정신으로 가는 길이 감각을 거쳐 가겠느냐. 그에게 감각의 길은 아주 위험스러운 달콤함의 길이 되지 않겠느냐. 그 길로 가는 남자는 결국 침범과 위반의 길로 가지 않겠느냐."

아셴바흐는 결국 아름다움에 탐닉하다가 콜레라에 걸려 사망한다. 이 소설 속의 아셴바흐는 이성애를 지나치게 강조하다가 그것이 결국 데카당스를 불러와서 동성애로 돌아선 경우다. 최근의 연구 자료에 의하면 토마스 만도 숨은 동성애자였다고 한다.

|69| 당신 안에도 짐승이 있다
〈밀림의 야수(The beast in the jungle)〉

●

헨리 제임스(1843~1916)의 중편소설 〈밀림의 야수(The beast in the jungle)〉는 자신에게 어떤 기이하고 무서운 일이 벌어질지 모른다면서 선뜻 행동에 나서지 못하는 남자를 묘사한다.

존 마처는 한 파티 장소에서 메이 바트럼이라는 여자를 만나서 교제를 시작한다. 그러나 늘 자신에게 불운한 일이 벌어질지 모른다고 생각하는 존은 그녀와 깊은 관계에 도달하지 못한다. 그는 자신의 그런 불길한 예감을 밀림 속의 짐승에 비유한다. 이렇게 시간이 흘러가는 동안 존은 메이가 자신의 운명에 대해 자신보다 더 잘 알고 있다고 느낀다. 마침내 메이는 존의 현존하는 운명이 그를 압도해버렸다고 말한다. 그러면서 존이 그 운명을 스스로 발견하면 그것을 피할 수 있을지도 모른다고 조언한다. 하지만 그는 메이의 말을 이해하지 못한다.

마침내 메이는 죽고, 그는 세계 일주를 하고 와서 메이의 무덤을 찾아간다. 존은 근처의 다른 무덤을 찾아와 슬퍼하며 엎드린 방문객을 보는 순간, 자신의 운명이 무엇인지 깨닫는다. 그는 인생에서 소중한 사랑을 느끼지 못한 채 살아갈 운명이라는 것이다. 그에게 아무런 일도 벌어지지 않으리라는 것, 그것이 바로 그의 운명이었다. 메이는 그를 사랑했고, 그가 그 사랑에 화답했더라면 그의 삶은 구원을 받았을 것이다. 그는 깊은 절망에 빠지며 그녀의 무덤에 엎드려 흐느낀다.

나는 이 소설을 읽을 때마다 환갑 넘도록 미혼인 친구가 생각난다. 그 친구는 젊은 시절 어떤 여자를 깊이 사랑했는데 그 여자가 브라질로 이민을 갔다고 한다. 그 후 다른 여자와 교제하다가도 결혼에 이를 만하면 "언젠가 브라질에 간 여자가 돌아올 텐데" 하는 생각이 들어 "이렇게 결혼해버리면 그녀에게 죄를 짓는 것 같아" 하면서 망설이게 되었고, 그래서 사귀던 여자는 다들 떠나가 버렸다. 존 마처는 이 환갑 넘은 미혼 친구와 너무나 비슷하다.

한편, 이브 세지윅(Eve Sedgwick)이라는 문학평론가는 존 마처의 성적 지향이 동성애인데, 그것을 억제하고서 이성애를 강요하는 사회적 규범을 따르려고 애쓰다 보니 그 동성애적 경향이 밀림의 짐승으로 나타났으며, 소설 마지막 부분에서 무덤에 엎드려 흐느끼는 행위는 그 강요된 이성애의 규범을 겉으로 연기하는 것뿐이라고 해석한다.

이 소설을 읽으면 존 마처의 짐승이 구체적으로 무엇인지 잘 모르겠으나 희미하게 느낄 수는 있다. 그런데 실은 누구나 마음(밀림) 속에 무서운 생각(야수)을 가지고 살아가는 게 아닐까?

|70| 처음으로 동성애를 진지하게 다룬 소설
《배덕자》

●

앙드레 지드(1869~1951)의 장편소설 《배덕자》에는 미셸과 마르셀린이라는 젊은 부부가 나온다.

미셸은 역사학자인데 어린 시절 아버지로부터 정서적으로나 지적으로 강요당하면서 성장해왔다. 아내 마르셀린과 결혼한 미셸은 북아프리카로 신혼여행을 떠나는데 그곳에서 역사적 유물도 둘러볼 생각이다. 미셸은 아프리카에 도착하자마자 폐결핵으로 건강 상태가 나빠졌고, 그래서 사하라 사막 근처의 비스크라로 정양을 간다. 그곳에서 미셸은 흑인 소년들의 아름다운 몸에 매혹된다. 미셸은 특히 목티르라는 잘생긴 흑인 소년에게 매혹된다. 어느 날 목티르는 미셸과 단둘이 있을 때, 마르셀린의 것인 자그마한 가위를 몰래 훔친다. 미셸은 그것을 빤히 보면서도 묵인한다. 그러면서 자신이 그 묵인 덕분에 전통적인 도덕에서 해방된 듯한 환희를 느낀다. 그 후 부부는 프랑스로 돌아와 평상생활로 돌아간다.

이때 미셸의 친구인 메날크가 등장한다. 메날크는 쾌락주의자로, 지드가 젊은 시절에 만났던 오스카 와일드를 모델로 한 인물이다. 미셸 부부는 메날크를 따라 다시 아프리카 여행을 떠나고, 거기서 미셸은 목티르를 다시 만난다. 이 여행에서 병약한 아내는 사망한다. 그러자 미셸은 대학교수직을 그만두고 알제리의 산간 오지 마을로 들어가 현지 여자와 함께 사는데, 그 여자는 농담 삼아 미셸이 자신보다 남동생 알리 때문에 자신과 함께 산다고 말한다. 미셸은 그 말을 부정하지 않는다.

이 소설에서 배덕(背德)의 핵심은 목티르가 마르셀린의 가위를 훔쳐가는 데도 미셸이 그것을 묵인한 일이다. 즉 이성애 대신에 동성애가 들어서는 것을 허용한다는 뜻이다. 프로이트의 이론이 성행하기 전에 쓰인 이 소설은 억압된 성욕을 깊이 파헤치며 동성애 문제를 처음으로 진지하게 다룬 소설이다. 〈베네치아에서의 죽음〉보다 10년 먼저 발표된 이 소설에서 미셸은 아셴바흐와 마찬가지로 노골적인 게이는 아닌 것으로 묘사되어 있다. 발표 당시의 사회적 압력을 의식했기 때문일 것이다. 실제로 앙드레 지드는 동성애자였고 결혼한 아내와는 평생 동침하지 않았다고 한다.

|71| 체험에서 나온 그럴 듯한 상상
《도리언 그레이의 초상》

●

오스카 와일드(1854-1900)의 장편소설 《도리언 그레이의 초상》에서는 앙드레 지드보다 훨씬 더 은밀하게 성 정체성이 묘사된다.

화가 바질 홀워드가 도리언 그레이라는 잘생긴 청년의 초상화를 마무리하고 있는 화실에 헨리 워턴이라는 쾌락주의자가 찾아온다. 그런데 마침 도리언 그레이도 그 화실을 찾아와, 두 남자는 서로에게 호감을 갖게 된다. 화가는 도리언에게 초상화를 건네주는데, 도리언은 초상화가 자신을 대신하여 늙어주고 그 자신은 언제나 젊고 아름다웠으면 좋겠다고 말한다.

헨리는 도리언에게 '새로운 쾌락주의'를 교육시킨다. 여기에 세뇌된 도리언은 시빌 베인이라는 여배우를 사귀어서 정복하고는 곧 차버린다. 이 충격으로 시빌은 자살한다. 헨리는 도리언에게 그 자살을 미학적 사건으로 바라보라고 말한다.

이때부터 15년간 도리언은 헨리의 지도 아래 온갖 감각적 환락, 방탕, 성적 관계, 알코올, 마약 등에 몰두하면서 살아간다. 도리언의 젊음과 신체적 아름다움은 그대로이나 그의 집 깊숙한 곳에 감추어둔 초상화는 점점 더 늙고 흉하게 변해간다. 어느 날 화가 홀워드가 찾아와 그 초상화를 좀 보자고 한다. 아주 흉해진 초상화를 보고서 화가는 도리언에게 방탕한 생활을 그만두고 참회하라고 질책한다. 그러자 도리언은 격심한 분노에 사로잡혀 화가를 살해한다. 이어 도리언은 자신의 타락을 증언하는 그 초상화를 없애버리기로 마음먹는다. 그는 화가를 찔렀던 그 칼로 초상화를 마구 찌른다. 방 안에서 비명 소리가 들리자 하인들이 그 방으로 달려간다. 벽에는 젊고 아름다운 도리언의 초상화가 걸려 있고, 방바닥에는 늙고 추악한 도리언이 쓰러져 있었다. 그가 초상화를 찌른다는 것이 실은 자기 자신을 찌른 것이었다.

이 소설은 오스카 와일드의 동성애 재판 때 법정에 증거물로 제시되었다. 소설 속의 헨리는 와일드 자신이고, 도리언은 젊은 앨프리드 더글러스(와일드의 동성애 상대)다. 와일드는 더글러스와의 동성애 관계 때문에 더글러스의 아버지에게 고소를 당했다. 와일드는 프랑스로 도피하면 기소를 피할 수도 있었는데, 자신이 아무 죄가 없다고 더글러스 아버지를 맞고소했다가 남색 죄로 레딩 감옥에 2년간 투옥되었다. 출옥 후 프랑스 파리로 가서 아주 빈궁하게 2년 정도 살다가 사망했다.

앙드레 지드는 이 시기에 와일드를 만나서, "체험한 일을 기록하는 사람은 결코 훌륭한 소설가가 되지 못하고, 체험하지 못했으나 그럴듯하게 상상할 수 있는 사람이어야 훌륭한 소설가가 될 수 있다"는 조언을 받았다.

|72| 동성애의 문학적 설명
〈레오나르도 다 빈치의 유년의 기억〉

사람은 왜 동성애자가 되는 것일까? 프로이트는 표준판 전집 제 4권 《꿈의 해석》과 제11권(《레오나르도 다 빈치의 유년의 기억》)과 제18권(호모섹슈얼리티 관련 편들)에서 동성애를 두 갈래로 설명한다. 이 설명을 읽으면 프로이트가 가족 로망스를 얼마나 중시하는지 잘 알 수 있다.

아무튼 원인의 한 갈래는 오이디푸스 콤플렉스와 관련된 시블링 콤플렉스(형제간의 갈등)이고, 다른 한 갈래는 아이가 어머니를 너무 사랑하는 경우다. 아이는 오이디푸스 콤플렉스를 통과하는 과정에서 사랑하는 어머니를 사이에 놓고 형제들끼리 경쟁을 벌이면서 질투 관계에 돌입한다. 《꿈의 해석》에서는 이 주제가 가족 드라마의 핵심을 차지한다. 아이는 치열한 시블링 라이벌리를 통하여 형제나 자매에 대하여 "네가 어서 죽어버렸으면" 하는 죽음의 소망을 느낀다는 것이다. 프로이트는 남자가 다른 남자에 대해서 사랑을 느끼는 것(동성애)은, 어머니의 사랑을 놓고 함께 다투던 경쟁자(형제)에게 느꼈던 최초의 살인적 충동에 대한 보상 작용 혹은 반동 형성이라고 설명했다.

동성애에 이르는 또 다른 경로는 〈레오나르도 다빈치의 유년의 기억〉이라는 논문에 자세히 설명되어 있다. 이 경우는 아이가 어머니를 너무 사랑하여 그 사랑으로부터 자기 자신을 보호하려는 것이다. 그래서 레오나르도는 자기 자신과 어머니를 동일시하기에 이르렀고, 그리하여 마치 어머니가 자기(레오나르도)를 사랑해주었듯이 자기가 여자(어머니)가 되어 자기(레오나르도)를 닮은 젊은 남자를 사랑하게 되었다는 것이다.

지나치게 엄격한 아버지와 그 아버지에게 꼼짝도 못 하고 순종하는 어머니 밑에서 자란 아들이 동성애자가 되는 경향이 있는 것은 동성애자들의 고백에 의해 여러 차례 확인되었다. 하지만 어머니를 중심인물로 놓고 동성애를 설명하는 프로이트의 관점은 비록 독창적이면서 어떻게 보면 문학적이기까지 하나, 현대의 유전학이나 생물학의 관점에서 보면 설득력이 떨어진다.

| 73 | 원래 한 몸으로 합치려는 소망의 동성애
《향연》

●

과학이 아니라 문학을 가지고 동성애를 설명하자면 차라리 그보다 2000여 년을 앞선 플라톤의 설명이 더 그럴듯해 보인다. 그는 《향연》에서 동성애와 관련하여 이렇게 말한다.

먼저 여러분이 배워두셔야 할 것은, 사람의 본래 상태와 그 후에 변한 상태입니다. 즉 옛적 우리의 본래 상태는 지금과 같지 않고 달랐습니다. 첫째로 사람의 성(性)에는 지금처럼 남녀 두 성이 아니라, 남녀가 합쳐진 제3의 성까지 세 가지가 있었습니다. 그 당시에는 사람마다 아주 둥근 꼴을 하고 있어서, 등과 허리가 그 둘레에 있었습니다. 손도 다리도 넷씩이고, 또 둥근 목 위에는 똑같이 생긴 얼굴이 둘 있었습니다. 서로 뒤를 붙이고 있는 얼굴 위에 단 하나인 정수리가 있었고, 이에 더하여 귀가 넷, 생식기가 둘, 그 밖의 것도 다 이런 식으로 상상해 볼 수 있을 것입니다. 사람은 오늘날처럼 일어서서 가고 싶은 대로 앞으로나 뒤로나 어느 편으로든지 걸을 수 있었습니다. 뿐만 아니라 급하게 달리고 싶으면, 마치 공중그네를 뛰는 사람이 두 다리를 거꾸로 세우면서 동그라미를 그리듯이, 그들은 당시 가지고 있었던 여덟 손발로 버티고 둥글게 구르면서 날쌔게 전진했던 것입니다……. 그런데 이들이 신들을 공격하기 위해 하늘로 올라가려고 하자 제우스는 깊이 생각한 끝에 그들의 몸을 두 쪽으로 떼어놓기로 했습니다. 그렇게 하면 그들은 지금보다 약해지고 또 그 수가 늘어나기 때문에 신들에게 더욱 편리해질 것이라고 보았습니다……. 사람은 본래의 모습이 그처럼 둘로 갈라진 다음부터, 한쪽이 다른 반쪽을 그리워하여 다시 한 몸이 되려고 했습니다. 제우스께서는 이것을 가엾게 여기시어 다른 수단을 생각한 끝에 그들의 생식기를 앞으로 옮겨놓으셨습니다. 그때까지는 그것이 바깥쪽에 달려 있어서 상대편의 몸속이 아니라 땅 속에다 잉태시키고 낳았던 것입니다. 마치 매미처럼 말입니다. 제우스는 그렇게 하여 남성이 여성 안에 생식할 수 있도록 하셨습니다. 그 목적의 하나는 남자가 여자를 만났을 때는 서로 껴안고서 아이를 만들도록 함이고, 다른 하나는 남자가 남자를 만나면 교접하고 싶은 욕망을 어떻게든 만족시키고 나서, 자기 일거리로 돌아가고 그 밖의 살림살이도 돌보도록 한 것입니다……. 옛날에 남녀 한 몸이었던 사람은 두 쪽이 난 후 서로 남자나 여자를 그리워하지만, 옛날에 남남이 한 몸이거나 여여가 한 몸이었던 사람은 두 쪽이 난 후에 이성에게는 전혀 끌리지 않고 남자는 남자에게, 여자는 여자에게 더 마음이 끌리는 것입니다.

그러니까 게이는 원래 남자와 남자로 된 한 몸이 떨어져서 다시 합치려 하는 것이고, 레즈비언은 원래 여자와 여자로 된 한 몸이 서로 이별해서 다시 결합하려는 경우라는 설명인데, 플라톤이나 프로이트나 문학적인 설명을 한다는 점에서는 마찬가지이지만, 플라톤의 것이 오늘날의 유전·생물학에 훨씬 더 근접한 듯하다.

|74| 궁금증과 이해력을 요구하는 스토리와 플롯
《소설의 양상(Aspects of the Novel)》

●
인생의 여름이 거의 지나가면 우리는 인생이 기다란 이야기 한 편이 아닐까 하는 생각을 갖게 된다. 그렇다면 이야기란 무엇인가?

E.M. 포스터(1879~1970)는 《소설의 양상(Aspects of the Novel)》이라는 책에서 이야기(story)를 이렇게 정의한다.

이야기는 시간의 순서대로 배열된 사건들에 대한 서술이다. 하지만 이야기는 플롯(plot)과 같은 것이 아니다. 이야기가 플롯의 바탕이 되기는 하지만 플롯은 좀 더 고차원의 조직된 이야기를 뜻한다. 포스터는 스토리와 플롯을 구분하는 아주 간단한 기준을 제시한다. 스토리가 시간의 순서대로 벌어진 사건들을 기술한 것이라면 플롯은 인과 관계를 중시한다. 가령 "왕이 죽었고 그다음에 여왕이 죽었다"고 하면 스토리다. "왕이 죽었고 이어 여왕이 슬픔을 못 이겨 죽었다"고 하면 플롯이 된다. 이 문장을 약간 비틀어 이렇게 쓸 수도 있다. "여왕이 죽었다. 아무도 그 이유를 몰랐는데 나중에 가서야 왕의 죽음에 대한 슬픔으로 인하여 죽었다는 것이 밝혀졌다"고 하면 신비감이 약간 가미된 플롯이 된다. 스토리에 대해 독자는 "그리고 그다음엔?"이라고 묻지만 플롯에 대해서는 "왜?"라고 묻는다. 이리하여 스토리와 플롯은 궁금증과 이해력을 요구한다.

포스터는 이처럼 스토리와 플롯을 전문적으로 구분하지만 우리가 통상적으로 말하는 '이야기'라는 것은 사실상 이 둘을 합쳐놓은 것이다.

세상의 사건들은 실제로는 인과 관계를 의식하면서 벌어지지 않는다. 전교 1등 하는 학생이 반드시 대학 입시에 성공하는 것도 아니고, 절세 미녀가 아주 잘생긴 남자를 남편으로 맞아들이는 것도 아니다. 그렇지만 우리는 자신의 이해력 혹은 지성을 발휘하여 사건들에 대하여 어떤 임의적 질서를 부과하려 한다. 왜? 우리 자신이 주인공이 되는 얘기를 정립하고 싶어서다. 그것이 가능하지 않다면 우리의 판단이나 의견이 받아들여지는 스토리를 만들어내려고 한다. 따라서 우리가 주인공이 되지 않는 얘기에 대해서는 시시해하거나 무관심하다. 이렇게 볼 때 우리가 소중하게 간직하는 이야기는 우리의 정체성 그 자체라고 해도 과언이 아니다.

|75| 각자의 입장에서 실존하는 철학

〈당나귀를 멘 농부와 아들〉

●

이야기에는 표면과 내면이 있다. 가령 이솝 우화에서 유래한 것으로 보이는 고대 로마의 민담 〈당나귀를 멘 농부와 아들〉 이야기는 이런 내용이다.

농부와 그의 아들이 함께 성내에 들어가게 되었다. 아들은 당나귀를 타고 가고 아버지는 걸어갔다. 햇볕이 너무 뜨거워 아버지는 곧 피곤해졌다. 한 이웃(vicinus)이 다가와 말했다.

"아들에게 당나귀를 태우다니 이게 어떻게 된 일이오? 애는 타고, 어른은 걸어간다는 것은 공평치 못한 일이오."

그래서 이웃의 지적을 받아들여 아버지가 당나귀를 타고 아들은 걸어갔다. 곧 한 행인(viator)이 다가와 말했다.

"이게 어떻게 된 일이오? 튼튼한 어른은 당나귀를 타고, 어린 아들은 걸어서 가다니? 아이를 당나귀에 태우시오!"

농부 아버지는 말했다.

"내가 타고 가도 뭐라고 하고 아들이 타고 가도 뭐라고 하는군. 둘 다 타고 가면 뭐라고 하지 않을 거야."

그래서 부자가 불쌍한 당나귀의 등에 올라탔다. 얼마 가지 않아 길 반대편에서 철학자(philosophus)가 다가왔다.

"저런! 정말 불쌍하군! 지금 두 사람을 억지로 태우고 가는 너 불쌍한 당나귀여, 너도 한때는 신에 의해 창조된 존재가 아닌가? 사람은 정말 잔인하구나. 이봐요, 부자가 저 당나귀를 메고 가면 어떻겠소? 당신들은 당나귀가 불쌍하지도 않소?"

이렇게 하여 부자는 당나귀를 메고 성내로 들어갔다. 성내의 주민들 (incolae oppidi)은 당나귀를 타지 않고 메고 온 부자를 당연히 비웃었다.

이 글에서 당나귀를 멘 부자는 노상에서 이웃-행인-철학자를 만나고, 맨 마지막에 성내의 주민들을 만난다. 부자는 각기 다른 입장에 있는 사람을 만나기 때문에 상황의 변화를 겪게 된다. 그리고 그들의 입장은 나름대로 타당하다. 그러다가 성중에 이르러 사람들의 조롱을 받게 된다. 이것은 어떤 특수한 입장에 귀가 얇아져서 보편적 입장을 잊어버려서는 안 된다는 주제를 제시한다.

글의 메시지가 전환되는 방향을 주시해 보면, 처음에 이웃(정착민)인 사람을 만났다가 다시 그와 정반대인 행인(유랑민)을 만난다. 그리고 정착민도 유랑민도 아닌 관념의 인물 철학자를 만난다. 고고한 이상의 세계를 소요하는 철학자는 신의 창조물인 당나귀를 불쌍하게 여겨서 당나귀를 메고 가라고 권유한다. 그리고 마지막 부분에 성내 사람들의 조롱을 받았다는 부분이 이 글의 백미다. 성중(시장)에서는 어떤 특수한 입장보다 보편적 입장이 더 통하기 때문에, 당연히 사람이 당나귀에 타야 한다고 보는 것이다.

이 글은 정착민은 정착민답게, 유랑민은 유랑민답게, 철학자는 철학자답게 말하고 실천할 수밖에 없다는 속뜻을 담고 있다. 이것은 "강은 강, 산은 산, 9월의 국화는 9월에 핀다"는 선문답과 아주 유사하지 않은가?

왜 분위기를 강조하는가

《개를 데리고 다니는 부인》

●

이야기를 해나가는 데에는 두 가지 유형이 있다. 하나는 기승전결이 톱니바퀴처럼 완벽하게 맞물려 돌아가는 방식, 다른 하나는 기승전결보다는 어떤 상황, 분위기, 느낌 등 간접적 요소를 제시하는 방식이다. 일반적으로 글의 연결이 자연스럽게 이루어지면 글 전체가 선명한 구조를 갖추게 된다. 기승전결이 뚜렷한 글은 역삼각형 구조를 갖는다. 기승전결의 전(轉)에서 상황이 급격히 전환될수록 역삼각형의 꼭짓점, 즉 결론을 향해 치닫는 각도는 날카로워진다. 따라서 이 역삼각형에 기여하지 않는 세부 사항은 아무리 인상적인 표현, 인용, 대화라고 할지라도 군더더기에 불과하다.

이런 구조를 만들어내는 데 뛰어난 작가라면 프랑스의 소설가 모파상을 들 수 있다. 그의 대표적 단편 〈목걸이〉는 기막힌 전환을 구사하여 선명한 역삼각형을 그린다. 이에 비해 러시아의 소설가 체호프는 구조 없는 구조를 사용한다. 구조 없는 구조라는 말이 잘 이해되지 않으면 '스트레스 없는 스트레스'를 한번 생각해보기 바란다. 달무리같이 은은한 원형, 다시 말해 분위기를 강조하는 작품으로서, 그의 《개를 데리고 다니는 부인》을 읽어볼 것을 권한다.

앞에서 객관적 상관물이라는 용어에 대해서 설명했듯이, 그리움을 묘사하기 위하여 비 오는 날 기차 정거장의 플랫폼에 우산을 들고 서 있는 여자를 표현할 수 있다. 그리움이라는 주제를 두고 이 여자의 행동이나 이 여자와 관계해서 일어나는 사건을 집중적으로 이야기하는 것이 기승전결의 방식이고, 그 여자가 서 있는 쓸쓸한 기차역, 텅 빈

플랫폼, 비 오는 분위기, 우산 등을 서술하는 것이 분위기를 강조하는 글쓰기다.

|77| 예나 지금이나 자기 이야기만 하지
〈덤불 속〉

●

아쿠타가와 류노스케(1892~1927)의 단편소설 〈덤불 속〉은 숲 속에서 벌어진 살인 사건의 당사자 세 사람이 각각 그 사건 경위를 조사관 앞에서 다르게 진술한다는 내용이다.

먼저 사건의 개요는 이러하다. 26세인 사무라이 다케히로는 19세인 아내 마사고를 데리고 야마시나 역로(驛路)를 가다가 도적 다조마루를 만난다. 도적은 마사고의 아름다움에 반하여 부부를 숲 속으로 유인하고, 사무라이를 나무에 묶어놓고 그 아내를 강간한다. 결국 다케히로는 죽고 마사고는 살아서 산사로 갔고, 다조마루는 나졸에게 잡혔다. 세 사람은 사건 경위를 이렇게 진술한다.

도적: 내가 사무라이를 죽인 것은 맞다. 문제는 숲 속에서 여자를 강간하고 난 뒤인데, 여자가 자기 몸이 더럽혀졌으니 두 남자 중 살아남은 자의 아내가 되겠다고 말했다. 그래서 여자의 말을 받아들여 남자를 나무에서 풀어주고 일대일 대결을 하여 살해한 후 여자를 찾아보니 달아나고 없더라.

여자: 정신없이 강간을 당하고 나니 도적은 사라지고 없었다. 나무에

묶여 있던 남편은 내 치욕의 현장을 다 보고서 증오의 눈빛으로 나를 쳐다보았다. 이대로 같이 살 수는 도저히 없다는 생각에, 내가 죽을 테니 남편도 같이 죽어달라고 했다. 남편도 봉욕을 당한 것이 너무 분하여 자기를 죽여주기를 바라는 듯했다. 그래서 내가 남편을 죽이고, 나도 죽으려 몇 번이나 시도했는데 실패해서 이 절로 흘러들게 되었다.

남자(무당이 남자의 혼령이 한 말을 전함): 아내는 일을 당한 후 도적과 무슨 말을 나누더니 도적을 따라갈 듯한 눈치였다. 그게 전부가 아니다. 그녀는 곧 도적에게 나를 죽이라고 강요했다. 도적은 안색이 창백해지더니 나에게 "이 여자를 죽일까 아니면 살려줄까?" 하고 물었다. "이 여자를 죽일까" 그 말 한마디에 도적의 죄를 용서해주고 싶은 심정이었다. 내가 대답을 망설이는데 아내는 달아났고, 도적은 내 밧줄을 풀어주더니 사라졌다. 나는 치욕을 못 이겨 자살했다.

이 소설은 어떤 사건에 대한 당사자의 이야기가 이처럼 상대적이어서, 절대적 진리는 있을 수 없다고 말한다. 물론 이것이 현실 속 얘기라면 조사관은 살아남은 여자의 당일 행적을 조사했을 것이고, 필요하다면 도적과 대질 신문하여 정확한 사건 경위를 파악했을 것이다. 그러나 예술(소설)은 현실의 모방일 뿐, 현실의 복사가 아니다. 예술가는 같은 사건에 대해서도 얼마든지 다른 진술이 가능하다는 것을 보여주기 위해 이야기를 이렇게 비틀어놓은 것이다. 소설 속의 도적이나 남편은 불쌍한 여자에게 엄청난 적의를 품고 있다. 뭐든지 일이 잘못되면 음기(陰氣)가 발동하여 나쁘게 작용했다는 중세 사람들의 환상이 그대로 드러난다. 그러나 이 소설의 요점은 사람은 저마다 어떤 사건이나 사람에 대하여 다른 얘기, 즉 자기만의 얘기를 하게 마련이라는 것이다.

|78| 이야기를 써나가는 것이 인생

《아라비안나이트》

●

《아라비안나이트》의 여주인공은 세에라자드, 그 얘기를 들어주는 사람은 샤리야르 왕이다. 왕은 일찍이 사랑하는 여자의 배신을 목격하고 그때부터 원한과 분노로 치를 떨면서 여자를 불러다가 하룻밤 잠자리 파트너로 삼고서는 곧 죽여버리곤 했다. 세에라자드는 왕보다 더 불행한 사람들의 이야기를 들려줌으로써 세상은 원래 불행과 행복이 반반 섞여 있는 곳이라는 인식을 주어, 왕으로 하여금 불행으로부터 벗어나게 만든다. 그녀는 왕에게 1001개 이야기를 들려주는 동안 자신의 목숨을 계속 연장시켜 왕에게 세 아이를 낳아주고, 세상을 불신하는 왕의 미친 강박증을 풀어주며, 그리하여 남을 죽여야 내가 산다는 생각을 완전 포기하게 만든다.

우리는 《아라비안나이트》를 읽을 때 세에라자드의 이야기를 듣는 샤리야르 왕의 위치에 놓이게 된다. 그녀가 들려주는 이야기들을 서로 교차시킴으로써 인간이 서로에게 해대는 지저분한 일들이 그저 변태 행위는 아님을 깨닫게 된다. 그런 행위들은 인간 존재의 필수적 한 부분이라는 역설적 인식을 얻게 되고, 그로 인하여 이 척박한 세상의 고통을 잠시 잊어버리는 위안을 얻는다. 다시 말해, 우리는 지금의 현실과는 다른 어떤 이야기를 듣거나 상상함으로써 이 기괴한 세상을 견뎌낼 힘을 얻는다.

셰에라자드가 이야기를 마치는 시점은 새벽이고, 그리하여 우리는 또 하루 생명의 유예를 받는다. 동시에 우리의 하루하루가 곧 '이야기 써나가기'라는 것을 인식하고서 세상에는 얼마든지 다른 얘기가 전개될 수 있다는 희망을 품는다. 이렇게 하여 우리의 인생은 하루하루가 이야기를 써나가는 과정이 된다.

|79| 4차원 해석의 이야기
《신곡》

●

이야기를 4차원으로 해석하는 방식은 성서 해석에서 나왔다. 첫 번째 차원은 이야기 그 자체이고 두 번째는 상징(알레고리), 세 번째는 도덕이며, 마지막은 신비의 차원이다.

구체적인 사례를 들면 이러하다. 《구약성서》의 〈요나서〉는 요나가 니네베로 가라는 하느님의 말씀을 거역하고서 배를 타고 다시스로 가려다가, 바다에 빠지고 고래에게 삼켜져서 고래 뱃속에 사흘 동안 있다가 소생하여 하느님의 뜻에 순명한다는 이야기다.

요나 이야기에서 1차원은 우리가 감각으로 보고 느끼고 들을 수 있는 것, 즉 이 세상의 사건 혹은 스토리다. 고래가 사람을 삼켰고 그 사람이 죽지 않고 다시 살아났다니 특이한 스토리인 것이다. 2차원(상징)을 보면 고래는 악마의 상징이고 고래의 입은 지옥의 상징이며, 요나가 고래 뱃속에 사흘 동안이나 갇혀 있었던 것은 예수가 사흘 만에 부활하실 것의 예고편이다. 3차원(도덕)은 요나가 결국 하느님의 뜻에 따라 예언자로서 니네베로 가야 한다는 교훈인데, 그것이 도덕적 실천의 길이다. 마지막 4차원은 신비의 차원으로 인간의 이성만으로 하느님의 마음을 알기란 불가능하다는 것이다.

　이러한 방식은 예표(豫表: 피구라) 론과 함께 1세기~6세기에 인기를 끈 성서 해석 방법이다. 당시에는 그리스도가 오래전 구약 시대에 이미 예언된 메시아라는 것을 증명할 필요가 간절했기 때문이다. 그리하여 초대 교부인 4~5세기의 아우구스티누스도 알레고리와 피구라(figura: 《신약성서》의 예표像表로 해석되는, 《구약성서》에 나오는 인물이나 사건)에 관심이 많았고, 특히 6세기의 교황 그레고리오 1세는 《구약성서》과 《신약성서》을 연결지어 해석하는 알레고리의 방식을 저서 《욥기 주해(Magna Moralia)》에서 상세하게 설명했다.

　그레고리오 1세는 〈욥기〉의 상징적 의미를 다음과 같이 해석한다. 욥에게는 일곱 아들이 있다. 7은 신성한 숫자인 3과 4가 합쳐져서 만들어진 숫자다. 하느님은 7일째 되는 날에 쉬셨기 때문에 7은 완벽한 일치의 숫자다. 이것과 쌍벽을 이루는 사건은, 그리스도의 12사도가 온 세상의 네 구석(숫자 4)에서 삼위일체(숫자 3)을 가르칠 때 찾아온 성령의 일곱 은총을 들 수 있다. 7은 3과 4를 합친 수고, 12는 3과 4를 곱해서 나온다. 그래서 7과 12는 동일한 상징적 가치를 지니며 욥의 일곱 아들은 12사도의 예표다.

　단테의 《신곡》은 이러한 이야기의 4차원을 의식하면서 집필된 것이다. 단테는 칸그란데에게 보낸 편지에서 《신곡》을 4차원의 의미로 읽을 수 있다면서 《구약성서》에 나오는, 이스라엘 민족이 이집트에서 탈출한 사건을 예로 든다. 《구약성서》의 〈출애굽기〉는 문자적 의미만으로 읽으면 이스라엘의 자녀들이 모세 시대에 이집트를 탈출한 이야기다. 그러나 비유적인 의미를 살펴본다면 우리 인류가 그리스도에 의해 구원을 받았다는 것을 뜻한다. 만약 도덕적 의미를 적용한다면 죄악으로 인해 슬픔과 비탄에 빠진 영혼이 개과천선하여 은총이 가득한 상태로 바뀐 것을 뜻한다. 신비적 의미는, 거룩한 영혼이 타락한 노예 상태에서 벗어나 영원한 자유와 영광을 향해 나아간다는 뜻이다.

| 80 | 모방에서 현실의 재현으로

《미메시스》

이야기는 미메시스다. 에리히 아우어바흐(1892–1957)의 《미메시스》는 서양 문학에 나타난 미메시스(현실의 재현)를 통사적으로 살펴본 책이다.

미메시스는 플라톤의 《국가》 제10권에 나오는 말로서 '모방'이라는 뜻의 그리스어다. 플라톤의 설명을 보자면, 먼저 이데아가 있고 그 이데아를 구현한 대상이 있고, 다시 그 대상을 노래한 시가 있다. 그러니 시(구체적으로 고대 그리스의 비극)는 이데아로부터 두 단계나 떨어진 열등한 물건이다.

이러한 플라톤의 주장을 좀 더 구체적으로 말해보면 아름다움이라는 추상 개념이 있고, 아름다운 여인이 있고, 아름다운 여자를 그린 초상화가 있는데, 시는 이 초상화에 해당한다. 그러나 역설적이게도 초상화가 실물보다 더 아름다운 경우도 있다. 가령 레오나르도 다빈치의 〈모나리자〉의 모델이 되었다고 추정되는 여자를 찾아가서 만나본다면, 그 실물이 그림보다 더 아름다울까? 일반적으로 그렇지 않으리라고 추정된다. 왜 그런가 하면 미메시스의 과정에서 예술가는 그 자신의 감정을 표현할 뿐만 아니라 대상을 자신과 동일시하고 거기에 자신의 일부를 투입하여 그 대상을 자신 속으로 동화하기 때문에 그러하다. 다시 말해 모나리자는 실물 바로 그 여자가 아니라 다빈치의 해석이 들어간 여자다.

미메시스는 플라톤의 이데아 이론과 직접적으로 연관된다. 이데아이론은 인간이 감각을 통하여 알게 된 실재는 본질적 형상(이데아)에 대한 복사본 혹은 근사치에 지나지 않는다는 것이다. 이데아는 변화무쌍한 시간과 공간의 제약을 받지 않으면서, 저절로 독립적으로 존재한다. 이것은 중세에 들어와 실재론의 배경이 되었다. 개개인의 생각과는 무관하게 아름다움이라는 보편 개념이 실질적으로 존재한다고 보는 것이다. 가령 세상에는 아름다운 여성, 아름다운 풍경, 아름다운 집, 아름다운 물건 등 수많은 구체적 아름다움이 있지만, 먼저 아름다움이라는 보편 개념이 있고 난 다음에 그런 것들이 생겼으며, 이 보편 개념은 세상에 존재하는 구체적 아름다움과는 무관하게 존재한다는 것이다. 따라서 아름다운 여자나 풍경은 아름다움의 '이데아'를 반영할 뿐 이데아 그 자체가 되지는 못한다.

그러나 아리스토텔레스는 《형이상학》에서 플라톤의 이데아 이론을 수정한다. 그는 이데아가 사물과 무관하게 초월적으로 존재하는 것이 아니라, 물질적 현실 속에서만 존재할 수 있다고 보았다. 이것을 아리스토텔레스는 형상(이데아)과 질료(물질적 현실)의 결합이라고 말했다. 중세에 들어와서 이것을 가리켜 온건한 실재론이라고 했다.

|81| 없는 것도 있게 만드는 상상력

《수상록》

●

몽테뉴(1533-1592)의《수상록》제1권 21장 "상상력의 힘에 대하여"에서는 상상력의 여러 가지 기능을 설명한다. 이 글의 시작은 이러하다.

강력한 상상은 그 상상된 물건을 곧바로 가져온다고들 말한다. 나는 상상력의 강력한 힘을 느끼는 사람이다. 모두 그 힘을 느껴본 적이 있으며 어떤 사람은 그 힘에 쓰러지기도 한다. 그것은 나에게 엄청난 영향력을 미친다. 나는 상상력에 저항하려고 하지 않고 그것을 피해 가려고 애쓴다. 나는 건강하고 쾌활한 사람들로만 둘러싸여 살아가고 싶다. 남이 신체적으로 고통 받는 모습을 보면 그 고통이 내게 그대로 전해져 온다. 나의 감각은 때때로 제3자의 감각을 그대로 답습한다. 어떤 사람이 끊임없이 기침을 해대면 내 폐와 목구멍도 따라서 따끔거린다.

나는 별 관심도 흥미도 느끼지 못하는 사람을 방문할지언정, 의무감 때문에 병든 사람을 방문하는 일은 별로 하고 싶지 않다. 나는 무슨 병을 근심하면 반드시 그 병에 걸리고, 그리하여 그 병은 내 몸속에 뿌리를 내린다. 상상력을 제멋대로 놓아두고 심지어 부추기는 사람에게는 반드시 그 상상력이 만들어내는 신열과 죽음이 발생한다.

그리고 몽테뉴는 다음과 같은 사례를 소개한다. 한 여자가 자신이 빵과 함께 핀을 삼켰다고 상상했다. 그리하여 자신의 목에 그 핀이 걸려 목구멍에 엄청난 고통을 안겨주고 있다면서 고래고래 소리치며 울부짖었다. 한 영리한 친구가 그녀의 목이 불룩 솟지도 않고 그 밖에 다른 외부적 변화가 없는 것을 보고서, 그게 모두 공상과 상상의 소치라고 판단을 내렸다. 단지 빵조각이 그녀의 목에 걸린 것 같았다. 그래서 그는 그 여자 몰래 그녀의 토사물 속에다 휘어진 핀을 던져 넣었다. 여자는 그 핀을 보더니 자신이 마침내 목에 걸린 핀을 내뱉었다고 생각했고, 그 즉시 목에서 고통이 사라지는 것을 느꼈다. 요약하면 상상력은 없는 것도 있는 것으로 만든다는 것이다.

|82| 상상력은 즉 기억

《새로운 과학(Scienza nuova)》

●

지암바티스타 비코(1668-1744)는 신화의 철학을 정립하고, 또 서사 개념을 바탕으로 철학적 · 역사적 지식을 정립한 근대 사상가다. 주저 《새로운 과학(Scienza nuova)》에서 비코는 모든 지식의 작업에서 문화가 중요한 역할을 한다고 강조했다.

지식은 이해에 바탕을 두고, 다시 그 이해는 암묵적 믿음에 바탕을 둔다는 것이다. 비코가 볼 때 상식은 모든 형태의 인간 지식이 유래하는 원천이다. 상식은 모든 계급, 모든 민족, 모든 나라 혹은 온 인류가 자동적으로 받아들이는 판단 근거다. 그런데 기본을 형성하는 문화적 바탕은 이미 신화, 전승, 시적 비유 등에 들어 있다. 따라서 대부분의 근대적인 과학 지식은 시의 알레고리, 종교의 통찰, 예술의 이미지 속에 들어 있다는 것이다.

또한 비코는 인간 지식의 역사적 발전을 규제하는 변증법적 구조를 설명한다. 이 구조는 발생과 반복으로 이루어지는, 움직이는 나선형 구조다. 이 구조 아래에서 역사는 반복될 수밖에 없다. 그러나 전과 똑같은 방식으로 반복되는 것은 아니고 개선과 진전의 과정을 따라 반복한다. 전체적으로 볼 때 인간의 역사는 신들의 시대(감각의 시대), 영웅들의 시대(판타지의 시대), 인간들의 시대(이성의 시대)가 반복되는 순환 구조를 띠고 있다. 세계의 역사는 이 3시대가 발생과 반복을 거듭하는 사이클이다.

또 비코는 "기억은 상상력과 똑같은 것이다"라는 유명한 말을 남겼다. 비코를 20세기 독자들에게 소개한 유명한 소설가가 제임스 조이스다. 그의 《율리시즈》가 낮 동안의 모험이라면 《피네간의 경야(Finnegan's Wake)》는 밤에 잠자면서 혹은 꿈꾸면서 겪는 심야의 모험이다. 이 밤의 모험을 다룬 소설은 비코의 《새로운 과학》을 이론적 바탕으로 삼았다. 조이스는 비코의 3시대론과 '상상력 즉 기억'이라는 개념에 힘입어 《피네간의 경야》를 써나갈 수 있었다.

| 83 | 복원되지 않는 상상력

〈벽으로 드나드는 남자〉

●

마르셀 에메(1902-1967)의 단편소설 〈벽으로 드나드는 남자〉는 파리의 등기소 3등 서기 뒤티윌 씨의 이야기다.

뒤티윌 씨는 어느 날 저녁, 자신이 사는 조그만 아파트의 현관에서 갑자기 정전을 만나 잠시 어둠 속에서 더듬거렸다. 그랬는데 전기가 다시 들어와서 보니 그는 아파트 4층 층계참에 서 있었다. 그래서 그는 자신이 벽을 마음대로 드나들 수 있다는 것을 알게 되었다. 그는 자신을 괴롭히는 과장의 사무실을 유령처럼 마음대로 드나들며 조롱하여 과장을 정신이상으로 만들어놓는다. 또 은행의 벽을 마음대로 드나들며 돈을 훔쳐다가 풍요롭게 산다. 그의 은행 절도 사건은 그때마다 신문에 대서특필되고, 파리 경찰청은 범인을 잡지 못한다고 여론의 뭇매를 맞는다.

그러나 뒤티월은 자신의 그런 위대한 능력을 알아주는 사람이 아무도 없는데, 남들이 알아주지 않는 능력은 무의미한 것이라는 생각을 한다. 그래서 공무원 동료들에게 자신이 그 은행털이범이라고 실토했다가 조롱을 받고 만다. 이에 동료들에게 자신의 말이 진실임을 증명하기 위해 일부러 은행털이를 하다가 잡혀서 교도소로 간다. 그러나 교도소에서도 벽을 마음대로 지나다니기 때문에 가볍게 탈옥에 성공한다.

그는 이제 간단한 벽을 통과하는 것에 싫증이 나서, 이집트로 가 피라미드의 벽을 통과할 계획을 세운다. 그러다가 장 폴이라는 화가를 만나서 우연히 어떤 금발 미녀의 얘기를 듣는다. 그 미녀의 남편은 아내의 미모를 너무나 소중하게 여긴 나머지 의처증이 생겨 외출할 때면 다섯 겹으로 문을 잠가놓고 나간다는 것이었다. 뒤티월은 그 미녀의 방으로 들어가 그녀를 위로해주고 그녀의 환심을 산다. 그리하여 그는 금발미녀의 남편이 외출할 때마다 그녀를 찾아가 화끈한 사랑을 나눈다.

그렇게 여러 번 찾아가던 중 어느 날 그는 새벽 세 시까지 그녀와 사랑을 나누고 이제 벽을 통과하여 돌아오려 했다. 그는 그 집의 벽과 담을 통과하면서 허리와 어깨에 익숙지 않은 마찰감을 느꼈다. 그래도 간신히 벽 속으로 들어갔으나, 이제 그 벽에서 나올 수가 없었다. 그때 문득 이 초자연적 능력을 발견하고서 의사를 찾아갔을 때 들었던 말이 생각났다. 극도의 피로감에 빠지면 벽을 통과하는 능력이 사라진다는 말을. 그렇게 하여 뒤티윌은 벽 내부에 엉겨 붙어 돌 같은 화석이 되었다.

파리의 야심한 시간에 노르뱅 거리를 내려가는 사람들은 무덤 저편에서 울려오는 듯한 은은한 소리를 듣는데, 그들은 그 소리를 몽마르트르 언덕 네거리에 부는 바람이라고 생각한다. 하지만 그들은 잘못 안 것이다. 그것은 영광스러운 생애의 최후와 너무나 짧았던 사랑의 아쉬움을 슬퍼하는 뒤티윌의 하소연인 것이다.

|84| 돌아오지 못한 교수

〈쿠겔마스 에피소드〉

●

우디 앨런(1935-)의 단편소설 〈쿠겔마스 에피소드〉는 플로베르의 장편소설 《보바리 부인》에 나오는 에마 보바리를 직접 만나 그녀와 사랑을 나눈 남자 이야기다.

쿠겔마스는 뉴욕 시립대학의 인문학 교수인데, 아내 대프니와 사이가 좋지 못하다. 그는 어느 날 마법사 퍼스키로부터 전화를 받고서 솔깃한 여행을 제안받는다. 마법사는 이렇게 말한다.

"당신은 우리 집에 있는 마법 캐비닛 속으로 들어가요. 내가 그 속으로 장편소설을 던져 넣고 캐비닛을 세 번 두드리면 당신은 그 소설 속의 세계를 실제로 방문하게 됩니다. 장편소설뿐이 아닙니다. 단편소설, 드라마, 시 등도 됩니다. 이 세상의 최고 작가들이 창조한 여자 중 그 누구라도 만나볼 수 있습니다. 그녀에게 당신이 하고 싶은 대로 할 수 있습니다. 그러다가 그 여자가 지겨워지면 소리를 지르십시오. 내가 1초 이내에 당신을 현실로 되돌아오게 해주겠습니다."

이렇게 하여 쿠겔마스는 에마 보바리를 용빌에 있는 그녀 집에서 만났고, 그 후 여러 차례 만나면서 깊은 관계를 맺게 되었다. 쿠겔마스는 에마를 뉴욕으로 데려와 블루밍데일 백화점이랑 현대미술관을 보여주고 싶다는 생각이 들어 마법사 퍼스키를 조른다. 퍼스키의 교묘한 캐비닛 조작으로 드디어 쿠겔마스는 에마를 뉴욕으로 데려와 구경을 잘 시켜주고 화끈한 사랑을 나눈다. 그렇게 일주일쯤 지낸 뒤에 에마를 다시 용빌로 돌려보내려고 하니까 이번에는 마법의 캐비닛이 고장이 났는지 잘 작동되지 않는다. 마법사는 캐비닛 수리에 들어가 간신히 그녀를 용빌로 돌려보냈다. 그 후 쿠겔마스는 아내의 눈초리도 심상치 않고 캐비닛 고장 건도 있고 해서 다시는 마법사를 찾아가지 않겠다고 단단히 결심한다.

그러다가 어느 햇빛 화창한 날, 쿠겔마스는 날씨도 아주 좋고 또 자신이 이제 그리 젊지도 않은데 즐길 수 있을 때 즐겨야 하지 않겠나 생각하며 마법사를 다시 찾아간다. 쿠겔마스는 이번에는 멍키를 만나고 싶다고 요청한다. 멍키는 필립 로스의 베스트셀러 《포트노이의 불평 (Portnoy's Complaint)》에 나오는 음란한 여자 주인공이다. 쿠겔마스가 캐비닛 안으로 들어가고 마법사가 캐비닛을 닫는 순간, 굉장한 폭음과 함께 캐비닛은 폭발해버렸고 마법사는 그 충격에 심장마비로 즉사했다. 캐비닛 안에 들어가 그런 사고를 모르는 쿠겔마스는 이번에는 《포트노이의 불평》의 세계가 아니라 스페인어-영어 사전 속으로 들어가서, 불규칙 동사 tener(가지다)를 피하여 불모의 암반 지대를 죽어라 하고 달려야 하는 신세가 되었다.

이 단편은 마르셀 에메의 단편에서 영향을 받은 것으로 보인다. 비코는 "상상력이란 곧 기억"이라고 말했는데, 우디 앨런은 대학 시절 프랑스어를 배우며 에메의 유명한 작품을 읽었을 것이고, 그것이 오랜 세월을 지나 쿠겔마스라는 제2의 뒤티윌로 탄생한 것이다.

| 85 | 일상을 지탱해주는 탐닉의 힘

〈공을기(孔乙己)〉

●

루쉰의 단편소설 〈공을기(孔乙己)〉는 술에 탐닉한 사람의 이야기다. 돈이 없어도 외상술을 마시는 공을기. 돈이 있는 날에는 오늘은 현찰이야 하고 호기롭게 소리치며 술을 마시던 공을기. 다리 부상을 당하여 앉은뱅이처럼 땅바닥에 몸을 질질 끌면서 술집에 나타난 공을기. 그는 그 얼마 후에 죽는다.

나는 그의 탐닉에서 열정을 보았다. 삼국시대 강동의 손권 밑에 있던 정천(鄭泉)이라는 사람은 어찌나 술을 좋아했던지 죽을 때 친구들에게 이렇게 유언했다.

"여보게, 내 소원은 죽어서 술병이 되는 것이네. 내가 죽거든 자네들 부디 내 시체를 질그릇 만드는 도요 곁에 묻어주게. 백년 후에 백골이 삭아서 흙이 되면 누가 아는가? 그 흙을 파다가 술병을 만든다면 내 소원이 성취되겠네."

나는 이 정도의 마니아는 되지 못하나 헌책방에 대해서는 마니아 축에 속한다고 자부한다. 헌책을 사러 가는 가장 즐거운 순간은 헌책방 앞 500미터 지점에 왔을 때다. 오늘은 무슨 책이 나와 있을까, 어떤 기이한 책이 들어와 있을까 하는 생각에 마음이 설레는 것이다. 그 설렘은 총각 시절 맞선을 보러 나갈 때보다 훨씬 강력하다. 비록 아침 밥상에서 아내로부터 늘 조롱을 당하는 일이긴 하지만 내게 가장 행복한 꿈은 헌책방에 들렀는데 좋은 책이 너무 많아서 품에 가득 안았는데도 다 챙기지를 못해 안타까워하는 꿈이다.

2005년에 작고한 영국 소설가 존 파울즈도 헌책 마니아였다. 그가 어느 날 동네 헌책방에 들렀다가 책방 주인의 어린 딸이 바로 사흘 전 헌책방의 옥상에서 놀다가 떨어져 죽었다는 얘기를 들었다. 파울즈가 그런데도 책방 문을 연 이유를 물으니 "이렇게 가게라도 열어놓지 않으면 어떻게 슬픔을 이기겠는가?" 하고 주인이 대답했다. 그렇다. 슬픔을 이기는 좋은 방법은 일상의 루틴(routine, 정해진 절차)을 유지하는 것이고, 그것을 지탱하는 힘은 탐닉 혹은 열정에서 나온다.

| 86 | 감각적 삶을 영위하라

《그리스인 조르바》

카잔차키스(1883–1957)의 《그리스인 조르바》에서 젊은 화자는 삶의 화신이라고 할 수 있는 조르바를 방금 만나고 온 후, 자기의 성격을 이렇게 말한다.

"나는 너무나 낮은 데까지 추락하여, 여자와 사랑에 빠지는 것과, 사랑에 관한 책을 읽는 것 이렇게 둘 중 하나를 고르라면 후자를 선택할 지경이 되었다."

이에 대하여 조르바는 충만하고 감각적인 삶을 영위하라고 권유한다.

"이봐, 어떤 여자가 침대로 오라고 하는데 안 간다면…… 자네의 영혼은 파괴되어버릴 거야! 그 여자는 심판의 날에 하느님 앞에서 한숨을 쉴 거야. 자네의 지위가 무엇이든 자네의 선행이 어떻든지 그 여자의 한숨은 자네를 지옥에 떨어뜨릴 거야!"

여기서 말하는 여자는 그냥 여자만 가리키는 것이 아니라 인생의 모든 좋은 것들, 가령 독서, 헌책 사들이기, 음악, 미술, 여행, 자연 감상, 스포츠, 아름다운 옷, 작위, 훈장, 명예직, 사교 모임 등을 통한 사회적 허영, 감각 충족 등을 통틀어서 가리키는 비유라고 생각된다.

| 87 | 사랑을 놓친 얼뜨기

《고백록》

●

카잔차키스는 조르바의 입에 그런 말을 넣어주었을 때 분명 장 자크 루소(1712-1778)의 《고백록》에 나오는 다음 장면을 연상했을 것이다. 《고백록》 제2권 7장에는 젊은 날의 루소가 베네치아를 방문했을 때 그곳의 유명한 고급 창녀 줄리에타를 만난 장면이 기록되어 있다.

내 평생 내 천성이 적나라하게 나타난 경우가 있었다면 다음에 얘기하려는 것이 바로 그것이다. …… 나는 사랑과 아름다움의 성전에 들어가듯 그녀의 방으로 들어갔다. 그녀의 몸 안에 사랑과 아름다움의 신이 깃들어 있음을 볼 수 있었다. …… 나는 이내 친숙해져서 그녀의 매력과 애무의 가치를 알게 되자, 그 열매를 잃을 것만 같아서 서둘러 그 열매를 따려 했다. 그러자 몸을 살라버릴 불꽃 대신에 갑자기 섬뜩한 냉기가 혈관을 타고 흐르는 것이었다. 다리가 부들부들 떨리고 당장 실신할 것 같아 그 자리에 맥없이 주저앉아서는 마치 어린아이처럼 울어버렸다. …… 줄리에타로서는 이런 경우, 그런 광경을 목격한 것이 처음인지라 상당히 어리둥절했다. 그러나 방을 한 바퀴 돌고 거울 앞에 나섰을 때 그녀는 제 몸이 내 혐오의 대상이 아님을 깨달았다. 내 눈이 분명히 그것을 말해주고 있었다. …… 그런데 남자의 입과 손이 범한 일 없는 듯한 그녀의 맨살 유방을 넋 잃고 희롱하려는 찰나, 나는 그녀의 한쪽 젖꼭지가 없음을 보았다. 깜짝 놀라 살펴보니 그쪽 유방은 다른 쪽만큼 불룩하지 않았다. 나는 머릿속에서 왜 유방 한쪽에 결함이 있는지 궁리해보았다. 이것은 무슨 선천적인 악질에 기인한다는 생각이 들었고 그런 생각을 자꾸 하니, 내가 상상할 수 있는 가장 매력적인 미인인 줄 알고 품에 안은 이 여자가, 자연과 인간과 사랑의 폐물인 일종의 괴물처럼 여겨졌다. 나는 잠자코 있을 수가 없어서 고지식하게도 그 한쪽 유방 얘기를 하고 말았다. 그녀는 처음에는 농담으로 받아넘기면서 섹시한 말들을 지껄였지만, 나는 마음속에 불안이 가시지 않아 그것을 숨기지 못했다. 그러자 줄리에타는 마침내 얼굴을 붉히며 옷깃을 여미고 일어나서 창가로 가서 기대섰다. 내가 옆에 따라가니까 휙 자리를 떠나 소파에 앉더니 이내 또 일어나 부채질을 하며 방 안을 돌면서 멸시하는 어투로 말했다.

"Zanetto, lascia le donne, a studia la matematica차네토, 라스치아 레 돈네, 아 스투디아 라 마테마티카(촌뜨기, 여자는 포기하고 가서 수학 공부나 해)."

한쪽 젖꼭지가 없다는 것은 아마 함몰 유두를 가리키는 것이리라. 만약 조르바가 루소를 만났다면 틀림없이 줄리에타보다 더 심한 욕설을 퍼부었으리라.

|88| 지금 이 순간에의 집중

《모스크바 일기》

●

조르바의 "인생을 즐기라"는 말은 마리나 츠베타예바의 시를 연상케한다. 20세기 러시아 시인 마리나 이바노브나 츠베타예바(Marina Ivanovna Tsvetaeva, 1892-1941)의 《모스크바 일기》라는 연작시에는 이런 시편이 있다.

나는 신이나 인생의 계명 따위는 신경 쓰지 않는다.
그들이 내 무덤 위에서 진혼곡을 부를 때까지, 나는
열정을 가지고 죄를 지을 것이다. 지금껏 그래온 것처럼.
주님은 내게 다섯 가지 감각을 주셨다.
친구들! 그리고 나를 유혹하는 너희 공모자들!
오, 부드러운 선생들이여!
나무들, 별들, 구름들, 그리고 소년과 소녀들.
너희는 언젠가 모두 죄악의 형제들이 되리라.
대지여, 하느님의 보좌 앞에 펼쳐질 최후의 법정에서
나와 함께 증인을 서라.

파란만장한 삶을 살았던 마리나가 지금 이 순간의 삶과 열정에 집중한 것은 너무나 당연한 일이었다. 마리나는 스탈린의 공포 정치가 횡행하던 1930년대에 파스테르나크, 만델스탐, 아흐마토바와 교우한 재주 많은 여성 시인이었다. 당대 최고라는 평가를 받았던 이들 네 시인은 서로에게 시를 헌정하며 교류했다. 하지만 이들 네 시인 중 마리나의 운명이 가장 비극적이었다.

그녀는 1912년 세르게이 에프론과 결혼했는데 세르게이는 1917년 러시아혁명 후 혁명에 반대하는 백군의 장교로 복무했다. 그녀는 1922년까지 모스크바에 연금되어 있다가 프라하로 망명, 1925년에 다시 파리로 옮겨 1939년까지 파리에서 살았다. 그러다 남편 에프론이 GPU(소련 비밀경찰)의 스파이라는 혐의를 받고서 프랑스에서 강제 추방되어 모스크바로 돌아갔다. 하지만 에프론은 모스크바 도착 즉시 처형되었고, 그들의 딸은 강제수용소로 보내졌다. 히틀러의 독일이 소련을 침공하여 전쟁이 벌어지자 마리나는 옐라부가라는 마을로 유배되었고, 1941년 8월 그곳에서 목매어 자살했다. 소련에서 그녀의 시는 한동안 출판 금지되었다가 1961년과 1965년에 발간되었다. 마리나가 쓴 만델스탐에 대한 회상록은 1964년에 출간되었다.

|89| 지성과 겸비해야 할 열정

《야성의 부름》

●

잭 런던(1876-1916)의 《야성의 부름》에 등장하는 주인공 벅은 세인트버나드 견과 스코틀랜드 목양견 사이에 태어난 개다. 캘리포니아의 샌타클래라 계곡에 있는 판사의 집에서 안락한 삶을 누리던 벅은 개 사냥꾼에게 잡혀 알라스카의 썰매개로 팔려 간다.

그곳에서 벅은 총명한 머리를 발휘하여 점점 야성을 회복하게 된다. 썰매개들의 리더인 스피츠와의 목숨을 건 혈투, 무지막지한 주인을 만났으나 인자한 손턴의 도움으로 목숨을 건진 일, 손턴을 위해 5마리 개가 끌어야 하는 썰매를 혼자 힘으로 끄는 내기에서 이겨 주인 손턴에게

1200달러를 벌어준 일, 채금하던 주인 손턴이 인디언들의 손에 잡혀 죽자 인디언들에게 복수한 후 늑대들 사이로 들어가 완전히 야성을 회복하는 얘기 등이 그려져 있다.

이 소설을 읽는 동안은 주인공이 개라는 생각이 전혀 들지 않는다. 앞에서 파블로프의 개 이야기를 하면서 언급했듯이, 인간과 개의 행태에는 상당히 비슷한 점이 있다. 벅은 지성과 야성을 겸비한 개이기 때문에 우리를 흥분시킨다. 오늘날 현대인들은 너무 지성을 강요당하고 있다. 자신의 감성이나 열정을 억제할수록 훌륭한 교양인이라는 소리를 듣는다. 그러나 조르바는 그런 냉정함을 경멸하면서 인생을 한없이 즐기라고 말한다. 그렇게 하자면 우리는 주인공 벅처럼 지성에 더하여 야성을 겸비해야 한다. 그 야성은 비유적으로 말해보자면 한여름 날 시원하게 울어젖히는 매미 소리 같은 것이 아닐까.

|90| 인간의 부단한 몸부림

마쓰오 바쇼의 하이쿠

●

이제 인생의 여름이 끝나가려 한다. 마쓰오 바쇼(1644-1694)는 일본에서 하이세이(俳聖: 하이쿠의 명인)으로 칭송되는데, 매미를 소재로 하이쿠 두 편을 썼다.

곧 죽을 듯한 기색은 안 보이네 매미 소리야.

やがて死ぬ景色は見えず蟬の聲

한적함이여 바위에 스며드는 매미 소리.

閑さや岩にしみ入る蝉の声

첫 번째 시는, 한여름 날 온 산이 떠나가도록 울어대는 매미 소리를
듣고 있으면, 이것이 가을을 기다리지 않고 곧 죽어버릴 벌레의 소리인
가 의아해진다는 것이다. 바쇼가 친구의 죽음을 당하고 썼다는 이 시
는, 인생의 여름이 산골짜기에 울려 퍼지는 매미 소리 같다는 비유다.

두 번째 시에 대해서 영국 소설가 올더스 헉슬리는 《과학과 문학
(Literature and Science)》이라는 책에서 "시인은 과학자가 표현할 수 없는 것을
표현하는 존재다"라고 주장한 다음, 이렇게 해설했다.

"이 시에는 사물의 진실, 신(神)의 근원, 영겁에서 시간 속으로 갑자
기 튀어나오는 독특한 사건에 관한 경험이 기록되어 있다. 이 서술 불
가능한 사건을 전달하는 데, 바쇼는 시를 극도로 세련시켜, 바위 사이
의 공간을 메우고 있는 정적(靜寂)만큼 절대적인 정적, '음악적인 공동(空
洞)의 허무'라고도 할 수 있는 정적을 표현했고, 또 무심히 되풀이되는
곤충의 울음소리에 담긴 신비한 '함축적' 의미에 의해 일종의 절대성,
우주적 중대성을 암시한다."

매미의 울음소리가 인간의 치열한 열정이라면, 바위 속에 스며들고
자 하는 것은 영원을 얻으려는 인간의 부단한 노력이다. 그 영원을 얻
기 위해 이제 우리는 인생의 가을로 나아가야 한다.

제3부_ 가을

가을에는 먼저 성숙이 오고 이어 쇠퇴가 진행된다. 성숙은 자신의 정체성을 의심하다가 더욱 굳건히 다지는 과정이며, 쇠퇴는 사물이 절정기를 지나면 하강 곡선을 그리게 되는 자연적 과정이다. 인생을 한 편의 긴 이야기라고 볼 때, 삶의 계절이 4계로 나뉘듯이 그 이야기도 기-승-전-결의 네 부분으로 구성된다. '전'에 해당하는 가을은 말하자면 인생의 전환기다. 봄과 여름에 고뇌하며 발견한 자신만의 이야기에서, 이거 말고 뭔가 더 충만한 것이 있지 않을까 하고 주위를 두리번거리게 되는 시기다. 가을에는 도덕과 욕망 사이에서 선택을 해야 하고, 지극한 욕망의 추구 뒤에 오는 인생의 허무함에 절망을 느끼곤 한다. 삶에 대한 회의가 깊어지면서 인생이란 무엇인가 하고 깊이 명상하게 된다. 그 결과 인생에 대해 말하고 싶어지고, 그리하여 글쓰기에 관심을 갖게 된다. 이제 공(功)은 이루어졌고 몸은 물러가야 하는 은퇴의 시기가 다가온다.

|1| 당신 인생, 이게 다야?

《정신의 구조와 역학(Structure & Dynamics of the Psyche)》제6부 〈인생의 여러 단계 (The Stages of Life)〉

●

카를 융(1875~1961) 전집의 영역판은 프린스턴대학의 볼링겐 시리즈 (Bollingen Series)로 출간되었는데 총 20권이다. 이 전집 중 제8권《정신의 구조와 역학(Structure & Dynamics of the Psyche)》제6부 〈인생의 여러 단계(The Stages of Life)〉에는 '중년의 위기'에 관한 이야기가 나온다.

중년에 이르면 우리의 개인적 태도와 사회적 지위가 점점 공고해지고, 우리가 제대로 된 노선, 이상, 행동 원칙을 수립한 것처럼 보인다. 이 때문에 우리는 그런 원칙이 영원불변인 것처럼 생각하고, 그런 사회적 목표의 달성이 개성의 희생을 바탕으로 이루어진 것임을 간과한다. 경험해야 마땅한 인생의 매우 많은 측면들이 기억의 곳간 속에서 먼지를 뒤집어쓰고 있다. 그것들은 때로 회색 재 아래 이글거리는 석탄처럼 꿈틀거린다.

……나는 교회 집사인 경건한 사람을 알고 있다. 그는 마흔 살 무렵부터 도덕과 종교에 관해 점점 더 따분하게 여기더니 마침내 참아줄 수 없게 되었다. 동시에 그는 점점 심기가 불편해졌다. 이런 식으로 그는 쉰다섯 살까지 살아갔다. 그러던 어느 날 그는 한밤중에 침대에서 벌떡 일어나 앉더니 아내에게 말했다. "이제야 깨달았어! 난 별 볼 일 없는 악당이야." 그 후 그는 방탕한 생활을 하면서 재산의 대부분을 탕진했다. 아주 선량한 사람이었는데 이렇게 극단적으로 나가버린 것이다.

그리스 신화든 이집트 신화든 중국 신화든 세계의 다양한 문화권에서 영웅 신화는 일정한 패턴을 보인다. 이름 없는 젊은이가 모험을 찾아 떠나라는 부름을 받는다. 그는 집을 떠나 위험한 일을 겪고 용이나 괴물을 죽이고, 그런 다음 왕위를 보장받고 아름다운 공주를 얻어서 일가를 이룬다. 우리가 어릴 때 읽은 동화에서도 자주 보던 이야기다.

이런 신화는 모든 인간에게 공통되는 성장의 경험을 표현한다. 우리는 모두 힘없는 아이로 삶을 시작한다. 그리고 자라면 부모와 어른들의 보호에서 해방되어 인생을 헤쳐나가야 하고, 독자적으로 인생에 도전해야 한다. 이런 일을 제대로 하지 못하면 이 세상의 지위(왕위)를 얻지 못하고 배우자(아름다운 공주)를 만나지도 못한다. 그런데 영웅(보통 사람)이 자신의 허약한 과거로부터 자신을 해방시키고 자신의 권력을 입증하고 배우자를 획득한 다음에는 어떻게 되는가? 문제는 여기서부터 시작된다.

"이게 다야?"라는 의문과 함께 자신의 일생을 되돌아보기 시작하는 것이다. 이것이 소위 말하는 중년의 위기다. 이때가 통상적으로 40~50세 무렵에 해당한다. 중년의 위기를 맞는 방식은 근심, 모험, 욕망, 눈물, 정체성 불안 등 다양하게 나타난다.

|2| 전환의 국면을 맞은 인생

《참회록》

1882년 발표된 톨스토이의 《참회록》은 1879년 무렵에 그가 겪은 정신적 위기를 고백한 책이다. 톨스토이는 정교회 집안에서 성장했으나

10대 시절 종교에 회의를 느끼고 종교에서 이탈했다. 그러나 50세가 되자 자신의 인생을 종교적으로 정당화하고 싶다는 욕망을 아주 강렬하게 느끼게 되었다. 그는 이리하여 종교에 다시 귀의하게 된 과정을 이 《참회록》에서 서술한다. 그가 마침내 도달한 믿음은 왜곡과 후대의 추가(사도 바울과 교부들의 가르침)가 모두 배제된 순수하고 단순한 기독교로 돌아가야 한다는 것이다.

그가 볼 때 순수한 기독교의 가르침은 붓다, 소크라테스, 노자 등이 가르친 것과 별반 다르지 않았다. 그는 원죄, 속죄, 삼위일체, 성육신의 교리가 '왜곡'이라며 거부했다. 그가 볼 때 기독교의 핵심 사상은 보편적 사랑의 윤리이며 폭력을 완전히 버리는 것이었다. 그는 이런 종교적 사상을 바탕으로 타락한 정치를 비판했다. 그가 보기에 국가는 악 그 자체이며 부동산, 법률 등 모든 국가적 제도는 절도나 폭력에 바탕을 둔 것이다. 따라서 이상적인 사회는 유토피아적 아나키 사회다. 방탕한 바람둥이였던 그는 철저한 금욕주의를 지키면서 섹스를 거부했고, 명백한 도덕 철학이 배제된 예술 작품도 거부했다. 이런 관점에서 셰익스피어의 작품을 공격했을 뿐만 아니라 그 자신이 이전에 쓴 작품들도 모두 부정했다.

그는 도덕적 스승으로 국제적 명성을 얻기 시작했고, 간디도 편지를 통하여 톨스토이의 제자가 되었으며 간디의 비폭력 사상은 그 후 마틴 루터 킹 목사에게 이어졌다. 1884년 이후 톨스토이는 자신의 사상을 생활 속에서 실천해나갔다. 그는 농부처럼 옷을 입었고 손수 노동을 했으며 육식을 거부했다. 재산을 거악이라고 생각하여 야스나야폴랴나 농장에 대한 소유권을 포기하려고도 했으나 아내 소피의 반대로 무산되었다. 그의 성자적 삶은 현실주의적인 아내 소피와 심한 마찰을 빚었다.

그는 가정생활에 염증을 느끼고 82세이던 1910년 아내 몰래 집을 나서 방랑의 길에 올랐다가 폐렴에 걸려, 시골 역사(驛舍)에서 병사했다.

앙리 트루아야가 쓴 톨스토이 전기를 읽어보면 젊은 시절의 톨스토이는 엄청 섹스를 밝혔던 것으로 나온다. 그런 사람이 50세 전후로 완전히 섹스를 끊어버렸다고 하면 보통 사람으로서는 상상하기 어렵다. 톨스토이의 영향을 받아서 간디도 30대 후반에 섹스를 완전히 끊었다고 한다.

톨스토이가 겪은 인생의 위기와 그 대응 방식은 위인답게 극적인 것이다. 그러나 우리는 주위에서 평범한 사람들도 나름대로 그들의 위기를 통과하는 것을 목격한다. 가령 왕년에 쇼 무대의 명사회자로 이름 높던 '후라이보이' 곽규석 씨가 갑자기 목사로 변신하거나, 잘나가던 치과 의사가 병원을 그만두고 음반 가게를 차려 클래식 음악 전문가로 나선 것 등이 그런 사례다. 이처럼 인생의 가을에는 누구에게나 전환의 국면이 벌어질 수 있다.

|3| 인생의 가을까지도 집이 없는 사람
〈가을날〉

●
릴케(1875-1926)의 〈가을날〉은 오랫동안 고등학교 국어 교과서에 실린 유명한 시다.

주여 때가 왔습니다. 지난여름은 위대했습니다.
해시계 위에다 당신의 그림자를 얹으십시오.

들에다 많은 바람을 놓으십시오.

마지막 과실들을 익게 하시고
이틀만 더 남국의 햇볕을 주시어
그들을 완성시켜, 마지막 단맛이
짙은 포도주 속에 스미게 하십시오.

지금 집이 없는 사람은 이제 집을 짓지 않습니다.
지금 고독한 사람은 이후로도 오래 고독하게 살아
잠자지 않고, 읽고, 그리고 긴 편지를 쓸 것입니다.
바람에 불려 나뭇잎 날릴 때 불안스러이
이리저리 가로수 길을 헤맬 것입니다.

이 시에서 "집이 없는 사람은 이제 집을 짓지 않습니다"는 융이 말하는 중년의 정신적 위기를 가리키고, "이리저리 가로수 길을 헤맨다"는 것은 그 위기에 놓인 사람의 방황하는 태도를 잘 표현한다.

|4| 죽은 셈치고 살아간다면
《명상록》

●
자기 인생에 대해 자신감이 없어질 때 가장 먼저 찾아드는 감정이 불안과 걱정, 그리고 근심이다. 근심을 아예 없애지는 못한다 하더라도 어떻게 하면 그것을 잘 관리하면서 살아나갈 수 있을까?

철학자이자 로마의 황제였던 마르쿠스 아우렐리우스(121-180)의 《명상록》은 그의 스토아 철학을 기록한 책이다. 지금 중년에 이른 사람들은 고교 시절 이양하 선생의 수필 〈페이터의 산문〉에서 이 황제를 처음 접했을 것이다. 황제는 《명상록》 제7권에서 이렇게 말한다.

당신이 이제 막 죽어서 당신의 인생이 끝났다고 생각하라. 그런 다음, 이후에 주어진 시간을 무상으로 주어진 선물인 것처럼 여기며 자연과 조화를 이루며 살아가라.

이것은 펭귄북스에 들어 있는 영역판 문고본에서 번역한 것인데, 미국 하버드대학에서 나온 로브 고전 총서(Loeb Classical Library) 그리스어-영어 대역판을 번역하면 이러하다.

죽은 사람처럼, 지금까지 살아온 삶은 이미 가버린 사람처럼 너는 인생의 나머지 날들을 자연에 따라 끝까지 살아가야 한다.

'이미 죽은 사람처럼'을 '죽은 셈 치고'로 바꾸어 말해볼 수도 있을 것이다. 나는 근심 걱정을 없애는 방법으로 황제의 이 가르침을 자주 생각한다.

| 5 | 오늘 하루도 살아있을 뿐

《친구를 얻고 사람들에게 영향을 주는 방법(How to Win Friends and Influence People)》

●

데일 카네기(1888~1955)는 미국의 자기계발 강사 겸 저술가로, 《친구를 얻고 사람들에게 영향을 주는 방법(How to Win Friends and Influence People)》이라는 책으로 유명해졌다(한국어판 제목은 《카네기 인간관계론》).

이 책이 전국적인 베스트셀러가 되자 《근심을 끊어버리고 삶을 살아나가는 방법(How to Stop Worrying and Start Living)》이라는 책을 썼다(한국어판 제목 《데일 카네기 자기관리론》). 이 책은 스트레스를 이겨내는 여러 가지 상식적인 처방을 집대성한 것인데, 비록 오래전에 읽었지만 나는 아직도 두 가지 조언을 기억하고 있다. 그중 하나는 'You just live for today(당신은 오늘 하루 살아 있을 뿐이다)'라는 것이다. 그러니까 어제 잘못한 일을 걱정하지 말고, 앞으로 닥쳐올 어려움을 미리 근심하지 말고, 오늘 하루를 착실하게 살아가라는 것이다.

두 번째 조언은 근심이 되는 일을 모두 종이에 적어놓으라는 것이다. 카네기는 인생의 모든 고민과 슬픔은 겉으로만 압도적일 뿐 실은 그렇지 않다고 하면서 어떤 자살 미수자의 이야기를 소개한다. 그는 어느 날 죽기로 마음먹고 이왕 죽는 거, 자신이 왜 죽어야만 하는지 그 사유를 적어보니 15가지 정도가 되었다고 한다. 아내가 도망간 것, 돈이 한 푼도 없는 것, 일자리가 없는 것 등이었다. 그러다가 그는 우연한 계기로 자살을 하지 못하게 되었고 그 메모 쪽지는 까맣게 잊어버렸다고 한다. 그리고 10년이 흐른 뒤 우연히 그 쪽지를 펴보고 실소했다는 것이다. 도망갔던 아내는 다시 돌아왔고, 그의 처지를 딱하게 여긴 친척의 도움으로 취직을 했으며, 봉급을 착실히 모으니 돈 걱정에서 벗어났던 것이다. 그는 왜 저절로 해결되는 일 때문에 죽을 생각을 했을까 의아해했다고 한다.

나는 이런 메모를 작성해본 적은 없으나 시간이 다 해결해준다는 것은 여러 번 확인했다. '당신은 오늘 하루 살아 있을 뿐이다'라는 말은 '이미 죽은 사람처럼 삶의 나날을 살아가라'는 아우렐리우스의 말을 약간 변형한 것이라고 생각한다.

|6| 범사에 감사하는 마음

《경덕전등록(景德傳燈錄)》

송나라 도원이 지은 《경덕전등록(景德傳燈錄)》은 '과거 7불(佛)'로부터 역대의 선종 조사들, 5가(家) 52세(世)에 이르기까지 전등(傳燈: 법의 등불을 전함, 곧 불교에서 스승이 되는 승려의 가르침을 후계에게 전해 계통을 이음)한 계보를 망라해 기록한 책이다. 이 책에는 유명한 선사들의 어록이 다수 들어 있는데, 그중에 운문(雲門, ?-949)의 '일일시호일(日日是好日)'이라는 말씀이 있다. 풀이하면 '날마다 좋은 날'이라는 뜻이다.

나는 1995년 가을 둘째아이의 교통사고를 당하면서 이 말의 뜻을 환연히 깨달았다. 집에서 번역을 하고 있는데 아들이 교통사고를 당해 병원 응급실에 있다는 전화를 받았다. 황급히 병원에 달려간 나는 아들이 다리뼈만 부러졌을 뿐 죽지 않은 것을 보고서 나도 모르게 소리쳤다. "하느님, 감사합니다!" 이 사건 이후 나는 "항상 기뻐하라, 범사(凡事)에 감사하라"(데살로니가전서 5:16, 18)는 성서 말씀을 자주 생각한다. 왜 평소에는 기뻐하지(감사하지) 못하고, 아들이 교통사고를 당하자 그제야 죽지 않게 해주셔서 감사하다고 소리쳤나, 많이 반성했다.

우리가 아침에 소변을 시원하게 볼 수 있는 것(나이가 들수록 이런 간단한 일도 어려운 사람이 많다)도 감사할 일이고, 아내와 함께 맛있게 아침 식사를 할 수 있는 것도 감사할 일이고, 오늘 하루 별 탈 없이 지나간 것도 감사할 일이다. 이렇게 보면 감사하지 않은 일이 하나도 없다. 그래서 마조(馬祖)의 뛰어난 제자였던 방온(龐蘊) 거사는 "오 놀라운지고, 내가 장작을 패네, 내가 샘물을 긷네" 하고 노래했던 것이다. 사실 우리 주위를 둘러보면 그 무심한 일상이 전부 일일이 자그마한 기적이다. 공연한 비교와 부질없는 공상에 가로막혀 그것을 깨닫지 못할 뿐이다.

|7| 수프 한 그릇도 호사
《이반 데니소비치의 하루》

●

알렉산드르 솔제니친(1918-2008)의 《이반 데니소비치의 하루》는 1951년 당시의 시베리아 강제 노동 수용소를 무대로, 수용소 수감자인 이반 데니소비치 슈호프의 하루를 묘사한다. 이 소설은 스탈린의 공포 정치 아래 고통을 겪은 수백만 수용소 수감자의 참상을 생생하게 고발한다.

슈호프는 무식한 농부였는데 엉뚱하게도 제2차 세계대전 때 간첩 활동을 했다는 무고를 당하고서, 총살형을 피해 유죄를 인정하고 수용소에 가게 되었다. 소설은 그가 형기 중 이미 8년을 복역한 시점에 시작된다. 소설은 전지적 시점으로 서술되며, 슈호프가 1월의 어느 추운 날 아침, 잠에서 깨어나는 것으로 시작한다. 끔찍한 수용소 생활에서 음식은 늘 배고픈 재소자들에게 가장 중요한 관심사다. 음식은 뇌물과 교환의 수단이 되기도 한다. 솔제니친은 슈호프가 얼마 안 되는 음식을 아껴 먹으며 살아남으려고 몸부림치는 모습을 자세히 묘사한다.

슈호프는 전에 이보다 더 비인간적인 수용소에서도 살아남았다. 그곳에서 그는 동료 재소자이며 작업반장인 쿠지오민의 지시 아래 일을 했는데, 쿠지오민 반장은 그에게 엄청난 영향을 미쳤다. 소설 전편을 통하여 솔제니친은 재소자들이 그 잔인한 상황으로부터 살아남기 위해 어떻게 행동하는지에 집중한다. 쿠지오민은 슈호프에게 그 삶을 견디기 위해 필요한 철학을 일러준다. 인간의 위엄을 유지하는 것이 무엇보다도 중요하다고 강조하는 철학이다. 가령 아무리 배가 고파도 다른 재소자가 남긴 수프는 절대로 먹지 않으며, 바닥에 떨어진 꽁초를 집어 피운다든가 남의 물건에 손을 대지 않으며, 음식을 더 얻기 위해 동료 재소자를 밀고하는 일 따위는 하지 않는다. 그의 가르침 덕분에 슈호프는 모범수라는 가면을 쓰고서 내면의 위엄을 요령 있게 은폐한다. 그는 노골적인 저항을 하거나 완전히 굴복해버리고 싶은 유혹을 느끼기도 하지만, 쿠지오민의 가르침을 충실히 지켜서 정신적으로나 육체적으로나 수용소 생활을 견뎌낼 수 있었다.

소설의 마지막 부분에 이르면, 슈호프는 부러진 줄칼 토막을 호주머니에 갖고 있다. 그걸 갖고 수용소에 들어가다가 신체검사에 걸리면 10여 일 영창을 살아야 한다. 하지만 그것이 있으면 신발도 고칠 수 있고 또 바느질할 바늘도 만들 수 있다. 그는 망설이다가 모험을 시도하고, 무사히 신체검사를 통과한다. 그리고 저녁 식사 때에는 수프도 한 그릇 모자람 없이 먹었다. 더구나 이날 저녁에 슈호프는 동료 재소자의 소포 받는 줄을 대신 서주고 소시지도 한 줄 얻어먹었다. 슈호프는 지극히 만족한 기분으로 오늘 하루를 마무리하며 잠을 청한다.

나는 부러진 줄칼 토막과 소시지 한 줄을 얻고서 그토록 만족하는 슈호프에게 깊은 감동을 받았다. 그에 비하면 우리는 너무나 많은 것을 누리고 있지 않은가.

|8| 영원으로 인도하는 길
《길가메시 서사시》

《길가메시 서사시》는 서기전 2000년대에 점토판에 설형문자로 기록된, 서양 문학 최초의 서사시다. 연대는 《구약성서》보다 앞서고, 이 서사시에 나오는 여러 사건들, 가령 이슈타르와 길가메시의 관계, 대홍수, 불사의 약초를 뱀에게 빼앗긴 것 등이 《구약성서》와 매우 유사하여 많은 고대 근동학 연구자들의 관심을 받아왔다. 이 서사시는 1870년대에 비로소 해독되기 시작하여, 서양 문학에 영향을 미치기 시작한 것은 그리 오래되지 않았다. 그러나 불과 60쪽 정도 되는 짧은 책인데도 정치적, 종교적, 심리적 함의가 풍부하여 널리 애독된다. 여기서는 중년의 위기에 겪게 되는 모험이라는 관점에서 살펴본다.

우루크의 왕 길가메시는 모든 것이 제 마음대로 되는 삶이 서서히 지겨워진다. 그러던 중 원시의 숲에서 엔키두라는 야생의 남자가 동물들과 어울려 놀면서 사람들을 해친다는 얘기를 듣는다. 길가메시는 샴하트라는 여자를 보내어 그를 유혹하고, 그를 길들이고, 그를 사람으로 만든다. 샴하트를 엔키두에게 데려간 사냥꾼이 하는 말을 인용하면 이러하다.

"샴하트, 너의 옷을 벗고 그를 맞이해 들여라. 그에게 여자가 어떤 힘을 갖고 있는지 보여주어라."

엔키두가 샴하트와 일곱 밤을 보낸 후, 예전에 그와 같이 뛰놀던 동물들은 모두 그에게서 멀어졌다. 그리하여 샴하트를 따라 길가메시의 궁전으로 간 엔키두는 그와 의형제를 맺고서 모험에 나선다.

두 친구는 거대한 삼나무 숲의 수호자인 거인 훔바바를 함께 공격하여 죽인다. 또 하늘의 황소도 함께 공격하여 죽인다. 하늘의 황소는 아누 신이 딸 이슈타르를 달래기 위해 지상에 보낸 것이었다. 이슈타르가 길가메시를 유혹하다 거절당한 일을 보복하기 위함이었다. 그러나 황소를 죽이는 과정에서 엔키두가 부상을 당하여 죽는다. 이때가 길가메시로서는 중년의 위기다. 이 일을 계기로 그는 영생의 비밀을 찾아내기로 결심하고 길고도 위험한 여행(모험)을 떠난다.

길가메시는 갖은 우여곡절을 겪고 죽음의 바다를 건너서 마침내 대홍수를 겪고도 살아남은 우트나피쉬팀 부부를 만난다. 은자 우트나피쉬팀은 길가메시에게 대홍수 사건을 설명해주고, 잠을 참을 수 있는지 길가메시의 능력을 시험한다. 그는 시험을 통과하지 못하지만 그 과정에서 우트나피쉬팀의 아내에게 연민을 불러일으킨다. 아내의 요청으로 은자는 영생의 약초가 있는 장소를 가르쳐준다. 마침내 길가메시는 호수 밑바닥에서 그 약초를 캐낸다. 하지만 우루크로 돌아오는 길에 연못에서 목욕을 하느라 약초를 연못가에 놔두었을 때, 뱀이 나타나 그것을 훔쳐 가서는 허물을 홀랑 벗어버리고 다시 젊어진다. 그것을 보고서 길가메시는 울면서 말한다.

"결국 나는 허탕을 치기 위해 그처럼 수고를 한 거로군요. 내가 겪은 힘든 일을 누가 알아주겠습니까? 나는 얻은 것이 없고 저 뱀만이 영원한 생명을 얻었군요."

길가메시는 그토록 영생을 얻기를 원했으나 포기하고, 고향 우루크에 돌아와 지상의 삶에 만족하고 살아간다. 뱀은 《구약성서》의 에덴동산에도 등장한다. 가톨릭 성당에 가면 뱀을 밟고 서 있는 성모 마리아상을 볼 수 있다. 뱀은 시간의 상징이다. 시간 속에서 살아가야 하는 인간은 그 시간 밖으로 인도하는 힘의 작용이 없으면 영생을 얻을 수 없다는 뜻이다.

|9| 바기나 덴타타 신화
《신들의 가면: 원시 신화》

샴하트가 엔키두에게 보여준 '여자의 힘'은 바기나 덴타타(vagina dentata: 이빨 달린 음부, 혹은 거세하는 음부)의 세련된 형태다. 조지프 캠벨(1904-1987)이 쓴 《신들의 가면: 원시 신화》 제1부에 미국 뉴멕시코 지방의 원주민 히카리야 아파치족이 전하는 바기나 덴타타 신화가 소개된다.

옛날 옛적에 사람을 죽이는 끔찍한 '발로 차는 괴물'이 살고 있었다. 당시 이 세상에서는 그의 네 딸만이 질(바기나)을 가지고 있었다. 그들은 겉으로 드러난 형체는 여자였으나 실제로는 질 자체였다. 이 여자들에 대한 소문이 퍼지자 남자들이 그들을 찾아왔다. 그러나 '발로 차는 괴물'은 남자들을 집안으로 차 넣었고, 그러면 그들은 다시 돌아오지 못했다. 그런데 멋진 소년 영웅인 '적들의 살해자'가 그 상황을 바로잡으려고 나섰다.

영웅은 '발로 차는 괴물'을 속여 넘기고 집 안으로 들어갔다. 그러자 네 여자가 그에게 달려들며 성교를 하려 했다.

영웅이 물었다.

"발로 차여서 이 집에 들어온 남자들은 다 어떻게 되었나?"

"우리가 모두 잡아먹었어."

여자들은 이어 그를 포옹하러 달려들었다. 그러자 영웅이 그들을 물리치며 소리쳤다.

"저리 가지 못할까? 그런 식으로 질을 사용해서는 안 되는 거야."

이어 영웅이 그들에게 말했다.

"먼저 내가 너희에게 약을 좀 주겠다. 이건 신 딸기로 만든 건데 전에 너희가 맛보지 못한 약이야."

그는 여자들에게 네 가지 산딸기를 주며 이렇게 말했다.

"너희가 이 약을 좋아한다면 질이 언제나 황홀하게 될 거야."

그 약은 여자들의 입을 오므라들게 만들었고, 그래서 그들은 씹지 못하고 삼킬 수만 있게 되었다(여기서 우리는 입과 질의 상관성을 주목해야 한다). 하지만 그들은 그 약을 아주 좋아했다. 그 약은 마치 '적들의 살해자'가 그들과 성교하는 듯한 느낌을 주었다. 실제로는 그가 성교를 하는 게 아니라 약의 효과가 그런 느낌을 주는 것이었다. '적들의 살해자'가 그 집에 들어왔을 때 여자들은 과거에 남자들을 잡아먹은 단단하고 날카로운 이빨을 가지고 있었다. 그러나 이 약은 그들의 이빨을 파괴해버렸다. 그리하여 소년 영웅은 바기나 덴타타를 순치해 적절한 용도에 적응시켰다.

여자는 그 속으로 들어가면 길을 잃어버리는 동굴 같은 존재, 자연의 변화처럼 도무지 종잡을 수 없는 존재라는 원시적 느낌이 아마 바기나 덴타타 신화를 만들어냈을 것이다. 여자는 가부장제의 세계에서 볼 때 절제되지 않는 속성이었다. 가부장 세계에서 무뚝뚝하고 단단하고 강인한 남성의 신체는 아주 바람직한 속성이었다. 반면에 부드럽고 말이 많으며 부수적인 액체(모유, 월경의 피)와 아이를 생산하는 여성은 그런 미덕에 위배되는 존재였다. 또한 여성의 성욕은 일단 눈을 뜨면 만족할 줄 모르는 것으로 믿어졌다. 그리하여 성적으로 난잡한 것과 말이 많은 것이 여성의 2대 특징으로 여겨졌다.

중세에 남성들은 지배적인 위치에 있었으나 여성의 성을 강력한 위협으로 여겼다. 불륜을 저지르는 아내는 남편을 우스꽝스러운 짐승으로, 부정한 여자의 남편으로, 이마에서 뿔이 자라나는(make horns at, 오쟁이 진) 남성의 상징으로 탈바꿈시켰다. 재산이 있는 집안의 경우, 그런 아내는 적장자 상속 체제의 근본을 해칠 수 있었다. 아내의 정절이 흔히 의문시된다면 사회의 안정성 자체가 위협받는다고 여겼다.

따라서 여성의 입과 질은 남성적 불안감의 핵심 원천이었다. 이 둘은 어느 경우에도 경계의 대상, 반드시 단속해야 하는 것이었다. 우리는 이러한 중세의 여성관에서 강력한 바기나 덴타타의 메아리를 듣는다.

이 개념은 현대에 들어서 팜파탈(femme fatale: 남자를 죽이는 여자)이라는 용어로 잔존하고 있다. 이 개념과 그것을 순치하는 약초의 얘기는 호메로스의 《오디세이아》에서 더욱 정교하게 가다듬어져 있다.

|10| 무엇, 누가, 어디로의 세 가지 질문
《오디세이아》

●

호메로스의 《오디세이아》는 모험담이지만 그 안에 중요한 세 가지 질문을 담고 있다.

첫째 질문은 '나는 무엇을 하는가?'다. 그 대답은 살아남기 위해 모험을 한다는 것이다. 오디세우스는 여러 모험 끝에 고향 이타카에 거의 다 왔으나 해신 포세이돈의 미움을 사서, 다시 풍랑으로 바다에 내몰린다. 그리하여 스케리아 섬의 해변으로 밀려가서, 그곳 왕의 환대를 받으며 자신의 모험을 얘기한다.

그의 모험담 중 가장 인상 깊은 것이 키르케 이야기다. 마녀 키르케는 자신의 집에 찾아오는 남자들에게 마법의 지팡이를 휘둘러 그들을 돼지로 둔갑시킨다. 아무리 기다려도 정탐을 내보낸 부하들이 돌아오지 않자 이번에는 오디세우스가 키르케의 집을 찾아간다. 길에서 헤르메스 신을 만난 오디세우스는 '몰리'라는 약초를 얻는다. 헤르메스는, 그 약초를 먹으면 아무리 키르케가 마법을 걸어도 돼지가 되지 않으며, 오히려 키르케를 자신의 여자로 만들 수 있다고 말한다. 과연 사태는 헤르메스가 예고한 대로 돌아갔고, 오디세우스의 부하들은 모두 인간으로 돌아오고 영웅은 키르케와 정답게 사랑을 나눈다.

이 이야기는 샴하트와 엔키두, 뉴멕시코 원주민의 바기나 덴타타를 정교하게 다듬어놓은 것이다. 수메르나 뉴멕시코나 아카이아(그리스)는 서로 빈번한 왕래가 있었다고 보기 어려운 지역인데, 여자에 대해 비슷한 발상이 공통되게 나타난 것이다. 원시인들이 볼 때 여성은 자연과 비슷한 존재였다. 여성은 자신의 법칙에 따라 배가 불러오고 또 아이를 낳았다. 태곳적부터 남성에게 여성은 아주 신비한 존재였고, 남성들은 여성을 좋아하면서도 두려워했다. 여자는 남자를 토해내고 다시 삼켜버리는 검은 구멍이었다. 여성의 성적 성숙은 찼다 이울었다 하는 달[月]의 변화와 같은 과정이었다. 그래서 달(moon), 한 달(month), 월경(menses)은 같은 말, 같은 세계였다. 이런 원시적 인식이 바기나 덴타타의 신화에 작용하고, 키르케 이야기(남자들을 돼지로 둔갑시킴)에도 희미한 그림자를 던진다.

둘째 질문은 '나는 누구인가?'다. 폴리페무스의 동굴로 들어간 오디세우스 일행은 하나둘 그 외눈박이 거인에게 잡아먹힌다. 그러자 영웅은 나무 말뚝으로 그 거인의 눈알을 찌르고 동굴에서 탈출한다. 폴리페무스가 영웅에게 너의 이름이 무엇인가 묻자, 그때 영웅이 한 대답이 "I am nobody(나는 '아무도 아니'다)"다. 폴리페무스의 일당이 피해를 당한 동료를 찾아와 누가 이렇게 했느냐고 묻자 폴리페무스가 "Nobody did('아무도 아니' 했다)"라고 대답하니, 동료 거인들은 범인 추적을 포기하고 만다. 이 '아무도 아니(nobody)' 얘기는 다음 셋째 질문과 연결해보면 아주 의미심장하다.

셋째 질문은 '나는 어디로 가는가?'다. 이것은 제13장에 나오는 저 유명한 동굴과 관련이 있다. 오디세우스가 고향 이타카로 돌아가기 직전 들르게 되는 이 동굴에서는 벌들이 부지런히 꿀을 만들어내고 있다. 이 꿀을 가리켜 '생성의 꿀'이라고 하는데, 동굴은 세상의 상징이요, 꿀은 남녀 간의 사랑이 만들어내는 자식의 상징이라고 한다. 천상에서 유배온 인간의 영혼은 고향(이타카, 곧 천상의 상징)으로 돌아가기 전에 반드시 동굴을 거쳐야 하는데, 이 동굴의 답답함을 견디게 해주는 것이 곧 생성의 꿀이다.

세 가지 질문을 모두 종합하면 인간은 천상에 돌아가기 위해 이 지상에 왔으며, 지상에 있는 동안 신성(몰리, 혹은 영생의 약초)를 알지 못하면 그는 '아무도 아니'라는 것이다.

《오디세이아》의 여러 에피소드에 대해서는 이 외에도 무수한 해석이 있다. 이 때문에 이 작품은 모든 가능한 모험(이야기)의 원천이라 평가되고, 심지어 호메로스가 모든 모험담을 미리 다 얘기해놓아, 그 후 순수한 창작은 있을 수 없다는 말까지 나온다.

|11| 유럽인의 모험정신

《신곡》〈지옥〉편

단테의 《신곡》〈지옥〉 편 26곡에는 오디세우스의 최후에 대한 이야기가 나온다. 이타카로 돌아온 오디세우스는 그 후 아내 페넬로페와 아들 텔레마코스와 단란하게 잘 살다가 자연사한 것으로 널리 믿어지지만, 단테는 그가 부하들을 데리고 미지의 바다로 나갔다가 난파당하여 죽었다는 전혀 다른 얘기를 한다. 이것은 중세에 떠돌던 얘기를 인용한 것인지, 아니면 단테의 창작인지 확실하지 않으나, 아마 과거로부터 전승된 얘기의 일종일 것이다.

지옥에 간 단테는 오디세우스가 대답하지 않을 것을 우려하여 직접 그에게 말을 걸지는 않는다. 그리스 영웅들을 노래한 고대의 시인 베르길리우스가 오디세우스에게 그의 삶이 어떻게 끝났는지 말해달라고 간청한다. 불꽃에 갇혀 있던 오디세우스는 자신의 마지막 여행에 대해서 말한다. 그는 집에서 평온을 얻지 못했고 지식과 모험에 대한 욕구가 너무 간절하여 다시 한 번 여행에 나서게 되었다고 한다. 늙고 피곤한 채로 헤라클레스의 기둥(지브롤터 해협)까지 가서, 마지막으로 동료들에게 과감한 모험을 시도해보자고 이렇게 제안했다는 것이다.

오 형제들이여, 수많은

위험을 거쳐 그대들은 서방에
이르렀고, 우리에게 남은 감각들은
이제 정말 막바지에 이르렀지만
태양의 뒤를 따라 사람 없는 세계를
경험하고 싶은 욕망을 거부하지 마라.
그대들의 타고난 천성을 생각해보라.
짐승처럼 살려고 태어난 것이 아니라
미덕과 지혜를 따르기 위함이었으니.

이 이야기는, 유럽인의 주된 특징이 끈질긴 모험 정신이었음을 보여준다. 다섯 달 동안 오디세우스와 그의 동료들은 바다를 항해한다. 그들은 커다란 산을 발견하고 기뻐하지만 그 기쁨은 짧은 것이었다. 그 산은 연옥산이었는데 거기서 불어온 회오리바람이 그들의 배를 난파시킨다. 그리고 오디세우스는 지옥에 떨어졌다는 것이다.

|12| 난해한 모더니즘의 대표적 작품

《율리시스》

제임스 조이스(1882-1941)의 《율리시스》는 주인공 레오폴드 블룸이 1904년 6월 16일 아일랜드의 더블린 시내를 돌아다닌 하루 일과를 의식의 흐름 기법을 사용하여 묘사한 모더니즘 소설이다.

블룸은 더블린의 일간지 《프리맨스 저널》의 광고 영업사원이고 아내 몰리 블룸은 유명한 소프라노 가수다. 블룸은 영업사원으로서 거래처에 가고 친구의 장례식에 가며 강변에도 잠시 들르고, 또 아내 몰리가 다른 남자와 바람피우는 것을 고민하기도 한다. 그가 가는 여러 장소는 호메로스의 《오디세이아》에 나오는 여러 에피소드와 대응한다. 가령 샌디마운트 해변에 가서 수음을 하는 장면은 오디세우스가 나우시카를 만나는 장면과 조응하고, 오몬드 호텔은 사이렌 장면, 디그넘 장례식은 하데스, 창녀촌 지역은 키르케 장면과 조응한다.

이 소설에서 가장 유명한 라틴어 성구가 '옴니 카로 아드 테(omni caro ad te)'다. 영어로 번역하면 'every flesh comes to you'다. Ad te 뒤에 venio(=come) 동사의 3인칭 단수형 '베니에트(veniet)'라는 단어가 붙지만 보통 생략된다. 《오디세이아》에서, 오디세우스는 돼지로 변해버린 부하들을 구하기 위해 마녀 키르케의 소굴을 찾아가면서 헤르메스 신으로부터 '몰리'라는 꽃을 받는다. 율리시스는 이 꽃으로 키르케(물질의 상징)의 유혹을 이겨내고, 돼지가 된 부하들을 모두 사람으로 돌려놓는다. 조이스는 이 에피소드를 가져와, 물질을 이기고 신성으로 나아가는 과정을 '몰리가 꽃피었다(Molly blooms)'라는 화두로 제시한다. 《율리시스》의 맨 마지막에 레오폴드 블룸의 아내 몰리 블룸이 "당신을 사랑한다"면서 "그렇고말고요(Oh, Yes)"라는 독백을 무수히 되풀이하는 것은, 육체적인 사랑이 정신적인 사랑으로 승화한다는 뜻이다.

《율리시즈》는 읽기 쉬운 소설은 아니다. 그러나 호메로스의 《오디세이아》를 알면 줄거리를 따라가기가 그리 어렵지 않다. 이 소설은 20세기 모더니즘의 대표적 작품이지만, 호메로스의 서사시에 큰 빚을 지고 있다. 그것은 제임스 조이스의 또 다른 야심작 《피네간의 경야》를 살펴보면 금방 알 수 있다. 《율리시즈》가 낮의 작품이라면 《피네간의 경야》는 밤의 작품인데, 기준이 되어주는 전거(典據)를 찾기 어렵고 난해한 말장난과 의식의 흐름만 계속되기 때문에, 발표 70년이 지난 지금 일반 대중에게는 거의 읽히지 않는 작품이 되었다. 보르헤스는 조이스의 소설을 가리켜 인내심을 가지고 끝까지 읽기가 어려운 작품이라고 말했다.

|13| 완전한 자유

《오디세이아》

●

카잔차키스의 대표작 《오디세이아》(1938)는 그가 1923년에 내놓은 명상적 수필 〈신을 구하는 자〉를 구체적으로 형상화한 것이다. 이 서사시는 죽음을 이겨내고 물질을 정신으로 승화시켜 마침내 영혼이 완전히 자유롭게 된, 텅 빈 공허를 노래한다. 특히 카잔차키스는 그 완전한 자유를 힌두 우화의 무사 에피소드로 설명했다.

한 인도 무사가 노를 저으며 대하의 흐름을 타고 내려갔다. 기나긴 세월, 밤이나 낮이나 그는 지평선을 찾아 노를 저었다. 이윽고 강의 흐름은 급류로 바뀌었다. 사내는 고개를 들고 귀를 기울였다. 대하는 폭포를 향해 흘러갔고 뒤로 물러날 수 있는 길은 없었다. 그는 폭포 쪽으로 밀려가지 않으려고 필사적으로 노를 젓다가, 구원의 길이 막힌 것을 깨닫자 즉시 노를 거두어들이고 팔짱을 낀 채 노래를 부르기 시작했다.

"아! 내 인생이 이 노래처럼 되게 하소서. 나는 아무것도 바라지 않습니다. 나는 아무것도 두려워하지 않습니다. 나는 자유!"

카잔차키스의 오디세우스는 물질과 정신을 한 배에 태우고 앞으로 나아가는 자다. 이것은 오디세우스가 귀를 틀어막고 몸을 돛대에 붙들어 맨 채 세이렌(죽음)의 노래를 들었던 에피소드를 변주한 것이다. 카잔차키스의 오디세우스는 죽음을 향하여 치열하게 싸우다가 결국 그 죽음을 초월하고 힌두 우화의 무사처럼 노래를 부르며 비장하게 생을 마감한다. 이렇게 볼 때 우리는 카잔차키스의 《오디세이아》 전편을 '무사는 노래 부른다(Warrior sings)'라고 요약할 수 있다.

왜 노래일까? 예전부터 인생은 여행에, 도(道)는 길에, 인생과 도의 합일은 노래에 비유되어왔다. 그리하여 여행자가 길에 나설 때 그 길이 춤추자고 하면 같이 노래하며 춤추는 것이 곧 수행의 자세였다.

호메로스의 《오디세이아》가 20세기의 두 작가에 미친 영향을 간단히 요약하고자 하면 다음 두 구절로 기억하면 된다.

몰리는 꽃피고(Molly blooms)
무사는 노래 부른다(Warrior sings).

| 14 | 나쁜 남자 신드바드
〈바닷사람 신드바드와 땅의 사람 신드바드〉

●

리처드 버턴 영역판 《아라비안나이트》(전 10권) 중 제6권 첫머리에 〈바닷사람 신드바드와 땅의 사람 신드바드〉 편이 나온다. 신드바드가 일곱 차례 바다로 모험 여행을 떠나, 신기한 나라들을 구경하고 보물도 많이 챙겨서 돌아온다는 얘기다. 신드바드가 네 번째 여행을 떠나게 되는 계기는 이러하다.

어느 날 상인들 한 무리가 나를 찾아왔다. 그들은 앉아서 나와 함께 얘기하면서 해외여행과 무역에 대하여 말했다. 그러자 내 안의 저 오래된 나쁜 남자(the old bad man within me)가 그들과 함께 따라 가서 낯선 땅들의 풍경을 마음껏 즐기고 싶은 욕구를 발동시켰다. 나는 다양한 인종의 사회를 보고 싶었고 또 무역을 하여 이익을 올리고 싶었다. 그래서 나는 그들과 함께 여행하기로 결심했다.

'내 안의 저 오래된 나쁜 남자'는 그 후 영어 단어로 정착되어, 영한사전을 찾아보면 Old Man of the Sea라는 항목으로 나오는데 뜻풀이는 이러하다.

"일반적으로 여간해서는 쫓아버릴 수 없는 사람[것]. 아라비안나이트의 신드바드 이야기에서 유래되었음."

| 15 | 내 안의 오래된 나쁜 남자

〈해풍〉

말라르메(1842~1898)의 유명한 시, 〈해풍〉은 이 신드바드의 '오래된 남자'에게서 영감을 받은 것으로 보인다. 말라르메는 순수를 표방했으나 거기에 도달하지 못함[不在]을 시인의 숙명으로 받아들였다. 그의 순수시는 플로베르에게서 시작된 예술의 순수성이 최종적으로 완성된 단계이다. 플로베르는 평범한 것[부부 사이의 불화]을 예술로 승화시켰고, 보들레르는 연금술사처럼 추악한 것을 아름다움으로 변화시켰으며, 말라르메는 부재를 다이아몬드[단단한 시적 구조]로 만들어놓았다. 그의 이런 순수시는 고제(高弟)인 폴 발레리에 의해 계승되었다.

아, 육체는 슬프다. 나는 모든 책을 읽었다.

달아나자! 멀리 달아나자! 새들이 미지의

포말과 하늘 사이에서 술 취해 있는 곳으로!

그 어떤 것도, 두 눈에 비치는 오래된 정원들도

바다에 흠뻑 취해버린 이 마음을 만류하지 못하리.

오 밤들이여! 순백으로 무장한

텅 빈 종이 위에 놓인 내 램프의 황량한 불빛도,

아이에게 젖을 물린 젊은 아내도 만류하지 못하리.

나는 떠나리라! 돛을 펄럭이는 증기선이여,

이국적 자연을 향하여 닻을 올려라!

잔인한 희망으로 비탄에 잠긴 권태는

아직도 손수건의 마지막 인사를 믿는다!

그리고 어쩌면, 폭풍우를 부르는 돛대는,

돛대도 없이, 돛대도 없이, 비옥한 해안도 없이 사라져버린

난파선을 굽어보는 바람일지니……

그러나 오 내 마음이여, 선원들의 노래를 들어라!

이 시의 첫 행(La chair est triste, hélas! et j'ai lu tous les livres)은 아주 유명하다. 모든 책을 읽었다는 것은 머리를 굴리며 정신적으로만 살아왔다는 것이고, 그래서 육체는 심심하고 따분하다는 뜻이다. 이럴 바에야 죽어도 좋으니 항해에 나서야겠다는 것이다. 말라르메는 이 시에서 '내 안의 오래된 나쁜 남자'를 아주 잘 표현해놓았다.

| 16 | 철교의 상징

《누구를 위하여 종은 울리나》

●

20세기의 현대판 모험은 어떤 것이 있을까?

미국 몬태나대학에서 스페인어 강사로 일하면서, 꽤 오랜 시간에 걸쳐 스페인을 방랑하며 여행기도 펴냈던 30대 중후반의 로버트 조던은, 스페인 내전이 발발하자 편안한 강사 생활을 내던지고 공화파 측으로 참전해 폭파 요원이 된다. 어니스트 헤밍웨이(1899~1961)의 《누구를 위하여 종은 울리나》는 강철 같은 아름다움을 지닌 철교를 폭파하는 이야기이지만, 그 본질은 인생의 중년에 권태를 느낀 남자가 그것을 돌파하기 위해 모험에 나선 이야기다. 조던은 말라르메가 말한 것처럼 '모든 책을 읽었으나 육체가 슬픈' 중년 남자다.

과다마라 산간에 놓인 이 철교는 작품 속의 모든 인물을 한 축으로 연결하는 중심점인 동시에, 이승과 저승을 잇는 상징물이다. 다리가 폭파되는 순간 조던과 마리아의 사랑은 끝나고 조던은 마리아와 헤어져 죽음을 맞지만, 역설적으로 마리아의 내면에는 두 사람의 영원한 사랑이 생성된다. 곧 "마리아, 당신은 혼자 가는 게 아니야. 나와 함께 가는 거야."라는 조던의 대사처럼 그것은 죽음과 삶을 묘하게 연결한다. 그런 연결점은 이 소설에 제목을 빌려준 존 던의 〈명상 17〉(소설의 맨 앞에 나오는 헌시)에서도 잘 드러난다.

철교 폭파를 둘러싼 파블로와 조던 간의 갈등, 필라르의 무속적인 예언, 또 다른 폭파 요원인 카슈킨의 비극적인 종말 등이 예시되면서 작품은 처음부터 긴장된 분위기를 띤다. 외딴 산간 지방에서 목숨을 건 임무를 수행하기 위해 나선 중년 남자, 그리고 아름다운 여성, 게다가 저마다 한 가지씩 얘기를 가지고 등장하는 게릴라들. 모험담을 좋아하는 사람들이라면 누구나 솔깃하게 귀 기울일 소재가 모두 갖추어졌다.

철교 폭파에 대한 위기감으로 인해 조던과 마리아의 사랑은 점점 비극적인 색채를 띠게 된다. "70시간을 살아도 70년을 사는 것만큼 강렬하게 살 수 있다"는 소설 속의 말처럼, 70년을 72시간으로 압축한 시간의 밀도 속에서 마리아와 조던 사이에 이루어지는 네 차례 정사는 에로틱하면서도 낭만적이고 그러면서도 슬프다. 이어 다리 폭파 뒤에 찾아온 이별은 더 슬프다.

나는 지금껏 이 소설을 일곱 번 읽었다. 대학에서 이 소설을 배울 때, 교수는 이 작품을 파울 홈런에 비유했다. 출판 당시에는 스페인 내전의 분위기와 맞물려서 엄청난 본격 소설인 양 대접을 받았으나 시간이 갈수록 예술적 순도가 떨어지는 통속 소설로 판명되었다는 것이다. 그래서 그런지 네 번 다섯 번 읽을 때까지 그런 잔상이 남아 있었다. 얼마 전 이 소설을 번역하기 위해 일곱 번째로 읽으면서 나는 통속 소설이면 어떠냐, 이 정도로 재미있고 감동적이면 그것으로 충분하다는 결론을 내렸다.

|17| 사물들의 눈물
《아이네이스》

베르길리우스의 서사시 《아이네이스》 제1권 462행에는 조국 트로이를 떠나는 아이네아스가 불타는 조국을 바라보며 죽은 왕 프리아모스를 회상하는 부분에 이런 말이 나온다.

sunt lacrimae rerum et mentem mortalia tangunt.

(사물들의 눈물이 있어, 엄청난 슬픔이 사람의 마음을 감동시킨다.)

이 중에서도 '순트 라크리마에 레룸(sunt lacrimae rerum)'이 유명한 문구다. rerum은 res(thing)의 복수형 소유격인데, 라틴어 소유격은 영어와 마찬가지로 두 가지 뜻이 있다. 가령 마트리스(matris)는 마테르(mater: 어머니)의 소유격인데, '아모르 마트리스(amor matris)'라 하면 '어머니의 사랑'이 될 수도 있고 '어머니에 대한 사랑'이 될 수도 있다. 따라서 라크리마에 레룸(lacrimae rerum)은 '사물들의 눈물'로 해석할 수도 있고 '사물들에 대한 눈물'로 해석될 수도 있다. 사물들에 왜 눈물이 있을까?

| 18 | 쓸데없는 과거에 대한 열정
〈눈물, 쓸데없는 눈물(Tears, Idle Tears)〉

알프레드 테니슨의 시 〈눈물, 쓸데없는 눈물(Tears, Idle Tears)〉의 첫 연은 이러하다.

눈물, 쓸데없는 눈물, 영문을 모르겠구나,
어떤 신성한 절망의 심연에서 나오는 눈물이
가슴에서 솟아올라 눈가에 괸다,
행복한 가을 들판을 바라보노라면,
사라져버린 날들을 생각하노라면.

테니슨은 이 시에 대하여 이렇게 말했다.

"이 시는 잎사귀가 노랗게 물들던 가을날 틴턴 수도원 근처에서 영감이 떠올랐다. 나는 소년 시절부터 이런 느낌을 갖고 있었다. 소년 시절 나는 그것을 '과거에 대한 열정'이라고 불렀다. 그런 느낌은 나이가 든 지금도 마찬가지다. 풍경을 쳐다볼 때 나는 그 그림, 거리감, 과거 등에 매혹된다. 내가 지금 살아 움직이는 오늘은 나를 별로 매혹하지 못한다."

테니슨은 과거에 매혹을 느끼는 것이기에 '쓸데없다(idle)'고 한 것 같다.

| 19 | 눈물도 여유가 있을 때 흘리는 법
《역사》 3-14

테니슨은 쓸데없는 눈물을 노래했으나 실은 그게 의미 깊은 눈물이다. 헤로도토스의 《역사》 3-14에는 프사메니투스(프삼티크 3세)의 눈물에 관한 기사가 나온다.

페르시아의 캄비세스 2세 대왕은 이집트의 수도 멤피스 성을 함락하고 나서 열흘 뒤, 이집트 왕 프삼티크 3세의 기를 꺾어놓을 결심을 했다. 당시 프삼티크 3세는 왕위에 오른 지 겨우 6개월. 캄비세스 2세는 이집트 왕과 일부 고관들을 교외로 끌어내 모욕을 주었다. 먼저 대왕은 프삼티크 3세의 딸을 멤피스에서 데려와서 거지 옷을 입히고 물 따르는 주전자를 들게 했다. 이집트 고관들의 딸들도 데려와 역시 거지 차림으로 공주의 뒤를 따르게 했다. 공주 일행이 프삼티크 3세와 이집트 고관들이 있는 장소 바로 앞을 지나가자, 고관들은 딸들의 처량한 신세를 보고서 탄식하며 눈물을 흘렸다. 하지만 프삼티크 3세는 딸의 행렬을 보고는 고개를 숙여 땅을 내려다볼 뿐 전혀 눈물을 흘리지 않았다.

그다음에는 프삼티크 3세의 아들과 그 일행이 그들의 앞을 지나 처형장으로 갔다. 역시 이집트 왕은 반응을 보이지 않았다. 그 직후, 전에 이집트 왕의 연회에서 유쾌한 술친구 노릇을 했던 노인 한 명이 재산을 모두 빼앗기고 알거지가 되어, 이집트 왕과 고관들이 있는 곳 주위의 병사들에게 동냥을 했다. 프삼티크 3세는 그 거지 친구의 모습을 보자 눈물을 터뜨리고 방성대곡했다. 이집트 왕은 친구의 이름을 부르며 주먹으로 자기 머리를 마구 때리고 자책했다. 캄비세스 2세는 이집트 왕의 반응을 듣고 놀라, 그에게 사자를 보내 물었다.

"그대의 왕 캄비세스가 묻는다. 그대의 딸이 치욕을 당하고 아들이 죽으러 가는 것을 보고서도 그대는 눈물을 흘리거나 아우성치지 않았다. 그런데 그대의 족속도 아닌 거지 하나가 지나가자 눈물을 흘리며 예를 갖춰 그의 불행을 슬퍼했다. 그 이유는 무엇인가?"

프삼티크 3세가 대답했다.

"오, 키루스의 아들이여, 나와 내 가족에게 벌어진 불행은 너무나 커서 눈물조차 나오지 않는 상황이었습니다. 하지만 내 친구의 불운은 충분히 눈물을 흘려줄 만한 것이었습니다. 부귀와 영화를 누리던 자가 노년의 문턱에서 거지가 된다면, 누군들 그의 불행을 울어주지 않겠습니까?"

우리는 정말로 슬픈 일을 당했을 때에는 사태 수습 때문에 눈물을 꼭 참지만, 그로부터 어느 정도 시간적으로나 공간적으로 떨어져 있으면 그 일을 회상하며 '쓸데없는' 눈물을 쏟는 것이다.

| 20 | 우리가 가장 나중까지 지닌 것

〈슬픔〉

●

그 쓸데없는 눈물을 아름답게 노래한 시로 알프레드 드 뮈세(1810-1857)의 〈슬픔〉이 있다.

짧은 생애를 나는 헛되이 살아왔노라.
우정과 즐거움은 사라져버렸고
한때 뮤즈가 내 속에 일깨웠던
자부심은 다시 꽃피어 나지 않노라.

진리가 베일을 열고 그 빛나는 얼굴을 보여주었을 때
나는 그녀에게서 친구를 발견했다고 생각했노라.
그러나 날이 갈수록 그녀는 그 우아함을 잃어버렸고
마침내 나는 그녀를 미워하게 되었노라.

그러나 진리는 불멸의 것, 그 어떤 사람도
그녀의 가르침 없이는 이 세상의 아무것도
알지 못하노라.

진리는 하느님의 목소리. 나는 그 부름에
답해야 하노라. 비록 인생에서 얻은 즐거움이
내가 때때로 울었다는 것 외에 아무것도 없을지라도.

뮈세는 인생에서 얻은 즐거움이 "때때로 울었다는 것"이라고 노래했는데, 그 울음이 곧 테니슨이 말한 쓸데없는 눈물이고, 우리가 "가장 나중까지 지닌 것"(김현승)이다.

|21| 삶과 죽음이 어찌 슬프지 않을까

〈난정기(蘭亭記)〉

●
중국 최고의 명필 왕희지(307-365)는 〈난정기(蘭亭記)〉라는 문장으로 유명하다. 영화(永和) 9년(353) 3월 3일 절강성(浙江省) 소흥(紹興)에 있는 '난정'이란 정자에서 진(晉) 나라의 명사 41인이 모여 술 마시고 시를 지었는데, 그 시문집에 왕희지가 서문으로 쓴 글이다. 그 뒷부분을 인용해 보면 이러하다.

옛사람은 삶과 죽음이 또한 인생의 중대한 일이라고 말했다. 이 말을 생각하면 어찌 애통처 않겠는가. 옛사람이 감동을 일으키는 이유를 읽을 적마다 그것이 내 생각과 같아서 그 문장을 읽으면서 슬퍼하게 되지만 그 뜻을 납득할 수는 없었다. 그가 삶과 죽음이 하나라고 한 것은 허망한 말이요, 700세를 산 팽조와 어려서 죽은 사람을 똑같다고 하는 것은 망령된 일이다. 덧없는 생명이기에 더욱 귀중하고 애석한 것이 아니겠는가. 이 감회는 옛날이나 지금이나 변함이 없는 것으로서, 뒤의 사람이 지금 우리의 일을 보나, 또 지금의 우리가 옛사람의 일을 보나, 매양 한가지일 것이다. 그래서 슬프다고 하는 것이다.

여기서 옛사람은 장자를 가리키는데, 《장자》〈덕충부(德充符)〉에 죽음과 삶은 큰 문제이지만 참된 경지에 도달한 사람은 그런 외적인 것에 영향을 받지 않는다는 말이 나온다. 그러나 왕희지는 그에 반박하면서 유한한 삶이 어째서 슬프지 않다는 것이냐고 한다. 우리는 장자보다는 왕희지가 더 이해하기가 쉬운 듯하다. 왕희지가 슬프다고 하는 것은 베르길리우스의 '순트 라크리마에 레룸'을 연상시킨다.

왕희지는 이 문장을 비단에 세필로 썼다고 하는데, 그 진적은 아들 왕헌지에게 넘겨졌다가 아들이 죽은 뒤 절간의 스님에게 맡겨졌다고 한다. 그 스님이 진적을 잘 간직하고 있었는데, 수나라의 고관이 자기에게 넘겨달라고 매일같이 졸랐다. 스님은 계속 거절했는데, 그 고관이 어느 날 스님과 함께 뱃놀이를 나가서 난정기 진첩을 넘겨주지 않으면 이 강물에 빠져 죽겠다고 하니, 그 좋아함의 깊이를 알고서 넘겨주었다고 한다. 수나라가 당나라에 망한 뒤 당 태종이 왕희지의 글씨를 너무나 좋아하여 난정 진첩을 비롯해 그의 글씨를 광범위하게 모았고, 죽으면서 자신의 능묘까지 가지고 갔다. 그리고 당나라 말기에 그의 능묘가 도굴당하면서 비로소 다시 세상에 전해졌으나, 세상에 유포된 것은 대부분 진본이 아니다. 《고문진보(古文眞寶)》의 편자 황견(黃堅)은 "내 일찍이 두 본을 얻었는데, 그중 한 본은 다소 고풍스럽고 강건해 보이나 이것도 진본에서 나온 것인지는 알 수 없다"고 말했다.

| 22 | 남자의 10에 9는 자살중

《통감절요(通鑑節要)》

●

인생의 위기를 맞이하여 모험에 나서는 것이 긍정적 의미라면 일탈
은 부정적 의미다. 일탈의 대표적인 4자성어가 '주색잡기(酒色雜技)'다.
우선 '주(酒)'에 대해 살펴보면 기주성질(嗜酒成疾: 술을 좋아하여 병에 걸림)이
대표적인 현상이다. 강지(江贄) 선생이 편집한 《통감절요(通鑑節要)》에는
이런 묘사가 여러 번 나온다.

가령 제33권 진기(陳紀)의 고조 무제 항목에는 "9월에 제나라의 현조
가 술을 너무 좋아해서 병에 걸렸다. 10월에 현조가 죽고 태자 은이 즉
위했다."라고 쓰여 있다. 한 나라의 임금이나 지도자가 통치나 반란 제
압이 너무 힘들어 술을 마시며 시름을 잊다가 결국 병이 나서 죽었다는
얘기다.

어떤 지도자의 경우에는 탁불면(度不免: 모면할 수 없음을 헤아리고 그에 순응하
다)이라는 말이 함께 나온다. 자신이 술병에 걸려 죽게 되었을 때 그것
을 담담히 받아들였다는 얘기다. 그가 감당하기 힘든 지도자 노릇에서
해방되어 흔쾌히 죽었다는 얘기처럼 읽히기도 한다.

이것은 중년의 위기에 대처하는 가장 수준 낮은 방법이면서 주위에
서 가장 많이 발견되는 대처 방법이다. 남자 10명 중 9명은 자살이라는
말이 있는데, 남자들의 지나친 음주 현상을 지적한 것이다.

|23| 20년동안 잠든 한량

〈립 밴 윙클〉

주색잡기 중 '색(色)'은 주로 여자와 관련된 것인데 여기서는 좀 색다른 남자의 일탈을 살펴보기로 하자. 워싱턴 어빙(1783~1859)의 단편소설집《스케치북》에 들어 있는 단편 〈립 밴 윙클〉은 한 농부가 산속에 들어가 잠이 들었는데 세월이 20년이 훌쩍 흘러갔다는 얘기다.

이 소설의 무대는 18세기 후반 미국 독립전쟁이 시작되기 전의 뉴욕 주다. 립 밴 윙클은 캐츠킬 산맥 인근의 작은 마을에 사는, 선량하지만 게으른 네덜란드계 농부다. 그는 동네 아이들과 개들에게 인기가 높고, 또 언제나 이웃을 도와주는 사람이다. 그러나 립은 아무 목적 없이 숲을 돌아다니는 것을 좋아하고, 마을 여인숙에서 동네의 다른 한량들과 잡담하는 것을 좋아하며, 돈을 벌기 위해 일하는 것보다는 낚시를 더 좋아한다. 그 결과 그의 농장은 황폐해졌고, 그의 자녀들은 누추한 옷을 입고 다녔으며, 그의 사나운 아내는 계속 바가지를 긁어댔다.

립은 어느 날 자신의 개 울프를 데리고 평소처럼 숲을 돌아다니다가 소인들로 구성된 마법 음악대를 만난다. 구주희(볼링) 게임을 하던 그 자그마한 네덜란드 사람들은 립에게 마시라며 술을 준다. 술을 마신 립은 곧 잠에 빠져든다. 그가 깨어나 보니 울프는 사라졌고 엽총은 녹이 슬었으며 소인들 무리도 온데간데없었다. 마을로 돌아와 보니 그의 집은 비어 있었고 여인숙 자리에는 큰 호텔이 들어섰으며 마을 사람들은 바쁜 듯이 부산하게 돌아다니고 있었다. 그는 젊은 여자를 만났는데 알고 보니 딸 주디스였고, 자신과 똑같이 생긴 청년을 만났는데 아들 립 주니어였다. 립은 아내가 죽었다는 것을 알고서 그제야 자신이 지난 20년 동안 잠잤다는 것을 알게 되었다. 그동안 독립전쟁이 벌어져서 영국 식민지는 미국이라는 나라가 되었고, 워싱턴이 대통령으로 취임했다. 백발이 성성한 립은 다시 예전과 같은 한량 생활로 돌아갔고, 마을 사람들은 그의 실종 이야기를 아주 좋아했다. 특히 산중에서 마법 음악대를 만난 얘기를 좋아했는데, 마을 유지들은 20년마다 그 음악대가 산중에 나타나 구주희 게임을 한다는 전설이 마을에 전해 내려온다고 말해주었다.

게으른 립은 《벤저민 프랭클린 자서전》에서 강조된 근면 성실 정신과는 정반대되는 인물이다. 반면에 깔끔하고 근면하고 야심만만한 립의 아내는 물질주의의 표상 같은 인물이다. 동양적으로 표현해보자면 공맹과 노장의 대비다. 산속에서 립이 보았던 구주희 게임은 신들의 놀이를 상징하고, 산속에 들어가 이처럼 세월이 훌쩍 흘러간 것은 곧 립이 신선놀음을 하고 왔다는 뜻이다. 이런 신선놀음에 20년이 지나갔다는 얘기는, '잠자는 일곱 사람'(→ 겨울 54)의 사상을 이어받은 것이다. 이 20년을 어머니의 자궁 속으로 돌아가려는 유아기에 대한 동경으로 해석하는 평가도 있고, 그악한 아내로부터 도피하고 싶은 마음이 산속 20년의 잠으로 표출되었다고 해석하는 비평가도 있다.

|24| 20년동안 아내를 몰라라 한 무책임한 사내
〈웨이크필드〉

●

너새니얼 호손의 단편집 《진부한 이야기들(Twice-Told Tales)》에 들어 있는 단편 〈웨이크필드〉는 립 밴 윙클 이야기를 현대적으로 재해석한 것이다.

먼저 호손은 소설의 앞부분에서, 어떤 낡은 잡지 혹은 신문에서 본 얘기라면서 이것이 실화임을 강조한다. 그러면서 이 얘기를 너무 황당 무계하다거나 너무 뻔뻔하고 몰상식하다고 보지 말고, 조화롭지 못한 부부 생활의 가장 기이한 사례로 봐달라고 말한다.

웨이크필드 부부는 런던에서 살았다. 그런데 어느 날 남편이 여행을 떠난다는 구실을 대고, 집 옆 동네에 숙소를 따로 정하고서 아내와 친지에게는 전혀 알리지 않고 또 그런 자기 유폐의 사유도 밝히지 않은 채 20년을 혼자 살았다. 이 기간에 그는 매일 자신의 집을 쳐다보았으며 외로워하는 아내를 가끔 길에서 마주쳤다. 이렇게 아무 소식 없이 20년이 지나자 그는 사망한 것으로 간주되었고, 그의 재산은 명의 이전되었으며, 그의 이름은 사람들의 기억에서 사라졌고, 그의 아내는 오래전에 자신이 과부가 되었음을 사실로 받아들였다.

그러던 어느 가을날 우연히 자기 집 앞을 지나가던 웨이크필드는 멍하니 밖에 서서, 2층 불빛에 비친 아내의 옆모습 그림자를 보았다. 그때 갑자기 비가 내려 빗줄기가 그의 얼굴과 가슴을 후려쳤다. 그는 집안으로 들어가 보고 싶은 충동이 생겨서 이제 뻣뻣해진 다리로 집 앞계단을 올라갔다. 그것은 그에게 남겨진 유일한 집인 무덤으로 가는 길인가, 아니면 새로운 인생의 시작인가? 현관문을 열자 집 안에서 불빛이 흘러나오고, 우리는 그 불빛으로 웨이크필드의 얼굴에 어른거리는 기이한 미소를 엿보게 된다. 그는 얼마나 무자비하게 불쌍한 여인의 애를 태웠던가? 이제 우리는 여기서 웨이크필드와 작별하자.

어빙이나 호손의 작품은 몽상 같은 일탈을 다루었지만 동시에 여성 혐오증의 희미한 그림자가 느껴진다. 아내는 자꾸 돈을 벌어 와라, 출세를 하라, 당신 자신을 업그레이드하라 요구해 오는데, 그것을 맞춰 줄 능력이 없는 남편은 어떻게 하겠는가? 립 밴 윙클이나 웨이크필드처럼 한 20년 어디론가 사라졌다가 돌아오는 것을 꿈꾸게 된다. 아내들이 볼 때에는 지극히 이기적이고 무책임한 몽상이라고 하겠으나, 인간의 욕망은 원래 이기적이고 무책임한 것이 주된 특징이다.

| 25 | 집착과 욕망의 도박꾼 이야기
《노름꾼》

잡기는 도박과 마약 두 가지가 대표적인데 먼저 도박을 살펴보자. 도스토옙스키의 《노름꾼》은 도박에 몰두한 알렉세이라는 청년을 묘사한 중편소설이다.

작가는 노름꾼을 가리켜 "그 나름의 시인"이라고 말한다. 어떤 한 가지 생각에 몰두한다는 점에서 아이, 시인, 정신병자는 한 부류라는 말도 있는데, 알렉세이는 심리적 충동의 만족을 위해 일단 룰렛 도박장에 들어서면 멈추지를 못한다. 노름은 그의 정체성을 확립해주고 열등감을 극복하게 해준다. 또 돈에 굴복하지 않고 운명과 맞서 싸우겠다는 도전의식을 심어준다. 그는 엄청난 도취감에 사로잡혀 돈을 아무리 따도 계속 도박을 하고 싶은 욕망이 멈추지 않고, 결국 돈을 다 잃어버린다.

알렉세이는 러시아 장군 집의 가정교사인데, 장군 가족을 따라 독일의 룰레텐부르크를 방문한다. 그는 내심 장군의 양녀 폴리나를 좋아하지만, 자신의 한미한 지위를 의식하여 그녀에게 적극적으로 접근하지는 못한다.

같은 도박장을 출입하는 프랑스인 드 그리외도 폴리나를 자신의 여자로 만들려고 애쓴다. 우여곡절 끝에 폴리나는 드 그리외에게 5만 프랑 빚을 지는데, 그날 밤 도박장에서 계속하여 돈을 딴 알렉세이는 폴리나에게 돈을 건네주며 드 그리외에게 빚을 갚으라고 말한다. 그러자 두 남자가 자신을 돈으로 사려 든다고 생각한 폴리나는 그 돈을 받지 않고 내던진다. 그 후 폴리나는 러시아로 돌아가고, 알렉세이는 도박장에서 딴 돈을 프랑스 여자 블랑슈와 함께 다 써버리고서, 도박장 주위를 떠도는 영락한 노름꾼이 되어버린다. 그때 폴리나가 사람을 보내 그를 사랑한다고 고백하자 그는 눈물을 흘린다.

이기고야 말겠다는 알렉세이의 집착은 《죄와 벌》에 나오는 라스콜리니코프의 황당한 범죄 이론을 연상시키고, 격정적인 폴리나는 순수한 영혼을 가졌으되 남자들이 돈으로 매수하려 들자 미친 듯한 반응을 보이는 《백치》의 나스타시야 필리포브나를 예고한다.

이 소설은 도박사의 미친 듯한 집착을 실감하게 해주는 묘한 매력이 있다. 알렉세이가 폴리나에게 건네줄 돈 5만 프랑을 따던 그날 밤에 그는 룰렛장과 트럼프 장을 돌면서 큰돈을 따는데, 그날 밤에 대한 묘사는 정말 독자도 현장에 같이 있는 느낌이 들 정도로 도박의 분위기가 생생하다.

| 26 | 인생이 원래 목적 없는 일탈과 여행 아니던가
《길 위에서》

잭 케루악(1922-1969)의 《길 위에서》는 미국의 비트 제너레이션을 대표하는 장편소설이다. 비트족(The Beats)이라는 말은 케루악이 만들어낸 말인데 마약, 알코올, 섹스, 종교적 명상, 시와 산문 등에 탐닉한 자를 가리키는 말이다. 이 소설은 마약을 먹고서 몽롱한 상태로 차를 타고 미국의 동부와 서부, 혹은 남부와 북부를 왔다 갔다 하는 이야기이고, 그런 목적 없는 여행과 일탈이 소설의 핵심이다.

1947년 질병과 이혼으로부터 회복 중이던 샐 파라다이스(잭 케루악의 분신)는 딘 모리아티(케루악의 친구 닐 캐서디의 분신)를 만난다. 딘은 그 모든 것을 구현한 인물처럼 보이고, 당연히 샐은 딘이라는 관념에 매혹된다. 하지만 딘의 실제 모습은 때때로 그 관념보다 덜 매력적이다. 샐과 딘은 3년간의 미대륙 여행에 나선다. 그들은 시카고, 덴버, 그리고 캘리포니아 등 미국의 서부를 여행한다. 그다음 해인 1948년, 샐은 다시 딘과 함께 여행한다. 이번에는 뉴올리언스를 통과하는 남행길을 잡는다. 그리고 1949년 봄 샐은 또다시 딘을 찾아가서 함께 미대륙을 종횡무진 내달리는 여행을 한다. 그 후 샐은 딘과 헤어진다. 이후 샐은 샌프란시스코로 가서 다시 딘을 만나 다음 모험에 나선다. 나중에 멕시코시티에서 샐은 망상과 무의식에 이르는 새로운 길, 곧 이질과 고열을 겪는다. 예견된 일이지만, 딘은 이런 샐을 방치하고 그곳을 떠난다. 샐은 딘을 "쥐새끼 같은 놈"이라고 생각하지만 그러면서도 그를 변명한다.

"아무도 그의 복잡한 인생을 이해하지 못할 것이다. 그가 병든 나를 두고 떠난 데에는 이유가 있다. 여러 명인 그의 여자들과 문제들을 돌봐야 하기 때문이다."

나중에 뉴욕에 돌아온 샐은 로라에게서 이상적인 여성상을 발견한다. 그들은 샌프란시스코로 이사 가기로 결정한다. 딘은 샐 부부를 만나러 오겠다고 하고서, 예정보다 다섯 주 반 먼저 도착했다. 도착한 사람은 과거 딘의 그림자에 불과했고, 이제 도로의 로맨스는 사라졌다. 딘은 마약(암페타민과 마리화나) 과용과 알코올 중독, 그리고 난잡한 섹스로 망가질 대로 망가져 있었다. 딘의 초라한 추락이 샐의 힘, 안정감, 그리고 희망과 대비되면서 소설은 끝난다.

|27| 그림자의 그림자

《햄릿》

●

일탈을 이겨내고 정체성 확립을 향해 나아가는 문제를 다룬 작품으로 셰익스피어의 《햄릿》이 있다. 이 희곡의 2막 2장에서 햄릿이 두 친구와 이런 대화를 나눈다.

햄릿: 이 세상에는 좋거나 나쁜 것이 따로 정해져 있는 것이 아닐세. 단지 생각이 그렇게 만들 뿐이지. 허나 이 햄릿에게는 덴마크가 감옥일세.

로젠크란츠: 그야 전하의 야망이 그렇게 만드는 게죠. 딴은 대망을 품고 계시는 분에게는 덴마크는 너무 협소하겠지요.

햄릿: 천만에! 나는 호두 껍데기 속에 갇혀 있어도 나 자신을 무한한 천지의 왕자라고 생각할 수 있는 사람일세. 내가 나쁜 꿈만 꾸지 않는다면…….

길든스턴: 그 꿈이 실은 대망이라는 겁니다. 글쎄 대망의 실체는 꿈의 그림자에 지나지 않거든요.

햄릿: 아냐. 꿈 자체가 그림자에 지나지 않는 걸세.

로젠크란츠: 지당한 말씀입니다. 대망이란 건 사실 공기같이 허무한 것이라서, 결국은 그림자의 그림자에 지나지 않는 듯싶습니다.

햄릿의 주요 관심사는 자신의 정체성이다. 그는 자신이 광인인지 아니면 냉정한 분별력이 있는 사람인지, 진짜로 복수를 꾀하는 사람인지 아니면 복수극에서 역할을 맡은 배우인지, 어머니와 오필리아를 사랑하는 것인지 아니면 전반적으로 여성을 증오하는 것인지, 자기 자신을 잘 알지 못한다. 이것은 비극적 주인공이 자신의 정체성을 잃는 과정에서 나타나는 현상이다.

중세 세계에서 사회적인 지위는 정치적인 권력과 동일한 것이었다. 봉건제 계급 내에서 한 남성이 태어나면서 가지게 되는 위치(왕자, 공작, 백작, 기사, 혹은 농민)는 그가 누구인지, 그가 누구의 수하가 되어야 하는지, 그가 스스로 어떻게 행동해야만 하는지를 알려주었다. 이는 다른 사람과 자신의 관계 역시 자연스럽게 형성해주었다. 하지만 셰익스피어의 시대엔, 그러니까 중세에서 근대로 넘어가던 전환기에는 신분에 유동성이 있었다. 햄릿은 왕자는 될 수 있지만, 권력을 가질 수는 없었다. 교활한 정치가 클로디어스가 그를 권력에서 배제하고 감시했기 때문이다. 그는 자신이 누군지 더 이상 분명히 볼 수 없게 되었고, 그것이 진정한 비극이었다. 또한 햄릿은 사회의 속임수, 모순, 어리석음 사이에서 살아가려 애쓰는 지성적인 사람이다. 그것이 그를 비극적인 인물로 만든다.

햄릿이 꾸는 나쁜 꿈은 곧 자신의 정체성에 대한 질문이요 회의다. 나는 누구인가, 나는 무엇을 하는 사람인가, 나는 어떻게 살아야 하는가, 나는 앞으로 어디로 가야 하는가, 이런 질문에 대하여 답을 얻지 못할 뿐만 아니라, 설혹 어떤 답을 얻었다 할지라도 그것이 정답인지 확신하지 못한다. 햄릿은 생각이 어떤 것을 좋은 것으로 만들기도 하고 반대로 나쁜 것으로 만든다고 하면서도 자신이 꾸는 꿈이 "나쁘다"고 생각하는데, 바로 이것이 그의 가장 큰 비극이다.

| 28 | 인간의 어두운 단면

〈젊은 굿맨 브라운(Young Goodman Brown)〉

●

너새니얼 호손의 단편소설 〈젊은 굿맨 브라운(Young Goodman Brown)〉은 자기 정체성에 대해 심각한 의문을 가지고서 평생을 살아간 사람의 이야기다. 브라운은 1600년대에 매사추세츠 주 세일럼 마을에서 살았던 인물이다. 굿맨(Goodman)은 젠틀맨보다 하층 계급의 사람들을 일컫는 호칭으로서 여기서는 '모든 사람'의 뜻으로 사용되었다.

브라운은 페이스(Faith: 아내의 이름이면서 '신앙'을 상징한다)와 결혼한 지 3개월이 되는 어느 날 밤, 숲 속의 악마 숭배 집회에 참석하러 간다. 집회에 참석한 굿맨은 평소 거룩한 줄 알았던 마을의 목사나 집사가 모두 집회에 모여 즐거워하는 모습을 보고서 충격을 받는다. 새벽이 되어 마을로 돌아온 브라운은 신앙에 대한 믿음이 완전히 사라져버리고, 평생동안 사람들을 악마가 아닐까 의심하며 살아간다.

이 소설은 숲 속의 악마 숭배 집회가 실제로 벌어진 일인지 아니면 브라운의 꿈속에서 벌어진 일인지 불분명하게 처리한다. 그러나 실제인지 꿈속의 일인지는 그리 중요한 문제가 아니다. 브라운, 페이스, 그녀의 분홍색 리본이 모두 알레고리이기 때문이다.

브라운은 청교도(퓨리턴Puritan)의 위선을 고발하면서, 동시에 선과 악에 대한 인간의 이중적 태도를 비난한다. 사람은 누구나 자신이 악하면서도 선하다고 생각하고, 정반대로 선하면서도 악할지도 모른다고 생각하는 경향이 있다. 평소에 선량한 사람도 충동적으로 저지르는 사악한 행동, 까닭 모르게 집착하는 광신, 갑작스럽게 분출하는 욕정, 상대방을 제압하려는 공격성 따위에서 자유롭지 못하다. 이렇기 때문에 브라운은 우리 내부에 있는 마귀 같은 사악함으로부터 자유로운 사람이 어디 있겠는가 의심하면서, 숲 속에서 벌어진 악마 숭배 집회에 다녀오지 않았거나 그것을 꿈꿔보지 않은 사람이 없다고 생각한다.

비록 굿맨 브라운이 복잡한 인간 내면의 한구석을 보여주고 있기는 하지만, 그에게서 우리는 깊은 어둠을 볼 뿐이고 빛은 어디에서도 오지 않는 갑갑함을 느낀다. 이 빛을 보려면 단테의 《신곡》을 기다려야 한다.

| 29 | 여성의 성정체성에 대한 시각

《깨어남(The Awakening)》

●

케이트 쇼팬(1851-1904)의 《깨어남(The Awakening)》(국내에서는 《이브가 깨어날 때》로 번역되었음)은 여자의 성 정체성을 다룬 장편소설이다. 작가는 여주인공 에드나 폰텔리어의 행동에 대해서 일체의 판단을 유보하고, 그녀의 성격도 객관적으로 묘사한다.

에드나는 온화하지만 별 재미는 없는 레온스와 결혼한다. 그러다가 어느 여름 휴양지에 놀러 간 에드나는 이국적이면서 에로틱한 아주 새로운 분위기를 접하게 된다. 그런 분위기의 도움으로 에드나는 자신의 성욕에 눈뜨게 되고, 연하의 남자인 로버트 르브런과 깊은 관계를 맺게된다. 하지만 로버트는 그녀가 유부녀라는 것을 알고 곧 떠나버린다. 에드나는 그와 만난 것을 계기로 완전히 다른 사람이 된다. 그녀는 남편과 함께 사는 뉴올리언스의 집으로 돌아왔으나 곧 집을 나와버린다. 남편은 그녀가 신경쇠약에 걸린 것이 아닐까 걱정한다. 에드나는 새 친구들을 사귀고 자신이 그동안 알게 된 여러 가지 예술적 관심사들을 나눠 가지면서 즐거워한다. 하지만 새롭고 자유로운 생활을 누리면서도 그녀는 뭔가 부족하고 허전하다는 느낌을 받는다. 로버트가 그녀에게 돌아오자 그제야 그녀는 행복을 느끼고, 두 사람은 로맨스를 다시 시작한다.

에드나는 자신의 헌신적인 사랑을 로버트에게 고백하지만, 그는 적극적으로 애정 표현을 하는 여자가 지겨워져서 다시 떠나버린다. 그런데 그가 떠나면서 한 말이 걸작이다.

"부인을 사랑해요. 안녕히 계십시오. 이건 모두 부인을 사랑하기 때문입니다."

로버트에게 사랑을 고백한 직후 에드나는 아델 래티뇰의 해산을 도와달라는 부름을 받게 되고, 그녀의 고통스러운 해산에서 생명의 잔인함을 목격한다. 그 체험으로 에드나는 이런 생각을 하게 된다.

"결국 잠에서 깨어나는 것이 고통이라 할지라도 일생 동안 망상에 빠져 사는 것보다는 고통을 받는 쪽이 오히려 더 바람직하다."

에드나는 그런 깨달음을 얻은 후 철 지나 한적한 휴양지를 다시 찾아간다. 자살을 결심한 그녀는 밤바다를 알몸으로 헤엄쳐나가면서 "바다의 부드러운 손길에 몸이 붕 뜨는 것을 느낀다……. 그 감각적인 손길은 부드럽게 밀착하는 포옹 속으로 그녀의 몸을 끌어당겼다."

이 소설이 발표된 것은 1899년으로, 당시에는 여성의 성욕을 노골적으로 다루었다고 하여 큰 비난을 받았고, 그 후 50년 이상 무명의 상태로 남았다. 그러나 포크너의 경우가 그러하듯이, 이번에도 프랑스 평론가들이 이 작품을 제대로 평가해주었다. 1946년 프랑스 문학평론가 시릴 아르나봉(Cyrille Arnavon)이 이 작품을 주목했고, 뒤이어 미국의 평론가 에드먼드 윌슨도 이 작가를 새롭게 평가하여 현재는 미국 문학의 고전이 되었다.

| 30 | 죽어도 좋아
《그들의 눈은 신을 보고 있었다》

●

조라 닐 허스턴(1891-1960)의 《그들의 눈은 신을 보고 있었다》는 1920~1930년대의 플로리다를 배경으로 한다.

여주인공 재니 크로포드는 똑똑하고 생기 넘치는 여자인데 마흔 살이 되도록 범속하고 물질적인 두 남편에 묶여서 생애를 허비했다. 그녀는 할머니의 강요 때문에 그들과 결혼했다. 할머니는 손녀에게, 좋은 남자를 만나야 흑인 여자의 고단한 운명을 피할 수 있다고 귀에 못이 박일 정도로 말해왔던 것이다. 그러나 재니는 자신이 진정으로 원하는 것이 무엇인지 서서히 깨닫는다. 그녀가 늘 원해왔던 진정한 성취감은 물질적 대상이나 시간적 여유에서 나오는 것이 아니었다. 그때 영성을 강조하는 활기 넘치는 남자 '티케이크' 우즈가 등장하여 재니에게 그녀가 원하는 진정한 삶을 살아가라고 강력히 권유한다. 티케이크는 그녀보다 열 살 가까이 어리고 그래서 둘의 관계는 동네에서 추문처럼 여겨졌지만, 둘은 결혼하여 에덴동산에서 살아가는 것처럼 행복한 결혼 생활을 누린다.

그들은 사회적 기대나 제약 따위는 신경 쓰지 않고 서로 사랑을 주고받으며 자유로운 삶을 영위한다. 그러나 티케이크가 공수병 걸린 개에게 물리면서 그들의 생활에 커다란 변화가 온다. 티케이크는 병의 후유증으로 재니를 심하게 구타했고, 그녀는 어쩔 수 없이 정당방위 차원에서 그를 총으로 쏘아 죽인다. 그러나 재니는 세 번째 남편이었던 티케이크가 자신에게 전해준 온전하고 행복한 삶을 고맙게 여기며 둘이 함께 나누었던 시간을 소중하게 생각한다. 소설의 끝에 가서 재니는 절친한 친구인 피비에게 이렇게 말한다.

"해가 뜰 때 빛을 볼 수 있다면 석양에 죽는다고 해도 신경 쓰지 않아. 수많은 사람이 전혀 빛을 보지 못하고 살아가지. 나는 온 세상을 헤매고 돌아다녔지만 하느님이 그 문을 열어주셨어."

흑인 여성의 정체성을 주장한 이 소설은 이제 미국 소설의 정전이 되었다. 재니 크로포드라는 여성상은 후대의 흑인 여성 작가인 토니 모리슨과 앨리스 워커에게 큰 영향을 미쳤다. 아침에 빛을 보면 저녁에 죽어도 좋다는 얘기는 《논어》 이인(里仁) 편에 나오는 "아침에 도를 들으면 저녁에 죽어도 괜찮다"는 말을 연상케 한다.

|31| either/or 상황의 연속

〈무진기행〉

김승옥(1941~)의 단편소설 〈무진기행〉은 안개를 아주 잘 묘사하는데 그것은 정체성의 안개를 암시한다. 이 소설은 A는 B다, 혹은 B가 아니다, 라는 문장을 연속적으로 제시한다. 우리는 소설을 읽어나가는 동안 다음과 같은 either/or 상황의 연속을 목격한다.

그들은 농사 관계의 시찰원들인 듯했다. 아니 그렇지 않은지도 모른다.

"그럼 역시 농촌이군요. 그렇지만 이렇다 할 평야가 있는 것도 아닙니다."

문득 한적이 그리울 때도 나는 무진을 생각했었다. ······ 그렇다고 무진에의 연상이 꼬리처럼 항상 나를 따라다녔다는 것은 아니다.

내가 긴장을 풀어버릴 수 있는, 아니 풀어버릴 수밖에 없는 곳을 무진으로 정해준 것은 대단히 영리한 것이었다.

"어서 자리로 앉아라. 이거 원 누추해서······. 빨리 마누랄 얻어야겠는데······." 그러나 방은 결코 누추하지 않았다.
전체로 보아서 병약한 느낌을 주고 있었지만 그러나 좀 높은 콧날과 두터운 입술이 병약하다는 인상을 버리도록 요구하고 있었다.

〈어떤 개인 날〉과 〈목포의 눈물〉 사이에는 얼마만큼의 유사성이 있을까?

"밤엔 정말 멋있는 고장이에요." …… "사실은 멋이 없는 고장이니까요."

어디선가 부부들은 교합(交合)하리라. 아니다. 부부가 아니라 창부와 그 여자의 손님이리라.

서장실에 앉아 있는 자기의 모습을 보여주고 싶은 거다. 아니 내가 비꼬아서 생각하고 있는지 모른다.

나는 그 여자를 만나보고 싶은 생각이 싹 가셨다. 그러나 잠시 후엔 그 여자를 어서 만나보고 싶다는 생각이 되살아났다.

나는 얼른 손을 놓았다. 잠시 후에 나는 다시 손을 잡았다.

사실 나는 나 자신을 알 수 없었다. …… '빽이 좋고 돈 많은 과부'를 만난 것을, 반드시 바랐던 것은 아니지만 결과적으로는 잘되었다고 생각하고 있는 사람인 것이다.

나는 그 방에서 여자의 조바심을, 마치 칼을 들고 달려드는 사람으로부터, 누군지가 자기의 손에서 칼을 빼앗아주지 않으면 상대편을 찌르고 말 듯한 절망을 느끼는 사람으로부터 칼을 빼앗듯이 그 여자의 조바심을 빼앗아주었다.

"서울에 가고 싶어요. 단지 그거뿐예요." …… "선생님, 저 서울에 가고 싶지 않아요."

나는 그 여자에게 '사랑한다'고 말하고 싶었다. 그러나 '사랑한다'라는 그 국어의 어색함이 그렇게 말하고 싶은 나의 충동을 쫓아버렸다.

나는 그 편지를 읽어봤다. 또 한 번 읽어봤다. 그리고 찢어버렸다.

이 문장들은 모두 either/or(이것 아니면 저것)의 형태로 애매모호한 상태를 유지한다. 그러니까 이도 저도 아닌 아포리아(긴장)가 작품이 끝날 때까지 계속 이어진다. 특히 마지막 부분에서는 "나는 그 편지를 읽어봤다. 또 한 번 읽어봤다. 그리고 찢어버렸다."에 뒤이어 "나는 심한 부끄러움을 느꼈다."(마지막 문장)가 나온다. 이렇기 때문에 전편을 통해 either/or 상황에 안개처럼 젖어 있던 독자는 마지막 문장이 either/or로 끝나지 않자, 이 돌연한 일탈에 주목하면서 "부끄러움을 느꼈다"가 "실은 부끄러움을 느끼지 않았다"를 무언중에 암시한 게 아닐까 하는 느낌을 갖게 된다. 이 소설을 읽으면 자신의 정체성에 심한 불안을 가진 사람을 생각하게 된다.

| 32 | 정체성의 불안이 드러난 환각
〈쥐 인간〉

●
영역 《표준판 프로이트 전집》 제10권에는 사례 연구인 〈쥐 인간〉이 들어 있다.

29세의 현역 군장교인 환자(쥐 인간)가 프로이트를 찾아오게 된 직접적인 계기는, 하계 군사 훈련을 나갔다가 동료 장교로부터 어떤 얘기를 듣고서 받았던 충격이 가시지 않았기 때문이다. 그 얘기는 고대 중국에서 죄수를 고문할 때, 죄수의 엉덩이에 쥐가 든 항아리를 매달아 쥐가 죄수의 항문을 파고들게 한다는 것이었다. 그런데 그 후 쥐 인간은 자기에게 가장 소중한 사람, 곧 그의 애인의 항문을 쥐가 자꾸 물어뜯는 상상을 하게 되었다. 그는 그런 환상을 피하기 위해 자꾸 엉뚱한 짓을 한다. 가령 소속 부대의 중대장이 쥐 인간에게 우체국에서 온 소포를 건네주면서, 소포 대금을 동료 장교가 대신 지불했으니 그 돈을 갚으라고 했다. 그런데 쥐 인간이 돈을 갚으려는 그 순간, "만약 이 돈을 갚으면 쥐가 애인의 항문을 물어뜯는 그 생각이 엄습해 올 것"이라는 생각이 들어, 돈을 건네줄까 망설이는 것이다. 표준판 제10권 190쪽에는 이런 문장도 나온다.

"그의 애인이 떠나는 날, 그는 길바닥에 놓여 있던 돌에 발부리를 채었다. 그래서 그녀가 타고 있는 마차가 몇 시간 내에 같은 길을 지나다가 돌에 부딪혀 혹시 그녀가 다칠지도 모른다는 생각에 의무감을 느껴 그 돌을 길가로 옮겨놓았다. 그러나 잠시 뒤 그는 이것이 바보 같은 짓임을 깨달았다. 그래서 길가에 있는 돌을 다시 길바닥에 올려놓아야 한다는 의무감을 느끼고, 돌을 다시 원래의 자리에 가져다 놓았다."

물론 이런 엉뚱한 짓을 하는 것은 그 하기 싫은 환상의 공격(인용문에서는 '의무감')을 피하기 위해서다. 〈무진기행〉의 주인공과 이 쥐 인간은 서로 닮았다. 자기의 정체성에 대해 괴로워하고 회의를 느끼는 사람의 심리가 구체적으로 드러난 이야기다.

|**33**| 욕망의 억압이 가져온 결과

《타이스》

●

　정체성의 불안은 충족되지 못한 욕망과도 깊은 관계가 있다. 어떤 욕망을 무리하게 억압하려고 할 때 발생하는 결과를 아나톨 프랑스(1844-1924)의 《타이스》는 잘 보여준다.

　타이스는 서기 4세기 알렉산드리아의 무희였다. 성직자인 파프뉘스는 사막의 수도원에 은거하며 수도에 열중하다가 어느 날 타이스의 모습을 떠올리고, 이 창녀를 죄악으로부터 구원해야겠다고 생각했다. 그는 젊은 시절 환락의 나날을 보냈던 알렉산드리아로 돌아가서, 친구 니시아스로부터 속세의 화려한 옷을 빌려 입고 타이스를 찾아간다. 당시 타이스는 노령과 죽음을 두려워하고 있었다. 어릴 적에 세례를 받았던 타이스는 파프뉘스가 말하는 영생과 정신적 사랑을 귀 기울여 듣고, 그를 따라 사막의 수도원으로 들어가기로 결심한다. 그는 타이스를 사막 수도원장에게 맡기고 다시 자신의 암자로 돌아갔다. 하지만 그때부터 파프뉘스는 아름다운 타이스의 모습을 잊어버릴 수가 없다. 파프뉘스는 번민을 극복하기 위해 더 심한 고행을 하기로 결심하고, 팔레몽 신부의 조언을 들으러 간다. 신부는 그런 번민은 번잡한 속세에 있다가 갑자기 고독의 정적으로 되돌아와 생긴 것이니, 수도사들과 어울려 그들과 대화하면서 새로운 것을 찾으라고 조언한다. 그러나 파프뉘스는 사막 깊숙한 곳에 세워진 원주(圓柱) 위로 올라가 거기에 앉아서 고행을 계속한다. 마침내 그는 타이스가 수도원에서 죽어간다는 말을 듣는다. 그리고 단죄를 받더라도 단 한순간이라도 그녀의 사랑을 차지하지 못한 것을 후회한다. 파프뉘스는 타이스에게 달려가 지상의 생명과 인간들의 사랑이 더 소중하다고 주장하나, 타이스는 그의 말을 거절하고 성녀로 죽는다. 그 후 파프뉘스의 얼굴은 육욕으로 무섭게 일그러졌고, 수도원의 수녀들은 흡혈귀를 대하듯이 그를 피했다.

그는 끔찍한 몰골이 되었다. 손으로 얼굴을 쓰다듬자 그는 자신의 흉측함을 느낄 수 있었다.

'억압된 것의 귀환(return of the repressed)'은 프로이트의 용어다. 인간의 의식이 받아들일 수 없는 것은 무의식으로 억압되는데, 이 억압된 것은 그대로 묻혀 있지 않고 반드시 의식으로 표출된다. 바꾸어 말하면 그 억압된 것은 주로 신경증의 형태로 전치(轉置)되어 나타난다. 가령 형부를 사모하던 처제가 병으로 죽어가는 언니 앞에서 "언니가 죽으면 내가 형부와 결혼할 수 있을 텐데"라는, 받아들일 수 없는 생각을 갖고 있다면 그것은 무의식으로 억압된다. 그러나 그 의식하지 못한 생각은 나중에 '억압된 것의 귀환'으로서 강박신경증으로 나타난다.

이보다 더 구체적 사례를 하나 들어보자. 미국 소설가 어니스트 헤밍웨이는 청년 시절 부드럽고 다정다감하고 수줍음 많은 사람이었다. 그러나 그런 여성적 기질을 억압하기 위해 30대 이후 이 소설가는 마초 기질을 일부러 과시하면서 세계적으로 유명세를 탔고, 작품에도 무절제한 섹스와 난폭한 죽음을 즐겨 다루었다. 그리고 헤밍웨이가 작품을 쓰지 못해 고뇌하던 50대 후반, 그 억압된 것은 귀환하기 시작했다. 가령 암살자가 나를 뒤쫓으며 죽이려 한다, FBI가 소득세 포탈 혐의로 은행 계좌를 샅샅이 뒤지고 있다, 하는 등의 강박신경증이 그를 괴롭혔다. 암살자나 FBI에 대한 환상은 실은 전치되어 나타난 그의 부드러운 심성인 것이다.

이와 유사하게 파프뉘스도 자연스러운 욕망을 너무 강하게 억누르려고 하다 보니 강박증을 겪게 되었다. 팔레몽 신부의 조언이 파프뉘스에게는 당치 않은 것으로 들렸겠지만, 욕망과 정면으로 맞서 싸워 이기는 사람은 아주 드물다. 욕망의 이름이 무엇이냐고 물으면 '많음'이라는 대답이 돌아올 것이다. 욕망은 그 형태가 다양하고, 그 대상이 남녀를 가리지 않으며, 또한 시공간의 제약을 인정하지 않기 때문이다. 따라서 욕망을 느끼면 그것을 완전히 제압하려고 하지 말고, 친구들과 어울려 대화를 나누는 등 새로운 것(기분 전환)을 시도하면서 그것을 피해나가야 한다.

|34| 죽기 전에는 사라지지 않는 욕망
《사촌 베트》

그러나 욕망은 죽기 전에는 없애지 못한다고 보는 작품도 있다. 발자크의 《사촌 베트》가 그런 경우다.

대학 시절 이 소설을 처음 읽었을 때는 사건들의 연결고리 역할을 하는 사촌 베트, 그리고 오르탕스와 스타인복 백작의 연애 이야기가 큰 관심사였다. 그러나 최근에 펭귄북스에서 나온 영역판으로 이 소설을 다시 읽어보니, 윌로 남작의 이야기가 가장 크게 보인다.

윌로 남작은 프랑스 중앙 정부의 국장급 고위 공무원이다. 그런데 자기 수하에 있는 말단 공무원의 아내 마르네프 부인을 정부로 둔다. 그런데 마르네프 부인은 윌로의 경쟁자인 크레벨 또한 자신의 손님으로 받아들인다. 마르네프는 아내의 이런 창녀 짓을 묵인한다. 그러면서 상급자인 윌로 남작에게 간통을 폭로하겠다고 협박하여 좋은 보직을 받는다.

윌로 남작은 엽색 행각에 돈이 많이 들자 아내인 아델린의 삼촌을 알제에 파견하여, 그곳의 군납 사업 자금을 횡령하도록 한다. 그러나 이 사실이 탄로 나면서 윌로 남작은 하루아침에 거지가 되어 빈민가로 내몰린다. 이 못 말리는 난봉꾼 윌로 남작도 이해하기 어렵지만, 그 아내 아델린은 더 이해하기 어렵다. 아델린은 빈민가에서 자선 활동을 하다가 남편을 발견하고 불쌍하게 여겨 집으로 데려온다. 아내의 구조로 죽다 살아나서 집으로 돌아온 윌로는 착실한 남편 노릇을 한다. 어느 날 아델린은 시골 처녀인 아가테를 요리사로 채용했는데, 며칠 뒤 남편이 아가테의 방에 있는 것을 발견한다. 아델린은 그 사흘 뒤에 죽고, 윌로 남작은 파리를 떠나 시골로 가서 아가테와 결혼한다. 작가는 이런 말로 소설을 끝맺는다.

"부모는 자녀의 결혼을 반대할 수 있다. 그러나 자녀들은 두 번째 유아기에 접어든 부모의 어리석음을 막을 길이 없다."

노년에 접어든 남자들이 욕정을 잘 다스리지 못하여 돈을 잃고 신세를 망치고, 그것도 모자라 내연녀의 남자친구에게 목숨까지 빼앗기는 경우가 신문에 간간이 보도된다. 욕망을 다스리려면 팔레몽 신부의 조언처럼 그 욕망에서 한발 떨어져 기분 전환을 하는 것이 좋은 방법이다. 그러나 윌로 남작이나 파프뉘스는 지금 당장 욕망이 충족되지 않으면 견디지를 못하는 사람들이다. 일단 욕망의 불에 휩싸이면 그것은 개인의 정체성을 파괴해버릴 뿐만 아니라, 그 어떤 처방도 안 통하는 재앙이 되어버리니 조심스럽게 예방해야 한다.

《욕망이라는 이름의 전차》

●

테네시 윌리엄스(1911–1983)의 희곡 《욕망이라는 이름의 전차》는 욕망의 일방적이고 직선적인 양태를 묘사한 작품이다.

이 희곡을 쓸 무렵 뉴올리언스에 살던 극작가의 집 근처에 전차 노선두 개가 달리고 있었다. 한 노선의 이름은 Desire(욕망)이고 다른 하나는 Grave(묘지)였다. 이들 전차 노선은 그 후 없어졌지만, 작가는 전차와 욕망의 상관성에 착안하여 극의 제목으로 썼다.

극의 무대는 뉴올리언스의 프렌치쿼터다. 블랑시 두보아가 여동생스텔라와 그 남편 스탠리 코왈스키의 집을 찾아온다. 윌리엄스의 희곡에는 서로 정반대되는 두 인물이 자주 나오는데, 여기서는 블랑시와 스탠리가 그러하다. 블랑시는 남부 귀족의 후예로서 성적으로 억압되어있고 환상에 탐닉한다. 반면 스탠리는 투박하고 정력적이고 성적으로활발하고 또 솔직하다. 그는 블랑시의 존재가 아내 스텔라와의 결혼 생활에 위협이 된다고 생각하며, 또 블랑시의 위선을 꿰뚫어 본다.

블랑시는 사람들에게 휴가 중인 교사라고 말하지만, 실제로는 10대소년과 성관계를 맺은 문제로 해고된 상태다. 블랑시는 포커 파티에스탠리를 따라갔다가 그의 친구 미치를 만나서, 그를 사로잡으려고 순진하고 소박한 처녀인 체한다. 하지만 블랑시의 삶은 산산조각 난 상태다. 동성애 기질이 있었던 블랑시의 남편은 자살했고, 그녀는 실직자다.

블랑시는 스탠리가 여동생 스텔라에게 거칠게 대한다고 비난하면서마치 자신이 스텔라를 보호하려는 듯이 행동한다. 블랑시는 또 스텔라의 결혼과 임신이 욕정의 결과물이며, 비좁은 거리를 오가는 '욕망'이라는 전차처럼 목적이 없다고 주장한다. 그러나 스텔라는 남편을 사랑하고, 블랑시의 기만적 삶보다 자신의 소박한 삶이 더 좋다고 생각한다.

극의 끝부분에 이르러 스탠리가 미치에게 블랑시의 정체를 밝혀버리자 블랑시는 더욱 환상 속으로 빠져든다. 스텔라가 첫 아이를 낳기 위해 병원에 입원하자, 블랑시가 날카롭게 저항하는데도 스탠리는 증오, 도전, 분노의 감정이 뒤섞인 욕정에 사로잡혀 그녀를 강간한다. 블랑시는 출산 후 퇴원한 스텔라에게 그 사실을 털어놓지만, 그녀는 언니의 환상이 또 도졌다고 생각하고 언니를 정신병원에 강제 입원시킨다. 블랑시는 의사와 함께 동생 집을 떠나면서 이렇게 말한다.

"당신이 누구인지는 모르지만…… 나는 언제나 낯선 사람의 호의에 기대 살아왔어요."

이 드라마를 읽으면 사람의 욕망은 언제나 2퍼센트 부족하게 채워지고, 그리하여 또 다른 형태의 욕망을 불러오고, 그것을 채우기 위해 전차처럼 내달린다는 것을 알 수 있다.

|36| 부도덕한 욕망의 맛이란?

《느릅나무 아래 욕망》

●

유진 오닐의 희곡 《느릅나무 아래 욕망》은 억누르면 오히려 반동으로 튀어 오르는 욕망을 다루었다. 느릅나무는 76세의 가부장 에프라임 캐벗의 농가 양 옆을 장식하는 거대한 나무 두 그루를 말하며, 가부장의 권위를 상징한다. 또한 미국 식민지시대의 공개 처형장인 '교수형 집행인의 느릅나무(The Hangman's Elm)'를 가리키기도 한다. 이 교수대 나무는 뉴욕 맨해튼 남쪽에 있는 옛 공동묘지 자리에서 미네타 개울을 건너 150미터 떨어진 곳에 있었다. 따라서 이 극의 주제는 죽음도 두려워하지 않는 욕망이 된다.

작품의 시간적 배경은 1850년이다. 에프라임의 장남과 차남은 아버지와 싸우고 캘리포니아로 떠났고, 그의 아내는 남편에게 시달리다가 사망했다. 막내아들 에벤만 농가에 남게 된다. 에프라임은 이 농장에 자기 나이의 절반도 안 되는 35세의 애비 퍼트넘을 세 번째 아내로 데려온다. 느릅나무 농장을 자신이 상속받으리라 생각하던 에벤은 당연히 애비에게 적개심을 느낀다. 하지만 애비는 에벤 못지않게 탐욕스럽고 그보다 더 영악하다. 애비는 에프라임에게 당신의 아이를 낳아줄 수 있다고 하고, 늙은 에프라임은 만약 아이가 생긴다면 그 아이에게 농장을 넘겨주겠다고 말한다.

그다음에 애비는 에벤을 유혹하고, 애정 관계에 대해 잘 몰랐던 에벤은 금방 넘어가 버린다. 그리하여 둘 사이에 아이가 태어나고, 애비는 그 아이를 에프라임의 아이라고 속인다. 애비가 왜 에벤을 유혹했는지는 극중에서 애매모호하게 처리된다. 농장에 대한 탐욕 때문일 수도 있고, 모성애의 발로일 수도 있고, 육체적 욕정일 수도 있고, 아니면 에벤에 대한 순수한 사랑일 수도 있다. 당초 냉정한 계산속이 있었던 애비는 시간이 지나면서 에벤을 사랑하게 된다. 그리스 신화의 오이디푸스/파이드라 주제를 가져온 이 드라마는 도저히 행복하게 끝날 것 같지 않다. 그렇지만 3막 시작 부분에 도달하면 세 사람은 저마다 욕망을 성취한 듯 보인다. 에프라임은 아들을 얻어 남성성을 확인했고, 애비는 아들을 낳음으로써 농장을 획득했고, 에벤은 아버지를 오쟁이 지게 함으로써 돌아간 어머니의 복수를 대신 해주었다.

그러나 에벤은 뒤늦게 사태 파악을 하고서, 오로지 농장을 빼앗을 욕심에 부자를 유혹했다고 애비를 비난한다. 애비는 자신의 진실한 애정을 증명하기 위해 아기를 목 졸라 죽인다. 여기서는 그리스 신화의 메데이아 주제가 차용되었다. 이 드라마는 애비와 에벤이 체포되어 투옥되는 것으로 끝나지만 두 사람은 사랑을 확인하며 희열을 느낀다. 애비와 에벤은 세속적인 의미에서는 모든 것을 잃었지만, 사랑과 믿음 속에서 뉴잉글랜드의 구속적인 느릅나무로부터 정신적으로 해방된다. 오닐의 다른 희곡《위대한 신 브라운 The Great God Brown》의 4막 1장에서 브라운은 이런 말을 한다. "사람은 깨어진 채로 태어나. 그는 그 고장난 것을 수리하면서 살아가지. 하느님의 은총이 접착제라고!" 애비와 에벤의 경우, 접착제는 사랑과 믿음이었던 것이다.

이 드라마는 줄거리만 놓고 보면 한 여자가 부자를 유혹하는 삼각관계 이야기다. 그러나 에벤이 애비를 알기 전에 사귀던 민이라는 여자는 직접 무대에 나타나지는 않지만, 두 형과 부친과도 관계한 여자인데, 에벤은 그런 줄 알면서도 민과 사귄 것을 오히려 자랑스럽게 여긴다. 그래서 이 연극이 1924년 그리니치빌리지 극장에서 초연되었을 때 부도덕하다는 비난을 많이 받았다. 심지어 어떤 연극 평론가는 오닐의 작품을 볼 때마다 자신이 극중의 등장인물이 아닌 것을 정말로 다행스럽게 생각한다는 소감을 말했다.

그러나 인간의 욕망이란 원래 이렇게 제멋대로이고 때로는 부도덕하기까지 하다. 그래서 부도덕의 냄새를 풍기지 않는 욕망은 소금 치지 않은 달걀 프라이와 비슷하다는 말도 있다.

|37| 고목에도 꽃을 피우는 욕망

《요셉과 그 형제들》

●

욕망의 부도덕성을 잘 보여주는 것으로 《구약성서》 〈창세기〉 39장의 요셉 이야기가 있다. 야곱의 열한 번째 아들 요셉이 이집트에 끌려간 것은 그의 나이 17세 때의 일이었다. 그는 보디발이라는 파라오의 최측근 환관 겸 근위대장의 집에 노예로 팔려 갔는데, 그 집에서 10년가량 있으면서 타고난 재능과 준수한 용모 덕분에 집사장 자리에 오른다.

토마스 만은 《요셉과 그 형제들》에서, 보디발의 아내가 젊은 요셉을 처음 보고 흠모하기를 3년, 이때 '그녀의 나이는 정확치 않으나 성숙한 여인'이라고 썼다. 보디발이 왕실의 근위대장까지 올라간 사람이니 상당한 경력을 가진 관리라고 보아야 할 것이고 따라서 보디발의 아내는 요셉보다 연상일 것으로 추정된다. 《요셉과 그 형제들》에 묘사된 요셉의 아름다움은, 이집트 귀족 여자들이 식사하다가 그의 용모에 넋이 나가서 숟가락을 떨어뜨릴 정도였다. 보디발은 환관이므로 그 아내 역시 남자를 알지 못하는 처녀의 몸이다가 처음 눈뜨게 된 육체의 열망을 물리치지 못하고 요셉에게 고백을 하게 되는데, 그때 한 말이 "도르미 메쿰(dormi mecum: '나와 함께 자자'는 뜻의 라틴어)"이었다.

요셉은 주인님이 자신이 드시는 파니스(panis: 양식)를 빼놓고는 모든 일을 믿고 맡기셨는데 어떻게 그분의 욱소르(uxor: 아내)인 당신과 그런 죄를 짓겠느냐며 절대로 받아들일 수 없다고 말한다. 여기서 아내는 곧 정신의 양식, 어떤 사람에게서 절대로 빼앗아서는 안 되는 것임을 알 수 있다. 나아가 요셉은 영혼의 상징이고, "도르미 메쿰"을 말하는 보디발의 아내는 물질의 상징이며, 정신은 곧 죄를 분별하는 감각이라고 유추할 수 있다.

나이 많은 여자가 젊은 남자를 유혹하는 얘기는 《길가메시 서사시》에서 이슈타르가 길가메시를 유혹하는 데서도 엿볼 수 있다. 《주역》의 제28번째 괘인 '택풍대과(澤風大過)' 오효(五爻)는 "고목이 된 버드나무에 꽃이 핀다. 늙은 여자가 젊은 서방을 얻는다. 고목에 핀 꽃은 오래가지 못한다. 꼴사나운 일이다."라고 풀이된다.

| 38 | 세상은 도르미 메쿰의 원형경기장
《가윈 경과 녹색기사》

도르미 메쿰 주제는 그 후 서양 문학에 엄청난 영향을 미쳐 자주 다르게 각색되었는데, 특히 15세기 영국의 작자 미상 작품 《가윈 경과 녹색기사》에서 그 절정을 이룬다.

아서 왕의 궁정기사 가윈은 녹색기사가 사는 성관을 찾아가는데, 거기서 이상한 경험을 하게 된다. 녹색기사가 사냥을 나간 동안, 늦잠을 자는 가윈의 방으로 기사의 아내가 들어온다. 그리고 노골적으로 도르미 메쿰을 말한다. 유혹은 사흘 동안 계속되는데, 그 여자는 첫날은 사슴같이, 그다음 날은 곰같이, 그리고 마지막 날은 여우같이 공격해 온다. 가윈은 모두 물리친다. 하지만 그녀로부터 녹색의 허리띠를 받아드는 것은 허락하여 비극의 문을 열게 된다. 이것은 요셉이 보디발의 아내에게 옷을 빼앗겨 강간 미수범으로 몰리게 되는 억울한 상황과 대응한다.

가윈의 얘기는 유혹이라는 관념을 보여주기 위한 구체적 장치다. 이와 동일한 논리의 선상에서 영혼도 육체를 취할 때 비로소 그 모습을 드러낼 수가 있다. 이것은 영원이라는 개념이 시간 속에 잠시 등장하는 인간의 존재를 빌리지 않으면 그 가치와 품위를 얻지 못하는 것과 마찬가지 이치다.

위의 두 이야기는 여자의 유혹이라는 문제에 국한되지만, 실은 이 유혹이 욕망과 동전의 앞뒤 관계로서 인생의 모든 국면, 인간의 모든 생각과 말과 행위에 적용되는 것이다. 우리는 살아가는 동안 부귀영화와 관련된 모든 것으로부터 유혹을 당하며, 때로 그 앞에서 약한 모습을 보이기도 한다. 이렇게 볼 때 세상은 도르미 메쿰의 커다란 원형 경기장이다.

|39| 부정하면서 찾아가는 정체성

《아큐정전》

●

자신의 정체성을 부정하는 형태는 다양하다. 가령 루쉰(1881-1936)의 중편소설 《아큐정전》은 자기의 정체성이 무엇인지도 모르고 그 정체성을 부정하는 인물에 대한 이야기다.

아큐는 중국의 농촌에서도 가장 하층에 속하는 날품팔이꾼이다. 마을에서 가장 무력하고 비겁하면서도 남에게 모욕을 당하면 자기보다 약한 자를 찾아가 분풀이를 한다. 그것도 안 되면 자기기만으로 자존심을 내세우며 '정신 승리' 하는 인물이다. 아큐는 형장으로 끌려가면서도 "사람이 세상에 태어난 바에야 때로는 목이 잘리는 일도 없으란 법은 없다"고 생각한다.

이런 자기도취에 빠져 결국에는 목숨을 잃게 되는 아큐는 바로 신해 혁명 전후의 거대한 사회 변혁기를 거쳐 가는 무기력한 중국인의 전형을 제시한다.

|40| 아무것도 하지 않을 권리

〈필경사 바틀비〉

허먼 멜빌(1819-1891)의 단편소설 〈필경사 바틀비〉는 자신에게 요구되는 모든 일을 "하지 않겠다"(I would prefer not to)고 말하는 인물의 이야기다. 그 환상적인 분위기는 미래의 카프카를 예고하는 작품이라는 평가를 받는다. 바틀비를 가리켜 무자비한 세상에서 소외감을 느끼는 현대인의 모습이라고 진단하는 비평가도 있다.

뉴욕 시 월스트리트의 어떤 변호사에게 필경사로 고용된 바틀비는, 처음에는 성실한 직원이었다. 그러나 변호사가 필사한 문서를 원본과 대조해줄 것을 요구하자 "하지 않겠다"고 대답한다. 이 원본은 사회의 규범을 가리키고 그것을 대조한다는 것은 규범을 그대로 따른다는 뜻이다. 바틀비는 먼저 월스트리트의 규범을 거부하고, 이어 변호사가 그 규범에 따를 것을 강요하는 것에 저항하며, 마지막으로 반항적인 자기 자신에 대한 사회의 징벌을 거부한다.

그런데 변호사는 바틀비가 사무실 안에서 먹고 자는 것을 발견한다. 변호사가 일을 하든가 사무실에서 나가달라고 하자, 바틀비는 그 또한 하지 않겠다고 응답한다. 그 후 변호사는 다른 사무실로 이사를 가버린다. 임차인이 바틀비에게 건물에서 나가달라고 하지만 바틀비는 계속 건물 안에 머무른다. 임차인은 변호사에게 도움을 요청하고, 변호사는 바틀비에게 자신의 집으로 가자고 말한다. 이때도 바틀비는 하지 않겠다고 대답한다. 바틀비는 건물 무단 점유로 체포되어, 시의 구치소인 툼스에 갇힌다.

변호사가 바틀비를 면회하러 가서, "자네를 여기에 집어넣은 것은 내가 아니다"라고 말하면서 "여기도 자네한테는 그렇게 지독한 장소는 아닐 거야"라고 한다. 이때 바틀비는 "내가 어디에 있는지 나는 안다"고 대답한다. 그 후 바틀비는 식사를 거부하고, 마침내 옥중에서 죽는다. 변호사는 나중에 그가 한때 워싱턴의 배달 불능 우편물 취급소에서 근무했다는 것을 알게 된다. 그리고 변호사의 이런 유명한 말로 소설은 끝난다.

"아, 바틀비! 아, 인류여!"

인간 사회의 정해진 틀에 순응하지 않으려는 바틀비의 태도는 보통 사람들이 이해하기 어렵다. 바틀비는 획일적인 규제를 강요하는 사회에 저항하는 인물이다. 자신이 무엇을 하지 않겠다고 버티다가 죽어가는 바틀비는, 비록 불행한 것이지만 일관된 삶의 철학을 실천했다. 우리는 카프카 소설을 읽을 때의 공포와 연민을 이 바틀비에게서도 느끼게 된다.

| 41 | 죽지도 살아가지도 못하는 인생

《이방인》

●

알베르 카뮈(1913-1960)의 《이방인》은 햇볕이 뜨거워 사람을 죽였다고 하는 뫼르소의 이야기다.

뫼르소는 알제에 사는 젊은이로서 최근에 양로원에 있던 홀어머니가 죽었는데도 별로 슬픔을 느끼지 않는다. 그는 레몽이라는 불한당과 우연히 어울려 알제의 아랍인들과 마찰을 일으키게 된다. 그리고 해변에서 우연히 만난 한 아랍인이 칼을 들고 자신을 위협하자, 마침 뜨거운 햇볕을 피해 그늘을 찾아가던 뫼르소는 감정이 폭발하여 그 아랍인을 총으로 쏘아 죽인다. 어떻게 보면 정당방위가 될 수도 있는 상황인데, 배심원들은 최근 있었던 어머니의 죽음에 전혀 슬픔을 느끼지 않는 뫼르소를 보고 유죄를 판결하여 형장의 이슬로 사라지게 한다.

제2차 세계대전이 진행 중인 1942년에 나온 이 소설은 당시의 암울하고 부조리한 상황과 맞물려 많은 반향을 일으켰다. 전쟁이 끝난 뒤에도 부조리한 세계에 의문을 품은 젊은이들은 뫼르소에게 열광적인 반응을 보였다. 죽음의 그늘이 아주 가깝게 느껴지는 부조리한 세상에서 인간은 어떻게 살아야 할까? 거기에는 세 가지 대응 방식이 있다. 첫째, 맹목적인 신앙에서 도피처를 찾는 것이다. 둘째, 자기 운명의 주인이 되어 스스로 자살하는 것이다. 셋째, 명료한 의식을 발휘하여 자신의 상황을 담담하게 받아들이면서 계속하여 살아나가기를 선택하는 것이다. 소설의 끝부분에 가면 뫼르소는 이 세 번째 길을 받아들이는 것처럼 묘사되어 있다.

그러나 나는 최근에 이 소설을 다시 읽고서 뫼르소의 태도를 납득하지 못하겠다는 생각이 들었다. 도스토옙스키의 《악령》에 나오는 키릴로프는 위에서 두 번째 길, 곧 자살을 선택하여 스스로 죽었다. 나는 키릴로프 못지않게 뫼르소의 태도도 못마땅하다. 《이방인》에 묘사된 뫼르소의 황량한 인생관은 카뮈의 《시시포스 신화》에 묘사된 시시포스와는 사뭇 다르다. 시시포스는 돌이 굴러떨어져도 계속 산꼭대기로 돌을 굴려 올린다(험난한 삶을 포기하지 않고 계속 살아나간다). 내가 볼 때 뫼르소는 결코 시시포스가 아니다. 암울한 상황에 짓눌려서 기를 못 펴는 사람, 죽음이 무서워서 자살을 선택하는 사람처럼 보인다.

| 42 | 정체성에 대한 치열한 내면적 고백
《소송》

●

카프카의 《소송》은 자신의 정체성에 대하여 의심하면서 자신이 심문을 당하고 있다고 느끼는 사람의 이야기다.

이 소설의 주인공인 요제프 K는 30세의 은행원인데, 어느 날 아침 자기 집에서 잠에서 깬 뒤 자기가 체포되었다는 사실을 알게 된다. 그러나 자기가 무슨 죄목으로 체포되었는지는 모른다. 그는 소설 전편을 통해 자기도 잘 모르는 죄목에 대해 자신을 방어하려고 애쓴다. 또 자신의 무죄 방면에 도움이 될 수 있는 사람들에게 영향력을 행사하려 한다. 그러나 그는 자신의 죄상을 재판하는 법정에 직접 출두하는 것도 아니고, 또 그 법정에서 마음대로 벗어나지도 못한다. 그렇지만 법정의 판결에 도전할 기회가 한 번 주어지기도 한다. 그러다가 K는 31세 생일 전날 밤에 두 남자에게 강제로 끌려가서 '개처럼' 처형된다.

《소송》에 대해서는 많은 해석이 나와 있다. 카프카의 작품들을 영어로 번역한 에드윈 뮤어(이 사람은 유명한 시인이기도 하다)는 카프카 소설들을 신의 은총에 대한 상징으로 보았다. 실존주의자들은 카프카가 묘사한 죄와 절망의 세계를 진정한 실존을 구축하는 토대로 간주했다. 심리적 접근을 강조하는 평론가들은 신경증에 가까울 정도로 아버지에게 억눌렸던 상황을 강조하며 정신분석적 접근을 시도했다. 어떤 사람은 사회적 비판, 권력자와 그 대리인의 비인간성, 일상생활 밑에 숨어 있는 폭력과 야만성을 주제로 파악했다. 마르크스주의 비평가들은 유산 계급에 의해 소외당하는 무산 계급의 슬픔이라는 관점으로 이 작품에 접근했다. 또 다른 평론가들은 《소송》에 등장하는 정체불명의 마구잡이 관료주의에 대한 공포를 통해 카프카가 전체주의를 시대에 앞서 예견했다고 보기도 한다. 초현실주의자들은 그의 소설에 나타나는 부조리의 끊임없는 침투를 가장 특징적인 점으로 보았다.

이처럼 카프카의 이 소설은 '열린 텍스트'로서 그 어떤 확정적인 의미로 매듭지어지지 않는다. 그러나 이 소설은 우리가 앞에서 인용한(여름 51) 〈법 앞에서〉라는 단편과 함께 놓고 보면 그 뜻이 분명해진다. 이 소설은 자신의 정체성을 회의하면서 치열하게 심문당하는 사람의 내면적 고백이고, 그의 불안과 공포는 아버지와의 불화에서 온 것이다.

| 43 | 지도자의 정체성에 대한 의문

《한낮의 어둠》

심문을 당하는 사람의 심리를 묘사한 작품으로 아서 쾨슬러(1905-1983)의 《한낮의 어둠》이 있다. 이 소설은 1930년대 후반 스탈린 정권 치하의 무자비한 인민재판을 다룬 것인데, 소설에 소련, 스탈린, 모스크바 같은 구체적 장소나 인물 등은 전혀 언급되지 않는다.

루바쇼프는 혁명의 정당성을 확신하면서 과거 부하였던 리하르트를 숙청했고, 또 자신의 애인 알로바가 음모 혐의로 체포되어 그에게 구명을 요청하는데도 당에 대한 충성을 앞세워 그녀의 요청을 무시해버린다. 그러다가 어느 날 당성이 의심된다며 느닷없이 체포되어 심문을 당한다. 겉으로 들이대는 죄명은 넘버 1(스탈린)을 암살하려 했다는 것이지만, 실제로는 당 지도부에 대한 충성심이 부족하다는 혐의였다. 루바쇼프는 스탈린 시대에 숙청당한 당 고위 간부(가령 부하린, 야고다, 예조프 등) 중 누구라 해도 무방할 것이다. 루바쇼프는 자신의 결백(넘버 1을 죽이려 한 일이 없다)을 증명하려 하지만 애초 혐의가 다른 데 있으므로 그걸 아무리 증명하려고 해봐야 심문 강도만 더 세어질 뿐이다. 결국 루바쇼프는 당은 역사적 필연의 주체이므로 해야 할 일(심문)을 하고 있을 뿐이고, 혁명이 계속되려면 이런 잔인함이 불가피하다고 생각한다. 그리하여 심문자가 요구하는 대로 모든 죄를 지었다고 자백하고 형장의 이슬로 사라진다.

왜 날조된 것이 분명한데도 심문당하는 자가 자신의 날조된 죄상을 다 인정하는 것일까? 스탈린이 요구하는 것이 거짓 자백임을 뻔히 아는 만큼, 공개적 자기모독 절차를 밟지 말고 끝까지 침묵을 지키는 것이 더 좋지 않았을까? 그렇게 하지 못한 데에는 여러 가지 대답이 있다. 어떤 사람은 신체에 대한 테러를 견디지 못했다. 어떤 사람은 가족을 보호하고 싶었다. 어떤 사람은 희생양을 필요로 하는 당을 위해 자신이 마지막으로 봉사하는 심정으로 그렇게 했다. 그래서 루바쇼프는 이렇게 말한다.

"만약 과거에 내가 한 일이 옳았다면 나는 후회할 것이 없다. 만약 내가 잘못되었다면 나는 그 대가를 치를 것이다."

스탈린은 1930년대 후반 공포 정치로 수백만 명의 목숨을 희생시킨

희대의 독재자다. "사람이 한 명 죽으면 비극이지만, 백만 명 죽으면 그건 통계가 된다(Death of one man is a tragedy. Death of a million is a statistic)"고 말한 인물이다. 그는 이상적인 공산주의 사회를 건설하기 위해서는 반발 세력을 폭력적으로 진압할 필요가 있고, 또 혁명 과업을 완수하기 위해서는 자기 몸도 언제든지 희생할 수 있다고 생각했다. 자기 자신을 반성하지 않고 자신은 철저히 옳다고 믿는 태도가 거의 완벽한 망상의 수준에 오른 것이다. 지도자가 이렇게 생각의 방향을 잘못 설정하면 자기 자신을 해칠 뿐 아니라 주위의 수많은 사람을 희생시키게 된다. 스탈린 시대를 비판한 이 소설은 조지 오웰의 장편소설 《1984》에 큰 영향을 미쳤다(→ 겨울 56).

|44| 선과 악의 모호한 경계
《카라마조프네 형제들》

●

도스토옙스키의 《카라마조프네 형제들》 제5편 5장 '대심문관' 이야기는 심문의 백미 편이다. 대학생 시절 이 부분을 처음 읽었을 때 어떻게 인간으로서 이런 거창한 생각을 해낼 수 있었을까 감탄하면서 도스토옙스키에게 압도되었던 느낌이 지금도 생생하다.

심문의 무대는 16세기 스페인의 세비야, 심문자는 90세 가까이 된 그 지역의 추기경이며, 심문당하는 자는 승천 후 15세기가 지나 다시 지상으로 내려온 예수다. 추기경에 의해 감옥에 갇힌 예수는 아무 말도 하지 않고, 추기경이 일방적으로 발언하는 형식으로 심문이 진행된다.

추기경이 암암리에 거론하는 성서 내용은 〈마태복음〉 4장, 예수가 광야에서 유혹받는 부분이다. 악마가 예수에게 나타나 첫째, 돌을 빵으로 만들어보라고 하자, 예수는 "사람은 빵만으로 살지 않는다"고 대답한다. 둘째, 악마가 예수를 성전 꼭대기로 데려가 이곳에서 뛰어내려 보라고 하자, 예수는 "하느님을 시험하려 들지 마라"고 대답한다. 셋째, 악마가 예수를 높은 산으로 데려가 자신에게 굴복하면 온 세상을 주겠다고 하자, 예수는 "오로지 주 하느님만을 섬겨야 한다"고 대답한다.

추기경은 예수가 악마의 세 가지 유혹을 물리친 의미는, 인간에게 판단의 자유와 하느님을 닮은 사랑을 주기 위함이라고 판단한다. 그러고는 인간은 그런 자유와 사랑을 감당할 능력이 없기 때문에 누군가가 그것을 대신 해주어야 한다고 말한다.

"우리는 당신의 위업(자유와 사랑)을 수정하여, 그것을 기적과 신비와 권위 위에 세워놓았소. ……우리는 당신과 손을 잡고 있는 게 아니라 그 악마와 손을 잡고 있소. 이것이 우리의 비밀이오."

인간은 비열한 존재라서 자유보다는 빵을, 하느님보다는 기적과 신비를, 가장 낮은 곳으로 내려오는 사랑보다는 무서운 권위를 내세워야 복종한다면서, 당신(예수)이 시키는 대로 해서는 이 무지몽매한 인류를 교회의 품으로 끌어들일 수 없으니, 당신은 이제 이렇게 때늦게 나타나 자유와 사랑을 외치면서 우리(추기경)의 사업을 방해하지 말라는 것이다.

이어 추기경은 예수가 자신의 말에 무언가 대답하기를 바라나, 예수는 아무 말도 하지 않고 일어나 노인에게 입을 맞춘다. 그러자 추기경은 몸을 부르르 떨더니 예수에게 이 감옥에서 나가서 다시는 돌아오지 말라고 하고, 예수는 도시의 어두운 광장으로 나가 사라진다.

앞서 톨스토이의 《참회록》(→ 가을 2)을 다루면서, 톨스토이가 예수의 본래 가르침으로 돌아가려고 하면서 예수 이후에 덧붙여진 기독교 교리를 모두 거부했다는 이야기를 했다. 90세의 추기경은 톨스토이의 입장에서 본다면 후대의 교회, 곧 가톨릭교회를 대변한다. 한마디로 가톨릭교회는 이 추기경처럼 예수의 본질을 자의적으로 해석하는 부패한 집단이라는 판단이다.

그러나 가톨릭교회(특히 초대 교회)가 발전해온 역사를 살펴보면 상황은 그리 간단하지가 않다. 네로 시대의 로마 제국은 다신교를 믿었고 여러 종교에 관용적이었다. 기존의 여러 종교들이 이미 세력을 확보한 상태에서 기독교는 뒤늦게 로마에 등장했고, 그 교리를 온전히 유지하고 전파하려면 무엇보다도 신자 조직(교회)의 힘이 필요했다. 이 조직이 있었기 때문에 교회는 로마의 박해를 이겨내고 마침내 로마의 국교로 올라설 수 있었다. 조직이 있는 한 정치와 신앙의 갈등은 필연적인 것이다.

도스토옙스키가 예수 승천 후 교회를 지키고 존속시키기 위해 교회 조직이 싸우고 극복해온 고난의 과정은 거론하지 않고, 마치 16세기 당시의 타락한 교황청이 로마 가톨릭 교회의 전부인 것처럼 추기경의 입을 통해 묘사한 것은 나무만 말하고 숲은 말하지 않은 것이다.

도스토옙스키의 추기경은 마키아벨리의 《군주론》 같은 주장을 한다. 통치자의 권력을 유지하기 위해서는 기만과 무자비함이 필요하고, 또 백성은 사회에서 선을 유지할 지능이나 미덕이 부족하니 통치자는 그들을 때로는 여우처럼, 때로는 사자처럼 어르고 위협하는 것이 당연하다, 라는 것이 마키아벨리의 《군주론》이다. '대심문관'에서 예수와 악마(군주)를 대립시킨 양분(二分) 구도는 선명한 선악 대비 효과는 있으나, 예수가 말한 사랑과 자유를 이해한다고 말하는 추기경이 과연 이처럼 노골적으로 마키아벨리식 사고방식을 예수의 면전에서 주장할 수 있을지 의문이 든다. 이 '대심문관' 편을 되풀이하여 읽다 보면 선과 악의 구분이 얼마나 미묘한 경계인지 다시금 깨닫게 된다.

　도스토옙스키는 대심문관을 통해 16세기 반종교개혁 시대의 가톨릭교회를 비난하는데, 여기서 종교개혁의 창시자 루터의 가톨릭 비판과 그에 대한 가톨릭 쪽의 입장을 살펴보는 것이 참고가 될 듯하다. 루터 신학의 3대 핵심은 '오로지 믿음으로만(sola fide), 오로지 성서로만(sola scriptura), 오로지 은총으로만(sola gratia)'이다. 기독교의 모든 권위는 성서에서 나오고, 구원은 개인의 노력이 아니라 은총에서 오고, 그 은총은 다시 믿음에서 나온다는 것이다. 이에 대한 가톨릭의 반박은 이러하다. 믿음만을 말한다면 선행을 게을리하여 신자들이 태만해진다. 성서만으로 믿음을 따진다면 누구나 자신의 주관적 견해에 따라 성서를 해석하게 되어 결국 중구난방이 된다. 은총으로만 구원을 얻는다고 하면 신자 개인의 자유로운 의지와 공로를 말살하게 된다. 이런 주장들을 두루 참고하면서 독자들이 대심문관의 주장을 직접 읽어보기 바란다. 독자가 어느 입장에 서든 '대심문관' 편은 너무나 드라마틱하고 너무나 기발하고 너무나 도전적인 이야기다.

|45| 자꾸 뒤돌아 보게 되는 이유
《추운 나라에서 온 스파이》

●

　존 르카레(1931-)의 스파이 소설 《추운 나라에서 온 스파이》는 심문당하는 사람의 역겨운 심리를 잘 묘사한 작품이다. 이중간첩 색출에 사랑이라는 변수가 등장하여 결말이 전혀 예상 밖으로 휘어지는 이야기를 담고 있다.

이 소설을 읽어나가면 '이중간첩=변심한 여자=선악의 혼란'이라는 그림이 자주 등장한다. 여기서 우리는 "선악을 규정하는 진리를 여자라고 생각해보자"라는 니체의 잠언을 생각하게 된다. 물론 선과 악은 밤하늘에 떠 있는 달과 그 주위의 어둠처럼 분명한 것이다. 그러나 지상의 천강(千江)에 비친 달은 언제나 천상의 달처럼 선명하지 못하다. 왜냐하면 강의 물결, 흐름의 속도, 경사, 만곡에 따라 달의 모양이 일그러지기 때문이다.

이 소설의 주인공인 영국 첩보원 리머스는 자신이 책임졌던 베를린의 조직망을 파괴한 동독 정보기관의 실력자 문트를 제거하기 위해 동독으로 위장 귀순한다. 리머스의 임무는 실은 이중간첩이지만, 동독 정보기관의 심문을 받으면서 교묘한 위장 정보를 흘려 도리어 문트를 이중간첩으로 만들어버린다. 리머스가 동독 정보요원에게 심문을 받는 장면이 이 소설의 하이라이트다. 리머스는 영국 정보부의 책임자 '콘트롤'에게 철저한 교육을 받아 심문을 무사히 통과한다. 그러나 리머스를 향한 진짜 심문은 소설의 마지막 부분에서 벌어진다. 리머스는 동독으로 들어가서 리즈라는 여자를 만나 사랑하게 되고, 작전을 마치자 그녀와 함께 베를린 장벽을 넘어 도망치려 한다.

이 소설의 진정한 백미는 도망치던 리머스가 사랑하는 여자 리즈를 돌아보는 장면이다. 뱀에 물려 죽은 아내 에우리디케를 너무 사랑한 오르페우스는, 저승 세계에 내려가 아름다운 노래로 명계의 대왕을 감동시켜서 아내를 데리고 다시 지상으로 돌아오다가, 결코 뒤돌아보면 안 된다는 경고를 받았는데도 그녀의 안전을 너무 걱정한 나머지 뒤를 돌아보고, 그 순간 그녀는 다시 지하 세계로 떨어진다. 베를린 장벽 위에 엎드린 리머스는 오르페우스를 닮았다. 아마 작가 르카레도 이 그리스 신화를 의식했을 것이다. 소설의 마지막 장인 제26장의 첫머리는 이러하다.

"그들(리머스와 리즈)은 재빨리 걸어갔다. 리머스는 그녀가 따라오는지 확인하기 위해 고개 너머로 몇 번이고 뒤돌아보았다."

|46| 군자는 표변이요 소인은 혁면이라

《주역》

●

동양에서는 마음을 수양하여 자신의 정체성을 올바르게 확립한 사람을 가리켜 '군자(君子)'라고 했다. 공자의 《논어》 위정(爲政) 편에는 '군자불기(君子不器)'라는 말이 나온다. 군자는 한 가지 그릇으로만 쓰이지 않는다는 뜻이다. 술잔도 그릇이요 커피 잔도 그릇인데, 이것들은 그 한 가지 기능밖에는 담당하지 못한다. 그런데 군자는 한낱 도구적인 존재가 되어서는 안 되고 전인적인 완성을 지향해야 한다.

《주역》의 〈계사 상전(繫辭上傳)〉에 '도(道)는 형이상(形而上: 원리)이고 기(氣)는 형이하(形而下: 현상)'라는 말이 나온다. 현상이 상호작용하여 여러 가지로 변화하는 것이 변(變)이고, 변화하는 데 따라서 새롭게 발전하는 것이 통(通)이다. 이 통의 이치에 따라서 백성을 이끄는 것이 군자의 사업이다. 말없이 신실하게 자연의 변화에 순응하여 일을 성취하는 것이 군자의 덕이다.

또한 《주역》의 제49번째 괘 '택화혁(澤火革)'에 대한 풀이로 '군자표변(君子豹變)이요, 소인혁면(小人革面)'이라는 말이 나온다. '표변(豹變)'은 호랑이나 표범이 가을에 털갈이를 하여 아름답게 일변한다는 것이다. 군자는 일취월장하여 나날이 선을 향해 발전해나가지만 소인은 마음에도 없이 오직 얼굴 빛깔만 바꿈으로써 윗사람의 뜻을 따르는 태도를 취한다는 것이다.

그러나 세상에는 겉으로는 군자인 체하지만 실제로는 소인 같은 행동을 하는 사람들도 있다. 《맹자》〈이루(離婁)〉 하편에 이런 이야기가 나온다. 제나라 사람 중에 아내와 첩을 데리고 사는 남자가 있었다. 그는 외출하면 반드시 실컷 먹고서 돌아왔다. 처첩이 함께 식사한 사람이 누구인지 물으면 모두 부귀한 사람들이었다. 궁금해진 아내는 남편을 몰래 따라가 보았다. 남편은 동쪽 성 밖의 무덤에서 제사 지내는 사람한테 가서, 그들이 먹고 남긴 것을 구걸하고, 부족하면 다른 무덤을 찾아갔다. 이것이 그가 배를 채우는 방식이었다. 아내는 돌아와 첩에게, 남편의 꼴이 너무나 처량하다면서 울었다. 그렇지만 남편은 집에 들어와 여전히 자기 처첩에게 으스대며 뽐냈다. 군자는 이런 지저분한 방법으로 부귀를 추구해서는 안 된다는 것인데, 당대의 소위 군자들이 엽관하는 것이 이 제나라 사람과 비슷하다는 풍자다.

그런데 문학 작품에는 군자보다는 군자인 체하지만 실은 소인인 사람, 혹은 무척 군자가 되려고 노력하지만 결국 되지 못하는 사람이 더 많이 등장한다.

|47| 불변상수의 스워브
《사물의 본성에 대하여(De rerum natura)》

●

군자가 도를 깨우치는 방식은 곧 '격물치지(格物致知)'다. 사물을 깊이 궁구하여 그 뒤에 숨어 있는 원리를 파악한다는 것인데, 이 도는 어디까지나 형이상(形而上)이다.

그러나 이와 정반대되는 견해도 있다. 고대 로마의 시인 루크레티우스(서기전 94경-서기전 55경)는 《사물의 본성에 대하여(De rerum natura)》라는 장시에서 이 세상 모든 것이 형이하(形而下)이며, 그것을 원자로 설명할 수 있다고 주장했다. 루크레티우스가 이 장시에서 노래한 철학은 고대 그리스의 철학자 에피쿠로스(서기전 341-서기전 270)의 사상과 거의 일치한다. 그 주된 내용은 이러하다.

무(無)에서 유(有)는 나오지 않는다. 자연은 허공중에서 움직이는 원자로 구성되어 있다.

이 세상과 그 안에 있는 모든 사물은 아주 세련된 물질인 원자들의 만남과 연결이 빚어낸 결과다.

신들은 '중간 공간'에 살면서 아무것도 하지 않는 자들로서, 인간에 대해서는 무관심하다.(루크레티우스는 무신론자다._글쓴이)

원자는 보통 밑으로 움직인다. 그러나 이 경로에서 원자가 일탈하면 충돌이 발생한다. 인간의 자유의지는 이런 일탈과 비슷한 것이다.

감각은 다양한 형태, 크기, 무게를 지닌 원자들이 조합되어 이루어진다.

영혼은 원자로 구성되어 있다. 따라서 인간이 사망하면 그 신체와 함께 영혼도 죽는다.

저승이라는 것은 미신에 불과하니 그에 대한 공포를 떨쳐버리고 지금의 이 세상을 자유롭게 살아라.

루크레티우스는 원자를 가지고 세상을 다 설명할 수 있다고 보았다. 후대의 프로이트가 섹스, 마르크스가 경제, 니체가 권력에의 의지를 가지고 인간 세상을 설명할 수 있다고 본 것과 비슷하다. 베르길리우스의 유명한 문장, "사물의 원인을 아는 자는 행복하여라(felix qui potuit rerum cognoscere causas)"에서 말하는 것이 이런 사상가들이다. 하지만 가지고 있는 연장이 망치뿐이라면 세상 모든 것이 못으로 보이기 쉽다. 위의 사상가들은 세상의 한 단면을 가지고 그것이 전부인 것처럼 말하기 때문에, 우리는 이들의 사상을 종합해서 봐야 한다.

위에 나온 원자의 경로 이탈을 스워브(swerve: 방향을 바꾸다)라고 하는데, 미국 하버드대학 인문학 교수인 스티븐 그린블랫은 중세 후기의 역사적 과정에서 이 스워브가 발생하여 르네상스가 생겨났고, 그리하여 근대 세계가 성립되었다고 주장했다. 스워브는 말하자면 돌발변수인데, 우리가 지금껏 전개해온 "인생은 한 편의 기다란 이야기"라는 관점에서 보자면 이 스워브 이론은 받아들이기가 어렵다. 왜냐하면 이야기는 저자가 쓰는 대로 전개되므로, 곧 저자의 자유의지에 따르는 것이기 때문이다(→겨울 72). 인간을 그 영혼의 주인이요 운명의 개척자라고 보는 이야기 이론에서 자유의지는 돌발변수가 아니라 불변상수인 것이다. 누가 자신이 우연히 군자가 되었다는 얘기를 좋아하겠는가.

|48| 기사도 정신의 3중구조

《중세의 가을》

●

서양의 중세에 이상적인 인간형은 기사였고, 기사도 문화는 12세기와 13세기에 가장 크게 발달했다. 기사도는 기독교적 도덕과 군사적 도덕이 융합된 것으로서 신사다운 행동의 근간이 된다. 기사도의 주된 미덕은 경건, 명예, 용기, 예의, 순결, 충성이다.

기사의 충성심은 3중 구조인데 첫째 영혼의 주인인 하느님에게 절대 복종하고, 둘째 세속의 주인인 영주에게 절대 복종하며, 마지막으로 마음의 주인인 여자 애인에게 절대 복종하는 것이다. 애인에 대한 사랑은 정신적인 것이며, 유부녀도 기사도적 사랑의 대상이 될 수 있었다. 성모 마리아 숭배가 도래하면서 귀족 여인을 성모 마리아처럼 숭상하는 풍조가 극에 달했다.

기사도 정신의 군사적 측면은 십자군 운동으로 크게 진작되었다. 수도원 같은 형태의 기사단인 성당기사단과 병원기사단(성 요한 기사단)은 기독교적 이상을 신봉하는 군인들을 만들어냈다. 전장 외에 토너먼트(마상 창 시합)가 기사도적 이상을 입증하는 주 무대가 되었다. 프랑스와 플랑드르의 궁정 연애에서는 기사도의 행동 수칙이 널리 준수되었다.

그러나 중세 후기에 들어오면서 기사도 정신이 부패하기 시작했다. 궁정의 사랑은 간통으로 이어졌고 경건한 전투는 야만적 싸움으로 변질되었다. 요한 하위징아(1872-1945)의 역사서 《중세의 가을》은 중세 후기인 14세기와 15세기의 프랑스와 부르고뉴 역사를 다루는데, 제2장에서 기사도의 변질을 설명하면서 더 나은 삶으로 가는 세 가지 길을 다음과 같이 설명했다.

첫 번째는 현재의 세상을 외면하는 부정의 길이다. 더 아름다운 세상은 이승에 있지 아니하고 저승에 있다고 보는 것이다. 두 번째는 이 세상을 개선하여 완전함으로 나아가는 길이다. 중세는 이 길을 거의 알지 못했다. 세 번째는 꿈의 길을 좇는 것이다. 그것은 척박한 삶을 일부러 화려한 색깔로 채색하고 환상의 꿈나라에 살면서, 무릉도원의 황홀 속에서 현실의 가혹함을 망각하는 것이다. 추상적인 영웅주의와 미덕, 자연 속에서 발견되는 삶의 따뜻한 햇빛 따위에 영탄하는 것이다. 기사도의 이상은 바로 이 세 번째 길을 추구하는 것으로서, 그 본성상 현실에 정면 대응하는 것이 아니기 때문에 변질하여 퇴락할 수밖에 없다고 하위징아는 진단한다.

| 49 | 환상과 현실 속에서의 자신의 역할

《돈키호테》

•

미겔 데 세르반테스(1547-1616)의 《돈키호테》는 기사도 정신을 패러디한 작품이다.

16세기 스페인 라만차 지방의 작은 마을에 살던 돈키호테는 기사도 정신을 숭배한 나머지 자신을 편력 기사라고 상상하고, 산초 판사라는 종자와 함께 모험에 나선다. 기사에게는 흠모하는 여인이 없으면 안 되므로 그는 평범한 시골 소녀를 하나 골라서, 둘시네아 델 토보소라는 그럴 듯한 귀부인의 이름을 부여한다.

이후 돈키호테와 산초 판자가 벌이는 모험이 아주 우스꽝스럽게 묘사된다. 가령 풍차를 거인으로 상상(혹은 오해)하고 그 풍차를 향해 달려

들다가 말에서 떨어진다든지, 양떼를 대군으로 상상하고 공격하다가 양치기들의 새총에 얻어맞는다든지, 무서운 소리가 흘러나오는 곳을 '성채'라고 상상하여 공격했는데 알고 보니 물방앗간의 빨래 방아 돌아가는 소리였다든지, 여관에서 와인 포대를 공격하고는 거기서 흘러나온 와인이 피라고 상상하는 등등. 돈키호테는 이런 것들이 자신의 오해로 드러날 때마다 그럴듯한 변명을 갖고 있다. 공격 대상인 거인들이 풍차나 와인 포대처럼 '보일' 뿐이라는 것이다. 그러니까 거인들이 용감한 기사를 속이려고 그렇게 둔갑했다는 것이었다.

이렇게 모험을 벌이고 있는데 돈키호테의 가족이 그의 안전을 걱정하여 마을의 이발사와 부제(副祭)를 보내, 둘시네아가 고향으로 돌아오라고 한다고 거짓말을 하여 귀향시킨다. 여기까지가 1권의 줄거리다.

2권에서 돈키호테와 산초는 여러 가지 모험 끝에 공작의 성에 도착한다. 공작과 공작부인은 그의 기행에 대한 소문을 듣고서 돈키호테를 상대로 장난을 하기로 한다. 돈키호테를 랜슬롯이나 롤랑 같은 진짜 기사로 대접하는 것이다. 공작 궁의 사람들에게 모두 이 연극에 가담하도록 지시가 내려진다. 그리하여 돈키호테가 마법에 빠진 둘시네아를 구출해내는 연극이 치러지고, 그 공로로 종자인 산초 판사는 바라타리아라는 작은 섬(?)의 영주 자리를 하사받는다. 이 섬의 주민들에게는 새로운 영주에게 절대 복종하라는 지시가 내려간다. 그러나 산초는 영주 노릇을 10일 동안 하다가 그 자리에서 물러난다.

돈키호테는 마침내 고향 마을의 학사 카라스코 덕에 제정신을 차리게 된다. 카라스코는 기사로 변장하고서 돈키호테에게 결투를 신청한다. 결투의 조건은 패한 쪽이 무조건 승자의 명령에 복종한다는 것이었다. 카라스코가 승리하고, 그는 돈키호테에게 고향 집으로 돌아가서 1

년간 무기를 들지 말라고 명령한다. 돈키호테는 당황하지만 승복한다. 더 이상 기사 생활을 하지 못한다면 양치기가 되어 전원생활을 하고 싶다는 말도 한다.

그러나 그의 은퇴 계획은 돈키호테가 병들어 눕는 바람에 이뤄지지 못한다. 그는 놀랍게도 죽음의 자리에서 온전한 정신을 되찾는다. 산초는 그에게 어서 건강을 회복하고 전원으로 가거나 둘시네아 공주를 찾아 나서자고 말한다. 그러나 돈키호테는 그의 말을 물리치고, 모든 판타지를 버린 채 엄숙하게 유언한 후 진실한 기독교인답게 숨을 거둔다.

《돈키호테》는 중세 후반에 더 이상 통용되지 않은 낭만적 기사도 전통을 풍자했다. 그 밖에 이 소설에는 '환상과 현실'에 관한 아주 복잡한 문제가 얽혀 있다. 돈키호테는 정말로 돌아버린 것일까? 그는 자신의 역할을 잘 알고서 그것을 수행한 배우가 아닐까? 어떤 사람이 정말로 자기 자신을 기사처럼 생각하고, 느끼고, 행동한다면 그는 실제로 기사인 것이다. 이 경우 어떤 것이 판타지이고 어떤 것이 현실인지 구분하기가 모호해진다. 인간이 실천하는 허구가 실제가 되는 것이다.

돈키호테는 임종의 자리에서, 잠들기 전에 가지고 놀던 장난감을 치우는 아이처럼 자신의 모든 꿈을 포기한다. 어쩌면 그는 그 꿈들이 장난감이라는 것을 내내 알고 있었을지도 모른다. 마지막에 산초가 다시 아름다운 둘시네아를 찾으러 나서자고 말하는데 돈키호테가 그를 꾸짖는 장면에서는 이제 판세가 역전이 된다. 우리는 누가 현자이고 누가 불초인지 알 수가 없다. 돈키호테와 산초는 소설이 시작될 무렵에는 완전히 대척점에 있는 인물이었으나 소설이 진행되면서 점점 서로를 닮아간다. 이는 영혼과 육체, 이성과 상상력, 실용주의와 이상주의가 인간의 내부에 병존하는 것을 상징한다. 이 작품은, 인생은 곧 연극이라는 저 오래된 주제를 깊이 성찰하게 만든다.(→ 겨울 27, 28).

|50| 신사인 척 하기

〈만물박사(Mr. Know-All)〉

●

기사는 세상에 엄격한 위계질서가 정립되어 있고 주군에 대한 충성을 중시하던 중세의 이상적 인간형이었다. 그러나 15세기 들어 부르주아 계층이 급부상하여 서서히 귀족 계층을 밀어내면서 기사도 정신은 더 유지하기 어려운 이상형이 되었다. 새로운 실력자로 등장한 부르주아는 자신들이 지배적인 위치에 오르자 기존의 귀족 제도 일부를 답습하려 했고, 그리하여 생겨난 것이 '신사'라는 인간형이다.

신사, 젠틀맨(gentleman)은 젠트리(gentry)에서 나왔는데, 젠트리는 원래 귀족 계층의 일부로서 토지를 소유하고 있어서 직접 노동을 할 필요가 없고, 또 교양이 높은 사람을 가리켰다. 이것이 시민사회가 성숙하면서 공손하고 예의 바르고 명예를 중시하는 사람을 가리키는 보통 명사로 자리 잡았다. 그리스 작가 카잔차키스는 "아무리 높은 사람을 만나도 움츠러들지 않고 아무리 낮은 사람을 만나도 부풀어 오르지 않는 사람"으로 신사를 정의했다. 다시 말해 귀족적 이상과 부르주아적 이상이 결합되어, 자신보다 못한 노동자 계급의 건강한 심성과 소박한 생활에서 나오는 활기를 적극 수용할 줄 아는 사람을 가리키는 것이다. 또한 신사는 자신의 신념을 위해 눈앞의 물질적 손해도 감수할 수 있는 사람이다. 늘 이익만 보는 사람은 진짜 상인이 아니고, 늘 체면을 지키려는 사람은 진정한 신사가 아니라는 말이 있다. 신사는 상대방을 위해서는 자신의 체면 손상도 감수할 줄 아는 사람이다.

몸의 단편소설 〈만물박사(Mr. Know-All)〉는 상대방을 위해 체면을 구긴 사람의 이야기다. 샌프란시스코에서 요코하마로 가는 여객선에 오른 레반트(지중해 동부 연안 지역) 사람 맥스 켈라다 씨는 배 안의 모든 승객을 상대로 자기의 지식 자랑을 해서, 모르는 것이 없다는 뜻으로 만물박사라는 별명을 얻었다. 어느 날 여객선 식당에서, 고베 주재 영사인 램지 씨와 만물박사 사이에 언쟁이 붙었다. 화제는 양식 진주였다. 램지 부인이 걸고 있는 진주 목걸이가 진짜냐 가짜냐를 놓고서 두 사람이 언쟁을 벌이다가 내기를 하게 되었다. 램지 부인은 남편이 고베 영사로 있던 지난 1년 동안 남편과 떨어져 뉴욕에서 혼자 살았다. 램지 씨는 부인의 말을 믿고 여행 출발 전 뉴욕 백화점에서 산 18달러짜리 가짜라고 말하고, 만물박사는 3만 달러가 넘는 진품이라고 말한다. 이렇게 되자 램지 부인은 얼굴이 창백해진다. 직업이 양식 조개 거래업자인 만물박사는 그것이 진품이라는 것을 확신하지만, 램지 부인을 위해 여러 사람들이 보는 데서 체면을 구긴다. 소설은 잘난 체하던 사람이 실은 신사였고, 숙녀인 체하는 램지 부인이 알고 보니 정숙하지 못한 여자라는 것을 암시하면서 끝난다.

사람은 이득을 얻기보다는 손실을 회피하는 것을 더 좋아한다. 그렇게 하는 것이 불합리할 때에도 가급적 손실을 피하려고 한다. 이런 인간적 약점의 사례를 들어보면 이런 것이 있다. 10만 원 횡재했을 때 얻는 만족보다 10만 원 손실했을 때의 고통이 더 크다. 마찬가지로 5만 원 할인을 받는 기쁨보다는 5만원 추가 요금을 내라고 할 때의 불쾌감이 더 크다. 신사는 때때로 이런 손실도 감수하고, 또 입장 곤란한 상대방을 위하여 자신의 체면 구기는 것도 감수하는 사람이다.

|51| 이튼학교 운동장의 의미

《보물섬》

●

로버트 루이스 스티븐슨(1850~1894)의 《보물섬》은 짐 호킨스라는 소년의 모험담이다.

짐은 아버지가 운영하던 여관 애드미럴 벤보에 투숙객이 남긴 가방에서 보물 지도를 발견한다. 마을 지주가 보물 지도를 보고 브리스톨에서 배를 사서, 짐과 마을 의사 닥터 리브시와 함께 보물섬을 찾아 항해에 나선다. 어느 날 밤 배에서 짐은 요리사 롱 존 실버가 선원들과 반란을 꾸미는 얘기를 엿듣게 된다. 짐이 그 음모를 선장에게 보고하고, 곧 보물섬이 눈앞에 나타난다. 선장은 실버를 포함하여 선원들 중 일부만 섬에 상륙하여 정황을 살피라고 지시한다. 이때 짐은 선장 몰래 하선하여 섬 탐험에 나선다. 이때 짐은 3년 전 섬에 낙오되었던 벤 건을 산속에서 만난다.

결국 보물섬 탐사 일행은 선장 파와 실버 파로 나뉘게 된다. 선장파는 그 섬에 지어진 창고를 발견하고 배에서 내려 그곳을 요새로 삼는다. 해적파가 창고를 탈취하려 하자 교전이 벌어진다. 전투가 소강상태에 빠지자 짐은 히스파니올라 호를 표류시켜 해적파에게 타격을 가하려 한다. 그 임무를 수행하고 창고로 다시 돌아온 짐은 그사이 창고를 장악한 해적파에게 붙잡힌다.

의사인 리브시가 해적 중 부상당한 자를 치료하기 위해 창고를 찾아왔을 때가 이 소설의 하이라이트다. 부상 치료를 마친 리브시가 돌아가려 할 때, 실버는 다른 해적들의 반대를 무릅쓰고 짐이 리브시 선생과 밀담을 하도록 해준다. 이때 존 실버가 말한다.

"호킨스, 젊은 신사로서 도망가지 않겠다고 내게 명예롭게 약속할 수 있겠나?"

짐은 약속한다. 실버가 멀찍이 지켜보는 가운데 리브시와 짐의 대화가 시작되고, 리브시는 함께 도망치자고 제안한다. 이때 짐이 말한다.

"의사 선생님, 저는 돌아가겠다고 약속을 했습니다."

그 후 우여곡절 끝에 선장 일행은 해적파를 제압하고, 벤 건의 도움으로 보물을 챙겨 무사히 귀국길에 오른다.

나는 이 소설에서 약속을 지켜야 한다는 짐의 말이 가장 인상 깊다. 젊은 신사 짐은 목숨을 잃을지도 모르는데 약속한 말 때문에 해적들에게 다시 돌아갔다. 이러한 태도는 짐 호킨스가 진정한 신사로 성장해가리라는 예감을 안겨준다. 이런 점에서 짐은 셈을 따지고 종종 변덕스러우며 도덕을 헌신짝처럼 내버리는 이중적인 인물 롱 존 실버와는 대조되는 인물이다. 이것은 아직 신사가 되지 못한 사람과 장차 신사가 될 사람의 대비를 극명하게 보여준다. "웰링턴 장군의 워털루 승전은 이튼 학교 운동장에서 시작되었다"는 말이 있는데, 신사가 되려는 사람은 어릴 때부터 남들과의 관계에서 약속을 잘 지키는 도덕적인 사람이어야 한다는 뜻이다.

|52| 신사답지 못하다는 부채의식

《로드 짐》

●

조지프 콘래드(1857-1924)의 《로드 짐》은 목숨과 맞바꿔가며 자신이 신사라는 것을 증명하려 한 사람의 이야기다.

짐은 영국 목사의 아들인데, 어릴 때부터 해양 모험담을 많이 읽고 는 결국 선원이 되었다. 그는 선원 경력을 쌓아 낡은 증기선 파트나 호 의 일등 항해사로 탑승한다. 이 배는 이슬람 순례자 800명을 태우고 항 해하던 중 갑자기 멈춰 선다. 순간 파선될 것이라고 판단한 선장, 기관 장, 짐은 구명보트를 타고서 파트나 호를 탈출한다. 그러나 파트나 호 는 침몰하지 않았고, 프랑스 포함에게 발견되어 무사히 항구까지 예인 된다. 자기만 살겠다고 침몰할지도 모르는 배에 승객 800명을 놔두고 탈출한 일 때문에 짐은 두고두고 자신을 비겁자라고 질책한다.

이 때문에 유배자처럼 살던 짐은 말로라는 뱃사람의 소개로 어느 무 역회사의 해외 주재원이 되어, 동인도의 파투산 섬이라는 외딴 식민지 로 가게 된다. 파투산에 이르렀을 때 짐은 그 섬의 폭압적인 실력자 한 사람에게 잡힌 몸이 된다. 짐은 간신히 탈출해서, 섬의 추장 중 한 사 람인 도라민과 그 아들 다인 와리스의 도움을 받아 목숨을 보전한다. 짐은 다인 와리스와 절친한 친구가 되고, 섬에서 차츰 자리를 잡는다. 원주민들은 짐을 '로드(Lord : 고위 공무원이나 귀족에 대한 경칭) 짐'이라고 부르 게 된다.

그 후 '젠틀맨' 브라운이라는 살인범이 나타나 로드 짐의 마을을 침탈 한다. 마침 로드 짐은 출타 중이라 다인 와리스와 원주민들이 브라운 일당을 언덕으로 밀어붙여 포위한다. 이때 로드 짐이 돌아와서 브라운 과 담판을 벌이고, 브라운이 다시 돌아오지 않는 조건으로 포위를 풀어 주기로 한다. 원주민들은 포위를 풀지 않으려 했으나 로드 짐을 믿고 그의 말에 따른다. 그러나 브라운은 평화로이 물러가는 척하다가 다시 돌아와 다인 와리스의 병사들을 살해하고, 다인 와리스도 총탄에 맞아 죽는다.

다인 와리스의 시신 앞에서 추장 도라민은 슬픔과 노여움에 휩싸인다. 로드 짐은 도라민에게 가서, 이 일은 자신에게 책임이 있으며, 마음의 준비를 하고 왔다고 말한다. 도라민은 짐의 가슴에 총을 쏜다.

여기서 가장 문제가 되는 대목은 왜 짐이 브라운을 풀어주는 실수를 저질렀을까 하는 것이다. 짐은 평생 동안 자신이 과거에 신사답게 행동하지 못했다는 부채 의식에 시달려온 사람이다. 그것을 브라운이 교묘하게 파고든 것이다. 쉽게 말하면 이렇다. "부처 눈에는 부처만 보이고 도둑 눈에는 도둑만 보인다. 당신이 신사라면 신사인 나 브라운을 알아볼 것이다. 만약 신사가 아니라면 나를 비열한 자로 볼 것이다." 타인에 대한 의식은 곧 자기 자신에 대한 의식이다. 짐은 자신이 신사라는 것을 내보이고 싶었고, 그런 마음이 브라운에게 투사된 것이다. 그러나 브라운은 남의 약점을 파고드는 가짜 신사일 뿐, 그런 부채 의식에 시달려본 적이 없는 비열한 자다.

군자 혹은 신사는 자신의 몸이 구렁텅이에 던져지는 것을 두려워하지 말아야 하는데(→ 여름 21), 짐은 생애 전반에는 그렇게 하지 못했으나 생애 후반에는 몸소 그것을 실천했다. 짐의 파트나 호 탈출과 그 후의 행동을 2014년 4월 16일에 일어난 인천-제주간 페리여객선 세월호 사건과 함께 생각해보자. 짐은 승객들이 무사히 구조되었는데도 자신의 비겁한 행위에 대하여 평생 고뇌했다. 세월호의 선장과 일부 선원들은 고등학교 수학여행단을 포함해 300명 넘는 승객을 침몰하는 배에 버려둔 채 제일 먼저 탈출했다. 평소 자신이 누구인지, 자기가 하는 일이 무엇인지 명확하게 인식하지 못하면 위기 상황에 부딪혔을 때 이런 이해할 수 없는 행동을 하게 된다. 로드 짐과 세월호 선장을 조선조 숙종 시대의 인물인 윤선거와 한번 비교해보기 바란다(→ 겨울 50).

| 53 | 사랑을 품은 얼굴

〈큰 바위 얼굴〉

●

너새니얼 호손의 단편 〈큰 바위 얼굴〉은 교과서에 실렸기에 우리나라 독자들에게 잘 알려진 소설이다.

이 세상의 위대한 인물은 어떤 사람일까. 이 소설에는 '위대한 인물'의 후보로 상인, 군인, 정치가, 시인이 차례로 등장한다. 돈을 많이 번 사람, 전쟁에서 승리한 사람, 높은 지위에 올라간 사람은 물질적으로 성공한 사람이다. 반면에 시인은 인간의 높은 정신을 노래하는 사람이다. 물질적으로 부유해도 정신이 빈약하면 큰 바위 얼굴이 되지 못하고, 정신적 감수성이 뛰어나도 그것을 실천하지 못하면 큰 바위 얼굴이 되지 못한다.

어니스트는 어떻게 하여 큰 바위 얼굴이 되었을까? 우리는 먼저 큰 바위 얼굴이 어떻게 묘사되어 있는지 주목해야 한다. 큰 바위 얼굴은 장엄하고 인자하며 잔잔한 웃음을 띤 모습이다. 어니스트는 자연을 사랑하고, 이웃을 사랑하며, 그가 하루 살아 있음으로 해서 세상이 그만큼 더 좋아지고 사랑스러워지도록 하는 인물이다. 여기서 우리는 큰 바위 얼굴이 곧 사랑의 알레고리임을 알 수 있다. 큰 바위 얼굴이 전하는 뜻은 아무리 세속적으로 훌륭한 인물이더라도 "사랑이 없으면 아무것도 아니다"(사도 바울)라는 것이다.

왜 사랑인가?

물질과 정신을 조화시킬 수 있는 힘은 사랑밖에 없으며, 이 사랑 때문에 세상 만물이 만들어졌고 이 우주가 살 만한 곳이 되기 때문이다. 호손의 다른 단편에 등장하는 굿맨 브라운이나 검은 베일을 쓴 목사나 과학자는 〈큰 바위 얼굴〉 속의 상인, 군인, 정치가처럼 사랑이 없는 사람이다. 아니, 없다고 말할 수는 없고 아직 사랑이 무엇인지 정확하게 모르는 사람이다. 우리가 큰 바위 얼굴을 읽고 알 수 없는 깊은 감동을 받는 것은 사랑의 은밀한 작용을 느끼기 때문이다. 사랑에 대한 우리의 동경이 아직도 우리 내면에 깊이 간직되어 있음을 확인하는 것이다. 어린 날부터 이 큰 바위 얼굴의 인상을 가슴에 품으며 성장한 사람은 그렇지 못한 사람과 달리 물질과 정신의 조화를 이룰 수 있고, 이 세상 만물을 사랑하는 온전한 인간으로 성숙할 것이다.

| 54 | 정체성이 완성된 훌륭한 인격
〈나는 나 자신과 함께 살고 싶어〉

●

정체성이 완성된 상태를 노래한 시로 레온(Fray Luis de Leon 1527~1591)의 〈나는 나 자신과 함께 살고 싶어〉가 있다.

Vivir quiero conmigo,

gozar quiero del bien que debo al cielo,

a solas, sin testigo,

libre de amor, de celo,

de odio, de esperanzas, de recelo

나는 나 자신과 함께 살고 싶어.

내가 하늘에 빚진 좋은 것들을 즐기고 싶어.

혼자서, 증인도 없이.

사랑, 질투, 증오, 희망, 근심으로부터

해방되어.

미국의 소설가 에드거 앨런 포가 이 시를 평소에 암송했다고 한다. 아르헨티나의 소설가 호르헤 루이스 보르헤스도 레온을 스페인어권의 최고 시인으로 칭송하면서 자신의 애송시로 이 시를 꼽았다.

이 시에서 '하늘에 빚지다'라고 해석한 스페인어 deber는 '빚지다' 외에 '~해야 한다', '~하지 않으면 안 된다'는 뜻이 있는데, 여기서는 하늘이 내린 명령인 도덕과 선행에 대한 의무를 가리킨다. "사랑, 질투, 증오, 희망, 근심"이 없다는 말은 버지니아 울프의 문장론을 연상시킨다. 울프는 제인 오스틴의 문장에 대하여 "증오, 신랄함, 두려움, 반감, 설교가 없는 문장을 구사한다"고 했는데, 아주 훌륭한 문장과 정체성이 완성된 인격은 이처럼 일맥상통하는 바가 있다.

| 55 | 끊임없는 의심이 낳은 비극
《변신 이야기》

●

오비디우스의 《변신 이야기》에 서로 의심하는 부부 이야기가 나온다. 의심생암귀(疑心生暗鬼: 의심이 검은 귀신을 만들어낸다)라는 말도 있듯이, 서로 사랑하던 사람들이 어느 날 문득 상대방을 의심하게 된다.

케팔로스는 의심을 할 뿐만 아니라 그것을 확인하러 나선다. 그는 아내의 정절을 의심하여, 그 자신이 변장을 하고 아내를 시험하기로 했다. 변장한 케팔로스는 아내에게 다가가 값비싼 선물을 줄 테니 애인이 되어달라고 요구했다. 그녀가 거절하자 선물의 단위가 높아졌고, 마침내 그녀가 굴복하자 케팔로스는 자신의 정체를 드러냈다. 프로크리스는 수치심을 이기지 못해 산으로 도망쳤다. 그러나 케팔로스는 그녀를 뒤쫓아 갔고 그들은 화해했다.

세월이 흐른 뒤 이번에는 프로크리스가 남편을 의심하기 시작했다. 사냥꾼인 남편은 사냥이 끝나면 멈추어 서서 자신의 뜨거운 몸을 식혀달라며 '아우라(미풍)'를 부른다고 누군가 그녀에게 귀띔하자, 그녀는 '아우라'가 남편의 애인이라고 확신하고 숲으로 남편을 쫓아갔다. 케팔로스는 수풀이 흔들리는 소리를 듣고 그 방향으로 창을 던졌다. 그의 창은 과녁을 벗어나는 법이 없기 때문에 프로크리스는 남편의 창에 맞아 죽게 되었고, 죽기 전에 자신의 착오를 깨달았다.

|56| 현실을 잘못 해석한 엠마

《마담 보바리》

귀스타브 플로베르(1821-1880)의 《마담 보바리》는 가정불화가 간통 사건으로 이어지는 과정을 다룬 작품이다.

젊은 시절 꿈 많은 처녀였던 엠마 보바리는 의사인 샤를과 결혼하고 보니 그가 너무나 우둔하고 매력 없는 남자라는 것을 발견한다. 그래서 법원 서기였던 레옹과 사귀나, 그 남자는 곧 법률 공부를 하러 파리로 가버린다. 다음에는 바람둥이 신사인 로돌프와 깊은 관계를 맺는다. 엠마는 로돌프에게 집착하지만 그 남자는 엠마를 한때의 심심풀이로 여길 뿐 그녀와 결혼할 생각은 조금도 없다. 엠마가 자꾸 함께 도망치자고 조르자 그 뜻을 따르는 척하다가, 마침내 로돌프는 결별을 통보한다. 엠마는 이 일로 큰 충격을 받고 중병에 걸렸으나, 다시 회복하여 이번에는 파리에서 공부하고 내려와 루앙에 변호사 사무실을 차린 레옹과 다시 만나면서 그에게서 이상적인 남자를 찾으려 한다.

이 과정에서 엠마는 남편으로부터 위임장을 받아, 남편 명의로 지방의 고리대금업자에게 많은 돈을 빌린다. 엠마는 레옹도 로돌프처럼 무책임한 남자라는 것을 발견하고 크게 실망한다. 이때 고리대금업자가 엠마에게 원리금 상환을 요구하고, 법원에서 재산 압류 경고장이 날아든다. 엠마는 돈을 갚을 방법이 없자 비소를 먹고 자살한다.

이 소설은 낭만주의를 사실주의적 관점에서 비판한 작품으로 평가된다. 플로베르는 "나의 불쌍한 보바리는 지금 이 시간 프랑스의 스무 마을에서 동시에 고통을 받으며 눈물을 흘리고 있다"고 말했다. 곧 보바리 같은 여자가 한두 명이 아니라는 얘기다. 인생이 지겨워 바람을 피울 각오 혹은 생각을 하는 여자가 그처럼 많으며, 이런 관점에서 보자면 엠마는 꿈과 현실의 괴리를 보여주는 상징적 인물이라는 얘기다.

플로베르는 또 "보바리는 곧 나다"라는 말도 했다. 엠마처럼 플로베르도 인생이 지겨웠다. 엠마처럼 그도 푸른 하늘과 이국적인 바다, 의미심장하면서 동시에 모든 것을 포섭하는 사랑을 바랐다. 엠마처럼 그도 '결혼의 진부함'에 공포를 느꼈고, 부르주아 생활의 야비함과 범용성에 질색했다. 도대체 왜 꿈과 현실은 이렇게 서로 일치하지 않느냐는 것이다. 그렇다면 뭐가 잘못된 것인가? 엠마의 꿈이 잘못된 것인가, 아니면 현실이 잘못된 것인가? 둘 다 잘못된 것이 없다. 꿈은 상상계이지만 현실은 상징계다. 단지 상징계에 진입하지 못한 엠마의 퍼스낼리티가 문제인 것이다.(→ 가을 ⑥⑧).

|57| 좋고 나쁜 것에 판단 유보
《여자의 일생》

●

모파상의 《여자의 일생》은 잔 드라마르라는 귀족 부인이 남편에게 학을 떼고, 또 그 사이에서 태어난 아들 폴 때문에 온갖 고생을 다하다가, 결국 아들이 애인에게서 얻은 딸을 안고서 감격하는 것으로 끝나는 소설이다.

잔과 남편 쥘리앵이 결정적으로 틀어진 것은 남편의 외도 때문이었다. 남편은 집안의 하녀를 건드려서 그 사이에 애를 낳고, 또 이웃집 유부녀와도 바람을 피우다가 그 유부녀와 함께 그 여자의 남편에게 살해당했다. 아들 폴도 학교에 보냈더니 하라는 공부는 안 하고 방탕한 생활을 하며, 고향에 있는 어머니에게 자꾸 돈을 부치라고만 한다. 남편에게 얻지 못한 사랑을 아들에게서 보상받으려는 듯이 잔은 논밭을 팔아서 아들에게 보내고, 자신은 작은 집으로 옮겨 앉는다. 아들은 어머니 말을 그토록 안 듣더니, 애인이 죽어버리자 그 사이에서 낳은 아이와 함께 고향 집으로 돌아온다. 이 소설은 이런 유명한 말로 끝난다.

"인생은 사람들이 생각하는 것처럼 그렇게 좋지도 혹은 그렇게 나쁘지도 않다."

좋거나 나쁜 것은 사람의 생각이 만들어낼 뿐 사물 그 자체는 중립이라는 말은, 오비디우스, 사도 바울, 셰익스피어, 라로슈푸코 등이 줄기차게 해왔던 말이다. 그러니 선택을 할 수 있다면 좋은 쪽을 선택하는 것이 바람직하다. 이 소설을 여고생 때 읽는다면 세상의 모든 남자는 이기적이고 바람둥이고 여자 속을 썩이는 악마 같은 존재라고 생각하기 쉽다. 그러나 잔의 일생이 이례적이기 때문에 소설의 소재가 된다는 점을 잊어서는 안 된다. 만약 잔의 일생이 흔해 빠진 것이라면 결혼이라는 제도는 이미 오래전에 인간 사회에서 퇴출되었을 것이다. 실제로는 아내를 사랑하는 남편이 그렇지 않은 남편보다 많은 것이다.

얼마 전 고등학교 동창생과 서로 아내에 대한 얘기를 하다가, 놀랍게도 내 친구가 안방 화장실에서 소변을 볼 때, 앉아서 일을 본다는 얘기를 했다. 아내가 여러 번 변기 뚜껑을 세우고 일을 보라고 했지만 자꾸 그것을 잊어버리고 변기를 어지럽혀서 아내가 청소하면서 속상해하자, 그게 너무 미안하여 아예 문제를 원천 봉쇄하기 위해 그렇게 한다는 것이었다. 나는 그때 내 사랑이 아직 그에게 미치지 못한다는 것을 알고서 질투를 느꼈다.

|58| 대를 잇는 가정불화
《어둠 속에 누워(Lie down in Darkness)》

●

월리엄 스타이런(1925-)의 《어둠 속에 누워(Lie down in Darkness)》는 가정불화의 후유증을 이기지 못하고 결국 22세 나이에 투신자살로 생을 마감하는 페이턴 로프티스의 짧은 생애를 다룬 소설이다.

소설의 무대는 미국 동남부 버지니아의 포트워릭이다. 페이턴의 가정은 어떤 문제가 있었을까? 아버지 밀턴은 실패한 변호사이고, 아내 헬렌이 시집올 때 가져온 재산에 기대 사는 무능력한 남자다. 그런 주제에 이웃 유부녀인 돌리 보너와 바람을 피우면서 결국에는 돌리를 첩처럼 데리고 산다. 아내 헬렌은 돌리와 식당에서 노골적으로 싸움을 벌이면서 인생 그렇게 살지 말라고 조언하나, 돌리는 오히려 밀턴이 자기를 포기하지 않는 한 계속 그와 사귀겠다고 뻔뻔하게 맞선다.

그런데 페이턴의 언니 모디는 발달장애를 가지고 있고 절름발이다. 그래서 아내 헬렌은 모디에게 온 정성을 쏟지만 남편 밀턴은 모디에게 무심하고, 오히려 페이턴에게 부성애 이상의 사랑을 표시한다. 모디가 중병에 걸려 입원한 날 아내 헬렌은 병간호를 위해 병원에 가 있었는데, 남편 밀턴은 이때 아내에게 복수하겠다는 못된 심보로 정부 돌리를 집으로 데려와 헬렌의 침대에서 정사를 벌인다.

부모의 사이가 이렇게 좋지 않고 게다가 언니가 장애인이어서 엄마의 사랑을 독차지하고 있으니, 페이턴은 반항적인 딸로 성장하기 딱 좋은 상황이다. 그래서 페이턴은 대학에 입학할 때가 오자 집안의 분위기와 남부의 보수적인 관습을 피하여 뉴욕으로 가고, 거기서 가난한 화가 해리 밀러와 급히 결혼을 한다.

그러나 결혼 후 페이턴은 자기가 집안에서 물려받은 자기증오와 자기파괴 심리가 너무나 뿌리 깊다는 것을 발견한다. 남편 밀러와 조금 사이가 틀어지면 외출하여 다른 남자와 바람을 피우고 돌아온다. 해리는 이런 페이턴이 싫어서 결별을 선언한다. 그러자 페이턴은 남편을 찾아가 자신이 자살할지 모르니 한 번만 기회를 달라고 애걸한다. 그녀는 남편에게 탁상시계를 가리키며, 이 정교한 시계의 톱니바퀴 속으로 아예 실종되어버렸으면 좋겠다고 말한다. 그러면 마침내 시간의 고문으로부터 해방되어 안전하게 될 것이 아니냐는 말도 한다.

"여보, 내가 죄를 저지른 것은 복수심 때문이 아니었어요. 그저 어둠 속에 누워 꿈의 그물망 어딘가에서 새로운 아버지, 새로운 가정을 찾고 싶었어요."

그러나 해리는 페이턴을 거부하고, 그녀는 지하철을 타고 할렘으로 가서 높은 건물에 올라가 투신자살한다.

이 소설을 읽으면 가정불화가 당대로 끝나는 게 아님을 잘 알 수 있다. 그것은 자녀에게까지 아주 긴 그림자를 드리우는 것이다. 델모어 슈워츠가 꿈속에서 "왜 두 분은 서로 이겨먹으려 하고 서로 사랑하지 않는 거예요" 하고 외친 절규가 들려온다.(→ 여름 11).

|59| 소설이 아닌 로맨스
《일곱 박공의 집》

●

너새니얼 호손의 《일곱 박공의 집》은 퓨리턴의 위선을 고발한 작품이다.

일곱 박공의 집은 17세기에 핀천 대령이 지은 집이다. 대령은 엄격한 퓨리턴으로서 지방 행정관인데, 그 집터의 원주인을 마법사로 몰아 처형한 뒤에 땅을 빼앗아 그 집을 지었다. 집터의 원주인 매슈 몰은 핀천 대령을 저주하며 죽어갔고, 대령은 그 집을 지은 직후 느닷없이 사망한다.

이 소설의 주된 사건은 19세기 중반에 벌어진다. 핀천 대령의 부유한 후손이 자식이 없는 채 살해된다. 살인자로 그의 조카 클리퍼드가 잡혀 투옥된다. 클리퍼드의 사촌 재프리 핀천이 살해된 삼촌의 재산을 상속받고, 법을 공부하여 판사가 된다. 그로부터 30년 뒤, 클리퍼드의 미혼 누이 헵지바는 일곱 박공의 집에 그대로 살면서, 곧 감옥에서 풀려날 클리퍼드를 위해 집 한구석에 가게를 연다. 핀천 가의 또 다른 친척인 17세 피비가 가게 일을 도와주러 온다. 피비는 그 집의 방 한 칸을 임대한 사진사 홀그레이브와 사랑에 빠지고, 후일 결혼한다.

핀천 판사는, 선조인 핀천 대령이 엄청난 재산을 숨겨놓은 곳을 클리퍼드가 안다고 생각한다. 판사는 그것을 알려주지 않으면 클리퍼드를 정신병원으로 보내겠다고 협박한다. 그러나 판사는 갑자기 의문의 죽음을 맞는다. 잇따라 판사의 아들도 갑자기 죽어버리자 헵지바, 클리퍼드, 피비가 판사의 재산을 상속한다.

그들이 일곱 박공의 집에서 이사 나가기 직전, 클리퍼드는 어린 시절에 보았던 비밀 공간을 생각해낸다. 거기서 잃어버린 땅문서를 되찾지만 그것은 이미 효력 상실된 문서였다. 이때 홀그레이브는 자신의 진짜 이름이 몰이며, 억울하게 처형된 매슈 몰의 후손임을 밝힌다. 홀그레이브와 핀천 집안의 세 사람은 행복한 마음으로 그 집을 떠난다. 그리고 그 집의 저주는 사라진다.

이 소설을 읽으면 우리는 엄격한 청교도 정신을 내세우며 소위 마녀들을 박해한 호손의 선대 조상들을 생각하지 않을 수 없다. 한편으로 이 작품은 어두운 유산을 물려받은 홀그레이브와 피비가 사랑의 힘으로 그 저주를 이겨내는 과정을 잘 보여준다. 서로 의심하는 부부가 있는가 하면, 이처럼 사랑의 힘으로 난관을 헤쳐나가는 부부도 있다. 호손은 아내의 사랑 덕분에 자신이 비로소 온전해졌다고 말했고, 〈큰 바위 얼굴〉에서 그것을 주제로 삼기도 했다.

호손은 죄악과 죄책감이라는 주제를 깊이 탐구했지만, 《일곱 박공의 집》 서문에서 이 작품을 소설(novel)이 아니라 '로맨스(romance)'라고 말했다. 소설과 로맨스의 차이점을 살펴보면 이러하다. 소설은 높은 사실성을 갖추고서 현실과 아주 비슷한 세계를 제시한다. 등장인물들은 보통 사람들과 똑같이 행동한다. 이와 대조적으로 로맨스는 비현실적인 리얼리티, 양식화한 캐릭터, 과장된 행동, 개연성이 없는 사건이나 결과를 다룬다. 《일곱 박공의 집》은 잘 짜인 구조, 도덕적 통찰, 알레고리라는 세 가지 특징을 가지고 있다. 잘 짜인 구조는 죄악의 문제를 뚜렷한 기승전결의 이야기로 다루었다는 뜻이고, 도덕적 통찰은 죄악의 실상을 깊이 있게 파헤쳤다는 뜻이며, 알레고리는 이야기에 신비한 분위기가 감돈다는 뜻이다.

| 60 | 깨진 조각의 완전한 결말

《태평광기(太平廣記)》중 '파경중원'

●

북송의 이방(李昉)이 태평흥국 연간(976-984)에 편집한 《태평광기(太平廣記)》는 총 500권으로 된 소설 총집인데, 수록된 이야기 각 편은 사람의 이름을 제목으로 삼았다. 이 책에 서덕언(徐德言)의 '파경중원(破鏡重圓: 깨어진 거울이 다시 온전하게 됨)' 이야기가 나온다.

중국 수나라가 들어서기 전, 진(陳)나라의 마지막 황제 후주에게는 낙창공주라는 여동생이 있었는데 절세미인이었다. 그녀의 남편 서덕언은 아내와 함께 후주에게 나라의 위태로움을 고했으나 후주는 전혀 귀를 기울이지 않았다. 서덕언은 걱정이 되어 아내에게 말했다.

"아무리 생각해도 나라가 망할 것 같소. 그러면 당신처럼 젊고 아름다운 여자는 권력자에게 잡혀가고 말 테니, 그리되면 우리 부부는 헤어지고 말 거요. 그럴 때를 대비하여 무슨 사랑의 증표 같은 것이 있어야 하지 않겠소?"

서덕언은 거울을 두 쪽으로 깨어, 한 조각은 자신이 갖고 다른 조각은 아내에게 주었다.

"이것을 각자 가지고 있읍시다. 난리가 나서 서로 헤어지게 된다면 매년 정월 보름날 이 거울을 장안 제일 번화한 곳에 내놓고 팔도록 하시오. 내가 죽지 않으면 반드시 그걸 증표로 당신을 찾아가도록 하겠소."

마침내 북쪽의 수나라가 쳐들어와 진나라는 망해버렸다. 서덕언은 멀리 도망가고, 낙창공주는 북방으로 잡혀가서 양소라는 고관의 첩이 되었다. 그 후 낙창공주는 해마다 정월 보름이 되면 하인을 시켜 장안의 번화한 거리에 나가 그 거울을 팔아 오라 했으나 사는 사람이 없었다.

서덕언은 난리 통에 피난 가서 병으로 오래 고생하다가 마침내 장안으로 나와 정월 보름날에 시장에 가보았고, 거기 깨진 거울을 팔겠다고 나온 하인이 있었다. 서덕언은 자신이 가지고 있던 반쪽 거울을 꺼내어 합쳐서는 하인에게 건네주며, 이대로 공주에게 전해달라고 부탁하고 자신의 처소를 일러주었다.

이 거울을 받아 든 낙창공주는 슬픔을 이기지 못하여 식음을 전폐하고 드러누웠다. 이 사실을 알게 된 양소는 그들의 사정을 딱하게 여겨 서덕언을 불러 낙창공주와 대면케 하고, 그들의 장래에 축복을 내리며 많은 재물을 주어 고향으로 돌려보냈다. 이리하여 다시 만나게 된 부부는 고향 강남에서 단란한 일생을 마쳤다.

| 61 | 로마공화국의 미덕을 보여준 스키피오 아프리카누스

《역사(Historiae)》

●

양소는 낙창공주를 첩으로 데리고 있다가 돌려보내고 관대한 사람이라는 칭송을 받았지만, 그보다 더 덕이 높은 사람이 있었다. 폴리비오스(서기전 200경-서기전 118경)의 《역사(Historiae)》에는 한니발을 이기고 로마를 지킨 대(大) 스키피오의 이력이 기술되어 있다.

한니발은 배신, 잔인함, 종교를 무시하는 태도 등을 보였는데도 이탈리아 전역에서 폭넓은 존경심을 이끌어낸 반면에 스키피오는 정복지 스페인에서 경건함, 신의, 종교를 존중하는 태도를 취함으로써 널리 존경을 받았다.

스키피오 아프리카누스(서기전 236-서기전 184/183)는 자마 전투(서기전 202)에서 한니발을 무찌른 로마 장군이다. '아프리카누스'는 원래 이름은 아니고, 이 승전을 기념하기 위해 로마 원로원과 시민들이 붙여준 별명이다.

아프리카누스는 강직한 사람으로서 로마 공화국의 미덕을 그대로 체현한 인물이었다. 스페인의 카르타고노바(지금의 카르타헤나)를 정복한 뒤, 스키피오는 아름다운 처녀를 전리품으로 진상받았다. 그녀는 어찌나 아름다웠는지 모든 사람이 눈을 돌려 쳐다보았다고 한다. 하지만 스키피오는 여색에 조금도 관심이 없었다. 그는 처녀의 고향과 부모를 수소문한 끝에 그녀가 알루키우스라는 스페인의 귀족과 약혼했다는 것을 알아냈다. 아프리카누스는 그녀의 부모와 약혼자를 불러다 놓고 이렇게 말했다.

"나는 젊은 사람들이 서로 사랑하는 것을 더 좋아한다네. 그대의 약혼자는 우리 군영에 들어와 마치 자기 부모를 대하듯이 우리에게 잘해주었네. 그러니 이제 내가 그대에게 그녀를 선물로 되돌려주려 하네. 단 여기에는 한 가지 조건이 있네. 자네가 나를 선량한 사람이라고 생각한다면, 나와 비슷한 사람이 로마 공화국에 아주 많다는 사실을 알아주기 바라네. 그리하여 자네가 SPQR(Senatus Populusque Romanus: 로마의 원로원과 시민들)에 호의적인 사람이 되어주길 바라네."

알루키우스는 기쁨에 넘쳐 감사하는 마음을 거듭 표시했다. 그녀의 부모는 딸아이를 되돌려받는 데 대한 보상금으로 많은 황금을 가져왔다. 그들은 아프리카누스에게 제발 이 황금을 받아달라고 말했다. 아프리카누스는 그 황금을 받아서 처녀에게 지참금으로 건네주었다. 이 돈으로 알루키우스는 아프리카누스를 찬양하는 사당을 지었다. 그는 아프리카누스에 대해, 그 무용과 미덕이 신을 닮은 사람이라고 생각했다.

아프리카누스의 양손자 스키피오 아이밀리아누스(서기전 185경–서기전 129)는 서기전 146년에 카르타고를 멸망시키며 제3차 포에니 전쟁을 종식시켰다. 손자 스키피오는 "카르타고를 멸망시켜야 한다"고 외친 대(大) 카토와 동시대 인물이다. 이 손자 스키피오가 꿈속에서 할아버지를 만난 이야기를 앞에서 소개한 바 있다(→ 여름 7).

| 62 | 끝나지 않는 부모로서의 삶

《세일즈맨의 죽음》

인생의 가을에는 삶의 사이클이 되풀이되면서 이제 자녀들이 성장하여 결혼하거나 사회로 진출한다. 그러나 아이들이 장성해도 아직 끝나지 않은 부모의 길이 있다. 아서 밀러(1915~2005)의 《세일즈맨의 죽음》은 아들을 위해 자신을 희생하는 아버지 이야기다.

무대는 뉴욕 브루클린이다. 63세인 윌리 로먼은 출장 세일즈맨인데 평생 성공을 추구했으나 그 꿈을 이루지 못하고 회사에서 해고를 당한다. 윌리 로먼의 꿈과 생애 그 자체가 자기기만에 바탕을 둔 실패작이다. 그의 두 아들 비프와 해피 역시 아버지 못지않게 실패한 인생이다. 비프는 고등학생 시절 미식축구 스타였으나 현재는 우울한 무직자다. 그는 아버지에게 스포츠 용품 사업을 지원해줄 후원자를 만났다고 거짓말을 한다. 해피는 아버지처럼 세일즈맨이지만 실적이 좋지 않고, 여자의 뒤꽁무니를 쫓아다니는 한량이다. 이리하여 극 전체에 실패와 기만의 저류가 흐른다.

두 아들은 어머니 린다의 제안으로, 퇴직한 아버지를 위로하기 위해 시내 레스토랑에서 만난다. 그러나 비프는 가게를 후원해줄 사람을 만났다는 얘기는 거짓말이었다고 실토하여 아버지를 실망시킨다. 윌리 로먼은 당황해서 레스토랑의 화장실로 간다. 그는 과거를 회상한다. 아들 비프가 아버지의 도움을 절실히 바라며 보스턴으로 찾아갔을 때, 아들은 아버지가 정부와 함께 있는 것을 발견했다. 그 후 아들 비프가 목표 없이 인생에 환멸을 느끼게 된 것은 그런 자기의 무책임 때문이라고 아버지 로먼은 생각한다.

윌리 로먼과 비프는 집에서 화해를 한다. 그리고 아버지는 아들의 사업 자금을 마련해주기 위해 자살을 계획한다. 자신의 생명보험금을 아들에게 물려줄 생각인 것이다. 계획에 따라 아버지는 교통사고를 가장하여 자살한다. 그의 장례식에는 가족과 유일한 이웃인 찰리가 참석한다. 찰리는 평소 윌리 로먼이 우습게 보면서 한 수 아래로 취급하던 인물이었다. 장례식에서 찰리는 이렇게 말한다.

"윌리는 세일즈맨이었지. …… 미소와 반짝거리는 신발을 달고 다녔지. …… 아무도 그를 비난할 수 없어. 이봐, 세일즈맨은 꿈이 있어야 하는 거야. 그건 이 직업의 필수 요소야."

비평가들은 이 희곡이 물질주의와 도덕적 결핍에 물든 아메리칸 드림을 비판한 것이라고 말한다. 그러나 나는 윌리 로먼이 현대적 비극의 주인공이라고 생각한다. 장엄한 비극은 꼭 고대 그리스에만 있는 것이 아니라 범상한 우리 생활 주위에서도 얼마든지 벌어질 수 있다.

|63| 하느님도 없는 딸을 가진 애비
〈어느 아버지 이야기(A Father's Story)〉

●
미국의 작가 안드레 더뷰스(Andre Dubus, 1936-1999)의 단편 〈어느 아버지 이야기(A Father's Story)〉는 딸을 위해 자발적으로 희생하는 아버지 이야기다.

루크 리플리는 54세 이혼남으로, 매사추세츠 북동부에서 승마장을 운영하면서 혼자 산다. 아내가 네 자녀를 모두 데리고 떠나버려서 처음에는 충격을 받았지만, 이제 독신남으로서 안정을 되찾고 있다. 그는 매일 아침 기도를 올리는 천주교 신자로, 폴 르뵈프 주임신부와 대화하며 위로를 얻는다. 20세 된 막내딸 제니퍼만이 아버지를 가끔 찾아온다.

이런 배경이 설명된 뒤에 아버지 루크는 딸 제니퍼에게 벌어진 최근 일을 서술한다. 제니퍼는 친구들과 술을 마시고 아버지 집으로 차를 몰고 오던 중 누군가를 친다. 딸은 차를 멈추지 않고 아버지에게 와서 울

면서 방금 일어난 일을 알린다. 루크는 딸이 사고의 책임을 지게 해서
는 안 된다고 생각하고 혼자서 사고 현장으로 차를 몰고 간다. 피해자
는 젊은 남자인데 의식이 없고, 곧 죽을 것 같았다. 루크는 경찰에 신
고하거나 주임신부에게 고백하지 않고, 곧바로 집으로 돌아와 딸을 위
로한다. 그다음 날 아침 그는 일부러 자신의 차를 나무에다 들이박아,
자신이 그 청년을 친 것처럼 위장한다.

그다음에 그는 하느님과 가상의 대화를 나눈다. 자신은 딸을 지키기
위해서라면 다시 이런 일을 반복할 수 있다며, "하느님께서는 딸이 없
기 때문에 딸애의 아버지가 어떤 존재인지 잘 모르십니다" 하고 말한
다. 소설의 끝부분에서 하느님은 루크에게 "허약함 가운데 있는" 너의
딸을 사랑한다고 말하고, 루크는 그것이 자신에 대한 하느님의 사랑과
동일한 것이라고 생각한다.

윌리 로먼이나 루크 리플리나 자식을 정말로 사랑하는 아버지다. 봄
장에서 다루었던 고리오 영감이나 장왕록 교수가 다시 생각난다.

|64| 멋대로 예단하여 생긴 불행

《아버지에게 드리는 편지》

●

카프카의 《아버지에게 드리는 편지》는 카프카가 36세 되던 해인
1919년 11월에 아버지에게 자신이 왜 결혼을 할 수 없는지 그 이유를
밝히려고 쓴 글이다. 이 편지는 실제로 아버지에게 보내지지 않았고,
그 후 카프카의 유고를 정리한 편집자 막스 브로트가 이 글을 카프카
서한집에 묶지 않고 작품집에 함께 묶었다. 그 이유는 이 편지가 카프

카 본인이 직접 쓴 자서전에 가장 가깝기 때문이다.

카프카는 이 편지에서 자신이 어린 시절 독재자 아버지 밑에서 위축되어 불안, 초조, 자신감 상실, 죄의식 등을 느꼈던 과정을 기술한다. 아버지는 카프카를 혼내려 할 때, 말로만 때리겠다고 으르거나 채찍을 꺼내 드는 시늉만 했을 뿐 실제로 때리지는 않았다. 그 경험을 카프카는 이렇게 말한다.

"그 심정은 막 교수형을 당하려는 사람과 비슷합니다. 그가 실제로 목 매달려서 죽는다면 모든 것이 끝날 것입니다. 그러나 그는 목 매달리는 절차만 거치고, 마지막 순간에 올가미가 풀려 집행이 유예되어버립니다. 그리하여 그는 평생 교수형의 고통을 당합니다."

카프카는 글의 마지막 부분에서 자신이 결혼하지 못하는 이유는 죄수와 비슷하다고 한다. 죄수는 탈옥을 꿈꾸지만 한편으로는 자신의 감옥에 너무 익숙하여 거기에 안주하려 든다는 것이다. 카프카는 결혼을 하면 결국 아버지처럼 강인하고 고집스럽고 독재적이어야 가정을 꾸려나갈 텐데, 자신은 그렇게 할 배짱이 없다는 것이다. 또 결혼 후 아이를 낳았을 때, 자신처럼 수줍고 우울하고 절망적이고 근심 걱정 많고 죄의식에 깊이 사로잡힌 아이를 바라보는 것은 너무나 감당하기 어려운 시련이라고 한다. 카프카는 이 편지를 쓰고 6년 뒤인 1925년, 독신인 채 폐결핵으로 죽었다.

나는 이 글을 읽을 때마다, 카프카는 너무 지성에 사로잡힌 사람이라는 생각을 한다. 카프카는 자신과 결혼하게 될 여자의 사랑과, 그 여자와 사이에 낳게 될 아이의 작용을 과소평가했다. 그가 아이를 낳아 아버지가 되었더라면(다시 말해 아들의 입장만이 아니라 그 반대의 시점을 확보했더라면), 그는 아버지로 말미암아 형성된 감옥에서 탈출했을지도 모른다. 사람은 지성으로만 사는 것이 아니고, 때로는 야성을 발휘해야 한다. 그러나 이 둘만으로는 아직 부족하다. 거기에 영성이 깃들어야 한다.

우리는 '영성(靈性)'이라고 하면 교회나 사찰 같은 종교 시설을 생각하거나, 산속 깊은 곳의 수도원이나 암자에서 도를 닦는 신비스런 구도 생활을 연상한다. 하나는 물질적으로, 또 하나는 정신적으로만 영성을 이해하는 것이다. 영성은 정신과 물질이 합쳐진 것이다. 사람이 신이 된다는 얘기나 면벽 7년을 하여 견성성불(見性成佛)한다는 얘기는 결국 물질과 정신이 융합을 이루어 신성으로 나아간다는 뜻이다.

사람이 신앙생활을 열심히 하여 나중에 천국에 들어간다거나 부처가 된다는 얘기는 《성서》와 불경의 핵심 스토리다. 앞에서 '이야기'는 한 가지 환상인데 사람이 믿어주면 그것은 진실이 되고, 믿어주지 않으면 이야기 그대로 남는다고 했다. 자신에게 지성과 야성이 합쳐진 영성이 있다고 믿으면서 그것을 추구하는 사람은 신성을 얻는 이야기의 주인공이 되지만, 그 이야기를 부정하는 사람에게 영성은 한낱 추상적 개념으로 그치고 만다.

| 65 | 끊어진 다리 위의 모정

《산 루이스 레이의 다리》

●

손턴 와일더(1897-1975)의 장편소설 《산 루이스 레이의 다리》는 어머니의 자식 사랑을 묘사한 작품이다.

산 루이스 레이는 포도덩굴 손잡이가 달린 널빤지 다리로 페루에서 가장 유명한 다리다. 1714년 7월 20일 금요일 정오, 이 다리가 끊어져서 다리를 건너던 다섯 여행객이 다리 아래 협곡으로 떨어져 즉사했다.

이 소설의 화자인 유니페르(Juniper) 신부는 그런 대참사에는 분명 하느님의 뜻이 깃들어 있을 것이라 생각하고, 그 다섯 희생자의 인생 역정을 찾아 나선다. 그 첫 번째 사례가 몬테마요르 후작부인인 도냐 마리아의 이야기다.

마리아는 원래 박색으로 태어났으나 친정아버지의 엄청난 재산 덕분에 간신히 결혼했다. 그녀는 아주 예쁜 딸 클라라를 낳는다. 어머니는 딸을 거의 여신처럼 떠받드는데, 정작 딸은 엄마에게 무심하다. 오히려 너무 딸에게 집착하는 엄마가 싫어서 그 곁을 탈출하려는 궁리 끝에 스페인으로 시집을 간다. 이때부터 어머니는 딸에게 끊임없이 편지를 써서 딸에 대한 사랑, 근심, 희망, 공포 등을 표현한다. 그러나 딸은 거의 답장을 하지 않는다.

한편 마리아는 혼자 있기가 심심하여 인근 수녀원장의 주선으로 어린 몸종 페피타를 집에 데려온다. 페피타를 딸처럼 사랑하는 수녀원장은 후작부인의 시종으로 견문을 넓히기를 바라는 마음에서 그녀를 마리아에게 보낸다. 그러나 후작부인은 자신의 울화를 이 시종에게 다 풀어버린다. 참다못한 페피타는 수녀원장에게, 심술궂고 잔인한 후작부인과는 도저히 같이 살지 못하겠다는 편지를 쓴다. 그런데 후작부인이 이 편지를 몰래 훔쳐보게 된다. 편지를 보고 후작부인은 자신이 페피타를 못살게 굴었을 뿐만 아니라, 딸 클라라에게도 이와 비슷하게 부담스러운 사랑을 강요했다는 것을 깨닫는다. 자신은 관대하고 자상한 어머니였던 게 아니라, 탐욕스럽게 딸의 사랑을 요구했다는 것을 통감한다.

마리아는 이제 진정으로 딸을 사랑하고 딸을 위해 살아가는 어머니가 되게 해달라고 하느님에게 간절히 기도한다. 이틀 뒤 후작부인은 앞으로 페피타에게 잘 대해주겠다는 뜻을 전하기 위해 그녀를 데리고 수녀원장을 찾아가는 길에 산 루이스 레이의 다리를 건너다가 사고를 당한다.

나머지 세 사람도 뭔가 인생의 새로운 국면 전환을 앞두고 다리를 건너다가 하늘나라로 가게 된다. 화자는 인생에서 뭔가 깨달음을 얻은 선량한 사람은 지상의 사명을 다했으므로 하느님이 빨리 데려가신다, 하고 말한다. 그 후 장례식에 참석한 클라라는 어머니가 진정으로 자신을 사랑한 좋은 어머니였다는 것을 깨닫는다.

| 66 | 부모의 무한한 자식 사랑

《와인즈버그, 오하이오》

셔우드 앤더슨의 옴니버스 소설 《와인즈버그, 오하이오》에 들어 있는 두 단편, 〈어머니〉와 〈죽음〉은 아들 조지 윌러드를 지극히 사랑하는 병든 어머니 엘리자베스 윌러드의 이야기다.

엘리자베스는 시골구석의 여관집 딸로 태어난 자신을 못마땅하게 여겨, 늘 탈출과 모험을 꿈꾼다. 그러나 나이는 자꾸 들어가고, 잘 논다는 소문이 퍼져 결혼을 하지 못할까 봐 안달한다. 그러다가 아버지 여관의 종업원으로 일하는 톰과 충동적으로 결혼한다. 말하자면 톰을 사랑한 것이 아니라 결혼이라는 개념을 사랑한 것이다. 결혼하기 전에 병든 아버지는 딸을 불러놓고 이렇게 말한다.

"얘야, 다른 탈출구가 있단다. 톰 윌러드든 누구든 여기 와인즈버그 사람과는 결혼하지 마라. 여기 내 트렁크에는 800달러가 든 주석 상자가 있어. 이걸 가지고 여길 떠나라. 그래도 결혼하겠다면 내게 한 가지 약속을 해다오. 톰에게 절대 이 돈에 대해서 말하지 마라. 이건 내 돈이니까 이런 요구는 충분히 할 수 있다고 본다. 이 돈을 감춰놓아라. 이건 아버지로서 실패한 내가 네게 보상으로 주는 돈이야. 언젠가 네게 커다란 문을 열어줄 거야. 난 이제 숨이 넘어가려고 한다. 내게 약속해다오."

사랑 없이 한 결혼이니 톰과 엘리자베스의 부부 생활은 원만하지 못했고 여관도 남루하여 사업이 잘 되지 않았다.

둘 사이에 아들 조지(작가 셔우든 앤더슨)가 태어난다. 어머니는 감춰놓은 돈 800달러를 아들 조지가 이 촌구석을 탈출하도록 하는 데 쓰겠다고 마음먹는다. 여관을 리모델링할 돈이 필요할 때도, 엘리자베스는 양심의 가책을 느끼면서도 아들의 앞날을 생각하여 그 돈을 내놓지 않는다.

그러나 어머니는 병들어서 죽고, 침대 뒤 벽 속에 감춰둔 돈 800달러는 거기 그대로 머물러 있다. 그 돈은 그녀가 지겨운 삶으로부터 해방을 꿈꿀 수 있는 유일한 근거였고, 또 아들 조지에게 열어줄 수 있는 기회의 문이었다.

지금까지 다룬 아버지와 어머니는 모두 자식을 위해 지극한 정성과 희생을 바치는 사람들인데, 이런 작품을 읽을 때마다 "부모는 자식에게 무한 봉사, 무한 리필, 무한 AS"라는 요즘의 풍문이 정말 맞는 것 같다.

|67| 슬프지 않아도 눈물이 나는 시

〈잠자리 잡기〉

●

인생의 가을에 참척의 고통에 부딪히는 경우가 있다. 예로부터 길흉화복(吉凶禍福)과 수요(壽夭: 장수와 요절)는 운명이고 하늘의 뜻이라고 하지만, 자식이 부모보다 먼저 죽는 것은 최고의 불효다. 그러나 이런 일이 우리 주위에서 실제로 벌어진다. 이런 고통을 당했을 때, 선인들 중에서도 이런 일이 있었다고 생각하면 작은 위로가 된다.

카가노 치요(加賀千代 1703-1775)는 에도 시대 중기의 여성 하이쿠 시인이다. 머리를 깎고 중이 되어서는 소원(素園)이라는 이름을 사용했다. 그녀의 하이쿠 중에 〈잠자리 잡기〉라는 것이 있다.

오늘은 어느 들판에서 놀고 있을까
잠자리를 잡으러 나간댔는데
집에서 멀리 떠난 내 어린 아들.

이 시에 슬픔에 관한 말은 하나도 없는데, 읽으면 눈물이 난다. 어린 아들을 잃고서 썼다는 이 시는 참척의 아픔을 아주 예리하게 전한다. 돌아가신 나의 장인어른은 2남 3녀를 두었는데 2남 모두 아버지보다 앞서서 세상을 떠났다. 그 후 장인어른의 삶은 기주성질(嗜酒成疾)이나 다름없었는데 이 시를 읽을 때마다 장인어른의 아픈 마음을 느끼게 된다.

|68| 돕지 못한 자의 슬픔
《흐르는 강물처럼》

●

참척의 슬픔을 깊이 명상한 소설로 노먼 매클린의 소설 《흐르는 강물처럼》이 있다. 이 작품은 젊은 나이에 죽은 동생 폴을 이해하기 위해 형 노먼이 쓴 글이다.

동생 폴은 어떤 사람인가? 그는 아주 흥미로운 인물이다. 어릴 때 이미 인생의 두 가지 목표가 있었는데, 하나는 낚시였고 다른 하나는 생업이 낚시를 방해하지 못하게 하는 것이었다. 그리고 폴은 20대 초반에 이미 대규모 포커 게임 판에 뛰어들었다.

그런데 폴에게 앞으로 벌어질 재앙을 예고해주는 사건이 소설 앞부분에 등장한다. 형 노먼이 폭력 사건으로 연행된 동생을 경찰서 유치장에서 꺼내주러 찾아갔는데, 경찰 반장으로부터 동생이 핫스프링스의 노름판에 출입하면서 큰 빚을 졌다는 얘기를 듣는다. 동생을 도와 곤경에서 건져주어야 하는데, 동생은 그 도움을 거부한다. 아버지와 노먼은 이런 대화를 나눈다.

"누군가를 도와주기에 너는 너무 젊고 나는 너무 늙었어. 도움이란 빵에다 초크체리 젤리를 발라주거나 돈을 주는 것이 아니야. 도움이란 기꺼이 그것을 받아들이려 하고 또 절실하게 필요한 어떤 사람에게 너 자신의 일부를 내주는 거야."

"도우려고 애쓰고 있어요. 문제는 제가 동생을 잘 모른다는 거예요. 제 문제 중 하나는 동생이 정말로 도움을 필요로 하는지 그것도 모른다는 겁니다. 저는 정말 몰라요. 그게 문제예요."

왜 형과 아버지는 동생을 이해하지 못할까?

동생 폴은 상상계에 머물러 있지만 형과 아버지는 상징계로 이미 진입했기 때문이다. 강과 인생에 빗대어 상상계와 상징계를 설명해보자면, 노먼의 아버지는 로고스 그 자체가 아니라 로고스 위로 강물이 흐른다고 말한다. 다시 말해 강물은 세상의 이치를 상징할 뿐, 세상 그 자체는 아니라는 뜻이다. 그런데 폴은 이 세상이 곧 강물이라고 상상한다. 강물에서 물고기를 잡아 올리듯 도박판에서도 돈을 벌 수 있다고 생각했다. 그렇지만 실제로는 빚을 졌고, 그것이 원인이 되어 도박장에서 싸움을 하다가 살해되었다.

폴의 죽음과 그를 구해내지 못하고 돕지도 못한 것을 안타까워하는 형 노먼과 아버지를 보고 있노라면, 살아남은 자의 슬픔이 밀려와 눈물이 솟구친다.

|69| 인생의 가을에 보는 채찍의 그림자
《정법안장(正法眼藏)》

●

도겐(道元, 1200-1253)은 가마쿠라 시대 전기의 사람으로 일본 조동종(曹洞宗)의 창시자다. 1223년 중국 송나라에 유학하여 여정(如淨) 대사로부터 법을 전해 받고 1227년에 일본으로 돌아와, 교토에 흥성사(興聖寺)를 창건하고 불법을 널리 펴기 시작했다. 도겐의 저서 중 《정법안장(正法眼藏)》에 이런 이야기가 나온다.

어느 날 다른 교파의 수행자가 붓다를 찾아와 물었다.

"말할 수도, 말하지 않을 수도 없는 것은 무엇인가?"

붓다는 잠시 아무 말도 하지 않고 앉아 있었다. 그러자 그는 붓다에게 절을 올리며 말했다.

"붓다여, 정말 놀라우십니다! 당신의 커다란 자비심 덕분에 내 혼미하던 마음이 싹 가셨습니다. 저는 이제 깨달음을 얻었습니다."

그 남자는 그렇게 말하고 붓다를 떠나갔다. 그러자 아난다가 붓다에게 물었다.

"어떻게 하셨기에 저 남자가 깨달음을 얻었다고 하는 것입니까?"

붓다가 대답했다.

"좋은 말은 채찍의 그림자만 보아도 빨리 달리는 법이지."

아난다가 이해하지 못하자, 붓다가 다시 설명했다.

"이 세상에는 네 가지 말이 있느니라. 첫째 말은 채찍의 그림자만 보아도 주인의 뜻을 알아차리고 놀라고 겁내며 빨리 달리는 말이지. 둘째 말은 채찍이 갈기를 쳐야만 그렇게 하느니라. 셋째 말은 채찍이 그 살을 때릴 때까지 주인의 말을 듣지 않느니라. 넷째 말은 채찍이 그 뼛속 깊숙이 들이박혀야 비로소 말을 듣느니라.

첫째 말은 이웃 동네의 사람이 죽었다는 소식을 듣고 이 세상의 덧없음을 아는 사람과 같으니라. 둘째 말은 자기 동네 사람이 죽어야 깨닫는 사람이니라. 셋째 말은 자기 친척이 죽어야 겨우 알아차리는 사람이니라. 넷째 말은 자기가 죽기 전에는 전혀 깨닫지 못하는 사람이니라."

부처님의 이 말씀은 임제 선사(臨濟, ?-866/867)가 《임제어록(臨濟語錄)》에서 말한 '사료간(四料簡: 주체가 대상을 파악하는 네 가지 단계)'에 비하면 한결 이해하기 쉽다. 임제는 대상을 파악하는 단계를 이렇게 설명했다.

첫째, 주체가 오로지 자신의 감각과 경험만으로 대상을 파악하는 단계다. 그래서 이 단계에서는 산은 높고 강은 흐른다, 하는 생각만 하게 된다. 둘째, 주체는 이 단계에서 산과 강을 보고서 그 산과 강의 모습에 자신의 주관적 생각이 들어가 있다는 것을 깨닫는다. 가령 어떤 사람은 적막강산(寂寞江山)이라고 하지만 어떤 사람은 "산이 푸르니 꽃이 불타는 듯하다"(두보)고 말한다. 셋째는 주체와 대상이 서로 균형을 이루며 상통하는 단계다. 소동파는 〈조주한문공묘비(潮州韓文公廟碑)〉라는 글에서 이런 말을 했다.

"호연지기(浩然之氣)는 하늘에 올라가서는 별이 되고, 땅에 내려와서는 강과 산이 되며, 저승에서는 귀신이 되고, 이승에서는 사람이 된다."

호연지기는 인간의 마음속에도 들어 있으므로 그것이 다시 강이 될 수도 있고 산이 될 수도 있다. 그래서 인자(仁者)는 요산(樂山)이고 지자(知者)는 요수(樂水)라고 했다(《논어》 옹야편). 산은 움직이지 않는 것이다. 인자는 이해관계와 영욕, 그 밖의 일로 해서 마음이 움직이지 않는다. 그래서 움직이는 물보다는 만고 부동한 산을 즐기는 것이다(그 산처럼 되고 싶어하는 것이다). 강은 계속해서 흐른다. 지자는 이처럼 끊임없이 흐르는 물을 보고 즐기며, 그 머리도 유동적이어서 세상의 천변만화에 잘 적응한다.

하지만 이 단계에서 주체는 여전히 현상계, 곧 상대적인 세계에 있는 대상만을 인식한다. 넷째는 첫 단계와 마찬가지로 똑같은 산과 강을 쳐다보지만, 그것들의 여러 측면이 서로 관계가 있다고 생각하는 단계다. 그러니까 산과 강을 대상으로만 보는 것이 아니라 진리의 상징으로 파악하는 것이다. 이것을 《화엄경》에서는 사사무애법계(事事無礙法界)라고 한다(→ 겨울 85). 이 4단계의 역순(逆順)이 곧 앞에 나온 말[馬]들의 순서다.

이 4단계를 줄여서 말한 '임제삼구(臨濟三句)'도 있다. 임제가 제자를 앞에 놓고 말했다.

임제: 진정한 도인은 잠깐도 마음이 쉬지 않느니라. 달마 대사가 인도에서 오신 뒤로 남의 유혹을 받지 않는 사람을 찾으셨느니라. 나중에 이조(二祖: 혜가)를 만났더니, 그가 달마의 한마디에 알아버리고, 예전에 하던 공부가 쓸데없는 것인 줄 알았느니라. 나의 오늘 소견은

부처님이나 조사와 다르지 않으니라. 제1구에 깨달으면 불조사(佛祖師)가 될 것이고, 제2구에 깨달으면 인천사(人天師: 사람들 사이의 큰 스승)가 될 것이고, 제3구에 깨달으면 제 몸도 구제할 수 없느니라.

제자: 어떤 것이 제1구입니까?

임제: 삼요(三要: 주체, 대상, 언어)의 인(印)을 찍으니 붉은 인발이 비좁고 어찌할 생각 없이 주인(초월의 세계)과 손님(현상계)이 구분되느니라.

제자: 어떤 것이 제2구입니까?

임제: 미묘한 지혜야 무착 선사의 물음(모든 것은 상대적인데 왜 불가에서는 그런 구분을 뛰어넘으라고 하는가)을 용납하지 않겠지만, 한 가지 방편으로서 유기(流機: 동떨어진 근기)를 저버리겠느냐?

제자: 어떤 것이 제3구입니까?

임제: 무대에서 꼭두각시 놀리는 것을 보았느냐? 그 꼭두각시가 안고 서고 하는 것이 모두 속에 들어 있는 사람이 하는 짓이니라.

제1구는 현상계 속에 있으면서도 그 현상계를 완전히 벗어난 사람을 가리키고(사료간의 제4단계), 제2구는 현상계의 상대성을 완전히 벗어나지 못해 분투노력하는 사람(사료간의 제2–3단계), 제3구는 현상계가 곧 세상의 모든 것이라고 생각하는 사람을 말하는 것이다(사료간의 제1단계). 이 3구도 부처님이 말씀하신 달리는 말 비유에 그대로 적용된다. 여기서 똑같은 생각도 부처님처럼 쉽게 표현할 수 있는가 하면, 임제처럼 아주 까다롭게 표현할 수도 있다는 것을 알 수 있다.

다시 부처님의 비유로 돌아가자. 우리는 넷째 말처럼 죽음이 이처럼 우리 가까이 있다는 것을 잊고 살아간다. 그러다가 참척 같은 큰 슬픔을 당하면 당황하여 어쩔 줄 모른다. 채찍 비유는 인생의 4계에도 적용해볼 수 있다.

봄에 채찍을 생각하는 사람은 없을 것이다. 그러나 나이가 들어가면서 가령 가을쯤이 되면 그 채찍의 그림자를 보는 것이다. 괴테는 사람은 젊어서는 낭만주의자요, 중년에는 현실주의자요, 노년에는 신비주의자가 된다고 말했는데, 인생의 4계는 채찍과 그림자로 볼 수도 있고, 아니면 괴테처럼 낭만-현실-신비 3단계로 볼 수도 있을 것이다.

더 나아가 이야기가 전개되는 기승전결의 형식이나 계절이 바뀌는 춘하추동의 순환도 임제가 말한 사료간에 상응한다고 할 수 있다. 이야기는 끝이 있어야 시작이 있고 봄은 겨울이 지나가야 오는 것처럼, 인생도 죽음을 향해 다가가야 비로소 초월의 세계를 볼 수 있는 것이다.

|70| 인생은 쾌락인가 고통인가

《콜로노이의 오이디푸스》

●

소포클레스(서기전 496-406)의 극작품 《콜로노이의 오이디푸스》에서 코러스는 세 번째 노래를 부르면서 이렇게 말한다.

"적당한 몫에 만족하지 못하고 더 긴 수명을 바라는 자는, 내가 보기에 분명 어리석음에 집착하는 자로다. …… 태어나지 않는 것이 더할 나위 없이 좋은 일이지만, 일단 태어났으면 되도록 빨리 왔던 곳으로 가는 것이 그다음으로 가장 좋은 일이로다."

줄여 말하면, 가장 좋은 것은 태어나지 않는 것이요, 그다음 좋은 것은 일찍 죽는 것이다. 여기다 세 번째 좋은 것을 추가한다면 아마 빨리 미쳐버리는 것이리라. 이는 인생은 고통의 바다라는 전제를 깔고 있는 사상이다.

그러나 인생을 쾌락이라는 관점에서 바라본다면, 위의 세 가지는 역전된다. 쾌락을 최대한 즐기려면 우선 미치지 말아야 하고, 오래 살아야 하며, 가능하다면 몇 번이라도 윤회를 거듭하여 인간으로 태어나야 한다.

이건 왜 이럴까? 쾌락이라는 것은 물질적인 것에서 정신적인 것으로 나아갈 때 더욱 강도가 높아지기 때문이다. 가령 '부귀영화'라는 말에서 글자 순서가 보여주듯이 가장 낮은 단계가 돈이 많은 것이다. 가장 높은 단계는 화려한 명성인데 이것은 빵처럼 먹을 수 있는 게 아니고, 사람들의 정신 속에서만 구축되는 추상적 실체다.

보통 사람은 고통과 쾌락의 중간 지점에 서 있다가 한 번은 전자로, 또 한 번은 후자로 왕복 운동을 하면서 살아간다. 그러나 어떤 때 어느 한쪽으로 아주 쏠리게 되는 위험스러운 순간이 닥쳐오기도 한다. 코러스가 눈먼 오이디푸스에게 일러주는 말은 바로 이런 순간을 경고하는 것이다. 죽음을 너무 의식하여 태어나지 말기를 바란다면, 죽음이 너무 무서워서 자살해버리는 것과 비슷하지 않겠는가.

|71| 통치자의 도덕적 윤리

《의무론》

●

키케로의 《의무론》은 통치자의 도덕적 윤리를 다룬 책이다. 그는 힘은 동물의 것이고 토론은 인간의 것이며, 불의(不義)의 두 가지 유형은 폭력과 기만이라고 말한다.

"통치자는 무력에 의한 것이든 기만에 의한 것이든 잘못을 저지르는 것을 반드시 피해야 한다. 기만은 여우가 하는 짓이고 폭력은 사자가 하는 짓이다. 이 둘은 인간에게는 생소한 것이다. 그중에서도 기만은 더 큰 증오의 대상이 되어야 마땅하다."

이어 욕망을 이성에 복종시켜야 하며, 도덕성과 유용성은 서로 상충하는 것이 아니라고 말한다. 또 권력을 유지하는 데는 경애(敬愛)가 최고의 수단이고 공포는 최저의 수단이라고 하면서, "자신이 남들에게 공포의 대상이 되기를 원하는 자는 반드시 그 공포를 끼친 사람들을 두려워하게 된다"고 했다.

《의무론》은 르네상스 인문주의자들의 모델이 되었다. 고대 그리스의 역사가 크세노폰(서기전 430경-서기전 355경)은 《키로파에디아》, 르네상스 시대 초기의 신학자 토마스 아퀴나스(1225경-1274)는 《군주의 통치에 관하여(De regimine principum)》, 그리고 네덜란드의 인문학자 에라스뮈스(1466경-1536)는 《기독교 군주의 교육(Institutio principis Christiani)》이라는 책을 썼는데 모두 키케로(서기전 106-서기전 43)의 사상과 일맥상통한다.

이에 반하여 마키아벨리는 《군주론》에서 이렇게 말한다.

"법률은 인간에게 적합한 것이고 폭력은 짐승에게나 어울리는 것이다. 하지만 법률은 많은 경우에 효력이 불충분하기 때문에 폭력에 의존할 필요가 생긴다. ……그래서 군주는 때때로 짐승의 방식을 사용해야 하는데, 그중에서도 여우와 사자의 방식을 동시에 취해야 한다. 왜냐하면 사자는 함정으로부터 자신을 지키지 못하고, 여우는 늑대로부터 자신을 보호하지 못하기 때문이다. 따라서 함정을 알아보려면 여우가 되어야 하고, 늑대를 물리치려면 사자가 되어야 한다. 그러니 사자의 방식에만 의존하는 사람들은 이것을 이해하지 못한다. 따라서 현명한 통치자는 약속의 철저한 이행이 자신에게 불리하거나 그런 약속을 하게 만든 사유가 존속하지 않을 경우에는 약속을 지킬 수도 없고 지켜서도 안 된다."

한 사람은 도덕을 중시하는 발언을 했고 다른 한 사람은 도덕을 무시할 수도 있다고 말했는데, 먼저 도덕의 중요성을 살펴보자.

|72| 칸트의 3대 비판
《실천이성 비판》《순수이성 비판》《판단력 비판》

도덕이라고 하면 독일의 철학자 임마누엘 칸트(1724–1804)가 떠오른다.

그는 평생 고향 쾨니히스베르크를 떠나지 않고 그곳에서 연구하고, 가르치고, 글을 쓰다가 세상을 떠났다. 그곳 대성당에 있는 그의 무덤 묘비에는 《실천이성 비판》에 나오는 저 유명한 문장 "내 머리 위에는 별이 반짝이는 하늘, 내 마음에는 도덕률"이 새겨져 있다. 《실천이성 비판》은 칸트의 비판 3서 중 하나인데 나머지 둘은 《순수이성 비판》과 《판단력 비판》이다.

《순수이성 비판》은 인간의 지식 혹은 생각을 분석한 책이다. 지식을 구성하는 판단력은 직관(intuition)과 이해(understanding)의 합성물이다. 직관은 시간과 공간 속에 존재하는 사물들에 대한 인식을 우리에게 제공한다. 그러나 이 시간과 공간의 개념은 '실재(reality)'가 아니며 우리가 사물을 인식하는 방식, 곧 우리의 마음속에 갖추어져 있는 본능적 습관이다. 따라서 직관은 사물 그 자체를 우리에게 알려주는 것이 아니라 사물의 외양 곧 '현상'만을 알려준다. 이해는 다시 오성(Verstand)과 이성

(Vernunft)으로 나뉘는데 오성은 직관이 제공하는 정보들을 연결하는 판단이고, 이성은 그런 판단을 종합하여 보편적 개념을 만들어내는 능력이다.

오성의 판단 범주는 네 가지—수량, 품질, 관계, 양태—인데, 이것으로부터 사람은 연속성과 인과 관계의 법칙을 이끌어낸다. 이런 판단 범주는 인간의 마음속에 본래부터 있는 것이고 외부 세계에서 온 것이 아니라고 칸트는 말한다. 따라서 외부 세계에 대한 우리의 판단은 우리의 마음이 만들어낸 것이지, 실재(외부에 실제로 존재하는 사물) 그 자체는 아니다.

이성은 오성이 만들어낸 개념, 판단, 과학적 제안들을 종합하여 물자체(Ding an sich; thing-in-itself: 사물의 실재), 절대, 보편, 영혼, 신 같은 일반 개념을 만들어낸다. 하지만 이런 일반 개념들은 시간과 공간, 혹은 범주와 마찬가지로 실재가 아니라 우리의 마음이 작동하는 방식일 뿐이다.

달리 말해서 모든 지식은 상대적이며, 우리 마음의 제한을 받는다. 그 결과 일반 개념과 실재가 일치하는지 회의(懷疑)가 생겨날 수 있다. 또 그 때문에 이율배반(二律背反; antinomy)이라는 것도 생겨난다. 가령 어떤 이론이 서로 모순(배반)되지만 똑같이 증명 가능한 것이다. 가령 우주가 유한한지 무한한지, 물질이 원자로 구성되어 있는지 아니면 무한히 쪼개지는지, 자유의지가 가능한지 혹은 불가능한지, 이 중 어떤 것도 증명할 수 있고 그 반대를 증명할 수도 있다. 우리는 오로지 현상만 알 뿐 그 현상에 일치하는 실재(물자체)는 우리 마음으로는 알 수가 없다.

그러나 《실천이성 비판》에서 칸트는 화제의 초점을 지식에서 의지로 전환한다. 우리의 의지에 직접적으로 호소하는 의무감은 순수이성만으로는 파악할 수 없는 실재에 대한 확신을 제공한다. 실천이성은 우리에게 하느님, 자유의지, 개인 영혼의 불멸 등이 실재함을 확신시킨다. 그런 개념들을 논리적으로 증명하지는 못하지만, 의지가 발동해 그런 것들이 확실히 있다고 믿는 것이다. 증명은 되지 않지만 의지의 작용으로 그런 것들(신, 자유의지, 불멸)을 받아들여야 한다는 사실은 오히려 그런 것들의 매력을 증폭한다. 이 의지의 작용으로 인간의 도덕률이 확립된다. 도덕률은 그 경험적 내용 때문이 아니라 그 형식 때문에 보편적이고 범주적이다. 만약 도덕률이 없다면 인간은 그 자신이 자유롭다는 사실을 결코 알지 못할 것이다. 그리하여 실천이성은 인간이 자유롭고, 영혼은 불멸하며, 신은 존재한다고 규정한다.

《판단력 비판》에서 칸트는 지식과 의지가 아니라 느낌의 문제를 고찰하면서 아름다움과 목적의식에 대해 명상한다. 이런 것들도 인간의 마음이 작동하는 방식에 따라 결정된다. 기호(嗜好)는 어떤 사물에 대한 만족 혹은 불만족을 판단하는 기능인데, 그 사물 자체의 품질에 좌우되는 것이 아니라, 그 사물이 우리의 마음속에 재현될 때 우리가 보이는 주관적 반응이다. 따라서 만족은 그 사물에 대하여 이해관계가 없을 때(disinterested) 더 잘 얻어진다. 가령 목재업자는 나무를 볼 때, 저 나무를 상품화하면 값이 얼마나 나갈까를 먼저 생각하기 때문에 나무 본연의 아름다움을 잘 보지 못한다. 아름다움이란 이해력과 상상력이 조화될 때 느껴지는 것으로서, 보편적으로 사람들을 즐겁게 한다. 숭고함은 상상력과 이해력 사이에 불일치가 일어날 때 사람을 당황하게 만드는 느낌이다.

목적의식은 자연 속의 어떤 사물들이 적응의 결과로 생겨났다는 느낌에서 유래한다. 그러나 이 느낌은 순수이성에 비춰 보면 환상에 지나지 않는데, 그것은 우리의 시간 의식이 우리의 사고방식을 제약하기 때문에 그러하다. 우리는 시간이라는 개념을 적용하여 어떤 현상들을 계기적(繼起的: 연이어서 벌어지는 것)으로 파악하려 하는데, 실제로 그 현상들은 동시에 존재하는 것이다.

칸트의 가장 유명한 명제가 정언 명령(categorical imperative)이다. 행동의 결과에 상관없이 보편적 도덕률에 따라 행동해야 한다는 뜻이다. 가령 살인, 절도, 기만행위는 그 누구라도 해서는 안 되는 보편적 도덕률이라는 것이다. 이것을 구체적 일상생활 속의 사건으로 설명해 보면 이러하다.

미국 컬럼비아대학의 철학 교수로 평생을 독신으로 지냈던 모겐베서 교수는 어느 늦은 오전, 학교에 가려고 뉴욕 지하철을 탔다. 마침 차량 안에 아무도 없기에 누구에게도 방해가 되지 않으니 담배를 피워도 상관없겠지 하는 마음에 담배를 피우기 시작했다. 그러자 지하철 승무원이 그에게 다가와 담배를 피우면 안 된다고 말했다. 교수가 아무도 없는데 좀 피우면 안 되겠느냐고 대답하자, 누구나 다 당신처럼 생각하면 지하철은 어떻게 되겠느냐고 승무원이 반문했다. 그 순간 이 철학 교수는 칸트의 정언 명령이 생각나서 승무원에게 물었다. "그렇게 말하는 당신은 칸트요?"

이 에피소드에는 미묘한 뒷이야기가 있다. 지하철 승무원은 상대가 뜬금없이 칸트 운운하는 것에 심한 모욕감을 느꼈다고 한다. 그래서 곧바로 철학 교수를 파출소로 끌고 갔다. 왜 그랬을까. 영어에서 여성의 성기를 가리키는 비속어 '칸트(cunt)'가 철학자의 이름과 똑같이 발음되기 때문에, 승무원은 상대방이 자기를 모욕할 속셈으로 비속어를 쓴 줄 알았던 것이다.

《의지와 표상으로서의 세계》

칸트는 이성, 도덕, 아름다움을 강조했는데 아르투어 쇼펜하우어
(1788-1860)는 그중에서 도덕의 원천인 의지를 가져와서 그것을 색다르게
해석한다.

쇼펜하우어는 철학적으로 자신에게 가장 큰 영향을 미친 것이 칸트,
플라톤, 힌두 경전이라고 말했다. 주저《의지와 표상으로서의 세계》에서
쇼펜하우어는 이 세상이 '나의 표상(idea: 내가 생각한 대로 나타난 현상)'이라고
말한다. 세상의 특성과 존재는 그것들을 인식하는 우리의 마음에 달려
있기 때문이다. 여기까지는 칸트가 말한 순수이성과 별반 다르지 않다.

이어 쇼펜하우어는 이 우주에서 가장 중요한 것이 의지라고 주장한
다. 의지는 목숨을 부지하고 그 자신을 번식시키려는 맹목적이고 무의
식적인 경향이다. 이것은 자연 중의 모든 사물, 활성과 비활성 물질,
광물, 식물, 동물, 인간 신체의 물리적 과정 속에 존재하며, 어떤 의도
적인 행동을 취할 때에만 의식(意識)의 수준으로 떠오른다. 하지만 모든
생명체가 약탈, 잔인함, 고통으로 가득 차 있고 또 그 생명체의 욕구가
만족되는 순간 또 다른 욕망, 환멸, 권태가 생겨난다.

의지의 한 형태인 본능은 인간에게 번식을 강요한다. 그러나 이것은
새로운 고통과 죽음의 순환을 만들어낼 뿐이다. 이 때문에 생식 행위에
는 언제나 수치심이 수반된다. 따라서 진정한 죄, 그리고 죄책감의 진
짜 원천은 존재 그 자체이다. 우리가 무슨 죄 되는 짓을 해서 죄책감을
느끼는 게 아니라, 그저 존재하는 것 자체가 그런 느낌(죄의식)의 원천이
다. 인간의 죄 중에서 가장 큰 죄는 태어났다는 죄라는 것이다. 쇼펜하

우어는 기독교에 대해서는 별반 호감을 느끼지 못했지만 그중에서 원죄 교리에 대해서는 매력을 느꼈다. 존재 그 자체를 죄라고 보는 동양의 종교와 상당히 근접한 교리이기 때문이다. 하지만 누군가의 잘못으로 원죄가 생겨났다고 주장하는 건 맞지 않는 얘기라고 보았다.

우리가 어쩔 수 없이 태어난 이 불만족스러운 상태로부터 벗어나는 유일한 탈출구는 의지와 욕망을 완전히 버리는 것이다. 쇼펜하우어는 그 탈출의 수단 두 가지를 들었다. 하나는 예술 감상이다. 아름다운 것을 바라볼 때, 악착같이 살려는 의지가 인간의 의식으로부터 사라진다. 가령 그림을 바라볼 때, 그 그림의 순수한 상태—시간과 공간으로부터 완전히 벗어난 상태—는 잠시 동안 그 그림을 감상하는 이로 하여금, 시공간의 관계가 미리 결정된 위치로부터 벗어나 순수한 지각(의지가 작동되지 않는) 주체가 되도록 하기 때문이다. 곧 그 잠깐의 시간을 고정함으로써 그것을 시간 혹은 의지의 영역으로부터 해방시킬 수 있는 것이다. 그래서 쇼펜하우어는 예술 작품은 정적(靜的)일수록 좋다고 생각하면서 루소의《신엘로이즈》와 괴테의《빌헬름 마이스터의 편력시대》를 좋은 작품이라고 말했다.

또 다른 탈출 수단은 존재를 위한 투쟁을 완전히 포기하고 모든 욕망을 버림으로써 불교에서 말하는 니르바나와 같은 평화적 체념 상태로 들어가는 것이다.

쇼펜하우어의 이런 비관적 인생론은 후대에 별 영향을 미치지 못했으나 모든 것이 결국 의지와 생각(표상)이 만들어낸 것이라는 주장은 니체에게 결정적 영향을 주었다.

|74| 철학적 논설이자 시적 산문

《차라투스트라는 이렇게 말했다》

●

프리드리히 니체(1844-1900)의 《차라투스트라는 이렇게 말했다》는 힘에 대한 의지를 표방한 저서다. 페르시아의 현자 차라투스트라가 제자들과 일반 대중에게 말하는 형식을 취했는데, 철학적 논설인가 하면 시적 산문이다.

그는 여기서 초인(超人: superman) 개념을 제시한다. 이 초인 개념을 나중에 히틀러의 나치가 활용했다고 하여 요즘은 위버멘슈(Übermensch: overman)라는 원어를 그대로 쓰는데 여기서는 그냥 초인이라고 하겠다.

삶은 결국 힘(혹은 권력)에 대한 의지이기 때문에, 진정한 삶을 원하는 사람은 평범한 사람들의 신념과 관습을 극복해야 한다. 다시 말해 그는 초인이 되어야 한다고 니체는 주장한다. 그리고 사회에서 말하는 선과 악이라는 것은 순전히 상대적인 개념이라고 말한다. 모든 사람에게 적용되는 단일한 도덕이라는 것은 있을 수 없으며, 강하고 정력적이고 효율적인 사람을 위한 도덕과 허약하고 평범하고 복종적인 사람을 위한 도덕, 이렇게 두 가지 도덕이 있다. 전자는 '주인의 도덕'으로서 '힘에 대한 의지'가 관장하며, 힘센 사람이 허약한 사람을 제압하고 또 그 개성을 마음껏 펼치는 것을 허용한다. 후자는 '노예 도덕'으로서 연민, 복종심, 겸손함 등을 가르친다. 이런 심적인 태도는 보호를 필요로 하는 허약하고 병든 사람들에게 호소력이 있다. 이런 수동적인 도덕이 기독교의 바탕이다.

힘차게 살려는 용기가 없는 사람들은 잠에 빠져서 도피하려고 하고, 신체보다 정신을 더 소중히 여기고, 전쟁보다 평화를 추구하는 경향이 있다. 따라서 이런 태도를 혁파하기 위해서는 적극적이고 창조적인 이교도의 행동 규범을 다시 소생시켜야 한다. 다시 말해 초인이 등장해야 하는 것이다. 초인의 미덕이란 무엇인가? 신(神)에 대한 믿음으로부터 자기 자신을 해방하고, 내생이란 헛된 믿음을 내던지는 것이다. 초인은 어중이떠중이 같은 대중에 혐오감을 느낀다. 그는 헛된 희망과 믿음을 가지고 살아가는 사람을 완전히 능가함으로써 즐거움을 얻는다. 그 어떤 형태가 되었든 뭔가를 예배하는 것은 유아 시절로 되돌아가는 것이다. 만약 뭔가를 예배해야 한다면 차라리 당나귀를 예배하는 것이 더 낫다고 니체는 말한다.

평범한 도덕을 무시하고 초인의 길로 가라고 하는 것은 '초인적 노력' 같은 표현에서도 볼 수 있듯이 개인의 분발을 촉구하기 위한 말일 수도 있으나, 나쁜 면에서 본다면 사드와 같은 인물로 가는 길을 열어주는 셈이 된다.

| 75 | 쾌락에의 부도덕한 추구

《소돔 120일》

●

사드(1740-1814)는 사디즘(가학증)이라는 용어에 이름을 내준 인물인데, 그의 대표작 《소돔 120일》은 채찍질, 칼로 찌르기, 험지에서 죽는 것을 지켜보기 등 온갖 가학 행위의 백화점 같은 소설이다.

이 책은 사드가 1784년 바스티유 감옥에 수감되어 있을 때 집필한 것인데, 1789년 갑자기 샤랑통으로 이감되면서 미처 챙기지 못해 사드 생전에는 인멸된 것으로 여겨졌다. 사드는 이 소설 원고를 찾지 못해 아주 안타까워했다. 그가 구금되었던 바스티유의 방에서 아르누 생막시 맹이라는 사람이 두루마리 원고를 발견해 빌되브트랑 후작에게 맡겼고, 이 두루마리는 그 후작의 가문에서 3대에 걸쳐 보관되다가 20세기 초 독일의 한 수집가에게 판매되었다. 그리고 사드 전기를 쓴 이반 블로흐가 이 두루마리를 1904년 단행본으로 출판했다.

이 소설은 네 이야기꾼이 매일 저녁 6시에서 10시 사이에 한자리에 모여 각자 150가지씩 얘기를 해나가는 구조인데, 완성되지는 못했다. 이런 이야기 구조는 보카치오의 《데카메론》이나 마르그리트 드 나바르의 《엡타메롱》을 모방한 것이다. 이야기들은 단순 도착 행위로 시작하여 복합 정욕의 도착 행위, 그리고 범죄적 정욕, 살인적 정욕 등의 행위로 가학의 강도가 점점 강해지는 쪽으로 전개된다.

독자는 칸트 얘기를 하다가 왜 갑자기 사드로 넘어가는지 의아할 것이다. 칸트는 인간의 의지가 작용하여 도덕률이 수립된다고 했는데, 마찬가지 논리로 인간의 의지가 발동하여 반도덕으로 나아갈 수 있다는 것을 사드는 보여준다. 사드는 인간에게서 가장 중요한 것은 쾌락인데, 그것은 모든 도덕을 위반할 때 생겨난다고 말한다. 도덕적 사랑이란 옳지 못하며 그런 것은 존재하지 않는다고 주장한다. 사드는 마키아벨리를 존경한 것으로 알려져 있다. 마키아벨리가 권력을 지키기 위해서는 선할 필요가 없고 때로는 악에도 의존해야 한다고 말했다면, 사드는 쾌락을 추구하기 위해서는 도덕이 필요 없고 오히려 반도덕을 추구해야 한다고 주장한다. 두 사람은 추구하는 대상이 권력과 쾌락이라는 것만 다를 뿐 그 논리는 비슷한 것이다. 그리고 위에서 살펴본 니체의 힘에 대한 의지(초인 강조)는 도덕이 크게 결핍되어 있는 것인데, 이 니체의 입장에서 사드의 반도덕까지는 불과 한달음에 지나지 않는다.

|76| 쓸모있는 바보짓

《우신 예찬》

●

에라스뮈스(1466?-1536)의 《우신 예찬》은 "때때로 바보짓(혹은 미친 척)을 하는 것은 즐겁다(dulce desipere in loco)"라는 주제를 내세운 책이다. 이 말은 고대 로마의 시인 호라티우스의 서정시에 나오는 말이다.

그리고 동일한 인문주의적 배경을 가진 토머스 모어도 때때로 바보짓이 쓸모 있다는 것을 알았다. 《우신 예찬》 저술에 결정적 영향을 미친 사람이 토머스 모어였다. 에라스뮈스는 모어를 처음 만난 때부터 그와 의기투합하여 깊은 우정을 나누었다. 그들의 우정은 거의 비슷한 시기에 나온 두 사람의 저작 《우신 예찬》과 《유토피아》에 잘 반영되어 있다. 실제로 《우신 예찬》과 《유토피아》 사이에는 상당한 유사점이 있다. 그래서 에라스뮈스는 《유토피아》의 좋은 이해자로서 이 작품을 각국의 인문주의자들에게 널리 소개했고, 모어는 《우신 예찬》의 대담무쌍함, 성직자들에 대한 조롱, 라틴어 《신약성서》의 텍스트를 교정한 모험심 등에 대해 에라스뮈스를 옹호하면서 이렇게 말했다.

"이 책은 무엇이 국가와 사회에 불행을 낳는 원인인지 보여주기 위해 저술된 것이다. 따라서 저자가 특히 주목하여 관찰한 것은 유럽 사회에서 활동하는 각계각층의 인간들이 어떤 행태를 보이는가 하는 것이었다."

또한 에라스뮈스는 《유토피아》를 이렇게 논평했다.

"그의 《유토피아》는 국가를 어렵게 만드는 여러 원인들을 밝힐 목적으로 집필된 것입니다. 그는 주로 영국이라는 국가의 초상화를 그려내려고 애쓰고 있습니다. 그가 다년간 영국을 연구하고 조사해왔으니까 충분히 그런 책을 써낼 만합니다. 그는 한가한 시간에 《유토피아》의 2부를 먼저 썼습니다. 그리고 1부는 어떤 순간적인 감흥을 느껴서 일시에 써내려간 것입니다. 이 때문에 그 책의 문체가 전반적으로 고르지 못하게 되었습니다."

그러니까 《우신 예찬》은 어리석음을 예찬하는 책이 아니라 당시 유럽 사회의 어리석은 행태를 지적하는 지혜서라는 것이다. 하위징아는 "이 작품의 전편을 통하여 두 가지 주제가 서로 긴밀하게 연결되어 있다. 하나는 유익한 어리석음이 진정한 지혜라는 것이고, 다른 하나는 망상에 빠진 지혜는 완전한 어리석음이라는 것이다"라고 논평했다. 《유토피아》도 겉으로는 이상향을 말하지만 실은 국가를 곤란하게 만드는 여러 나쁜 원인들을 보여줄 목적으로 집필되었다.

이렇게 볼 때, 두 작품은 말하자면 크레타인 역설이다. '크레타인 역설'은 논리적 역설의 하나로서 어떤 명제가 다른 상황에서는 전혀 문제를 일으키지 않으나 특정 상황에 적용하면 모순을 일으키는 것을 보여준다. 아리스토텔레스와 동시대 사람인 에우불리데스(Eubulides)가 말한 '거짓말쟁이의 역설'이 그것인데, 그 내용은 이러하다. 어떤 사람이 "나는 지금 거짓말을 하고 있습니다" 하고 말했다. 이 경우 그는 지금 거짓을 말하고 있는가(그는 거짓말쟁이가 아니다), 아니면 진실을 말하고 있는가(그는 거짓말쟁이다)? 그가 거짓말쟁이라면 그 말은 진실일 것이고, 아니라면 거짓이 된다. 이것은 어떤 진술이 문법적으로는 하자가 없으나 논리적으로 말이 되지 않는 경우다. 크레타인 에피메니데스의 역설은 "모든 크레타인은 거짓말쟁이"라는 것이다. 이것은 설혹 다른 상황에서는 진정한 명제라 해도, 그것을 직접 말하는 어떤 크레타 사람에게 적용하면 그가 실은 진실을 말하고 있다는 뜻이므로(곧, 그는 거짓말쟁이가 아니므로) 역설이 성립된다. 바로 이것이 두 인문주의자의 놀이 정신(바보짓 혹은 미친 척)이다.

|77| 죽음 앞에서도 발현된 유머
《대동기문(大東奇聞)》

●

유머는 고단한 삶을 견디게 해주는 비타민이다. 조윤제 선생은 우리 민족의 특징을 은근과 끈기라고 했거니와, 유머가 없다면 그런 특징이 어떻게 가능했겠는가.

강효석이 편찬한 야담 모음집 《대동기문(大東奇聞)》(1926)에는 이런 이야기가 나온다.

조선시대에 유배 가 있던 금호(錦湖) 임형수(林亨秀)가 추가로 교수형을 선고받았다. 형리들이 형구(라고 해봐야 기다란 동아줄)를 가지고 심각한 얼굴로 그의 유배지 숙소에 도착하여 어명을 전했다. 그러자 금호가 창호문을 사이에 두고 말한다.

"자 이제 줄을 들여라. 내 목에 그 줄을 감을 테니 너희가 꼭 잡아당겨라."

줄이 밖으로 나오자 형리들은 땀을 뻘뻘 흘리면서 잡아당겼다. 그러나 실은 방 안에서 금호가 베개에다 그 줄을 감고서 마주 잡아당기고 있었다. 그러나 중과부적. 결국 금호의 힘이 달려 그 베개가 마당으로 끌려 나갔다. 형리들은 아연실색하고 또 분노한다. 그러자 금호가 방 한구석에 누워서 손으로 자기 엉덩이를 치면서 웃으며 말했다.

"평생에 해학을 좋아했으므로 오늘 마지막으로 해본 것이다. 자, 이

제 정식으로 목을 걸 테니 줄을 들여보내라."

그렇게 해서 금호는 한번 크게 웃은 다음 이 세상을 떠나갔다(이 이야기
는 야담이므로 약간 과장이 섞인 것으로 보이며, 《한국민족문화대백과사전》이나 《국조인물고》
에는 사약을 받아 죽은 것으로 기록되어 있다).

금호의 해학 이야기는 《송자대전(宋子大全)》권75(국역본 제4권)에도 보인
다. 금호는 퇴계 이황과 호당(湖堂: 우수한 젊은 문관을 뽑아 실무를 면제해주면서
오로지 학업을 닦도록 국가에서 제공한 서재)에 함께 있을 때도 장난이 풍발했는
데, 퇴계는 그때마다 당황하면서 "그만두지 못할까" 하고 점잖게 한마
디했다. 그러자 옆에 있던 사람이 말했다. "저 사람이 감당하지 못하는
데 왜 자꾸 그러느냐." 그러자 금호가 대답했다. "내가 하지 않으면 누
가 감히 퇴계에게 이렇게 하겠는가. 그러나 나는 소동파가 이천에게 했
듯이 퇴계가 간사하다고는 안 했으니, 소동파보다야 낫지 않은가." 그
러자 좌중의 사람들이 박장대소했다.

금호의 유머를 처음 읽으면 우습지 않은 것은 물론이고 어떻게 죽음
이라는 무거운 상황에서 농담이 나오겠나 의심하게 된다. 하지만 이 에
피소드를 깊이 생각해보면 이해할 만한 구석이 있다. 사람들의 생각이
끝나는 지점에서 진일보하여 획기적인 생각의 전환을 시도했기 때문이
다. 오늘의 죽음은 내일의 죽음을 면제해준다는 생각, 내가 죽어야만
이야기가 끝나는 것이라면 그것을 미리 한번 실연해보자는 생각, 프랭
클린이 말한 것처럼 빨리 죽으면 죽지 않는 기간이 그만큼 늘어난다는
생각 등이 그런 것이다.

|78| 유머도 역량

《송자대전》 권153(국역본 제8권)

●

송시열의 《송자대전》 권153(국역본 제8권)에는 그의 육촌형 동춘당(同春堂) 송준길의 죽음을 슬퍼하는 제문이 실려 있다. 그중에 동춘당이 임종하는 순간의 장면을 묘사한 부분이 인상적이다.

옛날 형의 병환이 위독할 적에 나는 깊은 산골에 있었는데, 위독하다는 소식을 듣고 달려가서 손잡고 탄식하면서 '우스갯말을 소자(邵子)와 같이 할 수 있습니까?' 하고 물으니 웃으며 대답하기를 '어떻게 할 수 있겠는가? 그런 역량이 없네' 하였으니 그 겸양하는 덕에 더욱 감탄하게 되었습니다.

위에서 언급된 '소자'는 북송의 사상가 소옹(邵雍)을 가리키는데, 그는 소강절(邵康節)이라는 이름으로 널리 알려진 인물이다. 소옹이 죽을 당시에 정이(程頤)가 찾아가 문병하니, 소옹이 두 손을 벌리고는 "면전(面前)에 조그마한 길이 개척되었다"고 했다고 한다. 정이는 위에서 소동파가 조롱했다는 이천(伊川)을 가리키는데, 형 정호와 함께 송대 성리학의 선구자였으며 정이와 정호의 사상을 이어받아 주자가 성리학을 완성했다.

죽음을 앞두고 금호나 소자처럼 유머를 할 수 있는 사람도 있고, 동춘당처럼 겸손하게 그런 역량이 없다고 말하는 사람도 있다.

|79| 자신을 3자화 하는 힘

왕범지의 무제시

●

유머라고 하니 중국 당나라의 시인 왕범지(王梵志, 590경~660경)도 생각난다. 그의 무제시 4수 중 세 번째 시는 이러하다.

성 밖에 동그만 흙만두
소 거리는 성안에 있다.
한 사람이 하나씩 먹으니
맛없다 탓하지 마소라.

이 시인은 공동묘지의 무덤을 만두에, 그리고 무덤 속에 들어갈 사람을 만두소에 비유했다. 그러면서 공동묘지에 가면 너무 슬퍼하지 말라고 한다. 당신도 결국에는 그런 만두 하나를 먹게 될 텐데, 다 똑같은 신세면서 뭘 그리 슬퍼하느냐는 것이다. 내 무덤 앞에서는 울지 말고 "여보게, 그 만두 맛있나?" 하고 물으면서 웃어달라고 부탁하는 듯하다.

유머는 이처럼 자기 자신을 제3자처럼 볼 수 있는 힘이다. 그런데 송나라 시인 황정견은 이 시의 제3행에 대해 "이미 흙만두가 되었는데 누가 먹을 수 있겠는가?" 하고 의문을 표시했다. 시의 뜻을 살펴야지, 먹을 수 있나 없나를 말하다니. 왕범지에 비하면 황정견은 풍류 정신이 아득히 미치지 못한다고 하겠다.

| 80 | 대를 이어온 격언집

《가난한 리처드의 달력》

●

프랭클린(1706-1790)의 《가난한 리처드의 달력》은 인쇄업자였던 프랭클린이 1733년부터 1758년까지 해마다 달력을 인쇄하면서 그 여백에다 넣은 서문과 격언을 한데 묶은 것이다. 이 격언들은 프랭클린의 창작품은 아니고 예로부터 내려온 것을 취사선택한 것인데, 너무나 유명해져서 미국에서는 거의 일상적으로 인용되고 있다. 다음은 몇 가지 중요한 격언을 뽑아본 것이다.

- 황금은 불로써 증명되고, 여성은 금으로 증명되며, 남성은 여성으로 증명된다.
- 악덕은 자신이 추악하다는 것을 알고서 가면을 쓴다.
- 세 사람은 비밀을 지킬 수 있다. 단 그 중 두 명이 죽었을 경우.
- 줄리아는 당신이 하는 모든 말에 웃는다. 왜? 그녀가 멋진 치아를 갖고 있기 때문에.
- 누가 당신 자신만큼 당신을 많이 속였는가?
- 인생에서 가장 단단한 것(이해하기 어려운 짓)이 셋 있는데, 강철, 다이아몬드, 그리고 당신 자신이다.
- 인간은 가끔 그 자신을 오해하기는 해도 그 자신을 망각하는 경우는 없다.
- 돈이 모든 것을 해준다고 생각하는 사람은 오로지 돈만 보고 모든 것을 하는 사람이다.
- 세상을 가장 잘 이해하는 사람은 세상을 가장 싫어하는 사람이

된다.

- 결혼 전에는 눈을 크게 떠라. 그러나 결혼 후에는 절반쯤 감아라.

- 경험은 값비싼 학교다. 오로지 바보만이 그 학교에서 배운다.

- 악마는 독약을 당밀로 달콤하게 한다.

- 장님의 아내는 왜 화장을 할까?

- 당신 집의 창문이 유리로 되어 있다면 이웃집에 돌을 던지지 마라.

- 진정한 부는 소유하는 것이 아니라 즐기는 것.

- 당신은 늦장 부릴 수 있지만, 시간은 늦춰지지 않는다.

- 개 떼와 함께 누워 자는 사람은 벼룩 떼와 함께 일어난다.

- 죽음을 두려워하지 마라. 일찍 죽는다면 그만큼 죽지 않는 기간이 늘어나지 않나.

- 남자 열 명 중 아홉 명은 자살이다.

- 누가 현명한 사람인가? 모든 사람으로부터 배우는 사람.

- 누가 힘센 사람인가? 자신의 격한 감정을 다스릴 줄 아는 사람.

- 누가 부유한 사람인가? 만족할 줄 아는 사람.

- 그런 사람은 누구인가? 그런 사람은 이 세상에 없다.

| 81 | 행복도 불행도 아닌 인생

《잠언과 성찰》

라로슈푸코(1613-1680)의 《잠언과 성찰》은 그가 평생 동안 써서 갈고 닦은 격언들을 모아놓은 것이다.

라로슈푸코는 40세 이전에는 군인, 정치가, 여러 유명 여성들의 애인으로 난폭하고 무질서하고 방탕한 삶을 보냈다. 그 후 은퇴하여 짧은 격언들을 쓰기 시작했는데, 이들 격언에 인간은 자기애와 자기망상으로부터 벗어나지 못한다는 비관적인 견해가 담겨 있다. 프랭클린의 격언과 비교해 보면 인간을 너무 암울한 존재로 본 듯하다. 하지만 볼테르는 그의 저서 《루이 14세의 세기(Le Siècle de Louis XIV)》에서 이 책을 가리켜 프랑스 국민의 기호(嗜好) 형성에 결정적 영향을 끼쳤으며, 그런 기호가 타당하고 또 정확하다는 느낌을 안겨주었다고 평가했다. 다음은 몇 가지 중요한 격언들을 뽑아본 것이다.

- 우리의 미덕이라는 것은 악덕을 위장해놓은 것에 불과하다.
- 열정은 가장 지혜로운 사람도 바보로 만들며, 그에게 가장 어리석은 지혜를 제공한다.
- 우리는 남들의 불행만큼은 얼마든지 견딜 수 있는 힘을 가지고 있다.
- 철학은 과거의 죄악과 미래의 죄악을 쉽게 이기나, 현재의 죄악은 철학을 이긴다.
- 우리는 우리가 생각하는 것만큼 행복하지도 또 불행하지도 않다.
- 누구나 그의 기억을 불평하지 그의 판단력을 불평하지는 않는다.
- 남들을 감쪽같이 속이는 것은 어려우므로 우리 자신을 감쪽같이 속인다.
- 자기 자신을 위해서 현명해지는 것보다 남들을 위해 현명해지는 것이 훨씬 쉽다.
- 실수 없이 살아가는 사람은 그가 생각하는 것만큼 현명한 사람이 아니다.
- 위선은 악덕이 미덕에게 지불하는 세금이다.

- 우리는 우리에게 피해를 주지 않는 친구의 잘못은 쉽게 용서한다.
- 아무개라는 구체적 인간보다 일반적 인간을 이해하는 것이 훨씬 쉽다.
- 늙은 바보는 젊은 바보보다 훨씬 더 어리석다.
- 우리는 고칠 생각이 없는 우리의 잘못을 미덕으로 만들려 한다.
- 인간의 열정이 인간에게 어떤 짓을 시키는지 우리는 결코 완벽하게 이해하지 못한다.
- 사랑은 야망으로 이어지지만 야망이 다시 사랑으로 돌아오는 법은 없다.
- 우리는 마치 죽지 않고 영원히 살 것처럼 모든 것을 욕망한다.
- 우리는 이익이 없으면 결코 칭찬하지 않는다.
- 인간의 열정은 다양하게 표출된 자기애(自己愛)의 변덕이다.
- 책을 공부하는 것보다 사람을 공부하는 것이 훨씬 더 중요하다.
- 우리는 오로지 칭찬받기 위해 우리 자신을 질책한다.
- 선량한 여자는 감추어진 보물이다. 그 여자를 발견한 사람은 그것에 대하여 자랑하고 다니지 않는 것이 좋다.

|82| 마테오 리치의 동양적 잠언집

《스물다섯 마디 잠언》

마테오 리치(1552-1610)는 예수회 소속 이탈리아인 선교사로서, 중국 최초의 천주교회 창립자다. 조선시대 인조 때 사신 정두원(鄭斗源)이 명나라에 다녀오면서 그의 천문서 한 권을 가져왔고, 숙종-경종 때 이이

명(李頤明)은 마테오 리치가 한문으로 번역한 천주교, 천문, 역산에 관한 책들을 가져왔다는 기록이 있다. 마테오 리치는 1599년 《스물다섯 마디 잠언》이라는 책을 펴냈는데, 그의 잠언에는 벤저민 프랭클린이나 라로슈푸코와는 다른, 동양적 분위기가 보인다. 주요 잠언을 추려보면 이러하다.

- 세상일에는 나에게 달려 있는 것도 있고 그렇지 않은 것도 있다. 전자는 욕구, 의지, 노력, 기피 등이고 후자는 재물, 작위, 명성, 장수 등이다.
- 선비가 세상을 살아가는 것은 일급 도박과 같다. 이길 운이 있어서 이기는 것은 누구나 할 수 있다. 이기기 힘든 판을 만나도 일급 도박사는 운영을 잘해서 이기게 만든다.
- 자기 마음을 안정시키고자 한다면 먼저 세상살이의 걱정을 버려야 한다.
- 물건이란 모두 빌리지 않은 것이 없으니 잃어버렸다고 하지 말라. 아내가 죽은 것도 자식이 죽은 것도 모두 빌린 것을 돌려준 것일 뿐이다.
- 수명을 다하는 일은 언제나 일어난다. 자식이 죽지 않기를 바란다면 어리석은 일이다. 그것은 인간이 인간 아니기를 바라는 것이다.
- 사람이 세상을 살아가는 것은 배우가 무대에서 연기하는 것과 같다. 제왕, 공경대부, 지식인, 서민, 노예, 왕후, 아낙네, 노비는 모두 잠시 분장한 것이다. 공연이 끝나면 분장을 지워버리고, 배역은 그 사람과 아무런 상관도 없게 된다.
- 선비 셋이 길가에 앉아 있다가 무도한 사람들에게 심한 욕설과 비

방을 당했다. 선비 1은 끝내 마음이 흔들리지 않았고, 선비 2는 웃으며 기뻐했고, 선비 3은 걱정하며 울었다. 선비 1은 마음이 안 정되어 있어서 외물에 영향을 받지 않았다. 선비 2는 다른 사람이 자신의 잘못을 지적해준 것을 기뻐하며 자신을 질책했다. 선비 3 은 무도한 사람이 실은 그 자신의 죄를 꾸짖는 것이라고 보고서 그를 불쌍히 여겨 슬퍼했다.

| 83 | 이야기와 글쓰기의 상관관계

《계곡만필(谿谷漫筆)》《요약(The Summing Up)》

인생을 한 이야기라고 한다면 글쓰기는 그것을 종이에 적어놓는 것이다. 우리가 느끼는 슬픔, 고뇌, 허무함 등도 한 이야기가 되어 종이에 기록되면 그것들은 이미 극복되었거나 아니면 극복 가능한 대상으로 전환된다. 이야기와 글쓰기는 이런 치유의 상관관계가 있다. 어떻게 하면 글을 잘 쓸 수 있을까? 조선시대의 문장가 계곡(谿谷) 장유(張維, 1587-1638)는《계곡만필(谿谷漫筆)》에서 이런 말을 한다.

"나는 글을 짓는 데 늘 다섯 가지 경계를 명심했으니, 야릇하게 기교를 부리려고 하지 말 것, 뜻이 분명치 못하게 하지 말 것, 타인의 글귀를 자기의 창작인 양 발표하지 말 것, 남을 본떠서 흉내 내지 말 것, 의심할 여지가 있는 일이나 괴벽한 말은 사용하지 말 것 등이었다. 또 글 중에 회한스러운 점이 있는 경우에는 곧장 초고를 없애버리고 남겨두지 않았다(破稿不留)."

그가 경계한 앞 사항들은 우리가 이미 아는 것이나 맨 마지막의 파고

불류, 곧 초고를 없애버리고 남겨두지 않았다는 것은 되새길 만하다. 왜 파고불류를 말했을까.

계곡은 같은 책에서 조선조 초기의 명문장가로 괴애(乖崖) 김수온 (1409-1481), 점필재(佔畢齋) 김종직(1431-1492), 간이(簡易) 최립(1539-1612)을 들고서 간이의 글에 대해서는 이런 논평을 했다.

"간이의 글은, 높은 곳은 앞사람들을 덮어 누를 만하나, 낮은 곳은 밑바닥까지 훤히 드러나 사람을 곧장 싫증나게 한다."

그러니까 간이의 글은 좋은 것은 한없이 좋으나, 나쁜 것은 너무 뻔해서 시시하다는 것이다. 이런 시시한 글을 자신의 문집에 넣는 것은 부끄러운 일이므로 문장을 지키는 최후의 방책으로 파고불류를 선택했다는 것이다. 다시 말해 글을 발표하게 되면 그 글이 평소의 비슷한 수준을 유지해야지, 그 수준 이하로 떨어지면 발표해서는 안 된다는 것이다. 이렇게 하는 가장 좋은 방법은 글을 쓰고 나서 몇 달 지난 뒤에 다시 읽어보고 마음에 들지 않으면 찢어버리는 것이다. 시간을 두고 보면 그 글을 썼을 당시의 슬픔, 고뇌, 허무함이 별 깊이가 없어서 그런 정서로는 다른 사람을 감동시킬 수 없다는 것을 깨닫게 되기 때문이다.

좋은 글을 쓰려면 자신이 써놓은 글을 남의 눈으로 볼 수 있어야 한다. 글을 쓸 당시의 격한 감정이 정제되지 않은 문장은 훗날 다시 읽어보면 너무 생경하여 잘 읽히지 않는다. 오래오래 마음속에서 삭히고 다스린 끝에 정말로 세련된 이야기가 마련되었을 때, 그것을 종이에 적어야 좋은 글이 된다.

글쓰기에 대한 또 다른 조언으로 서머셋 몸이 《요약(The Summing Up)》에서 한 얘기가 있다. 몸은 당대에 유명했던 월터 페이터나 존 러스킨의 화려한 문장을 아무리 흉내 내려고 해도 잘 되지 않자 결국 '평범한 사람으로서 글쓰기'에 착안하여, 자기가 소망하는 글쓰기가 아니라 실천할 수 있는 글쓰기를 하게 되었다고 한다. 그리고 그 요령으로 첫째 명료함, 둘째 단순함, 셋째 유포니(euphony: 듣기 좋은 음조)를 들었다.

첫째 명료함은 문장이 아무리 심오한 뜻을 담고 있다고 하더라도, 주어·동사·목적어가 분명하여 그 심오한 뜻을 모르는 사람도 그 문장을 읽을 수 있어야 한다는 뜻이다. 가령 "나는 곧 나다"라는 문장(→ 겨울 8)은 그 뜻을 따지자면 아주 복잡하지만, 누구나 이 문장을 보면서 주어−동사−목적어(혹은 보어)를 알 수가 있다. 곧 뜻의 깊이까지 곧바로 전달되지는 못하더라도 겉으로 드러난 문장은 이처럼 명료해야 한다는 것이다. 여기서 우리는 문장이 독자의 사전 지식을 어느 정도 전제해두고 쓰인다는 것을 알 수 있다. 즉 아무리 쉽게 써도 독자가 기본 개념을 알지 못하면 그 문장을 이해하지 못하는 것이다. 따라서 우리는 독서를 통해 폭넓은 지식을 미리 갖추는 것이 중요하다.

둘째 단순함은 복잡하게 꼬인 문장을 피하라는 뜻이다. 문장이 복잡한 경우는 대부분 글쓴이가 자신이 무슨 소리를 하려고 하는지 모르거나, 아니면 생각이 혼란스럽기 때문이라는 것이다. 가령 다음과 같은 문장은 너무 복잡하여 뜻이 잘 파악되지 않는다. "충동적인 칭찬과 일관성 없는 꾸지람의 잡목들은 고르지 못한 열의 변화로 도공의 손이 피해간다." 생각이 혼란스러운 문장은 이런 것이다. "교수가 되겠다는 나의 꿈을 송두리째 포기시킨 가족들의 맹렬한 설득 끝에 결혼을 해버린 나에게는 오직 새로 태어나는 생명에 대한 집착만이 있었다." '생명에 대한 집착' 앞에 생명과 관련 없는 교수, 꿈, 가족, 설득, 결혼 등이 나오니 아주 혼란스럽다. 할 말은 많고 빨리 써야 하는데 시간은 없는 사람의 모습이 역력하다. 이처럼 생각이 혼란스러운 글쓰기는 피해야 한다.

셋째 유포니는, 잘 쓴 글은 독자의 눈에 아름답게 보일 뿐만 아니라 소리 내어 읽으면 그 소리가 잘 어울려 문장의 뜻을 파악하는 데 도움이 된다는 뜻이다. 몸은 한 예로서 중복되는 두운을 피하라는 조언을 한다. 가령 "나우웬에게 영감을 준 렘브란트의 그림 사본을 마련해 그가 그랬던 것처럼 그 그림을 깊이 명상하는 것도 책을 읽는 한 가지 유용한 방법이 된다"라는 문장이 있다면, 여기서는 '그'라는 소리가 거듭되어 읽는 사람의 귀에 거슬린다. 또 "난생 처음으로 진심으로 기도를 하기 시작했다"라는 문장은 '으로'라는 조사가 반복되어 듣기에 좋지 않다.

이 세 가지 요소를 고루 갖춘 문장은 결과적으로 힘을 하나도 안 들이고 쓴 듯한 자연스러운 느낌을 준다고 한다. 몸은 당대에 이런 글쓰기를 가장 훌륭하게 실천하는 작가로 콜레트(1873-1954)를 들었다. 실제로 몸은 콜레트를 만나서 어떻게 그렇게 자연스러운 문장을 쓰게 되었느냐고 물었는데, 놀랍게도 그녀는 자신이 쓴 글을 고치고 또 고친다는 대답을 했다. 콜레트는 단 한 장 쓰는데 하루 종일 걸리는 날도 많다는 것이었다. 라틴어 속담에 '예술(기술)은 예술을 감추는 것(ars est celare artem)'이라는 말이 있는데, 글쓰기 기술이 바로 그런 것이 아닌가 한다.

| 84 | 법고창신(法古創新), 글쓰기의 요령

《연암집》

●

박지원(1737-1805)의 《연암집》(국역 전 3권)에는 문장에 관한 글이 많이 나온다.

국역판 제2권에 들어 있는 〈공작관문고〉 자서(自序)에서는 '글이란 뜻을 그려내는 것(文以寫意)'이라고 말한 다음, 글쓰기를 이명과 코골이에 비유한다. 자기는 정말 귀에서 왱 소리가 나는 것을 글로 써놓았는데 남이·알아주지 않고, 자기의 글이 코 고는 것처럼 시끄러운 소리인데도 그것을 전혀 깨닫지 못하는 사람이 있다는 것이다. 그러면서 글을 잘 쓰려면 남의 귀 울리는 소리를 들으려 하지 말고, 나의 코 고는 소리(시원치 못함)를 깨닫는다면 좋을 것이라고 권한다.

연암은 글의 요령이란 결국 '법고창신(法古創新: 옛것을 법으로 삼아 새것을 창조한다)'이라고 하면서 《사기》를 쓴 사마천의 심정을 글 쓰는 마음가짐의 표본으로 삼았다. 경지(京之)라는 사람에게 보내는 편지에 나오는 부분을 인용하면 이러하다.

어린아이들이 나비 잡는 것을 보면 사마천의 마음을 간파해낼 수 있습니다. 앞다리를 반쯤 꿇고, 뒷다리는 비스듬히 발꿈치를 들고서 두 손가락을 집게 모양으로 만들어 다가가는데, 잡을까 말까 망설이는 사이에 나비가 그만 날아가 버립니다. 사방을 둘러보아도 사람이 없기에 어이없이 웃다가 얼굴을 붉히기도 하고 성을 내기도 하지요. 이것이 바로 사마천이 《사기》를 저술할 때의 마음입니다.

독자는 나비를 잡는 것하고 글을 잘 쓰는 것이 무슨 상관 있다는 것인지, 잠시 의아해질 것이다. 연암은 같은 사람(경지)에게 보내는 다른 편지에서 이런 말을 한다.

글의 정신과 의태(意態)가 우주에 널리 펼쳐 있고 만물에 흩어져 있으니, 우주 만물은 단지 문자나 글월로 표현되지 않은 문장입니다.

이것으로 미루어 볼 때 나비는 곧 글의 정신을 말하는 것인데, 그것은 장주가 꿈에서 본 나비처럼 현실과 환상의 중간 어디쯤에 있는 것이다.

이 나비는 글쓰기의 오랜 목적인 가르침과 즐거움의 중간 지대를 말하는 것이기도 하다. 조선시대의 할아버지들은 문장소기(文章小技)라고 하여 문장보다는 도덕을 더 중시했고, 그래서 문이재도(文以載道: 문장은 도덕을 전달하는 도구)라는 문장관을 갖고 있었다. 다시 말해 목적(도덕)이 없는 글은 좋은 글이 아니라고 보았다. 그러나 후대에 이르러 문장은 목적이 없을 수도 있고 때로는 놀이(즐거움)에 봉사할 수도 있다는 사상이 생겨났다. 특히 연암은 놀이로서의 글쓰기도 중시하여 고문(古文)이 아니라 속문(俗文)을 자주 사용하는 등 파격적인 글쓰기를 실천했다. 이 때문에 문체반정(文體反正: 고문의 바른 문체로 되돌아가야 한다고 주장한 문예 정책)을 강조하던 정조로부터 경고를 받고 반성문을 써내기도 했다.

놀이로서의 글쓰기는 도덕과 상관없이 독자에게 즐거움을 줄 수 있고·또 그런 기능만으로 이미 훌륭한 문학이라는 사상에 따른 것이다. 그러나 정말로 위대한 글쓰기는 도덕 문제를 피해 가지 못한다. 도덕은 칸트가 말한 것처럼 밤하늘의 별이기 때문이다.

|85| 문장의 네 가지 법칙

《서상기(西廂記)》

●

중국 명말 청초의 문학비평가 김성탄(金聖嘆, 1608-1661)은 《서상기(西廂記)》에 대한 평론에서 문장의 네 가지 법칙을 제시했는데 곧 홍운탁월, 이당취수, 월도회랑, 묘처부전이다.

홍운탁월(烘雲托月)은 달을 묘사하고자 하나 그것이 어려우므로 밝은 구름을 그리는 것으로 달의 모습을 대신한다는 뜻이다. 다시 말해 환한 달을 그려봐야 그 빛의 효과가 별로 드러나지 않기 때문에 그것을 둘러싼 구름을 어둡게 혹은 환하게 그려서 달빛의 상태를 전달한다는 것이다. 어떤 사물을 그리려 할 때 그 대상을 직접 그리는 방식이 있고, 그것을 둘러싼 환경을 제시하여 간접적으로 묘사하는 방법이 있는데 홍운탁월은 후자라고 할 수 있다.

이당취수(移堂就樹)는 집을 옮겨서 나무 밑으로 가져간다는 뜻이다. 무더운 여름날 집 앞에 나무 그늘이 있으면 딱 좋겠는데, 아쉽게도 나무가 집 뒤에 있다. 보통 사람이라면 어떻게 할까? 나무를 집 앞으로 옮겨 올 것이다. 그러나 훌륭한 글은 집을 허물어 나무 뒤로 가는 파격을 취해야 한다는 것이다. 이것은 이야기의 흐름을 교묘하게 비틀어서 독자에게 서늘한 인식의 충격을 주는 기술을 말한다. 일찍이 아리스토텔레스는《시학》에서 비극이 비극다운 효과를 가지려면 상황이 급변해야 하고, 이 급변은 인식(발견)의 충격을 수반해야 한다고 했다. 인생을 한 이야기로 볼 때 가을은 전(轉)에 해당하고 이 전에 적당한 것이 이당취수다.

월도회랑(月度廻廊)은 달빛이 복도를 지나고 계단을 지나고 창문을 지나 그 뒤에 비로소 방 안의 어둠 속에 혼자 앉아 있는 미인을 비춘다는 뜻이다. 만약 달빛이 이러한 전주곡 없이 곧바로 미인을 비춘다면 그녀의 아름다움에 대한 정취도 그만큼 줄어들 것이다. 그러니 미인을 비추기 전에 긴장의 강도를 높여가야만 비로소 미인의 진면목을 실감 나게 전달할 수 있다. 수사법에서는 점층법이라고 한다.

너무 높은 음으로 시작하면 노래를 끝까지 부를 수가 없고, 동굴의 입구가 너무 넓으면 그 내부는 상대적으로 좁게 보여 신비한 기분이 사라진다. 글도 마찬가지다. 처음에는 좀 수수하게 시작하여 뒤로 갈수록 강력해지는 것은 예로부터 멋진 글을 써나가는 한 가지 방법이었다.

묘처부전(妙處不傳)은 작품의 진짜 고갱이는 말하지 아니하고 독자로 하여금 상상하게 만든다는 뜻이다. 하처득래(何處得來: 어디에서 왔는지 알 수 없으나 아무튼 거기에 있다)라고도 한다. 이것은 하고자 하는 말을 과감하게 생략하여 독자로 하여금 짐작하게 만드는 요령이다. 우리가 일상생활에서 느끼는 것이지만, 어떤 상황에서(가령 감정이 격해졌을 때) 하고 싶은 말을 다 해버리면 아주 추하고 초라하고 충격적인 결과만 남고, 나중에는 무척 후회하게 된다. 글쓰기도 마찬가지다. 어느 정도 하고 싶은 말을 했으면 멈출 줄 알아야 한다. 3, 5, 7, 9라는 숫자의 배열을 말했다면 그다음은 말하지 않아도 11이라는 것을 누구나 안다. 묘처부전은 바로 이런 예상에 기대는 것이다.

| 86 | 글쓰기 참고서

《동문선(東文選)》

●

글을 잘 쓰려면 좋은 글을 많이 읽어야 한다. 무엇보다도 오래전부터 내려온 고전을 읽어야 하는데, 서거정(徐居正, 1420-1488)이 왕명을 받아 1478년(성종 9년)에 편찬한 《동문선(東文選)》(국역 전 12권)은 좋은 참고서다.

신라 때부터 조선 초기까지 여러 문장가들의 글을 실었고, 그 후 신용개 등이 편찬한 속편은 숙종 때까지의 글을 추가로 모았다. 국역판의 앞 3권은 시이고 나머지 8권은 산문이며, 마지막 권은 색인이다. 산문에는 표전(表箋), 제고(制誥), 행장(行狀), 묘비문, 기(記), 서(序), 설(說), 명(銘) 등 다양한 장르의 글이 들어가 있다. 책제목 《동문선》은 중국 남조 시대의 양(梁)나라 소명태자가 편찬한 《문선(文選)》을 본떠 지은 것으로 '동쪽 나라의 문선'이라는 뜻이다.

현대 독자들이 읽기 어려운 장르의 글도 있으나, 기, 서, 묘비문 등은 아주 아름다운 수필로서 그 훌륭한 문장의 구조와 치밀한 생각의 전개에 감탄하게 된다. 《동문선》은 워낙 방대한 책이기 때문에 나는 지금껏 세 번밖에 읽지 못했다. 나는 이 책을 읽을 때마다 한글이 조선 초가 아니라 고려 초에 창제되어, 이 많은 문장가들이 한문이 아니라 한글로 이런 뛰어난 글들을 썼더라면 얼마나 좋을까, 하는 생각을 하지 않을 때가 없었다.

세 번이라 많이 읽었다고 하지는 못하겠으나, 그 정도 읽었으면 그중에서 특히 마음에 남는 문장가가 있을 것이 아닌가, 하고 독자들이 물어볼 것 같다. 처음에 읽을 때는 문장이 대부분 비슷하게 보여 그 차이를 알기 어려웠는데, 세 번째 읽을 때는 목은 이색이 가장 글을 잘 쓴다는 느낌을 갖게 되었다. 이것은 후대의 농암 김창협, 연암 박지원 등이 모두 비슷한 의견을 밝힌 것으로 보아 나만의 일방적인 생각은 아니다. 목은은 바위처럼 단단하게 글을 쓰면서도 은근한 유머와 정감이 느껴지는 문장을 구사한다. 한문의 틀에서 이런 분위기를 만들어내기가 쉽지 않을 텐데 목은에게는 그것이 느껴진다. 목은의 〈육우당기〉, 〈추흥정기〉, 〈선수집서〉, 〈전등록서〉, 〈이씨삼자명사절〉 같은 글들이 《국역동문선》 제6권과 제7권에 들어 있다.

|87| 읽어둘 만한 우리 고전 참고서

《여한 십가문초(麗韓十家文鈔)》

●

　그러나 고려와 조선을 통틀어서 오로지 한 사람만이 우뚝 뛰어났다고 할 수는 없다. 다른 문장가들의 글도 알아볼 필요가 있다.

　한말의 문장가 창강(滄江) 김택영(1850-1927)은 중국의 문장을 모은 《당송 팔가문(唐宋八家文)》을 모방하여 《여한 구가문(麗韓九家文)》을 편찬했다. 그런데 이 책에 서문을 쓴 중국인 왕성순(王性淳)이 편집자 창강도 이들에 못지않은 문장가이니 당신 글도 넣으라고 하여 최종적으로 책의 제목이 《여한 십가문초(麗韓十家文鈔)》가 되었다.

　고려의 문장으로는 김부식과 이제현의 글을 싣고, 조선조에서는 계곡 장유, 택당 이식, 농암 김창협, 연암 박지원, 연천 홍석주, 대산 김매순, 영재 이건창, 창강 김택영의 문장을 뽑았다. 앞에서 말한 목은 이색도 들어 있지 않고, 백운 이규보도 없으며 조선조의 쟁쟁한 문장가인 점필재 김종직, 양촌 권근, 서거정도 들어가지 않았다. 뿐만 아니라 이 책에 들어 있는 사람들은 박지원을 제외하고는 조선 한문학을 전공하는 사람이라면 모를까, 일반인 사이에는 널리 읽히지 않는 문장가들이어서 과연 이런 선택이 공정한 것일까 하는 의문이 생긴다.

　왜 이런 편집이 되었을까? 창강은 중국의 문체 중 변문(變文: 당나라 때와 오대五代 무렵에 민간에 유행한 문체로서 산문과 운문이 섞여 있다)보다 고문을 중시하여(《당송 팔가문》은 고문을 잘 쓴 문장가 위주로 편집되었음), 고문을 잘 쓴 사람을 뽑았다고 한다. 그러니 변문에도 능하고 독자적인 문장을 구사했던 목은 이색은 이 기준에 해당되지 않았던 모양이다. 조선조 중기의 4대 문장가로는 월상계택(月象谿澤)이라고 하여 월사 이정구, 상촌 신흠, 계곡

장유, 택당 이식을 꼽는데, 이들 중에서 두 사람만 뽑은 것도 창강의 취향이 작용했을 것이다. 그렇지만 이 책에 들어 있는 문장은 모두 읽어볼 만하다.

현대의 한글 문장을 많이 읽는 것도 중요하지만 조선시대의 우리 할아버지들이 무슨 생각을 하면서 살아갔는지 알아내려면 그분들의 문집을 읽어야 한다. 여기서 거론한 문장가들은 모두 조선을 대표하는 문인이다. 민족문화추진회에서는 고전국역총서를 꾸준히 펴내고 있는데 창강의《여한십가문초》도 그 총서의 제94권으로 번역되어 있다.

|88| 장르를 초월하는 생생한 문장
〈흰 코끼리를 닮은 산〉 〈깨끗하고 불빛이 밝은 곳〉

지금까지 문장에 대해서 말했으므로 잘 쓴 글 두 편을 구체적으로 들어볼까 한다. 어니스트 헤밍웨이의 두 단편 〈흰 코끼리를 닮은 산〉과 〈깨끗하고 불빛이 밝은 곳〉은 읽으면 읽을수록 잘 썼다는 느낌이 든다. 특별한 내용이 없는데도 읽는 순간 왜 여주인공의 눈에 저 멀리 보이는 산이 하얀 코끼리처럼 보이는지 선명하게 이해할 수 있다.

'깨끗하고 불빛이 밝은 곳'은 영혼이 아주 맑은 상태에 대한 비유다. 술집에 와서 술을 마시는 어떤 노인이 실은 술 때문이 아니라 깨끗하고 불빛 환한 곳에 있고 싶어서 술집에 온다는 얘기다. 그곳에 계속 있고 싶어서 술을 마시나, 술에 너무 취하면 그 깨끗한 곳에서 나와야 하니 얼마나 모순인가. 얼마나 영혼이 어두웠으면 그런 깨끗한 곳을 찾아 나섰을까. 헤밍웨이는 주기도문을 패러디하여 영혼의 허무를 이렇게 노래한다.

"나다(허무)에 계신 우리의 나다, 그대의 이름은 나다, 그대의 왕국이 오시고, 세상 모두가 나다이오니 그대의 뜻이 나다 속에서 나다가 되게 하소서. 오늘 우리에게 일용할 나다를 주시고, 우리가 우리의 나다를 나다하오니 우리의 나다를 나다해주소서. 우리를 나다에 빠지지 말게 하시고 우리를 나다에서 구해주소서. 아멘 나다. 나다에 가득 찬 나다를 찬미하라. 나다가 그대와 함께 있으니."

앞에서(→ 여름 67) 공통기어 이야기를 했는데, 헤밍웨이의 단편을 읽으면 하얀 코끼리와 불빛 환한 곳이 정말 실제로 눈앞에 존재하는 사물처럼 생생하게 만져지고 느껴진다. 그리고 이것이 소설인지 수필인지 산문인지 시인지 모든 장르가 허물어져버린다.

| 89 | 인류는 한 권의 책
존 던의 〈명상시 17〉

●

존 던(1573-1631)은 영국 형이상학파 시인이다. 형이상학파 시인들의 특징은 상이한 이미지들을 병치해 '부조화 속의 조화'를 추구하며, 또 기발한 착상으로 이질적인 사상들을 서로 결합시켜 독특한 효과를 거두는 것이다.

1921년 T. S. 엘리엇은 〈형이상파 시인들(The Metaphysical Poets)〉이라는 논문에서, 감수성의 분열이 일어나기 전의 형이상파 시인들이야말로 현대시가 지향해야 할 바를 보여준다고 말했다. 감수성의 분열이란 느낌은 느낌대로, 생각은 생각대로 동떨어져서 서로 연결이 되지 않는 것을 말하는데, 형이상파 시에는 이 두 가지가 잘 결합되어 있다는 뜻이다.

가령 예전의 연애시는 앵두 같은 입술, 호수 같은 눈 등 예측 가능한 이미지를 주로 사용한 데 비해 존 던은 서로 사랑하는 남녀의 관계를 컴퍼스에 비유하면서 전혀 이질적인 두 이미지를 잘 통합했다. 존 던의 〈명상시 17〉은 기발하게도 인류를 한 권의 책에 비유했는데, 그 부분을 인용하면 이러하다.

"인류는 한 저자가 지어낸 한 권의 책이다. 한 사람이 죽으면 한 장이 그 책에서 찢겨 나가는 것이 아니라 더 좋은 언어로 번역된다(저승으로 건너간다). 그렇게 모든 장이 번역된다. 하느님은 여러 번역자를 두셨다. 어떤 장은 노령, 어떤 장은 질병, 어떤 장은 전쟁, 어떤 장은 정의에 의해 번역된다."

인류를 책 한 권이라고 할 때 그 책을 어떻게 읽어야 할까.

첫째, 천천히 읽어야 한다. '천천히'라는 말은 10분에 읽을 것을 20분에 읽으라는 뜻이 아니라 오랜 시간적 간격을 두고서 그 책을 되풀이해서 여러 번 읽으라는 뜻이다. 그래서 라틴어 격언에 "물툼 레겐둠 에세 논 물타(multum legendum esse, non multa: 여러 권이 아니라 한 권을 여러 번 읽어야 한다)"는 말이 있다. 인류에 비추어 말해본다면 사람을 한 번 만나서는 알 수가 없고 여러 번 만나 찬찬히 사귀어야(읽어야) 비로소 그 사람을 잘 알게 된다는 뜻이다.

둘째, 독서는 "침묵에서 말을 이끌어내고 어둠에서 생각을 빼앗아내는 것"(발자크)이 되어야 한다. 종이에 쓰여 있는 글자만이 유일한 의미라고 보면 안 된다. 저자는 글을 쓸 때, 자신이 아는 것들 중에서 일부분만 보여주는가 하면, 때로는 말하기 싫은 것을 억누르면서 자신이 의도하는 것과는 정반대의 것을 말하는 경우(→ 봄 60)도 있다. 사람도 마찬가지다. 아무리 여러 번 만나더라도 상대방은 속마음을 말로 드러내지 않는 경우가 많다. 그때 상대방의 미묘한 표정, 은밀한 눈빛, 갑자기 바뀌는 어조 같은 것으로 그 얼굴 밑에서 흘러가는 생각을 읽을 수 있어야 한다.

셋째, 책은 읽어나가기 때문에 그 의미를 파악하는 것이 아니라, 읽으면서 상상하기 때문에 비로소 더 깊은 의미를 발견하게 된다. 이것은 바꿔 말하면 알기 때문에 상상하는 것이 아니라, 상상하기 때문에 아는 것이다(→ 겨울 27). 사람을 사귀면서 여러 번 만나다 보면 어느 시점에 이르러 이 사람은 이러이러한 사람 같다는 느낌 혹은 상상이 일어난다. 우리는 결국 그 상상을 가지고서 상대방을 이해하고 응대하는 방편으로 삼는다.

지금껏 말한 세 가지를 종합하면, 첫째도 둘째도 셋째도 같은 책을 여러 번 읽는 것이 독서의 충분조건이다.

|90| 공수신퇴(功遂身退)는 곧 지족(知足), 지지(知止)
《도덕경》

●

노자의 《도덕경》 9장에는 '공수신퇴(功遂身退)'라는 말이 나온다. 공을 이룩한 다음에는 자신이 물러나는 것이 하늘의 도라는 얘기다. 노자는 같은 책 44장에서 '만족할 줄 알면(지족知足) 욕을 당하지 않고, 그칠 줄 알면(지지知止) 위태롭게 되지 않는다'는 말도 한다. 나는 이 공수신퇴가 곧 지족 또는 지지와 같은 뜻이라고 생각한다. 위에서 말한 지지는 《대학》의 앞부분에서도 지지능정(知止能定)이라는 표현으로 등장하고 있다.

천리를 따르고 인욕을 억제할 줄 알면 능히 보람 있는 인생으로 나아갈 수 있다는 것이다. 《서경》 중 〈주서〉에서는 인생의 5복을 장수, 부유함, 건강함, 높은 덕성, 고종명(考終命)이라고 했는데 고종명은 목숨을 잘 살펴서 마치는 것으로 곧 지지와 같은 뜻이다.

신퇴를 말하면 한 고조가 중원을 놓고 다투던 시절의 세 참모, 한신·소하·장량의 고사가 널리 인용된다. 한나라가 세워진 후 한신은 모반죄로 사형을 당했고, 소하는 권력 다툼에 휘말려 감옥으로 갔지만, 건국 직후 장가계로 은퇴한 장량은 편안히 일생을 마쳤다는 이야기다. 한신과 소하가 봉욕을 당한 것은 그릇에 물이 가득 차기를 기다리며 그칠 줄 몰랐기 때문이다. 반면에 장량은 공명을 외물로 여기고 영리를 돌보지 않았으므로 명철보신할 수 있었다. 그래서 인생의 가을이 끝나면 우리는 물러나야 한다.

물러가는 곳은 자연이 좋겠지만 반드시 자연이어야 할 필요는 없다. 유종원의 〈시득서산연유기(始得西山宴遊記)〉나 도연명의 〈귀거래사(歸去來辭)〉는 자연에 돌아가서 살고 싶다는 욕망을 아름답게 노래한 글이다. 우리는 자연이라고 하면 경기도 가평의 전원주택이나 제주도 대정의 해변 주택을 쉽게 연상한다. 그러나 "산은 높다고 해서 명산이 아니라, 신선이 살면 곧 명산이 되는 것"이라는 말(→ 겨울 11)도 있듯이, 자연의 이치에 순응하여 살아가는 사람이 있다면 그가 있는 곳이 곧 자연이 되는 것이며, 굳이 그 장소가 서울인지 경기도인지 제주도인지 따질 필요가 없는 것이다.

제4부_ 겨울

인생의 이야기는 이제 끝 부분에 이르렀다. 무엇인가를 실행하기보다는 추억하기에 더 알맞은 시기가 되었다.

다가오는 죽음을 환영하고 흔쾌히 그 길을 떠나려면 용감한 상상력이 필요하다. 지금껏 죽음은 오로지 공포이며 불행이라고 생각해왔으나 이제 생각을 전환해야 한다. 죽음은 위안, 고통의 종말, 영원한 안식, 주어진 과업의 완성 혹은 미완성에 대한 만족, 부드러운 기억, 운명에 대한 달관이다.

인생을 즐겁게 하는 것은 무엇이었던가. 독서, 음악, 미술, 여행, 자연 감상, 스포츠, 아름다운 옷, 사회적 명성, 감각의 충족, 그리고 점점 깊어지는 생각 등이다. 그런 것들을 회상하면서 지금의 나 자신에 있는 그대로 만족할 수 있다면 그는 완성적 삶을 성취한 사람이다. 인간이 가진 것 중에서 생각이야말로 가장 값나가는 재산이다. 이제 젊은 날의 잘못을 추억하면서 그것을 후회하는 되갚음의 때가 되었다. 즐거움은 이제 거울 속에 있는 것.

눈 덮인 겨울 풍경은 즐거움보다는 풍경 그 자체를 위해 존재한다. 깊은 명상이 거기에 머문다. 재영백포일[載營魄抱一: 영혼을 가지고서 일(一)을 껴안는다]의 아름다운 조화가 있다. 이 세상에 와서 자신의 정체를 깨닫고 자신에게 부여된 과업을 끝냈으니 즐겁게 떠나려는 마음이 생겨난다. 끝이 없으면 어떻게 시작이 있을 수 있겠는가.

| 1 | 비참하지 않으려면 순명할 것

《노년에 관하여》

키케로의 《노년에 관하여》는 노년에 이른 대(大) 카토가 소(小) 스키피오와 라일리우스라는 두 젊은이에게 노년에 대해 얘기해주는 형식을 취한다.

카토는 노년이 비참해 보이는 네 가지 이유를 먼저 열거한다. 첫째 노년은 우리를 활동할 수 없게 만들고, 둘째 우리 몸을 허약하게 하며, 셋째 우리에게서 거의 모든 쾌락을 앗아 가며, 넷째 노년은 죽음으로부터 멀리 떨어져 있지 않다는 것이다. 첫째 이유부터 셋째 이유까지에 대해 카토는 정신력의 우위를 설명하고, 또 노년에 기력이 떨어지는 것은 청장년 시절에 방탕하게 살았기 때문이므로 젊은 시절에 더욱 절제에 신경 써야 한다고 말한다. 그러면서 마지막 넷째 이유에 대해서는 이런 말을 한다.

"가장 현명한 자는 가장 평온한 마음으로 죽는데, 가장 어리석은 자는 마지못해 죽는다. 더 많이 더 멀리 보는 영혼은 자신이 더 나은 곳으로 출발할 것을 보지만, 시력이 무딘 영혼은 그것을 보지 못하기 때문이다. 냉정히 따져보면 삶이란 오히려 노고가 아닌가? 설사 삶에 이점이 있다고 하더라도 그 삶에 물릴 때가 올 것이다. 나는 내가 헛되이 태어났다는 생각이 들지 않도록 살아왔다. 그래서 내가 이 삶을 떠날 때 집을 떠나는 것이 아니라 여인숙을 떠나는 것 같은 느낌이 들 것이다. 자연이 우리에게 준 것은 임시로 체류할 곳이지 영원히 거주할 곳은 아니기 때문이다. 노년은 인생이란 연극의 마지막 장(章)인 만큼 거기서 기진맥진하는 것은 피해야 한다. 인생에 물렸을 때는 특히 그러하다."

카토의 마지막 말은 이런 뜻인 듯하다. 인생의 스토리가 한없이 계속될 수는 없다. 자연과 조화되는 가장 적당한 때에 그 스토리가 끝나야 아름다운 노년이 된다. 다시 말해 운명에 순응해야 한다.

우리는 키케로가 노년을 비참하게 만든다고 지적한 것들로부터 오히려 노년에 신경 써야 할 일들을 알게 된다. 그것은 활동성, 건강, 즐거움, 회상, 죽음, 그리고 순명 등이다.

|2| 남은 몇 마일은 정말 중요한 문제

〈눈 내리는 저녁 숲 가에 서서〉

●

로버트 프로스트의 시 〈눈 내리는 저녁 숲 가에 서서〉의 마지막 네 번째 연은 이러하다.

숲은 아름답고 어둡고 깊다.
그러나 나는 지켜야 할 약속이 있고
잠들기 전 아직 몇 마일을 더 가야 한다.
잠들기 전 아직 몇 마일을 더 가야 한다.

그 앞 세 연은 시인이 저녁에 말을 타고 가다가 어두운 숲과 얼어붙은 호수 사이에 서서 내리는 눈을 바라보는데, 시인은 그 숲이 누구의 소유인지 알고, 또 시인이 타고 가는 말은 왜 여기서 갑자기 섰느냐고 물어보듯이 종을 딸랑거린다는 내용이다.

이 시에서 숲은 세상의 유혹이면서 동시에 죽음의 유혹이라고 중의적으로 해석된다. 보통 후자로 해석하는데, 그렇게 되면 잠든다는 것은 죽는다는 뜻으로서, 아직 죽기 전에 내게 해야 할 일이 남아 있다는 뜻이다. 마지막 행의 원문은 And miles to go before I sleep인데, 노년에는 아직 남아 있는 몇 마일을 어떻게 갈 것인가가 정말로 중요한 문제다.

|3| 헤밍웨이의 잠들기 전 몇 마일

《노인과 바다》

헤밍웨이의 《노인과 바다》는, 비평가들이 이제 헤밍웨이는 한물갔다는 소리를 할 즈음에 나와서 그런 평가를 한 방에 잠재웠고, 나아가 작가에게 1954년 노벨상을 안겨준 명작으로서 노년에 이루어낸 '잠들기 전 몇 마일'이다.

바다에 나가서 엄청나게 커다란 물고기를 잡은 어부 산티아고는 상어 떼에게 뜯기면서도 그 물고기를 잃어버리지 않고, 앙상한 뼈만 남긴 채 항구로 돌아온다. 소설은 이렇게 끝난다.

"노인은 사자 꿈을 꾸고 있었다."

이 작품에서 사자는 아홉 번이나 언급되는 중요한 상징이다. 이 사자의 이미지를 잘 이해하기 위해 작가의 아프리카 여행 경험을 담은 단편인 〈프랜시스 매코머의 짧고 행복한 생애〉와 〈킬리만자로의 눈〉을 함께 읽어야 한다. 전자에서는 사자가 나오고 후자에는 사자가 표범으로 대체되어 있는데, 사자는 구체적으로 헤밍웨이의 인생관을 상징한다.

헤밍웨이는, 인간을 인간답게 하는 것은 의지, 자긍심, 인내심이라고 정의한다. 인간은 고통이나 상실을 받아들일 인내심이 있어야 하며, 그런 상실이 불가피할 때도 '역경 속의 용기(grace under pressure)'를 발휘해야 한다는 것이다. 자긍심은 인간이 주어진 환경에서 자신의 품성에 입각하여 최대한의 능력을 발휘하는 마음가짐이다. 의지는 패배든 승리든 자기연민이나 감상에 빠지지 않고서 의연하게 인생의 역경을 받아들이는 태도를 뜻한다. 어부 산티아고는 이런 철학을 실천하는 인물이다. 그는 나이가 많고 가난하지만 진정한 인간이다. 비록 체력이 전성기를 지났지만 그의 인내심과 의지는 여전하다. 패배에 직면해서도 끝까지 싸웠고, 그렇기 때문에 그는 패배하지 않는 사람이다.

노인은 상어와 혼신의 힘을 다해 싸우다가 마을로 돌아가 곧바로 잠에 빠져든다. 잠들기 전 몇 마일을 그는 필사적으로 견뎌왔던 것이다.

《노인과 바다》 중에서 가장 유명한 말은 "인간은 패배하기 위해 태어난 것이 아니야, 인간은 파괴될 수는 있지만 패배하지는 않는 거야"다. 이 말은 헤밍웨이의 자살과 함께 생각해보면 고대 그리스 비극 같은 비장함을 불러일으킨다. 《노인과 바다》에는 이런 말도 나온다.

전에 그것을 1000번 증명한 것은 아무 의미가 없었다. 이제 그는 또다시 그것을 증명해야 했다. 매번 새로운 일이었고, 그때마다 그는 과거에 대해서는 생각하지 않았다.

헤밍웨이의 지인인 A.E. 하치너(Hotchner)가 저술한 《파파 헤밍웨이(Papa Hemingway)》(1966)에는 자살 직전 헤밍웨이의 심경이 잘 그려져 있다. 하치너가 이렇게 물었다.

"당신은 세계적인 명성도 얻었고 재산도 수백만 달러에 이르고 이제 편안히 은퇴하여 여유롭게 살면 될 터인데 왜 자꾸 자살하려 하는가?"

헤밍웨이는 말했다.

"나는 작가다. 작가가 글을 쓰지 못한다면 이 세상에 더 존재할 이유가 없다."

새롭게 작가임을 증명하고 싶은데 그게 안 되는 절망감에 생을 스스로 마감했다는 것이다.

| 4 | 쉼없이 관리해야 할 나이

《티마이오스(Timaios)》

노년의 최대 고민은 질병이다. 플라톤의 《티마이오스(Timaios)》는 《국가》의 속편이라고 할 수 있는 작품인데, 우주를 위시하여 인간의 창조에 이르기까지 그 질서와 아름다움을 논한다. 잃어버린 문명 아틀란티스, 세상의 조물주 데미우르고스 등에 관한 문장이 이 책에 들어 있다.

이 책의 끝 부분에 가면 질병과 의약에 관한 얘기가 나온다. 간단히 인용하면 이러하다.

"질병은 생명이 위태롭지 않는 한 의약으로 자극해서는 안 된다. 각종 질병은 생활 양상에서 비롯되는 것이며, 복잡다단한 신체는 일정한 수명을 갖고 있다. 인류라는 종뿐만 아니라 그 종에 소속된 각 개인도 모두 일정한 수명을 타고났으며, 인간 내부의 삼각형(구조)은 처음부터 일정 기간 지속하도록 형성되어 있으므로 아무도 그 이상 목숨을 연장시킬 수 없다. 이런 일정한 수명을 도외시하고 의약으로 질병을 극복하려 한다면 오히려 병을 더치고 그 가짓수를 늘릴 뿐이다. 따라서 우리는 섭생으로 질병을 관리하되, 의약으로 불쾌한 적의 도발을 초래하지 말아야 한다.”

　병이 나면 약에 의존하지 말고 섭생을 잘하여 그냥 낫는 것이 최고라는 얘기인데, 이건 의약품과 외과 수술이 발달하지 않은 플라톤 시대에나 통하는 소리라고 보아야 할 것이다. 나이 들수록 아무리 사소한 병이라도 빨리 병원에 가서 치료를 받아야 하며 중한 질병이면 수술도 마다하지 말아야 한다.

|5| 두려움과 교활함을 품은 육체
〈작은 외과수술을 받고 나서(After Minor Surgery)〉

　노년에 수술을 받는 심정은 어떨까? 린다 파스탄(Linda Pastan, 1932~)의 시 〈작은 외과수술을 받고 나서(After Minor Surgery)〉는 이렇게 노래한다.

이것은 말하자면 최종 예행연습

정숙한 아내 노릇을
하던 육체가
평생 처음으로
바람을 피우는 때

장거리 기차 여행
중인 육체가
차장이 외치는

첫 번째 정차역의
이름을 듣는 때

두려움과 교활함을
품은 육체가
내게
지킬 수 없는
약속을 하는 때

나는 몇 년 전 허리 디스크 수술을 받았는데, 그때 수술실 문 앞까지 따라와 병상 옆에 서서 손을 흔들어주던 아내를 보며 "마취에서 깨어나지 못하면 이걸로 아내와는 영영 이별이로구나" 하고 생각했다. 또 "수술 후에는 전보다 더 건강하게 살아야지" 하고 다짐했던 것도 기억난다. 수술을 받고 나서 이 시를 읽어보니 이심전심이라는 말뜻을 알 것 같았다. '두려움과 교활함을 품은 육체'라는 말은 노년에 수술 받은 사람의 심리를 참으로 잘 표현했다.

|6| 여섯 가지 불치병
《사기》 중 〈편작·창공열전〉

●

사마천의 《사기》 중 〈편작·창공열전〉에는 건강에 대한 좋은 정보가 많이 나온다. 특히 맥법(脈法)의 대강을 이렇게 설명한다.

"사람은 나이 20세에는 맥의 기세가 강해서 달음질치는 것 같음이 좋고, 30세에는 빨리 걷는 것 같음이 좋고, 40세에는 편안하게 앉아 있는 것 같음이 좋고, 50세에는 마땅히 편안히 누워 있는 것 같음이 좋으며, 60세 이상이 되면 마땅히 기(氣)를 깊이 숨기는 것 같아야 한다. 이른바 기(氣)라는 것은, 음식물을 잘 조절하고, 날씨 좋은 날을 가려서 혹은 수레로 혹은 걸어서 마음을 긴장함이 없이 편안하게 하면서 신체의 근육과 뼈, 그리고 혈맥을 조정하여 시원하게 발산해야 한다.”

또 적절하지 않은 음식과 과도한 음주와 지나친 방사가 건강을 해치는 주된 요인이라고 지적한다. 또 어떤 여자가 남자와 교접하기를 원했으나 그것을 이루지 못하여 병의 원인이 된 경우도 있다고 보고한다. 그리고 사람이 병의 기미를 빨리 알아내어 명의한테 치료를 받는다면 병을 고치고 몸을 살릴 수가 있다고 말한다. 사람은 병이 많은 것을 근심하고, 의사는 치료법이 적은 것을 근심한다. 병에는 여섯 가지 불치병이 있는데 다음과 같다.

첫째, 교만하고 방자하여 도리를 따르지 않는 것.

둘째, 몸을 가볍게 알고 재물을 소중하게 여기는 것.

셋째, 옷과 음식을 알맞게 갖추어 입거나 먹지 못하는 것.

넷째, 음양이 오장에 함께 들어 기운이 안정되지 못하는 것.

다섯째, 신체가 쇠약할 대로 쇠약해서 약을 복용할 수 없는 상태가 되는 것.

여섯째, 무당을 믿고 의사를 믿지 않는 것.

|7| 아가야 어찌 울지 않겠니?

《모레아 기행》

●

　인생의 즐거움이라고 하면 카잔차키스의 기행문집 《모레아 기행》 중
"중세의 글라렌자" 장에 나오는 얘기가 생각난다.

　크레타 산중 마을에는 페르디 코코스탄디라는 노인이 살고 있었다.
그는 눈이 멀어 더 이상 앞을 볼 수 없었지만 귀는 아주 밝았다. 그래서
자기 집 문 앞의 계단에 앉아 지나가는 사람들의 발소리에 귀 기울이는
게 취미였다. 그리하여 노인은 샘에 물을 뜨러 가는 젊은 여자의 목소
리를 들으면 계단에서 벌떡 일어서서 손을 내밀었다.

　"아가야, 이리 오렴. 네 얼굴을 한 번만 만져보게 해주렴!"

　그는 손으로 휘적휘적 공중을 휘저으며 애원하는 목소리로 말했다.

　때때로 마음이 착한 처녀들은 그를 불쌍히 여겨 그 요청을 들어주었
다. 그러면 늙은 페르디 코코스탄디는 쭈글쭈글한 손바닥을 처녀의 얼
굴 앞에 펼쳐들었다. 그는 손가락 끝으로 천천히, 아주 천천히 처녀의
이마, 눈, 코, 입술, 턱을 쓰다듬었다. 이어 그는 손바닥을 다시 위로
올려 똑같은 동작을 천천히 반복했다. 더욱 아쉬워하고 더욱 허기를 느
끼면서. 그러고 나면 그의 눈에서는 눈물이 흘러내렸다.

　"할아버지, 울지 마세요."

　처녀들은 웃으면서 노인에게 말하곤 했다.

　"왜 우세요?"

　"아가야, 내가 어떻게 울지 않을 수 있겠니? 너처럼 젊은 처녀들이
많은 이 세상을 이제 떠나려고 하는데!"

|8| 존재의 충만함
〈인생을 즐겁게 하는 12가지〉

●

고대 로마의 마르티알리스(38-103경)는 풍자시를 많이 쓴 시인이다. 그는 세련되고 재치 넘치는 정신으로 자신이 사는 사회를 초연하고 흥미롭게 바라보았다. 그의 시 〈인생을 즐겁게 하는 12가지〉는 널리 인용되는 명시다.

힘들게 번 것이 아니라 선대로부터 물려받은 재산
소출이 많은 땅과 늘 따뜻한 벽난로
도시에는 별로 가지 않고 소송은 절대 안 할 것
불평도 하지 않고 싸우지도 않는, 늘 마음에 맞는 친구들
건강한 몸과 평온한 마음
고상한 생각과 평범한 식사
한 번 잠들면 아침까지 깨지 않는 잠
술에 취하지 않아도 근심이 없는 밤
바가지를 긁지 않는 충실한 아내
온몸을 온전하게 움직일 수 있는 신체적인 힘
당신이 소망하는 존재가 바로 현재의 당신인 것
죽음을 원하지도 않지만 그렇다고 대면하기를 두려워하지도 않는 것

열한 번째 것의 영역은 what you are is what you wish to be다. be 동사는 우리말로 번역하자면 뜻이 잘 드러나지 않으나 '있음'이 가장 가까운 번역어다. 플라톤은 《국가》 제7권에서 "있음(being)은 되어감(becoming)

의 목표인데, 순수 지성으로 그(이데아가) 있음을 알 수 있다"고 말했다. 그리고 가장 근본적인 이데아는 선(善)이다. 인간은 이 선이라는 이데아를 이해하기 전에는 결코 실재(하느님)의 본모습을 이해하지 못한다. 따라서 선을 이해하는 것이 모든 지식을 얻는 수단이다. 이리하여 이데아 이론에서는 도덕과 형이상학이 하나가 된다.

그런데 대문자로 사용된 Being은 주로 하느님을 가리킨다. 이때의 존재(Being)는 진리 그 자체와 동일시되며, 하느님은 변함없는 진리의 빛이라는 뜻이다. 따라서 '존재한다(To be)'는 것은 하느님의 질서에 참여하는 것을 말한다. 악(惡)은 곧 '존재의 박탈'이라는 명제는, 피조물이 하느님과 올바른 관계에 놓이지 못할 때 존재의 박탈을 당한다는 뜻이다.

성 아우구스티누스는 〈출애굽기(탈출기)〉 3장 14절을 인용하면서 존재를 설명했다. 불타는 덤불에서 모세가 묻기를, 이스라엘 백성이 하느님의 이름을 물으면 무엇이라고 답해야 하느냐고 하자, 하느님은 "나는 곧 나다(I am that I am)"라고 대답했다. "나는 곧 나다"라는 우리말 번역으로는 be 동사의 뜻이 잘 드러나지 않으나, be 동사는 '있다'와 '-(이)다'를 동시에 표현한다. 이것은 실재(實在) 판단과 속성(屬性) 판단을 동시에 포함하는 것으로서 존재와 사유의 일치를 의미한다. '나무가 있다'와 '나무다'라는 표현을 생각해보면 알 수 있듯이 신은 곧 존재이며 사유다. 다시 말해 신이 나무를 생각하면 곧 나무가 존재한다는 것이다. 이런 논리의 연장선상에서 삼라만상은 곧 하느님의 사유로부터 나왔다고 말할 수 있다. 다시 말해 신은 총체적 존재(summa essentia), 이 세상 모든 사물의 원천이다.

노년에 들어선 현재의 우리 자신이 신적 질서와 일치하는 존재라면 얼마나 좋겠는가!

|9| 지상의 방 한 칸, 나의 서재

《서한집》

●

마키아벨리의 《서한집》에는 그가 공직에서 추방된 뒤 자신의 생활을 묘사한 유명한 편지가 있다. 이것은 르네상스 시기에 쓰인 편지들 중에서 가장 유명한 축에 속하는데, 친구 베토리에게 보낸 편지에서 마키아벨리는 서재의 즐거움을 언급한다.

나는 지금 농장에서 지냅니다. 최근에 몰락한 이래 피렌체에서 보낸 날이 채 20일이 되지 않습니다. …… 나는 아침에 해가 뜨면 자리에서 일어나 벌목 중인 내 소유의 숲으로 갑니다. 거기서 두어 시간 머물면서 전날의 작업 현황을 살펴보고 벌목꾼들과 조금 시간을 보냅니다. 그들은 언제나 자기들끼리 혹은 이웃들과 논쟁을 벌입니다. …… 숲을 나와서는 샘으로 갔다가, 거기서 다시 끈끈이 덫으로 지빠귀를 잡는 곳으로 갑니다. 나는 늘 책을 겨드랑이에 끼고 있어요. 단테, 페트라르카, 혹은 티불루스 같은 소소한 시인들, 혹은 오비디우스 등이지요. 나는 그들의 열띤 연모와 사랑을 읽는 겁니다. 또 나 자신의 사랑을 기억하면 한동안 행복해집니다. 그다음에는 길을 따라 여관으로 갑니다. 나는 나그네들과 잡담을 나누고, 그들 고장의 소식을 물으며 많은 것을 알아냅니다. 나는 사람들을 관찰합니다. 그들의 생각은 저마다 다양하고 그들의 취미와 꿈은 각양각색이지요. 그러면 식사할 시간이 됩니다. 나는 가족과 함께, 이 가난한 농장과 보잘것없는 자산에서 나온 것들을 음식으로 삼아 식사를 합니다. 식사가 끝나면 다시 여관으로 돌아가는데 거기에는 보통 여관 주인, 푸주한, 방아꾼, 그리고 가마 일꾼 두어 명이 있습니다. 나는 그들과 오후 내내 잡담을 나누면서 크리카(cricca) 게임과 주사위 놀이를 합니다. 이런 게임을 하다 보면 무수한 말씨름이 벌어지고 욕설과 고함이 난무합니다. …… 저녁이 오면 나는 집으로 돌아와 내 서재로 들어갑니다. 문지방에서 진흙과 먼지가 묻은 작업복을 벗고서, 왕궁과 궁정의 옷으로 갈아입습니다. 이런 예의 바른 복장을 갖추었으므로 나는 고대인들의 숭엄한 궁중으로 들어섭니다. …… 그곳에서 아무런 부끄러움도 없이 그들과 대화를 나누며, 그들이 행동으로써 어떤 목적을 추구했는지 물어봅니다. 그러면 그들도 인간적인 자상함을 발휘하며 내게 대답을 해옵니다. 한번 서재에 들어오면 네 시간 동안 나는 전혀 지루함을 느끼지 않습니다. 나는 모든 고민을 잊어버립니다. 가난을 두려워하지 않고 죽음도 겁나지 않습니다. 나는 고대인들의 이야기 속으로 흠뻑 빠져듭니다. 단테는 자신이 이해한 것을 간직하지 못하면 아무것도 이해하지 못한 것이다, 라고 말했습니다. 그래서 나는 고대인들과 나눈 대화에서 얻어낸 것을 기록하여 《군주국에 대하여》라는 간단한 논문을 썼습니다. 나는 이 논문에서 이 주제에 관한 생각들을 아주 깊숙이 탐구했습니다. 군주국의 정의, 군주국의 분류, 군주국이 획득되는 방법, 군주국이 유지되는 방법, 군주국이 망하는 이유 등을 말입니다.

서재에 들어서는 순간 작업복에서 왕궁과 궁정의 옷으로 갈아입는다는 문구가 인상적이다. 화려한 옷은 자신의 서재에 바치는 경의에 대한 비유다. 이런 관점에서 서재야말로 '자기만의 방' 혹은 '지상의 방 한 칸'이다.

《수상록》

●

몽테뉴는《수상록》제3권 3장 "세 가지 교제"라는 글에서 자신의 서재에 대해 얘기한다.

그는 먼저 자신이 집에 있을 때에는 거의 서재에 머무른다고 말한다. 서재는 그의 집 입구에 있어서 정원, 농장, 안뜰, 그리고 저택의 대부분이 잘 내려다보인다고 말한다. 서재는 둥근 탑의 3층에 있다. 그의 서재는 원형이지만 한쪽 면은 책상과 의자를 들여놓기 위해 평평한 벽으로 만들었다. 나머지 3면은 둥그렇기 때문에 몽테뉴는 주위의 다섯 칸 서가에 빽빽이 꽂힌 책을 한눈에 살펴볼 수 있다. 서재는 세 방향으로 탁 트여 있어서 밖을 내다보기 좋다. 그리고 책이 꽂혀 있지 않은 빈 공간은 직경이 열여섯 걸음 정도 된다.

몽테뉴는 자신의 서재를 이렇게 표현한다.

"여기는 나의 왕좌다. 여기서 나는 절대적인 통치권을 휘두르며, 이곳으로부터 부부의 의무, 자식의 의무, 사회인의 의무를 모두 추방한다. 서재 외의 곳에서 나의 권위는 오로지 말에 의한 것일 뿐, 실제로 과연 권위가 있는 것인지 의문스럽다. 자신의 집에서 오로지 자신만을 위한 방 한 칸을 가지고 있지 않은 이는 비참한 사람이다. 그가 오로지 자기 자신에게만 주의를 기울이고, 또 편안히 숨어버릴 수 있는 방! …… 나는 혼자 있을 수 있는 시간이 전혀 없는 삶보다 언제나 혼자인 삶이 더 바람직하다고 생각한다."

"어떤 사람이 내게 책을 오로지 여가용이나 오락용으로 사용하는 것은 뮤즈에게 불공한 일이라고 말한다면, 나는 그가 쾌락, 오락, 여가의 가치를 모르는 사람이라고 말하겠다. 나는 이것 외의 다른 목적은 우스꽝스러운 것이라고 말하지 않을 수 없다. 나는 하루하루 열심히 살아가고, 그것도 오로지 나 자신을 위하여 산다. …… 나는 젊은 시절에는 남들에게 과시하기 위해 책을 읽었다. 그리고 조금 더 세월이 지나서는 지혜를 얻기 위해 책을 읽었다. 그리고 이제는 즐거움을 위해 글을 읽을 뿐, 어떤 이득을 얻기 위해 책을 읽지는 않는다. …… 잘 고를 줄 아는 사람에게, 책이 지닌 매력은 아주 많다."

몽테뉴가 말하는 서재의 즐거움은 지난 오랜 세월 동안 풍찬노숙하며 얻은 지혜를 책 속에서 다시 발견하거나 확인하는 즐거움이다.

|11| 서재 안에 백정은 없다

〈누실명(陋室銘)〉

당나라 사람 유우석(劉禹錫, 772-842)의 〈누실명(陋室銘)〉도 자신의 서재를 '누실(누추한 방)'이라 일컬으면서 그 방에 대한 자부심을 적은 글이다. 원문은 81자의 짧은 글로, 풀어서 쓰면 다음과 같다.

산은 높다고 해서 명산이 아니라, 신선이 살면 곧 명산이 되는 것이다. 물은 깊다고 해서 영험한 것이 아니라, 잠룡이 살면 곧 신비한 물이 되는 것이다. 이 보잘것없고 좁은 방은 누추하지만 나의 인격만은 향기롭다. 이끼가 점점이 계단을 기어올라 푸르고, 풀빛은 푸르게 발 안까지 비쳐 든다. 이 누실에 모여 대화를 즐기는 분들은 모두 학자이고, 왕래하는 사람들 중에 백정은 없다. 아무 꾸밈새도 없는 거문고를 타고 성인의 경전을 펼쳐놓고 읽을 만하다. 요란한 음악이 귀를 어지럽히는 일도 없고 관가의 공문서가 눈을 괴롭히는 일도 없다. 제갈공명의 오두막이 이렇다고나 할까. 양자운의 정자를 닮았다고나 할까. 공자님 말씀대로 누추할 것이 어찌 있겠는가?

유우석은 마키아벨리나 몽테뉴처럼 자신의 서재 이야기를 했지만 서양 사람들은 서재의 현실적 즐거움을 적었고, 동양 사람은 서재의 정신적 높이를 말했다.

|12| 인간의 신비한 특성을 발견한 작가
《지하생활자의 수기》

도스토옙스키의 중편소설 《지하생활자의 수기》는 2부로 구성되어 있는데, 1부는 지하생활자의 철학을 적은 것이고 2부는 그의 구체적 생활을 기록한 것이다.

1부에서 화자인 '나'는 내가 왜 지하인인지 설명한다. 사람들은 모두 수정궁 같은 화려한 지상의 건물에 살기를 바라지만 자신은 지하에 사는 것을 좋아하기 때문에 지하인이라고 말한다. 여기서 수정궁은 합리주의의 상징이고, 지하인은 비합리주의의 상징이다. 지하인은 2 곱하기 2는 언제나 4가 되는 것이 아니고, 때로는 5나 6이 될 수 있다고 말한다. 다시 말해 인간은 자신의 이익만을 위해서 살아가는 것이 아니라 '아름답고 고상한 것'을 추구하기 때문에, 그 과정에서 이성으로는 설명되지 않는 자유의지가 작동하여 비합리적인 행동을 한다는 것이다.

2부에서 지하인은 친구들 사이에서 따돌림을 당하고, 또 리자라는 창녀를 동정하는 척하다가 실은 그녀와 성관계를 맺고는 매정하게 차 버린다. 지하인은 이런 행동을 통하여 양극단을 오가는 인물임이 밝혀 진다. 그는 자신이 진실을 말하고 있다고 하다가는 곧바로 돌아서서 실 은 거짓말을 했다고 말한다. 리자를 사랑한다고 했다가 곧이어 증오한 다고 말한다. 그녀에 대한 동정은 그녀에 대한 멸시가 반대로 표현된 것이라고 하고, 친구들에 대해서도 자신이 무시당하는 것이 싫어서 일 부러 오만한 태도를 보인다. 이처럼 지하인은 열등의식과 과대망상, 자기비하와 자만심, 겸허와 오만의 양극단을 무시로 오간다. 우리가 이 황당무계한 인물에 대하여 깊이 이해하려고 노력하지 않는다면 그 는 정신병자처럼 보인다.

이 중편소설은 도스토옙스키의 후기 5대 소설 곧 《죄와 벌》, 《악령》, 《백치》, 《미성년》, 《카라마조프네 형제들》을 이해하는 열쇠가 된다. 위 에서 도스토옙스키 소설의 주인공이 정신병자처럼 보인다고 했는데, 이 말은 5대 소설에도 그대로 적용된다. 가령 초인 정신을 발휘하여 전 당포 노인을 살해한 라스콜니코프, 소아성욕에 자살자의 기질을 갖고 있고 자유의지 실험에 몰두하는 《악령》의 주인공 스타브로긴, 아주 아 름다운 인물이되 간질을 앓는 백치이며 신성한 바보인 미시킨 공작, 이 율배반적인 생각으로 의식에 분열을 일으키는 《미성년》의 베르실로프, 대심문관의 창조자인 이반 카라마조프 등은 모두 정신적으로 문제가 있는 사람들이다.

여기서 우리는 이런 질문을 던져볼 수 있다. 이런 정신병적 인물이 다수 등장하는 소설이 왜 그렇게 사람을 감동시키는가? 나는 그것을 프 로이트의 '쥐 인간' 사례 연구를 빌려와 설명해보고자 한다. 나는 쥐 인간 이야기를 읽을 때는 정신분석에 관한 정보를 얻을 수 있었지만 문학적 감동을 느끼지는 못했다. 그러나 도스토옙스키의 《지하생활자의 수기》를 읽을 때는 실제로 쥐 인간을 만나서 이야기하는 느낌이 들었다. 왜 이런 인물을 직접 만난 것 같은 느낌이 그리 중요한가? 왜냐하면 도스토옙스키는 인간성의 신비와 심연을 아주 구체적 행동과 상황을 통해 보여주기 때문이다. 나는 이것이 도스토옙스키 소설의 커다란 미덕이라고 생각한다. 우리는 지하인 얘기를 읽으면 우리 자신이 혹시 지하인이 아닐까 생각하게 된다. 그러면서 그런 인간으로 전락할 가능성을 경계하고 나아가 차단하는 계기를 마련한다.

우리가 텍스트를 검토할 때 유의해야 할 텍스트의 성질에는 여러 측면이 있다. 그것은 통상적으로 텍스트의 시학, 해석학, 독자 반응, 이렇게 세 가지 측면으로 나뉜다. 시학은 그 형식, 문체, 수사학을 살피면서 텍스트가 제시되는 방식, 의사소통의 형식으로서 또 예술 작품으로서 텍스트가 자기 자신을 제시하는 방식에 집중한다. 해석학은 텍스트가 작동하는 방식에 대해서는 별 관심이 없고, 그 대신 텍스트가 무엇을 말하는가에 집중한다. 해석학은 텍스트의 의미를 발견하고 이해하려는 것이다. 때로는 이것이 아주 쉽고 또 문자적 의미 이해에 그치기도 하지만, 때로는 복잡 미묘한 과정이 되어 저자가 의도하지 않은 것 혹은 의식하지 못한 것을 발견해내기도 한다. 마지막으로, 텍스트는 읽히기 위해 존재한다. 곧 독자가 그 텍스트를 읽고서 어떤 생각과 반응을 하느냐는 것이다.

위에서 도스토옙스키의 인물들을 읽을 때마다 쥐 인간을 생각하게 된다고 했는데, 바로 이것이 독자의 반응을 표현하는 한 가지 사례다. 어제는 정상이었다가 오늘은 비정상이 되는 인간의 신비한 특성을 이 러시아 작가만큼 잘 파악한 소설가는 없을 것이다.

|13| 마키아벨리의 인간관

《로마사 논고》

●

마키아벨리의《로마사 논고》는 리비우스의《로마사》첫 10권에 대한 논평이다. 고대 로마가 강성한 나라로 발전하게 된 과정을 더듬으면서 공화제의 우수성을 노래하고, 동시에 15세기 당시의 피폐한 피렌체 도시국가의 상황을 개탄한 작품이다.

그러나 나는 이 책을 읽을 때마다 로마의 정체가 발전하는 과정보다 마키아벨리의 인간관에 더 큰 흥미를 느끼게 된다. 그는 인간 혹은 인간성에 대하여 짧은 잠언을 많이 남겼는데 여기 대표적인 것만 옮겨본다.

- 사람이란 필요에 의하여 강요당하지 않는 한 선을 행하지 않는다. (1권 3장)
- 악당이건 성인이건 선악에 대한 판단은 똑같다. 하지만 거의 모든 사람이 겉보기뿐인 선행이나 영예에 간단히 현혹된다. (1권 10장)
- 사람들은 실체는 제쳐놓고 겉모습만으로 사물을 판단하는 일이 많다. (1권 25장)
- 사람은 어떤 악이든지 예사로 범할 수 있지는 않지만, 그렇다고 하여 완전무결한 성인이 될 수도 없다. (1권 27장)
- 인간은 허영심이 많아서 타인의 성공을 질투하기 쉬우며, 자기의 이익 추구에 대해서는 무한히 탐욕스럽다. (1권 29장)
- 인간은 은혜를 은혜로 갚기보다는 남에게서 받은 호의를 배반하기가 더 쉽다. 은혜를 갚는다는 것은 굉장한 부담이지만, 은혜를 원수로 갚는 소행은 편하기도 하고 덕도 된다. (1권 29장)

- 사람이란 끝까지 악해질 수도 없지만 반대로 한량없이 선해질 수도 없다. (1권 30장)
- 사람은 새로운 것에 달려들기 좋아하는 성질을 갖고 있다. (1권 33장)
- 사람은 스스로 택해서 자기 몸에 초래한 상처나 그 밖의 병에 대해서는, 남의 손으로 가해진 것만큼 고통을 느끼지 않는다. (1권 34장)
- 사람은 어려운 조건에서는 고민을 하지만 좋은 조건에서는 권태를 느끼는데, 이 두 가지 상태는 동일한 결과를 가져온다. 인간은 부득이한 이유로 싸움을 중지하자마자, 그다음에는 야망을 위해 싸운다. 야망은 인간의 가슴속에 있는 매우 강력한 충동이기 때문에 아무리 높은 지위에 올라도 충족되지 않는다. 그 원인은 자연이 인간으로 하여금 모든 것을 갈구하도록 만들어놓고, 그 모든 것을 얻지 못하게 해놓았기 때문이다. 그래서 욕망은 언제나 성취 능력을 넘어서서 내달린다. 그 결과 인간은 자신이 이미 소유한 것에 불만을 품으며, 현재의 상태에 별로 만족하지 못한다. 바로 여기서 인간 운명의 변화가 발생한다. 어떤 자는 더 많은 것을 가지려고 하다가, 또 어떤 자는 이미 가진 것을 빼앗기지나 않나 두려워하다가 결국 남들과 싸움을 벌이게 된다. (1권 37장)
- 사람은 명예보다 재산을 더 중시한다. (1권 37장)
- 귀족의 야망이나 욕심은 끝이 없어서 아무리 참주가 재부와 영예를 내려준다고 해도 절대로 그들 모두를 만족시킬 수 없다. (1권 40장)
- 인간은 때때로 작은 짐승이나 다름없는 짓을 한다. 본능에 따라 먹이를 잡고자 몰두한 나머지 다른 더 큰 맹금이 저 위에서 자기를 잡아먹으려고 노리는 사실을 깨닫지 못한다. (1권 40장, 이 부분은 《장자》 외편 〈산의 나무[山木]〉 편과 매우 비슷하다. 장주가 숲에서 활을 들고 노닐다가

까치가 날아가는 것을 보았다. 그놈을 잡기 위해 쫓아가 살펴보니 매미 한 마리가 시원한 나무 그늘에 앉아서 자기 몸조차 잊고 있었다. 그리고 사마귀 한 마리가 그 매미를 잡으려고 노리며 자기 몸을 잊고 있었다. 까치는 그 사마귀를 잡으려 하고, 장주는 그 까치를 잡으려고 자기 몸을 잊고 있었다. 장주는 이때 홀연히 깨닫고는 화살을 내던지고 숲을 떠났다).

- 사람은 제아무리 선량하게 태어나고 또 훌륭한 교육을 받았다 하더라도 아주 쉽게 타락해버리고, 손바닥 뒤집듯 그 성격이 바뀌는 존재다.(1권 42장)

- 사람은 결코 제 속마음을 드러내서는 안 되며, 어떤 수단을 써서라도 자기 목적을 이루도록 노력해야 한다.(1권 44장)

- 사람은 몸에 위험을 느끼자마자 어떤 수단을 써서라도 몸의 안전을 도모하고자 온 힘을 기울이며, 결국 그 상태에서 빠져나가려고 앞뒤 분별 없이 광포한 행동을 하게 된다.(1권 45장)

- 사람은 자기에게 관련된 사물을 전반적으로 파악하려 할 때 잘못을 저지르기 쉬우나, 구체적 사례를 따라 생각을 해나가면 그런 잘못은 저지르지 않는다.(1권 47장)

- 사람은 표면상의 훌륭함에 현혹된 나머지 결국은 자기의 파멸에도 연관된 일을 진심으로 바라게 된다.(1권 53장)

- 비굴한 노예든가 아니면 오만한 주인이든가, 이것이 민중의 본질이다.(1권 58장)

- 사람은 때때로 이유도 없이 옛날을 찬양하고 현재를 좋지 않게 말한다.(2권 서문)

- 사람의 욕망은 한이 없다. 그 결과 인간은 마음에 불만이 끊이지 않아 현재의 상태에 넌더리를 낸다.(2권 서문)

- 사람은 운명이 이끌어가는 대로 몸을 맡길 수는 있어도 이를 거스를 수는 없다. 사람은 운명이라는 실을 짜나갈 수는 있어도 찢을 수는 없다. 그렇다고 아주 체념해버릴 수도 없다. 왜냐하면 운명이 무엇을 꾸미고 있는지도 모르며, 어디를 어떻게 지나와서 어디로 얼굴을 내밀지 전혀 짐작할 수 없기 때문이다. 그러므로 언제 어떤 행운이 어디로 날아들지 모른다는 희망을 가지고, 어떤 운명을 만나더라도 또 어떤 괴로운 처지에 몰리게 되더라도 소극적인 태도를 취해서는 안 된다. (2권 29장)
- 사람은 조급함 때문에 욕망을 언제까지나 품고 있지를 못한다. 사람이란 자기에 대한 일, 특히 간절히 바라는 일에 대해서는 눈이 어두워지기 쉽다. 그래서 조급함과 착각 때문에 현재 형편과 맞지 않는 일에 착수하여 실패를 보고 만다. (3권 8장)
- 인간의 양손과 혀는 일을 성취하는 가장 중요한 수단이다. 그러나 이 두 가지가 있다고 하더라도 절박한 상태에서 간절한 필요에 의해 움직이지 않으면 일은 성취되지 않는다. (3권 12장)
- 인간은 대체로 두 가지에 마음이 움직이는데 하나는 사랑이고 다른 하나는 두려움이다. 그러나 대개의 경우 사랑을 주는 사람보다 두려움을 주는 사람 쪽으로 따라가고 복종한다. (3권 21장)
- 인간은 지극히 변덕스러운 존재여서 자기 야심을 채울 수 있다면 인간미 넘치는 군주에게 품었던 사랑 따위는 당장에 잊어버리고 만다. (3권 21장)
- 사람이란 자기가 소중히 여기는 것을 빼앗기면 그것을 두고두고 잊지 않는다. 걸핏하면 그 물건의 필요성이 뼈저리게 느껴져서 언제까지나 잊지 못한다. (3권 23장)

- 시간이란 사람을 기다려주지 않으며, 선량한 인품만으로는 일을 성취하지 못한다. 인간의 사악한 마음은 어떤 선물을 받아도 온화해지지 않는다. (3권 30장)
- 같은 사람의 마음속에 미덕과 악덕이 공존하며, 국가에 대해서도 똑같은 말을 할 수 있다. (3권 31장)
- 사람들은 앞일을 미리 알고자 하면 과거로 눈을 돌리라고 말한다. 이것은 이치에 맞는 말이다. 어느 시대를 막론하고 이 세상의 모든 일에는, 과거에 매우 비슷한 선례가 있기 때문이다. 곧 항상 똑같은 욕망이 인간의 행동을 움직여 왔으므로 똑같은 결과가 나타난다. (3권 43장)

|14| 융이 다룬 아니마의 특징

《심리학적 유형(Psychological Types)》

볼링겐 판(프린스턴대학 출판부) 융 전집 제6권 《심리학적 유형(Psychological Types)》의 섹션 803-804에서는 '아니마로서의 영혼(soul as anima)'을 이야기한다. 여기서 융은 퍼스낼리티를 외부적인 것과 내부적인 것으로 나누고, 외부적 퍼스낼리티를 페르소나(persona), 내부적 퍼스낼리티를 아니마(anima)라고 지칭한다. 그러면서 아니마에 대하여 이렇게 설명한다.

아니마의 특징에 대해 말해보자면, 내 경험에 비추어 볼 때, 그것은 페르소나의 특성과 상보적 관계에 있다. 아니마는 의식적 태도에서는 찾아볼 수 없는 공통적인 인간적 특질을 지닌다. 악몽, 우울한 예감,

내적인 공포 등에 시달리는 독재자가 대표적인 사례다. 겉으로는 무자비하고, 악랄하고, 범접할 수 없을 것처럼 보이는 사람이 속으로는 그림자만 보아도 깜짝 놀라고, 아주 심약하고 감상적인 사람처럼 변덕스러운 분위기에 휘둘리는 것이다. 페르소나가 지적이라면 아니마는 감상적이다. 아니마의 상보적 특성은 성적 특성에도 영향을 미친다. 아주 여성적인 여자가 남성적인 영혼을 갖고 있고, 반대로 아주 남성적인 남자가 여성적 영혼을 갖고 있다. 이것은 남자가 100퍼센트 남성적일 수는 없고 일정한 여성적 특질을 갖고 있기 때문에 그러하다. 겉으로 드러나는 태도가 남성적일수록, 그 남자의 여성적 특질은 의도적으로 제거된다. 그리하여 그 여성적 특질이 무의식 속에서 나타난다. 이 때문에 아주 힘찬 남자가 때로는 아주 특이한 허약함에 빠져들게 된다. 무의식 속에서 그 남자의 태도는 여성적 허약함과 감상성을 드러내는 것이다. 반대로 가장 여성적인 여자도 내면적 삶에서 오로지 남성의 외면적 특성에서만 발견될 수 있는 비타협, 고집, 완악함을 드러낸다. 이것들은 그 여성이 외면적 태도에서 제거해버린 남성적 특질이 그녀의 영혼 속으로 들어가 자리 잡은 결과다.

융은 다른 곳(전집 제7권 《분석심리학에 관한 두 논문(Two Essays in Analytical Psychology)》 섹션 298-299)에서 라이더 해거드의 소설 《그녀(She)》의 사례를 든다. 이 소설의 여주인공 아이샤는 '반드시 복종을 바쳐야 하는 여자'로 묘사되어 있다. 아프리카의 오지에서 주위 부족들을 제압하면서 2000년 동안 연모하는 남자를 기다리며 살아왔다는 신비한 여성을 묘사한 소설을 읽으면 독자는 금방 아이샤가 곧 아니마라는 걸 알 것이라고 말한다.

|15| 남자의 아니마를 다룬 이야기

《쾌락주의자 마리우스(Marius the Epicurean)》

●

월터 페이터(1839-1894)의 평론집 《르네상스의 역사 연구》에는 레오나르도 다빈치의 〈모나리자〉를 설명한 글이 있다. 〈모나리자〉의 모델은 조콘도라는 상인의 부인이기 때문에, '라 조콘다'라는 여성형 이름으로도 불린다. 페이터는 과거 교과서에 실렸던 이양하의 명수필 〈페이터의 산문〉에서 말하는 바로 그 사람으로, 이 수필에는 페이터의 저서 《쾌락주의자 마리우스(Marius the Epicurean)》의 12장이 부분 번역되어 있다. 위에서 융의 아니마를 다루었는데, 나는 페이터가 쓴 모나리자 이야기가 남자의 아니마를 가장 잘 묘사한 글이라고 생각한다.

이렇게 하여 아주 기이하게 물가에 모습을 드러낸 이 여성은 남자들이 지난 1000년 동안 다양한 방식으로 욕망해오던 것을 표현한다. 그녀의 머리는 '세상의 종말이 닥쳐오는' 머리이고, 눈꺼풀은 약간 나른한 형상이다. 그녀는 정신에서 발전하여 살을 획득하게 된 아름다움이며, 그 살의 세포마다에 기이한 생각과 환상적 몽상과 절묘한 열정이 깃들여 있다. 이 그림을 그리스의 하얀 여신들이나 아름다운 고대 여인들 옆에 놓고 비교해보라. 영혼의 모든 질병이 함께 그(아름다움) 안에 녹아들어 있는 이 미녀 때문에 아주 심란한 마음이 되어버릴 것이다! 그리스의 동물성, 로마의 욕정, 정신적 야망과 상상의 사랑을 강조한 중세의 신비주의, 이교도 세계의 귀환, 보르자 가문의 죄악 등 사람이 외형으로 다듬고 표현할 수 있는 한에서 모든 생각과 체험이 거기에 새겨지고 조형되어 있다.

그녀는 자기를 둘러싼 바위들보다도 더 오래되었다. 그녀는 뱀파이어처럼 여러 번 죽었다 되살아났고, 무덤의 신비를 알고 있다. 그녀는 깊은 바다에 잠수한 자이고, 그 바다가 잠잠하던 날의 기억을 간직하고 있다. 그녀는 동방의 상인들과 기이한 피륙을 교환했다. 트로이의 헬레네의 어머니인 레다인가 하면 마리아의 어머니 성 안나이기도 하다. 이 모든 것이 그녀에게 리라와 플루트의 소리이고, 그 가락은 변화하는 얼굴의 윤곽을 그려내고 그녀의 눈꺼풀과 손을 물들이는 그 미묘함 속에서만 존재한다. 일만 가지 체험을 포섭하는 영원한 삶에 대한 환상은 오래된 것이다. 현대의 철학은 모든 사고방식과 삶의 방식을 구체화하고 또 그것들을 그 안에 요약하는 인간성 개념을 구상해왔다. 모나리자는 그 오래된 환상의 구현이고 현대적 개념의 상징이다.

우리는 왜 사람을 이해하기 어렵다고 말하는가? 그가 겉으로는 페르소나(사회적 가면 혹은 배역)를 쓰고 다니면서 속으로는 아니마의 지배를 받기 때문이다. "내가 왜 이러는지 몰라"라는 유행가 가사도 있듯이, 정작 그 사람 본인도 자기 자신을 잘 모르는 것이다. 이 페르소나는 뒤에 (→ 겨울 28) 나오는 인생의 연극성과 밀접한 관계가 있다.

| 16 | 사건의 배후에 여자가 있다
《아이네이스》

●

'네다바이(사기꾼)는 네버다이(영원히 죽지 않는다)'라는 말은 소리를 이용한 말장난이다. '아니마는 페미나, 페미나는 둑스 파크티(femina dux facti)'도 그런 말장난이다. 이 말은 베르길리우스의 《아이네이스》 1권 364행에 나온다.

카르타고의 여왕 디도는 원래 페니키아 사람이었다. 그곳에 있을 때 결혼을 했고, 남편 시카이오스는 그녀를 아주 사랑했다. 그러나 페니키아를 지배하던 그녀의 오빠 피그말리온은 아주 사악한 남자였다. 시카이오스와 피그말리온 사이에 분쟁이 벌어졌고, 탐욕에 눈이 먼 피그말리온은 은밀히 시카이오스를 살해했다. 제단 앞에서 혼자 희생을 바치며 전혀 경계하고 있지 않던 시카이오스를 암살하도록 자객을 보낸 것이다.

악당은 범죄를 오랫동안 숨기면서 불쌍한 디도가 헛된 희망을 품도록 계속 부추겼다. 하지만 땅속에 매장되지 않은 남편의 망령이 디도의 꿈에 나타나 그녀의 창백한 얼굴을 쓰다듬으며, 자신이 살해당한 피 묻은 제단을 보여주고 칼에 찔린 자국도 보여준다. 가장 고상하다는 가문에서 벌어진 아주 비열한 범죄를 폭로한 것이다.

이어 남편의 영혼은 그녀에게 페니키아를 떠나라고 권유한다. 또 그녀의 여행을 돕기 위해 오래된 보물, 그러니까 수천 톤에 이르는 황금과 순은이 묻혀 있는 곳을 그녀에게 가르쳐준다. 디도는 여행을 준비했고, 잔인한 폭군을 두려워하거나 증오하는 사람들을 동행으로 삼았다. 그들은 출항할 준비가 되어 있던 배를 빼앗아, 땅에서 캐낸 황금과 탐욕스러운 피그말리온의 보물(피그말리온이 시카이오스를 죽이고 빼앗으려 했던 보물)을 싣고서 바다로 나섰다. 그리하여 마침내 카르타고에 도착했고, 디도는 그곳의 여왕이 되었다. 이 모든 일이 여자가 주동이 되어 한 일(페미나 둑스 파크티)이었다.

'페미나 둑스 파크티'는 여자가 주동이 되어 일을 꾸민다는 뜻이지만

'사건의 배후에 여자가 있다'는 뜻으로 더 널리 쓰인다. 영어에는 There is a woman at the bottom of the affair(사건의 바닥에는 여자가 있다)라는 표현이 있고, 프랑스어에는 cherchez la femme(여자를 찾아라)라는 표현이 있다. 여자는 팜파탈(→ 가을 9)인가 하면 남자의 마음속에 들어 있는 아니마이기도 하다.

| 17 | 우리는 먼지요 그림자

호라티우스 〈서정시 제4권〉

'인생이란 무엇인가' 하는 질문에 옛사람들이 해오던 대답은 '먼지요 그림자'라는 것이다. 호라티우스(서기전 65-서기전 8)의 〈서정시 제4권 7〉의 제목을 달자면 '자연의 순환'이라 할 수 있다. 이 시는 눈이 사라지면 들판에 풀이 나고 나무에 잎이 자라는 것을 지적하면서 모든 것이 이처럼 순환하니 우리 인간은 영원불멸을 꿈꾸어서는 안 된다고 말한다. 이것이 무심하게 흘러가는 세월의 전언이라는 것이다. 그러면서 우리는 '먼지요 그림자(pulvis et umbra sumus)'라고 말한다.

호라티우스는 또 〈서정시 제4권 1〉에서 "나는 예전의 내가 아니다(non sum qualis eram)"라고 노래한다. 비틀스의 노래 〈예스터데이〉에 나오는 가사 "I'm not half the man I used to be(나는 예전의 나의 절반도 되지 않는[남자]다)"는 이 호라티우스의 시구를 가져온 것이다. 그리스 여가수 나나 무스쿠리는 이 노래를 부르면서 "I'm not half the girl I used to be(나는 예전의 나의 절반도 되지 않는[여자]다)"라고 고쳐 부르기도 했다. 아무튼 이 말은 노년의 심경을 잘 묘사한다.

중국 진나라의 시인 도연명도 〈잡시(雜詩) 1〉에서 비슷한 시구를 읊었다.

인생은 뿌리도 꼭지도 없이
길 위의 먼지처럼 날린다.
먼지는 흩어져 바람 따라 굴러가니
이 몸이라는 것이 영원히
이대로 있는 것이 아니다.
人生無根蔕
飄如陌上塵
分散逐風轉
此已非常身

《고시 열아홉 수(古詩十九首)》에 실린 중국 옛 시에 "인간은 백 년도 채 살지 못하면서 천 년을 살 걱정을 한다(生年不滿百 常懷千歲憂)"라는 구절이 있다. 왜 백 년짜리가 천 년의 걱정을 할까? 인생이 너무 괴롭기 때문이다.

| 18 | 인간의 마음에 깃든 몬스터

《오셀로》

그래서 인생은 고해이고 세상에는 악한 일이 많이 벌어진다. 그런데 그 악은 모든 인간의 마음속에 들어 있는 것이다. 셰익스피어의 희곡 《오셀로》는 '그린 아이드 몬스터(green-eyed monster: 초록색 눈을 가진 괴물, 질투를 비유적으로 표현한 말)'를 다룬 작품인데, 질투란 곧 악의 한 가지 양상이다.

오셀로는 큰 성공을 거둔 무어인 장군으로, 베네치아 공국을 위해 일하고 있다. 그는 방금 카시오라는 장교를 부관으로 승진시켰다. 그런데 그 자리는 다른 하급 장교인 이아고가 몹시 바라던 자리였다. 그렇지만 오셀로는 이아고를 크게 신임한다. 우리는 극의 초반부터 이아고가 장군을 증오한다는 것을 알게 되는데, 그 주된 이유는 오셀로가 흑인이기 때문이다. 오셀로는 얼마 전 베네치아 원로의 딸 데스데모나와 결혼했다. 데스데모나의 아버지는 그 결혼에 반대했으나, 오셀로는 베네치아 정부에게서 큰 신임을 얻고 있었기에 결국 결혼할 수 있었다. 1막 3장 끝 부분에서 이아고는 무대에서 독백으로 완벽한 복수를 위한 계획을 말한다. 다음은 이아고의 독백이다.

난 저 무어 놈을 증오해. 놈이 내 이불 속에서 내 대신 서방 노릇을
했다는 소문도 쫙 퍼지고 있잖아. 사실 여부는 알 수 없지만.
하지만 나는 그런 소문을 들은 이상, 확증이 있는 거나 마찬가지로
복수를 해주지 않고서는 시원치 않거든. 놈은 나를 철석같이 믿어.
그만큼 내 목적 달성에는 안성맞춤이지. 카시오는 잘생긴 놈,
녀석의 자리를 내가 빼앗아야지. 흉계로 일거양득이 되게 해야지.
그럼 어떻게? 조금 뒤에 오셀로의 귀에다 이르는 거지.
그 녀석이 사모님과 너무 친하다고. 그 녀석은 매너 좋고 잘생긴 놈
이니까
여자 꾀는 놈으로 혐의를 뒤집어쓰기에 딱 좋지.
한편 무어 놈은 관대하고 정직해서 겉만 성실하게 보이면 속도 그
런 줄 알지.
그러니 코를 잡고 나귀 모양 마음대로 끌고 다닐 수 있어.

됐어, 다 됐어. 이제는 지옥과 암흑의 힘을 빌려서, 이 괴물에게
세상의 빛을 보게 해야지. (퇴장)

이아고는 확신도 없으면서 오셀로가 자기 아내와 동침한 것처럼 괴이
한 얘기를 한다. 이 대사는 냉소적인 비웃음과 함께 내뱉을 수도 있고
아니면 정신 나간 사람처럼 지껄일 수도 있다. 어느 쪽이든 연극의 관객
은 이아고의 의도에 공모하게 되고, 좋든 싫든 그의 보복 음모에 끼어들
게 된다. 이아고는 실제로 관객에게 어떻게 해야 하느냐고 물어보기도
한다. 많은 배우들이 이 독백을 하면서, 관객들이 이아고의 사악한 의
도와 그것에 따른 즐거움에 동참하는 것을 느꼈다고 이야기한다. 그러
니까 선보다는 악이 훨씬 더 인간의 주의력을 잡아당긴다는 것이다.

|19| 악마도 될 수 있는 인간

《암흑의 핵심》

조지프 콘래드의 중편소설 《암흑의 핵심》은 말로라는 노련한 선원이
과거 콩고에서 보았던 일을 회상하는 형식으로 서술된다.

말로는 콩고 내륙에서 상아를 수집해 강가로 내보내는 상아 거래업
자 미스터 커츠를 찾아간다. 커츠는 처음에는 문명국의 이상주의에 불
타서 오지의 중심으로 들어갔으나 점점 그곳의 식인종과 동화되어 악
마가 되어간다. 상아를 수집하다가 흑인들이 말을 듣지 않으면 죽이는
일도 서슴지 않고, 그렇게 죽여버린 흑인들의 두개골을 자기 집 울타리
에 장식하기도 한다. 커츠와 만난 말로는 그를 해안으로 데리고 나오지

만 중간에 커츠는 "아 그 공포, 그 공포!"라는 말을 남기고 죽는다.

커츠에게는 브뤼셀에 약혼녀가 있었는데 말로가 그녀를 찾아가 보니 그녀는 아직도 커츠를 기다리고 있었다. 말로는 차마 그 여자에게 커츠가 악마 짓을 하다가 죽었다는 말은 못하고, 그가 훌륭한 사람이었으며 임종 시에 그녀의 이름을 부드럽게 불렀다고 거짓말한다.

말로가 커츠를 찾아가는 여행은 일종의 알레고리로서, 인간의 마음은 어두운 심연으로 괴물 같은 사악한 짓도 얼마든지 할 수 있다는 것을 암시한다. 또한 이 소설은 아프리카를 문명화한다는 미명 아래 아프리카인들을 학살한 유럽 문명에 대한 고발장으로 읽을 수도 있다. 인간은 밀림이나 오지에 혼자 놔두면 저절로 악마가 될까? 윌리엄 골딩은 그렇다고 생각한 것 같다.

| 20 | 문명은 퇴행일까 진화일까

《파리대왕》

●

윌리엄 골딩(1911–1993)의 장편소설 《파리대왕》은 무인도에 떨어진 소년들을 통해 인간이 어떻게 점점 악마와 같은 짓을 하게 되는지 그 과정을 추적한다.

랠프와 피기는 선량한 소년인데, 소년 합창단의 단장이었던 잭 메리듀는 무인도의 소년들 무리에서 우두머리 자리를 랠프에게 빼앗긴 것을 괘씸하게 생각한다. 그리하여 잭은 자신을 추종하는 합창단 아이들을 이끌고서 랠프에게 반기를 들고, 그 과정에서 피기와 다른 소년을 죽이고 이제 마지막으로 랠프를 죽이려 한다. 이 자그마한 사회에서도 권력욕이 이런 끔찍한 짓을 저지르게 만드는 것이다. 랠프가 섬의 산속으로 도망치자 잭 일당은 산에 불을 놓아 랠프를 잡으려 한다. 그러나 아이러니하게도 그렇게 놓은 불에서 난 연기가 섬 인근을 지나던 군함에 포착되어, 소년들은 해군에게 구조된다.

윌리엄 골딩은 이 소설의 주제에 대하여 이렇게 말했다.

"《파리대왕》은 인간 사회의 결점을 인간성의 결점으로 파악하려는 시도다. 이 소설에서 얻을 수 있는 교훈은 이런 것이다. 사회 형태는 개인의 윤리적 본성에 바탕을 둔 것이어야지, 겉으로 그럴듯해 보이는 정치 체계에 바탕을 둔 것이어서는 안 된다."

이 소설에서 골딩은 '고상한 야만인'이라는 신화를 거부하면서, 문명의 억제가 없다면 더 순수하고 건전한 사회가 생겨나는 것이 아니라 야만과 학살의 사회로 퇴행해버릴 것이고, 그런 야만의 씨앗은 결국 인간의 마음속에 원래부터 깃들어 있는 악에서 나온다고 주장한다. 소설의 제목 '파리대왕(Lord of the Flies)'은 '베엘제불(또는 바알세불)'이라는 히브리어를 번역한 것이다. 〈마태복음〉 12장 24절에 이 낱말이 나오는데, 직역하면 '파리 떼의 왕'이고 속뜻은 '마귀들의 우두머리'다.

| 21 | 유럽의 몰락과 함께 본 세상의 복마전
《마의 산》

●

세상은 마(魔)의 산, 성과 마을, 그 마을 속의 여관, 블루 호텔 혹은 하얀 호텔이라고 말한 작가들이 있다. 먼저 토마스 만의 《마의 산》을 살펴보자.

주인공 한스 카스토르프는 사촌인 요아힘을 만나러 알프스 산중의 다보스에 있는 베르크호프 요양원을 찾아갔다가 그곳에 눌러앉아 7년을 보내게 된다. 이 요양원은 제1차 세계대전 직전의 퇴폐적이고 병든 유럽의 상징이다. 이곳에서 카스토르프는 세템브리니(합리성의 상징), 나프타(신비주의의 상징), 쇼샤(육체적 욕망의 상징), 페이페르코른(신체적 강건함의 상징)이라는 중요한 인물 네 명을 만난다. 카스토르프는 쇼샤와 하룻밤 정사를 벌이나 그 후에는 소원해진다.

소설에는 죽음의 이미지가 충만하다. 세템브리니와 나프타는 서로 언쟁을 벌이다가 격분하여 결투를 하게 되는데, 결투 장소에서 나프타는 상대가 아니라 자기 자신을 쏘아 죽인다. 카스토르프도 죽음에 매혹된다. 그는 슈베르트의 가곡 〈보리수〉를 즐겨 부르는데 이 노래에는 명백히 죽음에 대한 소망이 담겨 있다.

그러나 소설의 핵심이 되는 6장의 '눈(snow)' 장면에서 주인공은 정신적 변모를 겪는다. 눈보라 속에서 길을 잃은 그는 설핏 잠이 들어 꿈속에서 '천국과 피의 희생'이라는 환상을 본다. 먼저 천국에 사는 듯한 사람들의 평온하고 사랑스러운 분위기와 거기에 살고 있는 미소년을 본다. 이어 장면이 바뀌어 반쯤 벌거벗은 두 노파가 어린아이를 세수 대야 같은 것에 집어넣고 산 채로 뜯어 발기는데, 어린아이의 금발 머리카락에 선혈이 낭자하다. 두 노파는 피가 뚝뚝 떨어지는 어린아이의 살과 뼈를 우둑우둑 씹어 먹는다. 이어 꿈에서 깬 한스는 방금 본 환상을 우리의 삶에 늘 어른거리는 죽음의 그림자로 해석한다. 그는 더 이상 죽음이 두렵지 않다고 생각한다. 왜냐하면 인간은 선(善)과 사랑 덕분에, 결코 죽음이 자신의 생각을 좌지우지하도록 내버려두지 않을 것이기 때문이다.

이 꿈 속의 환상은 〈베네치아에서의 죽음〉이라는 단편소설에서 아주 아름답게 제시된 아폴로주의(지성)와 디오니소스주의(야성)를 가리킨다. 이 환상 속에서 인간의 본성에 들어 있는 이원성(지성과 야성)이 영성을 통하여 하나로 통합된다. 덕분에 카스토르프는 질병과 죽음에 대한 탐닉을 이겨내고 삶을 적극 수용하게 된다. 인간적 사랑 속에서 세템브리니와 나프타의 양극성은 거부되고, 사상과 행동에 위력을 떨치던 죽음의 힘은 소거되고, 삶의 환희가 재확인된다. 눈보라를 뚫고 요양원에 돌아온 카스토르프는 이 꿈을 기억하지 못하나, 그것은 그의 몸에 체인(體認)된 것이다.

소설의 마지막은 제1차 세계대전 중 전선에 나간 카스토르프를 묘사한다. 이 타락한 세상은 그의 아름다운 꿈을 수용하지 못하고 끝내 전쟁이 벌어지고 만 것이다.

베르크호프 요양원은 유럽, 곧 1914년에 갑자기 죽어버린 유럽의 상징이다. 작품 속의 등장인물은 각 개인으로 볼 수도 있지만 어떤 사상혹은 감정의 강력한 표상으로 보는 것이 좋다. 세템브리니는 자유주의적 휴머니즘, 나프타는 절대적 신비주의, 페이페르코른은 '아라비아의 로렌스'(T.E. 로렌스)를 상징한다. 요양원의 환자들은 여러 나라와 사회 계층에서 뽑아 온 인물들로, 병든 서구를 상징하는 인물들이다. 토마스 만은 1924년 당시에 유럽이 병든 사회라는 것을 정확히 꿰뚫어 보았다. 이 거대한 작품에서 만은 20세기의 사상을 주름잡아온 10여 가지 주제와 문제들, 가령 정신분석과 영성주의, 예술·질병·죽음 사이의 연결고리, 아인슈타인이 말한 시간의 상대적 속성, 서구인 특히 중산층 서구인들의 정신 상태, 예술가와 사회의 관계, 제대로 된 인간 교육 등을 폭넓게 다룬다. 그러나 이 작품에서 가장 인상적인 측면은 세상을 복마전, 곧 '마(魔)의 산'으로 보는 관점이다.

| 22 | 평범한 삶의 신성함

《성(城)》

●

카프카의 《성(城)》은 토지측량사 K가 성에 들어가고자 하지만 결국에는 들어가지 못한다는 얘기다. 이 장편소설은 카프카의 짧은 소설 〈법 앞에서〉(→ 여름 51)를 길게 확대한 것이라고 볼 수 있다.

어느 겨울날 K는 성이 있는 마을에 도착한다. 마을 사람들은 그의 도착을 그리 환영하지 않는다. 이후 K는 성의 고위 관리인 클람이 보낸 전령 바르나바스를 통해 성에 가게 될지도 모른다는 막연한 희망을 품는다. 그는 자신이 성에 고용된 사람이라는 것을 확인하고자 하나 아무 데에서도 그런 확인을 받지 못한다.

그는 프리다라는 여관 웨이트리스를 알게 되고 그녀와 사랑을 나눈다. 그는 프리다가 과거에 클람의 정부였다는 사실을 알게 된다. 프리다뿐 아니라 여관 여주인도 오래전에 클람의 정부였다. 이후 그를 돕는 조수 두 명이 등장하는데 그들은 그에게 별로 도움이 되지 않는다. K는 학교의 사환으로 일하는 등 마을에 정착하려고 하나 잘 되지 않는다.

마침내 바르나바스는 그를 위해, 여관에 머무르고 있는 또 다른 관리 에를랑거와 면담을 주선해준다. 그가 여관에 도착했을 때 에를랑거는 잠들어 있었고, 아무도 그를 깨워주지 않는다. 설상가상으로 그의 조수들은 마을을 떠나고, 그중 하나는 프리다를 데리고 갔다. 프리다는 더 이상 K와는 상종하지 않으려 한다.

그와 성과 클람이 무엇의 상징이냐는 데 대해서 많은 해석이 이루어져왔다. 우선 토지측량사라는 그의 직업은 인간의 이성을 상징한다. 성은 하느님이 계신 초월 세계이고, 클람은 그 하느님을 대신하는 성자이고, 바르나바스는 하느님의 뜻을 전달하는 천사다. 그리고 성의 관리들은 때때로 뇌물을 받는데 그것은 인간이 바치는 제물이다. 이렇게 보면 성은 인간 구원의 상징이 된다. 그러나 앞에서도 말했듯이 작가들은 구원보다는 타락을, 천국보다는 지옥을 묘사하는데 더 능숙하다. 그래서 구원을 다룬 《성》은 타락(과 징벌)을 다룬 《소송》보다 매력적이지 못하다. 그런데 그가 도착한 마을은 무엇의 상징일까?

토마스 만이나, 카프카의 친구인 막스 브로트의 해석에 따르면 마을은 인류가 살아가는 평범한 삶의 상징이다. 곧 가정을 꾸리고 공동체에 기여하면서 살아가는 평범하고 건강한 존재를 의미한다. 만약 K가 성에 가려고 하지 말고 그 마을에 적응하면서 살려 했다면 그는 은총을 얻었을 것이다. 그리고 아주 신비롭게도 그 마을의 삶이 곧 성의 삶과 같은 것임을 깨달았을 것이다.

|23| 봄 밤을 즐기지 않을 수 없는 때

〈춘야연도리원서(春夜宴桃李園序)〉

이백(701-762)의 짧은 글 〈춘야연도리원서(春夜宴桃李園序)〉는 세상을 여관으로, 인생을 과객으로 파악한다. 앞부분만 인용하면 이러하다.

천지는 만물의 여관이요, 세월은 영원히 쉬지 않고 천지 사이를 지나는 나그네다. 이 중에 인간의 생애라는 것은 꿈같이 덧없고 짧은 것이니, 이 세상에서 환락을 누린다 한들 얼마나 될 것인가. 옛사람이 등불을 잡고 밤놀이를 즐겼다는 것은 참으로 까닭이 있는 일이다. 더욱

이 때는 따뜻한 봄, 아지랑이 낀 풍경이 나를 불러주고, 천지는 내게
문장을 지을 수 있는 재주를 빌려주었다.

그리하여 이 봄 밤을 즐기지 않을 수 없다는 얘기다.

이 글은 첫 문장이 제일 유명하다. 원문을 그대로 옮기면 '부천지자
만물지역려야(夫天地者, 萬物之逆旅也), 광음자 백대지과객야(光陰者, 百代之
過客也)'다.

| 24 | 방관자의 노래
〈푸른 호텔(The Blue Hotel)〉

●

스티븐 크레인의 단편소설 〈푸른 호텔(The Blue Hotel)〉은 세상을 속임수
와 기만이 판치는 복마전으로 보면서, 그 세상의 사람들은 자신의 일이
아니면 그런 불공정한 일을 외면하고 방관한다는 우울한 메시지를 전
한다. 나는 이 소설을 읽을 때마다 이글스의 노래 〈호텔 캘리포니아〉를
떠올린다. 특히 그 노랫말 중에 "어떤 사람은 잊기 위해 춤추고, 어떤
사람은 기억하기 위해 춤춘다"라는 말이 생각난다. 이카루스가 태양을
향해 날아가는 꿈에 도전하다가 실패하여 바다에 떨어지는데, 지상에
있는 농부는 그런 추락 따위 신경 쓰지 않고 유유히 밭을 갈고 있는 브
뤼헐의 그림도 생각난다.

소설의 무대는 19세기 말 네브래스카 주의 포트롬퍼다. 어느 눈보라
몰아치는 날 이곳의 푸른 호텔에 세 손님이 도착한다. 한 명은 뉴욕에
서 온 신경질적인 스웨덴인이고, 다른 한 명은 다코타에서 온 카우보이

빌이고, 마지막 한 명은 동부 사람인 블랑크 씨다. 호텔 주인 패트 스컬리 씨이다. 스웨덴 인이 행동의 주역이고 나머지는 다 구경꾼들이다.

스웨덴인은 이 세상이 '무법천지 서부'와 다름없다고 생각한다. 통상적으로 사람은 공포의 대상이 나타나야 공포를 느끼는데 그는 공포부터 먼저 느끼고 그 다음에 공포의 대상을 찾는 사람이다. 한마디로 스웨덴인은 자신이 상상해낸 무법천지 서부에 살다가 그 상상 때문에 죽는 사람이다. 지나친 상상은 공포를 자아내고, 그 공포는 다시 왜곡된 상상을 가져온다. 스웨덴인은 여관집 아들 조니와 카드놀이를 하다가 주먹다짐을 해서 조니를 제압한다. 이렇게 하여 자신의 주먹에 지나친 자신감을 갖게 된 스웨덴인은 여관을 나와 술집에 가서 그곳에 앉아 있던 도박사를 도발하고, 그의 칼에 살해당한다.

스티븐 크레인은 사회생활의 표면 밑에서 어른거리는 무질서를 고발하면서 세상을 푸른 호텔에 비유한다. 푸른 호텔의 외면은 일견 평온해 보인다. 여행자들이 눈보라 치는 밤에 시골 도시의 호텔에 와서 잠시 머물렀다 떠나갔다는 얘기다. 그러나 자연 세계의 폭력이 정기적으로 벌어진다는 것을 눈보라가 보여주는 것처럼, 여행자들 사이에서의 싸움과 살인은 인간 생활에서도 폭력이 반복적으로 발생한다는 것을 보여준다. 또한 세상은 속임수를 쓰는 푸른 호텔이라는 것이다. 그러나 그 속임수를 옆에서 구경하는 사람은 그것을 고발하는 법이 없고, 그렇게 하는 자는 결국 자기만 손해다. 소설 끝 부분에서, 스웨덴인의 죽음에 대해 우리 모두가 공범자라고 말하는 블랑크 씨의 말은 셜리 잭슨의 〈추첨〉(→ 겨울 70)을 떠올리게 한다.

| 25 | 죽음과 섹스에 대한 프로이트의 견해

《하얀 호텔(The White Hotel)》

D.M. 토머스(1935~)의 장편소설 《하얀 호텔(The White Hotel)》은 프로이트의 학설을 밑바탕으로 삼은 특이한 소설이다. 작가는 이 소설에서 꿈, 편지, 시, 분석적 산문, 일반적인 서사문 등 다양한 문학 형식을 실험한다.

1919년 29세인 유대계 오페라 여가수 리사는 히스테리 치료를 하기 위해 지크문트 프로이트를 찾아온다. 우선 소설의 프롤로그를 형성하는 여러 편지 중 하나에서 프로이트는 환자 리사가 쓴 에로틱한 시를 말해주는데, 그 시에는 죽음과 섹스의 이미지가 긴밀하게 연결되어 있다. 이 시는 인간의 죽음 본능은 섹스 본능 못지않게 강력한 힘을 발휘한다는 프로이트의 이론에서 나온 것이다.

프롤로그에 뒤이어 시가 등장하는데, 이 시에서 리사는 하얀 리조트 호텔에서 젊은 남자와 잠깐 만나서 나누는 성적 쾌락을 상상한다. 하지만 리사가 이처럼 남자들과 사랑을 나누는 동안 호텔 화재와 스키장 리프트의 고장 등 사고가 자꾸 발생한다.

그다음은 리사의 성적 환상이 산문으로 펼쳐지고, 이어 리사 사례에 대한 프로이트의 분석이 나온다. 그는 리사의 꿈에 자주 등장하는 하얀 호텔은 어머니의 자궁으로 돌아가고 싶은 리사의 동경을 상징한다고 결론 내린다.

프로이트의 치료를 받은 리사는 증상이 좀 나아져서, 어린 아들이 있는 유대계 오페라 가수와 결혼한다. 그녀는 남편과 함께 키예프로 이사했는데, 1930년대 후반 스탈린의 대숙청 때 남편이 살해된다. 리사와 어린 아들도 1941년 바비야르에서 이틀 동안 유대인 3만 4000명을 학살한 나치의 만행에 잔인하게 피살된다.

소설의 마지막은 꿈으로 장식되는데, 이 꿈에서 리사는 기차를 타고 천국(팔레스타인으로 추정)으로 가서 잃어버렸던 가족 친지들과 재회한다.

이 소설은 성적 쾌락과 난폭한 죽음이 밀접하게 연결되어 있다는 이미지를 아주 생생하게 묘사한다. 리사를 괴롭힌 히스테리는 어린 리사가 어머니와 작은아버지의 간통 장면을 우연히 목격한 후, 그 두 사람이 나중에 호텔 화재로 죽은 데서 연유한다. 그녀는 그때 이후 섹스와 죽음을 같은 것으로 본다. 위에서 세상을 푸른 호텔이라고 말했는데, 이 소설은 세상이 오히려 하얀 호텔 같은 곳이라고 말하는 듯하다. 결국 인간의 행위는 섹스와 죽음, 두 가지로 요약된다는 것이다.

어린 시절 어머니(혹은 아버지)의 섹스 장면을 엿본 경험이 큰 충격을 미친다는 것은 프로이트의 사례 연구 《늑대인간》에 나온다. 프로이트는 이것을 '원색 장면(primal scene)'이라고 불렀는데 히스테리를 형성하는 최초의 장면이라는 뜻이다. 어린아이는 이 광경을 보았으나 발설은 할 수 없고, 그렇다면 그 결과 어떻게 되겠는가? 말더듬이가 된다는 것이다. 어머니의 간통 장면을 엿보는 얘기는 미시마 유키오의 장편소설 《금각사》에도 나온다.

주인공 리사가 나치의 학살에 죽었다는 얘기는 융이 치료했던 환자 사비나 슈필라인을 연상시킨다. 사비나는 유대계 러시아인으로, 1940년대 초반 소련을 침공한 독일군에게 살해되었을 것으로 추정된다. 융에게 치료를 받으러 왔을 때 사비나는 열아홉, 융은 스물아홉이었다. 의사-환자 관계가 점점 발전하여 둘은 불륜 관계에 이르렀다. 융의 아내 에마가 이 사실을 알림으로써 물의를 빚게 된 융은 프로이트에게 이 실직고하고 용서를 구했다. 당시 프로이트는 정신분석이 유대인의 학문으로 낙인찍히지 않도록, 독일 사람인 융이 반드시 정신분석학회의 일원으로 남아 있기를 바랐다.

융이 프로이트에게 보고한 사비나 사례는 이러하다. 사비나가 네 살에서 일곱 살 사이에 아버지 슈필라인 씨는 아내에 대한 분노와 불만을 쏟아 딸의 엉덩이를 여러 번 때렸다. 어린 소녀는 이렇게 매를 맞으면 성적으로 흥분했으며, 두 허벅지를 꼭 붙이는 것으로 자위행위를 했다. 아버지가 때리지 않고 위협이나 욕만 해도 사비나는 성적으로 흥분했다. 사비나는 그것에 대하여 죄의식을 갖게 되었다. 열여덟이 되어 스위스로 의학 공부를 하러 왔을 때 사람의 눈을 바로 쳐다보지 못했으며, 사람들과 함께 식사를 하면 그 자리에서 곧바로 똥을 싸버릴지 모른다는 황당무계한 두려움 때문에 다른 사람들과 식사를 함께하지 못했다. 그녀는 감정 조절이 잘 안 되어 폭력적으로 감정을 폭발시키거나, 아니면 얼굴을 찌푸리거나 조롱하는 표정으로 혀를 내밀었다. 토머스의 《하얀 호텔》은 리사와 프로이트의 관계를 추적하지만, 그 과정에 융과 사비나의 사례를 많이 참조한 듯하다.

| 26 | 문화를 키워온 놀이의 힘

《호모 루덴스》

요한 하위징아(1872-1945)의 《호모 루덴스》는 힘들고 어려운 세상을 놀이 정신으로 대응하라고 주문하는 책이다. 그는 놀이를 여섯 가지 정도로 정의한다.

1) 놀이는 특정 시간과 공간 내에서 벌어지는 자발적 행동 혹은 몰입 행위다.
2) 자유롭게 받아들여진 규칙을 따르되 그 규칙의 적용은 아주 엄격하다.
3) 그 자체에 목적이 있고, 일상생활과는 다른 긴장, 즐거움, 의식(意識)을 수반한다.
4) 질서를 창조하고 그다음에는 스스로 한 가지 질서가 된다.
5) 경쟁적 요소, 즉 남보다 뛰어나려는 충동이 강하다.
6) 신성한 의례에서 출발하여 축제를 거치는 동안 자연스럽게 집단의 안녕과 복지에 봉사한다.

이 중에서도 경쟁적 요소가 중시된다. 하위징아는 문화가 놀이 형태로 발생했고, 인류는 시초부터 놀이했다고 말한다. 기본 생계 활동인 사냥 등도 원시 사회에서는 놀이 형태를 취했다. 이 형태가 사회생활에 스며들어 사회의 가치를 높였다. 물론 하위징아는 자궁에서 아이가 태어나듯이 놀이에서 문화가 나왔다고 직접적으로 말하지는 않는다. 그는 문화가 놀이 속에서(in play), 그리고 놀이의 양태로서(as play) 발달해왔다고 말한다.

이 책에서 주장하듯이 의례, 전쟁, 소송, 철학이 놀이 형태로 발전해온 것은 사실이지만, 일단 문화 속의 제도로 정착되면 그런 것들은 놀이 아닌 것의 범주에 들어간다. 비유하자면 물을 가지고 얼음을 만들었다고 해서 얼음을 가리켜 물이라고 할 수 없는 것과 마찬가지다. 각종 경기나 놀이가 많이 벌어지는 축제일은 다른 날에 비하여 놀이하기 좋거나 놀이하는 사람의 상태가 특별히 좋은 날이라고 할 수 없지만, 그것을 축일로 정한 제도가 있기 때문에, 놀이 행사도 벌어지고 놀이 정신도 상승하는 것이다. 이렇게 볼 때 놀이와 놀이 아닌 것(가령 축제일을 노는 날로 정한 제도)을 종합적으로 다루는 게 더 바람직하다.

놀이의 의미를 강조하기 위하여 놀이 아닌 것(진지함)을 억누르고, 윤리 기준을 도입하여 놀이와 진지함을 가르는 경계를 초월하려는 저자의 뜻은 이해가 된다. 하지만 여기서 말하는 진지함 혹은 윤리라는 것이 실은 문화 속에 고정되어 있는 원칙(제도)이 아닐까 생각된다. 그것이 놀이와 상보하여 균형을 잡아줌으로써 비로소 놀이의 기능이 더 완벽해진다.

| 27 | 인생이 무엇인가에 대한 질문
《장자》 내편의 〈제물론(齊物論)〉

●

《장자》는 《노자》의 도가 철학을 상세히 설명한 책으로, 《노자》와 《장자》의 관계는 《논어》와 《맹자》의 관계와 비슷하다.

《장자》 내편의 〈제물론(齊物論)〉 편에 나오는 호접몽 이야기가 가장 유명하다. 장주가 어느 날 꿈에 나비가 되어 즐거이 날아다녔는데, 나비가 된 그는 자기가 장주임을 알지 못했다. 그러다 문득 꿈을 깨니 자신은 분명히 장주였다. 그래서 장주가 나비가 된 꿈을 꾼 것인지, 아니면 지금 나비가 장주가 된 꿈을 꾸는 것인지 헷갈렸다.

꿈에 자신이 나비가 된다는 것은 이해가 되지만 그 반대, 곧 나비가 장주가 된다는 것은 잘 이해되지 않는다. 그러나 이것을 수사적 형태(rhetorical figure)로 보면 금방 이해된다. "장주가 나비 되고, 나비가 장주 되다"라는 형식의 수사법을 가리켜 안티메타볼레(antimetabole)라고 한다. 안티메타볼레는 그리스어에서 나온 말로, 앞에서 사용한 낱말의 순서를 바꾸어서 다시 사용하는 방식이다. 가령 "사람은 역사에 사로잡히고, 역사는 사람에게 갇혀 있다"라든가 "길이 있어 내가 가는 것이 아니라, 내가 감으로써 길이 생긴다" 같은 말이 그 예다.

케네디 대통령의 취임 연설에 나온 "조국이 당신을 위해서 무엇을 할 수 있는지 묻지 마십시오. 오히려 당신이 조국을 위해서 무엇을 할 수 있는지 물으십시오"라는 말도 이 수사법을 쓴 것이다. 케네디는 이 수사법을 특히 좋아하여 그 유명한 '평화 연설'에서는 이런 말도 했다.

"그래서 이제 다시 시작합시다. 양측(미국과 소련)은 겸양이 허약함의 신호가 아니고, 성실성은 반드시 검증받아야 한다는 사실을 기억합시다. 결코 두려움 때문에 협상하지는 맙시다. 그렇다고 해서 협상을 두려워하지도 맙시다."

독일의 문필가 빌헬름 셰퍼도 안티메타볼레를 활용하여 이렇게 말했다.

"작가의 임무는 단순한 것을 의미심장하게 말하는 것이 아니라, 의미심장한 것을 단순하게 말하는 것이다."

호접몽의 수사법에서 장주는 현실이고 나비는 꿈이다. 그렇다면 나비가 장주 된다는 얘기는 꿈이 현실이 된다는 뜻이다. 여기서 나비는 꿈의 상징어이기 때문에 나비 대신에 코끼리, 뱀, 뜰 앞의 잣나무 그 어떤 것을 대신 집어넣어도 상관없다. 다시 말해 그 말은 현실 속의 꿈인가, 꿈속의 현실인가를 묻는 것이다. 꿈 대신 연극이라는 말을 대입해 보면 그 관계는 더욱 선명해진다. 우리 인생에서 벌어지는 일들은 세상 속의 연극인가, 아니면 연극 속의 세상인가? 이것을 더 간단히 질문하면 이렇게 된다.

인생은 연극인가?

| 28 | 인생이 곧 연극

《뜻대로 하세요》

●

셰익스피어의 희곡 《뜻대로 하세요》에서 제이퀴즈는 이런 유명한 대사를 말한다.

온 세상이 무대이고 모든 남자와 여자는 단지 배우일 뿐.
그들은 무대에서 사라지기도 하고 등장하기도 하며,
살아 있는 동안 많은 배역을 연기한다.
─2막 7장

세상은 무대, 사람은 연극배우라는 말은 셰익스피어의 독창적인 생각이 아니다. 그보다 1500년 전에 이미 이런 사상이 널리 표명되었다. 가령 마르쿠스 아우렐리우스의 《명상록》 12권 36(마지막)에는 "너는 세상이라는 무대의 배우이고, 그 연출자가 너를 3막에서 내린다고 해서 왜 내 인생이 5막까지 전개되지 않느냐고 말해서는 안 된다"는 얘기가 나온다. 또한 세네카의 《서한집》 77에 "네 인생이 갑자기 끝난다고 해서 불평하지 마라. 운명의 날이 너를 잡으러 오거든 자신의 대사와 역할을 모두 연기하기 전에 무대를 떠나가는 비극 배우처럼 생각할 일이다"라는 문구도 나온다. 이보다 더 전, 그러니까 고대 그리스 시대의 소포클레스나 아이스킬로스도 인생이 곧 연극이라는 인식 아래 극작품을 썼다.

아무튼 제이퀴즈의 대사는 인생의 연극적 요소를 잘 말해준다. 다시 말해 인생이 곧 연극이라는 것이다. 지금껏 1일 1독을 해오면서 '인생은 곧 이야기'라는 입장을 견지해왔는데, 이야기에도 연극적 요소가 많이 들어 있다. 가령 벤저민 프랭클린은 자서전 제1부에 이렇게 썼다.

"나는 인쇄소를 운영하면서 지게 되었던 빚을 점차 갚아나갔다. 직공으로서 신용과 명성을 확보하기 위해 나는 정말로 근면 절약하는 사람이 되려고 노력했고, 그런 인상과 반대되는 외양은 피하려고 애썼다. 나는 수수하게 옷을 입었다. 한가한 오락을 즐기는 장소들은 가지 않았다. 낚시나 사냥은 결코 나가지 않았다. 책을 읽느라고 때때로 인쇄소에 못 나간 일은 있었지만, 그건 드문 일로 사소한 일이었으며 나쁜 소문도 전혀 불러일으키지 않았다. 이런 일이나 하고 있을 사람이 아니다 싶은 인상을 주지 않기 위해 나는 때때로 직접 구매한 종이를 손수레에 싣고 거리를 지나서 집까지 끌고 왔다. 이렇게 근면하게 번창하는 젊은이로 인정을 받고, 또 내가 사들인 물품들은 적시에 대금을 지불했기 때문에, 문구를 수입하는 상인들은 내게 주문해달라고 요청했고 다른 상인들은 내게 서적류를 공급했다. 이렇게 해서 나는 헤엄을 치듯 잘해나갔다."

근면 절약하는 사람이라는 외양을 보여주고, 이런 일을 할 사람이 아니라는 인상을 피하기 위해 이런저런 일을 했다고 말하는데, 이 외양과 인상이 바로 인생의 연극적 요소다.

홍세화 씨의 《나는 파리의 택시 운전사》에는 이보다 더 이해하기 쉬운 연극적 일화가 소개되어 있다. 홍 씨가 어느 날 예약된 손님을 태우러 택시를 몰고 개선문 앞에 가보니, 고교 동창생이 스무 살은 어려 보이고 아내는 아닌 듯싶은 젊은 여자를 데리고 택시를 기다리고 있었다. 이때 홍 씨는 어떻게 해야 정답일까. 먼저 동창을 상대로 도덕적 훈계를 하고 싶은 충동을 느꼈을 것이다. 그러면 택시 돈벌이는 언제 하나. 반면에 동창을 못 본 체하고 택시를 돌려 달아나버리는 것은 감각적 충동이 되리라. 하지만 그것은 자기 자신에게 비겁한 처사가 되는 일이다. 그래서 홍 씨가 내놓은 대답이 유희(놀이, 연극) 충동이었다고 한다. "어차피 인생은 연극(놀이)이 아니더냐. 저 동창 놈을 모르는 척 시침을 뻑 까고 태워주자." 그랬더니 그 동창도 홍 씨의 연극을 알아보고 같이 게임을 놀아주었다고 한다.

셰익스피어의 《리어왕》 3막 4장에는 "훌륭한 연극은 그 어떤 것의 모방이 아니라, 그 어떤 것 자체다"라는 말이 나온다. 이처럼 우리 인생은 많은 상황에서 연극과 경계가 모호한 것이다.

|29| 놀이 충동
《인간의 미적 교육에 관한 편지》

●

플라톤의 《법률》 제2권에 등장하는 아테네의 손님은 이런 말을 한다.

"쾌락과 고통은 어린이에게 제일 먼저 오는 지각이다. 어린이에게 맨 처음에 나타나는 미덕과 부덕은 쾌락과 고통의 상태에서 온다. 늙은 이가 될 때까지 지혜와 진실, 그리고 확고한 사상을 갖는 사람은 행복한 사람이며, 나는 이런 사람을 완전한 인간이라고 말한다.

교육이란 적절한 습관으로서 어린이에게 있는 미덕의 천성을 훈련하는 것이다. 쾌락과 우정, 고통과 혐오 등을 정당하게 교육과 연계하면, 아직 그것이 무엇인지 모르더라도 그 미덕의 도리를 은연중에 이해하게 되며, 그것들이 미덕과 잘 조화되어 있는 것을 발견하게 된다. 정신의 이와 같은 조화가 곧 미덕이다. 쾌락과 고통과 연관해서 평생 동안 인간으로 하여금 사랑할 것을 사랑하게 하고, 미워할 것은 미워하게 하는 것이 곧 교육이다. 다시 말해 쾌락과 고통을 잘 다스려서 거기에 올바른 질서를 주는 것이다.

그러나 세상에서는 이것이 때때로 흐려지고 부패할 수 있다. 신은 인간이 세상에 태어나 고생스럽게 살아갈 수밖에 없는 것을 불쌍히 생각하고, 신성한 제의(祭儀)를 마련하여 인간에게 노동 대신 휴식을 주었다. 또 많은 뮤즈와 그 수령인 아폴론 및 디오니소스 등을 주어 인간에게 환락의 벗이 되게 하고, 또 인간이 신들의 제의에 참여하게 하여 신들의 도움으로 인간의 교육이 발전하도록 했다.

이렇게 우리 춤의 동반자가 된 신들은 우리에게 조화와 운율에 따른 유쾌한 감정을 주어 우리를 자극하고 우리를 활동하게 하고, 우리는 신들을 따라 손을 모아 노래 부르고 춤추며 즐기게 된다."

《호모 루덴스》에서 요한 하위징아는 놀이의 중요성을 강조하기 위해 위 문장을 세 번이나 인용하면서 이렇게 해석한다. 신들의 제의에 참여하여 춤추고 노래 부른다는 것은 곧 인간이 신들의 놀이를 놀아주는 노리개라는 것이다. 다시 말해 신들의 놀이에 참여함으로써 인간은 비로소 신의 질서로 나아간다. 그렇다면, 인간은 신들의 연극에 출연한 배우라고 말해도 무방할 것이다.

이러한 주장은 실러의 《인간의 미적 교육에 관한 편지》(1795) 중 열네 번째 편지에 나오는 '유희 충동(Spieltrieb)'에서도 그대로 드러난다. 실러는 원칙(도덕) 충동과 감각(신체) 충동이 인간을 움직이는 두 가지 힘인데, 그 중간에서 유희(놀이) 충동이 원만하게 교섭, 절충함으로써 인간이 비로소 온전함으로 나아간다고 말한다. 실러가 말하는 세 가지 충동은 '신체 감각―놀이―추상 개념'에 관한 플라톤의 주장을 다시 풀어 쓴 것이다.

| 30 | 낯설게 하기 효과

《억척어멈과 그 자식들》

●

베르톨트 브레히트(1898~1956)의 희곡《억척어멈과 그 자식들》은 서사극의 대표적 작품이다.

17세기의 30년 전쟁을 배경으로 하는 이 작품에서, 억척어멈은 군부대를 찾아다니면 물건을 파는 행상이다. 그녀는 전쟁 때문에 자식을 다 잃게 되지만, "나는 다시 사업을 해야 해"라고 말하면서 전쟁이 계속되기를 바라는 모순적 태도를 보인다.

이 연극은 관중의 연극적 환상을 깨뜨려서 관중을 '낯설게 만들려는' 20세기 연극의 형태를 띤다. 베르톨트 브레히트는 '서사' 극을 씀으로써, 관객들이 무의식적인 정서적 도피주의에 빠져드는 것을 경계했다. 서사극 작가들은 관객이 등장인물들에게 공감하면서 등장인물과 자신을 동일시함으로써 현재 벌어지는 사건의 도덕과 정치를 사색하지 못하게 되는 것을 원하지 않는다. 오히려 이들은 관객이 등장인물들과 일정한 거리를 유지하면서 극 중에 묘사되는 사건의 허구성을 끊임없이 의식하게 만든다. 예를 들어 등장인물이 갑자기 무대에서 내려와 노래를 부르면서, 무대 위에서 벌어지는 사건에 대하여 관객에게 논평한다. 마르크스주의자였던 브레히트는 연극과 관객의 일체감을 부르주아적 환상이라고 보았으며, 이상적 사회 건설을 위해서는 그런 환상을 깨뜨려야 한다고 주장했다.

이렇게 볼 때 브레히트는 연극의 정서적 측면보다 사상적 측면을 더 강조했다. 그러니까 감동보다는 의미 작용의 메커니즘을 더 중시하고, '낯설게 하기'를 통하여 연극의 허구성을 강조한다. 연극의 작위성을 감추려 하기보다는 적극적으로 드러내려 한 것이다. 배우는 마치 연극 속에 들어가 그 대사를 말하는 인물이 된 것처럼 해서는 안 되고 인용문을 읽듯 다소 어색하게 대사를 말해야 한다. 브레히트는 연극을 교통사고에 비유한다. 희곡은 교통사고의 당사자이고, 배우는 그 사고의 목격자이며, 관객은 사고 현장에 나타난 구경꾼이라는 것이다. 목격자가 구경꾼에게 교통사고를 설명할 때 너무 사실적으로 말해주면, 구경꾼들이 그 목격자를 당사자로 착각하는 환상을 일으키기 때문에, 낯설게 하기 효과가 일어나지 않는다는 것이다.

| 31 | 인생은 연극도 뭐도 아무것도 아니다
《고도를 기다리며》

●

사뮈얼 베케트(1906–1989)의 2막극 《고도를 기다리며》는 20세기 부조리극의 대표적 작품이다.

연극은 시골길에서 벌어지는데, 풍경이라고는 나무 한 그루가 전부다. 여기에 에스트라공(고고)과 블라디미르(디디)가 등장하여, 만나기로 약속되어 있는 고도를 기다리며 이런저런 동작을 하고 대화를 나눈다. 그들의 대화는 포조와 러키의 등장으로 중단된다. 러키는 포조에게 꼼짝 못하는 노예 같은 존재다. 고고와 디디는 이 괴이한 커플에 매혹되면서 동시에 혐오감을 느낀다. 포조와 러키가 무대 뒤로 사라지고, 어린 소년이 나타나 고도는 오늘 안 오고 내일 온다고 전하면서 곧 1막이 끝난다.

2막도 1막과 별반 다르지 않다. 고고와 디디는 똑같은 화제로 대화를 나누고, 이어 포조와 러키가 다시 등장한다. 이제 포조는 눈이 멀었고 두 사람을 만난 것을 기억하지 못한다. 고고도 그를 알아보지 못한다. 2막도 1막처럼 어린 소년이 나타나 고도는 오늘 안 오고 내일 온다고 전한 다음 곧 끝난다.

이 극작품은 부조리, 곧 논리적이지 않은 상황을 묘사하기 때문에 당연히 기승전결이 뚜렷한 줄거리 같은 것은 없다. 그러나 괴테의 "이 세상 모든 것은 상징"이라는 말을 적용하면 몇 가지 해석이 나온다. 가령 고고의 구두 벗기는 사회적 관습으로부터의 일탈, 디디의 모자 돌리기는 사회적 역할로부터의 탈출로 해석할 수 있다. 포조와 러키의 관계는 어디서나 집단이 생기면 주종 관계가 발생하는 인간관계의 잔인함을 상징한다.

그러나 이 작품은 기독교적 알레고리의 관점에서 읽을 때 가장 잘 수긍이 된다. 고도(Godot)는 그 이름에서도 알 수 있듯이 신(God)을 의미한다. 아무리 기다려도 신이 오지 않는 상황은 결국 무엇인가. 이것은 인간 생활의 절망과 소외감을 말하는 것이다. 또는 그 생활의 부조리함에도 불구하고 계속 신을 기다리겠다는 인간의 반복적 결단을 말한다. 고도를 기다리는 고고와 디디는 성에 들어가기를 그토록 소망하는 카프카의 K(→ 겨울 22)와 비슷하다. 고고와 디디, 그리고 K는 우리가 앞에서 (→ 여름 51) 말했던 어느 대학교수와도 비슷하다.

이렇게 하여 우리는 인생의 연극적 상황과 그것에 대응하는 셰익스피어, 브레히트, 베케트의 관점을 보았다. 인생을 연극이라고 볼 수도 있고(셰익스피어), 인생은 연극이 아니라고 볼 수도 있고(브레히트), 인생은 연극도 뭐도 아무것도 아니다(베케트)라고 볼 수도 있다. 우리가 인생을 어떻게 보든 그 속에서 자신이 맡은 역할을 충실히 수행하면 되는 것이다.

| 32 | 인생의 마지막 퍼즐

《인생 사용법》

조르주 페렉(1936-1982)의 《인생 사용법》은 파리의 지하 2층, 지상 8층 짜리 아파트에 사는 주민들을 99개 장에 걸쳐 상호 교차적으로 소개하는 장편소설이다.

저마다 강박증에 사로잡힌 인물들이 등장하지만 대표적인 등장인물은 영국인 퍼시벌 바틀부스, 화가 세르주 발렌, 지그소 퍼즐 제작자 가스파르 윙클레, 이렇게 세 사람이다.

백만장자 바틀부스는 50년짜리 인생 계획을 세운다. 10년 동안 발렌 밑에서 그림을 배우고, 20년 동안 세계 여행을 하면서 500개 항구를 수채화로 그려서 그 그림들을 윙클레에게 보내 500조각짜리 지그소 퍼즐을 만들도록 하고, 나머지 20년 동안은 그 수채화들을 다시 각 항구로 보내 물에 빠뜨려서 물감을 지워버림으로써 백지만 남게 하겠다는 것이다. 바틀부스의 이러한 노력은 변화무쌍한 자연에 어떤 질서를 부여하려는 인간의 노력을 상징한다.

이렇게 하여 전 세계를 여행하는 동안 하나씩 하나씩 퍼즐로 만들어진 수채화들이 나무 상자에 보관된다. 바틀부스는 20년 여행을 마치고 아파트로 돌아와서, 그 수채화들의 퍼즐을 맞추어나간다. 맞춰진 퍼즐 조각은 20년 전 그림을 그렸던 장소로 보내져 하얀 백지로 환원된다. 다시 말해 그림을 그리기 전과 같은 백지가 되는 것이다. 그러나 윙클레가 퍼즐을 만들어나간 지 7년째 되던 해에 그의 아내가 출산 중에 횡사한다. 인생의 씁쓸함을 느낀 윙클레는 더욱 어려운 퍼즐 작업을 해보겠다고 마음먹는다. 반면 화가 발렌은 이 아파트에 55년을 살아왔는데, 그곳 주민들의 삶을 화폭 한 장에 옮기려 하다가 결국 빈 화폭만 남기고 죽는다. 바틀부스도 수채화 500개를 모두 완성할 정도로 오래 살지는 못한다. 페렉은 아흔아홉 번째 장의 마지막 문단에 이렇게 썼다.

1975년 6월 23일이고 저녁 8시다. 지그소 퍼즐 앞에 앉아 있던 바틀부스는 방금 죽었다. 식탁보 위에 있는 439번째 퍼즐의 황혼녘 하늘에, 아직 채워지지 않은 검은 부분은 X자 꼴이었다. 죽은 사람이 손에 들고 있는 조각은 W자 모양이었다.

손에 들고 있던 마지막 퍼즐 조각은 죽음이 찾아오는 그 순간이다. 미국의 여성 시인 에밀리 디킨슨은, "내가 죽음을 위해 멈춰 설 수 없기 때문에, 그분이 친절하게도 나를 위해 멈춰주었다"고 노래했다. 가령 치과 치료를 모두 마쳤다고 좋아하며 집에 돌아오던 그날 오후에 심장마비로 돌아가신 장익봉 교수(피천득의 수필집 《인연》 중 〈어느 학자의 초상〉의 주인공), 시골에서 고추 말리러 농가의 지붕에 올라갔다가 뇌중풍이 와서 가을 햇볕에 고추와 함께 몸을 말리며 돌아가신 충청도 단양의 어느 할머니에게도 죽음이 친절하게 걸음을 멈춰준 것이다.

│33│ 아마 네스키리(Ama nesciri)
《그리스도를 본받아(De imitatione Christi)》

●

토마스 아 켐피스(1380~1471)의 《그리스도를 본받아(De imitatione Christi)》는 종교적 명상서다. 신비주의적인 책은 아니고, 그리스도를 따르는 삶을 추구하는 일반인들을 상대로 아주 간단명료한 언어로 생활의 지침을 가르쳐준다.

물질적 축복은 천국으로 가는 약속에 비하면 아무것도 아니며, 이런 비물질적 확신을 갖고 있을 때에만 마음의 평화가 찾아온다고 가르친다. 이 책은 삶과 죽음에 대하여 단순한 지혜를 담았고, 마음에 상처를 입은 사람들에게 위안을 주기에 시대를 뛰어넘는 책이 되었다. 이 책은 신플라톤주의의 신비주의를 배제하고, 또 철학적 사상을 개진하지도 않는다. 그의 소중한 스승인 베르나르 드 클레르보의 목소리가 책의 바탕을 이룬다.

이 책은 격언 형태로 쓰인 단순한 생각들을 핵심 주제별로 모아놓았다. 모든 격언은 단도직입적인 문장으로 표현되어 있다. 가락이 비슷한 문장들의 둔탁한 울림 때문에 다소 산만하게 보이기도 한다. 하지만 요한 하위징아가 말했듯이, 그 단조로운 리듬은 가랑비가 내리는 저녁 바다의 물결 소리 또는 가을의 소슬한 바람 소리를 연상시키면서 자못 시적인 분위기를 풍긴다.

이 책에서 가장 유명한 문장은 "아마 네스키리(Ama nesciri: 세상 사람들에게 알려지지 않는 것을 사랑하라)"다. 누구나 다 세상에 이름이 알려지는 것을 추구하는데, 저자는 그와 정반대인 부정의 길(via negativa비아 네가티바)을 권한다. 나는 세상일이 내 마음대로 되지 않거나 다른 사람들에 대한 부질없는 비교로 번민을 느낄 때, "아마 네스키리"를 나지막하게 속삭이며 큰 위안을 얻는다.

|34| 과거의 숨겨둔 한 페이지

《연인》

●

노년에는 과거를 회상하는 일도 한 가지 즐거움이다. 마르그리트 뒤라스(1914-1996)의 《연인》은 70세에 이른 프랑스 여성 작가가 자신이 15세 여고생일 때 베트남에서 27세인 중국인 남자와 나누었던 사랑을 회고한 작품이다.

여주인공은 두 오빠와 학교 교사인 홀어머니 아래서 자란다. 큰오빠는 이기적이고 무책임한 놈팡이로, 어머니가 힘들게 번 돈을 낭비하면서 바로 밑의 남동생을 괴롭힌다. 소녀는 작은오빠를 좋아하고 존경한다. 여주인공(15세의 화자)은 배를 타고 메콩 강을 건너가다가 백만장자 중국인을 만난다. 그는 이 자그마하고 매력적인 프랑스 소녀에게 매혹된다. 소녀는 이 남자에게서 돈을 받아낼 수 있기를 바라며 먼저 그에게 정사를 제안한다. 그 후 두 남녀는 열정적인 애인이 된다. 둘은 약 1년 반 정도 사귄다. 그러나 그동안 소녀의 가족들은 중국인을 노골적으로 멸시한다. 중국인의 아버지는 아들을 설득하는 데 성공하고, 마침내 27세 총각은 다른 중국인 여자와 결혼한다. 소녀는 파리의 소르본대학에 입학하기 위해 베트남을 떠난다. 여러 해 뒤에 그녀는 이 첫사랑 중국인을 파리에서 만나는데, 그가 여전히 그녀를 사랑하고 있다는 것을 발견한다.

이 소설에서 70세의 화자가 15세 시절을 회상하는 말이 참으로 인상적이다.

"열다섯 살에 나는 쾌락의 얼굴을 가졌지만 쾌락이 무엇인지 몰랐다."

소녀는 배에서 중국인 남자를 처음 만났을 때 얇은 실크 드레스에 금속조각 하이힐을 신고 남성용 펠트 모자를 쓰고 있었다. 주인공은 이때를 이렇게 회상한다.

"갑자기 나는 나 자신을 타자로 보았다. 모든 사람에게, 그리고 모든 눈의 비위를 맞춰주는 타자."

이 소설은 자서전과 허구가 뒤섞인 작품이다. 주요 주제는 사랑으로서 사랑은 행복을 가져다주는가 하면 사람을 파괴하고, 또 죽음 및 소외감과 연결된다고 말한다. 그러나 가장 중요한 측면은 노년의 회상이다. 15세 시절을 회상하는 나이 든 여자의 목소리는 아주 절제되어 있다. 그 절제된 목소리는 15세 소녀의 도발적인 열정과 묘한 대조를 이룬다. 그 열정의 본질은 무엇일까? 돈과 쾌락과 일탈에 대한 욕망과 모험심이 뒤섞인 묘한 것이다.

그러나 프랑스의 비평가들은 이 작품을 열정의 소설로 읽어주지 않는다. 그들은 뒤라스의 중국인 애인이 실은 뒤라스의 아버지나 작은오빠의 대체물이며, 그리하여 근친상간의 가능성을 이종 간 잡혼의 문제로 위장하고 있다고 해석하기를 좋아한다. 참으로 사람은 인종 차별의 울타리를 벗어나기가 어려운가 보다.

| 35 | 사랑이라는 의미부여가 무색한 남자
《콜레라 시대의 사랑》

●

가브리엘 가르시아 마르케스(1928-2014)의 장편소설 《콜레라 시대의 사랑》은 노년의 사랑을 묘사한 작품이다.

소설의 주인공 플로렌티노 아리사는 10대 시절에 만나 사랑했던 여자 페르미나 다사를 잊지 못한다. 그는 51년 9개월 4일 동안 이 여자를 기다리면서 622명에 이르는 여자와 성관계를 맺는다. 그리고 페르미나의 의사 남편이 도망친 앵무새를 뒤쫓다가 망고나무에서 떨어져 사망하자, 다시 페르미나에게 열렬히 구애하는 편지를 쓴다. 플로렌티노는 자신이 622명과 성관계를 맺었지만 실제로는 그녀를 위해 "총각"의 상태로 남아 있었다고 의뭉을 떤다. 그 누구도 마음속에 자리 잡은 페르미나만 한 여자가 없더라는 것이다. 이 70대 남녀는 마침내 결혼하기로 하고 증기선 여행을 떠난다. 마그달레나 강을 유유히 떠내려가는 배는 그들의 프라이버시를 보호하기 위해 일부러 콜레라에 걸렸다는 노란 깃발을 내건다.

플로렌티노가 관계를 맺은 622명 중에서 대표적인 네 명만 들자면 이러하다. 과부 나사렛은 30년간 그와 관계를 맺어오면서 아무런 요구 조건도 없었는데, 그는 그것을 아주 고맙게 생각한다. 올림피아 줄레타는 플로렌티노와 바람피운 것이 남편에게 들통 나서 남편 손에 죽는다. 사라 노리에가는 그와 사랑을 나눌 때에는 그런대로 정신이 온전했으나 헤어지자 결국 정신병원에 들어가게 되어, 병원에서 음란한 노래를 부르면서 소일한다. 아메리카 비쿠나는 14세 여학생으로 플로렌티노가 페르미나와 재결합하기 직전에 사귀었던 여자인데, 자신이 차였다는 사실을 알자 자살해버린다.

70대의 재혼은 현실에서 그리 쉽지 않은 일이지만, 노년에 들어와 과거에 있었던 622명과의 정사를 회상하는 것은 얼마든지 가능한 일이다. 요즘 시중에는 이런 풍설이 돌아다닌다. "아내 외에 애인이 셋 있으면 세심한 남자요, 둘 있으면 양심적인 남자요, 하나 있으면 한심한 남자다. 그러나 열이 있다면 그는 열심인 남자다." 이 소설의 주인공 플로렌티노는 슈퍼 열심인 남자인 듯하다.

|36| 허무한 동굴의 메아리

《인도로 가는 길》

●

노년에 즐겁게 회고를 하자면 먼저 삶의 허무를 참고 견뎌낸 이력이 있어야 한다. 허무를 노래한 문학 작품은 참으로 많다.

E.M. 포스터의 장편소설 《인도로 가는 길》은 인도의 찬드라포어라는 가상의 도시를 배경으로 인도인, 영국인, 영국계 인도인들의 관계를 다룬 소설이다. 당시 인도는 영국의 식민 지배하에 있었다.

주인공은 인도인 의사이며 무슬림인 닥터 아지즈와 영국인인 무어 부인이다. 무어 부인은 아들 로니 히슬롭의 약혼녀인 아델라 퀘스테드와 함께 아들을 만나러 인도에 왔다. 아지즈는 찬드라포어 국립대학의 학장인 영국계 인도인 시릴 필딩의 소개로 무어 부인을 알게 된다. 아지즈는 이 영국인들을 위해 찬드라포어의 유명한 마라바르 동굴 소풍을 안내하기로 한다. 이 소풍이 소설의 핵심 사건이다. 동굴 안에 들어갔을 때 아델라는 방향 감각을 잃고서 자신이 아지즈에게 성추행을 당했다고 생각한다. 그녀는 동굴에서 달려 나와 경찰에 신고한다. 무어 부인에게 그 동굴 방문은 더욱 끔찍한 경험이다. 부인은 동굴 안에서 "이 세상에 가치 있는 것은 아무것도 없"라고 말하는 듯한 음산한 메아리를 듣는다. 독실한 기독교 신자였던 무어 부인은 이 경험으로 신앙이 산산조각 나버린다. 신앙을 잃어버린 그녀는 인생에 대한 희망도 포기한다.

아지즈는 성범죄 혐의로 재판을 받는다. 재판에 나온 아델라는 당황스러워하며 동굴에서 벌어진 일을 잘 기억하지 못한다. 그리하여 아지즈는 무죄 방면된다. 그러나 아지즈는 영국의 사법 체계에 분노하고, 자신과 아델라를 화해시키려는 시릴 필딩의 노력에도 분노한다. 소설은 명확한 결론 없이 끝난다. 무어 부인은 영국으로 돌아가는 선상에서 신앙을 회복하지 못한 채 사망하고, 아지즈와 필딩은 함께 말을 타고 가면서 인도의 미래를 상상하는데, 두 나라의 문화적 차이는 해소 불가능하다고 생각한다.

이 소설에서 가장 인상 깊은 부분은 마라바르 동굴의 메아리다. 실제로 소설도 "마라바르 동굴을 제외하면 찬드라포어 시는 특별한 구경거리가 없다"라는 문장으로 시작된다. 동굴은 이 세상을, 그리고 메아리는 삶의 영원한 신비를 상징한다. 세상의 모든 일은 동굴 안의 메아리처럼 덧없는 것일까? 세상의 신비는 알아내려고 하면 할수록 "보움" "우보움" 하는 공허한 소리를 내는 동굴의 메아리처럼 알 수 없는 것이 되어버리고, 그리하여 인생은 더욱 허무하게 느껴지는 것일까?

| 37 | 인생의 허무에 치열하게 맞서는 인간
《모비딕》

허먼 멜빌의 《모비딕》은 복수의 비극이라는 형식을 취했지만 실은 인생의 허무에 맞서 싸우는 한 인간의 치열한 투쟁기다.

지난번 고래잡이를 나갔을 때 '모비딕'이라는 거대한 흰 고래가 에이해브 선장의 다리 한쪽을 물어뜯어 가져갔다. 3년에 걸친 포경 항해에 나선 선장은 오로지 한 마리 고래에만 관심을 둔다. 선장의 편집증은 선장과 포경선 전체를 비운으로 몰고 간다. 선장은 어디를 가나 모비 딕의 흔적만 찾는다. 그는 이 바다 괴물을 만난 사람의 얘기는 그가 누구든 솔깃하게 들어준다. 물론 소설은 치명적인 만남으로 클라이맥스에 도달한다. 에이해브 선장은 고래의 등에 작살을 박아 넣는다. 하지만 작살의 줄에 목이 걸려, 배에서 바다로 떨어지고 만다. 고래는 포경선 피쿼드 호와 작은 추격배들을 전복시켜 파괴하고, 이슈메일을 제외한 선원 모두가 죽음을 맞는다. 이슈메일은 신의 뜻으로 살아남아 에이해브 선장의 관 옆에서 사건의 경위를 말해준다.

에이해브가 벌인 투쟁의 핵심에는 허무와의 만남이 있다. 지난번 포경 항해에서 모비딕이 그의 한쪽 다리를 떼어 갔을 때, 고래는 단지 다리 하나만 가져간 게 아니었다. 고래가 조각배까지 끌면서 달아났을 때, 에이해브는 칼을 들고서 고래에게 달려들었다. 그는 작살 줄을 끊어서 선원들을 살리려고 그런 것이 아니라, 그런 무기로는 아예 도달할 수도 없는 형이상학적인 고래를 찌르려 했던 것이다. 그 부상의 여파로 에이해브는 자신의 내부로 침잠하여 비존재(non-being: 자신이 아무것도 아니라는 인식)의 현실을 강제로 대면해야 되었다. 그 만남에 대한 그의 해석, 그 상징에 대한 논평은 일종의 플라톤 사상이다.

"이봐, 모든 보이는 대상은 판지로 만든 가면에 지나지 않아. 하지만 각각의 사건, 그러니까 생생하게 살아 움직이는 행동, 조금도 의심 없이 확신에 찬 행동에는, 뭔지 모르지만 이치를 따지는 힘이 깃들어 있어. 그 힘이 이치를 따지지 않는 가면의 배후에서 작용하여, 그 가면의 외관을 밀치고 나오는 거야. 인간이 가면을 치려고 하면, 바로 그 가면을 쳐야 하는 거야. 죄수가 벽을 쳐부수지 않으면 어떻게 밖으로 나올 수 있어? 내가 보기에 흰 고래는 바로 그 벽이야. 내게 바싹 내밀어진

벽. 때때로 그 벽 너머에는 아무것도 없다는 생각이 들어. 하지만 이것만으로도 충분해……."

《모비딕》은 어려운 책이 아니지만 그렇다고 투명한 책도 아니다. 우리는 에이해브와 고래가 표면적인 것 이상의 의미를 갖고 있음을 안다. 하지만 그 숨겨진 의미가 무엇이냐에 대해서는 의견들이 엇갈린다. 어떤 사람들은 모비딕이 이 우주의 사악함, 자연의 가혹함을 상징한다고 해석한다. 민감한 정신과 총명한 지성의 소유자는 그런 사악하고 가혹한 자연으로부터 벗어날 수 있다. 하지만 그 어두운 자연은 언제나 에이해브의 정신 속에 들어 있다. 실제로 모비딕은 흰 고래라고 볼 수도 있고, 태평양 같은 에이해브의 정신 속을 유영(遊泳)하는 괴물이라고 볼 수도 있다. 괴물을 죽이려면 그 자신을 파괴해야 하고, 그 자신을 보존하려면 괴물과 공존해야 한다. 《모비딕》은 인생의 허무를 이기려고 지나치게 도전하면 결국 자기 자신을 죽이게 될지 모른다는 일종의 우화 소설이다.

| 38 | 당신은 여행자인가 관광객인가

《하늘장막(The Sheltering Sky)》

●

폴 볼스(Paul Bowles, 1910~1999)의 장편소설 《하늘장막(The Sheltering Sky)》은 제2차 세계대전 후에 많은 사람들이 느꼈던 인생의 허무를 주제로 삼은 작품이다. 삶과 죽음이 본질적으로 무의미하며, 인간의 의식(意識)은 태생적으로 제한적일 수밖에 없다고 말한다. 소설이 발표된 시점은 1949년인데, 비슷한 시기에 나온 알베르 카뮈의 《이방인》(1942)과 사뮈엘 베케트의 《고도를 기다리며》(1953)와 비슷한 니힐리즘의 분위기를 띤다.

30대 중반의 미국인 부부 포트(남편)와 키트(아내) 모어스비는 결혼 12년 차인데, 제2차 세계대전 종전 직후에 알제리 오랑으로 여행을 떠난다. 30대 초반인 미국인 터너도 이 부부와 동반하여 여행한다. 포트는 오랑에 도착하자 현지의 사창가를 찾아가는 등 부부 사이가 좋지 못하다.

　　호텔에서 포트 부부는 오스트레일리아의 여행 작가 겸 사진가인 라일 부인과 그녀의 아들 에릭을 만난다. 라일 모자는 부부에게 부시프라는 내륙 도시로 자동차 여행을 떠나자고 제안하는데, 아내 키트는 라일 모자가 싫어서 함께 가지 않는다. 그 대신 키트는 터너와 함께 기차로 부시프에 가는데, 그 길에 터너와 키트는 섹스를 나눈다. 부시프에서 아내를 다시 만난 포트는 손상된 부부 관계를 재건하려고 노력한다. 포트는 아내와 터너의 부정을 알지 못했으나 터너가 방해물이라고 생각하여 그를 라일 모자와 함께 쫓아버린다. 이어 부부는 엘 가아 마을로 가는데, 여기서 남편이 열병에 걸리고, 그리하여 프랑스 요새로 이송된다.

　　남편을 간호하는 데 지친 키트는 잠시 요새에서 빠져나와, 트럭을 타고 그곳에 도착한 터너를 만나서 사막에서 또 한 번 정사를 나눈다. 그날 밤 남편이 죽는다.

　　키트는 혼자 사막을 여행한다. 그러던 중 아랍 대상을 만나고, 벨카심이라는 아랍인과 사랑에 빠진다. 벨카심은 목적지에 도착하자 자신의 집으로 키트를 데려가서 결혼하지만, 서서히 그녀에게 흥미를 잃어버린다. 벨카심의 전처들이 자신의 음식에 독을 넣고 있다고 확신한 키트는 현지 우체국을 찾아가 외부의 친구들과 다시 연락한다. 그리하여 정신이 불안정한 채 키트는 오랑으로 간다.

　　그곳의 미국 대사관 직원인 미스 페리는 그녀를 호텔에 투숙시킨다. 미스 페리는 터너가 그녀를 .간절히 찾고 있다고 전하면서, 사막에서 사람을 영원히 잃어버리기는 어려워도 도시에서는 사람이 흔적도 없이 사라진다고 말한다. 미스 페리는 키트를 자동차 안에 혼자 놔두고 잠깐 일을 보러 갔는데, 다시 돌아와 보니 키트가 사라지고 없었다.

키트의 남편 포트는 외로움과 소외감을 느끼는 남자다. 그의 니힐리즘은 아내에게 한 말 "하늘 장막(Sheltering Sky, 보호해주는 하늘) 뒤에는 아무 것도 없어"에서 잘 드러난다. 아내 키트도 무의미한 섹스에 탐닉하면서 자신의 책임을 방기한다. 소설의 끝에 키트가 어디로 갔는지 명시되어 있지는 않지만, 도시 속으로 사라졌으리라고 짐작할 수 있다.

소설에서는 여행자(traveller)와 관광객(tourist)이라는 말이 번갈아 사용된다. 포트와 키트는 여행자인데 터너는 관광객이다. 관광객은 돌아갈 집이 있지만, 여행자는 이곳저곳 떠돌아다닐 뿐이다. 이 말은 아주 진한 허무의 분위기를 풍긴다.

|39| 잠시 잊혀진 허무
《그리스 신화》 섹션 80 아탈란테 이야기

●

인생의 허무를 견디게 해주는 힘으로 무엇이 있을까. 로버트 그레이브스의 《그리스 신화》 섹션 80에 아탈란테 이야기가 나온다.

아르카디아의 공주 아탈란테는 아름다운 처녀여서 많은 남자들이 구혼을 해온다. 그런데 그녀를 얻는 데에는 한 가지 조건이 붙어 있다. 그녀와 달리기 시합을 하여 그녀보다 더 빨리 달릴 수 있어야 하고, 만약 경기에서 지면 그 남자는 사형에 처한다는 것이었다. 이 세상에 그녀보다 더 빨리 달릴 수 있는 남자는 없다.

하지만 용감한 남자 히포메네스는 자신이 죽을 줄 알면서도 그녀에게 도전을 한다. 이때 용감한 자를 좋아하는 여신 아프로디테가 그에게 황금 사과 세 알을 주면서 그녀를 이길 수 있는 방법을 알려준다. 경기가 벌어지자 아탈란테가 앞서 달리기 시작한다. 하지만 히포메네스는 경기의 고비마다 그 황금 사과 알을 그녀 앞으로 던져 주의를 분산시키고, 결국 우승하여 그녀를 아내로 차지한다.

이 그리스 신화는 운명과 인간, 그리고 예술에 대한 비유로 해석되기도 한다. 아탈란테는 죽음이고, 히포메네스는 보편적 인간이고, 황금 사과는 예술이다. 인간은 결코 죽음을 이기지 못하지만, 황금 사과 덕분에 그것을 잠시 잊어버리고 죽음에 대해 일시적 승자의 느낌을 가지게 된다.

|40| 예술 혹은 예술가에 대한 숭배

《춘금초(春琴抄)》

●

다니자키 준이치로(1886-1965)의 중편 《춘금초(春琴抄)》는 맹인 남편이 창(唱)을 하는 여성의 삶을 회고하는 방식으로 서술되어 있다.

다니자키의 소설 《치인(痴人)의 사랑》, 《열쇠[鍵]》, 《세설(細雪)》, 《춘금초》 등은 모두 영어로 번역되었다. 나는 터틀 출판사와 크노프 출판사에서 나온 영역판을 주로 읽었는데, 특히 예술가의 생애를 다룬 소설인 《춘금초》는 최근에 다시 읽고 깊은 감명을 받았다.

이 소설은, 예술은 자연 중에 있지 않고, 인간의 노력으로 만들어진다는 뜻을 전한다. 눈먼 소리꾼 춘금[슌킨]을 사랑하는 남편의 지극한 정성도 예술에 대한 헌신을 상징한다. 특히 춘금이 악당 제자에게 테러를 당하여 얼굴이 흉해지자, 남편이 그 흉한 모습을 보지 않기 위해 자신의 눈을 찔러 스스로 눈이 멀게 되는 장면, 춘금이 종달새와 노고지리를 길들이는 과정을 예술의 성숙 과정에 비유한 장면은 이 작품의 하이라이트다. 자연에서 종달새와 노고지리가 생리적으로 우짖는 소리는 결코 아름답지 않으며, 그 새들을 고참 새(그러니까 인간이 훈련시킨 새)가 인도하여 발성법을 가르칠 때 비로소 새의 소리가 예술의 경지에 올라선다는 것이다.

다니자키의 주장은 셰익스피어의 예술관과 아주 비슷하다. 셰익스피어는 예술이 자연의 복사라는 근대 초기의 주장과 반대되는 입장이었다. 근대 초기의 자연주의 사조는 자연을 그대로 복제하는 예술이 자연 그 자체보다 더 뛰어나다고 생각했는데, 그 이유는 이런 예술품은 영원하고 변화가 없기 때문이라는 것이다. 그러나 셰익스피어는 자연을 복제하는 것은 가짜를 만드는 것이라고 생각했다. 예술은 자연을 정확하게 복제할 수가 없다. 삶과 자연의 본질은 가변성과 변화다. 연극(예술)의 재현은 허구라는 것을 인정하면서 구체적 현재의 진리("연극은 어떤 것에 대한 모방이 아니라 어떤 것 그 자체다")를 강조해야 한다는 것이다. 다시 말해 예술은 그 허구성을 인정할 때 비로소 본격적 예술이 된다는 것이다. 다니자키가 말한, 인위적으로 만들어낸 종달새와 노고지리의 목소리가 그 구체적 사례다.

니체가 여성을 진리의 상징으로 보았다면, 다니자키는 여성을 예술의 상징으로 보았다. 세 번째로 결혼한 부인 마쓰코를 너무나 숭배하여 아내는 밥상에서 밥을 먹게 하고 자신은 방바닥에서 무릎을 꿇고 먹었다고 한다. 이런 남편에게 처음에는 적응하지 못해 부인이 한동안 애를 먹었다. 다니자키는 아주 일본적인 작가였으며, 그래서 세계적인 작가가 되었다. 그가 조금만 더 오래 살았더라면 일본 최초의 노벨상 수상 작가가 되었을 것이다.

그의 대표작 《치인의 사랑》과 《세설》은 영어로 각각 "나오미(Naomi)"
와 "마키오카 자매(The Makioka Sisters)"라는 제목으로 번역되었다. 막연하
고 추상적인 것보다는 구체적인 것을 좋아하는 서양인의 취향이 반영
된 것이다. 나오미는 아주 인상적인 팜파탈로서 읽을 때마다 매력적이
면서 동시에 혐오감을 느끼게 되는 여성이다. 안마를 받으면 "아프면서
시원하다"라는 말들을 하는데 바로 그런 느낌이다.

|41| 예술은 꿈이니까

〈풋라이트(footlights)〉

●

찰리 채플린(1889~1977)의 중편소설 〈풋라이트(footlights)〉는 예술가의 고
단한 삶을 묘사한 작품이다. 채플린은 이 소설을 바탕으로 그의 대표작
영화 〈라임라이트(limelight)〉를 만들었다.

이 중편소설의 주인공은 테리 앰브로즈(20대 초반의 여성), 칼베로(50대 중
반의 한물간 코미디언), 어니스트 네빌(20대 중반의 작곡가)이다.

어려운 집안의 딸 테리는 여러 직업을 전전하지만 창녀가 되지 않으
면 살길이 막연한 것을 깨닫고, 살던 월셋집(월세가 몇 달이나 밀려 곧 쫓겨날 형
편)에서 가스를 틀어놓고 자살하려 한다. 이때 월셋집 아랫방에 살던 칼
베로가 테리를 구해주고, 둘은 칼베로의 방에서 함께 살게 된다. 이들
은 외양만 부부일 뿐, 실제로는 칼베로가 테리를 아버지처럼 거두어준
다. 칼베로는 테리가 댄서였다는 것을 알고서 과거 위대한 코미디언으
로 이름 날렸던 자신이 테리와 함께 춤추며 노래 부르는 장면을 꿈꾼다.

칼베로는 테리의 스타성을 파악하고 온갖 노력 끝에 그녀를 엠파이어 극장 무대에 올리는 데 성공한다. 이 과정에서 테리는 가난한 작곡가였다가 지금은 극장의 전속 작곡가가 된 네빌을 만난다. 그리하여 둘 사이에 은근한 애정 같은 것이 생겨난다. 네빌이 더 적극적으로 구애를 해온다. 그러나 테리는 칼베로가 생명의 은인일 뿐만 아니라 자신이 칼베로를 사랑한다며, 네빌의 구애를 단호하게 물리친다.

테리는 드디어 엠파이어 극장의 간판스타가 된다. 그녀는 모두 칼베로의 공이라고 생각하며 그를 어떻게든 다시 무대에 복귀시키려 한다. 그러나 극장주인 포스탄트 씨는 칼베로가 이미 한물간 사람이라고 생각한다. 소설 중간중간에, 칼베로가 술을 마시면 동네의 거리 악사들과 함께 기막힌 재담으로 사람들을 웃기는 장면이 삽입된다.

테리가 하도 조르니까 포스탄트는 칼베로 헌정 공연을 열어주겠다고 한다. 과거의 위대한 칼베로를 아는 마술사, 가수, 재담가 등이 등장하고, 칼베로가 뒷부분에서 기념 공연에 나서고, 그다음에 간판스타인 테리가 마무리를 하는 프로그램이다. 테리는 이 기쁜 소식을 칼베로에게 전하고, 그는 테리에게 술을 마시지 않겠다고 약속한다. 그러나 공연을 앞두고 칼베로는 너무 긴장되어 몰래 거울 뒤에 숨겨둔 술을 마시고 무대에 오른다. 그는 과거의 위대한 코미디언으로 되돌아갔고, 그리하여 그 무대는 모두들 뒤집어지는 큰 호응을 얻었다.

공연이 끝나갈 무렵 칼베로는 뇌중풍을 맞아 무대에서 쓰러진다. 분장실로 옮겨진 그는 테리와 네빌이 맺어졌으면 하는 희망을 밝힌다. 이어 테리의 무대 차례가 돌아오고, 그녀가 아름답게 춤을 추는 가운데 칼베로는 숨을 거둔다.

이 소설에서 칼베로는 예술가의 보람과 직업적 어려움을 이렇게 설명한다.

"나는 밤마다 꿈을 꿔. 늘 극장 꿈을 꾸지. 그것은 인생이라는 무대를 인공적으로 구축해놓은 것이야. 아주 울적한 일이지. 그래도 나는 무대(예술)가 좋아. 예술은 꿈이니까. 내가 가진 이 허기와 고독을 달래주니까 말이야. 그러나 사람을 웃긴다는 것은 고통스러운 일이야. 왜냐하면 세상에 즐거워할 일이라고는 아무것도 없는데 즐거운 척해야 하니까 말이야."

| 42 | 인생을 공허하지 않게 만드는 예술
《예술의 정신(The Art Spirit)》

미국의 화가 겸 미술평론가인 로버트 헨리(Robert Henri, 1865~1929)는 《예술의 정신(The Art Spirit)》에서 그림(예술)을 이렇게 정의했다.

"캔버스에 가까이 다가가야 보이는 형태가 있는가 하면, 한참 뒤로 물러나야 보이는 형태가 있다. 그림을 그린다는 것은 무(無, nothing)를 캔버스 위에 올려놓고, 몇 걸음 떨어져서 보면 유(有, something)가 있는 것처럼 보이게 하는 것이다."

무를 유로 보이게 한다는 것은 예술에 잘 적용되는 말이다. 특히 셰익스피어의 《맥베스》는 이 무를 유로 보이게 하는 극작품이다. 가령 마녀들과 그들의 예언, 어른거리는 단검의 환상, 뱅쿼의 유령, 맥베스 부인의 씻어낼 수 없는 피에 대한 환상, 그리고 기타의 것들이 모두 무의 세계에서 온 것이다. 이런 무를 유처럼 제시하기 때문에 우리는 이 연극을 보면서 상상과 실제의 경계선상을 오가는 존재에 대해 깊이 명상하게 된다. 인생에 대한 맥베스의 대사도 이런 명상과 궤를 같이 한다.

 인생이란 한낱 걷고 있는 그림자, 가련한 배우,
제 시간엔 무대 위에서 활개치고 안달하지만,
얼마 안 가서 영영 잊혀버리지 않는가.
천치가 떠드는 이야기, 고래고래
소리를 친다, 아무 의미도 없이.(5막 5장)

이 대사를 듣는 관객은 그것이 공허하다고 생각하지 않는다. 여기서는 보이지 않는 환상과 육체를 갖춘 실재가 교차한다. 《맥베스》에 나오는 유령은 무대 위에서 살아 숨 쉬는 배우의 물질성과 그들이 분장한, 완전히 죽지 못한 인물의 모호한 비물질성 사이에 있는 존재다. 그래서 우리는 맥베스의 다음과 같은 대사에 동의하게 된다.

"(유령이) 내 약한 인간성을 어찌나 뒤흔드는지 심신의 기능은 망상 때문에 마비되고, 환상 밖에는 아무것도 눈앞에 보이지가 않는구나."

| 43 | 무에서 유를 끌어내는 예술가
《겨울 이야기》

●

셰익스피어의 희곡 《겨울 이야기》는 예술의 효과를 잘 설명해주는 작품이다. 이 작품은 그리스 신화의 피그말리온 이야기를 셰익스피어 나름대로 각색한 것이다. 전에는 《템페스트》가 셰익스피어의 마지막 작품이라고 알려져 있었으나, 최근의 연구에서 셰익스피어가 단독 작가로서 무대에 작별을 고한 작품은《겨울 이야기》인 것으로 밝혀졌다.

《겨울 이야기》의 가장 놀라운 장면은 마지막에 가서 파울리나가 보관하던, 죽은 에르미오네 왕비 조각상이 환생하는 장면이다. 나는 이 부분을 읽을 때면 언제나 감동을 받는다.

에르미오네의 조각상은 훌륭한 예술 작품이고, 레온테스(에르미오네의 남편)는 그 조각상을 갈망한다. 하지만 그녀를 받아들이려면, 레온테스는 먼저 그녀의 이름을 부르고 또 그녀를 몸소 찾아가야 한다. 왜 우리는 예술을 간절히 찾는가. 인생의 허무로부터 달아나려는 소망이 그만큼 간절하기 때문이다.

이 연극에서는 먼저 레온테스가 에르미오네의 정절을 의심하고 친구 폴리크제네스를 간통남으로 생각하는 등, 아버지 세대의 형편없는 모습이 그려진다. 그다음에 자식 세대인 플로리첼(폴리크제네스의 아들)과 페르디타(레온테스의 딸)의 사랑이 그런 구태를 극복한다. 플로리첼은 사랑의 감정을 이렇게 표현한다.

당신이 말문을 열면, 언제까지라도 그대로 말을 계속 해줬으면 좋겠소.

당신이 춤을 추면, 나는 당신이 바다의 파도라면 좋겠다고 생각하오. 파도라면 언제까지라도 춤만 추고 있을 수 있으니까.

늘 움직이고 항상 그렇게 움직이고 있고, 그 밖에는 아무것도 하지 않아도 좋으니까.

당신이 하는 것은 뭐든지 다 특별하고 그때마다 최고의 자리를 차지하니까.

당신의 행동 하나하나가 죄다 나의 여왕님이오.(4막 4장)

이 놀라운 사랑의 말은 페르디타가 스스로의 행동을 통해 영원히 움직이는 예술이 되었으면 좋겠다는 뜻이다. 여기서 파도는 시간 속에서 계속되는 아름다움 혹은 전혀 구속되거나 통제되지 않는 움직임, 곧 예술의 상징이다. 이것은 여성의 아름다움을 말하는 것이지만 동시에 예술의 효과를 가리키는 것이기도 하다. 죽어 있는 조각상을 산 사람으로 변모시키는 것도 예술이고, 고단한 인생길에 나선 과객에게 손을 내밀며 함께 춤추자고 제안하는 것도 예술이다. 바로 이 예술 덕분에 인간은 삶의 허무를 가까스로 견디고 결승점까지 완주할 수 있는 것이다.

내가 대학에서 셰익스피어를 공부한 것은 지금으로부터 40년 전의 일이다. 그때 《맥베스》와 《템페스트》 두 편을 배웠는데, 취직에 도움도 안 되는 400년 전 텍스트를 왜 배워야 하는지 의아했었다. 그런 만큼 잘 이해하지 못했고 재미도 없었으며 따라가기 너무나 벅찼다. 하지만 시간이 지나 그때의 일을 돌이켜 보니 무식한 젊은이의 엉뚱한 투정이었다며 나 자신을 반성하게 된다. 요즈음 셰익스피어 희곡의 주옥같은 대사들을 틈틈이 읽노라면 이 작가는 어떻게 이런 심오한 진리를 이렇게 쉽게 말할 수 있을까, 찬탄할 때가 한두 번이 아니다. 정말 "의미심장한 것을 단순하게 말한" 작가이며 인생의 무에서 유를 이끌어낸 장인이다.

|44| 완벽하게 생을 마무리하려는 착각
《젊은 베르테르의 슬픔》

●

인생의 허무에 잘못 대응하는 경우가 있는데 자살이 그것이다. 괴테의 《젊은 베르테르의 슬픔》은 로테라는 유부녀를 사랑하다가 그 사랑이 이루어질 수 없다는 것을 깨닫고, 로테의 남편 알베르트에게서 빌린 총으로 자살해버린 청년 이야기다.

베르테르가 발하임이라는 한적한 마을로 내려온 것은 실연의 아픔을 잊기 위해서였다. 그는 이 작은 마을에서 독서, 고독, 자연에 대한 명상으로 삶을 보내기를 바라나 로테를 만나면서 모든 계획이 틀어져버린다. 그녀를 잊기 위해 다른 지방으로 떠나지만, 결국 잊지 못하고 다시 발하임으로 돌아온다. 그리고 로테에게 최후의 사랑 고백을 하고서, 거절당하자 스스로 목숨을 끊었다.

나는 이 소설을 읽으면 친구에게서 들은 어떤 젊은이의 죽음이 생각난다. 그 젊은이는 정말로 좋아하는 여자에게 마지막으로 호소하기 위해 그 여자의 고층 아파트로 찾아갔는데, 간절한 호소에도 불구하고 여자가 거절하자, "너는 내가 그렇게 싫으냐?"라고 말하고는 절망감을 이기지 못하고 그 아파트 발코니에서 뛰어내려 자살했다고 한다.

여기서 나는 1921년 히말라야 에베레스트 산 등정에 처음 도전했다가 실패했던 조지 맬러리 생각이 난다. 맬러리는 왜 위험한 산에 자꾸 가느냐는 질문에 "산이 거기에 있으니까"라고 대답한 인물이다. 그는 1922년에 2차 도전을 했으나 실패했고, 1924년 6월 8일 에베레스트 정상에 다다르기 직전에 실종되었다. 그의 시신은 75년 후인 1999년 설산에서 발견되었다. 맬러리에 대하여 같이 등반했던 동료인 프랜시스 영허스밴드는 이렇게 말했다.

"정상을 목전에 둔 그에게는 두 가지 길이 있었습니다. 하나는 다시 세 번째로 철수하여 하산하는 것이었고, 다른 하나는 계속 올라가다가 산중에서 죽는 것이었습니다. 맬러리로서는 죽는 것이 차라리 더 마음 편했을 겁니다. 인간으로서 산악인으로서 예술가로서 네 번째 도전이라는 건 너무 잔인한 시련이 되었을 테니까요."

로테에게 거부당한 베르테르도 이 맬러리 같은 심정이었을 것이다. 젊은 나이에 두 번씩이나 여자에게 거부당했으니까.

괴테는 자신의 성격 중 너무 낭만적인 측면을 억제하면서 정서적 과잉 반응을 경고하기 위해 이 소설을 썼다고 한다. 베르테르는 야성이 너무 앞선 경우다. 그러면 반대로 지성이 너무 앞서면 어떻게 되겠는가.

| 45 | 강력한 지성에 막힌 길

《악령》

도스토옙스키의 장편소설 《악령》에 등장하는 키릴로프는 자신이 신이라는 것을 증명하기 위하여 자살하는 인물이다. 키릴로프를 이해하기 위하여 먼저 알아두면 좋을 전제는 이러한 것이다.

"철학은 죽음을 공부하는 것이고(플라톤), 신학은 그 죽음을 이기기 위한 것(사도 바울)이다."

그는 '죽음에 대한 공포'를 상징하는 신을 제거하려고 한다. 신이란 없으며, 다만 그를 두려워하는 고통이 있을 뿐이라고 본다. 그리하여 인간은 생사의 문제에서 아무런 차이를 느끼지 않을 때 진정한 자유를 얻는다고 주장한다. 신이 되기 위해서는 신, 즉 죽음에 대한 두려움을 극복해야 한다고 본다. 따라서 감히 자신을 죽일 수 있는 자는 신이 된다고 말한다.

《악령》 제3부 6장에서 키릴로프는 표트르 스테파노비치와 대화를 나누면서 이렇게 말한다.

"만일 신이 있다면 모든 게 신의 의지다. 따라서 나도 신의 의지에서 한 걸음도 벗어날 수 없다. 만일 신이 없다면 그때는 모든 게 나의 의지다. 따라서 나는 내 의지를 주장할 의무가 있다."

"나는 나의 무신앙을 선언할 의무가 있다. 내게 신이 없다는 것보다 더 고상한 사상은 없다. 나를 위해선 오직 인류의 역사만 있을 뿐이다. 인간은 자살하지 않고 살기 위해서 신을 생각해낸 것이다. 이때까지의 세계사는 바로 이것에 불과하다."

도스토옙스키가 키릴로프의 입을 빌려서 말하는 무신론은 실은 루트비히 포이어바흐(1804-1872)의 사상을 그대로 가져온 것이다. 포이어바흐는 종교(특히 기독교)는 인간적 특성을 숭배 대상에 투사한 것이라고 말한다. 그러면서 기독교의 삼위일체, 성부·성자·성령은 인간의 이성·의지·사랑이 투사된 것이라고 설명한다. 이런 인간적 투사를 거두어들일 때 비로소 인간의 가능성은 무한히 뻗어나가게 되고, 이런 무신론의 상태에서 숭배할 대상은 인류애(humanity)여야 한다. 따라서 기존의 종교는 인류애의 종교로 바뀌어야 하고, 영혼의 영원불멸이라는 주장은 한갓 환상임을 깨달아야 한다고 포이어바흐는 주장했다.

키릴로프는 신 없는 신학을 추구했다. 그런데 신 없는 신학이라는 것은 공허한 수사에 불과하다. Viewpoint from nowhere(아무 데도 아닌 위치의 관점)라는 어구는 문법적으로는 가능하다. 그런데 실제로 가능하겠는가? 신이 되기 위해서 자살한다는 얘기는, 비스마르크의 말을 빌리자면 "죽음이 두려워 자살한다"는 얘기와 비슷한 것이다. 키릴로프 얘기를 읽을 때마다 지성이 너무 강하다 보면 이런 막다른 골목에 도달하는구나 하는 느낌이 든다.

| 46 | 살려고 자살하는 여자

《자살의 연구(The Savage God: A Study of Suicide)》

●

앨프리드 앨버레즈의 《자살의 연구(The Savage God: A Study of Suicide)》에서는 미국 여성 시인 실비아 플라스의 자살 상황을 프롤로그로 소개한다.

실비아는 1963년 2월 11일 런던의 한 아파트에서 가스를 틀어놓고 자살했다. 당시 실비아는 시인 남편 테드 휴스의 외도로 그와 별거하면서, 어린 두 아이와 함께 살고 있었다. 그녀는 자살하기보다 살아야 할 이유가 더 많은 여자였다. 시인으로서 명성이 올라가는 중이었고 무엇보다도 어린아이들을 키워야 했다. 하지만 그녀에게는 이미 두 차례 자살 미수 경력이 있었다. 그녀는 이렇게 적었다.

나는 다시 한 번 그걸 해냈다.
10년에 한 번씩
그걸 나는 용케도 해낸다……

일종의 살아 있는 기적……
내 나이 겨우 서른
그리고 고양이처럼 나는 아홉 번을 죽어야 한다.

이것이 세 번째다……

그녀는 자살을 시도한 날 아침 6시경 아이들 방으로 올라가서, 파출부가 도착하기 전에 아이들이 잠에서 깨어 배고플까 봐 버터 바른 빵과 우유를 두고 나왔다. 그리고 부엌에서 수건으로 문틈과 창틈을 밀봉하고서 오븐을 열고 가스를 틀었다. 9시에 파출부가 도착했을 때, 부엌에서는 가스 냄새가 진동했고 실비아는 뻗어 있었다. 그녀는 전화번호가 적힌 메모지를 남겼다.

"제발 의사를 불러주세요."

그러나 너무 늦었다. 실비아는 인생의 위기 국면에 처할 때마다 자살 미수로 그것을 이겨냈다고 한다. 그렇게 자살 미수를 겪으면 죽었다가 다시 살아난 느낌이 들면서 생의 의욕을 다시 찾았다. 이렇게 볼 때, 그녀의 자살 시도는 더 적극적으로 살고 싶다는 의지의 표현이었다.

앨버레즈는 실비아가 왜 자살을 시도했는가에 대해 이런 설명을 한다.

"실비아는 이렇게 말했다. '주인공은 그 무시무시한 작은 알레고리(자살)를 다시 한 번 실행해야만 비로소 그것으로부터 자유로워질 수 있습니다.' 남편과 헤어져 아이들과 어렵게 살던 그녀에게 유일한 방법은 그 알레고리를 다시 한 번 행하는 길뿐이었다. 그녀에겐 언제나 도박사적인 면모가 있었고 그래서 되든 안 되든 모험을 하는 버릇이 있었다. ……프로이트는 썼다. '산다는 게임에서 가장 큰 판돈인 삶 자체가 걸려 있지 않을 때에는 삶의 흥미가 줄어든다.' 실비아는 거기에 도박을 걸었다. 어쨌거나 승산이 자기편에 있다는 것이 이미 드러났으므로(과거에 두 번이나 자살 시도를 했다가 살아났으므로), 그녀는 암울한 마음에 이기든 지든 상관없다는 생각으로 최후의 내기를 걸었다. 그녀의 계산은 빗나갔고 그녀는 졌다."

목숨을 가지고 도박을 하다니! 얼마나 궁지에 몰렸으면 이런 결단을 했을까! 가련하고 안타까우면서도, 자살은 곧 죄악이라는 철저한 영성을 어릴 적부터 훈련받았더라면 얼마나 좋았을까 하는 아쉬운 생각이 든다.

|47| 집안을 감싸는 과거의 악령

《유령》

●

헨리크 입센(1828-1906)의 희곡《유령》은 선대의 유업이 후대에 미치는 영향을 다룬 작품이다.

주인공 오스발드 알빙은 26세의 화가인데, 지난 몇 년 동안 파리에서 살다가 고향인 노르웨이의 로센볼드 마을로 돌아와 어머니 알빙 부인과 함께 지내려 한다. 아버지 캡틴 알빙은 바람둥이에다 술주정꾼이었는데 10년 전에 사망했다. 알빙 부인은 아들 하나만을 보고서 불행하고 지루한 결혼을 참아낸 인물이다. 오스발드가 귀향하여 집안의 하녀인 레이네와 사귀면서 결혼하려 하자, 알빙 부인이 비밀을 밝힌다. 레이네가 실은 죽은 캡틴 알빙이 예전의 집안 하녀인 요한네와 사이에 낳은 딸이었던 것이다. 그러니까 오스발드와 레이네는 남매간이 되었다. 게다가 아버지의 난봉 때문에 오스발드는 매독을 유전으로 물려받았다. 그는 자신이 늘 피곤하고 힘이 없는 것을 괴로워했는데, 알고 보니 그것이 매독 탓이었던 것이다. 오스발드는 레이네와의 결혼을 포기하고, 병이 악화되어 결국 죽어간다.

매독은 과거의 유령으로 오스발드의 현재를 괴롭히고 또 미래마저 파괴한다. 또 레이네의 입장에서도 그 유령 때문에 결혼도 하지 못하고 신분 상승의 기회를 놓치고 만다. 그러나 각 집안에는 정도의 차이가 있을 뿐 과거의 유령이 있게 마련이다.

|48| 고단한 선대의 유업

《부덴브로크 가의 사람들》

●

토마스 만의《부덴브로크 가의 사람들》은 한 집안의 4대에 걸친 내력을 추적하는 장편소설이다.

제1대 요한과 제2대 요한 2세는 1835년부터 1855년까지 사이에 사업에 크게 성공하여 부덴브로크 집안을 명망 높은 가문으로 만들어놓는다. 문제는 제3대인 토마스의 세대다. 토마스에게는 동생 크리스티안, 토니, 클라라가 있다. 토마스 세대는 빛나는 선대의 업적을 이어가지 못하고 몰락하기 시작한다.

토마스의 여동생 토니는 결혼과 이혼을 반복하는가 하면, 막내 클라라는 제대로 시집을 갔으나 젊은 나이에 병사한다. 또한 토마스의 바로 아래 동생인 크리스티안도 우울증과 불안에 시달리며 방황하느라 집안 사업에 기여하지 못한다. 결국 토마스 혼자서 부덴브로크상사를 떠맡아 나가다 힘이 부쳐, 회사를 남에게 넘겨야 할 지경이 된다. 토마스는 1875년 치과에서 이를 빼고서 집으로 가던 길에 쓰러져서 인생을 마감한다. 그의 유언에 따라 회사는 청산 절차를 밟고, 토마스의 아내 게르다는 아들 하노를 데리고 자그마한 집으로 이사 간다. 그러나 1877년 하노가 열네 살 나이로 죽음으로써 이 집안은 대가 끊기게 된다.

이 소설은 선대의 유업, 곧 부르주아 정신이 후대에 예술가 기질을 가진 자손들에게 제대로 정착되지 않아, 그들이 몰락의 길을 걷게 된다는 내용이다. 나는 예술가가 되고 싶은데 집안이 상인 가정이라면 그 주인공은 어떻게 해야 할까? 주인공 토마스 부덴브로크는 그 부담을 어떻게든 감내해보려 한다. 일부러 성공한 사업가의 티를 내려고 외양에도 신경을 쓰지만, 그런 인위적 노력은 날마다 그에게 심한 고통을 안긴다. 이런 분위기에서 그는 쇼펜하우어의 죽음론을 읽게 되고, 살아 있는 것이 원죄라는 철학자의 얘기는 어떤 계시가 된다. 죽음은 깊은 즐거움, 매혹적인 달콤함, 모든 족쇄로부터의 해방, 한심한 실수에 대한 보상으로 다가온다. 토마스는 나이 마흔여덟에 완전히 연소되었다. 치과에 다녀오다 갑자기 길에 쓰러져 죽음에 이르렀지만, 실은 살겠다는 의지가 내면에서 먼저 죽어버린 것이다.

작가는 토마스 부덴브로크를 통해 상인의 인생도 좋고 예술가의 인생도 좋지만, 그 어떤 쪽을 선택하든 죄의식을 갖지 않는 것이 중요하다고 말하는 듯하다. 그러나 토마스는 유령처럼 달라붙는 선대의 유업을 물리치지 못했다. 들자니 무겁고 놓자니 깨지게 생긴 고단한 유업. 그것을 끝까지 끌고 가다가 내면이 양초처럼 다 녹아버린 사람이 바로 토마스 부덴브로크다.

| 49 | 자본주의의 도래를 예감한 작품

《3대》

염상섭(1897~1963)의 《3대》는 일제강점기인 1930년대에 할아버지(조의관), 아버지(조상훈), 아들(조덕기) 3대를 묘사한 장편소설이다.

세 인물 중 조덕기가 가장 약하게 그려져 있고 할아버지와 아버지는 아주 실감 나는 인물로 묘사된다. 염상섭의 소설은 종종 발자크의 소설에 비교된다. 후자의 소설에 대해서 "발자크 소설의 진정한 주인공은 돈이다"라는 말이 있는데, 비록 발자크 자신은 군주제를 옹호했지만,

작가의 예리한 눈은 중산층의 돈에 바탕을 둔 자본주의의 도래를 예고했다는 평가가 있다.

《3대》에서도 사실상의 주인공은 돈이다. 조의관이 나이 70에 어린 수원댁을 재취로 들인 것도, 조상훈이 버젓한 아내를 놔두고 어린 여학생 두 명을 농락한 것도 다 돈의 힘이다. 특히나 조상훈은 발자크의《사촌 베트》에 나오는 월로 남작을 그대로 빼다 박은 듯한 인물이다.(→ 가을 34). 이제 20대인데 아내가 있는 조덕기도 필순이를 지나치게 연모한다. 이런 덕기에 대하여 모친은 이렇게 비난한다.

"수원집, 경애, 의경이(아버지가 농락한 두 여학생), 그리고 3대째는 뭐라는 년이냐? 무슨 산소(山所) 탓인지 어쩌면 너 아버지 걸어온 길을 고대로 걸어가려는 거냐?"

작품에서 3대라는 말이 직접 노출된 것은 이 부분뿐이다. 이 소설에서 선대의 유업은 여색을 밝히는 증세로 제시된다.

그럼 《3대》는 돈과 여색이라는 '욕망의 전차'를 묘사하는 데 그친 작품인가? 아니다. 조덕기 3대 외에 이 소설에는 김병화와 장훈이라는 '마르크스 보이들'의 서브플롯이 있다. 일제강점기라서 이 부분은 조덕기 집안의 3대처럼 자세히 묘사되지 못했지만, 그래도 자본주의에 맞서는 공산주의의 반발(당시가 1930년대라는 것을 감안해야 한다)이 있다. 말하자면 앞으로 자본주의와 공산주의가 서로 각축하는 세상이 되리라고 내다본 것이다. 발자크 시대에는 아직 공산주의가 난만하게 무르익지 못했기 때문에 그 얘기가 안 나오지만 《3대》에서는 러시아와 시베리아와 소련 유학이라는 말이 구체적으로 나온다. 바로 이것이 염상섭이 앞을 내다보는 작가라는 구체적인 사례다.

앞에서(→ 봄 88) 베르펠이 토마스 만의《부덴브로크 가의 사람들》을 아주 좋아했다는 얘기를 했다. 나는 한국 작가의 장편소설 중 이《3대》를 가장 좋아한다. 이 작품을 읽을 때마다 베르펠의 말을 이해할 것 같다. 문장의 행간에서 작가의 말을 직접 듣는 듯한 느낌이 있다. 그 묘사며 대화가 정말로 귀에 쏙쏙 들어온다. 베르펠은 아마 소설의 내용보다는 토마스 만의 목소리가 그리웠을 것이다.

| 50 | 죽을 때 죽어야지 사람

《송자대전》 중 윤선거 이야기

●

송시열의《송자대전》중 국역본 3권부터 7권까지는 그가 지인, 제자, 친척에게 보낸 편지를 모아놓은 것인데, 이 편지 모음에서 가장 많이 언급되는 인물이 윤선거와 윤휴다.

윤선거는 17세기의 가장 문제적인 인물일 뿐만 아니라, 지금 현대의 관점에서 보아도 깊이 사유해볼 만한 사람이다. 윤선거는 청나라 사신 용골대를 참수하자는 상소를 올려 선비들 사이에서 고명한 기상을 떨친 인물이었다. 그만큼 강직한 애국지사로서 청나라와 일전을 불사하겠다는 기개가 있었다. 그는 또 중국의 삼국시대 촉나라의 후주 유선에 대해, 어떻게 나라가 망했는데 목숨을 구걸하여 위나라의 빈객으로 구차하게 목숨을 연명했느냐고 비난하면서, 자신이라면 순절할 것이라고 호기롭게 말한 바 있다.

병자호란이 터지자 김익겸, 권순장 등과 함께 강화로 피난한 윤선거는 성문을 지키면서, 일이 급하면 반드시 죽기로 서로 맹세하고, 또 아내와 더불어도 순절할 것을 약속했다. 마침내 강화도가 함락되고 청군은 반발 세력을 위협하기 위해 몇 명을 시범으로 효수해 보였다. 이때 김익겸 등이 맹세를 저버리지 않고 자결했고, 윤선거도 아내 이씨를 스스로 목매게 했으나 정작 자신은 죽지 않았다. 이때에 종실인 진원군이 포위 속에서도 오랑캐 장수의 지시로 남한산성의 행재소로 가게 되었는데, 윤선거는 전에 진원군과 같은 마을에 살면서 서로 친하게 지냈으므로 목숨을 구할 기회라고 보아 그 종이 되기를 청했다. 또 자신이 전에 금나라 사신을 참수하자고 상소를 올린 일이 있어서, 본명이 청군에 알려져 있을 것을 두려워하여 이름도 선복(宣卜)으로 바꾸었다. 이렇게 하여 구차하게 진원군을 따라 강화도를 나와 목숨을 건졌다.

한마디로 말과 행동이 전혀 다른 사람이고, 아내를 죽게 하고서 저 자신은 살겠다고 황급히 강화를 빠져나온 비겁한 사람이었다. 송시열은 윤선거가 그 후 자신을 깊이 책망하고, 다시 장가들지 않고 벼슬도 하지 않고 학문에만 종사하자, 매계관의 한때 실수로 치부하고 교우했다(→ 봄 54).

그러나 윤선거의 일생은 우리에게 진지한 경고가 된다. 사람은 죽어야 할 자리에서 죽지 못하면 살아도 죽은 것만 못하게 된다.

|51| 우암 송시열에 대한 윤휴의 생각

《백호전서》(국역 전 12권) 중 11권

●

우암(송시열)은 미촌(윤선거)을 용납했으나 두 사람의 사이가 벌어진 것은 윤휴 때문이었다. 송시열은 윤휴가 주자의 성리학을 제멋대로 뜯어고치려 한다면서 사문난적으로 몰았는데, 윤선거가 윤휴의 학문을 높이 평가하여 중간에서 어떻게 화해를 시켜볼까 하다가 오히려 우암과 사이가 벌어지게 되었다.

그렇다면 윤휴(1617-1680)는 송시열을 어떻게 생각할까? 그의 문집《백호전서》(국역 전 12권) 중 11권에 연보가 실려 있는데, 신축(1661), 선생 45세 조에 이런 기사가 나온다.

윤선거는 늘 선생(윤휴)이 처세에 소활하여 함부로 위기에 빠져든다고 책망했고, 선생은 그가 이해관계에 끌리어 자신의 지조를 지키지 못한다고 타일렀다……

송시열은 오래전부터 선생을 증오하여 해치려고 했다. 그래서 핑계 대어 말하기를, '선생의 학문은 기이한 것을 숭상하고 새로운 것을 좋아하니 후학들에게 해를 끼치게 될까 염려된다'고 하며, 겉으로는 학문을 바로잡는 말을 하면서 안으로는 협박하고 모해하는 계책을 부렸으나, 선생은 너그럽게 대우했다. 예송이 일어나 화액의 기세가 치성해지자 유계, 윤선거 등 여러 사람들이 애초의 의견을 바꾸어 송시열의 논설을 따랐다. 이에 송시열은 선생 한 사람만 없으면 온 세상 사람들을 속일 수 있고 후대의 사람을 속일 수 있다고 여겼다. 이에 선생을 해치려는 마음을 지니고서…… 중상모략의 계책이 날이 갈수록 더욱 심해졌고, 그에게 붙좇는 무리들도 그의 뜻을 따라 거짓말을 퍼뜨리고 비난하는 말을 만들어내면서 못 하는 짓이 없었다.

연보는 윤휴의 문인들이 작성한 것이니까 윤휴의 생각을 그대로 반영한 것이다. 예송 논쟁의 구체적 내용은 효종이 죽었을 때 대왕대비가 상복을 1년 입느냐 3년 입느냐 하는 문제인데, 구체적으로 들어가면 너무나 복잡하므로 여기서는 언급을 피하고, 서로 적대적 관계에 있는 송시열과 윤휴 중 누가 더 떳떳한가, 하는 질문은 던져볼 만하다.

| 52 | 조선시대 지식인의 유형

《당의통략(黨議通略)》

●

이건창(1852-1898)의 《당의통략(黨議通略)》은 그의 할아버지 이시원이 저술한 《국조문헌(國朝文獻)》 중에서 당쟁에 관계된 부분만을 발췌, 정리하여 2권으로 편찬한 책이다. 이 책자는 소론의 관점에서 당쟁을 기술했지만 그래도 상당히 공정하게 집필된 것으로 평가된다.

이 책은 송시열—윤선거—윤휴—윤증(윤선거의 아들로 원래 송시열의 제자였으나 송시열이 아버지를 멸시하자 스승과 멀어졌고, 이로 인해 후일 서인이 송시열의 노론과 윤증의 소론으로 분열되었다), 네 사람에 대하여 다음과 같은 박세채의 편지를 인용하여 그 인물평을 하고 있다.

"윤선거의 강화도 일은 가위 낭패라 하겠지만, 나중에 깨끗이 의리를 지킨 것은 밝고 공정한 처사다. 송시열은 그를 허여하여 친구를 삼았으니, 이제 죽은 뒤에 구태여 허물할 것이 아니다. 윤휴가 주자에 배치된다는 데 대해서는, 윤선거가 단지 이를 주제넘다고만 지적했고, 또 복제의 의논에 대해서도 윤휴를 다만 경솔하다고만 말했으니 모두 의리에 미진(未盡)하다. 그렇기 때문에 송시열이 의심하는 것은 이상할 게 없으나, 세도에 해가 된다고 단정하여 '윤선거가 휴에게 붙어서 주자를 배반한다'고까지 말한 것은 너무 과격하다. 만일 낭패한 것을 의리가 없다고 하여(강화도에서 윤선거가 죽지 못한 것을 가리켜 윤증이 부친은 관리가 아니었으므로 반드시 죽을 의리가 없다고 말하며 부친을 옹호한 것) 도리어 윤선거의 깨끗한 의리를 어그러뜨린다든지, 미진한 것이 모두 의리에 맞는다고 하여 송시열의 선견지명에 대항하고자 한다면 이는 또한 윤증의 어리석음이 심한 것이다. 나(박세채)는 생각하기에, 윤선거는 미진했고, 송시열은 너무 지나쳤고, 윤증은 너무 어리석다 하노라.”

　송시열―윤선거―윤휴―윤증의 인간관계를 읽노라면, 인간의 처신이 참으로 어렵다는 것을 알 수 있다. 윤선거는 강화도에서 아내와 함께 죽는 것이 옳았는데 그렇게 하지 않았으니 후에 그토록 탈도 많고 말도 많았다. 윤휴는 주자의 성리학 해석에 도전한 독창적인 학자였다. 오늘날 같으면 학자가 자신의 주장과 견해를 개진하는 것이 당연한 미덕으로 칭송되었을 것이나, 주자학이 거의 종교나 다름없던 17세기에는 사문난적이라고 하여 준(準)역적 행위로 치부되었다. 송시열은 자신의 도를 지키기 위하여 비주이종(卑主貳宗: 주상을 낮추고 임금을 둘 있다고 하는 것)이라는 비난을 들으면서도 기년설(朞年說: 상복을 1년 입어야 한다는 주장)을 주장했고, 또 말년에는 숙종의 장 희빈 총애를 경계해 간언했다가 사약을 받고 죽었다. 송시열을 읽을 때마다 죽음도 두려워하지 않고 자신의 주장을 폈던 영국의 토머스 모어 생각이 난다. 윤선거, 윤휴, 송시열은 17세기 조선에서 살았던 지식인들의 세 가지 상이한 유형을 보여준다.

| 53 | 인간이 꿈꾸는 유토피아

〈도화원기〉

●

　인간은 오래전부터 척박한 세상에 염증을 느끼고 유토피아를 꿈꿔왔다. 도연명(陶淵明, 365-427)의 〈도화원기〉는 진나라 태원(太元, 376-396) 연간에 무릉의 어부가 길을 잃고 헤매다가 산속의 도화원에 들어간 이야기다.

도화원 사람들은 선대인 진(秦)나라(서기전 221-서기전 206) 때 난리를 피해서 인적이 없는 곳으로 숨어 들어왔으며, 그때부터 다시는 밖에 나가지 않아 외부와 격리되었다고 한다. 지금이 무슨 세상이냐고 묻는데 그들은 한나라가 있었던 것도 모르니 위나라와 진나라는 말할 것도 없다. 어부는 수일 동안 거기 머물다가 떠났는데, 후일 다시 찾아가려 했으나 끝내 그곳을 찾지 못했다.

이 무릉의 도화원을 줄여서 '무릉도원'이라 하며, 동양적 유토피아의 원형으로 알려져 있다.

|54| 오늘은 쏙 빼고 내일이 왔으면
《로마제국 쇠망사》 '잠자는 일곱 사람' 이야기

●

에드워드 기번의 《로마제국 쇠망사》에는 무릉도원 이야기와 비슷한 '잠자는 일곱 사람'의 이야기가 소개되어 있다.

이 이야기는 테오도시우스 2세의 치세(408-450)와 반달족의 아프리카 점령 시기의 일로 전해진다. 데키우스 황제(재위 249-251)의 기독교 박해가 심해지자, 에페수스의 귀족 자제 일곱 명이 인근 산록에 있는 넓은 동굴에 몸을 숨겼다. 그들은 폭군의 명령으로 그곳에서 죽을 운명이었다. 폭군이 동굴의 입구를 거대한 돌로 막아버리라고 명령을 내렸기 때문이다. 그들은 곧 깊은 잠에 빠져들었고, 그 수면 시간은 놀랍게도 187년 동안 계속되었다.

187년 뒤, 그 산의 소유권을 물려받은 아돌리우스의 노예들이 건물 짓는 데 사용하려고 동굴 앞을 가린 돌들을 치웠다. 햇빛이 동굴 속을 비추고, 잠자던 일곱 사람이 깨어났다. 그들은 몇 시간 잔 것으로 생각했고 당연히 배가 고팠다. 그들은 동료인 이암블리쿠스에게 은밀히 도시로 돌아가 빵을 사오라고 부탁했다. 도시로 들어간 그 청년(아직 '청년'이라 할 수 있다면)은 고향 도시의 친숙한 면면을 더 이상 알아볼 수가 없었다. 그는 에페수스의 주요 출입문 위에 의기양양하게 세워진 거대한 십자가를 보고서 더욱 놀랐다. 그의 특이한 복장과 오래된 말투에 빵집 주인은 의아했고, 게다가 그는 데키우스의 초상이 새겨진 주화를 빵 값으로 지불하려 했다. 이암블리쿠스는 은밀한 보물을 숨기고 있는 자로 의심을 받았고, 재판관 앞으로 끌려갔다.

재판관과 서로 말을 주고받은 이암블리쿠스는 다신교 폭군의 분노를 피해 그와 동료들이 동굴로 피신한 뒤로 2세기가 흘렀다는 사실을 알아차렸다. 에페수스의 주교, 사제, 행정관, 백성들이 그 동굴을 찾아갔고, 심지어 테오도시우스 2세까지 그 일곱 사람의 동굴을 방문했다고 한다. 일곱 청년은 사람들에게 축복을 하고, 자신들의 이야기를 말했으며, 동시에 평화롭게 숨을 거두었다.

우리는 어떤 어려운 일이 있으면 그 일이 벌어지는 날만 쏙 빼버리고 그다음 날이 왔으면 하고 소망한다. 무릉의 어부 이야기나 일곱 잠자는 사람 이야기나 어려운 시절을 피해 가고 싶은 소망이 표현된 것이다.

| 55 | 없는 줄 알기에 꿈꾸는 그것

《유토피아》

●

토마스 모어(1477-1535)의 《유토피아》는 2부로 구성되어 있는데, 1부는 토마스 모어가 라파엘 히슬로데이(Raphael Hythloday)라는 사람과 만나, 철학자가 왕에게 조언하는 것이 바람직한가 하는 등의 일반적인 정치적 문제를 토론하는 내용이다. 2부에서는 라파엘이 직접 가보았다는 적도(赤道) 바로 아래에 있는 유토피아 섬의 주민들이 살아가는 방식을 서술한다.

1부에서 라파엘은 군주가 철학자의 조언 따위는 원하지 않고 오로지 맹목적인 찬성만 요구하기 때문에 조언이 불필요하다고 말한다. 그러나 모어는 "바람을 통제할 수 없다고 해서 풍랑에 있는 배를 포기해서는 안 된다"며 그래도 조언을 해야 한다고 말한다. 라파엘은 유토피아 사람들은 미덕을 삶의 주된 목표로 삼는다고 하면서, 유럽 사회가 부패한 것은 사유재산과 화폐 경제 때문이라고 말한다. 그러나 토마스 모어는 소득을 올릴 수 있다는 희망이 커다란 동기 부여가 된다고 대답한다.

2부에서 라파엘이 본 유토피아 사람들의 생활은, 하루 여섯 시간 일하고 나머지 시간은 자발적으로 지적인 오락을 추구하는, 미덕 실천의 사회다. 라파엘은 맨 마지막에 인간의 최대 결점은 자부심(pride)이라고 말한다. 이 때문에 유토피아 섬의 합리적이고 공평한 법률과 관습이 다른 사회에서는 시행되지 않는다고 진단한다.

자부심은 모어가 말한, 이득을 올리려는 동기와 관련되는데, 한마디로 말하면 '남보다 뛰어나고 싶다는 욕망'이다. 영국의 기독교 작가 존 버니언(1628-1688)은 이 자부심을 '허영(vanity)'이라고 하면서, 이 세상을 '허영의 시장'이라고 말했다. 남보다 뛰어나고 싶은 욕망은 돈보다는 권력 면에서 더 강하게 나타난다. 그런데 권력과 그것의 행사는 우리 삶의 모든 부분에 스며들어 있고, 사회는 이 권력 없이 제대로 기능을 발휘할 수가 없다, 권력은 사회생활의 핵심에 깊이 새겨져 있다, 라는 게 프랑스 철학자 미셸 푸코의 주장이다. 이런 관점에서 보자면 유토피아는 애당초 있을 수가 없다. 하지만 없는 줄 알기 때문에 꿈꾸는 것이 아닐까.

모어는 《유토피아》에서 "그래도 왕에게 조언을 계속해야 한다"고 말했는데, 이것을 헨리 8세와 모어의 관계에 대입해 보면 참 복잡해진다. 토마스 모어는 개인적 사유(이혼)로 영국 교회를 로마가톨릭교회로부터 독립시키려는 헨리 8세의 종교 정책에 반기를 들었다가, 왕을 지원하겠느냐 목숨을 내놓겠느냐, 양자택일을 강요받았다.

헨리 8세(1491-1547)는 왕비 캐서린에게서 후계자를 얻지 못하자, 캐서린의 시녀인 앤 불린과 결혼하고자 교황청에 이혼 승낙을 요청했다. 이혼 사유는 《구약성서》〈레위기〉 18장 16절에 의거하여, 형수와의 결혼이 원인 무효라는 것이었다.

캐서린은 본래 헨리 7세의 장자인 아서와 결혼했는데, 결혼 5개월 만에 남편이 사망하는 바람에 16세에 과부가 되었다. 그리고 헨리 7세의 둘째아들이 헨리 8세로서 왕위에 오르자 그와 재혼하게 되었다. 당시 교황 율리오 2세는 이 결혼을 인정했다.

남편이 결혼을 무효로 돌리려고 하자 당시 신성로마제국 황제 카를 5세의 이모였던 캐서린은 방어에 나서, 아서와 합방한 사실이 없다고 주장했다. 카를 5세에게 우호적이던 교황청은 헨리의 이혼 요청을 거부했고, 헨리는 교황청에 불복하여 1533년 5월 23일 이혼을 강행했다. 그 후 수장령(1534)을 반포하여 스스로 로마로부터 완전 독립된 잉글랜드교회의 수장에 올랐다.

토머스 모어는 1529년 울지 경을 대신하여 대법관 자리에 올랐다. 승승장구하던 모어의 경력에 극적인 변화가 온 것은 그가 헨리 8세의 이혼에 반대하면서부터였다. 그는 1532년 정부에 사표를 제출했고, 그 후 18개월 동안 수입이 없어서 가난하게 살았다. 1534년 헨리 8세의 수장령에 따라 복종을 맹세하라는 요구를 거부했고, 그 때문에 런던 탑에 투옥되어 15개월 동안 갇혀 있었다. 1535년 7월 1일, 수장령에 복종하기를 거부했다는 이유로 대역죄가 선고되었으며, 닷새 후인 7월 6일 타워힐에서 참수형을 당했다.

|56| 디스토피아

《1984》

●

유토피아를 너무 지나치게 추구하면 그것이 오히려 디스토피아를 가져온다는 주제를 다룬 작품으로, 조지 오웰(1903-1950)의 장편소설 《1984》가 있다. 1949년에 나온 이 소설은 불과 35년 후의 세계를 아주 어둡게 보았다.

주인공 윈스턴 스미스와 줄리아가 사는 나라 오세아니아의 런던에서는 모든 주민의 방에 텔레스크린이 설치되어 그들의 동정을 감시한다. 그리고 이 나라에서는 빅 브라더의 말이 곧 법이다. 스미스와 줄리아는 그런 획일화된 사회가 싫어서, 멀리 시골의 전원으로 가서 사랑을 나누면서 전제적인 국가에 반역할 것을 꿈꾼다.

그들은 골동품상인 채링턴 씨 집에 텔레스크린이 달려 있지 않은 비밀 방이 있다는 것을 알고서, 그 방을 빌려 가끔 사랑을 나누고 음모를 꾸미기도 한다. 그러나 알고 보니 채링턴은 당의 끄나풀이었고, 두 남녀는 당에 끌려가 고문을 당한다. 스미스는 세상이 아무리 살벌하더라도 내게는 줄리아가 있다고 생각하며 고문을 버티지만, 결국 이겨내지 못하고 줄리아를 배반한다. 줄리아 역시 스미스를 배반한다. 그리고 고문으로 정신이 황폐하게 망가진 두 남녀는 빅 브라더가 이 세상의 구원자이며, 자신들이 정말로 그를 사랑한다고 생각한다.

오웰의 소설은 헉슬리의 《멋진 신세계》에서 다루어진 디스토피아에 비하여 훨씬 어둡고 음침하다. 헉슬리는 그래도 멋진 신세계가 '공동체, 일체감, 안정성'을 추구한다고 가정했는데, 1984년의 오세아니아는 오로지 개인을 감시하고 말살할 뿐이다. 헉슬리의 책이 나온 것은 1932년이었는데, 1949년까지 17년 동안 많은 끔찍한 일이 벌어진 것이 이 작품에 영향을 끼쳤다. 1930년대 후반 소련에서 있었던 스탈린의 대숙청, 스페인 내전, 파시스트 독재자들의 부상, 제2차 세계대전, 나치의 무자비한 홀로코스트(인종 청소), 무수한 인명 피해, 종전 후의 냉전 재개 등이 오웰에게 어두운 세계관을 안겨준 듯하다. 이 소설은 국가가 시민의 개성을 인정하지 않고 획일적인 프로그램을 강요하면 어떤 사회가 되는지 잘 보여준다.

| 57 | 도덕적 강박

《이반 일리치의 죽음》

●

톨스토이의 《이반 일리치의 죽음》(1886)이라는 중편은 죽음을 정면으로 다룬 소설이다.

먼저 판사였던 이반의 동료들이 이반이 죽었다고 말하는 것으로 소설이 시작된다. 그들은 이반이 죽어서 안 되었다고 애도하기 보다는 그가 남긴 빈 자리에 누가 갈 것인지 더 관심이 많으며, 이반의 아내도 남편의 연금이 얼마 나올지에 더 관심이 많다.

이어 전지적 시점으로 이반이 죽어가는 과정이 묘사된다. 이반은 아내와 별 애정 없는 정략결혼을 했다. 그러다 보니 가정에는 별 뜻이 없고 오로지 법원에 가서 일하는 것에만 매달렸다. 시골에서 열심히 판사 생활을 하다가 능력을 인정받아 페테르부르크로 올라왔다. 그는 대도시에서 집도 새로 사고, 집 안의 휘장에 대해 실내장식가에게 지시를 내리던 중 갑자기 옆구리에 통증을 느낀다. 병명에 대한 구체적 설명은 없으나 여러 가지 증상으로 보아 암에 걸린 것이다.

그는 지금껏 죽음은 남의 일로 여겼고, 그런 불길한 일이 자신에게 닥친다는 생각은 조금도 하지 못했다. 그러나 힘겨운 투병 과정에서 농민 출신 하인 게라심의 극진한 간호로 마침내 죽음을 받아들이게 되고, 또 무관심하게 대하던 아내와 아들도 용서하고 편안한 마음으로 세상을 떠난다.

이 소설의 주제는, 인생에서 유일한 행복은 남을 위해 사는 것이라는 것이다. 이런 주제는 이반 일리치의 비극을 설명해준다. 그는 죽기 직전에야 비로소 자신이 행복한 삶을 살지 못했다는 것을 깨닫는다. 이 소설은 도덕이라는 주제를 크게 강조한다. 톨스토이가 인생의 대반전을 겪은 1879년(→ 가을 2) 이후에 나온 작품임을 감안할 때, 이런 도덕적 특성은 불가피한 것이다. 이 무렵 톨스토이는 상상력에 바탕을 둔 예술은 신성하지 못한 것이라는 결론에 도달해 있었다. 블라디미르 나보코프는 톨스토이의 이런 강박적 태도에 대하여 이렇게 논평했다.

"그는 진리를 추구하는 것을 더 중요하다고 생각하여, 예술적 천재의 매개를 통해 진리에 대한 환상을 일으키는 일에서는 점점 더 멀어졌다."

실제로 톨스토이 자신도 모파상의 문학을 논평한 글 〈예술가의 영혼〉(1896)에서 이렇게 말했다.

"예술 작품을 한 덩어리로 결속해서 삶과 똑같다는 환상을 불러일으키는 접착제는 인물이나 장소의 일관성이 아니라, 작가와 주제 사이의 도덕적 일관성이다. 따라서 이 우주에 대해 명확하고 확정적이고 신선한 견해를 가지지 못한 작가, 특히 이런 견해가 필요 없다고 생각하는 작가는 예술 작품을 생산할 수 없다. 그런 작가는 많은 작품을 아름답게 쓸 수는 있겠지만 예술 작품은 만들어내지 못한다."

그러니까 죽음을 앞두고 인생에 대해 철저한 도덕적 통찰을 보여주지 못하는 소설은 예술 작품이 될 수 없다는 얘기다.

| 58 | 죽음을 느끼게 하는

〈킬리만자로의 눈〉

헤밍웨이의 단편 〈킬리만자로의 눈〉도 죽음을 앞둔 주인공 해리를 묘사한다.

그러나 죽기 직전까지도 그에게는 도덕적 각성이라든가 회한 같은 것이 없다. 단지 죽음을 앞두고 과거에 자신이 건강했던 시절의 재미있는 얘기들을 회상할 뿐이다. 해리는 돈 많은 과부의 애인이 되어 그 여자와 함께 아프리카 사파리 여행을 하던 중 사고를 당했고, 오른쪽 다리에 살점이 썩어 떨어져 나가는 괴저로 죽어가는 중이다. 해리가 죽는 순간의 묘사는 이러하다.

그것(죽음)은 이제 그의 위로 올라왔으나 더 이상 형체를 갖고 있지 않았다. 단지 공간을 차지할 뿐이었다. ……

그것은 더 가까이 올라왔고 이제 그는 그것에게 말을 할 수가 없었다. 그가 말을 하지 못한다는 것을 알자 그것은 더 가까이 다가왔다. 그는 말을 하지 못하더라도 그것을 보내려고 애썼다. 하지만 그것은 그의 가슴 위로 올라왔다. 가슴에 그 무게가 느껴졌다. 그것이 거기에 웅크리고 있는 동안 그는 움직이지도, 말을 할 수도 없었다. 단지 여자가 말하는 것을 들었을 뿐이다. '브와나는 이제 잠들었어. 야전 침대를 부드럽게 들어서 텐트 안으로 들이도록 해.'

그는 여자에게 말해서 그것을 사라지게 할 수가 없었다. 그것은 이제 전보다 더 무겁게 웅크렸고 그는 숨을 쉴 수가 없었다. 그런데 아이들이 야전 침대를 드는 동안 갑자기 괜찮아졌다. 그 무게가 그의 가슴에서 사라졌다.

만약 톨스토이가 환생하여 이 단편을 읽었다면 "아름답게 쓰기는 했지만 예술 작품이 아니다"라고 했을 것이다. 나는 톨스토이의 《이반 일리치의 죽음》을 읽으면 죽음을 생각하게 된다. 그리고 헤밍웨이를 읽으면 죽음을 느끼게 된다. 그런데 가장 훌륭한 예술은 어떤 주제에 대하여 생각도 하게 해주고 동시에 느끼게도 해주는 작품이다.

| 59 | 죽음을 대하는 두 개의 태도
《아라비안나이트》 제5권 〈거만한 왕과 경건한 남자를 찾아간 죽음의 천사〉

●

리처드 버턴판 《아라비안나이트》 제5권에는 〈거만한 왕과 경건한 남자를 찾아간 죽음의 천사〉라는 짧은 이야기가 나온다.

거만한 왕은 엄청나게 성대한 행렬을 준비하게 하고 그 자신은 아주 화려한 옷을 입고서 행차에 나선다. 그러면서 "세상에 나보다 더 위대한 자가 어디에 있는가?"라고 호기롭게 소리친다. 행렬이 움직이자 곧 앞에 남루한 옷을 입은 자가 나타나 인사를 한다. 교만한 왕은 인사조차 받지 않는다. 그러나 낯선 사람은 왕의 말의 고삐를 움켜잡는다. 다음은 왕과 죽음의 천사의 대화.

대왕: 그 손을 떼라. 이게 누구의 말인지 알지 못하는가?

천사: 나는 당신에게 볼 일이 있습니다.

대왕: 내가 말에서 내리기를 기다렸다가 그 후에 용무를 말하라.

천사: (대왕이 말에서 내리자) 이건 비밀이라 귀에다 조용히 말하겠소. 나는 죽음의 천사요. 당신의 영혼을 가지러 왔소.

대왕: 잠시만 기다려라. 집으로 돌아가 내 가족과 아내와 사람들에게 작별 인사를 해야 하지 않겠느냐.

천사: 그렇게는 안 되겠소. 당신은 돌아가지 못할 거요. 예정된 당신의 시간이 이미 지나갔소.

천사는 대왕의 영혼을 앗아 갔는데, 실제로는 대왕이 말에서 떨어져 죽었다. 이어 죽음의 천사는 하느님이 아주 가상히 여기는 경건한 남자를 찾아갔다. 다음은 천사와 남자의 대화.

천사: 오 경건한 사람이여, 나는 당신에게 말해줄 비밀을 가지고 왔소.

남자: 내 귀에다 말해주시오.

천사: 나는 죽음의 천사요.

남자: 어서 오시오, 죽음의 천사! 그대를 보내주신 알라시여, 찬양받을지어다. 나는 늘 당신이 오기를 기다리고 있었다오. 내 그대를 사랑했건만 그대는 정말 오랫동안 나를 찾아오지 않았소이다. (나는 이 답변을 읽을 때마다 에밀리 디킨슨의 짧은 시를 생각한다. "내가 죽음을 위해 멈춰 설 수 없기 때문에, 그분이 친절하게도 나를 위해 멈춰주었다."_글쓴이)

천사: 당신에게 미처 끝내지 못한 일이 있다면 그것을 끝내도록 기다려주겠소.

남자: 하느님을 만나는 것보다 더 긴급한 일이 내게는 없습니다.

천사: 내가 어떤 방식으로 당신의 영혼을 가져가기를 바라오? 선택하도록 해줄 수 있소.

남자: 내가 몸을 씻고 기도를 올리는 중에 내 영혼을 가져가시오.

죽음의 천사는 오체투지하여 바닥에 엎드려 기도하는 경건한 남자의 영혼을 신의 자비와 관용 앞으로 가져갔다.

이 이야기는 죽음을 기다리는 사람과 죽음을 전혀 생각하지 않다가 죽음을 맞은 사람을 선명하게 대비한다.

| 60 | 큰일을 하기 위해서는 죽음을 공부하라

〈나는 죽음과 만날 약속이 있네(I Have a Rendezvous with Death)〉

●

미국 시인 앨런 시거(Alan Seeger, 1888-1916)는 〈황무지〉의 시인 T.S. 엘리엇, 《세계를 뒤흔든 열흘》의 저자인 존 리드와 함께 1910년 하버드 대학을 졸업했다. 졸업 후 시작에 몰두하던 그는 1914년 프랑스의 외인부대에 입대했고, 1916년에 솜 전투에서 전사했다. 사후에 그의 시집이 나왔으나 높은 이상주의와 고풍스럽고 수식 많은 시어로 인해 인기를 얻지는 못했다. 당시에는 세련되고 지적인 모더니즘풍이 인기를 끌었기 때문이다. 그의 대표 시는 〈나는 죽음과 만날 약속이 있네(I Have a Rendezvous with Death)〉인데 전문은 이러하다.

나는 죽음과 만날 약속이 있네
교전 중인 어느 바리케이드에서,
봄이 살랑거리는 그늘과 함께 돌아와
사과 꽃망울 향기가 온 하늘에 퍼지는 때—
나는 죽음과 만날 약속이 있네
봄이 청명한 나날을 거느리고 돌아올 때.

그는 내 손을 잡고서
나를 자신의 어두운 땅으로 인도하겠지
내 눈을 감기고 또 내 호흡을 꺼뜨리면서—
아마 나는 조용히 그를 앞서 갈 것이네.
나는 죽음과 만날 약속이 있네

쏟아지는 포탄에 움푹 팬 어떤 산비탈에서,
올해에도 봄이 어김없이 찾아와
들판에 처음으로 꽃이 피어나는 때.

하느님은 아신다네 비단 베개와 향기로운
이불에 푹 파묻히는 게 더 좋다는 것을,
황홀한 졸음과 함께 사랑이 고동치고,
맥박과 맥박, 호흡과 호흡이 맞닿은 그곳,
평온한 깨어남이 다정한 그곳에……
그러나 나는 죽음과 만날 약속이 있네
한밤중에 어떤 불타오르는 마을에서,
봄이 다시 북쪽을 찾아오는 때,
나는 맹세를 충실히 지켜
그 약속을 바람맞히지 않겠네.

미국의 케네디 대통령이 특히 이 시를 좋아했다고 한다. 그는 신혼여행을 가서 아내 재클린에게 이 시를 암송해주었고, 그 후 재클린은 이 시를 모두 외워서 틈만 나면 남편에게 들려주었다고 한다.

케네디 대통령은 2차 대전 때 어뢰정 함장으로 복무하다가 일본 어뢰정과 충돌해 죽을 뻔하다가 살아난 적이 있다. 또 형 조지프와 여동생 캐슬린이 일찍 죽는 것을 목격했으며, 그 자신은 온갖 질병을 달고 살았던 사람이었다. 케네디 대통령은 평소 주위 사람들에게 죽음이 조금도 두렵지 않다고 하면서 이 시와 함께 링컨 대통령의 기도, "나는 하느님이 있다는 것을 압니다. 나는 폭풍우가 몰려오는 것을 보고 있습니다. 만약 하느님께서 내 자리를 마련해두셨다면, 나는 지금 준비가 되어 있습니다."를 자주 암송했다.

냉전 시대에 적국인 소련의 최고 지도자 흐루쇼프와 적극적으로 평화를 추진하던 케네디는 미국 내의 호전적 냉전 지지자들의 음모에 의해 1963년 11월 22일 텍사스 주 댈러스에서 암살당했다.

그가 암살되기 한 달 전인 1963년 10월 5일, 대통령이 백악관 장미원에서 국가안보위원회를 소집하여 회의를 하고 있는데 당시 일곱 살이던 그의 딸 캐럴라인(현재 주 일본 미국 대사)이 그 정원에 갑자기 나타나 이 시를 암송함으로써 주위를 숙연하게 했다는 얘기가 전해진다.

우리는 앞에서 "불망재구학"이라는 《맹자》의 구절을 읽은 바 있는데(→ 여름 21), 이는 "큰일을 하기 위해서는 죽음을 공부하라(두려워하지 마라)"라는 말과 일맥상통하는 것이다. 여기에 소개한 앨런 시거의 시도 그런 뜻을 잘 표현한다.

|61| 키케로의 마지막
《로마사》 제120권 파편 자료

●

로대 로마의 역사가 리비우스의 《로마사》 제120권 파편 자료에는 키케로의 죽음에 관한 기사가 실려 있다.

율리우스 카이사르가 서기전 40년대 초반 내전의 승자로 부상하여 권력을 장악하자, 키케로는 그를 전제적인 권력자로 여겨 반발했다. 카이사르가 서기전 44년 3월의 이데스 날에 암살되자, 키케로는 공화국을 다시 수립할 기회라고 생각했다. 그는 카이사르의 후계자인 옥타비아누스에 저항했으나, 옥타비아누스와 안토니우스가 서로 힘을 합치자 외로운 신세가 되었다. 서기전 43년 11월 옥타비아누스, 안토니우스, 마르쿠스 레피두스의 제2차 3두 지배 체제가 시작되었다. 40년 만에 로마는 공개적으로 여러 사람을 범법자라고 고시하는 '징벌 선고'를 했는데, 여기에 키케로가 들어 있었다. 키케로는 달아났으나 성공하지 못했다. 다음은 관련 기사의 전문.

먼저 그는 투스쿨룸에 있는 별장으로 달아났고, 이어 시골길로 해서 포르미아이에 있는 별장으로 갔다. 그는 카이에타에서 배를 타고 출발할 계획이었다. 그는 두 번 출항했다. 한 번은 바닷바람이 너무 거세어서 다시 항구로 밀려왔다. 또 한 번은 엄청난 파도에 배가 심하게 흔들리는 바람에 그가 멀미를 견딜 수 없었다. 마침내 그는 도피 행각과 구차한 목숨에 혐오감을 느끼고서, 바다에서 1마일 정도 떨어진 곳에 있는 별장으로 돌아왔다. '과거에 내 힘으로 여러 번 구제한 바 있는 내 조국에서 죽겠다'고 그는 말했다. 그의 노예들은 최후의 일각까지 그를 위해 싸우겠다고 씩씩하고 의리 있게 말했다. 그러나 키케로는 가마를 조용히 내려놓고 부당한 운명이 부과하는 것을 침착하게 맞아들이라고 명령했다. 그가 조금도 위축되는 바 없이 목을 쭉 내밀자 토벌대는 그 목을 칼로 베었다. 잔인하고 무식한 병사들은 그것만으로 충분하지 않았다. 그들은 안토니우스에게 반박하는 연설문을 쓴 키케로의 두 손에 욕설을 퍼부으면서 양손을 잘랐다. 잘린 머리는 안토니우스 앞에 옮겨졌고, 그의 명령에 따라 포룸의 연단에 놓인 두 잘린 손 사이에 효수되었다. 그 연단은 키케로가 집정관 자격으로, 또는 전 집정관 자격으로 연설했던 곳이고, 또 사망하던 그해에는 안토니우스에게 저항하는 사자후의 연설을 했던 곳이었다. 많은 사람들이 키케로의 웅변에 감동을 받았었다. 그의 동료 시민들은 눈에 눈물이 가득했고, 감히 고개를 들어 그 잘린 손과 머리를 쳐다볼 수가 없었다. 그날은 서기전 43년 12월 7일이었다.

|62| 사마라에서의 약속

《섀피(Shappy)》

●

서머싯 몸은 소설 외에 희곡도 썼는데 그가 쓴 희곡 《섀피(Shappy)》(1933)에는 죽음의 신이 직접 말하는 형식을 취한 짧은 대사가 있다. 그 대사를 옮기면 이러하다.

"바그다드에 한 상인이 있었는데 그는 하인을 시장에 보내 식료품을 사오게 했다. 잠시 뒤 하인이 창백한 얼굴로 헐레벌떡 돌아와서 말했다. '주인님, 시장에 나갔다가 혼잡한 사람들 중에서 한 여인이 밀어서 돌아보았더니, 나를 민 것은 〈죽음〉이었습니다. 그녀는 나를 쳐다보며 데려가려는 듯이 위협적인 몸짓을 했습니다. 주인님, 말을 좀 빌려주십시오. 그놈을 타고서 이 도시에서 벗어나 제 운명을 피해야겠습니다. 제가 사마라로 달아나면 〈죽음〉은 저를 찾지 못할 겁니다.' 주인은 말을 빌려주었고, 하인은 말에 올라 있는 힘을 다해 박차를 가해 재빨리 달아났다. 그리고 상인은 시장으로 나가서 사람들 사이에 서 있는 나(죽음)를 보았다. 그는 내게 다가와 물었다. '오늘 오전에 제 하인을 보았을 때 왜 그에게 위협적인 몸짓을 했습니까.' '그건 위협적인 몸짓이 아니었습니다.' 내가 말했다. '그것은 깜짝 놀란 몸짓이었지요. 그를 이곳 바그다드에서 보았으니까 말입니다. 실은 내가 오늘 저녁 사마라에서 그를 만날 약속이 되어 있거든요.'"

그때 이후 영어권에서 '사마라에서의 약속'은 곧 죽음을 의미하게 되었다.

| 63 | 원래 없던 것을 도로 거두어 가심
《열자》

《열자》는 《노자》, 《장자》와 함께 중국의 도가 사상을 대표하는 3가서다. 전국시대(서기전 403~221)에 열어구(列禦寇)라는 사람이 저술한 것으로 알려졌다. 이 책에 '갈매기와 친하게 사귀는 법'이라는 얘기가 나온다.

바닷가에 사는 어떤 젊은 어부가 갈매기를 좋아했다. 매일 바닷가로 나가서 갈매기들과 더불어 놀았다. 어느 날 그의 아버지가 말했다.

"얘야, 너와 잘 어울린다는 갈매기를 한 마리 잡아오너라. 내 그걸 가지고 놀아보고 싶다."

그다음 날 젊은 어부가 바닷가로 나가보니, 갈매기들은 날아와 맴돌면서도 내려오지는 않았다. 기회를 엿보는 마음을 기심(機心)이라고 하는데, 미물인 갈매기도 상대방의 음험한 의도는 금방 알아차린다는 뜻이다.

이 책은 이 밖에도 우리가 흔히 쓰는 말인 '기우(杞憂, 하늘이 무너지지 않을까 하는 것 같은 쓸데없는 걱정)'나 '조삼모사(朝三暮四, 간사한 꾀로 사람을 우롱함)' 같은 고사의 출전이기도 하다.

이 책에는 아들을 잃어버린 동문오라는 사람의 얘기도 나온다. 그에게 애지중지하던 아들이 있었는데 애석하게 죽고 말았다. 그런데도 그가 전혀 슬퍼하지 않자 제자가 물었다.

제자: 선생님이 그토록 귀중하게 여기던 아드님이 죽었는데도 슬퍼하지 않으시니 어떻게 된 일입니까?

동문오: 내가 원래 자식이 없었는데 중간에 낳았으니, 없던 것이 생겼으니 얼마나 기쁘겠나. 그러나 이제 자식이 죽었으니 원래 없던 상태와 마찬가지가 된 것이 아니겠나? 자식 낳기 전에 슬퍼한 적이 없던 내가 오늘날 그 상태로 되돌아간 것뿐인데 무어 슬퍼할 일이 있겠나?

내 친구는 세 아들을 두었는데 그 중에서 둘째아들이 특히 똑똑하고 헌걸찼다. 그 아들이 대학을 졸업하고 대전의 한 기업에 취직해 내려갔는데, 그곳에서 근무하다가 그만 교통사고를 당해 30세에 목숨을 잃었다. 대전에 차려진 상청에 친구를 문상하러 갔는데, 그는 거의 제정신이 아니었다. 그러면서도 지난밤에 한 지인이 보내준 문자 메시지라며 보여주었는데, 이런 내용이었다. "조물주가 주신 것을 도로 가져가겠다는데 뭐라고 할 것인가. 다 운명이라 여기고 받아들이게." 그 메시지는 열자의 동문오와 상당히 비슷했다. 내 친구는 깊은 슬픔 중에서도 그 메시지에서 작은 위안을 얻었다고 말했다.

| 64 | 메멘토 모리, 카르페 디엠

《모랄리아(Moralia)》

●

플루타르코스의 수필집 《모랄리아(Moralia)》에 따르면 고대 이집트 사람들은 잔치를 열 때면 사람들의 눈에 잘 띄는 곳에다 잔치용 해골을 가져다놓았다. 그 해골은 인생에는 기쁜 일과 슬픈 일이 동시에 벌어진 다고 상기시켜주는 물건이었다. 아무리 즐거운 시간도 끝날 때가 있다 는 경고인가 하면 동시에 언제 끝날지 모르는 이 즐거움을 적극적으로 즐기라는 뜻이다.

홀바인(Hans Holbein the Younger)의 명화 〈대사들(The Ambassadors)〉에도 이 해 골이 숨은 그림으로 등장한다. 아무리 지체 높고 잘나도 다 죽는 신세 이니 그리 잘난 척하지 말라는 것이다.

잔치의 해골은 '메멘토 모리(memento mori)'의 상징물이기도 하다. 메멘 토(memento)는 라틴어 동사 memini(기억하다)의 명령형이고, 모리(mori)는 동사 morior(죽다)의 원형이다. 라틴어 동사의 원형은 주어나 목적으로 사용되는데, 여기서는 목적어로 쓰였다. 직역하면 "너를 포함하여 모 든 사람이 죽는다는 것을 기억하라"다. '메멘토 모리'는 죽음의 기념물 이라는 의미로도 널리 쓰인다. 해적 깃발에 그려진 두개골과 X 자로 된 뼈다귀 두 개도 '메멘토 모리'를 뜻한다.

잔치의 해골과 비슷한 개념으로 서양에서 널리 쓰이는 관용어로 '벽 장 속의 해골(skeleton in the closet)'이 있다. 그 이야기는 이러하다.

어떤 탐구자가 이 세상에 근심 걱정이 하나도 없는 사람을 찾아보겠 다고 천하를 부지런히 돌아다녔다. 그는 마침내 완전히 행복한 조건을 모두 충족한 여자를 발견했다. 하지만 그 여자는 쓸쓸한 표정을 지으며 한 가지 보여줄 것이 있다고 말했다. 그녀는 그를 자기 집 이층의 벽장 으로 데려갔다. 그 안에는 해골이 들어 있었다. 그녀는 말했다.

"제 남편은 밤마다 제게 저 해골에다 키스를 하라고 억지로 시켜요. 그 말을 거부할 수가 없답니다."

그 해골은 과거에 그녀의 진정한 애인이었던 남자의 것인데, 남편이 그와 결투하여 그를 죽인 다음, 집에 가져왔다는 것이었다. 이 해골은 세상에 완벽하게 행복한 사람은 없다는 우의를 담고 있다. '메멘토 모리' 옆에 늘 따라다니는 말이 있는데 바로 '카르페 디엠'이다.

|65| 카르페 디엠은 놀지 말고 뭔가를 하라는 뜻
〈서정시 11〉 '카르페 디엠(carpe diem)'

고대 로마 시인 호라티우스의 〈서정시 11〉에 '카르페 디엠(carpe diem)'이라는 말이 나온다.

카르페는 carpo(따다, 누리다의 1인칭 단수 현재형, 라틴어 사전의 표제어)의 원형인 carpere에서 어미 re를 떼어 만든 명령형이다. 디엠은 dies(날)의 대격으로 '이날을'이라는 뜻이다. 영어로는 seize the day(이날을 잡아라), 프랑스어로는 cueille le jour présent(이날을 취하라)으로 번역되나, enjoy the day(이날을 즐겨라)가 더 원문에 가까운 뜻이다.

호라티우스가 아름답게 읊조린 이 말은 '쾀 미니뭄 크레둘라 포스테로(quam minimum credula postero : 내일은 가능한 한 믿지 말라)'로 이어진다. 영어권에서도 이 말이 널리 회자되어 "사람은 그저 오늘 하루를 사는 것뿐이다(you just live for today)"로 발전했다. 하지만 그 하루하루가 모여 사람의 일생이 완성되기 때문에 이런 말도 생겨났다.

"사람은 영원히 살 것처럼 살아야 하지만 동시에 다음 순간에 죽을지도 모른다고 생각하며 살아야 해. 이 둘을 동시에 느끼며 살아가야 해(One must live as if it would be forever, and as if one might die each moment. Always both at once.)"

이 말이 더 현실적으로 응용되어 "공부는 백 살을 살 것처럼 하고, 기도는 내일 죽을 것처럼 하라"는 말도 생겨나게 되었다. 그러나 사람은 어제 잘못된 일을 걱정하고 내일 닥쳐올 위험을 미리 생각하기 때문에 전혀 지금 이 순간을 즐기지 못한다. 오늘 당장 벌어지는 일도 도무지 감당이 되질 않아서 도망치고 싶은 경우가 많다. 이런 사람들에게 '카르페 디엠'이라고 말해봐야 공염불에 지나지 않는다. 그래서 '카르페 디엠' 하는 가장 보편적인 방식은 지금 당장 뭔가를 하는 것이다.

이와 관련하여 링컨 대통령의 좋은 일화가 있다. 남북전쟁이 끝난 직후에 미국 경제는 최악의 상태였고, 전 국민의 상당수가 실업자였다. 어느 날 오후 링컨이 산책하고 있는데 남자들 한 무리가 다가왔다. 그들은 일자리를 열심히 찾고 있는데 취직자리가 없다고 투덜거렸다. 링컨은 그들에게 취직자리를 찾아다니지 않을 때에는 무엇을 하느냐고 물었다. 공터에 불을 피워놓고 그 주위에 앉아 빈둥거린다고 대답했다. 링컨은 그들 중 한 사람에게 글을 읽을 줄 아느냐고 물었고, 안다고 대답하자, 그럼 지금 당장 글을 모르는 사람을 찾아서 그에게 글을 읽어주라고 말했다. 또 다른 사람에게는 잡일을 할 수 있느냐고 묻고서 그렇다고 하자, 지금 당장 동네를 돌아다니다가 이웃집 마당에 뽑아내야 할 잡초가 있으면 무보수로 그냥 뽑아주라고 말했다. 그렇게 뭔가 하다 보면 사람들의 눈에 띄게 되어 기회가 온다고 하면서.

링컨은 그 후 그 사람들이 어떻게 되었는지 추적했다. 그들은 조언대로 했다. 기이하게도 그들 중 세 사람은 그토록 취직하고 싶었던 회사에 무급(無給) 일자리를 발견했다. 그들은 자신의 가치를 먼저 증명하면 나중에 빈자리가 생길 때 채용해줄 거라고 판단했다. 그것은 정확한 판단이었고, 회사는 마침내 그들을 고용했다. 그들은 지금 이 순간 뭔가를(그것이 남의 집 마당 잡초를 뽑아주는 일이든 무급 서비스든) 함으로써 자신의 가치를 증명했고, 그것이 취직으로 이어졌던 것이다. 그렇다. 카르페 디엠 하는 사람은 지금 당장 뭔가 하는 사람, 그것으로 결국에는 뭔가 성취하는 사람이다.

|66| 신성으로 도달하려는 아름다움

《고백록》

성 아우구스티누스(354~430)의 《고백록》은 자서전의 시조 같은 작품이다. 총 13권으로 되어 있는데 1권부터 10권까지는 성인이 젊은 시절 마니교와 신플라톤주의에 빠져 있다가 결국 기독교로 돌아서게 된 과정과 하느님에 대한 사랑을 고백한 것이 주된 내용이다. 11권부터 13권까지는 《구약성서》 〈창세기〉에 대한 해설이다.

일반 자서전처럼 흥미로운 사건과 사람들을 제시하는 것이 아니라, 하느님을 알게 되는 과정을 이해하는 데 필요한 사건 혹은 생각들만 제시한다. 그렇지만 제2권 3절 친구들이 성적 매력을 자랑하는데 자신도 꿀리기 싫어서 자신도 여자를 많이 정복했다고 거짓말한 부분, 그리고 제2권 4절 배를 훔치는 장면 등은 흥미롭다. 이 장면에 대하여 성인은 이렇게 말한다.

"사악함이 나를 가득 채웠다. 나는 이미 많이 가지고 있고 또 품질도 더 좋은 놈이 있는데도 어떤 것을 훔쳤다. 내 욕망은 그 훔친 것을 즐기려는 것이 아니라, 훔치는 일의 흥분과 사악함의 전율을 느끼려는 것이었다."

제8권 12절 '밀라노의 정원에서'는 이 자서전의 하이라이트다. 성인이 마음의 평온을 얻지 못하여 "나는 무엇이 잘못되었는가?" 하고 깊이 고민하면서 정원을 서성이던 중, 옆집에서 아이들이 말하는 소리가 들려왔다. "일어나 읽어라(tolle, lege)." 그래서 성인이 펼쳐든 성경 구절이 《신약성서》〈로마서〉 13장 12-14절이다.

"어둠의 행실을 벗어 버리고, 빛의 갑옷을 입읍시다. 낮에 행동하듯이, 단정하게 행합시다. 호사한 연회와 술 취함, 음행과 방탕, 싸움과 시기에 빠지지 맙시다. 주 예수 그리스도로 옷을 입으십시오. 정욕을 채우려고 육신의 일을 꾀하지 마십시오."(표준새번역)

성인은 이후 기독교에 귀의하여 예수 그리스도를 사랑하게 되는데, 제10권 27절에 그 사랑을 아주 아름답게 노래하고 있다. 여기서 성인은 그리스도를 아주 오래되었으나 아주 새로운 아름다움으로 칭송한다. 그분이 이미 성인(아우구스티누스)의 안에 들어와 있었으나 그것을 모르고 밖에 있는 사랑스러운 외물에서 헛되이 찾으려 했다고 탄식한다. 그분의 향기에 도취하여 그 향기로운 공기를 자꾸 들이마시게 되나, 언제나 부족하여 배가 고프고 목마르다고 말한다. 그분이 나를 어루만져주시어 이제 곧 그분의 것인 영원한 평화를 얻게 되기를 바란다고 소원한다. 이 문장 중에서 가장 유명한 것이 이것이다.

"나는 너무 늦게 당신을 사랑하게 되었습니다. 아주 오래되었으나 아주 새로운 아름다움이여. 나는 너무 늦게 당신을 사랑하게 되었습니다!(Sero te amavi, pulchritudo tam antiqua et tam nova, sero te amavi!)"

앞에서 구체적 아름다움을 통하여 추상적 아름다움으로 나아가고 결국에는 신성에 도달하게 된다고 말했는데, 아우구스티누스의 자서전은 그 깨달음의 과정을 아름답게 보여준다.

| 67 | 괴테의 정신적 자서전

《파우스트》

●

　전체 2부로 구성된 괴테의 《파우스트》는 극시 형태를 취하고 있으나 실은 괴테 자신의 정신적 자서전이다. 플로베르가 에마 보바리를 가리켜 "보바리는 곧 나 자신이다"라고 말한 것처럼, 파우스트는 곧 괴테라고 보아도 무방할 것이다.

　파우스트는 지식이 곧 권력이라는 생각하는 르네상스 학자의 전형이다. 그러나 파우스트는 그 지식에 물려서 자살을 하려고 한다. 이때 천상에서 하느님과 내기를 한 악마 메피스토펠레스가 파우스트를 찾아와, 화끈한 욕망과 열정을 맛보게 해주겠다고 꾄다. 인생에 염증을 느낀 파우스트는 악마의 제안에 별 흥미를 느끼지 못하나, 악마가 그에게 단 한순간이라도 순수한 만족을 느끼게 해줄 수 있다면 자신의 영혼을 내놓겠다고 말한다. 이리하여 젊은 청년으로 돌아간 파우스트는 악마의 도움으로 먼저 작은 세계(1부)에서, 그리고 이어서 커다란 세계(2부)에서 욕망과 열정을 마음껏 맛보게 된다.

　1부에서는 파우스트가 그레첸을 만나 그녀를 임신시킨 후 그녀를 버린다. 또 그레첸에게 접근하는 것을 못마땅하게 여긴 그녀의 오빠 발렌틴마저 죽인다. 그레첸은 아이를 낳아 죽인 죄로 투옥된다. 파우스트는 감옥으로 그레첸을 찾아가서, 고통으로 거의 정신이상이 된 그레첸을 발견한다. 그는 마법의 힘으로 그녀를 구해주겠다고 제안하지만, 그녀는 하느님의 자비로 구원을 얻겠다며 거절한다. 메피스토펠레스가 그레첸의 악운을 즐거워하는 동안, 하늘에서 그녀가 구원을 받았다는 목소리가 내려온다.

2부는 역사, 문화, 정치적으로 범위가 큰 세계가 소개된다. 파우스트는 황제의 강신술사(마법사)로 궁정에 출사한다. 파우스트는 고전 신화에 흠뻑 빠져서, 마술을 통해 고대 그리스의 헬레네(아름다움의 상징)를 만나 그녀에게서 에우포리온(詩의 상징)을 낳는다. 그러나 에우포리온은 하늘 높이 날아올랐다가 떨어져서 죽고, 헬레네도 곧 그 뒤를 따른다.

파우스트는 지상의 권세를 다 누렸으나, "한밤중"이라는 제목이 붙은 장면에 잿빛 여인 네 명이 등장한다. 그들의 이름은 결핍, 죄악, 근심, 곤경이다. 한마디로 근심 걱정 때문에 그는 물질적인 것에 대한 욕망을 잃어버리고 오로지 정신적인 것에만 몰두하게 된다. 그는 열정의 만족도, 지성의 개발도, 예술적 취향도 행복을 가져다주지 못한다고 생각한다. 오로지 남들을 위하여 성실하게 봉사하는 것, 거기에 행복이 깃들어 있다고 깨닫는다. 이런 깨달음과 함께 그가 악마와 내기했던 단 한순간의 순수한 만족을 맛보게 된다.

메피스토펠레스는 내기에 이겼으니 파우스트의 영혼을 가져가겠다고 말한다. 그러나 파우스트가 얻은 행복과 만족은 악마가 이해할 수 있는 범위 밖의 것이다. 실수와 고통, 경험과 열망을 통하여 파우스트는 하느님에 대한 진정한 봉사가 무엇인지 알게 된다. 파우스트는 죽을 때 천사들에 의해 하늘로 높이 들어 올려진다. 그는 인생에서 많은 실수를 했으나 그 분투노력이 가상히 여겨져 구제된 것이다. 2부의 끝을 장식하는 신비의 합창은 이러하다.

지상의 모든 덧없는 것들은 한낱 상징일 뿐,
여기서 지상의 불충분함은 충만하게 되고,
형언할 수 없는 것이 이룩되었네.

영원한 여성성이 우리를 높이 들어 올리네.

이 시의 제1행은, 우리는 지상에서 신성을 희미하게만 엿볼 수 있기 때문에 지상에 있는 모든 사물은 하느님을 상징할 뿐, 하느님 자체는 아니라는 뜻이다. 제2행은 지상의 삶은 아무리 오래 살아도 완벽을 기할 수는 없으며, 초월적 삶의 충만함은 하늘로 올라갈 때에만 얻을 수 있다는 뜻이다. 제3행은 우리가 말로 표현하는 생각과 느낌은, 순수 정신이 영위하는 저 천상의 즐거운 삶을 도저히 묘사하지 못한다는 뜻이다. 제4행은 지상적 사랑과 천상적 사랑의 신비한 관계를 묘사한 것이다. 여성성의 본질(사랑)이 더 높은 곳으로 나아가려는 우리 인간의 근원적 충동을 인도해준다는 것이다. 이 제4행은 단테와 괴테를 연결한다. 그레첸은 베아트리체와 마찬가지로 천상의 사랑으로 나아가는 길라잡이다. 파우스트는 이 그레첸의 사랑 덕분에 천상 세계로 올라가게 되는 것이다.

《파우스트》 1부는 물질적 만족(낭만주의)을, 2부는 정신적 만족(고전주의)을 묘사한다. 그리고 파우스트는 뒤늦게 아주 오래되고 아주 새로운 아름다움을 깨닫는다. 나는 "영원한 여성성이 우리를 높이 들어 올리네"를 읽을 때면, 자연스럽게 성 아우구스티누스의 '세로 테 아마비(sero te amavi: 나는 너무 늦게 당신을 사랑하게 되었습니다)'를 암송하게 된다.

| 68 | 모두가 리얼리스트일 필요는 없다
《헨리 애덤스의 교육》

헨리 애덤스(1838-1918)의 자서전 《헨리 애덤스의 교육》은 자기 자신을 실패작으로 규정하면서, 자신의 삶을 돌아보며 인생철학을 사유한 자서전이다.

여기서 말하는 교육은 그가 이 세상에 적응하도록 도와주고 또 인생에 대해 적절한 준비를 시켜주는 것을 의미한다. 그러나 그 교육이 제대로 이루어지지 않고 자신이 엉뚱한 인생관을 갖고 있었기 때문에 실패작이라고 한 것이다. 왜 자신을 이렇게 표현했을까?

헨리 애덤스는 명문가에서 태어났다. 그는 미국 제2대 대통령 존 애덤스의 증손, 제6대 대통령 존 퀸시 애덤스의 손자, 그리고 주영 미국대사를 역임한 찰스 프랜시스 애덤스의 아들이었다. 그에게 선대의 유업은 곧 대통령이나 장관이 되는 것이었다. 그러나 그는 가문의 기대와는 다르게 살았고, 그래서 그의 삶이 흥미로운 것이다.

헨리 애덤스는 학자, 역사가, 영향력 있는 교사, 철학자, 멋진 편지 집필자, 풍부한 세계 여행가, 아주 훌륭한 자서전 집필자로 일생을 살았다. 그는 지도자 역할을 해본 적은 없었다. 그는 인문 교육과 도덕적 책임을 강조한 18세기식 교육을 받았기 때문에, 열정, 과학, 산업을 강조하는 20세기에는 적응할 수 없는 인물이었다. 이것이 《헨리 애덤스의 교육》의 주제이기도 하다. 그는 서구 문명이 13세기에 일관된 통합의 상태를 달성했다고 보았고, 그래서 멋진 중세 연구서인 《몽생미셸과 샤르트르》를 쓰기도 했다. 이렇게 볼 때, 그는 예술가 기질이 강한 사람이었다.

위에서 상인이 되든 예술가가 되든 선택에 대해 죄의식을 느끼지 않는 것이 중요하다는 토마스 만의 관점을 말한 바 있다. 그러나 최대한 대통령, 최소한 장관이 되기를 바라는 집안에서 태어난 사람은 주위의 기대를 의식하지 않을 수 없고, 그래서 겸손한 헨리 애덤스는 자신을 실패작이라고 한 것이다. 나는 이 실패작 운운이 바로 죄의식의 소치라고 생각한다. 그렇지만 그런 열등감을 극복하고, 자신의 현재 모습을 그대로 인정하고 열심히 분투노력하도록 만드는 것이 또한 교육이 아니겠는가. 이런 점에서 헨리 애덤스는 결코 실패작이 아니다.

나는 세상에 두 가지 부류의 사람이 있다고 본다. 하나는 선대의 유업을 '세상의 모든 것'으로 받아들여 거기에 충실히 따르며 살아가는 리얼리스트(realist)이고, 다른 하나는 헨리 애덤스처럼 "우리 집안의 전통이 반드시 지속되어야 할 필요는 없다"고 생각하면서 다른 노선을 모색하는 아티스트(artist)다. 이런 점에서 헨리 애덤스는 예술가이며, 그의 인생은 실패작이 아니라 성공작이다.

|69| 죽음은 전조를 띄고

〈베진 초원〉

●

투르게네프의 〈베진 초원〉은 《사냥꾼의 수기》에 들어 있는 25편의 단편소설 중 하나다.

화자(투르게네프)는 여름날 오후 툴라 주 체른 군에 들꿩 사냥을 나갔다가, 저녁 무렵 길을 잃고 헤매면서 그곳이 베진 초원임을 알게 된다. 멀리 모닥불이 보여서 찾아가 보니, 열 살 안팎의 아이들 다섯 명이 모닥불을 피워놓고 말 떼를 지키고 있었다. 무더운 여름밤에 말을 들판에 풀어놓고 먹이는, 이웃 마을 농가의 아이들이었다.

화자는 모닥불 둘레에 앉아서 밤을 새우면서 아이들이 하는 얘기를 듣게 된다. 여름밤답게 아이들은 주로 귀신 얘기를 했는데 먼저 제지

공장에 나타난 귀신, 숲에서 길 잃은 사람이 본 귀신, 무너진 둑 아래 웅덩이에서 나오는 귀신 얘기 등등을 하다가, 만성절에는 그해에 죽을 사람의 얼굴을 미리 볼 수 있다는 얘기를 한다. 그리고 마지막으로 베진 초원을 흐르는 강에 빠져 죽은 아이 바샤 얘기를 한다.

어느 날 바샤는 강가에서 놀고, 그의 어머니는 그 옆에서 건초를 베고 있었는데, 갑자기 물에서 거품 나는 소리가 들렸다. 어머니가 보았을 땐, 이미 바샤의 모자만 물 위에 둥둥 떠 있었다. 그때부터 그 어머니는 정신을 놓았고, 자주 아들이 빠져 죽은 곳에 와서 누워 노래를 불렀다. 바샤가 늘 부르던 그 노래를. 어머니는 슬피 울며 노래를 부르고 애타게 하느님을 원망했다.

곧 동이 터왔고, 아이들 중에 가장 영민해 보이는 파블루샤가 강가로 물을 뜨러 갔다. 그리고 돌아와서는 이런 말을 한다.

"내가 물을 푸려고 몸을 굽히는데 말이야, 갑자기 바샤가 나를 부르는 거야. 파블루샤, 파블루샤, 이리 들어와 하면서. 나는 흠칫 놀라서 뒤로 물러섰지만 그래도 물은 떠 왔어."

아이들이 다들 좋지 않은 징조라고 말하자, 파블루샤는 "사람이란 운명 앞에는 어쩔 수 없어"라고 말한다.

화자는 아이들 곁을 떠나고, 소설의 마지막은 이렇다.

"유감스러운 일이지만 나는 여기서 그해에 파블루샤가 죽었다는 사실을 덧붙여야겠다. 물에 빠져 죽은 것이 아니라 말에서 떨어져 죽었다."

예로부터 길흉화복과 수요(壽夭: 장수와 요절)는 운명이라고 했다. 그리고 운명은 길흉화복을 집행하기 전에 그 전조를 보인다고 한다. 비록 이야기이긴 하지만 그 전조가 너무나 투명하여 약간 음산한 기분이 느껴진다.

〈추첨〉

●

셜리 잭슨(1919~1965)의 〈추첨〉이라는 단편소설은 마을 사람들이 해마다 6월 27일이면 마을 광장에 모여 가족 단위로 추첨을 하고, 그중 어느 가족이 뽑히면 그 가족 사람들만 다시 추첨을 하여 당첨된 한 사람을 돌로 쳐 죽인다는 내용이다.

이날 뽑힌 사람은 허친슨 가족의 주부 테시 허친슨인데, 그녀는 돌에 맞으면서 "이건 불공평해, 옳지 않아" 하고 외친다. 이 의식은 어느 한 마을에서만 치러지는 것이 아니라 모든 마을에서 치러지는데, 소설 중에 어떤 마을은 이 의식에 저항하고 또 어떤 마을은 이미 이 전통을 폐지했다는 얘기도 나온다. 또 이런 추첨을 하는 목적은 가을에 풍년을 기약하기 위한 것이라는 설명도 나온다.

작가는 이 작품의 창작 의도를 이렇게 말했다.

"오늘날의 내 고향 마을에 고대의 야만적 의례를 설정함으로써 인간 생활 중에 벌어지는 무의미한 폭력과 전반적인 비인간성을 고발하고자 했다."

이 작품은 영미권에서 발간되는 단편소설집에는 반드시 수록되는 유명한 작품이다. 앞에서 작가는 의미의 소유권자가 아니라고 말했는데, 만약 셜리 잭슨이 말한 대로 사회 고발의 의미로만 읽혔다면 이 작품은 이렇게 유명해지지 않았을 것이다. 나는 학교를 졸업하고 직장 생활을 할 때 이 소설을 처음 읽었는데, 그때의 전율을 아직도 기억한다.

이 소설은 독자에게 엄청난 최면적 힘과 정서적 충격을 안겨준다. 왜 그럴까? 소설을 알레고리의 차원에서 읽는다면 겉으로 드러난 줄거리는 그리 중요한 것이 아니다. 나는 이 추첨이 파블루샤가 물가에서 들었다는 바샤의 목소리라고 생각한다. 죽음의 전조인 것이다. 사람은 누구나 죽는다. 죽음의 추첨에 오늘 당첨될 수도 있고, 아니면 마을 사람들이 다 당첨된 후에 마지막으로 뽑힐 수도 있다. 죽음이란 그 당사자 입장에서 보자면 "불공평하고 옳지 못한" 것이다. 그러나 누구든 그돌(죽음의 고통)을 피해 가지 못한다.

그런데 여기서 죽음을 선택하는 방식이 추첨에 의한 것이라는 구상은 셜리 잭슨의 독창적 아이디어는 아닌 것 같다. 로버트 루이스 스티븐슨의 단편소설 〈자살클럽〉에는 카드를 돌려서 스페이드 패를 뽑는 사람이 죽는 사람, 클로버 패를 뽑는 사람이 죽이는 사람으로 지정된다는 얘기가 나온다. 어쩌면 이것도 스티븐슨의 독창적 아이디어는 아닐 것이다. 인생은 카드놀이와 비슷한 것이라 누구나 스페이드 패나 클로버 패를 뽑아 들 수 있으므로, 그전부터 많은 사람이 이런 생각을 했을 것이다.

| 71 | 선택할 수 있는 자유의지

〈오픈 보트(The Open Boat)〉

●

스티븐 크레인의 단편소설 〈오픈 보트(The Open Boat)〉는 플로리다 해안에서 좀 떨어진 대서양에서 배가 조난당해 작은 구명정에 목숨을 의존하며 구조를 기다리는 선장, 요리사, 급유사(給油士), 신문사 특파원(작가 스티븐 크레인), 이렇게 네 사람의 이야기다. 27시간의 사투 끝에 세 사람은 구조되고, 가장 힘센 사람인 급유사는 익사한다.

이 소설은 인간의 운명과 자유의지라는 주제를 다루었다. 물에 빠져 죽은 급유사(給油士)는 잔인한 운명 앞에 선 인간의 의지를 상징하고, 나머지 세 사람은 인간의 노력이나 고통에는 아랑곳하지 않는 우주 앞에서 전혀 자신의 운명을 결정할 수 없는 사람들을 상징한다. 그들이 구조된 것은 순전히 행운의 결과다.

이 소설을 읽으면 나는 20여 년 전 북한산 인수봉에서 있었던 조난 사고를 생각하게 된다. 암벽 등반대 다섯 명이 오후 늦은 시간에 암벽을 오르다가 중간에 줄이 끊어져서 경사진 벼랑의 턱에 갇히게 되었다. 남아 있는 줄로는 절벽 밑으로 내려갈 수도 없고 그렇다고 올라갈 수도 없었다. 벼랑 턱에 갇힌 채 밤을 맞이해 언제 올지 모르는 구조대를 기다려야 할 형편이었다. 그때 한 남자가 이렇게 아무것도 하지 않고 있다가 죽느니 남은 줄로 절벽 아래까지 내려나 가보겠다고 고집을 피우다 하강을 시작했고, 결국 중간에 줄이 짧아 추락해 죽었다. 나머지 네 명은 그 다음다음 날 구조대에 발견되어 목숨을 건졌다.

처절한 운명 앞에서 아무것도 안 하는 것과 자유의지는 무슨 상관이 있을까? 우리는 소설 속의 급유사나 먼저 내려간 남자 등반대원만이 자유의지를 실천한 것이고, 아무런 행동도 하지 않고 남아 있던 나머지 사람들은 수동적이었다가 운 좋게 살아난 사람이라고 해석할 수도 있다. 그러나 나는 아무것도 하지 않기로 한 것도 일종의 자유의지라고 생각한다. 압도적인 운명 앞에서도 우리는 선택을 할 수가 있다. 헤엄쳐 나갈 것인가, 전복된 보트에 매달릴 것인가. 짧은 줄로도 하강을 시도할 것인가, 벼랑 턱에서 그대로 기다릴 것인가. 어떤 것도 자유의지의 발휘다.

| 72 | 운명과 자유의지의 관계

〈나는 내 운명의 주인(Invictus)〉

●

운명과 자유의지의 관계에 대해서는 영국 시인 윌리엄 어니스트 헨리(William Ernest Henley, 1849-1903)의 〈나는 내 운명의 주인(Invictus)〉이라는 시가 있다.

이 끝에서 저 끝까지 어둠으로
뒤덮인 이 밤으로부터
무엇이 나오든 나는 하느님께 감사드리겠네,
나는 정복당하지 않은 영혼이므로.

불행한 상황이 갑자기 나를 덮치더라도
얼굴을 찡그리거나 소리치지 않겠네.
얄궂은 운명의 몽둥이질에
머리가 터질지라도 결코 숙이지 않겠네.

분노와 눈물의 이 장소 너머에
그림자의 공포가 어른거리고 있구나,
하지만 나는 세월의 협박에도
조금도 겁먹지 않으리.

그곳으로 가는 문이 아무리 비좁을지라도,
그 두루마리에 어떤 징벌이 적혀 있을지라도,

나는 개의치 않네. 나는 내 운명의 주인이고,

내 영혼의 선장이므로.

운명과 자유의지는 이야기 및 이야기하기와 밀접한 관계가 있다. 앞에서(→ 가을 47) 말했듯이, 자유의지는 이야기하기(story telling)의 불변상수다. 이야기는 이야기를 써나가는 사람이 결정하는 것이다. 이야기의 형식이 기승전결이라는 것은 이미 정해져 있다. 이것을 운명의 형식이라고 불러도 무방할 것이다. 그러나 그 기승전결에 들어가는 구체적 내용은 인간의 자유의지가 결정한다. "영혼은 즐거움을 위해 이 지상에 왔다"는 말이 있는데, 그 즐거움은 곧 내가 가고자 하는 곳에 있는 것(being where I wish to be)을 말하며, 내 영혼은 그 항로를 결정하는 선장이다.

| 73 | 인간의 결점을 풍자한 소설

《천로역정》

존 버니언(1628-1688)의 《천로역정》은 척박한 세상을 살아가던 존 버니언이 동굴에 들어가 잠에 떨어져서 꾼 꿈을 자세히 서술하는 형식을 취한다.

꿈에서 그는 '크리스천(기독교인)'이라는 농부가 천상의 도시에 올라가는 과정을 파노라마처럼 보게 된다. 크리스천은 천상의 도시로 올라가는 도중에 여러 사람을 만나고, 또 여러 장소를 지나간다. 그가 만나는 사람들은 미스터 월들리 와이즈먼(Worldly Wiseman: 세속의 현자), 미스터 리갈리티(Legality: 율법 준수), 미스터 시빌리티(Civility: 예의) 등이다. 그러나 크리스천은 이들의 세속적 지혜가 실은 우둔함이고, 준법성은 사기이며, 예의는 위선이라는 것을 깨닫는다.

크리스천은 절망의 수렁, 굴욕의 골짜기, 죽음의 그늘 골짜기, 허영의 시장, 은광(銀鑛)의 산, 의심의 성을 지나간다. 허영의 시장에서 순례자는 그 시장에서 파는 상품, 곧 허영(혹은 자신이 남보다 낫다는 자부심)을 사들이지 않으면 죄악이 된다. 은광의 산에서는 그 은을 캐내는 순간 순례자가 질식사하게 된다. 크리스천은 캄캄하고 비바람 치는 날 의심의 성에 도착하게 되는데, 이 부분은 카프카의 《성》 시작 부분과 아주 유사하다. 그러나 크리스천은 이 성에서 탈출하는데 그에게는 '약속'이라는 열쇠가 있기 때문이다.

천상의 도시에 이르기 직전 크리스천은 죽음의 강에 도달한다. 크리스천은 그 강에 뛰어들어 아주 캄캄한 밑바닥까지 가라앉는다. 그러나 '희망'이 있는 힘을 다해서 그의 머리를 잡고 물 위로 끌어올렸다. 그는 마침내 천상의 도시에 이르러 지극히 아름다운 영광을 본다. 그리고 이 순간 존 버니언은 잠에서 깨어난다.

이 작품에서 가장 인상적인 부분은 크리스천이 해설자를 만나 그의 거실로 들어서는 장면이다. 해설자는 쓸지 않아서 먼지 가득한 거실을 하인에게 쓸라고 하고, 이어 먼지가 풀풀 날리자 하녀에게 거실 바닥에다 물을 뿌리라고 한다. 그리고 크리스천과 해설자 사이에 이런 대화가 이어진다.

크리스천: 이것은 무슨 의미입니까?
해설자: 이 거실은 복음의 은총으로 거룩해지지 않은 인간의 마음입니다. 먼지는 인간의 원죄, 내적 부패, 그의 전 존재를 오염시키는

것입니다. 방 안을 먼저 쓸어낸 빗자루는 율법입니다. 하녀가 가져와서 쓸어내고 뿌려댄 물은 복음입니다. 당신은 보셨지요? 율법으로 아무리 쓸어내도 먼지만 풀풀 날리고 깨끗이 청소되지도 않고, 당신은 질식할 뻔했지요. 이건 율법이 죄악을 간파하고 금지하는 데에는 능하지만, 마음으로부터 죄악을 씻어내지는 못한다는 뜻입니다. 율법은 오히려 죄악을 다시 살아나게 하고(로마서 7:9), 영혼 속에서 죄악의 저항력을 키워서(고린도전서 15:56) 더 강하게 만듭니다(로마서 5:20). 율법은 죄악을 진압하는 힘이 없습니다. 아까 하녀가 거실 바닥에 물을 뿌리니까 아주 깨끗하게 청소되는 것을 보셨지요? 이건 복음이 사람의 마음속으로 들어와 그 부드럽고 귀중한 영향력을 행사하면 거실 바닥의 먼지처럼 죄악이 정복되고 진압되어, 영혼이 깨끗해진다는 뜻입니다. 이처럼 복음을 믿으면 결과적으로 영광의 임금님이 사람의 마음 안에 거주하게 되는 겁니다.

《천로역정》은 미덕, 죄악, 사랑, 절망, 희망 등의 추상적 개념을 의인화하여 제시한 알레고리 작품이다. 이 알레고리를 통해 버니언은 인간의 결점을 교묘하게 풍자한다. 버니언은 40대 후반이던 1675년에 불법 설교를 했다고 하여 6개월 동안 투옥된 적이 있었는데, 그때 이 책을 썼다. 동굴에 떨어져 꿈을 꾸었다는 소설 앞부분은 바로 이 투옥 경험을 암시하는 것이다. 나는 때때로 《천로역정》이 단테의 《신곡》을 잘 요약해놓은 작품이라는 생각이 든다.

|74| 영성주의의 구현

《신곡》

●

단테(1265-1321)의 《신곡》은 〈지옥〉, 〈연옥〉, 〈천국〉의 3계로 이루어지고, 각 계에는 33곡의 노래가 배정되어 있으며, 〈지옥〉 맨 앞에 붙어 있는 서곡을 더하면 총 100편으로서, 그 행수는 모두 1만 4233행에 이른다.

이 책은 일언이폐지하면 여인의 사랑을 통하여 신적인 사랑으로 나아가는 이야기다. 플라톤의 《향연》에는 사랑의 사닥다리를 가르치는 무녀 디오티마 이야기가 나온다. 그 무녀의 얘기에 따르면 사랑은 처음에는 육체적인 것으로 시작하여 점점 더 추상적인 고도의 사랑으로 나아가다가, 완전한 신성에 합일된다는 것이다. 이성으로 상징되는 베르길리우스의 안내로 지옥과 연옥의 구체적 실제를 접한 단테가 나중에 천상의 실제에 접근하게 된다는 얘기는 멀리는 디오티마가 말하는 사랑의 사닥다리, 가깝게는 토마스 아퀴나스의 신학(그중에서도 사랑의 이론 → 봄 14)에서 가져온 것이다. 이 때문에 단테를 가리켜 중세 사상의 아름다운 완결편이라고 한다.

이 장시에는 영성주의(Spiritualism)가 잘 구현되어 있다. 영성주의는 감각과 관념 중 어느 한쪽으로 내달리기 쉽다. 가령 성화, 성물, 성물 장식 등을 중시하면 감각에 집중하는 것이고, 관념을 너무 중시하다 보면 신비주의에 이르게 된다. 단테는 《신곡》에서 하느님(관념)이 사람(감각)이 되었다고 주장하는 것이 《신약성서》의 핵심이니, 이것이야말로 진정한 영성주의라고 말한다. 《신약성서》의 이러한 주장은 단테의 《신곡》에 이르러 토마스 아퀴나스 철학의 도움을 받아 다시 한 번 진정한 영성주의를 실현한다.

《신곡》은 관념적이면서도 감각적인 현존을 창조한다. 그것은 신체가 부여된 정신이며, 그 안에 들어 있는 것은 모두 필연적이고, 합일적이며, 본질적인 것으로 제시된다. 각 개인의 개성이 그 운명과 융혼한 일체를 이룬다. 이 개인들의 모든 외양이 저승의 진정한 질서 속에서 자리를 잡아 들어가고, 바로 이것이 《신곡》이 가진 필연적 실재성의 원천이다. 이 실재성은 단테가 저승 3계를 통하여 독자들에게 제시하는 비전(vision)이다. 단테가 이 비전에서 본 것은 구체적 실재성을 갖춘 진실이고, 그 때문에 단테의 비전은 사실적이면서도 합리적이다. 이 때문에 《신곡》은 진정한 영성주의를 구현했다고 평가된다.

〈천국〉제24곡부터 제26곡에서는 단테에게 세 가지 질문이 던져진다. 그것은 세 가지 신학적 미덕에 대한 질문과 답변이다. 단테는 베드로에게는 신앙에 대하여, 야고보에게는 희망에 대하여, 그리고 요한에게는 사랑에 대하여 답변한다. 단테는 신앙에 대해서는 "믿음이란 바라는 것의 실상이며 눈에 보이지 않는 것의 증거"(제24곡)라고 답하고, 희망에 대해서는 "소망은 미래의 영광을 확실히 기다리는 것이며, 하느님의 은총과 이전의 공덕이 그 소망을 낳는다"(제25곡)고 답하며, 사랑에 대해서는 "성서의 권위를 통하여 사랑이 내 안에 봉인되며, 선은 선으로서 이해되는 만큼 사랑을 불붙이고, 더 많은 선을 그 안에 포함할수록 사랑은 더 커진다"(제26곡)고 답한다. '믿음은 눈에 보이지 않는 것의 증거(fides argumentum non aparentium)'라는 말은 《신약성서》〈히브리서〉11장 1절에 나오는 말이다. 보이지 않는 것을 본다는 얘기는 앞에서(→ 겨울 48, 68) 말한 리얼리스트와 아티스트의 구분을 연상시킨다. 이런 의미에서 신앙을 가진 사람들은 누구나 아티스트다.

|75| 다시 태어나도 사랑할 것입니까?

《불멸》

●

밀란 쿤데라(1929~)의 장편소설 《불멸》에 이런 장면이 나온다.

주인공 아녜스가 남편 폴의 옆에 누워 있다. 두 사람은 잠을 이루지 못하고, 아녜스는 외계에서 온 자상한 방문자에 대해서 공상한다. 그 방문자는 아녜스에게, 내생(來生)에 그녀가 지구로 돌아오지 않을 것이라고 말한다. 그럼 남편 폴은 어떻게 되느냐고 그녀가 방문자에게 묻는다. 폴도 돌아오지 않을 거라는 대답이 들려온다. 그때 낯선 방문자가 묻는다. 당신들은 내생에 함께 있기를 바라는가, 아니면 다시는 만나지 않기를 원하는가? 그녀는 폴이 듣고 있는데 내생에 그와 함께 있기를 원하지 않는다고 말할 수 없다. 어떻게 그런 말을 할 수 있겠는가? 그건 그들 사이에 사랑이 없다는 뜻이고, 그들의 생활이 억지 사랑의 환상 위에서 영위되어왔다고 말하는 거나 마찬가지였다. 이런 이유 때문에 그녀는 정직하게 대답하려는 뜻을 접었다. 그래서 그녀는 내생에도 폴과 함께 있고 싶다고 낯선 방문자에게 거짓말을 한다.

2013년 신문에 보도된 여론 조사에 따르면 한국 여성 중 19퍼센트가 다시 태어나도 지금 남편과 결혼하고, 한국 남자 중 45퍼센트가 다시 태어나면 지금 아내와 결혼한다고 대답했다. 나는 진심을 말하는 아녜스, 거짓말을 하는 아녜스를 모두 이해한다. 이야기에는 연극적 요소가 들어가 있다는 것을 잘 알기 때문이다.

| 76 | 화보로 읽는 이야기 책

《그리스 로마 신화》

●

이윤기(1947-2010)의 《그리스 로마 신화》는 그 안에 화보가 가득하여 참으로 읽기가 좋다. 또 저자가 유창한 문장으로 이야기를 친절하게 해설하여 술술 잘 읽힌다. 신화는 통상 다음 세 가지로 정의되어왔다.

1) 종교적 현실을 드러내는 상징적 언어다. 여기서 말하는 종교적 현실은 사물의 본성과 우주의 구조에 대한 유기적 설명을 가리킨다.

2) 신화는 대단히 어려운 과업을(가령 삶과 죽음을 넘나든다든지, 어려운 모험을 많이 했다든지 등) 성취한 영웅들의 이야기다.

3) 종교도 영웅도 아닌 일반 사람들을 위한 '재미있는' 이야기다.

이윤기의 《그리스 로마 신화》는 그가 전에 출판한 《뮈토스》라는 책을, 많은 화보를 보충하여 다시 펴낸 것이다. 고대 그리스 로마의 신화를 종합해놓은 책으로 오비디우스의 《변신 이야기》가 있는데, 이윤기의 책은 오비디우스의 정보를 많이 인용한다. 오비디우스 책과 이윤기 책을 함께 읽으면 상승 효과가 있다.

이윤기는 훌륭한 번역가이기도 했다. 나는 번역가 모임에서 그를 한번 만난 적이 있다. 그 자리에 김석희, 정영목, 나, 그 밖에 몇 명이 더 있었던 것 같다. 당시는 김대중 대통령의 취임 직후였는데, 이윤기는 여든 가까운 분이 엄청나게 일이 많은 대통령의 지위에 오른 것에 고무되어, 자신도 활동 연한을 앞으로 80세까지 늘려야겠다고 의욕적으로 말했다. 이런 포부를 밝히던 이윤기는 그로부터 10여 년 만에 63세의 아까운 나이로 별세했다.

| 77 | 더 이상 알려고 하지 말라

《탈무드》

●

신화에 관심을 갖다 보면 자연히 종교에도 관심을 갖게 된다. 플라톤은 철학을 가리켜 죽음에 대한 공부라고 했는데, 종교 또한 같은 목적을 지닌다. 유대교의 《탈무드》는 히브리 성서(구약성서) 외에 구두로 전승되어오던 것을 서기 4세기 이후에 집대성한 것이다.

《탈무드》에는 성서의 모든 부분에 해설을 가해도 좋지만, 단 두 군데는 논평하면 안 된다는 금지 조항이 있다. 하나는 〈창세기〉의 첫 5장에 나오는 천지 창조에 관한 부분이고, 다른 하나는 예언서 〈에제키엘(에스겔)〉 1장에 나오는 천상의 수레 이야기다.

〈창세기〉에서는 아담과 이브가 선악의 나무를 따먹고 이어 생명의 나무마저 따 먹으려 하자 하느님께서 그들을 내쫓았는데, 이 생명의 나무는 곧 우주의 이치를 상징하는 나무다.

〈에제키엘〉 1장에 나오는 천상의 수레는 곧 '파르데스'(천상의 정원을 가리키는 말로서 여기에서 영어의 파라다이스가 나왔음)로 가는 운송수단으로서, 이걸 타면 천궁으로 들어가게 된다.

《탈무드》의 현자들은 왜 이런 금지 조항을 두게 되었는지 그 이유를 자세히 설명한다. 이것을 설명한 유대교의 문헌이 약 20편 정도 있는데 통칭하여 '헤칼로트(천궁) 문헌'과 '메르카바(수레) 문헌'이라고 한다.

이 문헌에 따르면 고대의 현자들 중에 수레를 타고 천궁에 오른 사람들이 있었는데, 그들을 가리켜 역설적으로 '수레에서 내린 사람'이라고 했다. 그렇게 수레에서 내린 사람이 딱 네 명 있었는데, 한 명은 그 후 곧 죽었고, 다른 한 명은 정신이상이 되었으며, 세 번째 현자는 산속 깊은 곳에 들어가 세상에 나오지 않았으며, 나머지 한 사람 랍비 아키바 벤 요셉만이 "평화 속에 파르데스에 들어가 평화 속에 물러나왔으며 그 후 천수를 누렸다"고 한다. 이처럼 위험한 길이니 히브리 성서의 두 부분에 대해서는 더 이상 알려고 하지 말라는 것이다.

| 78 | 기독교의 본질적 믿음

《신약성서》

●

《신약성서》는 믿음을 전제로 하는 책이다. 왜냐하면 하느님이면서 인간인 분이 이 지상에 나타났다는 얘기는 믿음을 전제해야 비로소 이해가 되기 때문이다. 이 믿음은 기독교의 본질이기도 하다.

예수가 하느님이면서도 인간으로 오신 이유가 네 가지가 있는데, 첫째 사람들에게 그의 신성을 믿도록 신앙의 증거를 주기 위함이고, 둘째 인간으로서 의사소통하기 위함이고, 셋째 인간의 고통을 몸소 느끼기 위함이고, 넷째 모든 시대의 모든 인간에게 죽음을 이기고 영생으로 나아가는 모델이 되려 함이었다. 그리하여 기독교의 핵심은 예수를 닮으려고 애쓰는 것이다.

왜 예수를 닮아야 할까? 인간은 태어날 때부터 불완전하게, 혹은 깨어진 채로 태어났기 때문에 온전해져야 할 필요가 있다. 이런 교정의 과정은 온갖 도덕과 계율을 철저하게 지키는 것만으로는 성취되지 않는다. 인간이 아무리 노력해도 그를 파괴하려는 악덕이 훨씬 더 강력한 힘을 가지기 때문이다. 따라서 온전한 인간으로 거듭나려면 하느님의 은총에 의지해야 하는데, 예수는 그것을 얻게 해주는 중보자(仲保者)다.

예수가 지상에서 보낸 33년은 바로 이 사랑과 은총을 구체적으로 보여주는 생애였다.

예수 가르침의 본질은 하느님을 네 목숨처럼 사랑하고 네 이웃을 네 자신처럼 사랑하라는 것이다. 이 사랑을 실천하는 것이 곧 예수를 닮는 길이다. 예수가 가르친 사랑은 그전의 모든 세속적 가르침과는 획기적으로 다른 것이었다. 그 가르침은 빛과 어둠이라는 강력한 명암 대비 속에서 전개된다.

이 빛과 어둠을 설명하기 위하여 예수는 뭔가를 잃어버렸다가 다시 찾는다는 주제를 비유(《신약성서》 속의 간단한 이야기)로서 자주 다루었다. 돌아온 탕자나 포도원 일꾼 등의 비유에서, 예수는 올바른 사람들의 선량함보다는 참회하는 자의 귀환이 천상에 더 큰 즐거움을 가져다준다고 역설했다. 이것은 사람이 어둠에서 빛으로 나아간다는 형이상학적 신비를 드러낸다. 어둠을 겪지 않은 사람이 어떻게 빛의 밝음을 알겠으며, 죽음의 바늘에 찔려보지 않은 사람이 어떻게 영원히 죽지 않음(영생)의 환희를 알 수 있겠는가.

이처럼 예수는 정의보다 은총(자비)에 더 관심이 많다. 실제로 은총이 아니라 엄격한 정의의 잣대를 들이댄다면 지상의 그 누구도 구원받지 못할 것이다. 하느님의 무한한 은총 덕분에, 죄인들도 어둠에서 나와 (회개하여) 다시 빛의 갑옷을 입을 수 있다.

믿음이 없으면 4복음서를 결코 제대로 이해할 수 없다. 이와 관련하여 3세기의 교부 테르툴리아누스는 "불합리하기 때문에 나는 믿는다(credo quia absurdum est)"라는 유명한 말을 남겼다. 이것은 《신약성서》의 말씀에 먼저 믿음을 가지고 귀 기울이다 보면 그것을 어렴풋이 이해하는 순간이 온다는 뜻이다. 믿음이 아직 일천한 때에는 4복음서보다 바울

서신이 훨씬 매력적으로 읽힌다. 〈로마서〉나 〈고린도서〉 같은 바울이 쓴 서신들은 신앙과 무관하게 읽어도 깊은 감동을 주는 문장이다. 그러나 그 편지들이 아무리 아름답다고 하더라도 예수의 사랑에는 미치지 못한다. 4복음서는 사랑의 모범적 교본이고, 예수 자신이 가장 큰 사랑이라고 말한, 사람들을 위해 자신의 목숨을 내어놓는 저 치열한 행위로 클라이맥스에 도달한다. 세상이 가르치는 것과는 전혀 다른 위대한 사랑, 이것이《신약성서》의 핵심이다.

| **79** | 희미한 예수의 그림자
《데카메론》중 나탄의 이야기

●

보카치오(1313-1375)의 《데카메론》은 산문 걸작으로서, 등장인물 10명이 열흘 동안 100편의 이야기를 하는 것으로 구성되어 있다. 데카메론은 '열흘'을 의미하는 그리스어다. 이중 10일째 되는 날의 세 번째 이야기가 나탄의 사랑 얘기다.

나탄은 동서를 잇는 길목인 카타요 지방에 출입문 32개가 있는 큰 집을 짓고, 오가는 여행객들에게 환대를 베푼다. 관대한 사람 나탄의 명성은 인근 지방으로 널리 퍼져나갔다. 그 명성을 질투한 이웃 지역의 미트리다네스라는 청년이 똑같은 32개 출입문이 달린 집을 짓고 여행객들을 환대하기 시작했다. 어느 날 거지 노파가 미트리다네스의 집을 찾아와 그 출입문을 하나씩 통과하면서 동냥을 한다. 청년은 열세 번째로 노파가 찾아오자 짜증을 낸다. 그때 노파는 이런 말을 한다.

"나탄은 32개 출입문으로 서른두 번 요구해도 싫은 표정 없이 동냥을 해주었다. 그런데 당신은 열세 번째에 벌써 짜증을 내니, 어떻게 나탄의 관대함을 따라가겠는가?"

미트리다네스는 자신의 명성에 발목을 잡는 나탄에게 질투를 느껴, 그를 죽여야겠다고 생각하고 나탄의 집을 찾아간다. 나탄의 얼굴을 모르는 채로 미트리다네스는 우연히 숲에서 나탄을 만나고, 우여곡절 끝에 그에게 자신의 의도를 털어놓는다. 나탄은 청년에게 그 목적을 달성하는 방법을 일러주고, 자신의 죽음을 맞이하기 위해 숲으로 간다. 미트리다네스는 현장에서 나탄을 알아보고는, 자신의 과오를 뉘우치고 용서를 빈다. 왜 자신의 목숨까지 내놓으려고 하느냐는 청년의 물음에 나탄은 말한다.

"나는 지금껏 내 집을 찾아온 손님에게 그가 요구하는 것을 거절한 적이 없소. 당신이 내 집을 찾아왔다가 빈손으로 돌아가는 것이 싫었기 때문이오."

미트리다네스는 나탄의 명성을 질투하여 그를 죽이려고 했으나, 결국 자신의 잘못을 깨치고 더 좋은 사람이 되었다. 나탄의 이야기에서는 예수의 희미한 그림자가 느껴진다.

|80| 더 큰 의미를 부여받는

《침묵》

엔도 슈사쿠(1923-1996)의 장편소설 《침묵》은 17세기 일본에 파견된 포르투갈 선교사 페레이라와 로드리게스에 대한 이야기다.

가톨릭교회 당국은 일본에서 30년 동안 선교 활동을 펴온 페레이라가 일본 막부의 압력에 굴복하여 배교했다는 소식을 접하고, 페레이라의 제자인 로드리게스를 파견하여 실상을 알아보게 한다. 로드리게스는 자신이 스승과 달리 반드시 순교자가 되고 말겠다고 단단히 결심한다. 그러나 일본 현지에 도착하여 교인들이 박해받는 참상을 보고서 마음이 흔들리게 된다. 그러면서 로드리게스는 하느님은 왜 이런 참상 앞에서 '침묵'하는 것이냐고 의심을 품게 된다.

당시 막부 당국은 잡혀온 교인들에게 후미에(예수의 얼굴을 조잡하게 새긴 목상)를 밟으면서 자신이 기독교 신자가 아니라고 말하도록 하고, 그렇게 하면 풀어주었다. 이것을 거부하는 교인은 고문 끝에 살해당했다. 로드리게스는 마침내 후미에 앞에 끌려 나와 기독교를 포기하거나 순교자가 되어야 하는 처지를 강요당한다. 그 순간 로드리게스는 예수의 얼굴이 그 후미에를 밟으라고 말하고 있다고 생각한다. 그는 다른 많은 교인을 구하기 위해 이 희생적 사랑의 행위를 실천한다. 그는 후미에를 밟고 지나감으로써 겉으로는 자신이 신앙을 포기한 것처럼 보이나, 내면적으로는 신앙이 더욱 깊어졌다고 생각한다.

로마 제국 시대 이래 순교자들은 목숨을 내놓는 한이 있더라도 그리스도를 부정하는 언행은 결코 하지 않으려 했다. 왜 그랬을까? 〈마태복음〉 10장 32절에 나오는 이 말 때문이다.

"누구든지 사람들 앞에서 나를 안다고 증언하면 나도 하늘에 계신 내 아버지 앞에서 그를 안다고 증언하겠다. 그러나 누구든지 사람들 앞에서 나를 모른다고 하면 나도 하늘에 계신 내 아버지 앞에서 그를 모른다고 하겠다."(공동번역 개정판)

| 81 | 이중적 신부의 순교

《권력과 영광》

성직자와 권력자의 갈등을 그린 소설로 헨리 그레이엄 그린(1904-1991)의 《권력과 영광》이 있다.

1930년대의 멕시코를 배경으로 하는 이 소설은 신부와 경찰서장이라는 두 인물을 병치하여 신앙과 권력의 관계를 탐구한다. 신부는 타락한 신앙이라는 구체제를 대표하는 인물이다. 서장은 아예 종교를 제거해 버리려고 하는 반교회적 정부를 상징하는 인물이다. 신부는 마을에 8년 동안 숨어 살면서 계속 신앙 활동을 해나간다.

이 신부는 선과 악이 혼재하는 복잡한 인물이다. 신부이면서도 술꾼이고 또 간통꾼이다. 그는 도피하는 것을 거부하는데, 그것은 어떤 목적의식 때문이라기보다 귀찮기 때문이다. 반면에 경찰서장은 강직하면서도 확신에 찬 인물로서 여러 면에서 신부에게는 없는 품성을 갖고 있다.

두 사람의 대결은 소설 속에서 세 차례 만남으로 구체화된다. 첫 번째 사건은 위스키 신부가 몰래 미사를 집전한 것이다. 두 번째 사건은 신부가 음주로 투옥된 일이다. 감옥에서 신부는 인간의 비열한 심성을 생생하게 체험한다. 그는 고통 받는 자들에게 연민, 동정, 이해심을 갖게 된다. 세 번째 사건은 신부가 체포되는 것인데, 가리옷 유다 같은 인물에게 유혹되어 죽어가는 깡패에게 마지막 종부성사를 베풀다가 체포된다.

신부와 서장은 각자 그들의 관점을 강력하게 피력한다. 서장은 새로운 질서, 이성과 정의의 개념을 말하고, 신부는 가톨릭 신앙과 교인들의 참상에 대한 연민을 말한다. 이어 신부는 순교를 선택하여 기꺼이 죽음을 맞이한다.

| 82 | 진정한 순교에 대한 물음

《순교자》

●

김은국(1932-2009)의 《순교자》는 한국전쟁 당시 평양에서 벌어진 목사 순교 사건을 다룬 소설이다.

국군이 평양에 입성했을 때, 군 특무대 소속 이 대위는 공산주의자에게 붙잡혀 간 목사 열네 명 중 열두 명은 처형당하고 그중 두 명이 살아 돌아온 것을 알게 된다. 그들은 한 목사(28세)와 신 목사(47세)인데, 젊은 목사는 순교 현장에서 받은 충격으로 정신병자가 되어 구제되었고, 나머지 신 목사는 어떤 경위로 죽지 않고 살아 돌아왔는지 불분명하여 이 대위는 그것을 파헤치려 한다. 소설이 전개되면서 밝혀진 바로는, 열두 목사는 고통스러운 참상을 이기지 못하고 목숨을 애원하거나 하느님을 원망하거나 기도하기를 거부하며 죽어갔다. 다시 말해 그들은 전혀 순교자답지 않게 죽었다. 단 신 목사는 공산주의자들에게 강력하게 저항하다가 오히려 그 점을 인정받아 목숨을 건졌다. 그리고 신 목사는 교인들을 위로하기 위해, 열두 목사가 진정한 순교자였다고 거짓말을 한다.

이 소설은 살아 돌아온 신 목사가 진정한 순교자(소설 속에서는 '십자가를 메고 가는 사람')인 것처럼 서술하면서도, 그는 내심 하느님을 믿지 않으며, 오로지 인간의 의지로 절망에 맞서야 한다는 실존주의적 사상을 가진 인물로 그려져 있다.

젊은 시절에 이 소설을 처음 읽었을 때는 인간의 고통에 맞서 의지를 발휘하며 싸워나가는 신 목사에게 공감을 느꼈으나, 지금 다시 읽어보니 과연 신 목사를 순교자라고 할 수 있겠는지 의문이 든다.

김은국은 이 소설을 알베르 카뮈에게 바친다고 썼다. 자신이 전장에 있을 때 삶의 허무를 견디게 해준 힘이 카뮈였다는 것이다. 그 때문인지 주인공 신 목사는 목사라기보다 무신론적 실존주의자에 가깝게 그려져 있고, 제목이 말하는 '순교자' 상을 제대로 구현한 인물처럼 보이지 않는다. 또 그가 십자가를 지고 간다고 했는데, 거짓말의 바탕 위에서 과연 십자가의 의미가 존재하는 것인지 잘 납득이 되지 않는다.

| 83 | 내세에 대한 불멸의 확신

《한국 가톨릭, 어제와 오늘(Catholic Korea, Yesterday and Today)》

●

역사 속의 순교자는 어떤 모습이었을까? 한국가톨릭교회에서 펴낸 《한국 가톨릭, 어제와 오늘(Catholic Korea, Yesterday and Today)》(1964)이라는 영문판 책자에는 한국 최초의 선교사인 중국인 주문모(야고보) 신부의 이야기가 실려 있다.

주문모 신부는 1794년에 조선에 밀입국하여 은밀하게 선교 활동을 했다. 그러나 1795년 그의 존재가 당국에 밀고되어 잡혀갈 형편에 놓였다. 그러나 그는 교인들의 도움으로 도피에 성공했고, 그 후 열렬한 신자인 강완숙 골롬바의 집에 숨어서 계속 선교 활동을 했다. 그의 적극적인 선교로 입국 당시 4000명 정도이던 신자가 5년이 지나면서 1만 명으로 늘어났다. 1801년 신유박해가 시작되자 먼저 신부 주위의 신자들이 잡혀가기 시작했다. 주문모 신부는 누군가 밀고할 것 같은 불안감, 계속해서 죄어오는 체포망, 약해지는 자신의 건강 등으로 인간적인 동요를 겪는다. 그러나 신부는 신자들의 사전 정보로 체포를 피했다. 그는 자신의 존재가 신자들에게 가해지는 엄청난 박해의 원인이라고 판단하여 중국으로 돌아갈 생각을 한다. 그는 놀라운 기지와 용기를 발휘하여 국경 수비대원들의 감시망을 뚫고 압록강 강변까지 무사히 도착했다. 이제 한 걸음만 내디디면 고향으로 돌아가 목숨을 건질 수 있는 상황이었다. 하지만 신자들을 내버려두고 자신만 구차하게 목숨을 건지려 하는 행위에 심한 수치심과 염증을 느끼고 다시 발걸음을 돌려, 서울로 가서 당국에 자수했다. 그는 1801년 5월 31일 새남터에서 효수형을 당했다. 당시 49세였다.

강완숙 골롬바도 옥중에 갇혀 신부의 소재를 대라는 당국의 요구를 끝끝내 거부하다가 1801년 5월 23일 서소문 밖에서 참수형을 당했다. 당시 같이 처형된 죄수 다섯 명은 모두 여성이었다. 원래 사형수는 윗도리를 벗긴 채 단두하게 되어 있으나, 골롬바는 모두 여성인 점을 감안하여 이것을 면해달라고 요청했고, 그 청이 받아들여졌다. 골롬바는 다섯 명 중 제일 먼저 형을 받았다. 당시 그녀의 나이는 40세였다.

주문모 신부와 강완숙 신자는 〈마태복음〉 10장 32-33절을 그대로 실천한 사람들이다. 이것은 내세에 대한 확신이 없으면 불가능한 일이다. 신앙은 눈에 보이지 않는 것의 증거이고 종교는 내세에 대한 확고한 믿음인데, 그것을 현세의 논리로 재단하려 든다면 연목구어가 되고 만다. 주문모와 강완숙은 2014년 8월 16일 프란치스코 교황이 방한하여 광화문 광장에서 집전한 시복 미사에서 124위 복자 명단에 올랐다. 나는 교황의 미사를 텔레비전 중계로 보았는데 화면에 주문모와 강완숙의 이름이 자막으로 떠오르는 것을 보면서 그들의 이름이 내 귀에 역사의 메아리처럼 들려오는 것을 느꼈다.

|84| 어디에나 깃들 수 있는 깨달음

〈남전참묘(南泉斬猫)〉

●

중국은 선불교라는 독특한 불교를 발전시켰고, 중국 불교의 영향을 받은 우리나라 불교는 간화선(看話禪: 화두를 참고하면서 참선하는 것)에 의한 깨달음을 지향한다. 선불교에는 많은 화두가 있는데 처음 듣는 사람은 잘 이해하기가 어렵다. 송나라 무문혜개(無門慧開, 1183-1260)가 지은《무문관(無門關)》은 여러 선록(禪錄) 중에서 화두 48개를 뽑아서 소개한 책인데, 그중 제14과에 들어 있는 〈남전참묘(南泉斬猫)〉는 이러하다.

한번은 절의 동쪽, 서쪽에 따로 거처하는 승려들이 고양이 한 마리를 서로 차지하려고 말다툼을 벌였다. 남전이 이 광경을 보고 고양이를 움켜잡고 말했다.

"너희 중 누구든지 바른말 한마디를 하면 이 고양이를 살려주고 그렇지 않으면 죽여버리겠다."

승려들이 아무 말도 하지 못하자 남전은 고양이를 둘로 베어버렸다. 마침 외출 중이었던 조주가 저녁에 돌아오자 남전은 그에게 사건의 전말을 알려주었다. 조주는 그 말을 듣고서 아무 대꾸도 하지 않고 신발을 벗어 머리 위에 이고 밖으로 걸어 나갔다. 남전이 탄식하며 말했다.

"자네가 그곳에 있었더라면 고양이를 살렸을 텐데……."

《선(禪)의 황금시대》라는 책을 쓴 오경웅(吳經熊)은 이렇게 해설한다. 남전은 승려들이 고양이에 집착하는 것을 보고서 집착을 끊어버려야 한다는 것을 보여주기 위해 고양이를 단칼에 베었다. 조주는 진리[道]의 세계에서는 이 세상의 가치가 뒤바뀌어 있으며 어떤 대상에 집착하여 옳으니 그르니 하는 것은 허망한 행동임을 보여주기 위해 신발을 머리에 이었다. 오경웅의 해석에는 이런 속담이 밑받침되어 있다.

"신발이 아무리 고와도 베개 위에 놓을 수 없고, 갓이 비록 더러워졌다고 하더라도 신 밑에 깔지 못한다."

곧 이러한 세상의 가치(신발과 베개의 이분법)를 불가에서는 뛰어넘어야 한다는 것이다.

남전참묘 화두는 깨달음을 얻은 스승이, 제자가 깨달음을 얻었음을 확실히 인정하는 행동의 드라마다. 깨달음을 얻은 사람이 하는 행동은 모두 도(道)를 가리킨다. 설령 조주가 신발을 벗어 머리에 이지 않고, 갑자기 옷을 벗는다거나 느닷없이 땅바닥에 드러누워 잤더라도 남전은 "자네가 그곳에 있었더라면 고양이를 살렸을 텐데……" 하고 똑같은 말을 했을 것이다. 이 화두는 깨달음이란 이심전심(以心傳心)으로 확인되는 것이지 말로 증명할 수 있는 어떤 것이 아니라는 메시지를 전한다.

| 85 | "도(道)란 무엇입니까?"

《화엄경》

●

유교의 경전인 《중용》에는 조주 선사의 "뜰 앞의 잣나무"와 비슷한 의미를 가진 '연비어약(鳶飛魚躍)'이라는 말이 나온다. 조주는 "도(道)란 무엇입니까?"라는 질문에 "뜰 앞의 잣나무[庭前柏樹子]"라고 대답한 선사다.

연비어약이라는 말은 원래 《시경(詩經)》〈대아 한록(大雅旱麓)〉 장에 나오는 '연비려천(鳶飛戾天), 어약우연(魚躍于淵)'을 줄인 말이다. 직역하면 "솔개는 하늘을 날고 물고기는 연못에서 뛰논다"다. 솔개가 아래에 있을 때에는 힘이 없다가 상공에 이르게 되면 몸을 솟구쳐 날개를 곧게 펴는데,

이는 물속에서 고기가 뛰노는 것과 비슷하니, 새와 물고기가 스스로 기뻐하는 형상을 노래한 것이다. 만물이 각자 자신의 적소를 얻어 즐기는 태평성대의 모습인데, 천지조화의 오묘한 작용을 비유한 것이다.

이 연비어약에 대하여 주자와 제자 오대년(아호 수창)이 이런 문답을 했다.

> **수창**: 스승님, 무슨 까닭에 연비어약 안에 인(仁)이 있다고 말씀하십니까?
> **주자**: 그대는 선(禪)을 좋아하는데 이것도 대략 선과 비슷하니 시험 삼아 선으로 말해보라.
> **수창**: ……
> **주자**: 구름이 푸른 하늘 안에 있고 물이 병 안에 있는 것이 아닌가!
> **수창**: ……
> **주자**: 너무 신중하게 굴지 말고 시험 삼아 그대의 생각을 말해보라.
> **수창**: 그가 지금 바로 나이지만, 나는 또한 그가 아니다.
> **주자**: 어째서 '내가 지금 바로 그다'라고 말하지 않는가. 중용에 나아가 그 남은 곳을 하나하나 자세하게 깨우쳐야 하네. 이러한 경지에 도달했을 때, 가만히 헤아리면 그것("내가 곧 그다")을 자연히 알 수 있다네.

주자는 이정(정이와 정호) 형제와 마찬가지로 중국 선불교를 깊이 이해하고 있었다. 그가 완성한 신유학 곧 성리학은 주렴계(周濂溪, 1017~1073)와 이정 형제의 사상을 집대성한 것이다. 정이는 《주역》의 형이상과 형이하를 토대로 세상만사의 변화를 이와 기의 상호작용으로 파악했는데, 이 개념은 실은 불교 《화엄경》의 사상에 크게 기대고 있다.

《화엄경》에서는 우주의 본체를 밝히면서 그것을 '화엄 법계'라고 하고, 다음 네 가지로 나눈다. 하나는 사법계(事法界)로서 이 세상의 현상계 혹은 경험계를 말한다. 우리가 감각으로 볼 수 있고 생각으로 기억해낼 수 있는 모든 물질적 현상을 가리킨다. 둘은 이법계(理法界)로서 현상의 깊숙한 곳에 있는 이치 혹은 원칙인 이(理)의 세계다. 셋은 이사무애법계(理事無礙法界)로서, 현상과 원칙이 서로 독립되어 무관한 것이 아니라 서로 융통무애하여, 세상 만물에 우주의 이치가 다 깃들어 있다는 말이다. 넷은 사사무애법계(事事無礙法界)인데, 현상과 현상이 서로 독립되어 무관한 것이 아니라 서로 융통무애해서 상즉상입(相卽相入)한다는 말이다.

불가에서는 사사무애법계의 10가지 특징을 십현문(十玄門)이라고 하는데 대표적인 것을 들면 동시구족[同時具足: 우주의 모든 사물은 시공간적으로 연기(緣起) 관계에 있다], 일다상용(一多相容: 만물은 일과 다로 나뉘고 그 사이에 서로 용납된다), 제법상즉(諸法相卽: 여러 법이 서로 통한다. 가령 1전이 없으면 10전도 없고, 10전이 없으면 1전도 없듯이, 하나가 없을 때에는 일체도 없고, 일체가 없으면 하나도 없다), 십세격법(十世隔法), 탁사현법(託事顯法) 등이 있다.

이중 십세격법을 설명하면 이러하다. 삶에는 과거, 현재, 미래의 3세가 있고, 그 3세 각각에 다시 3세가 있으므로(곧 과거 속의 과거, 현재, 미래가 있는 등), 다 합치면 9세가 된다. 여기에 이를 총괄하는 1세(1념: 개인의 한평생 생각)가 있어서 도합 10세다. 9세는 시간적으로 전후가 있지만, 모두 1념에서 벗어나지 못하므로, 이 1념 중에 10세의 장단이 자유롭게 원융하여 상즉상입한다는 것이다.

탁사현법은 사물을 서로 차별하는 현상계(이 세상)에 의지하여 진리가 나타나, 사람으로 하여금 깨닫게 한다는 것이다. 그러니까 현상계의 사물 그대로가 진리 혹은 진리의 상징이라는 얘기다.

사사무애법계를 가장 잘 느끼게 해주는 명제가 "삶과 죽음은 같은 것이다"라는 말이다. 이 생각을 연장해보면 산과 강의 어떤 측면도 서로 연결되어 있다는 것을 발견한다. 곧 고정된 것(산이 상징하는 것)은 언젠가 유동적인 것(강이 상징하는 것)이 된다. 따라서 세상 사물을 살아 있는 것과 죽은 것, 고정된 것과 유동적인 것으로 엄격하게 구분할 것이 아니라 그 경계를 초월해야 한다는 얘기다.

다시 주자 얘기로 돌아가 보면, 정이의 철학적 입장은 화엄경의 세 번째 이사무애와 일치한다. 성리학에서 말하는 이(理)와 기(氣)는 곧 화엄의 이(理)와 사(事)에 대응한다. 우리가 일상생활에서 흔히 쓰는 '이판사판'이라는 관용어는 이 이와 사에서 나온 것이다. 불가에서 이판(理判)은 속세를 떠나 수도에 전념하는 일이고, 사판(事判)은 절의 모든 재물과 사무를 맡아 처리하는 것이다. 화엄경에서는 사사무애법계를 최고의 경지로 보지만, 개인의 도덕(삼강오륜)과 사회질서 확립(이상사회 실현)을 강조하는 유교에서는 모든 사물 간의 엄격한 구별이 사라지는(융통무애) 세계는 생각으로만 가능하고, 현실과는 상응하지 않는 것으로 보았다. 위 대화에서 주자는 "내가 곧 그"라고 말했는데 이것은 화엄경의 제3계, 곧 이사무애법계와 상응한다.

|86| 태극, 로고스, 신성, 일자

《국조보감(國朝寶鑑)》

●

《국조보감(國朝寶鑑)》은 조선시대 역대 왕의 사적을 적은 편년체 역사책이다. 1457년부터 조정에서 편찬하기 시작하여 1457년에 1차로 태조·태종·세종·문종 4조의 보감을 완성하고, 1684년(숙종 10)에 선조의 사적을 엮고, 1730년(영조 6)에 숙종의 사적을 엮고, 1782년(정조 6)에 정종·단종·세조·예종·성종·중종·인종·명종·인조·효종·현종·경종·영조까지 13조의 보감을 편찬하고, 1847년(헌종 13)에 정조·순조·익종의 보감을 편찬하고, 1908년(융희 2)에 헌종·철종 2조의 보감을 편찬하고, 1909년에 순종의 어제서(御製序)와 이용원의 진전(進箋)을 첨부, 《국조보감》 90권 28책을 완성했다.

제43권(국역본 전 9권 중 제4권)에는 73세의 송시열이 20세의 숙종(숙종 6년)을 만나서 성리학의 코스몰로지(cosmology: 우주론)를 진강하는 부분이 소개되어 있다. 성리학은 조선시대에 거의 종교나 다름없는 학문이었는데, 송시열은 여기서 그 대체를 아주 기막히게 요약한다.

"태극은 바로 음양의 본체로서, 그것이 동했을 때 양(陽)이고 정지해 있으면 음(陰)입니다. 동(動)과 정(靜)이 있는 것은 바로 《중용》에서 말하는 천명의 유행입니다. 동과 정이 상호 유기적으로 반복되는 것이 천명이 계속 유행하는 원리입니다. 태극은 본연의 묘리이고, 동과 정은 그것을 근간으로 작용하는 것으로서 '일음일양 그 자체가 도(道)'라는 것이 바로 그 뜻입니다. 그러니까 음이 되게 하고 양이 되게 만드는 것은 바로 태극입니다.

만물이 배태되도록 만드는 것이 양이고, 만물을 성숙하게 만드는 것은 음입니다. 봄과 여름은 양이 되고, 가을과 겨울은 음이 되며, 형체가 없는 것을 도(道)라 하고, 형체가 있는 것을 형(形)이라고 하는데, 태극은 음양, 도형 어디에도 다 깃들어 있습니다. 음양이 변화하여 합치게 되면 거기에서 수, 화, 금, 목, 토가 생깁니다. 수(水)는 음이 왕성하기 때문에 오른편에 위치하고, 화(火)는 양이 왕성하기 때문에 왼편에 위치하며, 목(木)은 양이면서 여리기 때문에 화 다음에 위치하고, 금(金)은 음으로서 여리기 때문에 수 다음에 위치하며, 토(土)는 조화로운 기운을 가졌기에 중앙에 위치합니다.

성(性)은 주(主)가 되고 음양과 오행은 씨줄과 날줄이 됩니다. 음양의 교감으로 만물이 화생하는데 양이면서 건장한 것이 남자로 되므로 그는 아버지 격이고, 음이면서 순한 것이 여자로 되므로 그는 어머니 격입니다. 따라서 이 세상 모든 물건은 다 각기 암수가 있게 마련이고 심지어 푸나무도 다 암수가 있습니다. 그렇기 때문에 천하에 성(性) 외의 물건이라고는 있을 수 없습니다.

사람이나 다른 물건이나 태어날 때에는 모두가 태극의 이치로 태어나지만, 사람이 가장 빼어난 것은 그 마음이 신령하기 때문입니다. 오성(五性)이란 인 · 의 · 예 · 지 · 신을 말하고 형(形)이란 귀 · 눈 · 입 · 코를 말하는데, 입은 먹으려 하고 눈은 아름다운 색을 보려 하기 때문에 오성이 느낌을 받아 움직이게 되고, 그리하여 거기에서 선악이 나타나게 되며, 이 선악으로 인해 일만 가지 사단이 야기됩니다. 이때 만약 욕심이 작용하고 감정이 이성을 이겨 이해(利害)의 늪에 빠지게 되면 인극(人極)이 무너져서 짐승과 별 차이가 없게 됩니다.

군자는 태극과 일치하려고 노력하고 소인은 태극을 이탈하며, 군자는 항상 경(敬) 속에 있고 소인은 무지망작을 하기 때문에 길흉에 대한 군자와 소인의 반응이 그처럼 다른 것입니다. 따라서 경을 하면 욕심이 적어지고 이치에 눈이 뜨여, 결국은 정허동직(靜虛動直: 아무런 동요 없이 잠잠하면서 갖가지로 변화하는 사물에 알맞게 대응하는 것)의 경지까지 갈 수 있습니다."

우리나라 국기를 가리켜 태극기라고 하는데, 이 태극은 위 인용문에서 송시열이 말하는 바로 그 태극이다. 로고스, 신성, 일자(一者) 등과 상호 교환적으로 사용할 수 있는 바로 그 용어다.

| 87 | 고대 인도철학의 정수

《우파니샤드》

힌두교의 경전인 《우파니샤드》는 '베다'(지식) 철학의 최고봉이다. 《우파니샤드》는 '베단타'라고도 하는데 이는 '베다(지식)의 끝'이라는 의미다.

《우파니샤드》 경전은 가짓수가 200여 종을 헤아리는데 그중 이샤, 케나, 카타, 프라샤나, 문다카, 만두키야, 타이티리야, 아이타레야, 찬도기야 등 약 14종이 대표적인 우파니샤드다. 독일 철학자 쇼펜하우어는 《우파니샤드》에 대해서 이렇게 말했다.

"《우파니샤드》의 모든 문장으로부터 깊고, 독창적이고, 숭고한 사상이 흘러나온다. 글 전체가 고상하고 거룩하고 진지한 정신으로 가득 차 있다. 《우파니샤드》를 읽으면 깊게 뿌리내린 고대 유대교의 미신들을 우리의 마음으로부터 싹 쓸어낼 수 있다. 또 그런 미신 앞에서 위축된 철학으로부터 해방될 수 있다. 온 세상에 이처럼 사람의 정신에 혜택을 주고 또 그 정신을 이처럼 높이 들어 올리는 학문은 없다. 《우파니샤드》는 내 인생의 위로였으며, 내 죽음의 위안이 될 것이다."

《우파니샤드》는 대략 서기전 8세기부터 서기전 3세기까지 형성되었다. 고대 인도 철학의 정수를 이루는 《우파니샤드》에서는 다음과 같이 가르친다. 인간의 내부에 있는 아트만(진정한 자아)을 명상으로써 찾아야 하며, 이 세상 모든 사물의 근원이 브라만(절대자)임을 깨달아야 하며, 결국 아트만과 브라만은 하나임을 깊은 명상으로 깨달아야 한다는 것이다. 후대에 힌두교에서 나온 불교는 아트만을 인정하지 않고, '제법무아(諸法無我: 모든 진리를 뒤져보아도 '나'라는 것은 찾아볼 수 없다)'를 설파했다.

대표적인 14종 우파니샤드 중 하나인 《카타 우파니샤드》에는 이런 구절이 나온다.

자신의 신체를 4두마차로 보고, 자아(아트만)를 마차 탄 사람으로 보아라.
지성을 말 모는 사람(마부)으로 여기고, 마음을 고삐라고 생각하라.
지혜로운 사람들은 감각기관을 네 마리 말이라고 말한다.
주위에 늘어선 사물들을 말들이 달리는 길이라고 여기고,
아트만과 감각기관과 마음이 잘 결합된 사람은 인생을 즐기는 사람이다.
분별이 없는 사람은 마음이 늘 산만하여
감각기관을 제대로 통제하지 못하고,
그리하여 네 마리 말은 제멋대로 달린다.
그러나 분별이 있는 사람은 늘 마음을 챙긴다.
그의 감각기관들은 질서정연하게 통제되어 있으니
노련한 마부가 부리는 네 마리 말인 것이다.
분별이 없는 사람은 산만하고 혼란하니 결국에는
깨달음을 얻지 못하고 다시 세상으로 돌아온다.
그러나 분별이 있는 사람은 늘 마음을 챙겨 정연하니
지극한 깨달음을 얻어 속세에서 다시 태어나지 않는다.

| 88 | 인간의 영혼은 2두 마차를 모는 마부

《파이드로스(Phaidros)》

●

인간의 몸과 정신을 마차에 비유한 것은 《우파니샤드》만이 아니다. 플라톤의 《파이드로스(Phaidros)》에도 그와 유사한 말이 나온다. 이 대화 편은 서기전 370년 무렵에 집필된 것으로 추정되는데, 시기적으로 보아 《우파니샤드》의 영향을 받았을 가능성이 있다.

소크라테스와 파이드로스가 대화를 나누는데, 소크라테스는 인간의 영혼을 설명하면서 2두마차를 모는 마부에 비유한다. 두 마리 말 중 한 마리는 나쁘고(감각적이고), 다른 한 마리 말은 좋다(정신적이다). 신들의 영혼을 상징하는 두 마리 말과 마부는 모두 선량하다. 그러나 인간의 영혼은 좋은 말과 나쁜 말로 이루어져 있다. 원래 영혼은 하늘을 날아다니지만, 인간의 영혼은 날개를 잃고 땅에 떨어져 육체와 결합함으로써 인간이라는 존재가 되었다. 인간 영혼의 세 부분은 《국가》에 나오는 인간의 세 가지 특성, 이성 · 정신(의지) · 욕구와 일치한다. (→봄 89)

인간의 영혼은 두 마리 말을 완벽하게 통제하지 못하며, 그래서 진정한 존재(신)를 내다보지 못한다. 그러나 어떤 영혼들은 땅에 떨어지기 직전에 높이 솟아올라 흘낏 그 존재를 보았다. 이런 영혼은 대부분 철학자의 몸으로 들어간다. 그리고 그 존재를 제대로 보지 못한 정도에 따라 군인, 농공인의 몸으로 들어간다. 그러나 어떤 인간 영혼이든 이데아의 기억을 희미하게 갖고 있고, 이 때문에 감각적 인상으로부터 보편적인 이성으로 나아갈 수 있다.

이어 소크라테스는 광기의 네 가지 형태를 설명한다. 첫째는 정신이 상이고, 둘째는 예언자들의 예언 능력이다. 셋째는 시인이 솟구치는 시상을 이기지 못해 미친 듯이 글을 써 내려가는 것이다. 그리고 마지막 광기는 아름다움에 대한 사랑인데, 이것을 신성한 광기라고 했다. 이 세상에서 아름다움을 추구하는 것은 누구나 아름다움의 이데아에 대한 비전이 있기 때문이라는 것이다. 가장 좋은 사례로 아름다운 여자를 좋아하는 남자들의 태도를 들 수 있으며, 그래서 미덕을 여색처럼 좋아하는 사람은 보지 못했다는 말도 있다. 그러나 신체적·육욕적 욕망에서 점차 벗어나 가장 높은 형태의 아름다움(지혜)을 추구하게 되면, 영혼은 결국 신체의 구속을 벗어나 하늘로 훨훨 날아가게 된다는 것이다.

| 89 | 행복한 노년을 위한
《도덕경》 제10장 '재영백포일(載營魄抱一)'

●

노자의 《도덕경》 제10장에는 '재영백포일(載營魄抱一)'이라는 말이 나온다. "영혼[營魄]을 가지고서 일(一)을 껴안는다"라는 뜻인데, 이 일(一)은 플로티누스의 일자, 플라톤의 로고스, 주자의 태극, 불가의 성불과 같은 뜻이다.

같은 《도덕경》 제22장에는 '성인포일(聖人抱一)'이라는 말이 있고, 제42장에는 "도에서 1이 나오고, 1에서 2가 나오고, 2에서 3이 나오며 다시 3에서 만물이 나온다"는 말도 있는데, 1이 곧 신성과 같은 개념임을 알 수 있다.

10장의 재영백포일 다음에는 이런 설명이 붙어 있다.

"어떻게 하면 여기로부터 떠나지 않을 수 있겠는가? 기운을 오로지 하여 부드러운 경지에 이르러, 어린아이와 같을 수 있겠는가? 깨끗이 씻어내어 마음이 현묘한 관찰력을 지님으로써, 잘못이 없게 될 수 있겠는가?"

여기서 우리는 다시 이런 질문을 던져볼 수 있다. 노인이 된 자로서 어떻게 하면 재영백포일할 수 있겠는가?

얼마 전 잡지에서, 노인들이 모여서 행복한 노년을 영위하는 요령을 말한 기사를 읽었다. 노인들은 삼시 세끼를 찾아 먹어라, 계단을 올라갈 때에는 난간을 꼭 잡아라 같은 구체적인 것부터, 옷을 잘 차려입어라, 모임에 잘 나가라, 친구들을 만나 돈을 써야 할 때는 써라 등등 여러 가지 요령이 있었다. 그중에 한 노인이 이런 조언을 했다. 아름다운 여인을 상상하라.

미국에 이민 가서 사는 내 고등학교 동창은 '노인을 위한 세븐업(seven-up)'이라는 조언을 보내왔다. 그것을 소개하면 이러하다.

클린 업(clean up: 몸을 잘 씻어라).

드레스 업(dress up: 옷을 깨끗하게 차려입어라).

쇼우 업(show up: 모임에 잘 나타나라).

셧 업(shut up: 입을 다물어라).

페이 업(pay up: 돈을 잘 내라).

싱크 업(think up: 즐거운 생각을 하라).

기브 업(give up: 포기하라).

이 중 맨 뒤 두 가지가 포일(抱一)하는 요령과 관련된다. 아름다움을 상상한다는 것은 착한 것(선한 것 혹은 좋은 것)을 실천하려고 애쓴다는 것이며, 선의 실천은 곧 진리로 나아가는 첩경이다. 신성(神性)은 진선미 그 자체이므로, 아름다움을 통하여 선과 진으로 나아가는 것은 곧 재영백포일과 상통하는 것이다. 우리는 앞에서 디오티마의 사닥다리와 야곱의 사닥다리에 대해 말하면서 아름다움은 구체적인 것으로부터 시작하여 추상적으로 나아간다고 말한 바 있다. 아름다움을 상상하는 것, 이것이야말로 도를 향해 나아가는 길이다.

그러나 정말로 중요한 것은 포기하는 것, 곧 지지(知止)하는 것이다. 꽃이 꽃잎을 떨구어야 열매를 맺고 강물이 물을 버려야 바다로 가듯이, 우리도 어느 시점에서 가서는 삶을 버릴 수 있어야 한다. 영어의 '기브 업'은 능력이 부쳐서 나가떨어지는 듯한 소극적인 뉘앙스를 풍기지만, 지지(知止)는 더 적극적인 행동을 암시한다. 노년에 들어와 남들이 자신에게 했던 모진 일이나 섭섭한 일들을 모두 잊어버리고, 거기서 더 나아가 어리석은 행동을 많이 했던 자기 자신을 용서해주어야 한다. 머리에는 생각이 적고, 가슴에는 근심이 적고, 위장에는 음식이 적어야 한다. 이렇게 모든 것을 정리하여 세상 떠날 날이 언제인지 알고 "오늘이야말로 죽기 좋은 날"이라며 자발적으로 그칠 수 있는 것, 이것이야말로 포일의 진경이다.

|90| 로고스를 갖고 오르는 저승길
〈마지막 수업〉

●
알퐁스 도데(1840-1897)의 단편집 《월요 이야기》에는 〈마지막 수업〉이라는 단편이 들어 있다. 과거 교과서에도 실렸던 유명한 작품이다.

프로이센-프랑스 전쟁(1870-1871) 때 알자스 지방이 프로이센에 점령당해 이 지역 학교는 독일어로 교육하도록 강제되면서 프랑스 교사들이 추방되었는데, 그 당시의 작은 에피소드다.

이 소설의 주인공 프란츠는 장난꾸러기 학생이라 그날도 학교에 지각을 했다. 늦게 학교에 가보니 마을의 어른들이 교실 안에 들어와 엄숙하게 참관하고 있었고, 아멜 선생님은 아주 심각한 어조로 수업을 하고 있었다. 아멜 선생님은 수업이 끝나갈 무렵 아이들에게 이런 말을 한다.

"모국어인 프랑스어를 잘 간직하고 절대 잊어버리지 마라. 왜냐하면 어떤 사람이 감옥에 떨어진다고 해도 그의 말(sa langue)을 잘 간직한다면 그는 그 감옥의 열쇠를 갖고 있는 것이나 마찬가지이기 때문이다."

그러면서 아멜 선생님은 마지막 수업이 끝났으니 "너희들은 돌아가라"라고 하면서 "프랑스 만세"라고 칠판에다 쓴다.

나는 마지막 수업에 나오는 '말'이 그냥 프랑스어만을 가리킨다고 생각하지 않는다. 말은 곧 로고스이고, 이 로고스를 깨치기 위해 사람은 세상에 온 것이다. 이 로고스를 깨닫는다면 그는 이승을 떠나 저승에 간다고 해도 그곳의 열쇠를 간직하고 있는 것이나 마찬가지다. 그리하여 우주의 이치(로고스)를 깨달은 사람은 편안한 마음으로 지상과 작별하면서 저승길에 오르는 것이다.

● 글을 마치며

이야기의 밑그림을 그리는 인생의 봄

이제 우리는 사계를 모두 거쳐 왔고, 그동안에 얻은 느낌과 생각을 요약할 때가 되었다.

먼저 인생의 봄은 면학의 계절이다. 우리는 면학이라고 하면 학교에 서 가서 국영수 1등급을 받는 것을 먼저 떠올린다. 그러나 여기서 말하 는 면학은 그런 것이 아니고, 인생에 대해서 알아야 할 것들을 가능한 한 많이 아는 것을 의미한다. 그래야 내 인생이 앞으로 어떻게 전개될 것인지 밑그림을 잡을 수 있다. 이야기의 대강을 알지 못하면 저자는 그 이야기를 제대로 써나갈 수가 없다. 생각나는 대로 손 가는 대로 써 나가는 스토리는 술 취한 사람의 머릿속에 떠오른 황홀한 구상처럼 그 순간에는 멋지게 보이지만, 각성하여 읽어보면 무슨 천치의 헛소리인 지 알 수가 없다.

봄에는 면학을 하여 인생 스토리의 윤곽을 잡아야 한다. 그리고 그 스토리를 틈틈이 상기해야 한다. 공자는 《논어》의 제1과 제1장에서 '학 이시습(學而時習: 공부하고 때때로 익힌다)'을 말했다. 이 위대한 저서의 첫 문장이 이렇게 단순할 수가 있을까 하고 의아한 사람도 있을 것이다. 그러나 우리는 위에서(→ 겨울 27) 이미 배웠다.

"작가의 임무는 단순한 것을 의미심장하게 말하는 것이 아니라, 의미심장한 것을 단순하게 말하는 것이다."

때때로 익힌다는 것은 자신의 이야기를 자주 상기하면서 그 길로 나아가기 위해 신발 끈을 꼭 잡아맨다는 뜻이다. 인생의 봄에서 이보다 더 중요한 일이 또 있을까.

결혼과 함께 찾아오는 인생의 여름

인생의 여름은 자기가 써나가는 이야기를 실행하는 때다. 그러는 가운데 자신의 정체성이 서서히 확립된다. 사업가가 된 사람은 돈을 많이 벌어야 할 것이고, 학자는 많은 지식을 쌓아 학문의 깊이를 더해야 할 것이며, 정치가는 사회를 더 좋게 개선하기 위해 노력해야 할 것이고, 연극배우는 가능한 한 많은 무대에 올라 다양한 배역을 연기해야 할 것이다. 이렇게 자기가 종사하는 일을 성실하게 하면서 열심히 사는 것이 곧 정체성 확립으로 나아가는 최선의 길이다.

그런데 열심히 살고 싶은 추진력은 어디서 올까? 진부한 얘기지만 그것은 결혼에서 온다. 배우자가 없고 가정을 꾸리지 않은 사람은 인생의 보편적 그림을 볼 수가 없다. 오로지 자기 자신의 배꼽만을 들여다보면서 살아간다면 어떻게 남들의 움직임을 인식할 수 있겠는가. 또한 무엇으로 장차 다가올 가을의 엄청난 허무를 감당할 수 있겠는가.

세대에서 세대로 이어지는 저 유장한 생명의 흐름 앞에 외경과 사명감을 느끼지 못한다면, 그 사람은 밀알 한 알이 땅에 떨어져 밀알 그대로 있는 것이나 마찬가지다. 무엇보다도 할아버지와 할머니, 아버지와 어머니에게서 무상으로 받았던 저 엄청난 사랑, 나중에 자식에게 되갚으라고 주었던 그 사랑의 빚을 갚지 않고 떼어먹는 영원한 정신적 채무자가 된다.

지성과 영성을 아우르는 인생의 가을

가을은 인생의 위기가 찾아오는 계절이다. 이때 가장 중요한 것은 집 없는 사람이 되지 않는 것이다. 이 위기를 제대로 관리하지 않으면 집도 절도 없는 허무한 방랑자가 되어버린다.

물론 우리는 각자 자기 인생의 주인이니까, 그 집을 허물어버리는 것도 그 집을 지키는 것도 모두 자신의 자유의지에 달렸다. 그런데 지성만 믿다보면 그것이 기이하게도 우리 집을 허물어버리고 싶은 파괴적 충동을 유도한다. 가령 죽음을 두려워하지 않는다면 내가 곧 신이라는 생각을 하는 키릴로프처럼 되어버리는 것이다. 키릴로프든 카프카든 지성을 너무 신봉하면 결국 그것이 심각한 부작용을 일으킨다. 이 때문에 지성을 견제하는 영성이 간절히 필요하게 된다.

오에 겐자부로는 "우리의 광기를 다스릴 수 있는 방법을 가르쳐달라"고 외쳤거니와, 그 광기가 실은 너무 지성에 탐닉하여 육체와 영성이 모두 슬픈 사람의 절망감인 것이다. 내 인생은 내가 마음대로 주무를 수 있다, 내가 그것을 중도에 작파해버리거나 비참한 삶을 살아가거나 모두 내 책임 아래 이루어졌으므로 정말로 나는 내 인생의 주인이다, 라는 아주 왜곡된 주장은 얼마나 무책임한가.

우리가 위의 주색잡기 항목에서 살펴보았듯이, 이런 삶은 결국 집 없는 사람의 길로 나아갈 뿐이다. 아무리 어렵고 힘들더라도 자신의 책임을 다하기 위해 뚜벅뚜벅 앞으로 나아가야 한다. 존 파울즈가 말한 헌책방 주인처럼(→ 여름 85), 《붉은 무공훈장》의 헨리 플레밍처럼(→ 봄 82). 그리하여 마침내 공을 이루고 자연으로 돌아가야 한다.

평온을 찾아야 할 인생의 겨울

겨울은 이제 평온한 휴식의 시기다. 자기 자신을 더 이상 자책하지 않고 자기 자신을 있는 그대로 용서하며, 자신의 정체성에 아무런 회의가 없게 되는 시기다. 레온은 노래하지 않았는가. "사랑, 질투, 증오, 희망, 근심으로부터 해방된"(→ 가을 54) 상태를.

일상생활 중에 벌어지는 사소한 실수나 오류에 대해서도, 그것을 카드 게임 중에 충분히 벌어질 수 있는 경우의 수라고 생각하면서, 고칠 것은 고치고 어떻게 할 수 없는 것은 그대로 내버려두면서, 다가오는 새 날을 초발심(初發心)의 마음으로, 새롭게 맞이하는 기분으로 살아나가야 한다.

겨울은 또한 인류의 오랜 친구인 죽음을 기다리는 계절이다. 죽음은 이야기의 끝 같은 것, 시작이 있으면 반드시 끝이 있어야 한다. 우리는 다음 두 가지 중 어느 하나를 선택할 수 있다. "어서 오게, 내 오랜 친구" 하면서 그를 맞이할지, 아니면 "너무 억울해, 나는 아직 15년은 더 살아야 해" 하고 구차한 변명을 하다가 어쩔 수 없이 끌려갈지.

그러나 인생의 봄, 여름, 가을을 즐기면서 살아온 사람은 그 죽음의 순간—갑작스럽든 혹은 예정된 것이든—을 평온하게 맞이한다. 돌이켜보면 오늘처럼 죽기 좋은 날이 또 언제 있겠는가, 하고 말하며 순명한다. 이 평온한 달관의 높이, 그것을 획득하기 위하여 지금까지 애써 삶을 견디고 수양하고 실천하고 순화시켜온 것이 아닌가. 그 과정에서 위안과 격려를 얻기 위해 책을 읽어온 것이 아닌가.

인류는 한 권의 책, 인생은 그 책의 한 장

나는 이 책의 서문에서, 책을 읽어서 어떤 실용적인 효과를 얻을 수 있겠는지 구체적 답변을 시도하려 한다고 말했다. 이 책을 끝까지 읽은 독자들이 어떤 효과를 얻었는지는 독자들마다 다를 것이다. 그러나 글을 끝내면서 내가 얻었던 구체적 효용을 말해보고자 한다.

나는 결혼하기 전에는 오로지 즐거움을 위해서 책을 읽었고, 독서에서 어떤 실용적 효과가 생긴다고 보지는 않았다. 그러나 결혼하여 두 아들을 낳고서는 두 권의 책 덕분에 커다란 위안과 격려를 얻었다. 큰아이는 자라는 내내 나에게 반항적이었다. 나는 당연히 가부장적인 태도로 일관했고 그것은 아들에게 나쁜 영향을 주었다. 그때 내가 다시 읽은 책이 《한중록》과 〈변신〉이었다. 내가 이대로 나가면 결국 영조가 되고 내 아들은 잠자가 되고 말겠구나 하는 각성을 얻었고, 그때 이후 나는 아들에 대한 태도를 크게 바꾸었다. 그래서 나는 지금도 이 두 책을 내 가까운 친구처럼 여기며 우리 부자의 사이를 원만하게 만들어준 고마운 길잡이였다고 생각한다.

아내에 대해서는 늘 변변치 못한 남편이었지만, 만약 내게 기회가 주어진다면 꼭 그렇게 해보고 싶은 소망을 안겨준 책은 《인간의 대지》였다. 나는 그 책 속의 기요메(→ 여름 38)처럼 아주 절망적인 상황에 떨어졌으면서도 아내를 먼저 생각하는 남편이 되면 좋겠다는 소망을 가지고 있다. 이런 생각을 갖고 있는 남편은 평소에 아내에게 허투루 대할 수가 없다. 이 얼마나 놀라운 실용적 효과인가!

마지막으로 죽음에 대하여 한마디해보고자 한다. 키케로는 구차하게 꼭 살아야겠다고 마음먹었더라면 살 수도 있었다(→ 겨울 61). 그러나 그는 두 번 도망을 시도하다가 여의치 못하자, 자신의 운명을 받아들이고 스스로 죽음을 선택했다. 내 인생이 어떻게 번역될지는 알 수 없으나(→ 가을 89), 그 순간이 오면 키케로처럼 순명하는 사람이 되었으면 좋겠다. 평소에 이런 각오를 스스로 다져나간다면 죽음을 맞이해서도 "자네, 어디 갔다 이제 오나" 하고 말할 수도 있으리라. 이 얼마나 고마운 독서의 최종적 효과인가!

존 던은 "인류는 한 권의 책, 인생은 그 책의 한 장"이라고 말했다. 사람들이 겪어나가는 인생의 우여곡절이 파란만장한 것처럼 보이지만, 그 내용을 들여다보면 결국 큰 차이가 없다는 뜻이다. 이런 점에서 우리가 지금껏 읽어온 책들은, 어떤 것을 읽더라도 우리 인생에 빛을 던진다.